小画家与大作家

莫里 著

（上册）

PAINTER AND WRITER

山西出版传媒集团
北岳文艺出版社
BEIYUE LITERATURE & ART PUBLISHING HOUSE
·太原·

图书在版编目(CIP)数据

小画家与大作家/莫里著.—太原:北岳文艺出版社,2020.9

ISBN 978-7-5378-6270-7

Ⅰ.①小… Ⅱ.①莫… Ⅲ.①长篇小说-中国-当代 Ⅳ.①I247.5

中国版本图书馆 CIP 数据核字(2020)第 163071 号

书　　名	小画家与大作家
著　　者	莫　里
责任编辑	关志英
书籍设计	米　乐

出版发行	山西出版传媒集团·北岳文艺出版社
地　　址	山西省太原市并州南路 57 号
邮　　编	030012
电　　话	0351-5628696(发行部)
	0351-5628688(总编室)
传　　真	0351-5628680
网　　址	http://www.bywy.com
E-mail	bywycbs@163.com
印刷装订	山西立方印业有限公司

开　　本	710mm×1000mm　1/16
字　　数	587 千字
印　　张	41.5
版　　次	2020 年 9 月第 1 版
印　　次	2020 年 9 月山西第 1 次印刷
书　　号	ISBN 978-7-5378-6270-7
定　　价	80.00 元(全二册)

目 录

第一章 缘分不浅

第一节 披马甲的大作家　\\ 001

第二节 路边的小画家　\\ 012

第三节 找作家的小画家　\\ 026

第四节 讨欠薪的小画家　\\ 042

第五节 很大胆的尝试　\\ 056

第六节 男人的浪漫　\\ 061

第七节 女仆漫画咖啡厅　\\ 067

第八节 这耐人的糖堆儿　\\ 070

第九节 数独游戏　\\ 074

第十节 两百块钱的天儿　\\ 079

第二章 命中注定的搭档

第一节 这只鸭子意外火了　\\ 084

第二节 这个漫画家到底是谁　\\ 089

第三节 无法逾越的白月光　\\ 102

第四节 蒙面相亲大会　\\ 108

第五节　小白兔和大灰狼　\\ 112

第六节　还有一个压轴的　\\ 117

第七节　苍穹之梦　\\ 122

第八节　第二喜欢的作家　\\ 130

第九节　错过别具心思的晚宴　\\ 135

第十节　当一回劝架和事佬　\\ 139

第十一节　一次又一次的错过　\\ 145

第十二节　三喜临门　\\ 152

第十三节　副主编的如意算盘　\\ 157

第三章　默契的配合

第一节　编辑部的欢喜忧愁　\\ 161

第二节　"爱"的抱抱　\\ 167

第三节　呼之欲出的"能力"　\\ 174

第四节　下次洗澡的时候　\\ 182

第五节　圆滚滚的球形机甲　\\ 187

第六节　小朋友们的课间争执　\\ 194

第七节　丹尼尔离家出走了　\\ 198

第八节　有一点酸涩　\\ 204

第九节　于先生的小伎俩　\\ 211

第四章　逐渐升温

第一节　拼了命的小画家　\\ 220

第二节　海豚的周一开题会　\\ 226

第三节　乱码君的新作品　\\ 232

第四节　第一次"约会"　\\ 240

第五节　落枕后遗症　\\ 246

第六节　实在害怕的话就抓着我　\\ 252

第七节　"约好"下次见面　\\ 256

第八节　两重身份　\\ 262

第九节　强大的乱码君　\\ 268

第十节　全站置顶土豪粉　\\ 277

第十一节　你不是我的朋友，是我的子期　\\ 282

第十二节　请她来过圣诞节　\\ 290

第五章　强大的竞争对手

第一节　《苍穹之梦》上线　\\ 305

第二节　《喵喵侠》的暴击　\\ 310

第三节　给我四十分钟　\\ 315

第四节　小白兔没有开窍　\\ 321

第五节　漫画家"独钓寒"　\\ 326

第六节　一对正在"热恋中"的小情侣　\\ 333

第七节　如虎添翼的小画家　\\ 339

第八节　心思根本不在一条线上　\\ 346

第九节　藏在幕后的他　\\ 356

第十节　漫画大神"独钓寒"的"请求"　\\ 365

第十一节　意外的肌肤之亲　\\ 373

第十二节　只有她不知道他心意　\\ 378

第十三节　老师变同事　\\ 385

第十四节　燕小姐，你把我落下了　\\ 394

第六章　终于确定关系了

第一节　单方面恋爱关系　\\ 400

第二节　往事最伤人心　\\ 409

第三节　《苍穹之梦》PK《喵喵侠》　\\ 414

第四节　花痴病犯了　\\ 420

第五节　情不自禁时　\\ 428

第六节　合租房失窃了　\\ 433

第七节　有可能是"内鬼"　\\ 438

第八节　他和她住隔壁　\\ 443

第九节　你们都没错　\\ 447

第十节　你今天的请假，我批了　\\ 452

第十一节　办完了私事我们谈谈公事　\\ 456

第十二节　大醋坛子发作了　\\ 460

第十三节　晚安吻不算在"份额"里　\\ 465

第七章　进击的小画家

第一节　入围漫画大奖　\\ 469

第二节　于先生还是得装下去　\\ 475

第三节　"别人家的孩子"回来了　\\ 482

第四节　居然被男神关注了　\\ 487

第五节　第一次"面见"未来岳父母　\\ 494

第六节　漫画差评事件　\\ 499

第七节　燕爸爸的一封信　\\ 506

第八节　两情相悦水到渠成　\\ 511

第九节　原来小偷竟是他　\\ 517

第十节　每天都在忙着谈恋爱　\\ 522

第十一节　其乐融融元宵节晚宴　\\ 528

第十二节　最佳短篇奖　\\ 533

第十三节　新锐漫画家"小羽毛"　\\ 539

第八章　陪你到巅峰

第一节　这个主笔不好当　\\ 551

第二节　小画家的猛料往事　\\ 560

第三节　剧情撞车事件　\\ 565

第四节　谢谢你所有的事情　\\ 573

第五节　脱掉一层马甲　\\ 580

第六节　双相情感障碍　\\ 586

第七节　烦恼的一组副主编　\\ 594

第八节　三组副主编的人选　\\ 602

第九节　更大的馅饼　\\ 610

第十节　小画家，你忘了你的男朋友了　\\ 615

第十一节　这次只见你一个　\\ 620

第十二节　兔子急了也是要咬人的　\\ 630

第十三节　好事成双结对　\\ 638

特别番外　绯　闻　\\ 647

后　记　\\ 651

第一章　缘分不浅

第一节　披马甲的大作家

"小……'小羽毛'是吧？很遗憾。"坐在燕其羽对面的中年男人惋惜地摇摇头道，"你们的作品我看过了，剧情不错，但是画工有些欠缺，不符合我们海豚漫画网的签约要求。"

燕其羽的笑容僵在脸上，藏在桌子下的手紧紧攥着T恤下摆，一阵热流瞬间从脖子向上蔓延。所幸她头发够长，服帖地垂在脸颊两侧，帮她挡住了通红的耳垂。

从燕其羽十五岁拿起笔画出第一个人物，到现在已经过去整整十年，她明明努力画了这么多年漫画，可现在却因为画工不合格被编辑拒之门外。

燕其羽觉得满腹委屈。可不等她组织好语言，坐在她旁边的邓雪便大声抗议起来。

"堂哥！你就翻了两页草稿就说'小羽毛'画得不够好，你怎么不看看前面的成稿啊！"

邓雪今年二十岁，明明是个大学生了，却长得非常稚气，配上齐刘海和婴儿肥的脸颊，看起来就像高中生一样。她虽然长相显小，脾气却一点儿都不小，发起火来可谓地动山摇。

"'小羽毛'可是在逐梦堂当过两年助手呢！她画得哪里不够好了，明明秒杀你们网站现在的漫画一百倍吧！"

在听说燕其羽曾经在逐梦堂当过两年助手之后，邓雪的堂哥邓耀华露出了一个意味深长的表情。

逐梦堂是一个已经成立十年的漫画工作室，旗下出名的漫画家无数，作品更是百花齐放，和很多漫画网站都有深度合作。逐梦堂因为有充足的漫画运营经验，推出的每部作品都顺利地影视化、真人化，所以吸引了不少怀揣梦想的年轻人投奔。

然而就在去年年中，逐梦堂爆出了惊天丑闻。原来这十年来，逐梦堂一直在压榨漫画家，抽取高额佣金，从他们身上吸血。助手更是拿着远低于平均工资的薪资，每天要工作十二个小时以上，如纺织厂的女工一样流水作业，甚至赚得还不如纺织厂的女工多。

燕其羽当年就是被"能够成为漫画家"的宣传冲昏了头脑，怀揣梦想踏入了逐梦堂工作室，哪想到会蹉跎两年。

"原来是助手出身啊……我说呢。"邓耀华高高挑起一边眉毛，不屑地说，"我从业这么多年了，见过不少像你这样从助手转成主笔的漫画家，你们有个通病，就是之前给别的主笔老师做了太多助手工作，只负责描线啊、上色啊什么的。等到你们自己动笔了，特别不擅长画人物，不知道怎么把人物画得有特点、画得更帅更美。"

邓耀华点了点电脑屏幕说："看看这张脸，根本没有让人追下去的欲望。"

面对咄咄逼人的邓耀华，燕其羽难堪地低下了头说："如果是人物长相问题的话，我可以再修改，女主角的身材我也能改得更火辣一些。"

燕其羽真的非常珍惜这次机会，她已经连续三个月没有任何收入了，房租、日常开销对于她来说都是很大的负担。

邓雪是燕其羽在网上结识的好友，她说她的堂哥是漫画网站的主编，只要她们合作一部漫画，肯定能顺利签约，拿到最好的推荐位，未来功成名就不在话下。

燕其羽被邓雪拍着胸脯许诺的气势镇住了，跟着她忙前忙后地筹备这部漫画。邓雪写剧本大纲，燕其羽负责作画。彩稿画了二十页，草稿又画了五十页，本来以为今天签约只是走个形式，哪想到刚见面十分钟，就被邓耀华拒绝了。

"你的问题比较严重，很难修改。"邓耀华铁面无私地摇摇头说，"'小羽毛'，很遗憾这次没办法和你们合作，如果你以后克服了这个缺点，欢迎你拿着新作品来投稿。"

燕其羽被邓耀华批评得一无是处，仿佛这十年来的坚持是一个笑话。她有些丧气，又顾着自尊不肯表现出来，只能强撑起笑容，礼貌地说道："谢谢您抽空指点我。"

然而燕其羽旁边的邓雪却一下炸了锅。邓雪毕竟年纪小，没受过挫折，几秒钟的工夫眼泪喷涌出来。小姑娘红着眼睛撂下狠话说："堂哥，你是个大坏蛋！"然后捂着脸哭哭啼啼地冲出会客室。

邓耀华被这个小公主搞得头大，也顾不得把燕其羽送出门，赶快去追邓雪去了。

燕其羽被晾在会客室里，走也不是，留也不是。她在位子上等了十多分钟，只能默默地把桌上的笔记本电脑收起来，塞进了双肩背包。这可是她全身上下最值钱的家当了，这台五斤多重的电脑是她的战友。她刚加入逐梦堂的时候，工作室不提供电脑，她拿大学存下来的奖学金买了一台。三年过去，这台电脑运行速度越来越慢，每次打开PS都会卡，可她实在没余钱换了。刚才邓耀华用手指狠戳电脑屏幕的时候，她心里仿佛在滴血，真怕自己的"老伙计"被戳碎了。

燕其羽的手背上贴着海豚动漫的访客贴纸，一只圆滚滚的小海豚甩着尾巴，溅起一片水花，水花汇成一行小字——海豚动漫，让梦想乘着画笔启航。可她的梦想什么时候能启航呢？

燕其羽背起双肩背包，像是小蜗牛驮着自己的家，垂头丧气地往会议室外走。没想到刚推开会议室的大门，她就和一个风风火火往屋里闯的女子撞了个满怀。

推门而入的女子看上去比燕其羽大几岁，满脸露着精明。她一头利落的短发还未过耳，耳垂上坠着夸张的几何形状耳环，项链、手环都是成套的，在小会客室的灯下闪闪发光，条纹衬衫的下摆塞进牛仔短裤里，浑身洋溢着干练与性感的气质。

哇！

燕其羽揉揉眼睛，仿佛看到"二次元"的"御姐"走出漫画，活生生地出现在她面前。

"不好意思，让你久等了。"女子红唇微张，噼里啪啦地砸下来一箩筐话，"我一会儿还有选题会，只能抽出二十分钟和你聊聊，你的漫画呢？是放在U盘里还是打印出来了？"

燕其羽被她问得晕头转向，呆呆地回答道："在……在我的电脑里。"

"电脑带了？"

"带了，带了。"燕其羽忙不迭地点头道。

"那还等什么？"这位雷厉风行的女子坐上转椅，双腿交叠，说，"快拿出来让我看看。"

燕其羽完全不明白发生了什么事，她不是已经出局了吗，怎么又稀里糊涂地进入了加时赛？

燕其羽没时间细想，机会落到面前就要赶快抓住。她连忙掏出电脑调出图片文件，推到了女子面前。

女子没有废话，一手托腮，一手在触屏板上轻点，聚精会神地看起了屏幕上的作品。

这个漫画燕其羽和邓雪筹备了整整两个月，为了让开篇场景更有冲击性，一连改了数版，上周才把第一话的全彩二十页定稿。因为时间不够，后面的两话她只画了分镜草稿，只能大略看出人物，连精草（注：精细草稿，一般为了节省时间，漫画家大多只画粗草就好。）都算不上。

女子看得十分认真，燕其羽在旁边连大气都不敢喘，屏幕上的漫画她这两个月来早就看过无数遍，不管是台词还是剧情她都能一字不差地复述出来。燕其羽坐立难安，看两秒钟屏幕，又赶快盯着女子的侧脸，想要从她的表情上窥探出一些信息来。

可惜这位女子是个标准的扑克脸，喜怒不形于色。等到五十页草稿全部看完，她又点开了文件夹里的文档，开始审阅起故事大纲和人设，从始至终见不到她脸上一点儿笑的模样。

燕其羽心里的小花又枯萎了，心想：自己到底在期待什么？明明刚才邓耀华都批评自己绘画功底不合格！

"画工很不错，但是……"女子抬起头来，一脸严肃地问道，"剧本是你自己做的吗？恕我直言，你没有编剧的天赋，这个故事真是太烂了。不过你放心，海豚文学网有很多不错的编剧作者，可以和海豚漫画网的画手强强联合。"

燕其羽愣住了，一时不知道该说什么。

"你以前画过什么漫画？在哪个网站连载？合约已经结束了吗？海豚漫画网的连载每周都有更新要求，如果你前一个工作没有完成的话，估计很难两边兼顾。"说到这里，女编辑忽然伸出手来说，"对了，忘了自我介绍。我叫步娜娜，签约之后我就是你的责任编辑了。"

燕其羽被这奇妙的展开方式弄得满头问号，她下意识地回答："我现在是自由人，之前在逐梦堂做过助手……啊，不，等等！等等！"燕其羽又忙说道，"我这样的水平真的能够签约吗？"

自从去年逐梦堂闹出大丑闻后，旗下画师和助手纷纷解约，燕其羽也没了工作，辗转去其他漫画家手下做过助手，还挤出时间去某个小网站独立连载漫画，可惜因为一些别的原因，漫画惨遭"腰斩"。

燕其羽自小抱着成为漫画家的梦想，却在追梦的路上接连碰壁。今天邓耀华把她批评得一无是处，她本来准备回家痛痛快快地哭一场，哪想到峰回路转，居然有另一个编辑说要签她！

燕其羽晃了晃脑袋，怀疑自己是不是幻听了。

"你的水平？你的水平很高啊。"步娜娜笃定地说，"你的分镜连贯性非常好，人物神态抓得很棒，上色也挺不错。"

"可刚刚邓主编说我画工不合格。"

"邓主编？你怎么和他联系上了？"步娜娜狐疑地看了燕其羽一眼，眼里的轻蔑转瞬即逝，说道，"他不懂漫画，只懂卖相。你放心，我和他不是一个组的，我翅膀下的'小鸡仔'，他胳膊再长也甭想薅一根毛。"

"但是……"

"别但是了，你究竟想不想画漫画，想不想成为漫画家？"步娜娜简单的一句话，就戳中了燕其羽的软肋。她不用思考，立即大声回答道："想！一直都想！"

步娜娜终于露出了一个一闪而逝的笑容，说道："那就好。"

有多久没见到过这么有冲劲儿的年轻人了？能够签到这么优秀、这么有潜力的新人漫画家，步娜娜对今天的收获非常满意。

"对了，你的笔名必须换一个，现在的太不讨喜了。"走出会客室前，步娜娜提醒燕其羽道，"我们网站是不允许出现'一杆银枪捅破天'这种名字的。"

听到这话，燕其羽好像明白了什么，露出无语的表情。

"怎么了？"

"那个……我不是'一杆银枪捅破天'。"

步娜娜露出疑惑的表情。

"真的。"燕其羽赶快高举双手以示清白道，"编辑姐姐，你看我浑身上下，哪里藏得下一杆银枪呀？"

海豚漫画与海豚文学是海豚文化集团旗下最受关注的双子星，就连办公地址都选在了一处，一上一下，平分同一栋办公楼。

楼下会客室里，燕其羽努力地向步娜娜解释着自己的身份。而在同一时间，一名气质沉稳、高大俊朗的男人踏入了楼上海豚文学的总编办公室。

总编"西瓜二郎"是圈里有名的"弥勒佛"，人称瓜爷，心宽体胖，不论何时脸上都挂着笑意，和很多作者都交情很深。他早知道这位大神要来，特地腾出了两个小时打算与他细谈。

然而不等瓜爷客套两句，男人刚一落座便抛下了一枚重型炸弹。

"我要做漫画。"

瓜爷吃惊地说:"归野,你是在开玩笑吧?"

于归野摇摇头,态度悠然地说:"当然不是。写小说、写剧本对于我来说已经没有任何挑战性了,我打算转型创作漫画脚本。"

瓜爷和于归野认识多年,早就知道这位大神脑袋里有不少奇思妙想。

于归野从高中开始便迷上了写作,十几年来笔耕不辍,创作了一部又一部的佳作。他的作品文字隽永,剧情荡气回肠,颇具个人特色。他有着蓬勃的创造力,而且乐于挑战不同题材,从悬疑推理到灵异神怪,从宗教题材到浪漫题材,从埃及掠影到民国谍战……每一部作品上市后都能引来书迷们的狂欢,本本书都占据畅销书榜单前三名。

于归野虽然年纪不到三十岁,但已经手握两个文学大奖,改编的影视作品也拿下了几个颇有分量的奖项。而这样一位大神却说要转型做漫画脚本!

要知道在国内,漫画产业仍然处于起步阶段,产业链并不完善,漫画收益远远比不上小说、剧本,漫画改编成动画大多是在赔本赚吆喝。

见瓜爷面露犹豫,于归野又不紧不慢地扔下第二枚雷,说:"还有,这次我不会用'君子归野'这个ID参与创作。"

"什么!"

于归野轻声笑道:"想想看,换个身份投入一个新的领域,这该多么有趣啊!"

两个小时的深谈,瓜爷一直愁眉不展。他们旗下最有名、最吸金的大神作者"脑子进水",非要去写漫画脚本,而且还不用自己的笔名,这事儿一听就很没"钱途"啊!

瓜爷说:"你要是扔了笔名、换了领域重新开始,那就完全没有原始热度,和那些新人就一样了!"

"我就是想以新人的身份重新开始。"于归野平静地说,"而且等到合适的时机,我会自脱马甲,告诉大家我就是'君子归野'。"

"什么是合适的时机?"

"自然是漫画创下国漫新纪录,引起网络热潮,顺利动画化、真人化之后。"

瓜爷无言以对，只想给大神"咣咣"磕头。

两人最后也没达成共识，瓜爷下午还有会要开，只能先暂停谈话。他把于归野送到了电梯间，打着官腔说："归野啊，虽然咱俩认识有十几年了，可这件事不是儿戏，我得再好好研究研究，也得和其他副总编商量下……"

于归野的脸上不见一点儿波澜，他走进电梯间，转身按下了一层大厅的按钮。在电梯门完全合拢前，他对着门外的瓜爷说："你随便琢磨，反正最终你肯定会同意的。"

燕其羽走出海豚漫画工作室时，脚步像是在飘。电梯镜子中的她双颊红扑扑，像是喝醉了酒一样，"嘿嘿嘿"地傻笑个不停，幸亏现在电梯里只有她一个人，所以不管她怎么出丑都没人看见。

今天的经历可谓峰回路转，本来燕其羽都打算一路哭着回家了，哪想到稀里糊涂地撞到了步娜娜手里。

其实步娜娜今天约了另外一个新人漫画家见面，可那人迟到了，这个大馅饼就掉到了燕其羽头上。

步娜娜做事雷厉风行，三言两语就敲定了签约事宜，反正合约都是现成的，就是走流程的时间长一些。她和燕其羽加了QQ好友，让燕其羽先回家休息，等过几天合同出来了，再进行签约。

燕其羽望着手机上提示的新好友信息痴痴地笑，她抱着手机开心得团团转，等到电梯停到一楼，她立即窜了出去，大堂里的保安只觉得一阵风刮过，眼前只剩下女孩蹦跳的背影了。

等到燕其羽好不容易冷静下来，她又开始犯愁了，她签约的事情该怎么和邓雪开口啊？

对于这部作品，邓副主编和步娜娜的评价完全相反，现在燕其羽直接越过邓雪和步娜娜签约，邓雪肯定会非常生气。

燕其羽非常珍惜这个好友，虽然邓雪年龄很小，偶尔会撒娇闹脾气，但若不是她的牵线搭桥，燕其羽根本没机会搭上海豚漫画这条大船。

燕其羽点开两人的聊天记录，对着输入框苦恼着，不知该怎么开口向邓雪说明。结果不等她开口，邓雪先发过来一大串话。

雪雪公主：小羽毛，今天发生的事情让我非常痛苦，非常难过，非常伤心。我从十岁开始接触"二次元"世界，到现在已经整整十年了，我本来想和你成为中国的爆漫王，可堂哥的话让我意识到这个梦想太远了。你也不要太伤心，继续加油吧！

小羽毛：那个，雪雪。我有件事情要告诉你。

雪雪公主：我决定从现在开始，退出"二次元"世界。

小羽毛：……

雪雪公主：希望咱们有缘再见吧。

燕其羽眼睁睁地看着邓雪的头像黑了下去，燕其羽赶忙给她发了一串表情，哪想到全部发送失败，屏幕上刺目的红色感叹号提示她：您与雪雪公主已不是好友。

燕其羽顿时觉得很无语，她的感情还没酝酿好，怎么邓雪的内心戏就落幕了啊？

燕其羽住在地铁站旁边的回迁小区，不到八十平方米的小房子被房东分割出来四间屋子。燕其羽为了省钱，住在由客厅隔出来的小房间里。

群租房的室友来来去去，燕其羽对他们完全不熟悉。平时她就把自己关在房间中，睡醒赶稿，累了就趴在窗户上看风景。朋友都觉得她的生活太枯燥，她却非常享受这种充实的感觉。只是群租房的苦恼也蛮多的。

下午四点，住在主卧的一对小夫妻吵起来了。

燕其羽在狭小昏暗的走廊里遇到过他们几次，脸没看清，只记得男的一头黄发，流里流气；而女孩子年纪很小，却浓妆艳抹。这对小夫妻一天到晚吵吵嚷嚷，男的嫌弃女的不顾家，女的嫌弃男的没本事，有一次闹得狠了，女孩子坐在门口大哭。

燕其羽是个不太成熟的漫画家，心软又感性，路见不平是一定要拔刀相助的。她劝过那个女孩子，既然那个男人又渣又烂，为什么不离开他。

女孩子抹掉眼泪，用一种无奈的语气说："小燕，你没谈过恋爱，不懂感情。"

燕其羽确实没谈过恋爱，但她懂感情。爱情就算有千万种模样，但肯定没有一种是建立在彼此伤害之上的。

耳边听到主卧又传来争吵声，燕其羽完全无法在房间里安心画画，触屏笔在绘图板上点了许久，却连一根流畅的线条都画不出来。

算了，还是出门写生去吧。

燕其羽随手抓起一支画笔、挽起长发、背上画板，静悄悄地溜出了群租房。

于归野在回家的途中接到了姐姐于惊鸿的"求救"电话。

"老弟，我今天开会实在走不开，你能不能帮我接一下丹尼尔？"

丹尼尔是于惊鸿夫妻俩的独生子，根正苗红的中国娃，但夫妻俩决心要让孩子赢在起跑线上，三岁就把孩子送进了私立双语幼儿园，成天和一群外国孩子混在一起，英语说得都快比中文好了。

"行。"于归野答应得很痛快，又说道，"晚上就让丹尼尔睡在我这儿吧。"

于惊鸿想了想说："也行。不过，你晚上不要带他去吃麦当劳、肯德基，你别太溺爱他，他胖得都快成米其林轮胎的吉祥物了。"

"哪有这么夸张。"于归野笑道。他这个大外甥古灵精怪的，满脑袋的主意比大人还多，经常到他这里骗吃骗喝。

于归野挂了电话，开车去了幼儿园。他到得正巧，刚好赶上幼儿园放学。

丹尼尔今年四岁半，上中班。他吃得多，长得也快，个头比大班的小朋友还要高，于归野一眼就从黑压压的"小萝卜头"里找到了自家的那颗"壮萝卜"。

"舅舅！""壮萝卜"远远见到了舅舅，立即迈开两条"小萝卜腿"，颠颠儿地投进了舅舅怀里。

于归野弯腰想抱起丹尼尔，不过没抱起来，再次试了试，还是无果，只好把他放回到地上说:"丹尼尔,今天你爸妈要加班,晚上去舅舅家住。"

丹尼尔一听,咧着嘴笑了。乐了两声,他忽然想起自己昨天不小心磕掉的门牙,又赶快抿着嘴,不想让亲爱的舅舅看到自己的丑样。

于归野注意到丹尼尔缺失的门牙,顾忌着小男子汉的自尊心,主动提议晚上去喝海鲜粥。

"好!不过舅舅,你能不能先陪我去个地方。"丹尼尔用渴望的眼神看着于归野说。

别的小孩子一胖,五官都被脸上的肉挤没了,可丹尼尔遗传了于家的好基因,即使再胖也无损他的明眸大眼。他两手揪着于归野的衬衣下摆,高高地仰着脖子,看起来就像是一只变成人形的扁脸猫。

于归野问丹尼尔去哪里。

丹尼尔小声道:"明天是瑞秋生日,我想让瑞秋当我的女朋友,所以要给她准备一个惊喜!"

于归野顿时无语了。现在的小孩儿可真厉害,他这个当舅舅的还没有女朋友,丹尼尔都要脱单了。

于归野问丹尼尔谁是瑞秋。

丹尼尔红着脸,扭头指了指幼儿园大门。

于归野顺着丹尼尔指的方向看去,只见一个穿着粉裙子、梳着丸子头的小女孩儿正和班主任挥手再见,那小女孩儿矮矮的,又白又嫩的手臂胖成一节节,活脱脱莲藕成精。她抱着班主任老师的脖子,左右各亲了一口,年轻的女老师眼睛弯成月牙,也在她脸上亲了一下。

见到心上人,丹尼尔的脸更红了,"刺溜"一下躲到于归野身后,脑袋埋起来,嗫嚅着问:"舅舅,瑞秋是不是很好看?"

于归野很捧场地说:"不仅长得好看,还和你很般配。"

丹尼尔缺了牙,笑起来"嚯嚯嚯嚯"的。

于归野带着外甥上了车,问他准备去哪里买礼物。

丹尼尔指挥着于归野往两个街区以外的公园开,嘴里念念有词地说:"瑞秋不是那种普普通通的小女生,八音盒、手链、洋娃娃这种俗物,她不会喜欢的！"

"那你准备买什么？需不需要舅舅赞助你？"

"不用！"丹尼尔从书包夹层里拿出一张粉艳艳的大钞，说，"我早打听好了，公园里有个人专门画卡通肖像，我要买一张瑞秋的漫画肖像！"

第二节 路边的小画家

于归野刚把车子停稳，丹尼尔就急吼吼地跳下副驾驶座，迈着两条短腿往公园里跑。

于归野一把擒住丹尼尔的脖领子，生怕他跑太快摔着了。丹尼尔反手拽着于归野的手腕，像头小蛮牛似的拽着于归野往公园的广场方向走去。于归野一时不察，差点儿被这小胖墩拽一跟头。

公园距离于归野的住处不远，面积挺大，服务周边的两个小区。每到晚上，广场上便会聚集一群大爷大妈，跟着《小苹果》《最炫民族风》举手踢腿，活动腰肢。

现在正是孩子们放学的时候，大部分大爷大妈都回家照顾孙子去了，广场上只剩下行色匆匆的路人，难得安静。

丹尼尔眼神好，远远地就瞧见了在花坛旁支着画板写生的人。他忙叫道："舅舅，在那儿呢！我看到那个画家了！就在太阳底下！"

小孩子童言童语，描述方位不够精准，但带着一种别样的浪漫情怀。于归野心中一哂，先找到太阳的位置，视线顺着余晖下落，果然在天地交汇处找到了那一抹倩影。

于归野先入为主，以为在广场上卖画为生的会是一个三四十岁的穿着网兜马甲的中年男人，哪想到居然看到了一个年纪轻轻的女孩子。

只见她以笔为簪，一头乌黑的长发盘在脑后，发尾垂落在肩膀。她身上穿着一件学生气十足的帽衫，帽子上的棉绳被她叼在嘴里，一边画图，一边津津有味地咬着。

于归野面无表情地想：这种坏习惯连丹尼尔都不会有。

很多在街边卖画的人都会随身带着一个展览架，把自己画的人物速写摆在上面招揽生意。可女孩却完全没有吸引顾客的想法，既不展示，也不吆喝，自顾自地低头画着，偶尔抬头看看参照物，又赶快继续创作。

于归野向外甥确认道："你确定她是卖画的吗？"

"我确定！"丹尼尔发誓道，"我们班好几个小朋友找她画过！"

这么看来，生意还挺兴隆。

燕其羽画画时非常专注，舅甥俩都走到她旁边了，她也没有发现，仍然专心致志地埋头绘画。她囊中羞涩，因此十分节省，一张 A3 大的画纸上被她见缝插针地画了好几个人物。

燕其羽的速写并非是写实派，而是把人物完全漫画化了，用标准的日系画风描绘人物，五官之中突出眼部、弱化鼻子，不论是表情还是动作都非常夸张。她的手速很快，无须打草稿，短短几分钟就能用笔勾勒出一个活灵活现的漫画形象。街边的清洁工、大肚子的孕妇、带着小黄帽和红领巾的小学生……充满灵气的线条从她的笔尖流淌出来，跃然纸上。

在旁边观察了这么久，丹尼尔早就憋不住了。他按捺不住地伸出小手，"啪"的一声打在画纸上。

"阿姨！我要买画！"丹尼尔大喊道。

正沉浸在自己世界中的燕其羽被突然打断，马克笔在画纸上抖了抖，扯出了一根乱七八糟的弧线。

燕其羽瞪着画纸下方的脏手印，偏偏手印的主人还不知羞地从旁边挤到她面前和她打招呼。

燕其羽也是有艺术家脾气的，她气呼呼地说："叫姐姐！"

燕其羽打算狠狠地蹂躏小胖墩的脸颊，可刚一伸手，却发现小胖墩身旁居然站着一个又高又帅的男家长，她赶快把手揣回帽衫前面的兜里。

燕其羽不认识丹尼尔，但是认识丹尼尔身上的这套私立幼儿园校服。现在的小孩子可比她有钱多了，这家幼儿园里有她好几个老主顾。她并不是冲着孩子的钱来的，可上个月她实在是穷得揭不开锅，交完三个月房租兜里只剩下三百多块钱了。她既不想伸手管父母要钱，怕他们担心，又拉不下脸来和朋友借，走投无路之下才跑到公园支摊子。

燕其羽想着，这样既能锻炼自己的画技，还能赚些饭钱，一举两得。只是她的画风在很多人眼里太卡通了，吸引来的只有小朋友。面前这个男人可是她开业以来，第一个成年顾客。而且，还是这么帅的顾客。

燕其羽紧张里透着一点点殷勤，说："先生，你要画肖像吗？很快的，十分钟就好。"

于归野摇了摇头说："我不画，我是陪孩子来的。"

"哦……"燕其羽有些可惜，自古画家都是欣赏美、追求美的，遇到美人、美男、美景却不能画下来，实在是太遗憾了。

男人问道："一幅画多少钱？"

"童叟无欺，Q版六十元，正常比例八十元！如果要上色的话，就再加三十元。"

这价格还蛮便宜的。不过，于归野还是追问道："能便宜点儿吗？孩子攒点儿零花钱不容易。"

这话要是放在一个月之前，燕其羽可能真的会犹犹豫豫地降个几块钱，可经过这段时间的锻炼，燕其羽终于学会对砍价的人说"不"了。

"不行。"燕其羽摇摇头说，脑后垂下来的发丝在脖子后面甩啊甩。"小孩子的生活可比成年人容易多啦！他给妈妈洗个碗就能赚十块钱，可我为了省洗碗水钱，现在都改吃馒头夹酸黄瓜了。"

明明是很心酸的事，可从燕其羽嘴里说出来却带着点儿诙谐与自嘲。于归野被她逗笑了，又问她："那如果在人物后面添加彩色背景多少钱？"

哇，这可是大主顾！

燕其羽迅速评估了一下自己的劳动成本说："五十元吧，还能在旁边添个动物，算送您的！"

一旁的丹尼尔急得抓耳挠腮，窘迫地喊了句："舅舅！"他手里仅有的一百块钱都快被他揉成球了。

于归野伸手掐了掐丹尼尔肥嘟嘟的脸蛋说："超预算的部分，舅舅给你赞助。"

说着，于归野大方地抽出钱包，从里面掏了一张百元大钞，交到了丹尼尔手里。

听到他们俩的对话，燕其羽才知道原来他们二人不是父子。就说嘛，这位先生又高又瘦又有风度，得是什么样的基因突变才能生出这样的"短腿白萝卜"呀！

画画的时候，于归野并没有守在旁边。这附近有个很有名的连锁奶茶店，丹尼尔长了一只狗鼻子，远远闻到味道，便闹着要喝。

于归野刚开始不同意地说："奶茶太甜了，你妈特地嘱咐我不要喂你太多甜食。"

丹尼尔哭唧唧地说："那就放八分糖嘛！"

"不行。"

"半糖，半糖总行了吧！"丹尼尔大眼睛里含着泪，嘴里委屈地嘀咕道，"反正外教都夸我 so sweet，我自己很甜，奶茶不甜我能忍忍。"

于归野顿时无语了。

燕其羽"扑哧"笑出声，结果被于归野板着脸横了一眼。她赶快正襟危坐目视画板，装作自己根本没在偷听。

丹尼尔丝毫没有男孩子不能撒娇的自觉性，拉着于归野说了无数好话，当舅舅的只能败下阵来，乖乖地去为外甥买奶茶。

等到男人的背影逐渐远去，燕其羽敲敲画板，提醒自己的小主顾道："好啦，擦擦口水，赶快告诉我到底要画谁吧。"

于归野哪里想到那家奶茶店这么火爆，他足足等了二十分钟才排到收银台前。

负责收银的小姑娘很会推销，笑道："先生，我们新店开张，买两杯奶茶就送一块蛋糕哦。"

"不用，"于归野说，"一杯就好。"

小姑娘锲而不舍地说："您看，我们这个蛋糕平常卖十八块钱一块儿呢！"一边说着，她一边指了指柜台。

只见透明柜台里，一排排造型别致、色泽诱人的小蛋糕挤在一起，这个头顶樱桃、那个身撒椰蓉，在灯光的映衬下令人食欲大增。其中一块蛋糕做成了雪人状，雪白的小糖球叠在大糖球上，雪人的表情憨态可掬，简直像是缩小版的丹尼尔。

于归野心里一动，说道："那好吧，两杯，再给我拿一块那个蛋糕。"

"第二杯也是同样口味的吗？"

于归野不爱吃甜食，但是让小胖墩一人喝两杯，绝对会撑得吃不下晚饭。他沉吟了几秒说："要个红枣燕麦的吧，做热些。"

现在已是初秋，前几天冷风过境，今天就连站在太阳下也觉得冷飕飕的。那个在公园里卖画为生的小姑娘，十根手指的指尖冻得通红，却还要拿着笔辛苦工作。

于归野心想：就当自己日行一善吧。

当于归野提着东西回到小公园时，燕其羽刚刚完成丹尼尔的画。她小心地把画卷起来，用皮筋捆好，嘱咐丹尼尔好好保管。

丹尼尔小心翼翼地把画卷拢在怀里，不知道的人还以为他抱着传家宝呢！就连于归野想看看画，丹尼尔都不同意，还振振有词地说："这是送给瑞秋的画，怎么能给别人看呢！"

这小没良心的，真是有了媳妇忘了舅，刚才自己还给他垫了画钱，转眼就被他忘光了。

"要是这样的话，那舅舅刚刚买的蛋糕就不给你吃了。"

于归野作势把那块雪人蛋糕和红枣燕麦奶茶一起递给燕其羽。

小胖墩踮起脚尖看看那块可爱软糯的蛋糕，再低头瞅瞅自己怀里的画，最终他脖子一拧，固执地说："不吃就不吃！"

于归野威胁道："可是你说不吃的啊！"说着，他就把蛋糕和奶茶塞到了女孩手里。

本来在旁边笑眯眯观战的燕其羽吓了一跳，她还以为这位先生是在开玩笑呢，哪想到真的有自己的份！

"不用了，您还是拿回去给小朋友吃吧。"燕其羽赶忙推辞道。

燕其羽为了省钱，已经想不起来多久没有喝过奶茶了。她望着送到自己鼻尖的热气腾腾的美食，说不馋绝对是骗人的。可男人的善意来得太突然，她眨眨眼，一时间没有动作。

于归野装作看不出燕其羽的警惕，把手里的东西又往前送了送，嘴角轻勾道："拿着吧，小画家。"

小画家、小画家、小画家、小画家……

燕其羽被这句"小画家"冲昏了头脑，稀里糊涂地就收下了。不怪她虚荣，还从来没有人叫过她画家呢！

燕其羽觉得今天一定是她的幸运日，早上她的作品获得了编辑的认可，下午支画摊赚了一百多块，而且还免费得到了一份甜品！

燕其羽馋得口水直流，她顾不上品尝，先把外卖袋放在一旁，赶快从书包里掏出一张巴掌大的素描纸。她手握马克笔，笔走游龙，无须思考，线条自发地从笔尖流淌而出，转眼的工夫一个Q版小人就出现在画面中。

图中之人打扮得干净利落，浅咖啡色的风衣衬得他风度翩翩，Q版人物的脸上笑出了两朵红云，手里还拿着一杯奶茶。

眼尖的丹尼尔夸张地蹦起来，说道："舅舅，舅舅，这是你啊！"

于归野一愣，仔细看去，果然在Q版人物身上看出了自己的影子。

巴掌大的图画起来飞快，于归野还没看清呢，燕其羽就已经换上其他颜色的画笔给人物上色了。从她落笔到收工，前后不过五分钟光景，一个三头身的于归野便顽皮地出现在他们眼前。

"喏！"燕其羽吹吹画，歪着头欣赏了一阵儿，然后把这幅作品递到了于归野手中，说道，"先生，送给你。"

于归野笑问："这是奶茶的回礼？"

燕其羽点点头，眼睛里带着股可爱的固执，说道："我不欠人情的。"

"行，谢谢你的画。"于归野指着画的角落说，"能不能给我签个名？"

"咦？"

"等你成为名画家了，这幅画可就值钱了。"

燕其羽听出来他在揶揄自己,脸红红地嘟囔道:"哪那么容易成名。"可仍然抵不过内心的小虚荣,提笔在画面角落上签上了自己的笔名——"小羽毛"。

燕其羽给人家当了这么多年助手,参与过的作品很多,可却没有署名的权利。主笔老师可以在全国开签售会,而她只能在工作室里默默耕耘。

哪个助手心里没有一个主笔梦?

以前在工作室当"老黄牛"时,工作强度很大,没什么放松的机会。她唯一的消遣就是一边托腮做名扬天下的白日梦,一边在纸上设计自己的签名。想着等她靠着作品打出一片天地时,她一定会认认真真地在每本漫画的扉页上写下自己的名字。

燕其羽的签名和她的漫画一样可爱,"小"字又矮又胖,"羽"字的四个点圆圆滚滚,而"毛"字的尾巴拖得长长的,在空白处打了个奇妙的结,摇身一变成了一片羽毛的形状。这是她第一次给别人"签名",难免有些紧张,结尾的羽毛图案没有收住。她心里一紧,手上却稳稳当当地拐了个弯,在羽毛后面添了一个小小的桃心图案。

丹尼尔很给面子地"哇"出声,大声说道:"好漂亮!姐姐你叫'小羽毛'?"

"嗯。"燕其羽腼腆地解释道,"这是我画画的笔名。"

丹尼尔佩服地说:"你的字可比我舅舅的字好看多了!"

丹尼尔知道舅舅是个很有名的作家,书房里有一排书柜全都放着舅舅的作品。他见过舅舅的签名,"君子归野"四个字只能看懂一个"子",剩下三个字潦草地团在一起,像是好几天没洗的臭袜子。

于归野难堪地咳嗽一声,重重地拍了下丹尼尔的头顶说:"行了,还有脸说我,你先把'白自日曰'四个字学利落吧。"

丹尼尔被戳中了痛处,委屈地抱着脑袋不吭声了。

天色渐晚,于归野要带丹尼尔去吃饭,而燕其羽也要收拾画板回家了。

临别前,丹尼尔老气横秋地一挥手,严肃地说:"你画得这么好看,我回去会给你多多宣传,让大家都来照顾你生意。"

燕其羽身上背着画板，费力地蹲下身，与丹尼尔目光平视地说："谢谢你惦记我。不过，这幅画是姐姐最后一单生意，之后我就不做这个了。"她大着胆子伸手捏了捏丹尼尔的圆脸，肉嘟嘟的手感让她爱不释手，"姐姐找到工作了，所以从明天开始我就不来了。"

丹尼尔着急死了，奶声奶气地问："那你以后再也不画画了？"

"当然不是。"燕其羽得意地说，"以后，我不仅会画画，还要画给很多很多人看。"

丹尼尔听懂了，心想：原来这位阿……不对，这位姐姐，是个美术老师啊！

燕其羽最后拥抱了一下这位可爱的小主顾，祝他明天能顺利地把这张画送出去。

于归野到家后，找了个相框把小画家送给他的Q版小人装了进去。他拿着相框转了一圈，最终把相框摆在了电视机旁边。他满意地欣赏着这幅画像，脑中不经意想起女孩在创作时专注的神情。不知以后还有没有机会再见到"小羽毛"了。

丹尼尔见于归野对着自己的卡通自画像发呆，很嫌弃地说："舅舅，你可真自恋。"

于归野四两拨千斤地回答道："再废话，我明天就不送你去上学了，看你怎么和瑞秋告白。"

丹尼尔立即换上一副谄媚嘴脸，扑上去抱着于归野的大腿说："舅舅最有眼光了，等我和瑞秋结婚了，我也要把她的画像摆在电视机旁边，天天看。"

因为心里惦记着告白的事情，第二天一早，丹尼尔不用舅舅叫，在闹铃响前就从床上爬起来穿好了衣服。他之前也在于归野家住过几次，所以于惊鸿特地放了几件衣服在于归野家。只是上幼儿园必须穿统一的校服。于归野想了想，去自己的衣帽间取了一条颜色鲜艳的花纹领巾，在丹尼尔的脖子上打了一个利落的领结。

色彩跳脱的领巾，一下就让丹尼尔的形象从普通小胖子里摆脱出来，变成了一个时尚又绅士的小胖子。

到了幼儿园门口，不少家长都在偷偷看这对舅甥。小女孩儿们看到丹尼尔也红着脸投来了秋波。但是路边的"野花"丹尼尔是不会采的。他特别宝贝地抱着那幅画。画纸是最普通的素描纸，既没有用相框装起来，也没有用画轴裱起来，只是卷成一卷，一根姜黄色的皮筋绑在上面，看着有些寒酸。

于归野有点儿拿不准主意，不知道丹尼尔的小女朋友会不会喜欢这样光秃秃的一幅画。他主动提议道："要不然舅舅带你再去买个礼物吧，一束花怎么样？你看电视里男孩子向女孩子求婚时，都是拿花的。"

丹尼尔自以为非常严肃，其实紧张得话都说不利落了，磕磕巴巴地说："不……不用了，我还带了别的礼物，瑞秋一定会喜欢的。"

"那好吧。"于归野祝福他道，"希望瑞秋能接受你的表白。"

丹尼尔苦恼地说："可是我怕妈妈不同意我早恋。"

"放心，你妈那边由我搞定。"于归野弯下腰，一边帮丹尼尔整理领结一边看着他的眼睛说，"舅舅特别不喜欢'早恋'这个词。当你遇到对的那个人，她就算来得再早，你都会嫌她在你人生中迟到了。"

于归野可是鼎鼎有名的大作家，这种程度的"鸡汤"张口就来。丹尼尔被他哄得心花朵朵开，一张圆脸涨得通红，挺着小胸脯，背着小书包，雄赳赳气昂昂地跨进了幼儿园大门。

于归野混在家长群中，看着小男子汉在感情中迈出了第一步，一股由衷的自豪感萦绕在心头。他的外甥为瑞秋准备了两份礼物，不知道瑞秋能不能答应呢？

瑞秋的答案是——不。

瑞秋不仅说了"不"，还把这件事告到了幼儿园园长那里。

于归野在下午接到姐姐打来的电话，当时他正在构思自己的第一个漫画脚本，他原本以为丹尼尔的告白十拿九稳，哪想到瑞秋这么不给面子。

电话里，于惊鸿气急败坏，背景音能听到丹尼尔声嘶力竭的哭声。于惊鸿听起来像是一只疯狂的母狮子，吼道："于归野！是你撺掇丹尼尔向瑞秋告白的?"

于归野和姐姐的性格完全相反,两人自小相处,于归野早就摸清了一套应对的方法。她怒火越冲,于归野就越四平八稳。

"怎么了?丹尼尔在这个年龄对异性有好感和好奇都是很正常的,他喜欢瑞秋,这种感情很纯洁、很美好,我觉得不需要制止,只需要鼓励和引导。"于归野的回答十分完美,简直可以当作卷首语收录在《儿童性心理研究》里。

于惊鸿又连声追问:"画也是你带他去买的?领结也是你帮他打的?钻戒也是你让他拿的?"

"什么钻戒?"于归野顿时觉得有些蹊跷。

于惊鸿这才明白弟弟也被蒙在了鼓里,她在电话里长叹一声,又气又笑地说:"算了,这事儿具体是怎么发生的我也不清楚,你赶快来幼儿园一趟吧,我正在园长办公室呢。"

于归野一头雾水,但听姐姐的意思,丹尼尔绝对是闯祸了,而且闯的是大祸。好在他家距离幼儿园不远。二十分钟后,他就赶到了幼儿园。

园长办公室在教学楼顶层,于归野刚一踏进楼门就听见自家胖小子的哭声从上面传下来,底气十足,看样子没什么大事。

于归野的心放下大半。他赶快来到办公室外,敲门走了进去。

办公室内,除了"呜呜"假哭的"小胖萝卜"以外,还有三位成年人。

于归野一一看去,他认得坐在办公桌后慈眉善目的老太太,她是幼儿园园长。每次孩子上学放学,她都会守在大门外;对面的小沙发里,穿着职业套装的精英女白领则是于归野的姐姐于惊鸿。她一脸烦闷,正在用指尖轻揉额角;至于站在门边的第三位年轻女性,于归野觉得有些眼熟。过了好久,他才想起来,她是丹尼尔的班主任,昨天接孩子时,他在校门口见过她。

见于归野来了,于惊鸿把小胖子提溜到四个大人中间,让他老实承认错误。

"我……我没错!"丹尼尔脖子一梗,硬气地说,"你们都不懂我,只有舅舅懂我!我要当舅舅家的孩子,我不要当妈妈的孩子了!"

于惊鸿气道:"你个臭蛋蛋,要是你舅舅知道你都干了什么好事,你看他还理不理你。"

"究竟怎么了?"于归野问。

于惊鸿头疼地从包里掏出一个深蓝色的丝绒小盒子,她打开盒盖,只见绸布上躺着一枚熠熠发光的钻戒。

于归野认得这枚戒指,这是于惊鸿的结婚钻戒,她老公特地在国外定做的。主钻足有两克拉重,周围绕着一圈碎钻,切割得精细华美,整体造型高贵典雅,即使在室内光下,依旧闪烁耀眼。

于惊鸿一字一句地说:"丹尼尔偷偷拿了我的钻戒,跑来向瑞秋求婚。"

于归野一愣,没有说话。

小胖子偷偷瞄了一眼于归野的脸色,不敢说话了。

于归野终于知道,为什么一个普普通通的幼儿园告白事件,会闹到园长这里。小朋友上学的时候居然掏出来这么一枚价值连城的大钻戒,不管是哪个老师看到了都会吓坏吧。

气氛变得更尴尬了,于归野看了眼瑟缩在自己身后的丹尼尔,觉得这小混蛋可怜可恶又可爱。他想护着孩子,又怕做得太明显,只能生硬地打圆场转移话题道:"瑞秋怎么没在?"

就算丹尼尔的告白太突兀,但作为另一个当事人,小胖丫头没有出现在办公室里,实在有些奇怪。

哪想到于归野话音刚落,屋里剩下的三大一小表情顿时变得很"好看"。

几个人就这么大眼瞪小眼地静默了半分钟,终于,一直站在门边充当壁花的年轻女班主任开了口。

"这位先生,那个……我就是瑞秋。"

于归野愣了一下,心想:丹尼尔的心上人瑞秋居然是班主任老师?

于归野被这位小男子汉的"野心"震惊了。他仔细回想了一下昨天发生的事情,发现自己确实犯了先入为主的毛病。

昨天丹尼尔指向校门口的方向,他看到一个小胖丫头和美女班主任吻别,便下意识地觉得同龄的小姑娘是丹尼尔的心上人,哪想到闹了这么大一个乌龙。

于归野苦笑着向瑞秋老师道歉:"对不起,是我误会了。我还以为他喜欢的人是同班的一个胖胖的小姑娘,还鼓励他勇敢表达出来,没想到会给你的工作带来这么大的麻烦。"

"胖胖的小姑娘?"

"对,昨天我看到她和你吻别了,梳着丸子头,穿着粉裙子。"

瑞秋老师皱眉回忆起来,道:"啊,你是说辛迪吧?"

于归野分不清这些小孩子的英文名,旁边的丹尼尔先叫唤开了。

"什么辛迪!舅舅,我才不喜欢辛迪,她太胖了!"

于惊鸿瞬间炸锅道:"胖?蛋蛋,你还好意思说辛迪胖?你看看你肚子上那一圈是什么,全是你吃的鸡腿、汉堡和薯条!"

丹尼尔被亲妈打击得体无完肤,心里冰凉,哭哭啼啼找于归野撑腰。结果,于归野也不理他了。

丹尼尔哭得鼻涕都流到领结上了,红着眼睛说:"舅舅,怎么你也背叛我了啊!昨天你还说我和瑞秋很般配呢!还带我去找那个小姐姐画肖像画。"

见丹尼尔哭得这么伤心这么委屈,于归野坚持了几分钟就败下阵来。

少年情怀总是诗,不少孩子都会对成年人产生"长大后要娶她或嫁他"的想法,童言童语,稚气可爱。若不是丹尼尔出人意料地拿走了妈妈的婚戒,瑞秋老师也不会特地把家长请来。

于归野蹲下来,伸手把这个小伤心汉搂进怀里,拍拍他的头说:"好了好了。舅舅不是背叛你,也不是笑话你。只是恋爱要各方面匹配才好,你和瑞秋老师距离太远了。"

"哪里远?"

当然是年龄差太远了啊!

可当着女老师的面,于归野肯定不能说"老师年纪太大",只能找了个其他借口。

"你看,瑞秋老师这么漂亮,一定有很多人像你一样追求她。她肯定已经有男朋友了。"

说着，于归野给瑞秋老师递了个眼神。她心领神会，不着痕迹地点点头，立即接话道："是啊，丹尼尔。老师已经有男朋友了，快要结婚了。"

可谁能琢磨透孩子的心理呢？

丹尼尔瞬间从小哭变成了大哭，声嘶力竭地扑进了舅舅怀里，说："老师是我的女朋友，我不要老师和别人结婚！她……她结婚的话，我就……我就……我就绝食抗议！"

小朋友哭得太着急，一口气没喘上来，居然憋出了一个响亮的哭嗝！

中午幼儿园给小朋友们吃的是韭菜三鲜馅的饺子，丹尼尔一个人吃了三个人的量，结果一打嗝，整个办公室里瞬间弥漫起了浓郁的韭菜味。

于归野的好舅舅人设瞬间崩塌，没憋住，笑了出来。

丹尼尔"情伤"过重，只要一听到"上学""老师"等词语就哭闹不止，于惊鸿哄也哄了、劝也劝了，软硬兼施，可他就是不合作。无奈之下，于惊鸿只能给儿子请假，带他回去"疗伤"。

临走前，于惊鸿涂着亮红色指甲油的食指隔空点了点于归野的脑袋，又抛给他一个"你看着办"的眼神。

于归野苦笑着点点头，无声地用口型说："一套乐高。"

丹尼尔记仇得要命，于归野要是不把他哄好了，以后就再也别想得到小胖墩的亲亲了。

于惊鸿带着儿子匆匆走了，于归野紧随其后，被瑞秋老师送出了校门外。

瑞秋老师手里还拿着那幅丹尼尔求爱用的漫画肖像，画面上的主人公有着一双漂亮的丹凤眼，卷卷的长发披散在肩头，嘴角含笑，让人倍感亲切。她站在讲台上，身后的黑板上写着苹果、柠檬等水果的英文单词，手中还拿着几个水果教具。

别说，这幅漫画还真的和瑞秋老师有几分相似。

昨天燕其羽绘制这幅画时，于归野并没有在旁边观看。他要是当时看到了，也就不会闹出这么大的笑话了。

瑞秋老师说："这幅画还请你帮忙还给丹尼尔。"

于归野拒绝道："您就收下吧，毕竟是孩子的一份心意。"

"那好吧。"瑞秋老师迟疑了一阵，还是收下了。

"丹尼尔这孩子人小鬼大，在幼儿园如果有不听话的时候，还请老师您多多费心。"

"应该的、应该的。"瑞秋老师说，"咱们两人年纪差不多，你就不要用'您'了，你可以直接叫我瑞秋。"

于归野绅士地谢绝道："那怎么好意思？我是学生家长，您是老师，当然要用敬称。"

两人又围绕丹尼尔的学习和交际聊了很久，瑞秋老师明明是班主任，可这时却像是忘了还有一班小朋友在等她，一直在找话题和于归野聊天。然而于归野只是舅舅，又不是爸爸，瑞秋老师说的事情他并不清楚，经常接不上话。

这么单方面的尬聊挺没意义的，于归野频频看表，脸上做出一副欲言又止的表情。

瑞秋老师立即反应过来，说："啊，不好意思，你下午还有工作要忙吧？"

"是啊，真不好意思，工作那边催得太紧了。"于归野抱歉地说，"今天谢谢您跟我说这么多，很遗憾没办法和您继续聊下去了。"

"没关系，没关系。"瑞秋老师微微垂下头，轻声说，"我看你时不时就来接丹尼尔放学，下次见面的时候，你要是有什么疑问都可以和我说。"

于归野笑笑，没有接话。

终于，瑞秋老师一步三回头地走向了教学楼。于归野松了一口气，赶快回到了车里。他想起这两天发生的事情，越想越觉得哭笑不得。

作者写小说时，总要创造一些巧合来推进故事，可他哪里想到生活中的巧合比小说中还要荒诞有趣。

于归野又想起那幅画来，那个叫"小羽毛"的画家并没有见过瑞秋，仅仅凭借丹尼尔的描述，就能画出一幅神似的肖像画，这功底确实了得。而且他也很想知道，丹尼尔是怎么向"小羽毛"描述瑞秋的身份的？如果丹尼尔说瑞秋是他的心上人、同时又是他的老师，"小羽毛"不会觉得奇怪吗？还是说，她只要能赚钱就好了，不会顾忌那么多？

越想越是好奇，于归野立即开车驶向了昨日的公园。

可谁知却扑了个空。

站在昨天的位置，于归野举目四顾，却没有找到那个熟悉的倩影。直到这时他才想起来，"小羽毛"昨日明明说了，昨天是她最后一次出摊赚钱，今后都不会再来了。而这附近全是住宅小区，人流量这么大，再相遇的可能性十分渺茫。

看来，这个疑问永远得不到解答了。

第三节　找作家的小画家

"咦？娜娜姐，你在给我物色脚本作家？"

燕其羽接到编辑步娜娜的电话，又是惊讶又是惶恐。

步娜娜说："你的画工很扎实，分镜也好，不管是画条漫还是画页漫都有看头。单论画工，你能拿到白银级的签约待遇。然而现在的问题是，你的编剧能力太差了。"

电话这头，燕其羽窘迫得说不出话来。

燕其羽有一个讲故事的梦，却并不是一个很好的故事创作者。她之前也试过自己编剧自己绘制，画过几个短篇，可发到网上连水花都没有，还被读者评价为"空有画风，没有内容"。若不是如此，她也不会和邓雪合作。

步娜娜说："我现在也在积极帮你找合作者。现在有些棘手的是，如果一个作者能写出一个好故事的话，他完全可以直接把故事写成影视剧本或者小说，这样收益远高于漫画脚本。我这段时间联络了一些有意向的作者，但他们作品的风格和你的画风都不太符合……"

"没关系的！"燕其羽立即表态道，"如果画风不合的话，我可以改画风的！"

"你可以改画风？"

"是的，我在逐梦堂的时候，一直担当'知不道仙人'老师的助手，后来从逐梦堂出来,我又给'独钓寒'老师工作了一年。"

这两位主笔老师在漫画圈内名声响亮。"知不道仙人"擅长热血少年漫,一本成名,手速飞快,短短几年的工夫,单行本出了十几册。"独钓寒"毕业于国内顶级的美术学院,国画方向,专修写意人物。他在漫画中融入了中国风,画风缠绵,故事隽永。

燕其羽学习能力极强,为两位老师工作时,学习了他们的画风,完全可以以假乱真。

"改什么改!"

步娜娜厉声拒绝了燕其羽的提议,把燕其羽吓得直缩脖子,若她是一只麻雀的话,这时绝对羽毛飞满天。

步娜娜也意识到自己太强硬了,她赶快压着火气说:"我知道你非常想开始画漫画,但学来的画风终归是别人的画风,而且非常容易学着学着就忘掉了自己的风格。少女漫画风是你的强项,没必要为了别人改变自己的样子。"

步娜娜苦口婆心地劝道:"找合作伙伴就像找对象,两方需要彼此磨合,而不是单方面的付出与屈就。即使这个男人再高再帅再有钱,他不适合你,那就是有缘无分。即使这个脚本再精彩绝伦,它与你的画风不符,那就不是你的命中注定。"

步娜娜的话犹如当头棒喝,燕其羽立即明白自己陷入了怎样的误区。她一心想画漫画,这十年来,她在这条路上稳扎稳打,耐心磨炼,可当她眼睛能够望到胜利果实时,忽然就失了平常心,变得急躁不安。

一方面是长时间没有收入带来的经济压力,另一方面是急需要证明自己有画漫画的能力,两方相结合,她便有些急功近利了。可画漫画是个水磨工夫,一部漫画连载至少两年起步,她现在可以为了一个好脚本改变自己的画风,可她不能改变一辈子啊!

燕其羽深吸了一口气,定了定神。

"娜娜姐,我知道了,我会耐心等待的。"燕其羽的声音虽轻,但非常坚定,"我相信,那个属于我的脚本作者会很快出现在我面前的。"

步娜娜挂了电话,在座位上疲惫地伸了个懒腰,拿起水杯起身向茶水间走去。这一上午她就没消停过，不停地给认识的、故事风格适合"小羽毛"的作者打电话，想问问他们有没有意向开一个漫画连载，大部分作者都以自己手头工作太多婉拒了，倒是有几个人表示想先看看画手风格。她赶快把手头准备好的样图包发了过去，图包里包含了"小羽毛"的单幅彩漫，还有她之前创作的短篇漫画，可以让作者看清她的分镜功底。

　　漫画合作这种事情急不得，必须要慢慢找、耐心找，说不定什么时候就会有一个合适的作者脚踏祥云手捧脚本而来。但漫画家也不能总是停滞在原地等待开工，毕竟不画画就没有收入。步娜娜知道燕其羽经济压力大，想了想，决定先给她接一些短篇小说改编漫画的工作。

　　如果没记错的话，海豚文学网前不久举办了一个万字短篇小说的比赛，优秀作品还蛮多的，这个长度的小说改编成漫画不会太长，刚好适合"小羽毛"现在的情况。只是僧多粥少，每个编辑手底下都有那么几个等待机会的漫画家，到时候肯定会有一番争抢。步娜娜端着印满香蕉的马克杯，一边思考一边埋头走着。

　　这层办公楼一共有两个茶水间，只是离步娜娜近的茶水间在漫画一组的工位旁边，要去接水的话势必要经过一组那个"直男癌"聚集地，她实在不想搭理他们，宁可舍近求远。可她兜了这么大一个圈子了，仍然没能避开。

　　"哎呀，娜娜，这么久没见，又漂亮了！"

　　男人油滑的声音在身旁响起。步娜娜脚步一顿，皮笑肉不笑地看向了来者。

　　"邓副主编。"步娜娜特地强调了'副'字，接着说，"这么久没见，你头发还是那么少。"

　　邓耀华就是邓雪的堂哥，他自称海豚漫画的元老人物，公司刚起步的时候他就进来了。他在副主编的位子上坐了多年，一直没升上去。前不久他们漫画一组的主编离职了，他们组的两个副主编为了主编的位子斗得你死我活。最后那个副主编战败出走，还带走了好几个人气漫画家。邓耀华作为获胜者成天在公司里耀武扬威。然而，两个月过去了，他升主编的调令还没下来。

邓耀华下意识地摸了摸自己头上的几根"毛"。他才三十多岁，发际线却高到"北极点"上去了，每天早上都拼命折腾那几根头发，想要遮掩住光秃秃的头顶。

"这你就不懂了，男人越聪明，头发越少。"邓耀华意有所指地说，"就像你们女人一样，越漂亮越大。"

步娜娜冷笑一声。

"哎呀，娜娜！你看看你，想歪了吧。"邓耀华说了个极其无聊的笑话，"我指的是头发的大波浪，不是别的！"

步娜娜甩了甩自己的齐耳短发，不搭理他，径自走了。

"先别走啊！"邓耀华连忙追上去说，"我还没和你谈完工作呢。"

"工作？您是一组的副主编，我是三组的小编辑，咱们有什么工作要谈？"

邓耀华立即说："嗨，我刚才听见你在打电话。不是偷听啊！你们组又签新人了？"

"嗯。"

邓耀华酸溜溜地说："你们三组可真了不得，每周都能挖掘到新作者。"

"其实邓副主编，只要你们组的编辑签人时，不要总盯着女主角的脸，你们也能签到好作者。"步娜娜嗤笑道。

漫画一组原本也是有女编辑的，可最后不是离职就是转组，实在接受不了一组的工作氛围。

"你们女人不懂！"邓耀华不屑地摆手道，"现在就是看脸的时代，要不然那些'蛇精脸'网红主播为什么能赚那么多？年初咱们APP的《人群细分报告》你肯定没好好看吧，男性用户占了大多数，付费用户里也是男性居多。这说明什么？要增加漫画'黏性'，留住这些核心用户，不靠相貌还能靠什么？"

步娜娜懒得和邓耀华多费口舌，说："嗯，所以吃饭要爆衫，游泳比赛女选手都穿比基尼，拉拉队高抬腿要露内裤，对吧？"她说的都是一组现在最火的几篇漫画。

邓耀华笑着默认了。

步娜娜心神一动，状似闲谈地问："对了，那天我看到你约谈了两个女作者，怎么，没签？"

"没签！根本不能签！"

"为什么？画得不好？"

邓耀华纠结地挠挠光溜溜的头顶，说："也不是不好，画风其实蛮不错的。可是那个写脚本的是我堂妹，我婶子特地给我打电话，说我妹成天不好好学习，就想写小说、写剧本，还说要在我手下出道。漫画这玩意儿赚的钱还没有民工多，我哪儿能让我妹误入歧途啊！赶快找了个借口，把人给打发回去了。"

服了。居然是这种原因！困扰燕其羽许久的事情终于真相大白。原来根本不是她画得不好，而是邓耀华想要找个不伤害妹妹的拒绝理由，只能把主意打到了燕其羽身上。

步娜娜真希望自己是月野兔，这样就能替天行道消灭这个祸害了。

"电梯请稍等一下！"

燕其羽走进楼道时，电梯门正在缓缓关闭。他们小区楼层高，电梯却少，这趟错过了还得等几分钟才能来下一趟。她赶快高声喊了一句，手里提着东西急匆匆地往电梯里冲。

站在电梯门旁的女子见燕其羽这么狼狈，赶快压住开门键等她上来。

"谢谢！"燕其羽气喘吁吁地说。

电梯里人满为患，燕其羽干脆站到了女子身边。电梯门合拢后，镜面便反射出了两人的模样。燕其羽刚刚下楼去小超市买东西，她脚下踩着人字拖，身上套着一身家居服，皱巴巴的T恤领子都被洗松了，胸口还沾着彩色马克笔的痕迹，看上去就是随处可见的"广场舞女孩"。再看看燕其羽身旁的那位女子，一头精心呵护过的长发，柔顺地垂在身后，摩登大方的西装套裙包裹住身体，背着大牌包包，怀中抱着蔬菜零食……

燕其羽见过那个纸袋上的标志，那是一家会员制的外国精品超市，卖的全都是有机食品,一根黄瓜就要二十八元。

女孩子天性都是爱美的,燕其羽也有小小的虚荣心。她也想打扮得光鲜亮丽,生活得精致美好。可她现在仍然挣扎在贫困线上,今天的晚餐就是手里的泡面而已。

不过,燕其羽的心态非常好,钱这种东西是嫉妒不来的,要想勤劳致富必须靠双手!

燕其羽美滋滋地想,娜娜姐上周给她介绍了一个短篇小说改漫画的工作,稿费一话一结,等画完这一篇有了收入,她也要尝尝二十八块钱的黄瓜有多好吃!

电梯里人多,楼层又高,每隔几层都有人下楼,电梯里的时间又漫长又无聊。

忽然,那位女子的手机响起,她因为手里拿着东西并没有接电话。结果隔了几秒,电话第二次响起,看样子是个很重要的电话,才会这样反复拨打。

见那位女子露出头疼的表情,燕其羽主动伸出手说:"我帮你拿着东西吧,你先接电话。"

"啊……谢谢。"

"没关系,都是一栋楼的邻居,互帮互助嘛。"燕其羽热心地接过女子怀中的一大袋子蔬菜零食。

女子腾出手,赶忙从包里摸出电话。她原本以为是有什么要事,哪想到居然是快递打来的。她无奈地对电话那头说:"师傅,我现在下班回家了,不在公司,麻烦您明天再送吧。"

也是巧了,女子电话刚挂,原本慢悠悠的电梯就升到了她所在的楼层。她手忙脚乱地要从燕其羽手里拿回东西,燕其羽一看显示屏,笑道:"太巧了,我也住这层。"

"这么巧?"

两人分了东西,赶快走出电梯。小区人多,居住密度大,这栋楼一层就有八户人家。电梯出来后分左右走廊,走廊两端又分两条小道,每条小道各有两户共用一个过道。

巧之又巧的是，燕其羽和那位小姐不仅是同层，还是同走廊、同一小道！

只是燕其羽平常在屋里埋头创作，一周都不一定会出门一次，就连群租房内的其他租户都见不到几面，更遑论对门了。

"真是天大的缘分啊！"女子爽朗地笑道。她这么一笑，把身上的精英感都笑没了，眼角带着一点儿隐约的皱纹，偷偷透露了她的年纪。

"是啊。"燕其羽也说，"咱们明明住得这么近，以前都没见过。"

"希望以后有机会能经常见面。"女子探手从怀中的纸口袋里掏了两个苹果和一袋零食，出人意料地塞到了燕其羽怀里。

燕其羽赶忙推辞道："不用了，不用了……"

"拿着吧，都是邻居。"女子说，"小姑娘不要总吃泡面，对身体不好。"

推辞不过，燕其羽只能红着脸接受了对方的好意。

总不能白拿别人的东西，但燕其羽也没有什么东西可以拿得出手，唯有画画最擅长。她决定一会儿画张画像送给女子，反正她们两人住对门，很方便的。

挥别可爱的"小白兔"邻居，于惊鸿抱着大包零食，用一只手艰难地打开了防盗门。

一进屋，于惊鸿维持了一天的精英女上司形象就被丢到了脑后。她把怀里的东西往地上一扔，名牌包也被她随手丢在旁边。她两脚往前一踹，结果用力过度，两只高跟鞋一前一后地从门厅飞到了客厅。其中一只高跟鞋"咕噜噜"地滚到了茶几前，惊到了正在客厅看书的男人。

于惊鸿叉着腰，原形毕露地说："于归野！老姐辛辛苦苦过来看你，怎么还不接驾？"

于归野满脸无奈地说："你怎么来了？"

"我怎么来了？我担心我的宝贝弟弟沉迷写作，日渐消瘦！"

于惊鸿这个弟弟，从小就是"别人家的孩子"，特别有主意，有时候连她这个当姐姐的都不明白他在想什么。直到他考上大学，才和家里承认自己一直利用课余时间写小说，而且已经出版了好几部，本本大卖。转眼这么多年过去，"君子归野"的名气越来越大，版税节节攀升，每年都能登上作家富豪榜前十名。

因为家里催婚催得太紧，于归野实在不耐烦，便从别墅搬出来，跑到高档社区买了一套房子。不过，房子现在正在装修，所以他干脆一个人住进了小时候住过的回迁房。这地方又小又破，于惊鸿真不明白住惯了大别墅的他是怎么忍受这里的环境的。

于惊鸿道："你自己说说，你有多久没去看丹尼尔了？"

"丹尼尔不是在绝食抗议吗？"

于惊鸿不屑地说："是啊，他绝了主食，没绝零食，吃个鸡腿比谁都欢实。"

于归野愣了一下，露出哭笑不得的表情。

"你们男人就是这样，嘴上说不要，身体还是很诚实的。"

于归野自小就说不过能言善辩的姐姐，只能举手投降。

"对了。"于惊鸿八卦兮兮地说，"你家对面的小姑娘是谁啊？水灵灵的，一说话就脸红。"

于归野仔细地在记忆中搜索一番，可惜一片空白，说："那是群租房，每天出出进进七八个人。我搬过来一个多月了，没见过有年轻女孩。"

燕其羽十分想给对门的女子画张漂亮的肖像画，可事分轻重缓急，她决定先把今天的工作完成，然后再"偷懒"。

想起工作，燕其羽"嗷呜"一声怪叫，整个人在电脑前颓成了一个"史莱姆"。

上周步娜娜一直在物色适合改编成漫画的优秀短篇小说，哪想到"正瞌睡来了个枕头"，海豚文学网短篇小说大赛的某个得奖者主动找上门来，自荐改编。步娜娜赶忙把这部漫画交给燕其羽负责，为此还特地把原作者"龙龙龙"和她拉到了一个讨论组里。

这篇名为《明星达克》的小说是个非常清新萌甜的奇幻小说。故事背景发生在一个动物小镇上，这个镇上的所有居民都是动物，而"明星达克"是镇上最受欢迎的咖啡店，老板是一只有着土黄色背毛和红色脚掌的鸭子。一日，一个被工作蹂躏了千百遍的疲惫男子踏着迷雾，意外抵达了这个小镇，由此开始了一段清新、治愈的温暖故事。

故事不长，只有寥寥七八千字而已，燕其羽一口气看完便被这个可爱的故事迷住了。当步娜娜问她愿不愿意接下这个工作时，燕其羽兴奋地回答："接！当然要接！"

"可是作者有点难搞哦！"

"没关系的！我相信能写出这么柔软文字的作者，一定是个细腻敏感的人。她即使对我要求再高，我也能配合！"

"那好吧。"

于是，步娜娜创建了三个人的讨论组。

香蕉殿下：这是作者龙龙龙，这是画手小羽毛，希望大家能好好合作，把这部作品呈献给更多的读者。

小羽毛：龙太太你好，很荣幸能和你合作。

龙龙龙：我不是太太。

小羽毛：？

龙龙龙：我是男的！

小羽毛：……

燕其羽万万想不到，能写出这么一篇少女奇幻小说的，居然是个脾气暴躁的男人！而更让她想不到的是，这位"龙龙龙"，龟毛的程度简直超出她的想象！

绘制漫画分为以下几个步骤：第一是确定人设；第二是画分镜草稿；第三是描线；最后一步，如果是画彩色漫画的话，那就要开始上色了。如果是黑白漫画的话，就要准备铺网点。

他们这部小说改编漫画预计分为前中后三话，每话十六页，每半月放出一话，工作强度相当大。但是偏偏，燕其羽在第一步人设……啊，不对，是"动物设"上卡了很久了！

　　龙龙龙：身材不对！达克是一只母鸭子，难道你看不出来吗？
　　燕其羽：龙龙龙，你通篇用的是"它"，而且鸭子又不穿衣服！我哪里看得出来一只鸭子还有性别啊！
　　龙龙龙：眼神不对！达克的眼神更温柔、更知性、更体贴，"治愈系人妻"你懂不懂？

　　不！她不懂啊！
　　燕其羽抱着抱枕在床上打滚，心里想着：一只鸭子究竟怎么知性？怎么"治愈系"？尤其拿"人妻"这种词形容一只鸭子，这明明是犯罪吧？
　　其他动物的设定很快就过了，偏偏主角"鸭设"被"龙龙龙"打回了好几遍，就是不能达到对方心中的要求。
　　燕其羽曾经绝望地提议，要不然让原作者画一张示意图吧，她可以揣摩风格，照着画！
　　"龙龙龙"很爽快，大笔一挥就画出了他心中的"女主鸭"。

　　小羽毛：呃，您这只鸡画得还挺像的。

　　"龙龙龙"的故事虽然很细腻柔软，可他本人的脾气很冲、很暴躁。他直接在讨论组里下了最后通牒，如果燕其羽这周不能交出让他满意的"鸭设"，他就向小说编辑申请换合作画手。就算步娜娜怎么说好话，他都一意孤行。
　　燕其羽非常看重这次合作机会，不光是因为她真心喜欢这个故事，也不仅仅是因为她急需一部作品向步娜娜证明自己的实力，更重要的是，她的存款就要告罄了！再没有进账的话，她在成为一个漫画家之前就要先把自己饿死了。
　　可是一只知性人妻的鸭子，究竟是什么样的呢？

忽然，燕其羽灵光一现，在数位板前直起了身子！

对门的女子把苹果和零食递给自己的时候，那个眼神不就又知性又治愈系吗？虽然初见时以为她是个白领精英，可最后那一笑仿佛像个大姐姐一样，让独身漂泊在外的燕其羽感受到了久违的温暖。

燕其羽现在整个脑袋里都萦绕着于惊鸿的模样，她神游似的拿起触屏笔，在数位板上埋头苦画起来！

达克鸭有着丰满圆润的胸部曲线，有着纤长的脖子，有着矜持的、微微收起的下颌，还有两条笔直修长的美腿！

龙龙龙：没错！这就是《明星达克》的女主鸭！

望着屏幕上"龙龙龙"的肯定，燕其羽心酸极了。她居然为了钱出卖了对门的好心女子，她还哪里有脸去见她呀！

在"龙龙龙"通过了燕其羽的所有人设后，燕其羽终于可以开始着手准备下一步工作了。

燕其羽从电脑前起身，活动了一下酸软的肩背，听着脊背上的骨节发出一声声轻响。

漫画家长时间伏案工作，总是会被职业病困扰。燕其羽有很严重的颈椎病、颈椎僵直，医生一直告诫她要多多锻炼，要不然以后有可能发展到颈椎反弓。

身体是革命的本钱，燕其羽一有空就要高举双手，仰起头，怪模怪样地在房间里"僵尸走"，虽然傻了点儿，但她没时间更没钱做理疗，只能靠这种徒手操锻炼自己。

其实画漫画真的很苦，几乎所有漫画家都身带伤病。主卧的那对小夫妻不止一次表示，他们很羡慕燕其羽的工作，不用出门上班，只要每天玩玩电脑，画几笔卡通画，就有钱进账，多悠闲啊！

燕其羽不知道该怎么解释，如果画漫画真的又轻松又能赚钱的话，她为什么要和人合租客厅的隔断间，为什么一星期只能吃一顿肉呢？

身为独生女，燕其羽也是父母的小宝贝，可她现在只身在外打拼，自然是能省则省。

犹记得燕其羽刚进逐梦堂当助手时，工资很低。老板见她犹豫，便给她"画大饼"，说虽然工资低，但是公司包吃包住，大家全在一起，没有上下班路费，没有交际应酬，她根本没什么需要花钱的地方。

燕其羽那时涉世未深，被忽悠着签了合约。等进了逐梦堂才知道，原来助手只能住八人间上下铺，而吃饭需要自己做，公司只提供素菜，想吃肉只能自掏腰包。

就这样，燕其羽从顿顿无肉不欢，变成了吃草的小白兔。现在她的负担比以前更重了，扣除房租以后，一周只能去熟食店买一块酱肉改善生活。

一个人在外拼搏，燕其羽好想念妈妈做的糖醋排骨啊！

咦？这个味道是？

正在"僵尸走"的燕其羽赶忙放下手，抽动着鼻子寻觅着空气中飘荡的香气。

是糖醋排骨！她绝对没闻错，是糖醋排骨的味道！

燕其羽像是一只被肉骨头勾引的狗狗，顺着香气脚不点地地往屋外飘，飘着飘着就飘到了厨房里。

群租房的厨房是共用的，燕其羽以为是其他租户在展示手艺，哪想到当她飘过去时，却发现厨房里空荡荡的，而香味则是从对面的厨房里传过来的！

他们这栋楼的设计有些古怪，虽然两间房子是对门，但两间房子并不是镜像设计的，两间房子的厨房有一扇窗户紧邻。他们的厨房装修简陋，橱柜满是油腻，灶台修了不知道多少次，洗菜池的下水道泛着臭味。而对面住户的厨房则装修得非常温馨，台面一尘不染，漂亮的实木橱柜看着就贵。

对面的厨房窗户前放了一棵绿植，遮挡了燕其羽的视线，让她看不到具体情形，但是光闻着空气中弥漫的味道，她就馋得肚子"咕咕"直叫。

真没想到对面的女子不仅人美心善，做饭也这么好！

咦，不对！燕其羽揉揉眼睛，站在灶台前的大厨是个男人！

窗户前的绿植刚好挡住了男人的样貌，只能透过缝隙隐约窥见他的身形。

男人肩宽腿长，身板笔直，上衣袖口整齐地翻到手肘。他的手指修长，骨节不算粗大，以艺术家的眼光来看，这双手十分适合出现在画纸上。藏蓝色的围裙裹住他的身体，在他腰后打了一个粗犷的结。

男人掀开锅盖，糖醋排骨的甜美味道翻涌而出。燕其羽受到暴击，口水差一点就要流下来了。她眼睛眨都不眨地注视着对方，只见男人从旁边拿起一双长长的木质筷子，伸进锅里，从中夹起一块包裹着晶莹糖色的小排。

是肉！是自己已经好久没吃到的肉！

这一刻，仿佛一切都被时间调成了慢动作。

筷子夹着那块颜色漂亮、大小刚好一口可以吞下的小排缓缓送向了男人的嘴里。

燕其羽下意识地踮起脚，眼巴巴地探着头向着那边张望着，只见那块排骨离男人的嘴巴越来越近，越来越近……

直到一双涂着正红色指甲油的玉手握住男人的手腕，让那双筷子调转了方向，送进了女人的口中。

刚刚在电梯里偶遇的美女出现在燕其羽的视线中，她动作亲密地贴在男人身旁，双手拉着男人的手腕，一口吞掉了那块香喷喷的糖醋排骨。她满足地咂咂嘴，嘴唇上还带着糖汁和油光。

燕其羽忽然脸上一热，刚刚蒙住大脑的香甜肉味在一瞬间全部退去了，她一个人站在空荡荡、脏兮兮、油腻腻的群租房厨房中，望着对面装修得温馨舒适的厨房里那对亲密无间的男女，她觉得自己就像一只窥探别人生活的可怜虫。对门的美女有着精致的生活。而她呢，既没有男朋友，也没有肉。她只有手里的一杆笔。算了，还是不要羡慕别人了。只要她好好画，也吃得起肉。

燕其羽摸摸肚子，赶快溜回了自己房间。

听到对面厨房关门的声音，刚从弟弟手里偷走一块糖醋排骨的于惊鸿，下意识地望向了对面的窗户。但是对面没有开灯，一片漆黑，根本没有人在。

于惊鸿很快就把刚刚发生的插曲抛在脑后。她直接从于归野手里夺过筷子,迅速地从锅里又夹出一块排骨,一边喊着"好烫好烫"一边用牙齿从上面撕下来一大块肉。

于归野无奈道:"你就不能等等?让我先盛出来,你慢慢吃。"

"快说!你什么时候变成大厨了?"于惊鸿惊叫道,"你明明之前连韭菜和蒜苗都分不清,家里的厨房一直是摆设,怎么突然这么擅长做饭?这道糖醋排骨你练了多少遍?"

"没练过,这是第一次做。"于归野一手端起锅,把包裹着鲜亮糖汁的排骨盛进了盘子中,"我前几天刚写完一篇和厨子有关的网络剧,这是里面涉及的菜谱。"

于惊鸿嫉妒地看着自己的弟弟。

于归野自小就聪明极了,堪称天才,学什么像什么。每次动笔写小说、剧本之前,他都会抽出一段时间去接触所写的行业。比如之前他写过钢琴家女主,写过医生男主,写过网球运动员的奋斗故事,他就真的去研究这些行业,学得像模像样。

这次写的是厨师的故事,之前只会蒸米饭的于归野主动研究菜谱,两个月就学会了做一桌喷香的大菜,这水平拿去饭店里摆席都够了!再看看刚从蒸屉里端出来的手心大小的汤包,每个上面都有二十四个褶,这可是中级中式面点师的水平!

于惊鸿一口咬掉半个包子,口齿不清地问:"这个剧本是什么题材?我猜猜,一个小学徒一路奋斗,参加厨艺比赛,最终成为名满天下的大厨子,开了无数家分店?"

于归野也夹起一个小包子,拿汤匙托着,小心咬掉半透明的水晶皮,吸吮里面鲜美的汤汁。

"不是。"于归野随口说,"是个悬疑惊悚推理题材。一个小镇上来了一个手艺惊人的厨师,他特别擅长做肉菜,味道香飘十里,吸引了小镇居民排队品尝,可是没人能吃出来他的美食加了什么料,也没人见过他进货。与此同时,镇上接连出现了年轻女孩子失踪的案件,活不见人死不见尸,刑警顺着仅存的证据抽丝剥茧，最终发现这些女孩子失踪之前，都去过那家味道鲜美的饭馆吃饭……"

于归野慢条斯理地抬起头，冲着姐姐微微一笑说："你猜，那些馋嘴的女孩子最后都去哪里了？"

于惊鸿僵硬了。她看着面前的弟弟，再看看满桌的肉菜，瞬间胃口全无。她扔下筷子迅速冲进洗手间，抱着马桶干呕起来。

洗手间里，响起了于惊鸿半死不活的声音："混蛋！再这么吓你老姐，我咒你这辈子都没有女孩子肯吃你做的菜！"

于归野一哂，从面前的盘子里夹起一块糖醋小排，细细地品尝起来。

嗯，他做的菜就是好吃。

在"龙龙龙"通过了燕其羽的人设以后，之后的工作进度立即变快了。

别看燕其羽手速逆天，去公园摆摊画肖像画二十分钟就能完成一幅，但画漫画和画肖像是截然不同的。很多画手都能画出一张好看的图片，但如果不会画分镜，不知道怎么用分镜来描述动态、讲述故事的话，那这个画手只能算个插画家，永远无法成为漫画家。

漫画分镜其实是一种镜头语言，它是漫画家的基本功，就像很多导演开拍之前都要先绘制电影分镜一样。

虽然在逐梦堂的两年中，燕其羽没有拿到应有的报酬，但她像块海绵一样，一直在疯狂地吸收知识。她的分镜功底非常厉害，别人可能要为分镜抓秃了头，可她不过熬了一个通宵，就完成了《明星达克》漫画前篇的十六页分镜草稿。

到了这一步，"龙龙龙"身为外行人已经没有多嘴的余地。

步娜娜负责审核燕其羽的漫画分镜，看看她还有哪些地方表现不足。然而，当步娜娜一口气看完十六页后，能说的只有一句话。

香蕉殿下：小羽毛，非常好。

望着屏幕上步娜娜的肯定，燕其羽一声欢呼，紧绷了整夜的神经瞬间放松。她一头栽倒在床，伴着上午窗外的熠熠烈阳，在三分钟之内沉入梦乡。

这个周末是于惊鸿夫妻俩的结婚纪念日，他们商量了一下打算去周边温泉小镇二度蜜月，至于儿子这种累赘当然要扔给他舅舅照料。

于是这天，于归野拿着大包小包的零食、玩具到了于惊鸿家，"享受"和丹尼尔的温馨周末。

小孩子长得快，半个月没见，丹尼尔就长高了两厘米，身上的肉被抻长了，显得瘦了一圈。

别看于惊鸿只出门两天，但她给于归野留的注意事项足足写满了一张A4纸，叮嘱他什么时候带丹尼尔去上兴趣班，一日三餐要少吃肉多吃菜，加餐要吃哪种儿童钙片……

于归野看着周六日排满的课程表，哭笑不得地问："给孩子报这么多班，至于吗？"

"当然至于！"于惊鸿头头是道地说，"赢在起跑线上，知不知道？他们同班那个辛迪你见过吧，这死小子嫌弃人家胖，其实人家才看不上他呢！辛迪比他还小两个月，已经认识一百多个汉字了，据说明年寒假还要考少儿英语呢！你说同样是上双语幼儿园，丹尼尔到现在还说不出来六个单词以上的英文句子呢！"

丹尼尔羞得脸通红，拽着妈妈的袖子不让她继续说。

于惊鸿没搭理丹尼尔，继续叮嘱弟弟道："你记住，这两天在家别和他说中文，要锻炼他英语口语！"

对于姐姐这个要求，于归野有些无语。刚想寻求援助，结果他抬头一看，发现姐夫站在姐姐身后，对他愁眉苦脸地耸了耸肩。

夫妻俩离开后，被拘了好久的丹尼尔撒了欢，穿着条小裤衩，披着床单在屋里四处乱窜，非说自己是超人。

于归野叫住丹尼尔说："行了，把衣服穿好，我带你去上围棋课。"

丹尼尔这时变成了"超慢"，走路一步一挪，先挪回了卧室穿衣服，又挪到书房整理书包，最后他挪到舅舅面前，抬起一张委屈的大圆脸，难过地说："舅舅，我不想上围棋课。"

丹尼尔伸出小胖手，拉着于归野的袖口，整个人攀附在他腿上，撒娇地说："舅舅，你和妈妈说嘛，我不想上那么多课外班，尤其是围棋课，我只会下五子棋，不想考段。"

现在的孩子课业负担太重了，你的孩子不学，别的孩子在学，结果人家一直在进步，你的孩子就被落下了。于归野心疼丹尼尔，但也理解姐姐的考量。他只能劝丹尼尔说："今天上午的围棋课你乖乖上，中午舅舅带你去吃必胜客怎么样？"

"不怎么样。"丹尼尔不为所动地说，"一顿必胜客算什么。"

"那你想要什么？"

"至少三顿，再加一盒哈根达斯！"

于归野冷着脸说："再讨价还价，以后舅舅也不疼你了。"

丹尼尔天不怕地不怕地仰起头说："你才舍不得。"

第四节　讨欠薪的小画家

丹尼尔上围棋班的地方是在某家大型购物中心的五楼。现在的综合性商场基本都是一个模子刻出来的，一、二、三楼买买买，四楼母婴，五楼儿童教育，顶楼则是电影院和遍地开花的餐厅。丹尼尔背着小书包，左手举着哈根达斯，右手牵着老师的手，一边走一边回头张望。

"舅舅！我很快下课，你不要走哦！"丹尼尔恋恋不舍地说。

于归野笑着哄道："舅舅不走，我就在商场逛逛，保证你一出来，第一个看到的就是舅舅。"

丹尼尔这才放心。

这一层都是儿童教育相关的辅导班，从英语、数学到芭蕾舞、曲棍球，于归野走了一圈，被各式各样的传单塞了一手。到后来他实在拿不下了，赶快拐向了商场里的一条小路，摸索着走向一组偏僻的电梯间。结果人未走近，先听到了一阵争吵声。

"小燕……小燕老师是吧？"声音来自一个五十岁左右的女人，"你看，你拿不出劳动合同，只有一张手写的工资欠条，这说明不了什么问题。"

年轻的女生据理力争地说："可是这个欠条上有学校的公章啊！我暑期来做代课老师，当时说好了只代两个月晚班，所以才没有签劳动合同。后来我因为个人原因提前离职，当时的负责人说要压我半个月工资，我也没有任何怨言。现在都过去这么久了，钱却一直没有给我结，这件事就是你们的责任啊！"

年纪大的女人很会打太极，推三阻四地说："这件事情不是我不给你解决，但是上一位负责人已经走了，我也是上面新调过来的，你说的情况我真不清楚。"

于归野只听了这么一段，便明白是什么情况了，看来是年轻的女老师给辅导机构做了白工，被拖欠了半个月工资。

其他人的私事于归野不欲掺和，他正想远远避开，忽然脚步一顿，意外地看向那个耳垂通红的年轻女孩。那不正是他前几日遍寻不到的小画家吗？

燕其羽从小就不会和人吵架，每次和别人有争执，晚上回家裹在被子里琢磨半天，才能反应过来当时应该怎么反驳。但是"穷"治百病，她付出了劳动，每一分钱都是她应得的。于是，她逼迫自己站在这里，一字一句地和培训机构的新负责人讲道理。

"我会选择你们，是因为你家有名，连锁店到处都是。当时面试我的人说，因为我没有教师资格证，一节课只能给我四分之一的钱，我当时急着用钱，就同意了。一天两节课，周末还要加课，我从来没有请过一天假，比任何一位全职老师都要敬业！我现在只要求拿回我应得的半个月工资，这样都不行吗？"燕其羽又急又气。她一着急就控制不住眼泪，但是现在绝不是示弱的时候，她硬逼着自己把眼泪锁在眼眶中。

"小燕老师，我理解你的处境，可我们就是照章办事啊。"负责人手一摊，一副爱莫能助的样子，说道，"上一位负责人现在已经联系不上了，没人能证明你手里的字条是他写的。就算有公章，谁知道究竟是怎么盖上的！"

燕其羽面对这样恶意的揣测侮辱,气得面色发红,说道:"您要是这么说的话,那我们就劳动仲裁所见吧。"

"行啊。"负责人摆出一副无所谓的样子说,"你没有劳动合同,劳动仲裁才不会管你……"

"谁说劳动仲裁不会管?"

一道沉稳干练的男声打断了她们的争吵。燕其羽下意识地循声望去,只见在走廊的拐角处,一位身姿挺拔的男人出现在那里。男人迈步走向她们,鞋跟踏在大理石地面上,一声声地在狭小的空间内回响。

燕其羽立即认出了来人,这是她之前接待的小客人的家长!她万万没想到,一个仅有一面之缘的人会在这时站出来帮她。

于归野不着痕迹地向燕其羽递了一个眼神,然后转过头看向了那位蛮不讲理的负责人。他说:"燕老师手里有足够证明她在你们机构上班的证据,包括考勤,以及同事、学生、家长的证词,还有她手里的欠款工资条,这就足以证明你们之间有劳务关系。劳动仲裁所当然会保证她的权益。"

于归野的语速不疾不徐,但说出的每一个字,都像一柄利箭,直射向对手的胸口。

"我想,你们这么大的连锁机构,不想闹出拖欠老师工资的丑闻吧?而且我手里的这张传单上可是写了,所有任课的美术老师都是从专业学校聘请的,我看看……'精品小班教学,一课时三百块钱',你说如果学生家长知道你们为了冲业绩,暑期班聘请了没有教师资格证的代课老师,会引发什么后果呢?"

负责人之前完全是无理搅三分,现在她被于归野戳穿了,当即脸色一变,立即换了说法,小心翼翼地说:"不是我们学校不讲道理,可是上一位负责人招聘了哪些老师我确实不知道。这都是误会……要不这样吧,我看小燕老师也不容易,我去问问财务,到底有没有发工资,要是没发的话,我让他们把这半个月工钱给她补上。"

从于归野开口后,燕其羽就一直没再插话,她手心攥得紧紧的,生怕自己多嘴扰乱了男人的攻势。此时,咄咄逼人的负责人突然换了说法,同意把工资补发给她，她高悬的心脏一松，终于落地了。

"谢……"

"等等。"于归野勾起嘴角，又补充道，"谁说半个月工资就够了？根据《劳动合同法》第八十二条规定，用人单位自用工之日起超过一个月不满一年未与劳动者订立书面劳动合同的，应该向劳动者每月支付两倍的工资。而且，这还没有算你拖欠这么久工资应该给予的补偿。"

"不……不可能！"

负责人愣住了，别说她，就连旁边的燕其羽都被这狮子大开口的价格惊呆了。

燕其羽站在于归野身后半步，一时慌张，下意识地拽了拽他的衬衣边角，想告诉他，自己只要能拿到半个月工资就够了，不需要其他赔偿。

可于归野反手勾住小画家的手，把她的手从自己衬衣上轻轻摘下，紧接着重重一握，不到一秒钟又松开手，继续冷着脸和负责人讨价还价。

于归野只是单纯想要传达"别担心，这事儿我帮你"，却没意识到陌生男女之间是应该避嫌的。

被男子平白无故摸了手的燕其羽瞬间呆立当场，过了足有半分钟，脸上"唰"一下就红了。

这……这这这……

燕其羽真想拿起画笔，在自己身旁添加漫画特效，先给自己头上画上一组蒸腾的热气，再添几道粉色薄雾。

于归野能言善辩，思维清晰，法律条文随手拈来，毫不费力。也是巧了，前不久他刚完成一部和律师有关的短篇小说，主线就是一位热心律师帮农民工打官司。所以，关于劳动仲裁相关的法律条文他看了很多遍，直到现在都记忆犹新。

那个负责人被于归野的一通猛攻给打蒙了，连一句反驳的话都说不出来。

最后于归野"退让一步"，鉴于走劳动仲裁时间太长，同意对方用一个月的工资来补偿燕其羽，当场现金结账。

在今天之前，燕其羽来找过这家教育机构好几次了，一直在被搪塞，她本来以为今天也会失败，没想到在于归野的帮助下，她不仅拿到了应得的工资，还拿到了意外的补偿！

燕其羽搂着怀中的帆布包，在负责人的白眼下晕乎乎地从大门"飘"了出来。待看到在门口静立等她的男人时，她的神智瞬间回归，脸上也扬起了一个欢喜的笑容。

今天若不是有这位先生仗义执言，她怎么能拿到未来两个月的生活费！

于归野倚在栏杆前，笑问："小画家，我帮了你这么大一个忙，想没想好怎么报答我？"

"想了想了想了！"燕其羽三步并作两步地凑过去，欢快地说，"大律师，我今天中午请你吃大餐好不好？"

于归野心中一笑，想道：我可不是律师啊！不过他没有纠正，转而问道："什么大餐？"

燕其羽左右看看，周末的购物中心人满为患，头顶的美食层每家店门口都排满了人，唯有快餐店看上去还有空位。

"那就必胜客？"燕其羽觉得有些不好意思。

"行。"于归野很爽快地答应了，又说，"不过我要带个蹭饭的。"

下课音乐响起，在别的小朋友还在慢吞吞地和老师说再见的时候，丹尼尔已经迅速把桌子上的围棋子装进棋盒里。他一手拎着书包一手夹着棋谱，脚下踩着风火轮似的冲出了培训班。

"舅舅、舅舅、舅舅……"丹尼尔大声叫着，在看到于归野时，他立即钻进了于归野的怀中，吵着让舅舅抱。

"自己走。"于归野嫌弃地说，"这么胖，舅舅哪里抱得动。"但他仍然第一时间帮孩子接过书包，帮他"减负"。

现在小孩子的书包种类繁多，丹尼尔今天背的是一个大黄鸭书包，小小的黄色书包上耸立着一个立体的巨大鸭嘴，又搞怪又可爱。这么卡通的书包小孩子背着很适合，但是于归野这么一个大男人背在肩上，就太幼稚了。

"噗……哈哈哈……"

旁边的燕其羽捂着嘴，忍不住笑出声来。

燕其羽一笑，小机灵鬼就注意到了她。丹尼尔抬头看啊看啊，越看越觉得眼熟，只是燕其羽现在的穿着打扮和半个月前截然不同，他想了半天都没想起来她是谁。

丹尼尔双下巴颤了颤，油腔滑调地问："漂亮的阿姨，我们以前是不是在哪里见过？"

燕其羽抬起手做了一个画画的姿势，眼睛含笑地问丹尼尔想起来没有。

"啊，是你！"丹尼尔惊喜地说，"小……小……小……小鸡毛！"

燕其羽满头黑线地纠正道："是'小羽毛'。"

丹尼尔发现记错了人家的名字，两只小手捂住胖脸，嘴犟地嘟囔道："小鸡毛、小羽毛都差不多嘛。"

周末的中午，购物中心到处都是人，三人随着人流向必胜客走去，也是运气好，他们占了店里最后一桌空位，比他们晚来一步的人只能在外面等位。只不过他们占的桌子是个两人位小方桌，只能又搬来一把儿童座椅，让丹尼尔坐在他们两人之间。

服务员忙得团团转，这边倒水，那边上菜，他们等了好久才轮到服务员过来点餐。

服务员见到他们眼前一亮，迅速把菜单翻到最前面，指着最新上市的一个套餐卖力推销道："您三位可以试一下我们的家庭套餐，菜量刚好适合一家三口。您看有个双拼比萨、一份意面、小食拼盘，饮料有女士特饮，还有……"

不怪服务员误会，一对年轻男女带一个四岁的小娃娃，怎么看怎么像是一家三口嘛。

燕其羽被说得脸热，她正要开口纠正，坐在儿童座椅上的丹尼尔已经叫道："舅舅、舅舅，咱们点这个家庭套餐吧，我要这个能翻跟头的机器人！"

原来商家为了吸引小孩子，特地在家庭套餐中增加了一个玩具赠品，丹尼尔当惯了家中的小霸王，看到机器人就两眼放光，在椅子上蹬腿撒娇。

"不行。"于归野不着痕迹地为燕其羽解围，对外甥说，"这个套餐里的油炸食品太多了，你看看你胖得肚脐都要凸出来了。"

丹尼尔吓得赶快撩起T恤，费力地弯下腰看自己的小肚皮。孩子的肚皮又白又软，像是一只淡黄色的伊丽莎白瓜，重重一拍，就"乓乓"直响。

丹尼尔连忙捂住肚子，不好意思地说："那……那还是算了。"

后来于归野做主，点了一份加大号比萨，又点了一份沙拉，一份非油炸的小食和三杯饮料，把所有消费控制在两百元左右。他早就看出燕其羽囊中羞涩，不愿意让她过多破费。

可是丹尼尔哪里知道这层隐情，他没精打采地把双下巴搭在桌子边缘，委屈地说："舅舅，你忍心让你的小宝贝连一口蛋糕都吃不到吗？"

丹尼尔撒娇的段数很高，脸颊上的两团软肉耷在桌面上，黑珍珠似的眼睛又亮又圆，他相貌酷似舅舅。燕其羽这个视觉动物哪里禁受得住，被哄得晕晕乎乎的，立即又拿起菜单，给这位小宝贝点了好几样小食。

必胜客的小食并不便宜，燕其羽稀里糊涂地点了好几盘，上菜时摆了满满一桌。

于归野叹口气说："你别这么宠他，太破费了。"

燕其羽这时也冷静下来。她瞟了一眼桌上摆得满满的餐食，脑中立即算出大概金额。顿时觉得心好痛！

不过点都点完了，自己也很久没下过馆子了，这次纯属放纵，忘掉人民币，还是痛快吃吧！

燕其羽把装有小食的盘子往于归野面前推了推，笑着说："我这个请客的还没说心疼呢，你就不要替我担心啦。"

"咦，今天是'小羽毛'请客？"丹尼尔一手举着小鸡腿，另一只手拉住了燕其羽的胳膊，兴奋地说，"'小羽毛'太好了，我要和你回家！"

于归野抬手给了丹尼尔一个响亮的脑蹦儿，说："别这么没礼貌，叫人家燕老师。"

"别别别。"燕其羽赶忙摆手，羞得脖子都红了，"我哪里算得上老师，只是给人家带过几节课而已。"

丹尼尔糊涂了，问："燕……你不是叫'小羽毛'吗？"

燕其羽耐心地解释道："'小羽毛'只是我的笔名，你懂什么叫笔名吗？"

丹尼尔点点头，他当然懂啦！

"其实我叫燕其羽，燕子的燕，其他的其，羽毛的羽。这三个字取自……"

"我知道！"丹尼尔像是上课抢答一样高高举起手说，"来自《诗经·燕燕》！"

"咦？"燕其羽一愣，问道，"你知道？"

现在的小孩子这么厉害，这么小就知道《诗经》了？

丹尼尔看到燕其羽的惊讶表情，更得意了，连手里的小鸡腿都顾不得吃，双手背在身后，摇头晃脑地背诵道："《诗经·燕燕》。燕燕于飞，差池其羽；之子于归，远送于野。呃……呃……后面是……"

丹尼尔背完前两句就卡了壳，呃了半天呃不出来。

燕其羽很给面子地鼓鼓掌，语调夸张地说："很棒啦，丹尼尔好厉害，这么小就会背《诗经》了。"

就在这一大一小聊天时，坐在燕其羽对面的男人忽然轻声笑了起来。

燕其羽抬头看去，只见那位好心的大律师嘴角微抬，眼里带着一份玩味的笑意。

迎着男人若有所思的目光，燕其羽忽然觉得脸上有些微微发热，她下意识地抬手捏住通红的耳垂，嗫嚅着问："怎么了？"

"你的名字很好听。"

"啊？哦，谢……谢谢。"

"忽然想起来我还没有做过自我介绍。"男人微微倾身，让手中的杯子轻轻触碰燕其羽的杯壁，嘴上说，"我叫于归野，你的下一句。"

这顿饭吃得宾主尽欢，于归野博览群书，很会找话题，随便挑起一个内容就可以和燕其羽聊很长时间。若不是丹尼尔下午还有数学课要上，恐怕这顿饭要吃很久。

结账时，于归野率先掏出卡，递到了服务员手里。燕其羽赶忙把帆布包里的现金取出来，说："说好了是我请客的！"

于归野说:"如果只有我一个人的话,我肯定不和你客气,但是这个'小拖油瓶'吃得太多了……"

丹尼尔立即抗议道:"我才不是'拖油瓶'!"

于归野看了丹尼尔一眼,从善如流地改口道:"这个'小胖油瓶'吃得太多了,还净挑贵的点,我总不好再让你破费。"

"不行不行,绝对不行!"燕其羽固执地说,"如果没有你的话,我根本不可能拿到报酬。而且你看,我把剩下的菜都打包了,晚上还能再吃一顿,所以我不亏!"

两人推辞来推辞去,服务员在旁边都看烦了,偏偏另一桌的客人还在玩命催,服务员插嘴打圆场说:"您二位就不要客气了。这次让这位先生请,下次小姐请不就好了吗?"说完,她拿过于归野的信用卡走向了收银台。

燕其羽大窘,手脚都不知道往哪里放好了。

于归野把放在面前的现金推了回去,笑着说:"我看这主意不错,下次有缘再遇,燕小姐可别忘了还欠我一顿饭啊!"

话是这么说,可茫茫人海,能相遇两次就不容易,哪里会那么轻易地再见第三次呢。

燕其羽的手插在兜中,小拇指轻轻勾着手机上的动漫风格手机链。她数次想问于归野的微信号码,可是转念一想又觉得自己的行为显得"别有用心"。像于归野这样有风度又长得帅的大律师,估计会有不少小姑娘想拿到他的电话号码,若让人家误会就不好了。

燕其羽不想让自己被打上奇怪的标签,既然是一场萍水相逢,那不如就到此为止吧。

"好啊。"燕其羽提起打包盒,利落的马尾辫在空中划出一段漂亮的弧线,说道,"如果下次还能再偶遇的话,您可一定要让我请客啊!"

于归野带着家里的"小祖宗"马不停蹄地上了一天课。孩子累,他也不轻松。他必须打起精神面对其他学生家长的闲聊,这一天他不知道回复了多少遍"我是丹尼尔的舅舅"。

回家后，于归野先检查丹尼尔的功课，然后督促他刷牙洗脚，晚上九点准时把"小肥猪"送回卧室里。直到这时，他才有时间处理自己的工作。他刚一打开电脑，QQ上就有个头像开始疯狂闪动。

西瓜二郎：归野，在吗？
西瓜二郎：在的话敲我一下。

"西瓜二郎"就是海豚文学网的总编，人称瓜爷。十几年前，瓜爷刚刚荣升副主编，四处挖掘新人作者，"君子归野"进入了他的视线。当时于归野刚上高中，就连出版合同都是用他爸的身份证偷偷签约的，谁想到第一部推理小说一炮而红，趁着这股东风，之后的新书出版也愈加顺利。

直到于归野考上大学了，才对瓜爷表明身份。瓜爷这才知道自己当宝贝捧在手里的"大作家"其实是个"小神童"，吓得他一口气吃了好几斤瓜。

于归野看看留言时间，发现是中午发来的消息，只是他一个下午没顾得上看手机，就错过了这条QQ消息。

君子归野：下午在忙，没看到。
君子归野：什么事？

瓜爷出现得贼快。

西瓜二郎：咳咳。
西瓜二郎：你上次说想写漫画脚本，这件事情我和其他几位主编研究了一下。
君子归野：？
西瓜二郎：你懂的。
君子归野：？？？
西瓜二郎：我们觉得还是可以尝试一次……

君子归野：所以？

西瓜二郎：所以你什么时候再来一趟，我已经给你找好合作的漫画家了。

周二下午，于归野准时到达海豚文学网工作室。

这么多年发展下来，海豚文学早就不是当初的网络文学小作坊，现在他们和多家出版商有着极为良好的合作关系，旗下的作者也并不仅仅立足网络出版，影视、动漫、有声小说的版权收益越来越多。不仅如此，他们还会推荐有经验的作者投身编剧行业，让他们的作品登上大荧幕，吸引更多的观众。

只不过，这世上所有的行业都是大浪淘沙的。一万个网络作家当中，成名的可能只有区区一百个。而在这一百个当中，只有一个"君子归野"。

电梯门打开，于归野整整衣领，迈步走出。

客人来访都是需要填写访客卡的，可于归野是海豚文学当之无愧的人气作家，他的脸就是最好的通行证。

为于归野开门的前台小姐是新招进来的，电脑桌上倒扣着一本"君子归野"几年前出版的小说。于归野无意中瞥到了，主动问她："要不要签名？"

前台小姐激动得说不出话来，她双眼不眨地盯着于归野，手在桌上一通乱摸，随便摸到了一支笔杆状的东西，赶快送到了于归野手上。

于归野看了看手里的唇彩笔，问："你确定让我用这个签？"

前台小姐晕乎乎地点点头。

于归野觉得好笑又无奈，提笔在扉页上留下了一个"姨妈色"的"君子归野"。

虽然在前台耽误了一点儿时间，好在于归野没有迟到。他敲门走进总编办公室时，一胖一瘦两个男人正坐在沙发上聊天，见他来了，两人同时转头看了过来。

又矮又胖的那个就是总编瓜爷，坐在他对面的瘦高个儿男人很面生，头发半长到肩，用一根皮筋随便扎起。

"归野大神！久仰久仰！"瘦高个儿男人连忙起身，伸手与于归野交握。

瘦高个儿男人穿着当季最流行的大牌服装，手上的腕表镶嵌一圈钻石，就连腰带上都有两个金光闪闪的字母"G"，从头到脚显露着一股奢华气息。他伸手时，右手不受控制地微微抖动，好在程度非常轻微，若不是于归野擅长观察，恐怕就要错过了。

"您好，请问您是？"于归野脸上挂着恰到好处的微笑。

"忘了自我介绍。"瘦高个儿男人说，"我是'知不道仙人'，《爆裂神拳》的主笔。"

五年前，逐梦堂旗下签约画师"知不道仙人"开始在海豚漫画网上连载他的作品《爆裂神拳》，这部充满热血、梦想的超燃少年漫一经推出，便引起了读者的追捧。几年来单行本出了一部部，动画也开发了第一季，绝对是海豚漫画网中的金字塔顶尖作品。

去年，逐梦堂因为爆出压榨作者的丑闻，转眼间分崩离析，作者纷纷解约，"知不道仙人"就在那时离开了逐梦堂。现在他开了自己的工作室，用他的话说，是自己给自己打工。

"君子归野"从未在公开场合露过面，这还是于归野第一次以作者身份和其他作者见面。

瓜爷赶快让两位大神人物坐下，叫助理给两位各上了一杯茶。

"我就开门见山了。"瓜爷笑起来活像是一尊从庙堂上走下来的弥勒佛，"归野、仙人，你们两位都是咱们网站的老朋友，网站发展得这么好也有你们的功劳。刚巧，归野想要创作漫画脚本，而仙人也想连载一部新的作品接档《爆裂神拳》。我觉得你们完全可以强强联合嘛。这次把两位约过来，也是想聊聊新作品的事情。"

于归野有些讶异地说："《爆裂神拳》要完结了？"

这部热血升级流作品于归野也有看，虽然到后期剧情有些疲软，男女主感情线喧宾夺主，但综合来说，仍然是一部能够打八分的作品。

"知不道仙人"笑了笑说："其实还有一年左右，周更的话大概四十话就结束了。不过新漫画的筹备肯定还要有几个月，咱们打个时间差，《爆裂神拳》完结的时候，新作品应该已经连载了一段时间，足够把剧情铺开了，这样就可以直接把人气引过去。"

其实不光是漫画家，很多小说作者也有同样的习惯，在上篇作品没有完结的时候，新作品就上架了。但于归野和他们不同，他不求快，不求人气延续，他习惯踏踏实实地写完后，沉淀一段时间，再创作下一部作品。当然，这也和他创作的题材每本不同有关系，他如果同时写民国灵异和古代武侠，恐怕写着写着就要把自己写糊涂了。

在于归野心里，他更倾向于找一个完完全全属于他、一心一意想着这部作品的画师，不希望有别的作品分散对方的精力。

于归野谨慎地问："恕我直言，画漫画耗费的精力很多，你兼顾两部不同的漫画，会不会太辛苦？"

"知不道仙人"无所谓地摆了摆手说："没事，我的助手很多，要是忙不过来，到时候就再招一组。"

"助手？"

瓜爷捧着手里的茶杯，开口道："归野，这你就不懂了吧？画漫画一个人哪里忙得过来，基本所有漫画家都会雇助手帮忙分担工作。当然，别的主笔也就雇一两个人，仙人的助手团队有……有多少人来着？"

"知不道仙人"谦虚中难掩自傲地说："现在是五个。没办法，更新量这么大，我来不及细化的地方只能让助手帮忙了。"

于归野之前并不了解漫画行业。他饶有兴趣地问："助手都负责什么？"

"什么都有。""知不道仙人"说，"漫画大略分为几个步骤，分镜草稿、勾线、人物上色、背景绘制。我现在主要负责前两步，后面都交给助手去做了。"

瓜爷插嘴道："怎么勾线都是你自己来了？我记得你有个挺棒的勾线助手啊，画风和你惟妙惟肖的。"

闻言，"知不道仙人"脸上的表情阴沉了一瞬，很快又挂起了一个无所谓的笑容说："瓜爷，那都是在逐梦堂的老皇历了。我离开那儿之后，和那个助手就没联络了，也不知道她去哪儿了。"

"知不道仙人"自以为把眼中的冷意完全隐藏住了，却没想到这一切都没有逃脱于归野的双眼。

于归野轻轻放下茶杯，心中对这次合作的期待度又下降了一分。

之后，三人又闲谈了很久，于归野闭口不谈自己的新作品剧情，只推说"还在考虑中"。瓜爷开玩笑让他好歹透露一下题材方向、年代背景。于归野笑笑，依旧说"还没有确定"。

于归野几次三番地推拒得这么明显，"知不道仙人"和他不熟，还以为他是戒心强，不愿意在合作敲定之前透露主线剧情，很知趣地没有多加打探。倒是瓜爷和他打了十几年交道，立即看出来他根本没打算和仙人合作。

等到下午五点多，仙人因为晚上还有饭局就先告辞了。送走仙人，瓜爷立即调转回来逼问："归野，你对这次合作兴致不高？"

于归野抿了口茶水，低声说："嗯。"

"为什么？"瓜爷百思不得其解地说，"确实，若光论读者基础，仙人肯定不如你受众面广，可他在漫画圈里也是响当当的一块金字招牌。你俩合作，绝对是双赢啊！"

于归野摇摇头说："和名声无关，我只是觉得这个人和我气场有点儿不符。"

瓜爷被于归野的借口气歪了鼻子，气场不符是个很笼统、很玄乎的说法，有时候只有当事人能感觉到，外人只会觉得神经过敏。

"对了，还有件事情我很在意。"于归野问，"你有没有注意到他右手一直在抖？很像是因为酗酒或者抽烟引起的神经麻痹，这样他还能握笔吗？"

"行了行了，大作家，我知道你写过推理小说，可这次你就别当福尔摩斯了。"瓜爷没好气地瞪了于归野一眼说，"别瞎猜了，人家那是职业病，是因为长时间握笔造成的肌肉劳损和痉挛。他去年犯病犯得很严重，进了好几次医院，手抖得连勺子都拿不住！就这样，人家也没停过一期连载，兢兢业业地画《爆裂神拳》，大劳模！"

一股强烈的违和感从于归野脑中划过，很快就消失无形，并没有引起他的警觉。

瓜爷又说："我大概了解你说的气场不合是什么意思，我工作这么多年，和我不对付的下属、同事、甲方、乙方见过太多了。可是工作归工作，个人生活归个人生活，不要因为一些偏见就放弃合作……"他叹口气，继续说道，"现在各方面综合来看，在能找到的漫画家中，仙人是最合适的人了。不如先让他出一版人设看看，好的话就画试阅，不好的话再说。"

于归野迟疑了。从他刚出道开始，瓜爷一直是他的责任编辑，即使瓜爷荣升总编，也没有把他分给别的小编辑负责。编辑和作者的关系比外人想象得还要紧密，瓜爷给过他很多建议，并且一直很支持他转型尝试不同题材。可以说，在成为作者、编剧的这条路上，多亏有瓜爷坐镇后方，于归野才能走得这么顺利。

既然瓜爷力推"知不道仙人"，那干脆，就试试吧。

第五节　很大胆的尝试

在于归野为了合作的事情颇感头疼之时，另一边，燕其羽和"龙龙龙"的合作渐入佳境。

刚和"龙龙龙"认识时，这位短篇小说新秀看上去格外暴躁，燕其羽画了十几只鸭子都没能让他满意。可是当人设敲定，开始正式绘制漫画之后，"龙龙龙"立即放权，不再多一句嘴。

现如今，国内的漫画市场已经模样大变，彩漫打败黑白漫画占据绝对主导地位，条漫因为比页漫更适合手机阅读，渐渐成为主流。

很多中国漫画家的童年，都是伴随着日本黑白页漫一起成长的。可国内的市场最终走向了另外一条道路，这是读者、网络发展、漫画平台一起选择的结果。有些漫画家恪守本心，坚持画黑白漫画，也有些漫画家顺应潮流，转为创作彩色漫画。

燕其羽不觉得这两者有什么高下分别，不管是什么形式的漫画，只要能讲好故事，那就是一部好漫画。

《明星达克》风格清新，故事温柔，是一部童话性质的小说，而条漫更适合快节奏的故事，所以燕其羽决定把它画成页漫，但是在黑白漫还是彩色漫上犯了愁。

别看一个是黑白，一个是彩色，但其实耗费的时间几乎相同。黑白漫能够更好地烘托氛围，而彩色漫更亮眼吸睛。

步娜娜给了燕其羽一个建议。

香蕉殿下：小羽毛，我建议画成黑白漫画，但是女主鸭单独上色。

香蕉殿下：女主鸭在原著里是一个很治愈、很光明的形象，而主人公的颜色则是平凡灰暗的，这种鲜明的反差可以用这种方式表现出来。

小羽毛：啊！我明白了！

"龙龙龙"疯狂地在群里刷"还有这种操作"的表情包。

其实这样的操作虽然少见，但算不上凤毛麟角。步娜娜说得很对，黑白漫画与彩色漫画反差很大，可是越大，给人的印象就越深刻。燕其羽曾经看过一部日本的网络漫画，漫画主体也是黑白的，但是主人公有着一双妖异的蓝眸，美得惊心动魄，让人见之难忘。

网络漫画和纸质漫画不同，网络这个载体让作者们有了更广阔的尝试空间，很多在过去看来是离经叛道的行为都有了实验的空间，比如以灵异恐怖题材见长的韩国，现在已经有了动态漫画。

燕其羽还没有画过这种形式的半彩漫，这次对她是个不小的挑战。

别的漫画家都有助手帮忙，可是燕其羽只有一个人、一支笔、一份决心罢了。

之后的半个月，燕其羽把自己关在房间内，每天一睁眼就埋首在电脑前画画，一直画到深夜才睡觉，第二天又迎着晨光爬起来继续创作，每天的工作时间远超十六个小时。她想证明自己的能力，也希望通过自己的画笔，把这个故事传递给更多的人。

画漫画其实是一件很寂寞的事情，尤其勾线、贴网点、画背景这几个步骤非常机械枯燥，就是纯粹的水磨工夫，很多漫画家渐渐养成了一心二用的能力，很多人都会一边听东西一边画画。刚开始是音乐，后来变成相声，逐渐发展成广播剧、有声小说……

而最近这段时间，燕其羽一直在循环收听"君子归野"的有声书。

燕其羽在读高中时就是"君子归野"的粉丝了。那时候她的零花钱除了攒下来买画材，就是用来买各种小说，在同班同学都在努力为高考奋斗时，她却悄悄把书藏在参考书背后，阅读一部部题材多变的作品。

等到燕其羽正式踏入漫画行业，"君子归野"的有声小说，成了燕其羽抵御寂寞的最佳伴侣。

可"君子归野"实在太神秘了，出道十几年，到现在都没有举办过一场签售会，燕其羽这个小粉丝只能通过他的文字凭空想象他的模样。

出道时间久、笔名恢宏大气，想必作者本人一定是个身材巍峨壮硕的四十岁中年男子吧？题材那么多变，作者本人一定看过很多书，所以绝对要有一副度数很高的眼镜。搞文学的男人都很注重养生，他说不定走到哪里都要拿着一个保温杯，里面是枸杞泡红枣。

燕其羽想着想着就开了小差。她随手在绘图软件上新建了一个图层，右手不受控制地自己动了起来。等她精神回笼时，一个Q版男人正站在屏幕正中央。

只见他头顶微秃，黑框镜片遮住小小的眼睛，圆滚滚的将军肚被皮带紧紧束起，手里还捧着一个飘着热气的保温杯。他脸上挂着和善的笑容，看上去活像个小学语文老师。

燕其羽大囧，赶快把这个Q版人物删除掉。这时的她哪里知道，她想象中的"君子归野"除了性别对了，其他哪里都不对啊！

燕其羽最终赶在截止日期前，把稿子交到了编辑手上。
步娜娜的回复仍然是不咸不淡，就连标点符号都带着一股冷淡的感觉。

香蕉殿下：小羽毛，我果然没看错人。

燕其羽盯着屏幕上的这句话，忍不住抿嘴乐。
而"龙龙龙"的反应就大多了，这人性格和"二踢脚"一样，看不惯你的时候一碰就炸，喜欢你的时候就忍不住给你放烟火。他在群里一连刷了无数个表情包，每个上面都写着"我是一个只会说可爱的废人了！"

"龙龙龙"在参加短篇小说比赛前，是个微博小网红作者，平常在微博上发些脑洞小短文，粉丝不多，六七万人，偶尔会有一条微博转发过万。他第一时间把女主鸭的截图发到了微博上，而且一张不过瘾，他连发九宫格，配上文字，带上燕其羽的账号，告诉大家《明星达克》将于某良辰吉日登陆海豚漫画网。

底下粉丝一阵欢呼，顺着链接关注了燕其羽的微博，短短一个小时，就给她涨了几百粉丝。

燕其羽的微博是在步娜娜的要求下开设的，上面一片荒芜，只有"小草"几根。燕其羽头一次有这么多粉丝，紧张得不得了，束手束脚地发了个"你好"，配图是穿着围裙的女主鸭，得到了几十个评论和点赞。

燕其羽的兴奋劲儿还没过去，步娜娜又在群里投下了一枚重磅炸弹。

香蕉殿下：小羽毛，我刚和主编开完会，稿费我给你争取到了三百五十元一页。

小羽毛：这么高！

龙龙龙：这么低？

不怪"龙龙龙"大惊小怪。他参加的短篇小说比赛，奖励非常丰厚，他虽然不是第一名，但得到的"最具人气奖"仍然让他拿到了一万五千元的奖金。而这篇八千字的成人童话作品，他只耗费了一天而已。

获奖作品改编成漫画，"龙龙龙"是不会再收到改编费的，不过他家境好，也看不上这一星半点的钱。这段时间的接触，他把燕其羽为这部作品付出的劳动都看在眼里，知道她每天为了画漫画耗尽了多少精力。哪想到这么一部美轮美奂的漫画，只能拿到三百五十元一页，而且，这还是争取来的价格。

龙龙龙：不对啊，我之前看过那个什么"知不道仙人"的采访，他画漫画两千块一页呢！

香蕉殿下：仙人刚出道的时候，也只能拿三百块钱一页的价格。他是后来作品火了，才升到两千元一页的。而且这两千元他还要分成给工作室，后来工作室没了，他自己养助手，也要不少钱。

龙龙龙：要不然总听人说"漫画民工"呢。没想到画漫画这么辛苦，还赚这么少。

三百五十元，这价格还不够"龙龙龙"吃一顿便饭。

燕其羽是新人，在此之前完全没有名气。海豚漫画会根据作者名气、画工水平，给漫画家分成了六个等级，燕其羽的白银级签约属于中等偏下，她之前跟过的两位主笔老师都是钻石级作者。

白银签约的漫画家，黑白漫画是两百元一页，若改编别人的小说，因为版权是买断性质，所以能拿到三百元一页，而燕其羽每一页中的鸭子都单独涂了色，所以还能再高五十元。

燕其羽辛苦了大半个月，拿到来之不易的五千六百块钱，这对于已经好几个月没有大笔进账的她来说，真是做梦都要笑醒。

小羽毛：娜娜姐，谢谢你，这个价格比刚开始谈的价格高好多！今天晚饭可以加鸡腿了！

香蕉殿下：不谢，我是你的编辑，当然要向着你。

"归野，我是你的编辑，我当然是向着你的！"瓜爷长叹一声，觉得头疼得要炸开了。

海豚文学网的总编办公室里，于归野双腿交叠坐在沙发中，静静品尝着手中的香茗。

"既然向着我，那就听我的。"于归野眼神坚定地说，"这个题材我知道太生僻，未来影视化的可能性基本没有，但我写这个脚本就不是为了赚钱的，不论仙人和你说了什么，我都不会改的。"

瓜爷想想这位大神交上来的脚本大纲，感觉一颗心冰凉冰凉的。

这种题材，在漫画大国日本流行了几十年了，可那边都没有几例成功影视化的案例，在中国这个题材更是一片蓝海。瓜爷摸着胸口问自己：这真的有市场吗，真的能成功吗？要知道，作者赚的就是版税，如果一部作品注定没有市场，那为什么还要创作？

瓜爷没好气地说："这位大神，你从出道开始就被读者捧在手心里，如果这漫画'扑街'了，你能接受这落差？"

"有什么接受不了？"于归野说，"最好的商人都不能保证每次投资都能有回报。如果这个题材扑了，我也绝不遗憾，就当我身先士卒，为其他作者探明了前路。其实这个题材是很多漫画人的梦想，但是他们没有勇气、更没有足够的资金让他们任性去试。"

一部漫画连载至少两年起步，即使漫画人想要尝试新题材，也无法承担作品"扑街"、赚不到钱、喝风吃土的生活。为了生计，大多数人只能屈服于市场，去创作那些在安全线内的作品。

但是于归野承担得起。一方面，于归野已经赚够了挥霍一辈子的钱。另一方面……

于归野淡淡一笑说："谁说这个题材一定会扑？要知道，这世上没有讲不好的故事，只有不会讲故事的人。"

第六节　男人的浪漫

于归野的本性是爱冒险的。不过这次让瓜爷和仙人如此跳脚的脚本题材，确实处于安全线以外。他打算创作一篇机甲题材的科幻漫画，讲述在未来星空下的机甲战斗故事。而让瓜爷最不看好的是，这部漫画的主人公居然是女孩子！

大机器人一直以来都被归类为男人的浪漫，日本有高达、美国有变形金刚，发展历史足有几十年，伴随了一代又一代人的成长。男主人公和机器人并肩作战，解决前行道路上的一个又一个麻烦，这种热血题材向来是市场的宠儿。只是在国内，这种漫画还未有先例。一方面是对剧本要求高，另一方面是作画难度大。日本美国珠玉在前，国内市场想杀出重围，很难。

尤其第一主角还是女性！不仅第一主角是女性，甚至第二、第三、第四……都是女性！这是一个发生在女子军校机甲系的故事，讲述了女主角为了实现机甲梦、翱翔宇宙而付出的一切努力。

女主角的身上没有那些闪闪发光的光环，她不是皇亲国戚、没有显赫身世，也不是那种各项素质逆天的怪才，更没有令男人一见倾心的相貌……她唯一比别人多的，就是一颗百折不挠的心。

于归野刚把脚本大纲交上来，就收到了瓜爷和"知不道仙人"的联手反对。

"女人懂什么机甲？"

"这种科幻故事女读者不爱看的！"

"你要是想吸引女性读者，可以弄对CP嘛。"

说来说去就是一句话，这类故事国外都没人做过，国内更没有市场。可"君子归野"的创作从来不考虑市场，因为他就是市场。

于归野态度很强硬地说："在《美少女战士》之前，市面上没有一个漫画是以女性战斗团为主体，在它刚开始连载的时候，没有人能确定它的未来，可它不仅成功了，还历经三十年未衰。我对自己的故事很有信心，也对读者的品位有信心，性别不是拿来否定题材的借口。在我之前，没人创作过女生开机甲的战斗漫画，那在我之后，就有了。"

好的作品，不会为市场折腰，它自身的魅力就足够让市场倾倒。

瓜爷被于归野的气魄折服，思考良久，终于决定放手让他去做。这么另辟蹊径的题材，如果于归野都不能成功的话，那他实在想不出来还有谁能够成功了。

可是瓜爷退让了，"知不道仙人"又开始出幺蛾子。

"知不道仙人"对于归野的脚本大纲非常不看好，他现在是漫画圈的顶尖作者，被人捧惯了，也有脾气。他对这次合作的期望是"强强联手"，而不是创作一部实验性作品，拿自己的名气去"填坑"！他大笔一挥，交上来的人设和于归野的设想大相径庭。

女主角变成了腰细的小妖精,和她亦敌亦友的几位女性角色,也照着男性读者的口味去修改。最让于归野反感的是,在对方交上来的第一话分镜草稿里,有一些非常恶俗的画面角度。比如"闹钟响起,女主角在寝室里睁开眼"这个场景,就被"知不道仙人"画得十分露骨,女主角起床时,吊带睡裙滑落肩膀。

于归野生生气笑了。

君子归野:知不道仙人,请不要在剧本上添加不必要的镜头。

"知不道仙人"不知是没看见,还是看见了装作没看见,一直没有回复。瓜爷出来说了几句圆场话,让两位大神好好沟通,以后两位合作的时间还长,不要一开始就伤了和气。

这事儿看上去翻篇了,结果当夜,仙人静悄悄地退群了。临走前,他留下两句话。

知不道仙人:君子归野,这位大神,自信是好的,但有时候不要太过自信。

知不道仙人:你不懂漫画,更不懂漫画读者。

燕其羽交完《明星达克》的上篇定稿,很快就拿到了第一笔热乎乎的稿费。这可是五千多块钱呢,等同于她五个月的房租。

兜里有钱,心里不慌。燕其羽看着手机上的入账提示,美滋滋地决定奢侈一把。她要去超市买一公斤上好的月牙骨,做成糖醋排骨抚慰空虚寂寞的肚子。

燕其羽在家闭关了这么久,身上都要长青苔了。今天好不容易得了空闲,当然要好好休息一番,把工作抛到脑后什么都不去想。她正要出门,电话忽然响了。

燕其羽的手机是一台还不到一千五百块的安卓手机,用了好几年,屏幕早就被摔裂了。可这是她几年前用第一笔稿费买的,对她有纪念意义,她便一直舍不得换。手机铃声是她最爱的一首动画片头曲,屏幕上"夏迟"两个字一闪一闪,催促着她赶快接听电话。

"'小羽毛'!江湖救急!"

电话刚一接通,夏迟那一口标准的"津普"就进入了耳朵中。天津人仿佛一生下来就被充满了搞笑天赋,即使是一句普普通通的话由他们嘴里说出来都自带乐子。

燕其羽忍笑着问夏迟:"怎么了?"

"今儿个春晚病了,打工那小闺女上午请假,我一人儿忙得脚朝天,你过来搭把手吧!"

春晚和夏迟是一对双胞胎姐妹,年纪和燕其羽差不多大,却极有商业头脑,刚毕业就拿着父母给的赞助开了一家女仆漫画咖啡厅。她们装修店铺时,想在墙上画一整面动漫风格墙画,给的价格还不错,经人介绍找到燕其羽这里,三人就这样结识了。

三人都喜欢动漫又年龄相近,所以很有共同话题,渐渐成了关系不错的朋友,经常会在网上聊天,偶尔也会约出来见面。

夏迟一开口就是让燕其羽帮忙带班,可今天是燕其羽好不容易腾出来的休息日,哪能说占就占。

夏迟立即说:"小结届(小姐姐),介(这)活儿不让你白干,给你三百块!"

"好,我二十分钟之后就到!"

休息哪有赚钱重要?

别怪燕其羽财迷,她是穷怕了,稍微有个赚钱的机会就想抓在手里。

姐妹俩的咖啡厅距离燕其羽家不远,她骑着一辆共享单车急匆匆赶过去,那三百块钱就像是拴在驴眼前的胡萝卜,催促她把自行车当成风火轮骑。她把车停在咖啡厅后门,熟门熟路地钻进了后厨里。

别看咖啡厅面积不大,这可是市里有名的网红咖啡厅,双胞胎姐妹既是老板也是服务生。她们身穿绣满蕾丝边的女仆装,脸上挂着甜甜的笑容,睫毛忽闪忽闪,姐妹俩一个短发齐刘海,一个中分黑长直,不知是多少宅男的梦中情人。

燕其羽到时，就见夏迟在女仆装外套了一条围裙，正左右开弓地摊煎饼。

没错，作为一家天津人开的女仆咖啡厅，她们配咖啡的不是提拉米苏，而是煎饼果子。

夏迟见燕其羽来了，赶快指向休息室说："我瞅你和我俩身材差不多，春晚衣柜里有一套备用的女仆装，你赶紧换上！"

"啊！"燕其羽红着脸说，"还要换衣服？"

燕其羽以为只是随便过来帮帮忙，做些端茶倒水收拾卫生的工作，哪想到居然还要换上女仆装。

"你介（这）不废话吗？介（这）是女仆咖啡厅！"夏迟一心二用，左手撒芝麻，右手撒葱花，还要分出神来指挥燕其羽，她说道，"赶紧的，利索点儿！外面来了个倍儿俊的小伙儿，窝沙发那儿瞅了半天书了，还一分钱没掏呢！"

燕其羽被老板指挥着，晕乎乎地进了更衣室换上了那套备用的女仆装。

燕其羽虽然身高和姐妹俩差不多，但因为营养不良，身上没几两肉，尤其是那小腰，细瘦极了。春晚的裙子套在她身上，腰上富余出好大一块。她赶快用蕾丝围裙把裙子系紧了，才不显得邋遢。

更衣室门背后的镜子里，照出了燕其羽的模样。她没有化妆，一张脸十分素净，长长的头发束成马尾垂落在肩头。女仆裙裙摆很大，层层叠叠的蕾丝堆在下面，更衬得一双腿笔直修长。

燕其羽虽然喜欢动漫，可从来没穿过这么"二次元"的服装，看着镜中陌生的自己，她有点儿小害羞又有点儿小虚荣。她偷偷摸摸地掏出手机，对着镜子自拍了一张。结果忘了关快门声，"咔嚓"声回荡在小小的更衣室里。燕其羽被声音吓到，赶快做贼心虚地把手机藏起来了。

"知不道仙人"指责于归野不懂漫画、不懂漫画读者。前一句于归野嗤之以鼻，可后一句，却微妙地戳中了于归野的知识盲区。

于归野确实没有调查过读者喜欢什么，因为他向来是写一本、红一本。

漫画对于他来说，是一个完全新鲜的领域。

读者并不完全等同于市场，这两者有重合的地方，也有截然不同的地方。一篇受读者欢迎的作品，并不一定受市场欢迎，反之亦然。于归野可以不在意市场，但是他不能不在意读者。于是，他决定亲自来看看现在的读者喜欢什么。

现如今，出版商可以在销量上做假、可以在口碑上做假，但有一个地方他们无法做假，那就是图书馆的借阅率。如果想知道一部文学作品受不受欢迎，可以去横向对比图书馆同类作品的借阅率。如果是一部漫画作品的话，那……

想到这里，于归野在网上找到了本市最受欢迎的漫画咖啡厅，想要观察一下漫画读者的喜好。

这家漫画咖啡厅藏书量非常大，足足三面墙全部装上了通顶的书架，上万册口袋漫画挤在书架中，根据题材不同分开摆放。这里的装潢充满"二次元"气息，屋内随处可见各种精美的手办，每组沙发上都堆放着颜色鲜亮的抱枕和玩偶，墙上还绘制着大幅动漫人物。

于归野随便找了个两人位坐下，不着痕迹地观察起周围的顾客。他以为自己做得很隐蔽，哪知道从他刚踏入咖啡厅大门起，他身上那种格格不入的气质就引起了所有人的关注。

会来女仆咖啡厅消费的人群以宅男居多，若是给宅男这个群体做一个人物侧写的话，那"不修边幅"这个词出现的频率绝对非常高。

于归野高大帅气，穿着打扮偏向成熟，处处透露着一股人生赢家的气质，完全就是他们的反义词。这样的人就算坐在沙发里看《机器猫》，那也美得像一幅画啊！

当然，于归野看的并不是《机器猫》，他手边放着一大摞国内漫画，都是近几个月刚刚出版的新作。他正看得入迷，忽然余光看到一个穿着黑裙子、白围裙的女生小心翼翼地向他走来。

于归野刚刚就注意到了，这家咖啡厅的服务员打扮得有点儿像欧洲城堡里的女仆，但是裙子经过改良，又短又蓬，充满活力。

这个女仆服务生恐怕是第一天上岗，就连走路姿势都透着一股不自信。终于，小女仆停在了他身边，只听她深深吸了一口气，然后抖着声音在他耳畔开口。

"主、主人……请问您要喝点儿什么吗？"

等等，这个服务生的声音怎么这么熟悉？

于归野讶异地抬起头，视线撞进了女孩清澈的双眸中。而这位与他有着两面之缘的可爱小女仆，脸早已红透了。

第七节　女仆漫画咖啡厅

燕其羽在走出更衣室之前，被夏迟拿着化妆品堵住了。

"穿女仆装恁（怎）么能不化妆呢？"夏迟一边说着，一边把鼓鼓囊囊的化妆包打开摊在了桌上。

燕其羽想要反抗，夏迟眼睛一瞪，让她在后厨摊煎饼和在前厅招呼客人之间选一个。

燕其羽巴不得在后厨窝着不出去呢，自告奋勇地选了摊煎饼。路边摊的煎饼她吃过那么多次，不就是浇一勺稠稠的面糊，再拿小推子摊开再翻面嘛，这有什么难的！结果五分钟后，她创作出了一团碎面皮。

燕其羽深刻地意识到摊煎饼也是一门深奥的学科，只能乖乖地坐到椅子上，紧张地等待夏迟在她脸上"作画"。

燕其羽拿惯了画笔，可这是她少有的几次近距离接触化妆笔。毛茸茸的刷头在她脸上打圈蹭过，夏迟先给她打了一层淡淡的粉底，然后是眼影、腮红、唇彩……细细的墨色眼线一笔勾勒出燕其羽那双圆溜溜的"猫眼"，浓密纤长的睫毛像是太阳花般盛开，卷翘得甚至能够戳到上眼皮，水红色的唇膏滋润了双唇，唇珠圆润，犹如一颗等待采撷的朱果。待夏迟最后一笔落下，面前的女孩仿佛被施了魔法，明明五官没变，可整个人却变得越发明媚动人。

夏迟惊叹道："嚯，敢情是个灰闺女（灰姑娘）啊！"

燕其羽被夏迟的夸张表现弄得面色发红。她上次化妆还是拍毕业照的那天，只是学校请来的化妆师耐心不足，手艺也不好，把她画得怪模怪样。等她进入逐梦堂后，每天一睁眼就赶稿，更没心思梳妆打扮了。

夏迟说什么都不肯给燕其羽照镜子，硬是把她推出后厨，催促她赶快上工。

春晚的鞋子尺码和燕其羽差了一号，所以燕其羽脚上穿的仍然是她自己的黑色板鞋。蓬蓬的女仆裙和休闲风格的板鞋完全是两种风格，燕其羽心里直打鼓，暗暗祈祷不会被宅男们挑刺。

可谁想到，当燕其羽刚一出现在前厅，所有顾客的目光瞬间就汇聚到了她的身上，呛水的、咳嗽的、心跳暂停的、倒吸一口冷气的……甚至还有一位在啃煎饼的客人，傻乎乎地把馃箅儿洒了一腿。

燕其羽被这些犹如刀剑的目光刺激得抬不起头来，她都快急哭了，觉得自己脚上的休闲鞋一定让客人特别嫌弃。

算了，还是速战速决，点完单赶快回后厨吧！

燕其羽定了定神，加快步子冲到窗边独坐的男人身旁。

这位客人脸朝窗外，安坐于沙发上，与其他穿着怪异的宅男不同，这位客人穿衣打扮很有品位，驼色风衣搭在身旁的椅背上，卡其色的休闲裤包裹住笔直修长的双腿。他面前的桌上堆了不少国产漫画，而他正在翻阅的作品是燕其羽非常欣赏的一位老师画的。

这是燕其羽第一次当女仆，她右手压住左手手腕，伴着怦怦作响的心跳声，对着客人的头顶小声开口道："主、主人……请问您要喝点儿什么吗？"

燕其羽的声音还没有蚊子声大，她甚至怀疑这位主人有没有听到她说什么。

幸运的是，这人听到了。不幸的是，这人居然是燕其羽之前见过的于先生！

于归野也没有想到会在这里遇到认识的人，这位与他有着不浅缘分的姑娘，每次见面都会给他带来惊喜。

于归野看出了燕其羽的窘迫，没有询问她为何在女仆店工作，转而很绅士地称赞道："化妆了？很漂亮。"

小女仆下意识地抬手摸了摸滚烫的脸颊，结结巴巴地说："真的？是老板帮忙画的，我还以为会很夸张。"

"怎么会！"于归野抬眼和燕其羽的视线撞上，他在那双水润的眸子中找到了自己的倒影。他笑着打趣道，"你难道没注意，其他客人都在看你？"

"啊？"燕其羽偷偷用余光观察了周围的客人，小声回答，"你误会了，他们是在看我的脚。"

于归野侧头看去，只见燕其羽脚踩一双纯黑色的板鞋，那双鞋与裙子格格不入，却又出奇地和谐。她细白的足踝包裹在层叠的袜子里，一颗浅黑色的圆痣点缀在脚腕上。

"脚？"于归野真心实意地称赞道，"脚看不到，不过腿很漂亮。"

燕其羽感觉自己又需要找支画笔，给自己的头顶添加烟雾特效了。

见燕其羽的脑袋都要埋进胸口里了，于归野意识到这句话有些许失礼。

奇怪，自己并不是个自来熟的人，为什么会对一个仅见过三面的姑娘，说出这样暧昧的玩笑呢？

于归野轻咳一声转移话题道："不是要点单吗，有菜单吗？"

燕其羽如梦初醒般地"哦"了一声说："没有菜单，不过一般咖啡馆能做的这里都有。"

"一般咖啡馆可没有煎饼果子。"于归野无奈地说，"有没有其他的东西可以配咖啡？"

"呃……"燕其羽回忆着后厨的东西，"还有大萝卜、果仁儿、炸糕和麻花儿。"

于归野越听越觉得无语。

"对了！"燕其羽脑袋上的小灯泡亮了，"还有糖堆儿！"

"什么是糖堆儿？"

"就是糖葫芦，天津人叫糖堆儿，是现做的！"

糖葫芦配咖啡，这搭配真是绝了。

于归野饶有兴趣地问："是你做的？"

"我可没有做糖葫芦的手艺，那是老板做的。"燕其羽紧张地四下看看，往于归野耳边凑近了一些,小声说,"不过如果你点的话,我可以用蜜汁给你画个糖画儿,免费的。"

于归野发现,每次和燕其羽说话,自己都会被她逗笑。

"那好,我就要串糖堆儿。小画家,别忘了,要用蜜汁画一个我啊!"

第八节　这耐人的糖堆儿

这家漫画咖啡店能够成为圈子里数一数二的网红店,除了因为藏书量高、双胞胎老板颜值高以外,第三个原因则是在于盘中的美食。

新鲜出炉的煎饼果子、表皮黄澄澄的炸糕、用芥末油呛了一整晚的大萝卜……每一道大菜小菜都是地道天津味儿,配上一杯加了香菜的咖啡,那滋味就一个字——美!

冰箱里,早上做好的冰糖葫芦排成一溜儿躺在铁盘子里,像是一排排等候检阅的士兵。

燕其羽左看右看,选了一串儿果子最圆最大、糖霜最厚最清澈的糖堆儿。她把冰糖葫芦从竹签子上一颗颗褪下来,圆滚滚的红果子在盘中晕头转向的一阵乱滚,差点儿滚出盘子。她嘴里"哎呀呀"地叫着,赶快用筷子拦住了。

奶油花为底,十颗冰糖红果儿摞成了金字塔形,燕其羽两根手指捏着牙签,蘸着巧克力酱,精心地在红果儿上画出夸张的眉眼表情。放眼望去,这十颗红果像是十个胖娃娃,睡觉的、大笑的、生闷气的……每个果子都有了自己的故事。

盘子成了最好的画布,燕其羽在裱花袋上剪出一个小口,细腻的巧克力酱缓缓流淌,在盘子中汇聚成了于归野的模样。虽然只见过几面,可燕其羽不需要努力回想,于归野的样貌仿佛刻在她心中,自然而然地出现在她的画笔下。

帅气的五官、得体的谈吐、有品位的衣着……还有,温柔的笑。筛子轻轻抖动,细白的糖霜如雪般洒落。

餐盘中,绵密的奶油花托起艳红色的焦糖果塔,巧克力酱绘制的人像静静躺在糖霜的包围之中。

燕其羽有些苦恼地皱了皱眉，发现自己有些小题大做了。她本来只想做个普通装饰，哪想到会搞得这么引人注目。要知道，别的客人若是点糖葫芦，那就真的只能拿到竹签子串红果儿，哪有什么摆盘一说。若是被老板发现自己对于归野的点单这么上心……

夏迟不知什么时候溜到了燕其羽身后。她踮着脚越过燕其羽的肩膀张望，当她看到这盘出人意料的餐点时，顿时惊得大呼小叫。

"'小羽毛'，你咋这耐人啊！"

耐人在天津方言里，是惹人爱、招人疼的意思。

夏迟说："我怎么就没想到这种赚钱的好法子？"她一惊一乍地说，"你这么一画，谁还看得出来这是外面卖三块钱一串的糖堆儿啊？"

燕其羽见夏迟完全没多想，不由自主地松了一口气，可她却忽略了，自己为什么会对此感到紧张。

夏迟问："糖堆儿多少钱来着？"

"呃……好像是二十八元。"

"太便宜了！"夏迟说，"结账的时候记得这一盘算他五十八元。"

燕其羽哭笑不得地说："我不过随手画了个Q版头像，哪里值这么贵。"

夏迟二话没说，转身从窗台上的绿植中摘下一片四叶草，插到了红果金字塔的顶端。暗黄色的焦糖裹住赤红色的果子，头上还顶着一片嫩嫩的小绿叶，看着还真有几番雅趣。

"好嘞！"夏迟得意地说，"赶快把这道法式奶油焦糖配大红果儿给客人送去吧！"

当燕其羽端着咖啡和甜品走出后厨时，客人们的眼光再一次汇聚到了她身上。不过，她以为大家关注的是手中这道价值五十八块钱的冰糖葫芦，完全没想过客人们是在看她。

于归野安坐在沙发中，看着燕其羽脸带薄红地向他一步步走来，他心安理得地承受着宅男艳羡的目光。

"于……那个，主人。"燕其羽很羞耻地吐出那两个字，说道，"这是您点的糖堆儿，还有您的咖啡。"

于归野主动腾开桌子上的书，燕其羽赶忙把手里的东西放到了桌上。

那道经过燕其羽精心摆盘的法式奶油焦糖配大红果儿第一时间抓住了于归野的目光。这是他第三次见燕其羽作画了，之前在公园里，燕其羽手持画笔一笔笔涂鸦，这次的画像则是用巧克力酱绘制出的，线条带着一股童稚的笨拙。旁边用山楂堆成的金字塔，每颗果子上都有一张表情夸张的小脸，看着十分可爱。

燕其羽画得这么好，于归野都舍不得吃了。

除了糖堆儿以外，于归野还点了一杯拿铁咖啡，上面是一层细密的牛奶泡沫。咖啡是夏迟做的，顶部的拉花是最经典的叶子形状，浅棕色的咖啡液中，绵延出一条白色的细纹，细长的叶子从左右两侧伸展，在杯中静静漂浮着。只是燕其羽一路走来，咖啡不住晃动，顶部的拉花图案逐渐变形、拉长，原本尖尖的叶片变得圆润不少，乍看上去，那图案不像是叶子，倒像是一片洁白的羽毛。

于归野端着咖啡杯，盯着那片触手可及的小羽毛，忽然不知道该从哪里下嘴了。

于归野正要开口，忽然旁边一桌的客人摇响了桌上的手铃。

女仆咖啡店的卖点就在于此，可爱的服务生穿着黑白两色的女仆装，对客人尊称为主人，而客人有需要时也不是直接吆喝，而是需要摇响铃铛，把服务生唤到面前来。

客人一叫，燕其羽只能走了。于归野看着她匆匆远去的背影，再看看面前的两份餐食，心里有种说不出的感觉。其实他有个很好奇的事情想要问她，之前在公园时，燕其羽说自己找到了一份工作，可以不再摆摊卖画。刚开始他以为她是一名美术老师，可后来他又撞见她从教育机构离职，难道她所谓的正经工作，就是在漫画咖啡店当一个女仆？

那么软绵绵的姑娘，和人一说话就脸红，这性子可不要被人欺负了啊！

当于归野意识到自己居然在替燕其羽操心时，不免失笑。他和她的关系明明连朋友都谈不上，不该这么多管闲事的。

那桌客人是两位男生，看上去年纪不大，穿着打扮有些不修边幅。他们脸上带着莫名的兴奋，四只眼睛盯在燕其羽身上，像探照灯一样，很没礼貌地上下扫视。燕其羽有些不舒服地扯了扯裙子，恨不得把裙摆能够拽长一些。

他们听上去不像是本地人，口音晦涩难辨，普通话并不标准。

只听其中一人说："既然是女仆咖啡店，你怎么不用跪式服务啊？"

燕其羽微微皱眉，有些女仆店会让服务生用很谦卑的跪式服务给顾客上菜，可是夏迟、春晚这对姊妹花脾气暴躁，不仅她们不跪，更不会让店里打工的服务生跪。这几位客人一看就是第一次光临，把其他店的经验搬过来了。

"不好意思，我们不提供跪式服务。"燕其羽故意省略了主人两个字。

那两人有些不满地撇撇嘴，又凑在一起不知道叽叽喳喳些什么。很快，为首的那个又开口了。

"不跪也行，你们其他服务有没有？比如，和主人一起玩游戏？"那人油腻地挤挤眼睛，很陶醉地说，"可不要糊弄我们啊，我们都是去过秋叶原好几次的，那里的女仆咖啡店可是什么游戏都有。"

此话倒是不假，像这类女仆漫画咖啡店的收入来源除了漫画租赁和餐食以外，客人还可以选择购买女仆的服务，包括给主人喂饭、陪主人玩游戏、给主人捏肩、与主人合影等，每一种服务都价格不菲，至少两百元起。

燕其羽今天仅仅是替班，夏迟特地嘱咐她不用接这类工作。于是燕其羽拒绝道："不好意思，我今天是来帮朋友忙，不太熟悉这类工作。"

"有什么熟悉不熟悉的？"其中一个宅男贼眉鼠眼地凑过来，居然还想摸燕其羽的手，油腻地说道，"游戏嘛，玩着玩着就熟悉了。"

两个宅男不知何时从座位上站起来，呈包抄状，隐隐把燕其羽围在了中间。他们带着色眯眯的笑容，看样子想强迫燕其羽加入他们的游戏。

周围其他客人看出他们不怀好意，可毕竟是陌生人，大家彼此看看，都学做鹌鹑一样，低着头不敢吭声了。

事态即将失控，空气里气氛已经紧张到最顶点。

燕其羽垂着头，手握成拳，抵在蕾丝裙两侧，身子微微颤抖，仿佛已经丧失了所有反抗的意识。

一直在默默关注燕其羽的于归野心中骤然收紧。他本不想插手她的工作，想等她自己解决，可眼看她就要吃亏，这时的他再也不甘沉默了。

于归野正要过去帮燕其羽，燕其羽忽然开口了。

"好。"

燕其羽的声音轻轻的、柔柔的、软绵绵的，像是一袭春风轻抚众人耳畔。

那两人被燕其羽的柔声细语哄得晕晕乎乎的，哪还有一点儿判断力，忙不迭地说："好啊好啊，你想玩什么游戏？跑跑卡丁车？超级马里奥？"

燕其羽想了想说："你们看，前厅只有我一个女仆，玩那些游戏，一局要是不死的话就要玩好久，其他客人都照顾不过来了。咱们还是玩些简单的桌面游戏吧。"

色迷心窍的两人立即跑到游戏区拿了一堆游戏过来。燕其羽挑挑拣拣，不是说这个规则看不懂，就是说那个耗时太长。最后她实在没办法，叹了口气，随手从游戏堆里扯过一本书。

"要不然玩这个吧。"燕其羽拎着书角，语气随意地说。

只见那书面上印着一行大字——《高中生益智数独五百篇》。

"这怎么玩？"其中一个宅男疑惑地问。

燕其羽说："就是填写数字啊！主人，你连这个都没玩过吗？咱们分成两组，看哪组完成的速度快。"

"可咱们只有三个人，我们两个人一组，你不就吃亏了吗？"

"没关系，我可以一个人的……"

"没关系。"于归野不知何时走过来，隐隐呈保护的姿态守在她身后。他脸上笑容真挚诚恳，却带着让人难以拒绝的压迫感，"我和她一组。"

第九节　数独游戏

数独看起来是一个再简单不过的数字游戏，但每一个数字的填写都是在考验参与者的逻辑性。于归野数学好，又有很强的逻辑思维，他还在读大学时，就捧回过两座全国级别的数独比赛奖杯。

于归野主动请缨出战，本意是怕燕其羽吃亏，想护着她。可当比赛进行到第五局时，于归野发现是她在护着他。

不知不觉中，比赛的桌旁已经围满了客人，当燕其羽再一次在三分钟之内填满所有数字、抢先按下桌上的响铃时，围观群众瞬间发出轰鸣。

于归野稳住笔，以慢了几秒的速度填完了自己负责的那组数独。自愿充当裁判的顾客立即翻到答案页比对，不出意料，两人的答案无一错漏。

再看坐在他们对面的宅男二人组，面前的题纸上仍然只有寥寥几个数，在燕其羽和于归野的衬托下，他们就像是连十以内加减法都算不好的小学生，脑袋上写满了"不自量力"。

其他顾客早就看他们不顺眼了，这时刚好有了奚落的由头。

"这是第几局来着？"

"第七局还是第八局？"

"甭管第几局，这俩人组团就是满级玩家虐杀'大白菜'啊！"

宅男二人组顶着众人嘲讽的目光，脸色忽青忽白，这个手抖、那个脚颤。

两人哪里受得了这种群嘲折磨，他们就算再傻，这时候也明白是中了燕其羽的圈套了，这个看上去柔柔弱弱的小女仆哪有看上去的那么腼腆可欺！

其中一个宅男喘得像风箱一样，忽然把桌上的东西都推到了角落里。他大声说："哪有来女仆店玩数独的？咱们打游戏！"

这明显是输不起，恼羞成怒了。

燕其羽不卑不亢，挺直身板，掌心摊开一直伸到了对方的鼻子下面。只听她笑盈盈地说："主人，你想玩别的游戏可以，请先把刚刚的账结了吧。"

"什么账？"

"女仆陪玩游戏这个项目是两百元一局，刚刚一共八局，给您打个七五折，一千二百元，请问主人，你是用现金还是刷卡啊？"

那人脸上一白，说："不可能！怎么这么贵？"

不等燕其羽回答，一道泼辣的女声从天而降："贵？我们店明码标价、童叟无欺，那么大的价目表在墙上挂着，自己睁眼瞎还赖太阳不够亮？"

众人闻声看去，原来店老板不知何时从后厨钻出来。她叉着腰站在桌旁，像只鸡妈妈一样把燕其羽往自己身后扒拉。

可是夏迟个子矮，哪里挡得住燕其羽这只高挑的"小鸡仔"。

夏迟眼珠一转，把燕其羽往于归野身旁推过去，嘴里叽叽喳喳地说："'小羽毛'，这里我来处理，你去陪这位主人聊聊天，先聊两百块钱的吧。"

燕其羽大窘，眼睛刚和于归野对上，就赶忙错开了。

哪想到于归野居然很满意这个安排，他一手拉住燕其羽的手腕，轻巧一拽就把她带离了"战场"。

燕其羽迷迷糊糊地被于归野拖着走，不知何时手心里多了一个鼓鼓囊囊的男士钱包。

于归野笑问："你们这里消费水平还挺高。我要买你到下班，不知这些钱够不够用？"

燕其羽赶忙把钱包扔回到于归野身上，鼓着腮帮子警告道："再开这种无聊玩笑，我真的要按规矩收费了！"

两人回到座位落座，刚才于归野走得急，杯中的咖啡都没有来得及喝，原本漂浮在顶层的奶泡渐渐消散，融化进了咖啡当中。于归野可惜地望着杯中那个消失的羽毛图案，好在有另一个"小羽毛"在陪伴他。

这可是燕其羽第一单陪聊业务，不免有些紧张，尤其客人还是帮过她两次的于归野！

于归野接触的人多，比较健谈，主动开启了一个话题："没想到你数独这么好，本来还怕你吃亏。"

数独可是燕其羽的强项，她得意地说："我妈是出纳，我耳濡目染，从小就对数字特别敏感，上大学的时候高数就没下过年级第二。"

于归野有些讶异地说："美术专业还需要学高数？"

"啊……不是啦。"说起这个，燕其羽有些羞赧，"女承母业，我大学读的财大，会计专业。"

于归野意外地看着燕其羽说："所以你画画是自学成才？你画得这么棒，我以为你是科班出身。"

"你……你别夸我啊，我不禁夸的，很容易骄傲的！"燕其羽捧起滚烫的脸颊,"我哪里算'才'啊,画了这么多年,一直在门外打转。"

于归野想起这段时间的糟心合作者,觉得燕其羽这样自谦真是难能可贵。

明明于归野是主人,可谈起曾经走过的路,小女仆却情不自禁地对他吐露心声。

"其实……我当初抛下一切跑去画漫画,所有同学老师都不理解。除了我父母以外,其他亲戚都说我大学四年的学费白交了。可他们越是对我不看好,我就越要实现自己的梦想,证明自己的能力。我知道我比很多人都起步晚了,但是晚出发总比不出发要好。"

燕其羽毕业之后,选择了一个完全陌生的领域打拼,这其中的寂寞艰辛只有自己知道。

后悔过吗?自然是后悔过的。被主笔老师催促着一天画两页漫画的时候,宿舍漏风、而她因为痛经握不住笔的时候,一个人拖着行李在无依无靠的京城找合租的时候,屡次投稿不中、第一篇连载被"腰斩"的时候……

燕其羽曾经埋怨过自己,为什么不能像妈妈一样,在本地做一份稳定的会计工作,踏踏实实地考个证,每个月拿着足够养活自己的工资,找一个与她同样出身普通的男朋友,平凡地过完这一辈子。可这种后悔、这种埋怨、这种认命,只会在她心里停留一个晚上。当第二天的太阳升起,那些眼泪就如树梢上的露珠蒸发掉了。她选择了梦想,更是梦想选择了她。

于归野坐在燕其羽对面,可以清楚地捕捉到她眼神中对漫画的憧憬与渴望,在追梦的这条路上,她走得艰辛,更走得坚定。他叫她小画家,但她眼中的星光却在诉说,她的梦想是当个大画家。

燕其羽说了很多很多,直到自己口干舌燥,才意识到自己居然把藏在心中多年的心事全都一股脑地倾诉了出来。她有些慌乱地把碎发拢到耳后,小心翼翼地问于归野,自己是不是话太多了。

"怎么会,有梦想是好事。"于归野由衷地称赞道,"其实我也接触过一些漫画家,他们不乏成功人士,但有的漫画家身上已经找不到像你这样纯粹的追求,我只能看到市侩与俗套。"

于归野想起前几天和"知不道仙人"发生的冲突,越想越叹息。

燕其羽忙给自己的前辈们说好话："你不要这么说！其实很多漫画家都很好的。我以前跟过的一位主笔老师，他的作品都火到日本去了！好几家出版社抢着签他，可他一点儿都不骄傲，很温柔、很照顾我们这些助手，不仅会合理安排工作量，还教会了我们很多东西！"

"哦？"于归野饶有兴趣地问，"是谁啊？"

燕其羽立即从旁边的书堆中抽出了一本，兴奋地说："喏，就是这个！'独钓寒'老师你一定听过，他可是国内漫画界的领军人物！"

燕其羽手里的漫画书是"独钓寒"的最新力作。封面上，一个穿着古装长裙的貌美少女倚在湖边亭中，手中团扇半遮面，露出的剪水双瞳带着一股灵动。

不知是不是于归野的错觉，他依稀觉得，女孩手里的漫画封面和她本人有几分相似。

提起崇拜的主笔老师，燕其羽像是小迷妹夸偶像一样陷入了狂热中，只听她热切地说："老师可是美院写意人物专业的高才生呢，他把中国人物画的风格融入了漫画当中，非常有个人特色！哎，真羡慕老师，像他那样科班出身的，功底扎实，比我这种人不知强多少！"

于归野听着燕其羽对"独钓寒"大夸特夸，心中忽然涌起一阵莫名其妙的烦闷。他来不及探究这种想法从何而来，嘴上已经不着痕迹地转移了话题。

"你不用妄自菲薄，虽然我只见过你的三幅画，但你真的很善于捕捉别人的特点，这是你最大的长处，你有一双善于发现美的眼睛。"于归野体贴地补充了一句，"而且现在大多数人，大学学的专业和毕业后的工作不同，没必要因为这点就感到自卑。比如我，我的工作和本科专业差距非常大，但这并没有影响我什么。"

燕其羽果然对这个话题很感兴趣，傻乎乎地被于归野带偏了话题，上了钩。

"于先生，你大学是学什么的？"

于归野耸肩道："计算机。"

"你也太厉害了吧！"燕其羽眼里充满了小星星，就差鼓掌表扬了，"你学的是计算机,现在却在做律师,我听人说,律师证特别难考呢!"

于归野忘了,这个笨笨的"小羽毛"一直以为他是个律师呢!

第十节 两百块钱的天儿

于归野正打算向燕其羽解释自己的实际工作,哪想旁边忽然伸出一只涂着粉色指甲油的芊芊玉手,那手里握着一只沙漏,"嘭"一声甩到了他们之间。

于归野顺着那只手向旁看去,只见娇蛮霸气的老板站在桌旁,叽叽喳喳地问:"大哥,两百块钱的天儿,您聊够没有?聊够的话,我要把这闺女儿带走啦。"

原来这沙漏是计时的,从顶部漏到下面刚好是二十分钟,店里挂着的招牌清楚地写了,女仆陪主人聊天这个项目二十分钟要收费两百元钱。

黑吗?可真黑。

于归野也不恼,他刚刚看到老板娘是怎么把那两个想占便宜的宅男讽刺得无地自容。女孩子开店,不泼辣一些的话就容易被欺负。

于归野笑着问:"我没聊够,能续费吗?"一边说着,他一边掏出了钱包。

燕其羽见于归野把夏迟的玩笑当真,赶忙把他的钱包推回去。

两人隔着小小的方桌推来推去,难免碰到彼此的手掌。指尖划过炙热的手心,燕其羽心里一跳,赶忙把手松开,慌乱地站起身。

"于先生你慢慢用餐,我、我、我、我先去工作了!"燕其羽也不知自己在结巴什么。

燕其羽转身时,蓬松的蕾丝裙摆在于归野眼前留下一道令人惊艳的残影,围裙上的蝴蝶结像是一对小巧可爱的翅膀,停留在女孩纤瘦的腰间。

于归野望着燕其羽慌张离去的背影,回忆起这几次偶遇时发生的点点滴滴,嘴角的笑容不禁更温柔了。他下意识地举起手机按下快门,把女孩翩然的背影收进了手机相册里。

燕其羽走后,于归野本来打算在咖啡厅多坐一会儿,再看几本漫画、再要几杯饮料、再点几次女仆服务，无奈清净的时光没享受多久，于惊鸿的电话就打过来了。

今天这位女强人又加班了，刚巧撞上老公出差和保姆请假，接丹尼尔放学的任务再一次落到了于归野身上。

眼看放学的时间就要到了，于归野只能遗憾离开。临走前，他想和燕其羽说声再见，可燕其羽当时正在陪其他客人玩游戏。于归野不好打扰她，只能把钱和小费留在了桌上。想了想，于归野又拿起笔在餐巾纸上留下了自己的电话号码，两人都见过三次面了，却连个联系方式都没有。于归野特地把半边纸巾压在咖啡杯下面，这样就不怕燕其羽看不到了。

待做好这一切，于归野便匆匆离开了咖啡厅。

五分钟后，燕其羽终于招待完一位客人，获得了宝贵的休息时间。当她回头想要寻找于归野的身影时，却见座位上空空荡荡，唯有半杯咖啡还散发着余香。淡淡的落寞悄无声息地从心底涌上来，她被那股浪潮推动，走向了桌旁。

意料之外的惊喜降临，燕其羽注意到咖啡杯下面的餐巾纸上，留有一串电话号码。于归野的字迹优雅飘逸，最下方落款一个"于"字，"于"字的小尾巴轻轻一挑，便勾画出了一片小羽毛。

燕其羽连忙移开咖啡杯，眼中的欣喜瞬间化成了浓浓的遗憾。咖啡杯下不知怎的沾了水，纸巾约有一半压在杯下，电话号码的最后几位变成了一团团墨迹，根本看不清了。

晚高峰期间，路上有些堵车。于归野赶到幼儿园时，孩子们都走得差不多了。

幼儿园门口只剩下三两只"小猫"，向日葵中班的班主任瑞秋老师尽职尽责地守在学校门口，她手里牵着小胖墩丹尼尔，可丹尼尔脸上却写满不乐意，噘着嘴巴低着头，脚心下踩着一块石子，磨蹭来磨蹭去。

当瑞秋隔着马路，远远看到于归野走下车时，脸上忍不住浮现出一个略显娇羞的笑容。

见舅舅来了，丹尼尔赶忙挣开瑞秋的手，"哒哒哒哒"地跑过去，一把抱住于归野的大腿。

"舅舅，舅舅，你怎么才来啊！"丹尼尔哭唧唧地说，"我以为你们嫌我吃得多，不要我了！"

于归野好笑地揉了一把丹尼尔毛茸茸的脑袋说："这都从哪儿听的？你吃得再多舅舅也养得起。"

于归野一边搂着丹尼尔，一边向瑞秋致谢道："谢谢瑞秋老师，我来晚了，辛苦您看着他。"

"没关系，这是我应该做的。"瑞秋老师细声细气地说，"于先生，真是好久不见了，最近怎么都没见您来接丹尼尔啊？"

"最近我有点儿忙，我和丹尼尔也很久没见了。"于归野没有详谈自己的工作，他低头看向丹尼尔，循循善诱地问他："咱们要走了，你要对老师说什么啊？"

小胖墩拖长声音说："老……师……再……见……"

"等等，于先生，您先别走！"瑞秋赶忙拦下于归野。于归野疑惑的眼神落在她身上，她大脑一片空白，半响才找回自己的声音，"啊……那个……哦对，是……是这样的。"她看了眼拼命冲自己摇头打手势的丹尼尔，无奈地说，"丹尼尔今天欺负了班上的小女生，把小女生送给他的花撕烂了。"

虽然小女生没有受伤，但精心准备的礼物被丹尼尔当面扯坏，这心理打击实在太大了，她"哇哇"哭了一下午，晚上被家长接走时眼睛都哭肿了。

丹尼尔气得小脸涨红地说："辛迪才不是小女生！辛迪是大姐头！她非要我做她男朋友，我才不愿意呢！"他紧紧握着拳头，小肉手背上凹显出一个个小坑。

于归野对辛迪印象深刻，那个肉嘟嘟的小姑娘长得像一个人偶娃娃，在他看来，她和丹尼尔真是极为般配。

于归野见小外甥居然还没意识到自己的错误，干脆蹲下身，很严肃地拉着他的双手教育道："女孩子是要被呵护的。如果你不喜欢辛迪，你可以用更委婉、更柔和的方法拒绝她。就算你直接告诉她'我不喜欢你'，都比直接把她的礼物当面弄坏了好。丹尼尔，舅舅从小就教你做个绅士，而一个绅士是不该让女孩子哭的。"

于归野的语气称不上是批评，一字一句语调柔和，可丹尼尔听着听着，却红了眼眶。

丹尼尔窘迫地看了眼舅舅，又看了眼站在旁边的瑞秋老师，他飞快地低下头，默默地盯着自己的脚尖。

男孩子的自尊心比天高，于归野并不是育儿专家，他见丹尼尔不吭声，心里无奈地叹了口气。于归野起身对瑞秋老师说："对不起，我会把丹尼尔带回去好好教育的。明天一定让他和辛迪道歉。"

瑞秋老师却答非所问，梦呓般地说："您可真温柔。"

"什么？"

"啊，没什么，没什么。"瑞秋老师忙说。

瑞秋还想和于归野再说一会儿话，可是丹尼尔不住地拽着于归野，硬要他离开。

于归野只能向瑞秋告辞，被小胖墩一路拽着走向了马路对面。

瑞秋老师呆呆地立在校门旁，看着一大一小渐渐远去的身影，嘴角的笑容渐渐变成了愁绪。

等两人坐进车里，小蛮牛一样的丹尼尔顿时泄了气，懒懒散散地爬进了儿童座椅里。

于归野问他："能告诉舅舅，你为什么不喜欢辛迪吗？"

对于这个年纪的孩子来讲，他们的爱情并不是真正的爱情，而是想要一直在一起玩耍的独占欲。这种感情美好、纯洁，只是变数也大。

丹尼尔抠着小手，别别扭扭地说："其实……其实我没有不喜欢她……只是我现在不想谈恋爱。"

于归野对这个答案哭笑不得，他有时真搞不懂现在的孩子脑袋里都是些什么念头。

见舅舅不信，丹尼尔重重地"哼"了一声，老气横秋地说："我说的是真的！我再也不相信爱情了！"

"你才四岁,就不相信爱情了?"

"爱情和年龄有关吗?"丹尼尔反问道。

于归野被问噎住了,换了个问题问,"那你现在是不是还喜欢瑞秋老师啊?"

小胖墩顿时变了脸色,辩解道:"我、我早就不喜欢她了!"他望着马路对面,那个守候在校门旁边,痴痴望着这边的身影,感觉自己的心好苦好苦啊。

丹尼尔早熟,很多事情大人以为他不懂,其实他心里很清楚。

他喜欢瑞秋,可是瑞秋不喜欢他,因为瑞秋喜欢的人是……"呜呜呜",他才四岁,就不得不承受他这个年纪不该有的痛苦,他今天晚上必须"借奶消愁"了!

见小外甥又泪盈盈了,于归野赶忙给他擦眼泪,说:"好了好了,你这个'男子汉大豆腐',舅舅又不是批评你,怎么就哭成这样。"

丹尼尔伸出胖得像哆啦A梦一样的双手,紧紧地攥着舅舅的手指,泪眼婆娑地看着他。

"舅舅!你必须答应我一件事!!"

"什么事?"

"你先答应我再告诉你是什么事!"

于归野最是宠丹尼尔,见他态度坚决,只能举手投降道:"行吧,舅舅答应你。"

丹尼尔抽泣着说:"在我……'嗝',在我走出情伤、找到女朋友之前,你……'嗝',你都不准交女朋友,行吗?"

丹尼尔生怕于归野反悔,赶忙伸出短短的小拇指,勾住舅舅的手,抬起头眼巴巴地看着他。

于归野被迫跳进坑里,他看着小外甥红肿的眼眶和鼻孔中涌出的鼻涕,只能妥协同意。

小手勾住大手,小拇指交叠,大拇指重重地顶在一起。

于归野清朗的声音隐含着无奈,小小的车厢里回荡着"一言为定。"

第二章　命中注定的搭档

第一节　这只鸭子意外火了

周五晚上六点,《明星达克》第一期漫画在海豚漫画正式上线。

周五晚上到周日晚上是网站流量最大的时候,而网站推荐位只有几个位置,向来是被"直男癌"聚集的一组编辑霸占。没办法,谁让现在男读者都舍得花钱,女主角一露相,月票数就"噌噌"往上涨。月票可是读者真金白银买的,一组这么能赚钱,当然是公司上层眼里的香饽饽。

《明星达克》是短篇漫画,原著小说名气不算大,步娜娜为了争取周五的推荐位,使尽了所有手段,在编辑周会上大杀四方,以她三寸不烂之舌,终于从邓耀华手里抢到了一个位置——首页一屏轮播图第四帧。

于是这天晚上,当海豚漫画APP的读者在打开手机里的小海豚软件后,惊讶地发现,在几张美女宣传图之中,出现了一只格格不入的鸭子!

虽然这只鸭子有着温柔似水的眼神,有着纤长优美的脖颈,还有丰满的胸脯、蓬润的屁股以及笔直的双腿,可它说到底,还是一只嘎嘎叫的鸭子啊!

现在网络连载漫画都以彩漫为王,然而这个漫画不仅主人公是鸭子,而且还是传统的黑白漫画,唯有鸭子的双眼和脚蹼上了色。在一众性感女主漫画的包围下，这部漫画要多突兀有多突兀。

很多人抱着猎奇、嘲笑的心态，点开这部漫画想要挑刺。可他们很快就被漫画所渲染的氛围代入，他们仿佛变成了男主人公，身上背负着同事和家庭给予的压力，在这个喧嚣的世界孤独前行。忽然之间，他们穿破了迷雾，走向了一个截然不同的世界。

这里的动物都会说话，它们其乐融融地生活着，欢迎着这个突然闯入动物王国的人类。而经营着一家小咖啡馆的鸭子，更用它善解人意的态度，放松它疲惫的内心……

可是当读者沉浸到这个故事里，想要继续阅读的时候，却发现这个故事的最后一页，标着一个该死的"未完待续"！

"不知不觉看得泪流满面，跪求更新！"

"死海豚，你一次性放完了行不行！"

"这漫画原著没听过，哪里能看到？"

"又骗我养鸭子，拜拜！拜拜！拜拜！"

"糟了，我要对一只鸭子犯罪了！"

"希望最后鸭子能变成'御姐'！支持我的点赞！"

单人小火锅店里，一位形单影只的女客人坐在长条桌末尾，守着一锅"咕嘟咕嘟"的辣汤，桌上满满地摆着好几样青菜，不见一点儿荤腥。别人都在热火朝天地享受美食，唯有她对着手机看个不停。偶尔从她嘴里会传来莫名其妙的"嘻嘻"声，吓得她旁边的客人拉开座椅，想要离她远一些。

而这个对着手机发出古怪笑声的女孩子，就是独自出门庆祝的燕其羽。

燕其羽手里紧紧握着手机，每刷新一次评论区，就能看到评论如流水般增长。有人称赞这个故事、也有人催促画手尽快更新，一个个陌生的ID汇聚在一起，每个ID背后都是一个远在天涯海角的读者。

这不是燕其羽第一次担任主笔，可这是她第一次享受到这么多的赞美和喜爱，虽然人气和那些大热作品无法比拟，但仍然让她受宠若惊。成为漫画家的路注定寂寞而漫长，好在她现在已经迈出一小步了。她心满意足地收起手机,唤来服务员。

"小哥儿,这里加份羊肉!"

她可是未来的大漫画家,现在不吃饱了,哪有力气握笔?

服务员问:"请问大份小份?我们店里这个月新到了内蒙古羔羊肉,还有澳洲大尾羊的上好羊尾油,以及……"

"不用不用。"燕大漫画家瞬间现了穷鬼原型,"最便宜、最普通的那种就行!"

周末晚上,是于家人难得的聚会时光。餐厅里,于惊鸿夫妻俩坐在餐桌一边,于归野和小外甥并排坐在另一边。

丹尼尔人小手短,桌上的菜总有够不到的,于归野一边同姐姐、姐夫闲谈,一边分神照顾他,见他想吃什么就挑给他吃。

就连丹尼尔想吃虾,于归野也会耐心把虾剥好,放到丹尼尔碗里。

于惊鸿看不下去了,敲敲碗边说:"行了行了,你是他舅,不是他爸。再说了,他亲爸都不给他剥皮,你甭惯他这臭毛病。"说着,这位虎妈瞪了"小赖皮鬼"一眼,说道:"蛋蛋,幼儿园老师怎么教的?快给你舅舅表演一遍怎么剥虾、剔鱼刺。"

"才不!"丹尼尔有恃无恐地说,"在幼儿园没人喂我,我只能自己吃。现在有人喂我,我才不要动手!"

这对母子俩隔着餐桌吵起来,孩子亲爸倒是乐呵呵的。

于惊鸿的老公叫苏禾,长得白净文弱,标准的慢性子。他给于归野夹了菜,慢悠悠地问:"你既然这么喜欢孩子,怎么自己不生一个?"

于归野顿时失了胃口,说:"姐夫,你今天是带了任务来的啊?"

"没办法,岳母之命难为啊!"

于归野明年就三十岁了,一直没有成家,对他有意思的小姑娘不少,可他一个都没发展成恋爱关系。他不急,但是父母急,成天在他耳边唠唠叨叨说婚事,可缘分这事儿急不得,父母越催,他越没心思。若不是如此,他也不会独自从城郊的小别墅搬出来,住回了家里的老房子。

提起这件事，于归野颇为无奈地说："也不知道他们在急什么，我姐结婚的时候也三十二岁了，也不见他们催来催去！"

"这能一样吗？"于惊鸿恨铁不成钢地说，"我和你姐夫可是十七岁就在一起了，二十五岁他出国读书，三十二岁博士毕业就拿着大钻戒来求婚。你呢？十七岁在埋头写小说，二十五岁在专心写剧本，等你三十二岁了不会和你的笔结婚吧？"

苏禾赶忙说："鸿，你别这么说，归野就算再喜欢写作也不会和笔结婚的……"

于归野连忙说："还是姐夫向着我。"

苏禾接着说："毕竟现在都是电脑写作了。"

于归野被苏禾这大喘气的一句话气得不知道该说什么好。

于惊鸿也没心思吃饭了，放下碗筷，托腮看着于归野。这个弟弟和她差了八岁，她是大姐头，而他是跟屁虫，就连她谈恋爱他也要跟着蹭吃蹭喝。可不知什么时候开始，这个"小跟屁虫"长大了，变成了一个玉树临风的帅小伙。家里没一个人有文学细胞，偏偏这个弟弟从小作文就拿满分，高中开始就在网上连载小说。还记得家里刚配电脑的时候，别的小男孩都在学怎么打游戏，就他在默默背五笔字根。转眼这么多年过去，他成了年轻一代最有潜力的作家和编剧，就连她的同事中都有他的书迷。他用辛苦"爬格子"赚来的稿费给父母买了大房子，更为她攒下丰厚的嫁妆。当初她出嫁时，十里红装谈不上，但八里肯定有了。家人的一切他都准备得妥妥当当，父母有力气没处使，只能去操心他的感情生活。

而于惊鸿嘛，她就是单纯好奇，什么样的女生才能收伏她弟弟这朵高岭之花？

"对了，你经常挂在嘴边的编辑是男是女啊？"于惊鸿八卦地问。

于归野哭笑不得地说："你都在想什么，瓜爷是男的！就算他是女的，我也不会和工作伙伴产生感情，这太不专业了。和并肩作战的同事谈恋爱，私人感情肯定会影响工作效率，我绝对不会这么做的。"

"真是的，编辑不是和作者很配嘛！算了算了。"于惊鸿看了眼坐在她对面无所事事玩勺子的丹尼尔,难得和颜悦色地说:"丹尼尔,你要是吃完了就去看电视吧。"

丹尼尔正愁无聊呢,闻言立刻从椅子上爬下来,临走前拽了拽于归野的胳膊说:"舅舅,我想玩你手机。"

于归野把手机递给丹尼尔说:"你喜欢的游戏在最后一屏,乖,别动舅舅的其他东西,尤其是舅舅的工作软件不要删了。"

"没问题!"小胖墩举着手机欢天喜地地走了。

待小胖墩一走,于惊鸿立即给老公使眼色让他关上餐厅大门。

"怎么了?"于归野警惕地问。

于惊鸿压低声音,凑到弟弟面前,一脸揶揄地说:"你觉得瑞秋老师怎么样?就是丹尼尔的班主任。自从你上次去了一趟办公室之后,每次我去接孩子的时候,瑞秋老师总向我打听你呢。"

还是女人最懂女人,虽然瑞秋老师尽量在于惊鸿面前表现得云淡风轻,可每次提起于归野时,她透亮的双眼立即让于惊鸿察觉出了隐情。

瑞秋老师温柔善良又漂亮,和弟弟在一起还算般配。

"这种玩笑还是不要开了。"于归野立即打断于惊鸿,"我只把瑞秋当作丹尼尔的老师,而且丹尼尔那么喜欢她,你千万不要当他的面说这些事。"

"我当然不会在他面前说。"见弟弟这么抗拒这个话题,于惊鸿无奈,只能止住了话头。

饭后,苏禾夫妻俩肩并肩洗碗,于归野去客厅陪丹尼尔玩游戏。

结果这小胖墩一看就没干好事,刚看到舅舅,他就吓得把手机摔掉了。

于归野脸色一板,上前捡起手机说:"小胖子,背着舅舅都干什么坏事了?"

"没……没有!"小胖墩不肯说实话。

于归野直接调出手机后台,结果发现丹尼尔在他来之前在用手机看漫画。

海豚漫画 APP 被于归野归类在工作软件中,他每天都要抽出时间研究上面连载的大热作品,在观察了一段时间后,他渐渐摸到了一点门道——每周五到周日，推荐位都会换上美丽女郎，来吸引男读者消费打赏。

一想到四岁的丹尼尔居然在受这种漫画的荼毒，于归野的脸更黑了。

丹尼尔赶快认错道："对不起，舅舅，我再也不看鸭子了。"

于归野一愣，问："什么鸭子？"

"就……就是那个软件打开之后，上面有一只特别好看的鸭子，我就想看看是什么鸭子……"

说着，丹尼尔拿过手机打开了他刚刚看过的漫画。

只见屏幕上，一个神色倦怠的男人依靠在吧台前。在他对面，一只体态肥美、眼神灵动的鸭子两只翅膀捧着咖啡杯，把它推到了顾客面前。

画面空白处则是漫画名字和作者署名：

《明星达克》

原作/编剧：龙龙龙

漫画主笔：小羽毛

等等，这个"小羽毛"，是他认识的那个"小羽毛"吗？

第二节　这个漫画家到底是谁

于归野不顾外甥"舅舅你不要抢手机呀"的叫唤声，随便找了个沙发坐下，立刻开始阅读起这篇漫画。

于归野对《明星达克》的故事很熟悉。当初海豚文学网举办短篇小说大奖赛时，瓜爷特地聘请他担当比赛评委，这篇故事就是他点中的探花。

因为于归野平常事务缠身，在奖项公布后，他就没有再关注后续情况，没想到这篇小说居然改编成了漫画，而且还在海豚漫画网上连载推广。

于归野无心再研究一遍剧情，他所有的精力都集中在漫画的形象上，想要从那些动物身上找到熟悉的笔画影子。可他毕竟不是专业人士，燕其羽画Q版人物时的画风和漫画连载的画风差距很大，他看来看去，一会儿觉得似曾相识，一会儿又觉得是想太多。

被于归野忽略的丹尼尔不乐意了，噘着嘴巴，扒着他的袖管说："舅舅，舅舅，你在看什么，也给我看看嘛。"

于归野伸手把丹尼尔抱在腿上，把手机屏幕上的画调到最大，问他："你觉得这个画眼熟不眼熟？"

不是都说孩子的眼睛是雪亮的吗，当初燕其羽给丹尼尔画过一张瑞秋的画像，说不定丹尼尔能找出这两幅画之间的相似之处。

丹尼尔皱着眉头，对着手机屏幕看了半天，像个老学究一样摸了摸不存在的山羊胡须，老气横秋地说："唔……舅舅这么一说，确实很像呀！"

于归野按捺住心中的期待，问："像谁？"

丹尼尔的小胖手戳到了屏幕上的肥鸭子上说："像妈妈啊！"

看呐，肥鸭子拨弄羽毛的动作，多像爱臭美的妈妈在拨弄头发啊！

于归野心想：自己真是傻了，居然问小朋友这么复杂的问题，真不懂他是怎么从鸭子身上看到姐姐的影子的。算了，他在这里胡思乱想也没用，这个漫画家究竟是不是他认识的燕其羽，下次他去那家女仆咖啡厅时再问问她吧。

因为《明星达克》的第一期连载就旗开得胜，燕其羽浑身充满干劲儿，整个周末都埋头在电脑前写写画画。步娜娜担心她临时"开天窗"，所有漫画放出的速度要晚于她的作画速度，所以她现在已经有了半期存稿。

每个作者的画画习惯都不一样，在分镜草稿完成后，有些人习惯把一整集的勾线全部完成，再开始精画背景人物。有些人则是喜欢一页一页地来，先把第一页的勾线、人物、背景全部完成，再去画第二页。

燕其羽是前者。她周五晚上一鼓作气，把剩下几页的勾线全部搞定，今天就开始细化背景了。

因为这是一个发生在动物小镇的故事，涉及非常多的植物背景，有些作者怕麻烦，为了节省时间，背景全部用现成的网点背景来粘贴。在纸笔作画的年代，商家就为画家们准备好了现成的城市、学校、乡村背景，只需要用网点刀把背景小心切割下来，贴到纸上就可以了。现在改成电脑作画，更为简洁。如今有一种流行的背景画法，就是作者去实地取景拍照，然后把照片传到电脑中，进行二次修改。若是黑白漫画，照片直接使用专业工具变为黑白灰三色；若是彩色漫画，则是把照片改下色阶、对比度，或者直接在原照片的基础上，用笔刷上一层图案。

燕其羽在逐梦堂时，因为工作压力太大，其他助手就向她传授了这种画背景的方法，对她说："你用现实照片改背景，背景有层次，透视还准确，读者根本看不出来是照片改的，只会夸奖你画得真实漂亮。"

燕其羽偷懒用过几次，果然工作效率直线上升，她很快就被这种画法折服了，一边窃喜自己找到了更便捷的工作方法，一边埋怨自己以前怎么那么蠢笨。离开逐梦堂后，她辗转去了"独钓寒"老师那里，担当他的背景助手。有一次，"独钓寒"老师要她画一个山涧小亭的场景，她得意扬扬地展示了一番自己的绝技，结果却从老师那里得到了失望的评语。

"'小羽毛'，你要记住，画画是没有捷径的。"

"独钓寒"没有怒骂，没有斥责，只留下了如此轻柔又沉重的一句话。

燕其羽犹如受到了当头棒喝，曾经把她封在其中的玻璃房子瞬间粉碎，破裂的玻璃"稀里哗啦"地掉了一地，每块玻璃上都是她自己狼狈又扭曲的身影。她这才意识到，自己之前绕了多大一圈弯路。

从那时候开始，燕其羽便不再使用这种技法，宁可慢一点，累一点，苦一点，也要自己一笔笔勾勒背景。

这次《明星达克》的背景全部由燕其羽手绘完成，郁郁葱葱的树木，鳞次栉比的尖顶小房子，毛茸茸的各色动物……而正是这些细致的图案丰富了画面。读者是外行人，他们阅读漫画的时候，说不出究竟哪里好，但他们能感觉到这个漫画真的很漂亮。

就在燕其羽一边听着"君子归野"的有声小说、一边专心致志地细化背景时，她的 QQ 突然响了起来。

燕其羽点开一看，发现同她说话的居然是在逐梦堂认识的小伙伴——同为助手的阿琳。

阿琳：小羽毛，小羽毛，你在吗？

她们当初住在同一间宿舍里,阿琳睡上铺,燕其羽睡下铺,俩人关系非常好,不过在这个圈子里,大家即使再熟悉也是称呼笔名的。

小羽毛:在的。

阿琳:恭喜,恭喜啊,刚才我看了眼海豚漫画APP,那个挂在首页新作排行榜上的《明星达克》,是你的作品吗?

小羽毛:咦?

燕其羽都没注意,居然短短两天的工夫,她的这个只有十六页的漫画居然冲上了首页新作排行榜!

燕其羽赶快打开手机看了一眼,果不其然,《明星达克》的名字挂在排行榜的倒数第二位!别看排行不高,可新作排行榜排的是一个月以内新上架的作品,《明星达克》刚登陆两天就到第九名,实属不易。

小羽毛:"嗷嗷嗷",你不说我都没注意,我在赶工下一话!

阿琳:给你放烟花了。

阿琳:你也算是苦尽甘来啦!

小羽毛:嘿嘿,是啊。之前那部漫画被"腰斩"以后,我还以为自己只能回去当助手了。

阿琳:别想那些了,那部漫画被"腰斩"不是你的错。

阿琳:摸摸头,安慰你一下。

小羽毛:抱住!谢谢你!

小羽毛:对了,你现在在画什么?我听说你现在在投稿实体漫画杂志?

阿琳:哎,纸漫比网漫更难混,我发了两个短篇,没弄出什么水花,就撤了。

阿琳:那个,其实有点儿难以启齿……

阿琳:我现在……又回来做助手了。

每个助手都有一个主笔梦，谁都想自己画漫画，谁都想通过自己的画笔创造一个世界，而不是成为别人脚下的螺丝钉，替别人铸造梦想。

让一个曾经当过主笔的漫画家退回去给别人当助手，就像是让一个创业失败的人去给别人打工，他们曾经亲手抓住过梦想，可又从树梢跌落，眼睁睁地看着手心中的梦想四散零落。有人从此一蹶不振，但也有人收拾行囊重新起航。

燕其羽理解阿琳的处境，阿琳不需要轻飘飘的鼓励和安慰，她是个乐天向上的女孩，燕其羽相信她绝对不会认输的。

阿琳：其实我今天要八卦的事情和这件事有关！

小羽毛：什么事？

阿琳：我现在在给知不道仙人做助手！

小羽毛：他怎么还在招助手？他不是有四个了吗？

阿琳：重点来了！他招新助手是为了开第二部漫画！

小羽毛：？

小羽毛：他的手好了？

小羽毛：他能开两篇漫画？

小羽毛：还是找到了新的勾线助手？

阿琳：你关注点怎么这么偏啊！你怎么不问问，他开的第二部作品是和谁合作啊？

小羽毛：谁？

阿琳发来一个严肃的动画表情。

阿琳：小羽毛，他要和你男神合作！

小羽毛：和谁？

阿琳：和你男神——君子归野！

燕其羽握着压感笔的手一松，价值两千元的压感笔直接从桌上滚落到地。

压感笔非常脆弱，震动稍大就有可能影响其中的精密零件。燕其羽平常轻拿轻放，小心翼翼，可现如今压感笔掉在地上，她却完全顾不得心疼。她现在满脑子只有一个念头——她心里的白月光、朱砂痣、蓝玫瑰，要被一只"山猪精"占便宜啦！

"知不道仙人"扯出"君子归野"的大旗，四处招兵买马的事情，并没有传得太远。

某个工作日的上午，瓜爷再次在自己的办公室里接待了"君子归野"大神。

望着坐在茶海对侧，不动如山地品尝着极品铁观音的男人，瓜爷感觉自己的发际线又后移了不少。

"归野，你考虑得怎么样了？"瓜爷摆出一副弥勒佛的面孔。

"什么怎么样？"于归野在茶杯后望着瓜爷，脸上写满了无辜。

"就是你和仙人合作的事情……"

于归野半真半假地问："合作不是黄了吗？我不满意他，他也不满意我，他都退群离开了，合作还怎么继续。"

瓜爷望着于归野平静的笑脸，觉得后槽牙又酸又涩，说："人家就算不是个大神，也是个小神！还不能让人家有点儿脾气啊？我好不容易从海豚漫画那边找来这么一个合适的漫画家，你有什么意见不能好好说，态度非要那么强硬？合作这种事，各退一步不就好了吗！仙人那边我已经让他的责编把他稳住了，你只要……"

"合作到此为止。"

"什么？"

"我说，合作到此为止！"于归野淡淡地吐出一句话，"至于这个合作究竟是指的我和他，还是我和你，你可以权衡一下。"

瓜爷又愁又气又无奈。他刚刚还说"知不道仙人"有脾气，结果差点儿忘了，明明他面前这位大神才是最有脾气的！

作为朋友，于归野真是没的说，细心、和善、温文尔雅，标准的绅士做派，逢年过节于归野都会精心送上一份礼物，就连瓜爷妻女的生日他都没有忘记过。瓜爷的小女儿上初中，正是少女怀春的年纪，每次看到这位帅叔叔都会两眼放光，羞答答的连话都不好意思说。

可只要谈起创作，于归野就化身为世上最难搞的作者，固执而警惕，对于自己的领土寸步不让。就算影视公司开出几千万的版权费，只要改编内容有任何触及文章根基的地方，他都可以舍弃不要。对于他创作出来的世界，他就是至高无上的守护者，他爱着书里每一个世界，每一个人物，不允许别人有一丁点的亵渎。

瓜爷被于归野折磨了这么多年，头发都愁白了。

可那又能怎么办呢？每个创作者都会有脾气，只是"君子归野"的脾气，比天都要大。

"那好吧，'知不道仙人'那边我去解释。但是能满足你要求的漫画家真的不好找，我再让海豚漫画那边推荐几位。"

"这样效率太低了。"于归野又品了一口茶水，"不过我有个办法。"

"什么办法？"

于归野把茶杯放回到桌上，双腿交叠，右手指尖轻敲沙发扶手，姿态放松却不显得懒散。他薄唇微启，淡淡地吐出四个字——"比武招亲"。

"啥玩意儿？"瓜爷惊得吐出一口乡音。

"在海豚漫画网举办一个内部甄选活动，找到有潜力的漫画家，不管是新人还是老作者，只要是手头没有长篇漫画在连载的都可以参加。先把我的人设和第一话脚本全部散出去，让他们试画第一话。我从中挑选最符合心意的合作者，然后再……"

"等等，等等。"瓜爷举手打断于归野，"这位先生，你记不记得你是谁啊？"

于归野莫名地看向瓜爷说："我是'君子归野'啊！怎么，难道以我的名气和我的故事，还办不起来这么一次'比武招亲'？"

"咳咳，如果是'君子归野'的话，当然办得起来。但是……"瓜爷举起手边那个装订成厚厚一册的漫画脚本，封面作者栏上的署名却不是熟悉的

"君子归野",而是一个陌生的 ID。

"容我提醒你一下,你这次用的可是一个全新的 ID。我们怎么可能为了一个新人,这么大动干戈地举办一次比赛?"

于归野顿时无语了。

瓜爷望着表情僵硬的于归野,喜滋滋地给自己沏了一杯茶。

呵呵,自己被压榨了这么多年,终于可以让这位大神吃一次瘪了。

在经过数日呕心沥血地赶工之后,《明星达克》的第二期终于在读者的万众期待中上线了。

第二期与第一期相隔半个月,它延续了上一期的风格,继续为大家讲述了这个如梦如幻的故事。更加绚丽细腻的背景,更加动人心弦的对白,更加治愈温暖的动物……第二期一上线,《明星达克》的人气再次往上升了一步,现在已经上升到新作排行榜的第五名,照这个势头保持下去,完结章进入前三是非常有可能的。

对于这个逆天的好成绩,有人欢喜,自然也有人看不顺眼。

第二期刚一登陆,漫画评论区就涌现了无数阴阳怪气的评语。

"这漫画画得好烂,什么玩意啊!"

"画成这样都能上排行榜前几?怎么没见到喜羊羊,怎么没见到黑猫警长?"

"呵呵,编辑偏袒得也太明显了,这么明显的刷分作品居然也在排行榜上待着。"

"和排行榜上的其他漫画差得太多了,肯定有黑幕!"

"黑子们"翻来覆去就是这几句话,可是他们又拿不出实际的证据,只知道"泼脏水"。他们"带节奏"带得如此卖力,底下的读者自然分成了两派,有据理力争替作者说话的,也有浑水摸鱼跟着嘲讽的……很多新来的读者顺着推荐位和排行榜点过来想看漫画,一见评论区如此乌烟瘴气,瞬间失了心情。

看到评论区这些"黑子们",暴脾气的"龙龙龙"瞬间炸了。

"龙龙龙"这人向来是不怕事的，再加上他在微博上算是个网红段子手，他跑到微博振臂一呼，瞬间来了不少读者到海豚漫画 APP 评论区"控场"。

两方人马战成一片，"龙龙龙"身先士卒，冲在掐架前线。他这人嘴刁嘴碎脑子又动得快，大力嘲讽对方，合理引用表情包，把闹事的人讽刺得血压上升，只能哭着回家找妈妈。

等大局已定，"龙龙龙"得意扬扬地"鸣金收兵"，在"战场"上来回巡视，待巡视够了，他又屁颠儿屁颠儿地跑来安慰燕其羽。

龙龙龙：咳咳咳，小羽毛，别伤心了。

小羽毛：啊？什么伤心？

龙龙龙：不用在我面前装坚强，那些"黑子"都是故意挑事儿的，你别往心里去。

小羽毛：啊？什么"黑子"？

龙龙龙：评论区已经被我夺回来了，你放心。

小羽毛：啊？什么评论区？

龙龙龙：你在痴呆个什么劲儿啊！当然是漫画评论区，那些挑事儿的"黑子"！

小羽毛：啊？漫画第二期今天上传了？

"龙龙龙"发来一个晴天霹雳的表情。

小羽毛：对不起，对不起，我最近一直在赶工完结章，都忘了今天是上传第二话的日子。

燕其羽是真的忘了。她最近过得浑浑噩噩，自从那天阿琳告诉她"君子归野"即将和"知不道仙人"合作后，她整个人都颓废成了一朵干瘪的小蘑菇。她不停地安慰自己，"知不道仙人"是漫画圈的大神，"君子归野"是文学圈的大神，大神和大神强强联合，这是好事，她应该为"君子归野"感到高兴才对。

可燕其羽的情绪难免有些复杂。"知不道仙人"是她跟过的第一个老师，她在他身旁整整两年,见证了他的辉煌,他的意气风发,也见证了他的困苦和低谷……其实燕其羽到现在都没明白,为什么"知不道仙人"会在一年前把她赶走。

多想无益,燕其羽只能加倍努力地投入作画中,希望用工作来把那些纷乱的情绪挤走。既然归野大神现在跨圈来做漫画,那她只要画得好一些,再好一些,是不是有朝一日就能和大神合作了?

正是心中怀揣这个憧憬,燕其羽这段时间像疯了一样赶工,第二话刚刚上线,最后一话她都快要完工了。如此繁忙的她,自然没空注意评论区的争吵。虽然燕其羽不注意,但作为责编的步娜娜却注意到了。

步娜娜让运营的同事封了那些闹事的账号,还顺藤摸瓜查了一下他们的IP,结果惊讶地发现,参与闹事的账号居然来源于另一个漫画工作室!而那个漫画工作室本月刚好有一部新作上线,排名嘛,新作榜第十一位。至于那部漫画的责任编辑,非常凑巧的是邓耀华。

呵呵!

在周一上午举办的编辑周会上,步娜娜直接向邓耀华"开炮",质疑他纵容旗下作者抹黑自己的作者。

邓耀华一副镇定自若的模样。他穿着一件充满商务风的立领衬衫,手里抱着一只印有美少女图案的保温杯,慢条斯理地说:"运营那边告诉我这件事的时候,我也很惊讶,我赶快问了工作室的负责人,你们猜怎么着?"

见没人吭声,邓耀华也不尴尬,自己接着说:"一场意外,他们被人盗号了!"

步娜娜顿时青筋暴起,若不是他们三组的主编按住了她的手,她早冲上去用数位板给邓耀华开瓢儿了。

"盗号?一个工作室十几号人,都被盗号了?"

"是啊,要不然说是意外呢,谁能想得到。"邓耀华没皮没脸地说。忽然他话锋一转,眯着眼睛看向步娜娜,"娜娜呀,啧啧,这件事你做得可真不地道。"

步娜娜莫名其妙地说:"我怎么不地道了?"

"你收的这个什么'小羽毛',按理说可是我这边的人啊。你签了我的人,就不打算道歉?"

步娜娜真是没见过比邓耀华更没脸没皮的人了。当初他为了不让堂妹进入漫画圈,就故意贬低燕其羽的作画水平,若不是步娜娜误打误撞地签下了燕其羽,燕其羽很有可能一蹶不振。现在他却倒打一耙,真不知道他脑袋里除了糨糊以外,还有什么?

眼看一组和三组就要吵起来,坐在会议室首座的男人忽然轻咳一声,慢慢抬起眼皮,缓缓环视了编辑部一圈。

就这么一眼,邓耀华瞬间怂了,缩起脖子赔着笑回到了原位。而步娜娜虽然不耐烦,可最终还是抱着对这位领导的尊重,收敛了身上的斗气。

"吵够了没有?"男人厉声问道。

众人不敢说话。

男人身高将近两米,体格健壮,会议室的座椅装不下他的两条长腿,他干脆把两只四十六码的大脚跷到了桌面上。他手腕上挂着几圈檀木手串儿,裸露在外的强壮臂膀上一左一右文着青龙白虎,他这副尊容活脱脱是一个从漫画中走出来的大佬。可他偏偏不是大佬,他是海豚漫画网的总编——"番茄炒蛋最好吃",简称茄哥。

圈里人都知道,海豚文化集团有两尊"财神爷",手握无数人脉,影视、游戏、音乐剧,哪里都吃得开。他们一个是海豚文学网的弥勒佛总编瓜爷,另一个是海豚漫画网的大佬总编茄哥。

茄哥一眼镇住所有"小鬼",见所有人屏气凝神不敢吭声,他这才满意地继续开口。

"你们一定很好奇,为什么这次周会我会参加。"茄哥说,"我就开门见山直说了,瓜爷昨儿给我打电话,说想联合咱们漫画网搞一个'相亲'活动。"

会议室内瞬间响起了"嗡嗡"的议论声。

"相亲?"

"什么相亲?"

"是让单身作者搞联谊吗？"

"这不太好吧，作者大多很宅，都是'见光死'，如果搞个相亲会不会让他们产生抵触情绪？"

茄哥冷冷地打断他们道："让你们插嘴了吗？"

见众人安静下来，茄哥说："放心，不是给他们找对象。文学网那边现在有不少作者想往漫画这边发展，瓜爷收集了他们写的漫画脚本，想和咱们来个合作。我们决定这个月底开一次作者大会，就在本市举办，把有意向合作的漫画家和作者拉到一起，聊聊彼此的作品。你们手上的漫画家不管有名没名，只要手头上没有长篇作品在连载，都可以推荐过去。"

大家彼此看看，眼里都写满了"这有必要吗？""中国这么大，漫画家和作者都是在家办公，天南海北的，不都是隔着网线联络吗？"

茄哥难得耐心解释道："一个漫画项目最少也要两年起步，这些年因为脚本作者和主笔画家中途闹崩，导致漫画烂尾的事情，屡见不鲜。这次就当是一个全新的尝试，让两边人马坐下来聊聊，看看彼此合不合自己的"胃口"，所以我才管这个叫'相亲'。"

鉴于茄哥气场强大，大多编辑都被他说服了。可是步娜娜眉头紧皱，宛如小学生一样高举右手。

"总编，我有问题。"步娜娜高声道。

茄哥瞟了步娜娜一眼道："说。"

今天步娜娜穿了一件休闲风格的露肩衬衫，露出精致漂亮的锁骨和脖子上朋克风格的项链。她妆容夸张，红唇开合间说出的话却直刺问题核心。

"就像有的编辑说的，很多漫画家因为醉心创作，对自己的形象不那么在意，都是'见光死'。而且人都是视觉动物，看到不修边幅的就会扣分，看到长得好看的就会两眼放光，很容易忽略对方内心深处的东西，这样短时间面对面谈话，我怕会适得其反。"

三组主编也帮腔道："是啊。其实茄哥你说的这个形式挺好的，我有几个漫画家想推荐过去。但是……哎，其中一个脸上有大片胎记，要不然他也不会选择在家工作，他肯定不愿意参加的。"

听到他们的说辞，茄哥低头思考一番，说道："你们说得有道理。那就这样吧，所有参与的漫画家和作者都戴上面具。"

众人失语。

"如何？这样'蒙面相亲'多有意思。"

没错，这场"蒙面相亲"，是瓜爷绞尽脑汁为了归野大神量身打造的。

于归野想要尽可能多地认识漫画家，更想亲自接触了解对方，瓜爷辗转反侧了好久，终于想出了这么一个主意。

若想隐藏一滴水，最好的办法就是把它投入一条河。

至于于归野看上的漫画家如果没看上他的情况，根本不在瓜爷的考虑范围内，就凭于归野的魅力，难道有人能够逃脱他的掌心吗？

若是让于归野知道瓜爷对他的评价这么高，肯定要苦笑出声了。

这世上当然有不吃这一套的人，那就是——燕其羽。

于归野那天在离开咖啡厅前，特地在纸巾上留下了自己的电话号码。燕其羽对漫画的热爱与憧憬深深地打动了他，他喜欢和心怀梦想的人做朋友，他佩服她身上的正直与努力。

但是于归野没有想到，自己的示好被对方无视了。他不想承认，这段时间他经常要拿起手机看看有没有未接的电话和短信，但每次都让他大失所望。

看来，留电话这个行为太过唐突了。

想想也是，燕其羽在女仆咖啡厅工作，长得漂亮乖巧，想必会有很多不怀好意的客人给她留电话号码。

于归野无奈地想：难道自己长得就这么像坏人？

于归野说不清楚什么原因驱使着他再一次来到了女仆咖啡厅，他站在玻璃门前，望着倒影中的自己，随便给自己找了个冠冕堂皇的理由：嗯，自己只是来问她漫画连载的事情，如果她就是《明星达克》的画师，还能和她聊聊"蒙面相亲会"的事情。

抱着这样的想法，于归野推开门走进了女仆咖啡店。

半个月没来，这家咖啡厅并没有什么变化。穿着女仆装的老板手捧茶盘，穿梭在桌子之间。客人们慵懒地蜷缩在沙发里，聚精会神地看着手中的漫画。

只是老板娘换了个发型，上次是中分黑长直，今天是短发齐刘海。

于归野在咖啡厅里找了一圈，并没有看到那个熟悉的身影。倒是老板注意到了这位帅气文雅的客人，眼神一亮，立即乖巧地走了过来，向他毕恭毕敬的鞠了个躬，甜甜地问他："ごしゅじんさま（主人），您想喝点儿嘛？"

于归野被充满天津味儿的日语吓了一跳，勉强稳住说："我想找一下燕其羽。"

短发齐刘海的女老板歪了歪头说："燕其羽？内（那）是谁啊？"

不怪春晚不知道，她们姐妹俩和燕其羽认识多年，但是"二次元"好友彼此之间都是互相称呼网名，很少有人叫真名的。

于归野一愣，说："就是在你们这儿打工的那个小姑娘。"

春晚更蒙了。她指了指站在吧台后的兼职女仆说："我们这儿的小闺女儿就内（那）一个。"

于归野抬头看去，站在吧台后的小女仆个子矮矮的，一张苹果脸十分讨喜，可她并不是燕其羽。

"可是我上次来的时候，你和燕其羽……"

春晚打断他的话说："大哥，你怎么就不明白呢？我们这儿没有叫燕其羽的，我也没有见过你。你长得这么俊，我要是见过你，还能忘了你？"

于归野望着把自己当作陌生人的老板，心中苦笑。看来，燕其羽不仅把他拉进黑名单，还让老板娘帮着阻拦他。他不想当个别有用心的坏人，既然燕其羽觉得他们不能做朋友，那就算了吧。

第三节　无法逾越的白月光

经过几日的艰苦奋战，燕其羽终于正式完成了《明星达克》这部作品。虽然完结章还未上传，但是以前两章带来的人气来看，这部漫画最后冲到新作榜前三完全没有问题。

香蕉殿下：小羽毛、龙龙龙，只要保持这个势头，一定能拿到奖金。

龙龙龙：什么奖金？

香蕉殿下：忘了和你们说，为了鼓励新作者，每个月新作榜前三名会分别拿到一千元、八百元、五百元的奖励。到时候奖金下来了，钱你们两个分一下。

龙龙龙：不用了，就这么点儿钱，都给小羽毛吧。

龙龙龙：瞧她那副可怜样，刚好多吃几顿肉。

小羽毛：咦？不用啦！我现在吃得起肉啦！

"龙龙龙"发来一个龇牙咧嘴的狰狞表情。

龙龙龙：让你拿着你就拿着！

龙龙龙：女人，不要以为这种不慕名利的行为就能引起我的注意！

小羽毛：……

这位真是戏精学院的高才生啊！

好事成双，燕其羽还没开心完，紧接着又是一个巨大的馅饼砸到了她头上。

步娜娜告诉他们，她为了《明星达克》谈下来一个非常棒的实体渠道。年底《我爱漫画》杂志刚好有个档期，可以在上面发表这部作品。

小羽毛：真的？

龙龙龙：《我爱漫画》？那是什么鬼？

"龙龙龙"是圈外人并不清楚，可是燕其羽非常了解《我爱漫画》在圈子里的卓然地位。这是中国第一本漫画杂志，创办已有二十多年，中间经历过停刊、重组、被出售、换出版社等一系列起落。最近几年因为网络漫画崛起，新的漫画期刊层出不穷，《我爱漫画》已经不复当年辉煌，可它在中国漫画人心中，仍然是一道无法逾越的白月光。

由《我爱漫画》主办的年度漫画大赛颇具看头，迄今已经举办十五届。无数漫画家从中走出，登上辉煌宝座，而参加这个漫画大赛的一个必要条件，就是作品必须在《我爱漫画》上刊登过。

步娜娜为他们谈下来这么宝贵的资源，目的当然不是为了那一点点杂志出版稿费，而是为了……

香蕉殿下：恭喜你们，赶上了中国漫画大赛"短篇漫画组"的最后报名时间。

即使最终不能获得名次，只要能拿到三个提名之一，也会让大家记住燕其羽的名字。对于一个新人漫画家来说，这将是通往成功的最佳助力。

燕其羽和"龙龙龙"的合作圆满结束，也让她收获了毕业这么多年以来赚到的最多一笔钱。当初她在逐梦堂时，没有保底工资，画完一张页漫的后期（指勾线后人物上色和背景上色）只能拿到五十块钱，她拼死拼活一个月最多拿到过两千元。

别看燕其羽赚得不多，可是她非常节省，有钱全部存起来。逐梦堂解散后，很多助手连房租都拿不出来，只能拉着行李借住好友家，而她不仅很快租到了现在这个住处，而且还能坚持每个月给父母打一千块钱。

独身在外漂泊，燕其羽向来是报喜不报忧的。

三期漫画加起来，燕其羽一下就赚了一万多块钱。她看着账上的数字，没忍住拨通了妈妈的电话。

"喂，妈，是我。嗯嗯，没打扰你们睡觉吧？"

"我挺好的，您和爸身体好吗？"

"爸还咳嗽吗？天气冷了，我给你们买了点儿保健品，应该明天就收到快递了。"

"没瞎花钱。我有钱，真的。"

"你女儿这个月赚大钱了,你猜多少?"

"一万多块!惊不惊喜?"

"全是我一笔一笔画出来的。"

"你忘了,我现在不跟老师了,自己出来单干了。"

"二姨是不是又说闲话了?别理她。虽然我现在赚得没表姐多,但以后会好的。"

"等我赚了大钱,我就买个房子,把你们都接过来一起住。"

"大房子买不起就先买小房子。"

"你们放心,我很好,而且以后会越来越好的。"

燕其羽身上裹着卡通绒毯,怀里抱着热水袋,倚靠在阳台的玻璃窗下,一边同妈妈聊天一边望着窗外的车水马龙。

客厅隔断间的隔音不好,走廊里,其他住户走动、闲聊、炒菜、洗漱的声音纷纷扰扰,与听筒里母亲殷切的嘱咐声汇聚在一起。燕其羽伸出食指,无意识地在布满水汽的玻璃窗上画起来。

即使梦想再远,一步步走下去,总会有抵达终点的一天。

《明星达克》的漫画改编获得了圆满成功,因为画风精美、传播又广,这段时间有不少短篇作者向海豚漫画抛出了橄榄枝,想把自己的作品交给"小羽毛"改编。

步娜娜手里积了七八个作品,不合适的直接婉拒了,剩下的都挺符合"小羽毛"的风格。只是究竟要不要交给她创作,步娜娜心里自有一番考量。

步娜娜找了个周末把燕其羽约出来见面,见面地点并不是公司,而是一家购物商场的咖啡店。

步娜娜开玩笑说:"刚画完《明星达克》,就来喝咖啡,不是刚刚好?"

可是燕其羽哪里舍得喝三十二元一杯的咖啡啊,她手里攥着一瓶矿泉水,和步娜娜找了个僻静的角落坐下。

步娜娜做事雷厉风行,不爱兜圈子,直接说道:"'小羽毛',我最近手里有几个不错的短篇小说,'龙龙龙'那边也想和你继续合作,稿费这方面我还能再为你提高五十元。"

燕其羽眼睛一亮，兴奋地问："真的？"

"当然是真的。但是现在还有另外一个机会摆在你面前。"

燕其羽歪着头看步娜娜。

"你想不想画长篇漫画？不是改编现有的故事，而是和作家一起创作一个新故事。至于这个故事你们有没有能力打造成IP，就要看你们两人的能力了。"

"当、当然想！"燕其羽不假思索地说。

燕其羽的双手激动地颤抖着，差点儿连水瓶都握不住。这是她一直以来的梦想，她怎么会不想？

作为漫画家，燕其羽的优势是过硬的画工，而弱项则是她不擅长编剧。虽然有的漫画家可以一边编剧一边绘图，但燕其羽并不是其中之一。如何能找到一个默契的合作者，这绝对是摆在每个漫画家面前最大的难题。

步娜娜的话虽然没有说完，但燕其羽已经听懂了，她手里肯定有合适的长篇脚本作家！

见燕其羽激动得双颊泛红，步娜娜立即把公司的"蒙面相亲"计划和盘托出。

"这个月底，海豚文学和海豚漫画要联合举办一场作者大会，你有没有兴趣参加？具体流程是……"

待听完步娜娜的解释，燕其羽刚刚的激动瞬间消散得无影无踪。她有些紧张地说："咦……咦？还要面对面聊天？这……这不太好吧……"

燕其羽从大学毕业之后就没接触过太多人，每当面对生人她就会变成一株含羞草。她不善言辞，连自我介绍都结结巴巴，更遑论在那么多人面前卖力推销自己了。而且就算要吹嘘也要有资本啊！她画了这么多年，除了一部"腰斩"的漫画和完结短篇以外，其他的经历都是在给人做助手，哪个作家会看得上她。

步娜娜见燕其羽委屈巴巴的样子，气得敲她脑袋说："你自信点儿行不行？你的画工这么好，功底扎实，色感也好，就算你是个哑巴，一句话不说只把漫画集拿给别人看，肯定也能吸引来不少作者。如果遇到你不感兴趣的题材，直接拒绝就好了。"

"可是……"

"没什么可是。退一万步来说，就算这次作者大会上找不到合适的作者，你也可以回来继续画短篇，等待下一个机会。"步娜娜语重心长地说，"你是一个非常有潜力的漫画家，《明星达克》仅是你的第一个台阶，未来还有很长的路在等你。你不能永远当个默默无闻的灰姑娘，你要习惯穿上水晶鞋、踩上红毯、在人群的艳羡中和王子共舞。"

两人的手交叠在一起，步娜娜的双手做了深蓝色的甲油胶，而燕其羽的一双手干干净净，指甲剪得短短的。因为经常握笔，她中指和食指旁还有薄薄的茧子。

燕其羽身上有着一个漫画家成功的一切要素，唯一缺少的，就是足够的自信。而步娜娜身为编辑，就是要打磨这颗宝石，让她亮晶晶地展现出自己的能力。

步娜娜相信燕其羽的潜力，更相信自己的识人眼光。

冥冥之中，像是有一把火点燃了燕其羽的心。

"好……我参加！"燕其羽坚定地点点头，"我一定会成为大漫画家！"

她不能退缩，只有前进再前进，才能离她心中的那颗星星更近一些。

步娜娜见燕其羽开了窍，这才满意地笑了。她打了个响指，起身拉起面前的小姑娘说："走吧，灰姑娘，让仙女教母给你选一身见王子的礼服去。"

"哎，我现在这身就挺好的啊！"

燕其羽低头看看自己，运动裤，帆布鞋，舒适的套头帽衫，肚子上还有一个大大的可以插手的口袋。帆布包是她昨天新买的，上面写着几个大字——谢谢，不买，没钱。

步娜娜懒得同燕其羽多费口舌，作为一个有品位的人，哪能看到燕其羽这么浪费那张脸。她挽住燕其羽的胳膊，往百货公司拽。

两人一边走一边闲谈。

步娜娜问她："我回头去打听一下这次作者大会都有哪些作者出席。你有没有特别想合作的作者？"

"有有有！"燕其羽眼里闪着小星星说，"'君子归野'！"

如果这世上有翻白眼大赛的话，步娜娜觉得自己一定能得冠军。

小姑娘年纪轻轻的，怎么就得了癔症了呢！像"君子归野"那种大神，怎么可能会来漫画圈。就算来了漫画圈，又怎么可能会和没名气的"小羽毛"合作呢！

"你好好画。"步娜娜勉励道，"等三年后……不，两年后，你有名气了，我一定求总编介绍你们认识。"

第四节　蒙面相亲大会

知道燕其羽舍不得花钱，所以步娜娜并没有把她带去那些名牌柜台，而是把她拎到了平价服装连锁店。

其实这个牌子燕其羽平常也会买，只是她有一种奇怪的魔力，总是能从那么多漂亮的衣服里，挑出来最平淡无奇、不显身材的那一件。一定是手有问题吧！

步娜娜慧眼如炬，出手如闪电，花了十分钟就给燕其羽选好了三套衣服。这些衣服或宽松舒适、或露肩露背、或慵懒性感……任何一件都不会出现在燕其羽的购物车中。可偏偏就是这些她平常不会尝试的衣服，穿在她身上出奇的好看。

燕其羽又高又瘦，肩膀平直，有着人人称羡的天鹅颈。可她总把自己的优势掩藏在层层叠叠的厚重衣服里，简直是仗着美貌胡乱穿衣。幸亏步娜娜品位好，才把她从套头帽衫和高领秋衣中拯救出来。

"这三套都很适合你。走，去结账吧。"步娜娜满面春风地说。

燕其羽翻过标签算了一下，心里迅速得出了一个数字。她一个月房租不到一千块，这衣服钱都快和房租持平了。她有些为难，踟蹰着问："我能只买一套吗？我平常不怎么出门，家里的那几套衣服都很新呢！"

步娜娜瞅了眼燕其羽那个写着"谢谢，不买，没钱"的帆布袋，善意的谎言脱口而出："没事，毕竟是作者大会，置装费公司报销一半呢！"

燕其羽果然眉开眼笑，结账时也没那么心疼了。

燕其羽拎着购物袋踏进家门时，刚好遇到了住在主卧的小夫妻，两个人一个叫阿勇，一个叫小娇。

其实燕其羽的年纪比他们大，只是她身上带着一股稚嫩的学生气，总是素面朝天扎一个马尾，模样倒是比他们显年轻。

因为客厅被隔断围起来成了燕其羽的住处，所以整间房没有公共区域，只有一条狭窄昏暗的走廊。

三人在走廊正中间遇上了，燕其羽赶忙侧开身子让路，手里的纸质购物袋跟着发出了一阵摩擦声。

阿勇瞥了一眼印着标志的购物袋，笑着说："哎呀，燕姐你赚钱了啊！都舍得买衣服了。"小娇藏在他身后的阴影里，低着头拽了拽他的袖子。

燕其羽不大喜欢阿勇，因为他总和小娇吵架，还经常大半夜回来，把防盗门砸得"咣咣"响，特别影响人休息。尤其他还老是在厕所里抽烟，有一次还差点儿把垃圾桶点着了。

燕其羽无心和阿勇寒暄，轻轻"嗯"了一声，就钻进了自己的房间里。

可是薄薄的门板哪里挡得住闲话，燕其羽听到阿勇轻蔑地对小娇说："你看看人家，天天在家里画卡通画就能赚那么多钱……"

要是燕其羽真的能赚那么多钱的话，她就从群租房里搬出去了。

月底，海豚漫画网和海豚文学网联合举办的作者大会准时召开了。

这次作者大会的参与人员由两个部门的编辑分别推荐，只是合适的人选不多，敢于在众人面前表现自己的更少，最后甄选来甄选去，能够参加这次聚会的只有四十个人，其中有十八个脚本作者，二十二个漫画家。

步娜娜危言耸听地说："一比一点二！这比中国未婚男女青年的比例都高！僧多粥少，若是不好好准备，你很有可能成为被剩下的漫画家。"又说道，"'小羽毛'，到时候人家都热热闹闹地开了新连载，你只能趴在墙边，划火柴许愿了。"

燕其羽被吓得瑟瑟发抖，赶快打开会议流程，仔细研究。

鉴于很多作者都是兼职创作，所以这次作者大会选在了周末的下午，地点就在海豚文化集团的办公大楼一层，那里有个可以容纳一百人的大会议室，所有漫画家、脚本作者、编辑都会一同出席。

除了编辑需要以真面目示人并且佩戴工牌以外，作者和漫画家们全部戴上面具。下午两点签到，两点半聚会开始，大家先简单地做一下交流。接下来，脚本作者会依次上台介绍自己的作品，而漫画家则是需要准备几套画集，交给众人传看。

六点是晚餐时间，作者和漫画家们可以自由选择是否出席晚餐会。当然，吃饭的时候是一定要脱下面具的。

流程极为简单，燕其羽看了之后顿时放下心来，心想：果然娜娜姐说得对，漫画家只需要拿作品说话就够了，不要求多么能言善道。

在燕其羽的殷切期盼下，这一天，终于到了。

步娜娜守候在签到台处，频频低头看表。她面前的签到单上罗列着所有漫画家的名字，而属于"小羽毛"的那一个后面还是空白。

其他编辑都已经陪着自己的作者进入会议室了，现在整个签到台处，除了步娜娜以外只有一组的邓耀华。

"娜娜呀，你的人还没到？"邓耀华凑了过来，一只手亲密地搭在了步娜娜的肩膀上。

步娜娜错步躲了过去，淡淡地说："三环那边出了交通事故，堵车。"

"说不定是个借口呢。"邓耀华状似担忧地说，"现在的孩子心理素质不行，我记得那个什么'小羽毛'是助手出身吧，这次参加大会的作者和漫画家都那么有名，该不会是临阵脱逃了吧。"

步娜娜懒得搭理邓耀华。她比任何人都知道燕其羽有多重视这个机会，作品集前前后后改了好几版，直到昨天晚上才最终定稿。

今天上午燕其羽拿去打印装订，正是因为这样，她才会迟到。

"还是我那个作者省心啊,虽然是新人,但是在圈内已经有不少粉丝了,手速快,配合度又高。娜娜你就该多发掘一下这类新人,才能……"邓耀华一边油腻地说着话,一边不要脸地往步娜娜身上靠。

为了今天的见面会,步娜娜特地穿了一件正装套裙,难得一见的白领丽人形象让人眼前一亮。邓耀华自觉位高权重、年富力强,觉得全天下只有自己能摘下这朵带刺的"玫瑰花"。

步娜娜早就忍不了了,见邓耀华得寸进尺,她脚下的高跟鞋狠狠碾着地面,决定抓住时机给他一个永生难忘的教训。然而她的脚还没踢出去,身后就响起了一个刚硬冰冷的声音。

"会议要开始了,你们还在这里干什么?"

邓耀华条件反射似的立正站好,夸张地转了一百八十度,脸上挂起谄媚的笑容说:"总编好,这不是娜娜手底下的漫画家还没到嘛,我陪她一起等。"

"陪她等?"茄哥冷笑一声,表情不怒自威地说,"什么时候一组的副主编还要管三组的闲事儿了?"

"呃,我只是……"

"你要是想当门卫,就一直在外面站着吧。"

邓耀华被吓住了,哪儿还敢废话,夹着尾巴屁滚尿流地从门缝钻了进去。

人高马大的茄哥站在会议室大门口,在他的瞪视下,原本在门口放风的几个人也赶快窜进了门里。

步娜娜虽然踩着高跟鞋,可头顶还不到茄哥的下巴,每次仰头看他都觉得脖子要断了。她收敛了身上的尖刺,谨慎地挑选措辞:"总编,谢……"

可是茄哥连步娜娜的话都没有听完,扔下一个没什么温度的眼神,便转身走回了会议室。

步娜娜看着茄哥的背影,心想:能当上总编的人,估计都有点儿怪脾气吧。

就在步娜娜望着大门发愣的时候,走廊里忽然传来了一阵匆忙的脚步声。

"娜娜姐!对不起我迟到了!"

步娜娜循声转过头,远远地看见一个怀抱画集的少女匆匆赶来。

燕其羽今天特地穿上了那天买的新衣服，毛茸茸的白色毛衣是如今最流行的款式，一条灰色的包臀呢子短裙勾勒出细长的双腿线条。胸口的胸针更是点睛之笔，大白兔躺在红色的蘑菇伞下，短小的尾巴尖上停着一只顽皮的蝴蝶。不仅如此，她脸上还戴着一个白兔面具，两只长长的大耳朵立在脑袋上，随着她的动作微微颤动。

燕其羽从没穿过这种紧身一步裙，走路时磕磕绊绊。幸亏白兔面具挡住了她脸上的羞涩。她抚着胸口，气息不稳地问："作者大会是不是开始了？"

"没有没有……"步娜娜如梦初醒，赶忙把桌上的签到单递给燕其羽，"喏，你的名字在这里，赶快签到进去。"

燕其羽一边埋头签字，一边愧疚地打听道："我是不是最后一个？"

步娜娜说："不是，还有个海豚文学的新人作者没有来，叫……"

步娜娜话音未落，不远处的电梯门"叮"的一声打开，一个身材高挑的男人出现在了她的视野中。

那男人气质出尘，灰色休闲裤配上白色高领毛衣，这种简单的搭配都让他穿出了一股卓然的味道。他身高腿长，迈步走出电梯，不过眨眼的工夫就站在她们身边。

"不好意思，我是来参加作者大会的作者，我叫'田野'。"

正埋头签字的燕其羽抬头望去，两人视线相交，忽然在同一时间怔住了。

这名叫"田野"的作者脸上戴着一只动物面具，正是少见的大灰狼模样。

第五节　小白兔和大灰狼

会议室里，瓜爷挺着浑圆的肚子，摇摇晃晃地走到了演讲台前。他手里的演讲稿足有硬币厚，站在台下的几个小编辑交换了一个"我命休矣"的眼神，硬着头皮准备听一场令人昏昏欲睡的演讲。

谁想瓜爷看都不看手里的稿子一眼，直接把它们扔到一旁。

"各位大作家、大画家，欢迎来到海豚文化集团。先做下自我介绍，估计你们应该都认识我，就是不能把我的脸和名字对应起来——我是'西瓜二郎'，承蒙各位厚爱，叫我一声瓜爷。"瓜爷向台下拱拱手，收获了各位作者热烈的掌声。

"本来呢，开场不该是我来做的。应该由我们海豚文化集团的身高担当、气场担当的茄哥来做，这份演讲词……"他抬手指了指一旁的演讲稿说，"也是我让助理特地为他准备的。可他不肯上来，那就只能由我来和大家打声招呼了。"

一束光追到了坐在台下的"番茄炒蛋最好吃"身上，男人岔开双腿，姿势粗犷地坐在最前排的沙发上。灯光晃到了他的双眼，他"啧"了一声，有些不情愿地挥了挥手。

台上，瓜爷继续讲述着海豚文化集团的历史。

"我们海豚文学网和海豚漫画网，创办于千禧年，是国内第一批专注原创小说和原创漫画的网站，我们致力于……"

瓜爷在上面说得慷慨激昂，台下的观众听得昏昏欲睡，仗着有面具的遮盖，甚至有人闭目养神起来。

就在瓜爷说到兴头之时，一声刺耳的推门声突然打断了他的演讲。

观众们顿时起了兴趣，是哪个大胆的家伙会在这么重要的场合迟到？

可当他们凝神看去时，哪里有什么大胆的家伙，只有一只又白又嫩的"小兔子"，支棱着两只兔耳朵，小心翼翼地从门缝后探出头来。

红红的兔子眼，小小的三瓣嘴，"小兔子"缩了缩脖子，蹑手蹑脚地往会议室里溜。

可"小兔子"第一步还没迈进来呢，身后忽然伸出一只大手，"嘎吱"一声，把窄窄的门缝大大咧咧地又推开了两分。

"小兔子"吓得抖了抖，有些责怪地看向同样迟到的队友。

站在"小兔子"身后的男人脸上戴着"大灰狼"面具，个儿高肩宽，"小兔子"颤巍巍地站在他面前，仿佛随时能被他一口吞掉。而更为重要的是，两人的衣着打扮异常和谐，同样是白色毛衣配灰色下装，只是款式不大相同，猛然看上去像是特地穿的情侣装一样。

某位作者酸溜溜地嘀咕道："秀恩爱都秀到'二次元'来了，到底给不给宅男活路啊？"

幸亏这位作者离大门很远，没有被燕其羽听到。

燕其羽自以为潜伏进来的动作神不知鬼不觉，她怀里抱着单肩包和画集，瞄准一个空位就打算窜过去。可她刚走了两步，就被身后的"大灰狼"拉住了衣角。

"怎么了？"燕其羽轻声问。

"大灰狼"无奈地提醒她："兔子小姐，你走错方向了。"

"唉？"

"我看你戴的是橙色袖章，你是漫画家吧？你们的座位在那边。""大灰狼"指了指自己胳膊上的蓝色袖章，又指了指演讲台两侧的作者阵营。

燕其羽这才注意，原来不同职业的人是分开坐的，她刚刚差点儿就要钻到别人的窝里去了！她赶忙向男人点头致谢，猫着腰一溜烟地跑向了海豚漫画网的座位。

"大灰狼"望着"小兔子"连蹦带跳远去的背影，藏在面具后的嘴角牵起一个小小的弧度。

燕其羽到得太晚了，前排座位都坐满了人。她找了半天，终于在最后一排的边角找到了两个位置。待步娜娜来了，燕其羽赶忙招手让她坐到自己身边。

台上的瓜爷继续着他长篇大论的演讲。步娜娜凑到燕其羽耳边，轻声问她："怎么样，刚才那个'大灰狼'合不合心意？"

燕其羽晃了晃耳朵，说："娜娜姐，我们一共就说了两句话！我连他写过什么作品都不知道。"

"遇到对的人，说两句话就知道有没有默契了。"步娜娜把手里的签到表推给燕其羽，指了指表上画出的几个人名说，"喏，这是我刚刚拿到的出席作家名单，这几个作家你待会儿重点关注一下，他们本身在圈子里有点儿名气，作品属性和你也挺匹配的。"

燕其羽接过来看了一眼，发现"大灰狼"先生的名字并没有在上面。她迟疑地问："刚才那个比我晚到的先生呢？我记得他叫'田野'？"

"这人还挺神秘的,也不知道是哪个编辑手底下的作者,我在网上只找到他的两部短篇科幻小说。"

"科幻啊……"这是燕其羽从来没有考虑过的类型。

燕其羽手里捧着名单,抬头看向了讲台的另一侧。那片区域坐的全部都是脚本作者,而那位迟到的"大灰狼"先生如她一样,也坐在最后一排的角落里。

因为台上的演讲太过无聊,其他作者都懒懒散散地窝在位子上,有些人还偷偷拿出手机刷微博。可"大灰狼"先生却坐得笔直端正,静静地望向演讲台,侧耳聆听。恐怕是燕其羽的视线太明显了吧,敏感的他捕捉到了身侧的目光,出其不意地扭头看了过来。

燕其羽不知道自己为什么要躲开,在被"大灰狼"抓到之前,她赶忙低下头,研究起手中的名单来。

旁边的步娜娜稀奇地问:"'小羽毛',你怎么脖子都红了?"

燕其羽皮肤白,血管又浅,只要一紧张,"小白兔"瞬间变成"小红兔"。

燕其羽结结巴巴地说:"没事……就是屋里有点儿热。"说着,她还装模作样地扇了扇风。

真奇怪啊,明明她和"大灰狼"先生第一次见面,怎么会觉得他身上带着一股熟悉的感觉呢?

过了足有二十分钟,瓜爷的演讲终于结束了,瞬间,热烈的掌声席卷了整个会议室。瓜爷还以为是自己通过演讲打动了大家呢!他笑容满面地走下台,在众人的注目下,一摇三晃地落座到茄哥身边。

茄哥从位子上站起来,环视了众人一圈,说道:"刚才能说的瓜爷都说完了。我就不废话了,按照流程,各位作者们上台介绍一下自己的作品吧。"

茄哥做事雷厉风行,和瓜爷呈鲜明的反差。众人还没从刚刚那昏昏欲睡的劲头里清醒过来呢,就一脸蒙地被推入接下来的环节。

每个创作者的性格都不尽相同,但是整体来看,文学作者更擅长用语言来表达自我。与此相反,画家的语言组织能力往往没有那么好,十个人中有七个不善言辞。

几位坐在第一排的作家谦让了一番，最终决定以签到的顺序依次上台介绍。

燕其羽连忙坐直了身子，从口袋里掏出一支笔，一边听着台上的演讲，一边在名单上写写画画，做起了笔记。

不仅是燕其羽，前排的其他画家也掏出纸笔开始记录，间或和身边的编辑低声讨论一番，每个人看起来都胜券在握。

现在走到台上的是一位胖乎乎的男孩子，他自我介绍是一名大四学生，别看他年纪不大，可他已经是海豚文学网的黄金签约作家，已经完成了三本百万字的长篇小说，成绩不菲。他脸上带着猪八戒面具，声音憨厚老实。

"各位哥哥姐姐好！这次我带来的是一个超级英雄题材的故事。""猪八戒"说，"故事叫作《喵喵侠》，讲述了一个少女被猫抓伤后，奇妙地获得了超级能力，成为惩恶扬善的美少女喵喵侠。"

台下响起了一阵善意的笑声。

不知是谁问了一句："这不就是翻版《蜘蛛侠》吗？"

"这不一样！""猪八戒"忙说，"我的《喵喵侠》是穿超短裙的！"

这下，台下人的笑声更大了。

步娜娜也被逗得前仰后合，结果转头一看，却发现身旁的燕其羽正严肃地倾听着，不时点点头，手中飞快地记着笔记。

步娜娜问："你对这个故事感兴趣？"

"嗯，虽然开场有点儿俗套，但是国内还没有这种女性视角的打怪升级漫画。"燕其羽认真地分析道，"不知道后续是什么发展，若是类似《怪盗圣少女》那样的话倒还不错。等一会儿自由活动的时候，我准备和他聊聊。"

步娜娜眼中带着赞赏。她本来还在担心燕其羽无法适应这个场合，没想到她这么快就找到心仪的目标了。

"先不急，"步娜娜说，"说不定一会儿还有更合适的故事在等着你。"

还真让步娜娜说对了，没过多久，一位女作者款款登上了舞台。她穿衣风格偏向成熟，一头波浪卷发散落在肩头，身上带着一股醉人的花朵香气。

她脸上戴着一个小青蛙面具，笔名也很搞笑，就叫"呱呱"。

"呱呱"说："这个作品我已经构思很久了，其实起因只是一件小事。我上部作品完结时，因为写了一个年轻漂亮却作恶多端的女反派，就被莫名其妙地扣上了仇视女性的帽子。可这世界上的人只有两种生理性别，我想摘掉这个帽子，又担心写个男反派被人说是仇视男性……"

台下的作者们发出了一阵唏嘘，看来大家都曾经遭受各种恶意留言的摧残。在网上写文，总是会遇到几个阅读理解没有及格的人，而正是这些人最爱给作者扣帽子。

"呱呱"说："我这人心眼儿比针尖还小，脾气又比较大，所以我决定，新作品要写个完全不一样的反派，名字就叫作《反派是条狗》！作恶多端的魔教教主古穿今，穿越成了一条狗，不仅如此，他所有的下属都跟着穿越到现代，变成了一群狗！"

台下众人同时发出了"哇"的声音，震耳欲聋的掌声响起，甚至有心急的漫画家直接从座位上站起来，振臂高呼道："'呱呱'，这作品我画定了！"

"呱呱"矜持地看向漫画家方阵说："感谢这位的支持，但是我要特别说明一下，这是一部纯爱作品。"

瞬间，台下鸦雀无声。

步娜娜眼角余光注意到，燕其羽红着耳朵，偷偷摸摸地在《喵喵侠》旁边，并排记下了《反派是条狗》。见步娜娜偷看她，她又赶忙做贼心虚地拿手遮住了那几个字。

步娜娜心想：没想到你是这样的"小羽毛"！

第六节　还有一个压轴的

时间慢慢走过，作家们根据签到顺序，依次上台向大家介绍自己的新作。每一位作家都妙语连珠、才思敏捷，台下画师的积极性被完全调动起来，跟着作家们的描述一次又一次地进入那些神奇的世界。

创意宝贵，为了防止被有心人"借鉴"，所以作家们都只讲了简单梗概，每一个或有趣或恢宏的故事，仅仅在众人面前露了个脑袋，就被作家们重新藏回了怀里。他们越是遮遮掩掩，听众就越意犹未尽。

每个作家下台前，都会留下一句话："如果你对这个故事感兴趣，想要和我一起继续完成它，欢迎在自由交流时来找我。"

燕其羽在此之前从来没有接触过这么多令她灵感迸发的故事，兴奋得手都拍红了，心脏止不住地怦怦狂跳，手里的圆珠笔仿佛有了灵魂，已经自发地勾勒出了好几个有趣的人物形象。

步娜娜单手托腮，看着燕其羽的目光饱含老母亲般的慈祥。谁不喜欢努力又踏实的孩子啊，真恨不得用这世界上所有的小零食去填满她的口袋，让她的嘴里、心里都沾上一层糖霜。

步娜娜悄声说："别着急，一会儿的自由交流活动好好发挥，凭你的画工，一定能拿下心仪的作者。"

燕其羽从画册里抬起头，视线落在舞台那侧的人群上，她半是期待半是彷徨，那里真的有个人在等着她吗？

很快，第十七位作家结束了他的讲演，鞠躬走下了舞台。

邓耀华一分钟也等不了，瞬间从座位上跳起来，手里挥舞着签到表，殷勤地对茄哥说："总编，作家那边介绍完了，是不是该咱们这边了？您看，我……"

"谁说介绍完了？"瓜爷抬了抬眼皮，手里的手串儿转过半圈说，"我们这儿，还有个压轴的呢。"

像是在呼应他的话，一直安安静静坐在作家阵营最后一排的"大灰狼"先生，忽然自人群中站起了身。他整理了一番仪表，迈开步子，不疾不徐地走向舞台。

这个隐藏在大灰狼面具后的男人，身上带着一股难以言说的魅力，轻而易举地成为视线的焦点。当他缓缓穿过人群，众人的视线便跟着他一同前进，当他的皮鞋踏上阶梯，众人的视线又铺成了舞台上的地毯。

在燕其羽眼中，无数线条围绕在男人身边，构成了他的躯干、四肢、仪态。每一帧动作都能变成一张画作，这一幅幅画作垒起来，在她脑海中飞快翻动着，像是一组清晰明了的黑白动画。

男人停在舞台中央，手握话筒，那双藏在面具后的双眼慢慢地环视场下所有的观众。

燕其羽的视线不经意地与他对上，不由自主地打了一个寒战。

不是因为害怕，而是一种莫名的兴奋。

"各位好。"台上的男人开口，声音低沉地说，"我是'田野'，可能在座的各位没有听说过我的名字。不过没关系，你们之中的绝大多数人我也没听过。"

台下的瓜爷生生捏碎了一枚佛珠，心想：这位大神平常狂也就罢了！这次套上了新人身份，怎么还能这么狂！这么傲！这不等着被群嘲嘛。

都说文无第一武无第二，文人个个有傲骨，"田野"的一番话犹如凉水入油锅，瞬间激起了一片冷笑。

海豚文学的编辑们纷纷交头接耳，彼此打听："这是谁的作者啊？"

"不知道，坐在最后一排，没有编辑跟着。"

"性子也太狂了吧，哪儿来的啊？"

"'田野'？这名字好像在哪儿听过，赶快查查有什么作品！"

一语惊醒梦中人，大家不约而同地掏出手机，在网上检索起他的作品。很快，所有人的手机屏幕上都出现了同样的一个页面。

田野

性别：男

照片：无

年龄：未知

受教育经历：未知

曾荣获二〇一八年中国科幻星辰奖短篇组别第一名、中篇组别第二名。

科幻啊……这可就触及大家的知识盲区了。

中国科幻星辰奖是国内首屈一指的科幻小说奖项，含金量极高，尤其近几年科幻文学题材大热，引得无数读者投入到那片充满遐想的星空之下。只是好的科幻作品一本难求，而星辰奖的评委口味又刁，宁可奖项空悬，也不会胡乱颁奖。就算不是科幻圈的人都听说过，长篇组别第一名的奖项已经连续空置五年了。

众人面面相觑，尴尬地放下手机。"田野"和他们不是一个频道，想反驳都没有办法。

"原来是他！"底下一个人低呼出声。

邓耀华转头看向自己带过来的画家，诧异地问："'乱码君'，你知道他？"

"乱码君"是邓耀华最近刚刚签下来的新人作者，说是新人，其实之前几年都在别的圈子活动。她的作品以节奏强、性感出名，人气甚至火到日本，海内外粉丝众多，每本都是上万的印量。因为作品中人物过于性感，每次发出的样本都会打上大片马赛克，所以才得了"乱码君"这个 ID。渐渐地，她原本的 ID 已经没人记得了。

没错，这个以人物火辣、故事刺激著称的画师，是个女人。

"乱码君"毕业于日本一流的动画学院，今年才学成归来。若是光看外表，谁都不会把这么一个乖乖女和她的 ID 结合起来。

"乱码君"没有理会邓耀华。她盯着台上的"田野"，遮挡在能乐面具后的双眼燃起了志在必得的火焰。

台上，"田野"的演讲还在继续。他带来的故事确实符合他的作品风格。他想要寻求一位漫画家，与他共同创作一部机甲题材的作品，故事背景发生在遥远的未来，主人公是一个出身平凡的女孩子，她的天赋数值刚刚够她进入联邦军校，而且是最不起眼的机甲维修系。但她也有过人之处，那就是别人比不上的毅力与恒心，为了达到目的，她可以付出几百倍的努力。

"你们没听错，主人公是个年轻女孩。不仅如此，这部作品中没有男一号，所有重要角色都是由女性担任。""田野"停顿了两秒，伴着台下的抽气声说，"我希望我的合作对象，是一位经验丰富的少女漫画家。"

荒唐！

不管是漫画家、作家还是编辑，所有人都忍不住嘀咕起来。

他们没听错吧，一个全女性阵容的机甲漫画？而且没有恋爱线？女读者不会喜欢这种刚硬的题材，男读者也不会欣赏那些软绵绵的花拳绣腿。

全场中只有瓜爷一个人能够保持微笑，还有心思嘲笑一下其他沉不住气的小编辑，毕竟一个月前他就被这位大神刺激过好几遍了。

就连茄哥听到了，都难得发表看法，赞道："勇气可嘉。"

瓜爷乐颠颠地说："年轻人嘛，多试试不同的题材，能搞出新意也挺好的。"全然忘了自己是怎么被气到血压升高的。

坐在最后一排的步娜娜并不看好这个题材，以她做了这么多年编辑的眼光，这个故事确实有亮点，但要冒的风险太大了，"扑街"的可能性远远高于爆火的可能性。她可舍不得让自己的"小羽毛"浪费两年在这种……

"'小羽毛'！"步娜娜咬牙切齿地瞪着身旁的燕其羽。

可燕其羽仿佛魔怔了一般，双眼落在舞台上，激动得身体微微发抖。她手中的纸上本来写有《喵喵侠》《反派是条狗》两个作品名字，可现在它们全部变成了两团黑点，取而代之的是一个全新的名字——《苍穹之梦》。

这个故事深深地吸引了燕其羽。一个自强不息的女主角，以及一个瑰丽灿烂的宇宙。

燕其羽梦呓似的问："娜娜姐，你相不相信一见钟情？"

步娜娜吃惊地瞧瞧燕其羽，又瞧瞧台上的"大灰狼"说："你别犯傻啊！你又不是红太狼。"

燕其羽回过神来，脸上微红，幸好被面具挡住了。她解释道："我说的不是人啦，是这个故事。"

燕其羽被这个大胆的创意折服了。在此之前，她对自己想要画什么漫画没有一个明确的规划，这样也行、那样也好，只要是工作她就不会挑剔。可当她从"田野"口中听到这个故事的梗概时，冥冥之中有个声音在提醒她：这就是她想画的漫画，这就是她想讲的故事，这就是她想创作的人生，这就是，她未来并肩作战的搭档！

于归野站在高高的舞台上，借由面具的遮掩，注视着台下动作各异的观众。他早就知道这个故事会引起轩然大波，众人的反应也在他的意料之中。很遗憾的是，绝大部分听众对他的故事都不看好，目光所及之处，漫画家们都不约而同地摇摇头，与编辑低声交谈起来。

　　在人群里，坐在第一排和最后一排的两名漫画家同时向他投来了炙热的目光。坐在第一排的女孩子脸上戴着一副鬼魅的日本能乐面具，纯白色的女性人脸面具似笑非笑，空洞的双眼里仿佛燃烧着两簇幽火，让人遍体生寒；而坐在最后一排的女孩子则是一只"小白兔"。刚才迟到时，她胆怯又可怜，小心翼翼地缩成了一团。可现在她却变成了"兔霸王"，若不是被编辑死死按着，她早就要从座位上蹿起来了。

　　于归野认出了那只"小白兔"。应该说，当女孩用圆润可爱的字迹在签到簿上写下"小羽毛"时，他就认出了她的身份。没想到，她是海豚漫画网的签约漫画家。更没想到，她也来参加了这场"蒙面相亲会"。

　　一想到燕其羽曾经变相拒绝过自己的电话号码，还让咖啡店的老板娘帮忙阻拦自己，于归野的心中颇感复杂。

　　这世界可真小啊！

　　抱着这样无奈又尴尬的心态，于归野并没有向燕其羽表露身份。在燕其羽签完名后，于归野接过笔，在她的名字下，工工整整地写下了他的新笔名——"田野"。

　　两个笔名一上一下，亲密地挨在一起，像是一片羽毛飘荡在空旷的田野间。

　　现在两人也是一上一下，"大灰狼"在台上，"小白兔"在台下。

　　于归野心中哂笑。他把手中的麦克风放到演讲台上，转身离开了舞台。

第七节　苍穹之梦

　　于归野走下舞台，所有作家的自我介绍全部结束了。

　　瓜爷清了清嗓子，右手捻着佛珠，左手抚着肚子，摇摇晃晃地站起来，宣布作者大会暂时休息十分钟，大家可以抓紧时间去上厕所。

虽然还没有到自由交流的环节，可不少漫画家们已经耐不住激动，纷纷拿起手中的画集走向了心仪的作家，准备趁着这十分钟和他们先接触接触。

在这种公开竞争的场合下，题材越好的作品争抢的人越多，比如《喵喵侠》的作者已经被两个漫画家和他们的编辑团团围住，想要从他嘴里再挖出一些故事设定。

这么来看，这个场合还真是挺像"相亲"的。

坐在第一排的"乱码君"整理好裙子，莲步轻移，款款走向了坐在蓝色区域最后一排的男人。以她的名气，完全不用如此主动，等到漫画家自我介绍的环节，她只要抛出笔名和作品，肯定会有不少作者前扑后涌地捧着大纲过来找她。可她谁都不想要，只要"田野"和他的《苍穹之梦》。至于"田野"说，只想和少女漫画家合作……这不刚刚好，她既是少女，又是个漫画家。

可惜"乱码君"算盘打得响，等她来到作家区域时，座位上哪还有"田野"的影子！

坐在前一排的作者告诉"乱码君"："哦，你找'田野'啊？一到休息时间就被瓜爷拉走了，不知道去哪儿了。"

会议室旁边有一间小小的休息室，化身为"大灰狼"的于归野倚在窗边，修长的手指把玩着一枚小海豚摆件。

"要不是我及时把你叫走，你现在估计要被其他作者围攻了吧。"瓜爷给自己斟了杯茶，一口气倒进嘴里，结果吃进去一片茶叶，他又赶忙吐了出来，"别忘了你现在可是新人'田野'，狂也不是这么个狂法。"

虽然面具挡住了于归野的表情，但从声音来听他现在心情很好。

"没办法，前面的作者创意都太优秀，我只能另辟蹊径吸引漫画家的注意力了。"

"算了，说不过你。还有，你确定要找少女漫画家合作？其实我觉得'知不道仙人'的风格还挺合适的……得得得，我闭嘴，我闭嘴。"瓜爷举手投降,"你实话告诉我,你是不是已经有看上的漫画家了?"

于归野停顿了两秒,缓缓点头。

"算是吧。"

"什么叫算是吧?"瓜爷拿起手旁的签到单,仔细寻找着蛛丝马迹。可惜他对漫画家完全不熟,只能通过笔名风格猜测作者画风。比如说,名字可爱清新的,十有八九就是少女漫画家。

忽然,瓜爷反应过来说:"不对啊,漫画家还没开始做自我介绍,你怎么知道哪个画家是什么画风?"

于归野被问住了,沉默了半分钟才说:"在签到单上看到了一个认识的作者,我之前看过她的漫画。"

瓜爷惊讶地说:"所以你平常会看少女漫画?"

于归野的表情瞬间变得难看起来。

"大神你放心,这件事情我会当作咱们俩的小秘密,谁都不告诉的。"

短暂的休息之后,作家们陆续回到屋内,于归野也终于从瓜爷的魔掌中逃脱,回到了自己的座位上。

本次"蒙面相亲会"共有四个环节,而现在要开始的是漫画家自我介绍环节。流程单上写得清晰明了:漫画家做简单的自我介绍,同时把作品集交由作家传看。

可等到第一位漫画家上台时,事情发生了变化。

"总编啊,您看作家给我们展示了那么棒的故事,咱们的漫画家也不能只说两句话就完事啊,显得太不尊重人了。"邓耀华讪笑着说,"您看,要不然把漫画家自我介绍的时间延长一点,让他们多展示展示自己?"

在邓耀华身后,"乱码君"怀中抱着一把精致的小提琴,惨白的面具上带着一股盛气凌人的高傲气质,一看就有备而来。

茄哥抬了抬眉毛,回头看了眼身后的漫画家,说道:"没必要吧。漫画家拿作品说话就够了。虽然叫'相亲会',但又不是真相亲,搞什么才艺展示。"

邓耀华没什么主见,被茄哥一句话喝住,讷讷地正要改口,"乱码君"却先他一步开口表态道："总编，我不是为了炫耀或者显摆才带小提琴来的。我之前画过一部发生在西洋乐团的作品，女主角就是一名小提琴手，为了深入了解小提琴，所以我才会学习如何演奏它。今天当着各位作家的面，我想给大家展现一下我的决心。不管未来我会和哪位作者合作，我都会拿出同样的毅力去钻研题材。"

"乱码君"这番话说得很有技巧，简直就像是拿着一把枪向作家席扫射，每一枪都正中红心。

谁不喜欢配合度高、又肯花时间钻研题材的漫画家啊！

再加上"乱码君"身段窈窕，体型娇小，虽然戴着面具看不到脸，可仍然唤起了众人怜香惜玉的心思，鼓掌支持她上台展示自己。

"乱码君"在众人的掌声中，昂首挺胸地登上了舞台，当她说出自己的笔名时，又引起了一阵喧哗。

"居然是'乱码君'！"

"没想到'乱码君'是个女的！"

"海豚漫画网能把这种大神签下来，真是厉害了。"

"乱码君"没有理睬台下的议论声，歪头架起提琴，缓缓吐出一口气，随后拉响了手里的小提琴！琴弓与琴弦相互配合，优雅欢快的小提琴名曲回荡在会议室里，勾住了每个人的耳朵。她虽然自谦说只学过一段时间，可水平颇为不俗，大半作者都拜倒在她的才华之下。

整个舞台瞬间变成了"乱码君"一个人的演奏会，在她的光辉下，其他漫画家都被压得抬不起头来。

这场才艺表演是自愿的、临时的，但"乱码君"珠玉在前，他们要是不应战，不就落了下风了吗！

漫画家们赶快和身边的编辑商量起来，一会儿上台时，要表演什么才艺才能吸引作家的注意。

望着前排忙乱的人们，步娜娜心中冷笑道：小姑娘年纪轻轻，手段倒是不得了。她推了推燕其羽，问："你准备表演什么？"

"什么表演？"燕其羽一脸茫然地把头从手机屏幕上抬起来。

步娜娜这才注意到，原来燕其羽一直在看小说，根本没注意台上的动静！她的手机已经有好几个年头，屏幕都摔裂了，她也不挑剔，透过龟裂的屏幕津津有味地阅读文章。

"这都什么时候了，你还有心思看小说？"

"别抢、别抢、别抢……"燕其羽宝贝似地抱住手机说，"我正看到精彩部分呢！"

步娜娜低头看去，只见手机网页的标题栏上显示着一行小字：二〇一八年中国科幻星辰奖短篇组第一名《开荒》，作者：田野。

原来燕其羽在看"田野"曾经的获奖作品！

《开荒》这个标题配上"田野"这种粗犷的笔名，会让人产生这是一篇农村题材纪实文学的错觉。而实际上，这篇小说的主题虽然确实和开荒有关，但开的不是田地，而是一整个星球。

故事背景是在遥远的未来，人类进军宇宙一千年后，经过两次人口大爆炸，现有的星球已经无法承担人类的繁衍生息。于是军队向更深层次的宇宙进发，占领了一个又一个的星球，派遣劳工驻扎开荒。书的主人公是一个普普通通的土地主，承包了某个小星球上的一片大陆，带着奴隶踏上了这片土地。

在此之前，燕其羽从来没有看过科幻小说。在她的概念中，科幻小说应该都是非常深奥的，涉及很多物理、天文知识，就算浅显一些的，也要像《星球大战》《星际迷航》那样立足于宇宙争霸。但实际上，科幻小说的范畴不仅仅于此。

就拿《开荒》来说，作者并没有一句笔墨描写人类的迁徙、领土的扩张，只是以一个土地主的角度，来看待脚下的新天地。他的烦恼与现在的工厂老板没什么区别，开荒机价格昂贵，他虽然存款足够但是并不舍得花那么多钱；奴隶不需工钱但是每天都要吃东西，还总有人闹事；儿子居然看上了星球主的小女儿，可他这个当爹的出不起聘礼；孤单寂寞的生活让他想起了远在三等星的老婆和情人；他不知道什么时候才能在首都星买一套房子……

"田野"的文笔极佳，寥寥几语，便活灵活现地勾勒出了一个中年男人的困境，又展现出了那个蛮荒星球上生机勃勃的一面。

燕其羽完全看入了迷，短短两万字的小说，她看完一遍不够，又翻到开始重新看了一遍。这一次，她一字一句地读，一言一行地品。

步娜娜敲打道："'小羽毛'，现在不是看书的时候！你看看大家都在台上轮番展示才艺呢，你就不准备准备？"

燕其羽犯愁地晃了晃头顶的长耳朵说："娜娜姐，不是我不准备，我真的没什么特长呀。"

"唱歌呢？"

"走调。"

"诗朗诵呢？"

"没什么细胞。"

"要不你登台画个速写吧。"步娜娜提醒道，"就画瓜爷，刚好拍个马屁！"

这主意倒是不错。燕其羽最擅长画Q版小人，三分钟就能画出一个惟妙惟肖的瓜爷。

结果，下一位登场的漫画家，居然背着画板上了台，开口就说："我展示的才艺是速写Q版人像。"

燕其羽顿时无语了，心想：究竟给不给人留活路了？

步娜娜指着第一排的人影说："不是我危言耸听啊，坐在第一排的那个女生看见没有？那是'乱码君'，你们这一批新人里的大牌，听说合约签的是铂金级！"

"铂金级？"燕其羽才是个小白银，比人家低了整整两个等级。

不同等级之间，基础稿费不同，后期分账也不同。以"乱码君"在圈内呼风唤雨的地位，确实配得上铂金级的合同。

"是啊，人家刚做完自我介绍，作家那边好几个人都坐不住了！"步娜娜忧心忡忡地说，"你这么不会展示自己，这要放在自然界，你一定是唯一一只在发情期孤独终老的鸟。"

燕其羽心里终于有了一点儿紧迫感，可她最怵的就是做自我介绍，给她演讲稿她都念得磕磕绊绊，更何况还要让她现场发挥了。

可若是她不好好展现自己，"田野"选了别人合作怎么办？她又不能像真的鸟一样，在身上插满漂亮的羽毛，吸引别的鸟来同她交配。

燕其羽一慌，声音颤巍巍地说："娜娜姐，你给我找个鼓吧。"

"你会打鼓？"步娜娜眼睛一亮。

"我会打退堂鼓……"

步娜娜被气笑了，说："这都什么时候了还胡闹！"她黑着脸收了燕其羽的纸笔和手机，让燕其羽认真想。

可燕其羽真是没有什么特长，十位画家里有七个都展示的是速写，瓜爷手里的画像已经积攒了一摞了。

燕其羽想啊想，最后只能死马当活马医，小声说："要不我背圆周率吧。我小时候背过圆周率，能背到小数点后一百位呢。"

燕其羽妈妈为了培养她对数字的敏感度，从小就教她背圆周率，她一直没敢忘。

"算了，这个虽然有点儿奇怪，但好歹有些新意。"

结果两人开心还没两秒呢，台上换了个新画家。

这个新画家给大伙儿鞠了个躬，歉意地说："前面几位都展示得那么好，我实在没有什么能拿得出手。要不这样，我给大家背个圆周率吧。"

燕其羽和步娜娜绝望地对视一眼。步娜娜转身就要走，燕其羽拉住她，连忙问她去哪儿。

步娜娜沉痛地说："我工位上放了个拨浪鼓，你等我拿下来给你敲！"

于归野撇过头，捂着嘴咳嗽一声，掩盖住了笑意。

于归野和燕其羽都坐在后排，虽然中间隔着一条过道，但相距并不算远。燕其羽和步娜娜刚开始说话声音小小的，结果越来越急、越急声音越大，于是她们俩关于才艺的讨论全被于归野听到了。

这世上怎么有这么有趣的人呢！又是背圆周率、又是敲退堂鼓，依于归野看，她不如上台背诵一首"小白兔白又白"，这样才符合她呆呆的气质。

但是于归野转念一想：不，还是什么都不表演得好，上台说一句"你好我是'小羽毛'"就转身离开，越少人惦记越好。不知道燕其羽的合作清单上，会有哪些作品呢？她对男人这么警惕，估计不会选男作家合作，在场的八位女作家里，适合她风格的倒是有几个……

这次的"蒙面相亲会"作者和漫画家数量不相等，作者少，漫画家多，就算一一对应，也会有四个人轮空，更何况等到自由交流时，势必会出现几个人围着一个人的情况。根据两位总编的预估，这场"相亲会"办下来，两边彼此看对眼的作品不会超过三分之一。

于归野觉得自己成为三分之一的概率不大，他只能祝愿"小羽毛"能够找到心仪的合作者了。

时间不知不觉过去，终于，轮到燕其羽上场了。

燕其羽手忙脚乱地站起来，拢了拢长发，踩着一双并不常穿的高跟鞋，伴着心跳声穿过了人群。

于归野的目光不由自主地落到燕其羽纤瘦的肩膀上，眼神追逐着她的发丝，陪着她一步步登上了舞台。

于归野知道，从舞台往下看，观众席暗蒙蒙的，只能看到隐约的人影。能够陪着她站在那里的，只有她的影子。

燕其羽太习惯把自己藏起来了，但是这一次她无处躲藏，只能硬着头皮成为人群的焦点。

聚光灯落在燕其羽身上，明明是暖暖的光却让她打了一个寒战。她握紧话筒，小声地问好："大家好，我是'小羽毛'……我的编辑是'香蕉殿下'。"

燕其羽的声音很小很小，可是通过音响，却放得很大很大。

"我是助手出身，之前在逐梦堂工作。后来为'独钓寒'老师做过一段时间背景助手。之前在别的网站独立连载过漫画。这个月，我改编了短篇小说《明星达克》，拿到了海豚漫画网新作榜第三名。"

一声若有若无的嗤笑在安静的台下响起，那是一个细细的女声，很轻很低。燕其羽耳朵动了动，茫然地向台下望去，却找不到嘲笑她的人究竟是谁。

燕其羽做完简单的自我介绍后就没有话说了，大家都等着她的才艺表演，可她摇摇头，诚实地说自己没有准备。台下的步娜娜迅速把手里准备好的作品集分发下去，让各位作家传看。

虽然燕其羽的自我介绍做得乏善可陈，好在她的作品集足够精彩，本来对她不感兴趣的作家们看过她的作品后，频频点头称赞，小声议论起来。步娜娜听到有作家对"小羽毛"感兴趣，赶快凑过去推销。

这样一来，燕其羽是二十二位漫画家里，唯一一个按照流程进行的人。

茄哥看了眼在台下忙前忙后的步娜娜，又看了看在台上"罚站"的燕其羽。想了想，他拿过另外一只话筒问道："你就没什么别的可说了？比如你最喜欢的作者是谁？想画什么题材的作品？"

"我最喜欢的作者……"燕其羽摇摇头说，"他没在现场。"

真是太诚实了。

燕其羽又接了一句："不过今天我找到了我第二喜欢的作者。"

"哦？"茄哥饶有兴趣地问，"是谁？"

燕其羽垂下眼睫，又猛地抬起头。

"大灰……不对，'田野'老师！"燕其羽鼓起所有勇气，透过面具看向了最后一排的男人，"我希望《苍穹之梦》的单行本封面上，写着你和我的名字！"

第八节　第二喜欢的作家

燕其羽出人意料的当众"告白"惊掉了所有人的下巴，整个会议室里鸦雀无声，台下所有人的脸上写满了惊讶。

茄哥的腿不抖了，瓜爷的手串不盘了，步娜娜的笑容僵住了，"乱码君"的手攥紧了。

有人刚才在走神，只听到后半句尾巴，他捅捅身旁的作者，小声问："这'小白兔'刚才说啥？她想和'田野'的名字一起出现在什么本上？是户口本吗？"

被他问的作者露出无语的表情。

他们声音虽然不大，可会议室里现在安静得连呼吸声都听得到，这番自然传到了众人耳中。

燕其羽的脸瞬间红了。燕其羽也不知道自己刚刚是哪里来的勇气，明明平常的她又宅又胆小，可一想到"田野"可能会和其他漫画家合作，她就着急得不得了。结果莽莽撞撞地在所有作者面前说出了这么直白的话。

丢脸吗？肯定是丢脸的。

后悔吗？一点儿都不后悔的。

她喜欢他的作品，她欣赏他的才华，她要做他的专属画师，这有什么后悔的呢？

燕其羽下台后，步娜娜立即迎了过来，重重的一掌拍到她肩膀上。

"行啊，'小羽毛'，真让我刮目相看！"

谁想燕其羽身子一软，差点儿被步娜娜拍到地上去。

步娜娜赶快扶住燕其羽，问："怎么了这是，身体不舒服？"

燕其羽摇摇头，双手拉着步娜娜的衣袖，声音里带着哭腔说："我、我腿软了。"

别看燕其羽在台上一副壮志凌云的模样，下了台就现了原形，变成胆小鬼了。

"腿软什么！"步娜娜笑着搂过燕其羽说，"你看看有多少人在后悔，没像你一样当众示好！你刚才气场太强了，我保证没人敢和你抢他了！"

其实"田野"真算不上香饽饽，本来想要和他合作的画手就不多，燕其羽这一嗓子吼掉了仅剩的几个竞争者。当然，除了"乱码君"。

燕其羽在步娜娜的搀扶下，摇摇晃晃地走向了自己的座位。在经过"田野"身边时，她连忙低下头，就连眼角的余光都不敢往他身上飘。

戴着面具的"大灰狼"举起手来，刚说了一个"你"字，燕其羽就吓得竖起耳朵，连忙躲到了步娜娜的身后。

于归野被燕其羽的表现弄得有些迷糊了，不是说要和自己合作吗，这么怕自己是为什么？

当燕其羽在台上喊出自己的名字时，于归野的心情瞬间变得有些复杂。这种感情既包含了惊喜，也包含了感慨，当他第一次从她手里接过画时，谁能想到她会是他命中注定的搭档呢？

当所有漫画家的自我介绍结束后，茄哥登台，宣布作家与漫画家的自由交流时间正式开始。

"乱码君"当即起身向着"田野"的方向走去，可刚走两步，就被蜂拥而上的作家和他们的编辑淹没了。

要说"乱码君"真的是当之无愧的圈内大牌，想必今天的活动之后，她签到海豚漫画网的消息肯定会引起圈内不小的震动。不过她出道至今，遇到的赞誉和诋毁还少吗？她要是在意这些没用的言论，才不会画漫画呢。

只是名气大了也有麻烦，比如现在，"乱码君"就被十来个人团团围住，动弹不得。

"'乱码君'，我是《喵喵侠》的作者！其实……其实我这部作品就是看着你的画创作的！"

"'乱码君'，这是我的大纲和人设！"

"看我看我，其实我还有好几个创意，绝对比刚刚在台上讲的那个还要好！"

他们前仆后继地把装订好的资料往"乱码君"手里塞，甚至还有好几个人表示，可以以她的画风量身打造漫画脚本。

"乱码君"的责任编辑邓耀华笑得见牙不见眼，接过一个个大纲，再一个个握手、加微信，笑眯眯地说："谢谢，这些大纲到时候我会和'乱码君'好好研究的。"

没一会儿，邓耀华手里的大纲就有好几摞了。

"乱码君"和邓耀华绝对是本次作者交流大会的大赢家，到场的作者一共才十八名，有将近一半的作家都聚集到她面前，抢着和她套近乎。

这样一来，其他画家不仅被"乱码君"抢了风头，更无法找到合适的合作对象了。创作者的心理或多或少总会有那么一点儿清高，如果某个作者被"乱码君"拒绝了，再拿着大纲去找其他画师，这些画师是绝对不肯屈就当第二选项的。能进入这种场合的漫画家画工都很不错，谁愿意成为别人心里的

"备胎"啊!

被拒绝的作者心里不舒服,被众星捧月的"乱码君"也很不爽。

"乱码君"被这些作家层层围住,不觉得欣喜,只觉得厌烦,因为这些人在她眼中全部都是第二选项。她很想推开他们,但狭小的空间她连抬手的地方都没有。

透过人群的空隙,"乱码君"远远地看到会议室最后一排的情景,可那副情景却让她心头的焦躁愈演愈烈。她心中的"第一选项"居然主动走向了那个助手出身的小画师!那个除了短篇漫画以外没有任何作品拿得出手的"小羽毛"!

"'小羽毛',我能坐这儿吗?"

于归野单手撑着旁边座位的椅背,语气和善地向燕其羽打招呼。他知道自己脸上的大灰狼面具有些吓人,所以他尽量释放身上的善意,希望能够安抚这个胆子不大的小画家。

可惜刚刚在台上,燕其羽一年的勇气都在那一分钟用完了。当她看到于归野从座位上站起来,一步步向她走近时,她的大脑一片空白,只剩下两个字在无限循环。

"田野""田野""田野""田野"……

步娜娜赶忙替燕其羽开口道:"'田野'老师,您坐、您坐。"

"我只写过几个短故事,称不上老师。"于归野平静地自谦道。

于归野拉开座椅,直接坐到了燕其羽身边。鉴于男女有别,他和她间隔有一臂距离,刚好足够两人聊天说话。

于归野摊开随身带着的文件夹,翻到故事大纲和人设档案的位置,把它推到了燕其羽面前。

"'小羽毛',我很荣幸能成为你选择的合作者,我之前看过你的作品,也属意你来完成这个故事。但你的编辑应该清楚,漫画合作不是我喜欢、你喜欢就够了,还得看咱们的默契,也要看这个故事够不够合适。"于归野的手紧紧压住文件夹,说道,"但是在看大纲之前,我有个疑问希望你能回答。《苍穹之梦》的风格和你以前的作品完全不同，难度很大，剧情偏向正剧，你为什么会选择它呢？"

燕其羽呆呆地盯着眼前的男人，没说话。

步娜娜在心里翻了个白眼，借着身体的遮挡，伸手拧了燕其羽后腰一下。

燕其羽飘在空中的神智瞬间被拉回了体内，嘴里脱口而出："田田！"

于归野在心里告诉自己要微笑，微笑，微笑。

"请回答我的问题，你为什么会选择《苍穹之梦》这个故事呢？"于归野停顿了几秒，补充道，"嗯，毛毛？"

于归野说话时，尾音高高挑起，直击燕其羽脆弱的小心脏。

燕其羽禁不禁得住先不提，总之毛毛同学举手投降了。她像个小学生一样并起腿挺直身板坐好，双手搭在膝盖上，特别认真地回答"田野"老师的问题。

"《苍穹之梦》的故事题材我非常喜欢，我从来不认为机甲、科幻是男性的天下，女孩子也会有翱翔天空的梦。我在女主身上看到了她浪漫的一面，也看到了她坚韧的一面，她在逆境中飞速成长，像我一样。"说到这里，燕其羽觉得自己脸皮怪厚的，接着说，"而且，我拜读了老师您之前的作品，故事的冲击性和文字的张力非常吸引我。"

于归野提醒道："谢谢你喜欢我的作品，但是你要知道，科幻题材的漫画作画难度非常大。"

"有驾驶机甲的难度大吗？"小兔子面具背后的燕其羽定定地看着男人。

这个反问聪明极了。

于归野笑道："那倒是没有。"

"那这个故事，我画定了。"

燕其羽伸出手指抓住文件夹的一角，因为长时间握笔，她的食指与中指都有薄薄的一层茧子，这是她汗水与努力的证明。

先是一只手指，然后是第二只、第三只……直到五只手指都抓住了文件夹。燕其羽开始使力，一点一点地把《苍穹之梦》的大纲从于归野的手下抽了出来。

隔着大灰狼与小白兔的面具，于归野和燕其羽视线相交，他们从彼此的眼神中读出了对这个故事的喜爱、对彼此的信任、还有一种难以名状的默契。

于归野的喉结轻轻滚动，忽然开口道："作者晚宴你会参加吗？"

"什么？"燕其羽还在努力拽文件夹，不明白他怎么忽然换了个话题。

"晚宴是不能戴面具的。毛毛，我想在那儿看到你。"

第九节　错过别具心思的晚宴

于归野邀请燕其羽参加晚宴的理由很简单，他想找个合适的机会，告诉她自己究竟是谁。之前留电话号码的行为太过唐突，而这次合作刚好能够拉近他们的关系。

迄今为止，他们两人只见过三面而已，若不是于归野知道燕其羽的笔名，恐怕都认不出来她。而燕其羽更是没想过，那个数次帮了自己的男人，居然会以另一种身份出现在她身边。

面对于归野的邀约，燕其羽没多想，很爽快地说："可以呀。"

燕其羽这次来作者大会，其实也是被晚宴的豪华自助餐吸引了，流程单上写得明明白白，晚宴选在隔壁那家市内闻名的海鲜自助餐厅，人均消费高达两百八十元！这家自助餐厅开了好几年了，燕其羽每年过生日的时候都想去奢侈一次，每年都没舍得。这次海豚文化集团的作者大会居然选在那里，她从昨天晚上就开始空着肚子，今天早上只吃了一片面包，就等着扶墙进、扶墙出呢。

在确定燕其羽晚上会去参加晚宴后，于归野的心情愉快了不少。

"来，我给你讲一下大纲和人设。"于归野拉着椅子又靠近了一些，两人肩并肩，一起看起了《苍穹之梦》的资料夹。

于归野讲得认真，燕其羽听得认真，两人一边讨论一边完善这个故事。燕其羽手边放着纸和笔，偶有灵感突发，她就直接在边角画起来。

既然是机甲漫画，除了人物设定以外，更重要的是要设定出不同型号机甲之间的差别。而且不同国家、不同学校也要有自己的标志。

燕其羽想象力十足，不一会儿就想到了几个好点子。

"'田野'老师,您看机甲这里添加一个回形燕标,即有攻击能力,而且和他们学校的校徽呼应。"

"'田野'老师,您看军校生校服可以添加这种装饰,作为年级的划分。"

"'田野'老师,还有女主的形象,我感觉最开始是长发,等到她正式进入机甲系后再剪短,这样更有冲击性。"

"'田野'老……"

于归野抬手示意暂停,说:"我刚才说过了,不要叫我'田野'老师。"

于归野是"君子归野"时,被出版商、影视公司、编辑称为老师,可是现在他只是个半新人,他想跳出老师这个称谓,大展拳脚。

燕其羽为难地说:"可老师就是老师啊。"在漫画这个圈子,对待比自己能力高的合作者都是敬称为老师,比如主笔老师、后期老师、编辑老师等。在她看来,"田野"是一个很有能力的小说作者,未来还是自己的搭档,叫他一声老师是应该的。

"不用,叫我'田野'就好。"

燕其羽却觉得这样不够尊重。

于归野手里的笔在指节上优雅地转了个圈,说:"若是不喜欢这个称呼的话,那我允许你继续叫我田田。"

燕其羽大窘,忙唤道:"'田野''田野''田野''田野'!"

"叫一声就够啦,毛毛。"

两人进展飞快,没一会儿敲定了几大军校的校徽和女主角形象,至于机甲设计还需要燕其羽回去好好琢磨一番。

整间会议室里,唯有他们这么快就敲定了合作者,其他作者们还在彼此试探、商谈合作方式。"乱码君"犹如众星捧月一般,不管走在哪里身边都跟着一群跟屁虫,可偏偏这些人里没有她最想要的那一个。

很快,晚餐时间就要到了。

大腹便便的瓜爷敲了敲麦克风,招呼道:"各位大作家、大画家先停一停啊,没聊够的一会儿还有时间再聊!晚餐是在隔壁的海鲜自助,大家收拾好东西，就过去吧。另外，吃饭的时候不能戴面具，一半的面具也不行，如果有不好意思露出'庐山真面目'的，不强求参加，可以原地解散了。"

别说，作者里还真有几个性格腼腆，不想在众人面前露出相貌的。比如三组主编今天带过来的一个漫画家，因为脸上有胎记，极少出门，他一听这个晚餐不强制参加，便立即告辞了。

于归野收拾东西时，发现围巾落在了刚刚的休息室里。

"你们稍等我一会儿，我去取个东西，一会儿就回来和你们一起去餐厅。"说罢，于归野匆匆离开了。

看着男人的背影逐渐远去，一旁的步娜娜立即起身，坐到了燕其羽面前的桌子上。她"啪"的一声把文件夹合上，双腿交叠，姿态撩人。

"奇怪，奇怪，真奇怪。"步娜娜盯着燕其羽，表情探究。

"娜娜姐，奇怪什么啊？"燕其羽满头雾水。

"我当编辑这么多年了，头一次见到像你们俩这样有默契的搭档。"

步娜娜绝对没有夸张，刚刚两人聊剧情时，她身为编辑自然要在一旁旁听，随时准备好提建议、找漏洞。可这次完全没有她出场的余地，遇到有问题的地方，两人有商有量地就修改好了；遇到可以完善的桥段，他们也能在交谈中激发更多的灵感。

燕其羽回忆了一下刚刚的交谈，发现他们的沟通确实很顺畅……可也不至于像步娜娜说的那样夸张啊！

"'小羽毛'，你年纪轻轻怎么记性这么差，这才多久啊，你就忘了'龙龙龙'是怎么折磨你的？"步娜娜说，"'龙龙龙'已经算是很让人省心的作者了，但你看他当时仍然让你改了那么多遍'鸭设'。《明星达克》写得浅显易懂，但是刚开始画时，你摸不准他想表达什么、需要什么。因为很多作者在写作时是没有画面感的，他无法用语言来形容出他想要的场景和人物。画手只能一遍遍去摸索，不知道什么时候才能接近作者心中的那个形象。可是你和'田野'在一起时，就完全不需要磨合。"

这一方面是因为"田野"的表述能力极强，他的文字功底比"龙龙龙"要好，可以更加精准地描绘出自己心中的感觉。另一方面，则是因为燕其羽懂他，了解他的意图，她落下的每一笔仿佛都是按照他的心思画的。

燕其羽问："有默契难道不是好事吗？"

"当然是好事。"步娜娜肯定地点点头，心中却想：她见过非常有默契的主笔和助手最终走进了婚姻的殿堂，难道"小羽毛"和"田野"未来也会……

忽然，燕其羽兜里的手机响了起来。她掏出来一看，屏幕上"小娇"两字一闪一闪。

小娇就是住在主卧的那个小姑娘，群租房的租客虽然有彼此的电话，但是因为感情淡漠，极少有人会联系对方。

难道是出什么事了？

燕其羽赶忙接起电话，一声"喂"还没出口，电话那边就响起了小娇焦急的声音。

"燕姐，你快回来吧！"小娇尖声道，"再不回来，咱们房子就要被人拆啦！"

"什么，怎么回事？喂，喂，喂？"

燕其羽还没问清楚怎么回事，电话已经挂断了。

房子究竟怎么了？

群租房安全隐患大，燕其羽租房时就知道，但谁让房租便宜呢！燕其羽前几个月连自己都养不起，只能蜗居在那里，平常用电、用水、用火都非常小心，每次出门前还要拔掉所有的插座，生怕出什么问题。

小娇说得太仓促，燕其羽脑中瞬间闪过了无数不好的联想。

是着火了？是被水淹了？还是……

燕其羽来不及多想，拿起包包、外套就匆忙要走。

步娜娜吓了一跳，连忙抓住她问："怎么了，这是？"

"娜娜姐，我家出事了！"燕其羽心急火燎地说，"'田野'老师那里麻烦你帮我道个歉，以后有机会我一定请他吃饭！"

燕其羽急匆匆地赶回了家，因此错过了见到于归野"庐山真面目"的机会。哪想到等她赶回家的时候，家里既没有被水淹，也没有被火烧，更没有人室抢劫……只有小娇和其他几个女舍友叉腰站在门口,正和对门的女住户吵架呢!而那个和她们战成一团的女子,不就是电梯里碰到的"女主鸭"吗?

"小娇?这是怎么了?"

燕其羽一头雾水,赶快冲过去拉架。

见燕其羽来了,群租房一方的气势更足了,说:"燕姐,你快过来,你快告诉她,这垃圾和咱们没关系!"

燕其羽这才发现,原来地上扔了四五包垃圾,汤汤水水流了一地,走廊都被流淌的垃圾弄得黏糊糊的。

和燕其羽有过一面之缘的于惊鸿抬起下巴,气恼地说:"不是你们弄的还能是谁?我家才几口人,怎么可能有这么多生活垃圾?而且还不要脸地全堆我们家门口?我这叫'以彼之道,还施彼身'!"

原来今天于惊鸿回家时,发现家门口的墙边摆了四五个垃圾袋,里面全都是垃圾。

平常大家倒垃圾,也会把垃圾放在门口,等到下楼时带走。可是从没有出现过把垃圾放在别人家门口的情况!

于惊鸿爱干净,今天来弟弟家拿东西,看到这情景就炸了锅,直接把垃圾袋踢到了群租房门口,结果刚好被下班回家的小娇撞个正着,两人立即吵了起来。

于惊鸿才思敏捷,嘴皮子极其利落,小娇哪里是她对手,群租房的其他租客过来帮腔,可一一被于惊鸿驳倒,一个个说不出话来。

燕其羽这才发觉,这位美女哪里是温柔贴心善解人意的"女主鸭"啊,明明是一只战斗力爆棚的"大白鹅"!

第十节 当一回劝架和事佬

窄小的走廊被几个女人挤得满满当当。

燕其羽住的是群租房,加上客厅打的隔断,一共分割出来了四间房。除了主卧住的夫妻俩之外,两间次卧分别住了两个女学生,都是"二战考研族"。现在为了迎战于惊鸿,群租房所有人都堵在这里,非要和于惊鸿说个明白不可。

于惊鸿虽然战斗力强,但她毕竟只有一个人,群租房的住客你一言我一语,就把她的声音淹没了。

燕其羽夹在中间,左耳"叽叽喳喳",右耳"喳喳叽叽",吵得她头昏脑涨。两方人都说垃圾不是她们扔的,燕其羽只能劝完这个再劝那个。毕竟是门对门的邻居,总不能因为这点儿小事就结仇吧!

小娇寸步不让地说:"我们有垃圾都是第一时间扔掉的,怎么可能放你家门口!"其他几个住客也跟着帮腔。

于惊鸿被吵得头疼。这个小区到处贴着居委会的告示,明令禁止群租房,若不是这群住客里有她印象不错的燕其羽,她早就把对门举报,让房东整改了。她见燕其羽一脸为难,心中的火气只能强压下来。

"你们几个小姑娘年纪轻轻的,我也不同你们吵,反正吵来吵去也不会有结果。你说这垃圾不是你们扔的,我信。可是,你们低头看看,这垃圾袋里都有什么?"

其实燕其羽刚刚就注意到了,垃圾袋里支棱着二十来根羊肉串签子,上面还带着残留的肉屑,除此之外还有饭盒、餐巾纸和几个啤酒易拉罐。

"你们看这些垃圾,又是肉串、又是炒饭、又是啤酒的,小姑娘肯定吃不了这么多。你们有时间和我吵架,不如去问问你们房里的男租客,这垃圾是不是他们扔的。"

于惊鸿不知道群租房的情况,其他人还能不知道吗?她的话一出,众人的表情当即尴尬起来。整间屋子里只有主卧住了一对小夫妻,其他房间都是女孩,如果这些垃圾真的是男人扔的话,那就只能是……

燕其羽用手纸垫着签子,在垃圾袋里小心翻找起来,没过多久,真的让她找出一张外卖送货单,单上清清楚楚地写着他们的门牌号和阿勇的姓名电话。

这下子,小娇的脸色变得十分难看。她今天上了一天班,阿勇在家里待着没出门，她给他留了午饭，哪想到他还会额外叫外卖！

小娇根本不敢看众人的脸色，红着脸冲上前，拎着几袋垃圾就慌慌张张地往楼下走。住在客卧的几个小姑娘彼此看看，声如蚊呐地道了歉，也飞快地钻回了群租房里。

瞬间，刚才还吵得沸反盈天的走廊只剩下燕其羽和于惊鸿两个人了。

虽然这件事的错处不在燕其羽，但她仍然主动道歉道："姐，我替小娇说声对不起，她性子有些急，一时冲动才会和你吵起来的。我们平常绝对不会这样的，垃圾每天都会倒，这次可能是她老公喝多了……"

"行了行了，又不是你的错，你替她道什么歉？"于惊鸿叹口气，上下打量着这个有些滥好心的小姑娘，"哎，今天怎么穿得这么漂亮，不会出去约会了吧？你这么急急忙忙地赶回来，男朋友不生气？"

她们上次在电梯里碰见时，燕其羽穿得居家又随意，可今天她明显细心打扮过。

燕其羽赶忙否认道："哪有什么男朋友！我今天是公司有活动，才换了身衣服。"

"什么活动非要在周末办？"于惊鸿故意拖长声音说，"哦，单身男女员工相亲活动？"

燕其羽被于惊鸿逗得面红耳赤，正要开口解释，肚子先一步叫起来了。她为了今天晚上的自助餐，从昨晚开始就没正经吃过饭，早上的那片面包早就消化干净了。若是有个小精灵钻进她那空荡荡的胃里大喊一声，估计都能听到阵阵回声。

"还没吃饭？"于惊鸿关切地问。

燕其羽羞涩地点点头。

"晚上准备吃什么？"

燕其羽说："本来是准备吃海鲜自助的……"

"那现在呢？"

燕其羽叹口气说："现在……现在只能吃海鲜味儿的方便面了。"

于惊鸿看燕其羽抠门的小模样，觉得好笑又心酸。她伸手弹了弹燕其羽的脑门，清脆的声响把对面走廊的声控灯都唤醒了。

"好疼！"被莫名其妙袭击的燕其羽揉揉额头，一脸无辜地看着于惊鸿。

"小姑娘怎么能总吃方便面呢！"于惊鸿揽过燕其羽的胳膊，一边把她向外拽，一边说，"走，姐姐请你去吃大餐！"

于惊鸿也说不清怎么回事，反正她一见到燕其羽就母性大发，觉得亲近得不得了。平常她可是个铁石心肠的女强人，儿子撒娇讨糖吃，她绝对不上当，可是对燕其羽她就总是心软。

难不成她们上辈子是母女？

于惊鸿选的餐厅位于小区不远处的一家综合型购物商场。餐厅是这个月新开的，是一家鼎鼎大名的海鲜粤菜馆，味道清淡宜口，回味悠长，当然价格嘛，也配得上菜肴的口味。

燕其羽看到一进门的海鲜墙就惊呆了，放眼望去，玻璃缸里养的不是鲍鱼就是龙虾，餐厅的装修更是金碧辉煌。

在领位员的带领下，两人在窗边的雅座坐好。沙发柔软，环境私密，服务贴心，可燕其羽却如坐针毡，在于惊鸿看菜单时，她赶忙掏出手机查了下这家餐厅。

结果发现这家店人均消费两百八十一元，比海鲜自助还要多一块钱呢！

燕其羽哪里吃过这么贵的餐厅，她小声说："姐，咱们走吧，这家太贵了。"

"安心啦，姐姐说好请你吃饭的，不用你掏钱。"于惊鸿姿态优美地翻过一页菜单，问她，"主食要不要吃海鲜炒饭？"

燕其羽赶快伸着脖子看一眼，海鲜炒饭一百二十八元，这已经是整本菜单里最便宜的菜了。

燕其羽看着菜单，有些迷茫。

"还是你想吃鲍鱼盖饭？"

"姐……"燕其羽窘迫极了，她觉得自己就像是一个误入殿堂的灰姑娘，从头发丝到脚尖没有一处配得上这富丽堂皇的地方，窘道，"你真的不要破费了。这购物商场我总来，我知道有几家店便宜又好吃。"

于惊鸿闻言合上菜单，托腮看着燕其羽说："只是吃顿饭而已，你不要有这么大的心理负担。如果你实在过意不去的话，你就当这是有钱人的怪癖，喜欢请人吃饭吧。"

于惊鸿从小衣食富足，脑袋又聪明，真真正正的天之骄女，她自己能赚钱，老公能赚钱，弟弟更能赚钱，性格里难免有些自大和骄纵。好在这种自大和骄纵并不带有主观恶意，只要和她熟了，都能看懂她隐藏在心底的热心。

误打误撞的，于惊鸿这套解释缓解了燕其羽心中的窘迫。

反正、反正既来之则安之，燕其羽自我安慰地想：等到《苍穹之梦》正式连载了，我就有稳定的收入了，到时候就轮到我请客了！

贵的菜自然有贵的道理，燕其羽头一次品尝到这么棒的海鲜大餐，就连一道看似普通的炒饭都让她馋得放不下筷子。于惊鸿见她爱吃，就主动帮她夹菜，把那些滋补的海鲜一个劲儿地往她碗里夹。

两人边吃边聊，很快就熟悉了。当于惊鸿说自己已经三十六岁时，燕其羽惊讶极了。

"不会吧……您看着很年轻啊？"

于惊鸿摸摸自己的脸，怅然地说："保养品的钱可不便宜。年纪越大，胶原蛋白流失得越多，哪像你们小孩子，随便抹点儿护肤品就水润润的。对了，你多大了？二十二岁？"

"没有，我都二十五岁啦。"燕其羽说，"可能是因为工作环境太简单，每天接触的人太少，我感觉自己大学毕业后心态没有太大的变化。之前我去参加同学聚会，那些一毕业就工作的同学都变成熟了，就我还留在原地。"

若她成熟一些、世故一些、机灵一些，估计就不会被逐梦堂压榨那么多年了。

于惊鸿问燕其羽是做什么工作的，这可是燕其羽最乐意回答的问题。

"我是一个漫画家！"燕其羽发自内心地喜欢自己的工作，语气带着些小得意地说，"今天其实是我们公司举办的作者大会，我遇到了一个很合拍的搭档。"

漫画家？

于惊鸿心中一喜，她的弟弟是小说作家，而燕其羽是漫画家，两人都是单身，这多般配啊。

于惊鸿正要开口"推销"钻石王老五弟弟，却猛然想起于归野最烦别人做媒。之前家里人给他介绍过那么多高才生和白富美，他没有一个看得上，甚至为了抵抗家里乱点鸳鸯谱，自己搬出来单住。如果把燕其羽这么生硬地介绍给他的话，恐怕只会惹得他反感吧。

想到这里，于惊鸿只能压下做媒的心。

反正他们两人住对门，抬头不见低头见，若是缘分到了，终归会有一天遇到的。

燕其羽哪里知道，就在自己絮絮叨叨讲着漫画工作的时候，坐在她对面的于惊鸿心思早就飞了。就这么一会儿工夫，于惊鸿都想好燕其羽和于归野的孩子叫什么了。

"鸿姐……鸿姐？"燕其羽在于惊鸿面前挥挥手。

于惊鸿猛然从小孩的幻想中惊醒，问道："啊，怎么了？"

"我去一趟洗手间。"

"行，你去吧。"

待燕其羽离开后，于惊鸿叫来服务员准备结账，结果她翻遍了自己的包，却怎么也找不到钱包的影子。她问服务员："可以手机付款吗？"

服务员为难地告诉于惊鸿，因为新店开张，手机付款渠道还没有开通，只支持现金和刷卡。

这可怎么办？

于惊鸿扶额，说好了她请客，总不能让燕其羽破费吧。

于惊鸿正要给老公打电话让他过来帮忙付账，哪想到刚掏出手机，一条微信跳了出来。

于：姐，你今天来我这儿了？

翩若惊鸿：嗯，上次围巾忘你那里了，过去取围巾。

于：于女士，你这丢三落四的毛病什么时候能改改？

于：你围巾拿走了，钱包忘我这儿了。

翩若惊鸿：于先生！救人如救火，我在附近的海鲜宫吃饭呢，你赶快把钱包给老姐送过来吧！

于：行吧，等我换身衣服就去。

第十一节　一次又一次的错过

于归野本想在作者晚宴上向燕其羽表明身份，哪想到当他从休息室里拿了东西回来，燕其羽已经不见踪影了。

小白兔面具孤零零地留在桌上，形单影只，好不可怜。

于归野心中叹气，抬手把自己头上的大灰狼面具取下，并排和小白兔面具放到了一起。

于归野之前从未以"君子归野"的身份出席过任何活动，在这种场合露脸他不用怕被人认出来。

摘掉面具后，眉目俊朗、气质沉稳的于归野瞬间引来了不少关注。很多作者沉迷闭关创作，疏于锻炼，不是大腹便便就是瘦弱斯文，在这些"歪瓜裂枣"的衬托下，于归野更显得卓尔不群了。

步娜娜注意到不少女作者向这边投来关注的目光，她有点儿庆幸燕其羽提前离场了，要不然肯定要成为全场公敌。

于归野问道："'小羽毛'去哪儿了？"

步娜娜耸耸肩，拿起小白兔面具塞到了于归野手里说："午夜的魔法钟声响了，公主必须回家了，再不走南瓜马车就要变回原形了。喏，这是水晶面具，她说凭这个可以兑换私人晚餐一次。"

于归野被这套说法逗笑了。他眼睛微微向下弯，看上去心情还不错地说："看来我要带着这个水晶面具，挨个儿试试谁是我的灰姑娘了。"

燕其羽不在场，于归野也无心参加之后的自助晚宴，直接驱车回家了。

特地盛装打扮的"乱码君"在餐厅苦等于归野许久，想要争取和于归野合作的机会，哪想到扑了个空，气得这位大小姐发了好一顿火。不过这些事情于归野完全不知道，就算知道了，他也没兴趣和其他人合作。

于归野到家后，便把怀中的两个动物面具并排挂到墙上，两只动物一个威风凛凛、一个傻萌软嫩，明明充满反差可却分外和谐。他径自欣赏了一会儿，不知为什么，越看越舒服。

墙上原本挂着一副名家画作，被于归野取下直接塞进了杂物间。杂物间许久不进人，他只在里面待了几分钟，就被弄得一身尘土。

收拾好一切，于归野正要坐下休息，结果刚好看到姐姐的钱包躺在茶几中间。

于惊鸿央求于归野赶快送钱包到餐厅，他没办法，只能匆匆换衣服赶去了商场。

车子在地下车库停稳，于归野拿起钱包准备下车，长腿已经迈出车外，忽然又收了回来。他掏出手机给姐姐发微信。

翩若惊鸿：老弟，你到哪儿了啊！我都和人家尬聊二十分钟了，就等你来了！

于：姐，请你诚实地告诉我，你请客吃饭的对象是男是女？

翩若惊鸿：女生啊。

于：她适龄、单身、品貌出众？

翩若惊鸿：……

于：于女士，你这招用过几次了？

不怪于归野怨气大，他家里人为他的感情问题愁昏了头，有一次于惊鸿约他周末吃饭、看电影，到了餐厅他才发现在场的还有一位妙龄女郎。所以他想当然的，把于惊鸿今天的行为当作是一场蓄谋已久的相亲。

翩若惊鸿：老弟，你真是想太多。

于：呵呵。

翩若惊鸿：真不是骗你来相亲。

于：呵呵，呵呵。

于：你敢用丹尼尔的考试成绩来发誓，你没有想过把她介绍给我当女朋友吗？

翩若惊鸿：呃……

于：找个借口让她离开，我再送钱包上去。

于归野在车里等了十分钟，终于等来了姐姐的消息。

翩若惊鸿：你赢了，你上来吧，我让她先回家了。

"那鸿姐，我先走了。"燕其羽乖巧地向于惊鸿挥手再见。

于惊鸿脸上的笑容和煦温柔，她招手让服务员添了一壶茶，镇定自若的模样让人根本看不出来，她其实是兜里空空的穷光蛋。

"你先回家吧。"于惊鸿优雅地品了一口杯中的茶水，"我有个朋友刚好在这附近，我等他来找我。"她实在说不出口现在的窘境，只能随便扯了个冠冕堂皇的理由。

燕其羽哪里能看破于惊鸿的谎言，和她道别后，拿起包包离开了餐厅。

这栋购物中心一共有六层楼，最顶层是餐厅和影院，一、二、三层是购物胜地，四层被各种母婴商店填满，至于第五层就是各式各样的儿童教育机构。

周末，商场里人满为患，处处都是成双结对的情侣。燕其羽站在下行的电动扶梯上，前后左右都是一对对卿卿我我的恋人。燕其羽形单影只，心思不由得飘散开来。

之前为了赶《明星达克》的稿子，燕其羽已经一个多月没有出门逛街了。上次来这里，还是为了讨要当美术老师的工资欠款，负责人看她好欺负，就想把账赖掉，若不是有于先生帮忙，恐怕她连苦都没处诉。

想到仅见过几次面的于归野，燕其羽的心里难免有些遗憾。那次去女仆咖啡店替班，她居然又一次与于归野相逢，于归野临走前，还特地留下了他的电话号码，可惜手机号的最后几位被水迹模糊了。

一直没有联系他，在于先生心里，自己一定很失礼吧？然而人海茫茫，自己和他之间又没有绳子系着，以后重逢的机会十分渺茫。若是能再见的话……若是能再见的话……

忽然间，燕其羽定定立在扶手电梯当中，双手牢牢地握着黑色扶手，伸长脖子向下望去……

那个正走进观光梯的男人，不正是她刚刚还在念着的于归野吗？

于归野步入观光电梯时，仿佛听见有人在叫他的名字。他下意识地转头寻找，可放眼望去并没有眼熟的身影。身后有人不耐烦地推搡着他。

"快点儿往里走，后面还有人呢。"

于归野只能顺着人流，被其他顾客一直推进了电梯的最里面。

周末人多，每一层都有顾客进进出出。有甜蜜黏人的情侣，有推婴儿车的夫妻，有行动缓慢的老人……于归野的目的地是在顶楼餐厅，可是每一层开门后都要停留许久。站在他身旁的是一个抱着孩子的年轻妈妈，孩子大概四五岁的模样，头上梳一个朝天辫，身上背一个青蛙样子的小书包，她们的目标应该是五楼的儿童早教机构。

于归野看到小女孩，就想起自己家中的混世小魔王。若是丹尼尔在这儿的话，肯定要抱着胳膊噘着嘴，嘟嘟囔囔地抱怨不想上补习班吧。

"妈妈，你看那里！"小孩子肉肉的小手拍打着观光电梯的玻璃。

年轻妈妈赶快压住她的手，小声批评道："囡囡乖，不要拍玻璃。"

可是小孩子依旧固执地伸出食指点着玻璃说："妈妈，你看那个阿姨，那个阿姨在追我们呢！"

年轻妈妈原本以为孩子是在胡说，她们可是在乘坐竖直向上的观光电梯，怎么会有人能追上呢！可当她顺着孩子手指的方向看去，居然真的看到一个年轻的姑娘，在长长的扶手电梯上拼命向上奔跑，而且一边跑一边回头看着观光电梯，像是在寻找她们的位置。

年轻妈妈赶忙趁机教育孩子说："囡囡可不要学她哦，在扶梯上跑实在太危险了。"

于归野被母女俩的对话吸引了注意力,他背靠在观光电梯的玻璃墙壁上,侧头向外看去,想看看究竟是谁这么大胆。

现在新兴的购物中心为了引导人流,除了一般的两层扶梯以外,还会另外建造一个跨层电梯,有的跨三层、有的跨四层,而这家商场的六层扶梯,可以直接把客人从一层引导到六层美食电影区域,据说还申请了一个什么世界之最的记录。

而现在,在这条长得吓人的扶梯上,一个纤瘦高挑的身影正在努力地向上攀登。她行色匆匆,一边走一边焦急地回头瞭望,额头上一层薄汗,双颊因为剧烈运动变得红彤彤的。

燕其羽嘴里说着"对不起,抱歉,劳驾让一让",卖力地赶超一个个顾客,她心里只抱着一个想法:她今天绝对不能错过于归野!

可是扶梯实在太长了,燕其羽努力爬了这么久,体力渐渐不支,速度越来越慢,耳边只剩下自己的喘气声和无尽的心跳声。

最终燕其羽还是慢了一步,当观光电梯抵达顶层时,她还剩下十几节台阶……

如果燕其羽不拼一把的话,等到于归野走到人群中,那就要再一次错过他了!

也不知是哪里来的力气,燕其羽像是一只突然发力的小白兔,三步并作两步,"噌噌噌"地就蹿了上去,终于赶在电梯门关闭之前冲到了门口。

一股热意冲上燕其羽的头顶,她压住开门按键,厚着脸皮对电梯内的乘客大声请求道:"于先生,请把你的电话号码给我!"

燕其羽太过紧张,喊话时连眼睛都没有睁开。她就保持着傻模傻样的姿态在电梯门口当了半天门神,却没有听到期待已久的回答。

燕其羽落寞地睁开眼,以为是自己太过厚脸皮,让于归野为难了。可当她定睛看去,电梯里哪有什么于归野,除了一对小情侣以外,电梯里全都是女的!

那唯一一个男生看上去也就十八九岁,寸头、满脸痘、黑框眼镜。他痴迷地盯着燕其羽的脸，结结巴巴地回答："虽然我不姓于，但是我可以把我的电话号……啊！"

男生身旁的女朋友重重地拧了他大腿一下，恐怕今天晚上他就要变成"单身狗"了。

燕其羽吃惊地望着电梯里的乘客，不明白怎么眨眼的工夫，于归野就消失了。

就在燕其羽茫然无措之时，她身后传来一阵轻笑，男人的嗓音醇厚动听。

燕其羽赶忙转过身。果然，这个含笑站在她面前的男人正是于归野。

燕其羽满头是汗，发丝黏在了脸颊两侧。于归野见状摸了摸身上，拿出纸巾递给她，又提议道："我看你又累又热，不如找个地方喝杯冷饮？"

商场顶层有一家很有名的港式甜品店，于归野为燕其羽点了一份冰凉润口的杨枝甘露，给自己点了一杯椰子汁。

燕其羽手里攥着一张纸巾，低头默默擦拭额头的汗水，从始至终眼神都不敢和于归野对上。

燕其羽眼睛看向左边，于归野便从右边看她。她眼睛看向右边，于归野便从左边看她。

燕其羽左右躲避不得，羞得耳尖通红，只能低头把玩起面前的勺子。

于归野见燕其羽如此羞涩，更起了逗弄的心思。他说："刚刚还那么大声要我的电话号码，怎么现在觉得不好意思了？"

燕其羽小声道："刚才有点儿着急。"

"我也很着急啊。"于归野叹口气，故意吊着燕其羽的愧疚心，说道，"那天我留了电话号码，你却一直没有联系我。后来我去咖啡店找你，老板还说店里没有叫燕其羽的女仆。我都要以为你是我做梦梦到的姑娘了。"

"你去咖啡店找过我？"燕其羽果然上钩，赶忙解释起错过的原因。

当于归野听到电话号码被水洇湿、咖啡店老板是一对双胞胎时，他觉得这实在太凑巧了。当然，还有更凑巧的事情——他与她居然成为一对漫画搭档。

只不过，燕其羽并没有发现"田野"老师就是面前的于归野，谁让他出门时换了一套新衣服呢！

"对了，我有一件开心的事情要和你分享！"燕其羽胳膊压在桌子上，前倾上半身，眼睛里是满满的得意与欣喜，说道，"我从今天开始，就正式成为一个漫画家啦！"

"哦？你以前不是也在画漫画吗？"

"那不一样。"燕其羽认真地说，"之前我都是在给别人打工，当当助手或者是把现成的短篇小说改编成漫画。可这次是由我和搭档共同创作一个全新的作品，它是一个完全自由的天地，我可以尽情创作。"

燕其羽仔细搜刮着肚中的墨水，想要描述那种感觉。

"不知这么说你能不能懂，只要给我一支笔，我就能创造一个全新的世界。"

于归野笑道："我懂的。"

于归野太懂这种感觉了，这就是他选择在创作这条路上坚持走下去的原因。不是因为名利，而是因为他热爱用笔来书写心中的奇迹。他追逐着一个个梦，也创造着一个个梦，那些人物在他的笔下苏醒，活生生地站在他面前，一颦一笑，一言一行，都是那么的真实。他们既是他的朋友，也是他的孩子。他穿梭在一个个世界，把不同的故事带给别人，同时也在挑战着自己。

艺术家都是敏感的。不论是写小说，还是画漫画，都不仅仅是一项工作，只有对这个世界怀抱好奇的探索者，才能以笔为剑，挺直脊梁地走下去。

幸运的是，在这条注定充满艰辛与荆棘的路上，于归野遇到了燕其羽，或者说，"田野"遇到了"小羽毛"。

燕其羽没想到于归野真的能理解她的想法，她像个孩子一样，心中想些什么，脸上就立即表现出来。她兴奋地向于归野讲述今天的奇妙经历，当她提到"田野"老师和他的脚本大纲时，女孩的眼中星光满溢。

"那绝对会是一个好故事！肯定会有很多读者喜欢的！"燕其羽笃定地说。

燕其羽是一个有操守的漫画家，虽然她和"田野"、海豚漫画还没有签署三方保密协议,但是在漫画上线之前,她依然会闭紧嘴巴,绝对不会透露脚本的具体内容。这样一来,她在于归野面前只能翻来覆去地强调这个故事有多好看、多吸引人,她一连用了好几个形容词,生怕无法表达她对这个故事的信心。

于归野坐在燕其羽对面,含笑听着她夸张的表扬。见她说着说着说渴了,招手又给她要了一份姜汁撞奶。

原本于归野打算在燕其羽面前坦白身份,现在却换了想法,打算把身上的"绵羊皮"再捂紧一些。

用"绵羊"的身份听"小白兔"夸奖"大灰狼",这感觉真是相当不错啊!

说起来,他是不是忘了什么重要的事情?

人均两百八十一元的海鲜粤菜馆里,于惊鸿叫来服务员,又添了一壶茶水。她占着整个餐厅里位置最好的双人雅座,表情孤傲而淡漠,宛如一枝寒雪蜡梅,气势凛然高洁。

然而只有于惊鸿知道,她的手机已经快被她玩没电了。

翩若惊鸿:???

翩若惊鸿:于归野!

翩若惊鸿:你究竟死哪儿去了!

第十二节　三喜临门

这是燕其羽有史以来度过的最开心的一天了。在这短短一天里,她遇到了世界上最棒的搭档,与邻居姐姐吃了一顿海鲜大餐,还重逢了温柔成熟的于归野。这种兴奋的心情一路伴随着她回了家,虽然群租房的走廊逼仄又阴暗,可是没关系,她自己就能发光呀!

晚上,洗完澡的燕其羽穿着毛茸茸的睡衣倒在单人床上,头发上裹着浴巾。

手机屏幕上亮着两条消息，一条是微信，一条则是QQ，而两条消息的内容更是惊人的相同。

微信：
于：到家了吗？
QQ：
香蕉殿下：到家了吗？

燕其羽眉眼弯弯，指尖划开微信，手指在键盘上轻巧跳跃。

于：到家了吗？
小羽毛：到啦。刚洗完澡。
于：嗯，那我就放心了。
小羽毛：你呢？有接到你姐姐吗？

吃完甜点后，于归野这才想起来自己来商场是为了接姐姐的，本来他还想发扬绅士精神送燕其羽回家，最后只能让她一个人坐公交车走了。

于：我迟到了，她超生气。
小羽毛：啊，对不起，都怪我拉着你一直说说……
于：这不怪你，怪她。
小羽毛：咦？
于：怪她丢三落四，出门逛街不带钱包，还要我特地给她送来。

燕其羽发了一连串大笑的表情。

于：丹尼尔长得不像她，但是性格很像她。

小羽毛：你的姐姐一定是个大美人吧？

于：一直有人说她长得像明星，不过我看了这么多年，审美疲劳，看不出来她到底哪里漂亮。

小羽毛：那在你眼里，什么样的女生算漂亮呀？

于：真要说的话……

于：在我眼里，你就很漂亮。

燕其羽没有回话。因为她的大脑已经超负荷运转，不知道该回什么好了。

于归野发过来的话恰好踩在模糊的边界上，说是闲聊吧，又带着那么一点儿莫名的暗示，说是暗示吧，又显得她想太多。

燕其羽大学时一心扑在学习上，毕业后又转投漫画的怀抱，她的男女交往经验趋近于零，实在不知道该如何保持和男性朋友的距离。

燕其羽对天发誓，她对于归野绝对没有一丝一毫的非分之想，只是单纯地想和他交个朋友，想要谢谢他数次出手相助。毕竟他们的差距很大，于归野成熟有为，谈吐见识颇为不俗，而她呢，在今天之前还是一个连自己都养不活的小画手。像于归野这样的完美男人，当个可靠的朋友没问题，若是当男朋友……还是算了。月亮挂在天上才是最美的，像她这种凡人，连捞水中月的想法都不敢有。

然而越接触，于归野身上恰到好处的温柔就越让燕其羽沉醉。今天吃甜品时，于归野一直很耐心地倾听她的碎碎念，一点儿都没有表现出来不耐烦。

燕其羽从来没有和外人讲述过自己的梦想，因为他们不懂她在追求什么。可是在于归野面前，她却可以敞开心扉，讲述那些天方夜谭。

燕其羽郁闷地在床上翻了个身，咬住下唇，过了好久才回复。

小羽毛：哈……哈……哈……

小羽毛：你是《白雪公主》里的魔镜吗？这么会夸人。

啊啊啊啊！燕其羽看着自己发的内容，心想：自己一定是脑子进水了，这都在尬聊些什么啊？

不等燕其羽撤回这句前言不搭后语的荒唐话，屏幕上立即蹦出了于归野的回复。

于：那让我换个说法。
于：公主殿下，你是世界上最美的人。

啊！燕其羽太苦恼了，于归野怎么什么梗都接得住呢！

就这么你一言我一语的，两人断断续续地说了好一会儿话。想不起来他们究竟在聊些什么，但就是有很多话可聊。

晚上十点，燕其羽硬下心肠，逼迫自己和于归野道别。

小羽毛：晚安！已经十点了，我要睡了。

对方很快回复了"晚安"二字，燕其羽静静地盯了几秒，终于舍得退出微信页面。

微信旁边的 QQ 图标上，鲜红的"1"字提醒着她还有一条未读消息，她这才想起几小时前步娜娜给她留的那条信息。

燕其羽赶忙从床上坐起，手忙脚乱地点开 APP。

小羽毛：我到家了！
香蕉殿下：……
香蕉殿下：你下午五点急急忙忙地说要回家，到现在都五个小时了，终于舍得报平安了？
香蕉殿下：再不回信息我都想报警了！
小羽毛：怕我成为失踪人口？
香蕉殿下：怕你被小怪兽抓走当小媳妇！
小羽毛：……

香蕉殿下：你家到底发生什么事情了，处理得怎么样了？

燕其羽赶忙用最简洁的语言叙述了一遍今天下午的垃圾袋争端，步娜娜听后，无语地留下了一串省略号。

香蕉殿下：就为了这种小事，你连作者晚宴都没参加。
香蕉殿下：不过田野也没有参加。
小羽毛：？
香蕉殿下：对了，你还没有他的QQ吧，我拉一个群，以后漫画相关的事情都在群里谈，公司这边有什么新指示我也直接在群里说。

半分钟之后，燕其羽的QQ上跳出来一个新群。

【《苍穹之梦》工作群】
群主：香蕉殿下。
成员：小羽毛、田野。
香蕉殿下：小羽毛、田野，以后这里就是《苍穹之梦》的工作群了。
香蕉殿下：我是小羽毛的责任编辑，以后也会是这部作品的责任编辑，我希望你们能够尽可能地在群里讨论工作，我需要随时跟进工作进度。
香蕉殿下：下周一我们会开周会，所有编辑会把配对好的漫画作品上报。
香蕉殿下：但这次只是初次审核，半个月后，我们会再开一次选题会，根据大纲、人设、试阅内容，来确定最终能否连载，以及连载时的推荐力度。
香蕉殿下：小羽毛、田野，希望两位加油，期待这部作品能够面世。
小羽毛：好的。
小羽毛：谢谢娜娜姐，我们会加油的！
田野：麻烦步编辑了，我对这个故事有信心。

很快，燕其羽收到了"田野"发过来的好友申请，她眼明手快地点了通过，两个人的临时对话框转眼变成了好友聊天框。

"田野"发来的第一句话就饱含关心。

田野：小羽毛，你还没睡觉吗？

"小羽毛"发了一串兴奋的表情。

小羽毛：这才十点呀，还不到睡觉的时候！

于归野默默地拿起一旁的手机，屏幕里的聊天记录还停留在燕其羽发过来的"晚安"上。

于归野笑起来，喃喃自语道："真是个小骗子啊！"

第十三节　副主编的如意算盘

海豚漫画网编辑办公室。

步娜娜一手抱着平板电脑，一手端着咖啡杯，行色匆匆地向着电梯间走去。她刚刚手头有点儿工作耽误了速度，三组的其他编辑已经先她一步抵达了会议室。

今天的这场周会非常重要，这是海豚文化集团两大编辑组的首次碰撞，而会议的主题就是关于作家与漫画家的跨界合作。

上周末的"蒙面相亲会"举办得很顺利，已经有几组作者有了初步合作的意向，而今天这个周会，就是要两方的负责编辑碰一下头，做个简短的汇报。

这次会议茄哥和瓜爷都会出席，两位总编对这次的合作非常重视，容不得一点儿闪失，当然，也容不得迟到。

步娜娜脚踩高跟鞋，大步迈进电梯中。电梯门缓缓关闭，忽然一只手横插进来，灵敏的电梯门瞬间停下，等待着这位姗姗来迟的乘客。

"娜娜,叫你好几声了,怎么也不见你回个头啊。"中年男人油滑的声音伴随着油腻的笑容出现在电梯门后,邓耀华甩了甩头发,自以为风华绝代、英俊潇洒。

邓耀华从门缝里挤进来,明明电梯里空间那么大,他偏要紧挨在步娜娜身边,状似无意地用手肘在步娜娜的腰间晃悠。

步娜娜往旁边迈开一步,脚下的高跟鞋狠狠地踩在地上,细高跟像是钻头一样,发出"咔咔"声。

邓耀华瞥见宛如凶器一样的高跟鞋,吓得猛咽口水,不敢再动手动脚了。

电梯缓缓上行,他们这次会议地点选在了海豚文化集团办公大楼的顶层,那里风景最好,开会时可以眺望远山。

邓耀华清清嗓子,眼睛挤成了一条弧线,说道:"娜娜呀,你手底下那个叫'小羽毛'的作者,可真是初生牛犊不怕虎啊!"

步娜娜说:"哦?怎么说?"

"啧啧,你说她一个没什么名气的小画手,居然在那种场合选了另一个没什么名气的小写手,非要画一个女性机甲题材的漫画。这不太傻了吗!这次作者大会是让大家强强联合的,他们俩完全是胡闹,就算今天选题报上去了,半个月后的开题会绝对过不了!"

步娜娜没吭声,嘲讽地看了邓耀华一眼。

偏偏邓耀华自我感觉良好,还在夸夸其谈地说:"这种组合根本没法火!娜娜啊,你可是三组里的资深编辑了,可千万要拦着点儿他们。小姑娘一看就没什么社会经验,到时候在市场上磕得头破血流,没读者看,还不得找你来哭鼻子啊。"

随着邓耀华的描述,步娜娜想象了一下燕其羽哭着来找她诉苦的委屈模样。嗯,小脸白白的,大眼睛红红的,倒真像是一只小白兔,让人看了就想给她喂胡萝卜。

步娜娜被脑中的幻想逗笑了。可她这么一乐,邓耀华更来劲儿了。

"娜娜啊,你邓哥是在为你好,虽然你是三组的,我是一组的,可是我从来没把你当外人!你来咱们公司也得有三年了吧?再差一点点你就能升三组副主编了！可你要是这个项目没成，那在茄哥那儿的印象分肯定要扣光了。明年年初的升职加薪就要落到别人头上了！"

邓耀华说话时五官都皱在一起，一副情深义重、呕心沥血的模样，不知情的人看上去，说不定真以为他是为步娜娜着想。

可步娜娜在海豚漫画网工作了这么多年，早就知道他是个什么人。邓耀华就是个肚子里没几两墨水的草包，因为他是公司老员工，手下又带了几个铂金、黄金级的作者，所以领导一直没有动他。所谓不升不降不开除，明眼人都知道他是被发配"养老"了，但他却在梦想飞黄腾达。

步娜娜嘴角微翘，露出了一个暧昧的笑容说："那邓副主编，您说这事儿该怎么办啊？"

邓耀华看来是早就准备了，立即说："还能怎么办，当然是拆伙啊！其实'小羽毛'这个画手功底不错，可以锻炼一下。我看那个《喵喵侠》的故事就挺不错，我手里刚好有作者发过来的大纲和人设，我看了看，非常适合'小羽毛'！你要是同意，我一会儿就把资料整理给你，再带你认识一下文学网那边的负责编辑。"

"可要是换合作对象，'田野'老师那边我没办法交代啊！"步娜娜又说。

"哎，要不这样吧。"邓耀华摸了摸自己光溜溜的脑袋说，"其实我们'乱码君'对这个故事还挺感兴趣的，她不嫌弃'田野'是个新人作者，打算牺牲自己的名气带带他！"

步娜娜都快笑场了，但她心中还有些好奇，于是接着问："为什么'乱码君'那样的铂金作者，会看上《苍穹之梦》这种'扑街货'啊。"

"我哪儿知道这位大神是怎么想的啊！"

邓耀华这句话倒是没说谎。他问过"乱码君"很多次，究竟为什么非要和"田野"这种名不见经传的科幻写手合作。可"乱码君"只给了他一个意味深长的白眼，让他尽快去谈合作，多余的不要问。

外人不知道，"乱码君"并不是邓耀华签过来的，而是某位钻石级画家介绍来的关系户。因为她的画风符合"直男癌"遍地的一组，才让邓耀华抢到了手里。邓耀华对"乱码君"的态度只能用两个字来形容——听话，"乱码君"

让他闭嘴，他便只能去执行任务。

邓耀华本想联系海豚文学网那边，找到"田野"的责任编辑聊聊，结果找了一圈找不到，后来才听说，原来"田野"是瓜爷手下的作者！

这可真是个了不得的大八卦，要知道到了总编这个级别，除了维护好和钻石级作者的关系以外，已经不再亲自带作者了。"田野"那么神秘，邓耀华猜测他也是某位大牌作者的关系户。他想破坏"小羽毛"和"田野"的合作关系，男方那边撬不动，只能来撬女方了。

邓耀华说完，瞪着一双小眯缝眼，巴巴地看着步娜娜，希望她能够在选题会前改变主意。

恰在此时，电梯"叮"的一声抵达了顶楼，电梯门迅速打开。刚刚还对邓耀华和颜悦色的步娜娜突然变了脸，扔下一个冷笑，头也不回地离开了。

"哎！娜娜，娜娜，你还没答复我呢！"邓耀华赶忙追了出去。

步娜娜停下脚步，转身看向邓耀华，脸上的表情淡漠如冰地说："你还想要什么答复？'小羽毛'和'田野'是最默契的搭档，他们的作品会让所有人沸腾的。"

说完，步娜娜再次迈步向前，高跟鞋与大理石地面碰撞出一曲激扬的乐章。

"还有，他们不是画手和写手，他们是漫画家和作家。"

第三章　默契的配合

第一节　编辑部的欢喜忧愁

海豚文化集团的顶楼会议室里,一场看不见硝烟的战争正在悄悄打响。

有时候,步娜娜觉得现在的文化圈搞得跟娱乐圈一样,说好听了叫争奇斗艳,说直白了就是钩心斗角,没一天消停的。

不同出版社和文学网站为了捧旗下作者,互相倾轧,销量造假、自行刷榜、买通书评人……各种手段层出不穷,你艳压我、我艳压你,一定要斗出个胜负。

编辑部内部也并非一派祥和,编辑都跟经纪人似的,一边敲打自家作者让他们努力产出,一边在外边搏杀给作者们争取好档期、好资源、好曝光。

谁不想打造出精品,谁不想自己带的作者扬名立万?说功利也好、说雄心也罢,在资本市场的带动下,现在编辑们报选题不单单要看作品本身质量何如,往往还会面对一系列的问题。

这作品能不能长久连载带来长期收益?

动画化难度大不大?

影视化可能性强不强?

作者本身有多少人脉资源可以利用?

步娜娜并不觉得资本化有什么不好，毕竟资本进入越多，作者能够获得的收益越大。作者只有先吃饱饭，才能有充足的物质资金和富足的精神资本去进行接下来的创作。但是在她心中，还有另外一个想法：她希望能够给那些小作者一片澄净的天空，即使他们赚不到太多钱，她也能为他们的梦想保驾护航，用画笔去勾勒出世界的另一番模样。

正是抱着这样的想法，步娜娜踏入了这个行业。虽然在公司里难免遇到不理解她的人，作者里也有几个桀骜不驯的刺头，但总的来讲，她还是很热爱这份工作的。

这次的晨会是海豚漫画和海豚文学两大编辑部的碰头会，由瓜爷主持，茄哥照旧冷着一张脸，坐在旁边旁听。

编辑们挨个儿汇报了这次"蒙面相亲会"里的结果，很遗憾的是，只有六组配对成功了。

这个数量倒是和瓜爷、茄哥的预估差不多。至于下一次开题会上还能剩下多少，那就说不好了。

燕其羽很看好的《喵喵侠》《反派是条狗》很遗憾都没有配对成功，前者的作者点名只想和"乱码君"组队，而后者的作者则是决定收回脚本自行编写成小说。

作为六组配对之一，步娜娜昂首挺胸地坐在椅子里，沐浴在其他编辑羡慕嫉妒恨的眼光中。

会议过程中有十分钟休息时间，编辑们三三两两地散开，喝水的喝水，抽烟的抽烟。

步娜娜拿出平板电脑处理工作，还没安静两分钟，邓耀华又觍着一张脸凑上来了。

步娜娜见到邓耀华就恶心，冷着脸起身离开。

"娜娜，去哪儿啊？"邓耀华紧追不舍地问。

"厕所，你也要跟着？"

步娜娜在洗手间待了好一会儿，等到会议快开始了才从洗手间出来。她喉咙干渴，想了想，打算拐去茶水间接杯水喝。

结果步娜娜刚一走近，就看见几个小编辑正在茶水间聊天，其中两个是二组的，另外一个不认识，应该是海豚文学网的。

"三组那个女的……叫什么'香蕉'的，不就带个机甲漫画嘛，瞧给她美的，鼻子都要上天了。"

"她也就现在能炫耀炫耀了。在中国做机甲漫画？我看她半个月后的开题会绝对过不了。"

"影视化完全没可能，动画化难度太大，根本不可能有后续收益。到时候'扑街'被'腰斩'，有她哭的。"

步娜娜可不是个好脾气的人，别人欺负到她头上来，绝对忍不了。她正要一脚踹开茶水间的大门和这几个人"大战三百回合"。忽然，一道满带寒意的男声从茶水间的对侧大门外传出，打断了她的动作。

"屁话太多。"

这四个字就像是浸透冰水的刀子，狠狠地扎向了那几个叽叽喳喳的小编辑。

这几个人抬眼瞅去，那个立在门旁的高大身影，不正是海豚漫画网的总编茄哥吗？

众人被吓了一跳，战战兢兢地打了声招呼。谁都知道这位大佬人狠话不多，最厌烦这些办公室斗争。

他们瞬间老实下来，一个个低眉顺眼，缩着脖子从茄哥面前溜走了，就连发现被议论的女主角就站在他们身后，他们都不敢停下来多看两眼。

当最后一个编辑离开茶水间，茄哥凶狠的视线终于转移到了步娜娜身上。

步娜娜和总编差了三级，接触不多，一个月都说不上一回话。见他看向自己，步娜娜浑身一抖，下意识地站直了。

"总编，谢……"

"半个月后的开题会，如果《苍穹之梦》达不到试阅要求，我是不会让它通过的。"

"诶？"

茄哥扔下毫无温度的一句话，转身离开了茶水间。

步娜娜立在门旁,看着茄哥魁梧的背影逐渐消失在自己的视线中,过了半晌,她忽然惊醒过来,飞快地掏出手机登录QQ。

香蕉殿下:小!

香蕉殿下:羽!

香蕉殿下:毛!

小羽毛:娜娜姐,我在!

香蕉殿下:半个月后的开题会你一定要认真准备,这周四之前我要看到主角团队人设和机甲设定,下周必须完成第一、二、三话的分镜草稿。

小羽毛:得令!

香蕉殿下:工作量很大,我二十四小时在线,如果需要什么建议,随时联系我。

小羽毛:么么哒。

小羽毛:你放心,我已经在收集资料啦。

田野:辛苦小羽毛了。

香蕉殿下:田野,这周给我前三话的漫画脚本,你之前写过漫画脚本吗?

田野:没有,但我写过影视剧本。

小羽毛:好厉害!

田野:有机会请你去看电影。

小羽毛发了几个害羞的表情。

香蕉殿下:写过影视剧本也行,不过影视剧本和漫画脚本之间还是有一定差别的。这两者的镜头语言不同,漫画不会有那么细的镜头,而且漫画表现形式会更加夸张。

香蕉殿下:你先按照自己的习惯出前三话的脚本吧,我给你从头到尾改一遍。

香蕉殿下：以后的工作流程都是这样，你写好的脚本先给我过一遍，再交给小羽毛画分镜。

于归野看着屏幕上步娜娜的留言，一时间没有回复。

作为一个有主见并且成名多年的作者，于归野非常不习惯让别人改动他的作品，即使对方是他的编辑。他有自己的行文节奏、伏笔习惯、人物塑造方式，这些根深蒂固的写作习惯渗入了他每一个笔画当中，容不得别人指手画脚。

于归野在瓜爷手下这么多年，除了刚出道那两年瓜爷会帮他修改故事大纲以外，其他时候瓜爷仅仅为他提建议，很放心地让他自由发挥。

可步娜娜的话说得很直白，在于归野写完脚本后，她不仅会改脚本，而且很可能是大改！

这可就触及于归野的逆鳞了。

若于归野是"君子归野"，当然可以不理编辑的要求，可他现在仅仅是个新人"田野"。是固执己见坚持自我，还是向新编辑示好，让她指导？

于归野的手落到了键盘上，一行字即将敲出，忽然，屏幕上的QQ窗口抖动起来，一个顶着羽毛头像的私聊窗口忽然在他面前展开。

小羽毛：田野，你还在吗？

于归野立即舍弃了群聊，切到私聊中。

田野：还在。

小羽毛：我看你一直没回娜娜姐的话，以为你没看到呢。

田野：看到了。

田野：只是不知道怎么回复。

小羽毛：那个……

小羽毛：你是不是有点儿紧张啊？

于归野一愣，不知道燕其羽为什么会得出这样的结论。不等他回答，屏幕那头的燕其羽又敲响了键盘。

小羽毛：第一次写脚本肯定会紧张，放轻松些！

小羽毛：娜娜姐虽然很凶，但她真的很专业，就算你写不好也不要怕被骂，大家都要经过这道关卡！

随后，燕其羽又发了一个拥抱的表情。

紧张这种感觉，已经有很久没有出现在于归野的生活中了，对于一切挑战，他都游刃有余，沉浸其中。就像这次漫画脚本的创作，他的心中只有满满的期待，期待迎接未来的挑战。

然而于归野的手像是有了意识，落到按键上，飞快拼出来一句话。

田野：是啊，特别紧张。

田野：你的安慰只有拥抱吗？

于归野低头盯着自己的手陷入了沉思：这真的是手自作主张，和他本人一点儿关系都没有。

一会儿，燕其羽连发了好几个拥抱的表情。

小羽毛：多几个拥抱够不够？

于归野的手又擅自行动了，他在电脑自带的表情包里翻找了半天，终于找到了一个摇头的表情，告诉燕其羽这样轻飘飘的安慰根本不够。

在于归野把这句话发过去之后，聊天框对面很久没有回复。他以为是自己太过得寸进尺，让燕其羽为难了。

于归野的左手按住了右手，制止它私自再发一张"伐开心要抱抱"的表情。

就在于归野琢磨着找个台阶下，把这段尴尬的对话圆过去的时候，QQ又是一震，一朵小小的菊花跳到了屏幕上。

小菊花转啊转，忽然，进度条走到了最后，一张完整的图片缓冲出来，展现在于归野面前。

这是一幅很可爱的手绘漫画，主背景是青绿色的草坪，风吹草低，现出了草丛中两只依偎在一起的动物。

身形巨大的大灰狼趴在地上，身体圈成一个圆形，像是一片毛茸茸的灰毯子，明明是一只凶狠的野兽，可从它身上只能看到温暖与温柔。大灰狼的两只前爪优雅地交叉叠放，大大的狼头垂在爪上，双眼半闭半合，看上去慵懒随意。在大灰狼身前，一只小小的、圆滚滚的小白兔蹲坐在它身前，小白兔像是一团长了耳朵的雪球，正歪着脑袋看着面前的大灰狼。小白兔一点儿都不怕面前的巨兽，它伸出一只又短又肥的脚爪，搭在了大灰狼黑黝黝的鼻头上。两只动物体型相差悬殊，而且处于食物链两端，但是在这张图片里，触目所见皆是明亮与温情。小白兔安慰着大灰狼，大灰狼保护着小白兔。

在这张童稚可爱的漫画旁边，还有一行桃红色的字迹，笔触圆润，仿佛少女本人一样充满元气——"田野"老师，加油！

小羽毛：我刚刚画的，有点儿粗糙，希望田野老师不要嫌弃哦。
田野：我很喜欢。

这是毛毛送给"田野"的第一幅画，他怎么会嫌弃呢！

第二节 "爱"的抱抱

燕其羽用自己的画笔给屏幕那头的"田野"送上了爱的拥抱，可实际上，她才是那个真正需要拥抱的人。为了设计机甲，她所有的脑细胞都要阵亡了！

《苍穹之梦》是一部面向女读者创作的机甲作品，除了性格、外貌、内在各异的几位女性角色外，机甲的设计绝对是重中之重。

漫画脚本主要分为两个部分，第一部分是故事前半部分的详情，第二部分是人物小传，小传里会详细罗列出重要人物的人设。但是《苍穹之梦》却比其他的都多了一部分，那就是机甲设定。

这是一个科技水平高度发达的世界，人类的寿命已经迈入了三百岁大关，占领的星球数以千计，人口突破八百亿。然而只有万分之一的人能够通过重重考验，驾驶机甲，踏上星辰大海征程。

驾驶机甲不仅要求强壮的身体，还要求过人的胆识和聪明的头脑。自机甲出现以来，机甲战士只有男性可以担任，因为机甲启动时的重力冲击是女性柔弱的身躯无法抵抗的，无数女性先驱血洒战场。自此以后，即使科技一代代更新，军部上层也明令禁止女性登上机甲，女性军人在战场上逐渐沦落成了边缘人物。

五十年以前，一位杰出的机甲战士横空出世，"他"瘦弱矮小，可"他"比其他机甲战士更为努力，"他"踩着无数手下败将的哀号，仅用了十五年就成为军部赫赫有名的王牌战将，带领手下打退了宇宙强敌。而"他"在少将授勋仪式上，在全宇宙的全息直播之前，揭开了自己的真实身份——原来，这位战神是一个女人！

全宇宙哗然！女战神用自己的亲身经历鼓舞了无数同她一样有着伟大梦想的女孩子，勉励她们勇敢实现价值，去探索和追求机甲之梦。

然而在三十年前，这位女战神在对抗外星球侵略的战役里，启动自爆装置，与对方母舰同归于尽，自此消失在茫茫宇宙中。有人说她香消玉殒，有人说她在自爆前启动了瞬移装置，然而最终的真相无人可知。

女战神的故事激励了一代又一代的年轻女生，促使她们踏入军校。女主角"安洁莉娜"就是一个怀揣机甲梦的少女，她出身最普通的市井人家，父母希望她能成为一个受人尊敬的幼师，可她却在职业考试中偷偷报名了军校的机甲专业，最终因为体质不合格，被调剂去了后勤学院。

既然是军校，校内自然常见各类机甲。战斗机甲分为统一制式和量身定做，辅助机甲更是种类繁多，"田野"很贴心地把各类机甲的功能罗列出来，每一台重要角色的机甲都写了几百字的介绍。

燕其羽对着数千字的资料文档，大脑一片空白。

电脑不知不觉中逐渐变暗，黑漆漆的屏幕上映照出了燕其羽现在颓废的模样。

不知道是不是燕其羽的错觉，她觉得自己的发际线在这一个星期里好像后移了不少！

妙龄少女变秃头，这究竟是人性的缺失还是道德的沦丧？

燕其羽再低头瞧瞧地上，吓了一跳。因为赶稿，她已经好几天没扫过地了，地上大团大团都是她掉的头发。

燕其羽叹口气，拿出手机拍了张满地头发的照片，发到许久未登录的微博上。

小羽毛轻飘飘：冬天到了，小动物们开始换毛了……

拜《明星达克》所赐，最近这段时间燕其羽涨了不少粉丝，晃晃悠悠地突破了两千大关，现在她和"龙龙龙"俩人加起来，有整整十五万两千粉了呢！

燕其羽这条微博一发出，没过多久就收到了热心读者的回复。

龙龙龙龙龙龙龙一条龙：头一次见到把掉头发说得这么清新脱俗的。

原来不是热心读者，是欠揍的合作伙伴。

燕其羽正要回复嘴贱的"龙龙龙"，电脑屏幕突然点亮，"龙龙龙"的聊天对话框蹦了出来。

龙龙龙：小羽毛，好久没联系了，钻到哪里冬眠去了？

燕其羽滚动鼠标往上瞅了瞅,发现她还真是有两个星期没和"龙龙龙"打过招呼了。

小羽毛:哪有时间冬眠,睡觉的时间都不够啊!
龙龙龙:原来是睡得少,要不然秃头。

燕其羽发了个叹气的表情。

龙龙龙:忙什么呢?
小羽毛:忙着新连载呀。

"龙龙龙"一连发了好几个省略号过来。

小羽毛:怎么了?
龙龙龙:亏我还想给你介绍一个工作呢!
小羽毛:短篇小说改漫画吗?
龙龙龙:不是,我有个哥们儿是写小说的,想找人买图。
小羽毛:插图?封面?周边?
龙龙龙:都不是,是买小说人物图。
龙龙龙:是这样的,她在网上连载一本原创小说,但是热度不够,想找几个画手帮她炒作一下,画几张她小说里的图片,然后画手用自己的微博发出来,不要对外说是付费购买的,就当作是热心读者送她的那种。
小羽毛:这个,不太好吧……
龙龙龙:小羽毛,这种事在圈子里很常见的。只要肯往里砸钱,操作得好,一部中等热度的小说直接就能一飞冲天。
龙龙龙:图片比文字更直观,画面美,读者有了好奇心,就会去看小说,然后会源源不断地吸引新读者,等作品有了名气,就会有其他画手继续画。这个路线红起来的作者绝不是凤毛麟角。

燕其羽看着屏幕上"龙龙龙"发过来的话，有些迟疑了。

商稿，燕其羽是接的。她名气很小，之前也零零散散接过给作者的小说画插图、封面的活儿，但是现在合作方很坑，预算低得要命，一张图就给几百块钱，合同付款慢得要命，还来回来去的改图，耽误的时间够她去外面摆摊画好几张人像了，所以她只合作了两次就再没接过这种工作。

像"龙龙龙"说过的这种同人，她之前有所耳闻，但大多都是影视同人——比如某部电影、电视剧上映后，宣发公司雇佣一些网络知名画师画几张美图，以"同人"的名义发到自己的微博或者博客里，吸引他们的粉丝去看这些作品。除此之外，很多游戏公司、明星经纪公司也会有类似的操作。

对于公司来说，只用了很少的预算就能给自己旗下的影视、游戏、艺人炒一波热度，根本不用再费心推广；对于画师来说，画软广图来钱快，既能紧随热度，也不会被人看出来是做广告，何乐而不为呢？

燕其羽必须承认，她之前对这类工作动过心，可是她没有人脉，根本融不进那个圈子里。公司找画师只找口风严的，所以来来去去能接工作的只有那么一小撮画家，燕其羽只能站在圈子外，仰望着人家一张Q版图就能赚几千上万。

如果现在有个影视推广、游戏推广或者艺人推广的机会放到她面前，燕其羽肯定毫不犹豫地接住了。但是小说推广——她确实无法越过心里那道坎儿，痛痛快快地说声"好"。

燕其羽心里一直觉得，写小说应该是像画画一样，一步一个脚印地劳作，先成名、后赚钱。然而市场一次又一次地告诉她：现在早就不是"酒香不怕巷子深"的年代，如果你想在网络文学网络漫画的世界中脱颖而出，必须注重市场运作，毕竟流量为王。

燕其羽在键盘上敲敲打打，一句话反复删改，最终才变成了一句云淡风轻的拒绝。

小羽毛：对不起呢！最近工作太忙实在接不过来了……

龙龙龙：……

龙龙龙：行吧，那你努力工作，加油画画。

燕其羽知道，"龙龙龙"这么聪明，一定看出来她的意思了。

她叹口气，关掉QQ拿起画笔正要继续磨机甲人设，"龙龙龙"忽然又一次敲响了她的QQ。

龙龙龙：那个，小羽毛啊……

龙龙龙：因为那个哥们儿和我关系不错，所以我想为她说几句话。

龙龙龙：你肯定觉得她是想红想疯了吧，非要走这种歪门邪道。

龙龙龙：其实不是的。

龙龙龙：她确实想红，可是谁不想红呢，看着自己辛辛苦苦创作的作品热度被那些只会炒作的作者超过，心里肯定会意难平的。

龙龙龙：《明星达克》漫画连载的时候冲进了海豚新作榜前十，但是你看剩下的作品，前十里有一多半都是卖腐卖相的作品，而且咱们还被莫名其妙的水军抹黑攻击。

龙龙龙：我是真的咽不下这口气。

龙龙龙：所以我很能理解她的处境。

龙龙龙：而且……说实话，她那部作品我看了，文笔剧情都不错，但距离市场需求太远了，在网文世界里注定是曲高和寡的小众。

龙龙龙：如果买几张同人图就能满足她的虚荣心，让她觉得自己是"被读者喜欢的""被市场看好的"，又有何不可啊。

龙龙龙：哪个写小说的作者不想成为下一个君子归野啊？

龙龙龙：像他那样一本书的版权卖上千万，舒舒服服地过日子。

燕其羽看着名字上出现自己热爱的大神作家，那感觉真是复杂极了。

小羽毛：你也想这样吗？

龙龙龙：你是说一本书赚上千万吗？

龙龙龙：我不想，我家里的钱够多了，这辈子都花不完。

龙龙龙：我就不跟那些可怜人抢这一千万了。

燕其羽震惊了！

小羽毛：你，你是富二代？

小羽毛：不，不对，我想问的根本不是这个！

龙龙龙：那你想问什么？

小羽毛：我想问的是，你也想成为君子归野那样的知名作家吗？

"龙龙龙"的回复斩钉截铁。

龙龙龙：不想。

小羽毛：咦？你不是说每个作者都想成为他那样吗？

龙龙龙：他成名这么多年，没出席过一次签售会，就连影视公司都不知道他长什么样。

龙龙龙：这说明什么？

龙龙龙：说明他一定是歪瓜裂枣、眼歪嘴斜，说不定体重超标，自己都没法走路，只能坐在轮椅上被人推着走。

龙龙龙：我长得又帅又有钱，才不想和他换呢。

燕其羽沉默了。

沉默之后是火山苏醒！是海啸席卷！是地壳震动！

燕其羽恶狠狠地在QQ里留下一句话。

小羽毛：你要再敢说我男神坏话，我就用把淬了毒的刀捅你的臭屁股！

第三节　呼之欲出的"能力"

燕其羽决定把"龙龙龙"拉到黑名单里，让他冷静冷静。

龙龙龙：别啊！我哪儿知道君子归野是你男神啊！我下次绝对不当你面说他坏话了！

小羽毛：背着也不行。

小羽毛：行了小龙子，你退下吧，哀家要工作了。

小羽毛：有事儿 QQ 漂流瓶联系。

龙龙龙：嚯。

燕其羽送走这位烦人的富二代朋友，又开始苦恼于穷人的小烦恼了：画不出图还掉头发，她真是好愁苦啊。

漫画家可不是画一张图就能赚一份钱的，在画出能够赚钱的作品之前，他们注定要画无数张没有收益的作品。很多作者正是倒在了这条路上，在饿死之前选择了转行。

比如燕其羽之前和邓雪合作的那部作品，辛辛苦苦做了人设，画了三十张全彩、一百张草图，可邓耀华一句话就能把她的付出贬得一文不值，最后分文未得。

然而燕其羽不能因为现阶段不赚钱，就忽视了作品的前期准备。

为了画出符合"田野"设定文档里描述的那些霸气侧漏的机甲，燕其羽这几天一直没日没夜地补机甲相关的影视动漫作品，《高达》看了，《EVA》看了，就连《环太平洋》《变形金刚》都没落下。只可惜这些作品的主要角色都是男性，除了《EVA》以外，大部分的机甲都更具有男性的强壮美，而缺乏女性的韧和柔。

再者说，取材归取材，不能直接照搬设定，那不就成抄袭了嘛。燕其羽绝不允许自己跨过这个底线，所有的机甲设定都靠自己冥思苦想。

脚本里的制式机甲相对粗糙笨拙，画起来难度不大。然而主要角色的定制机甲，必须显示出每个角色的不同特色，燕其羽做了几版设定，越做越没信心。

望着屏幕上那一台台千奇百怪的机甲，燕其羽实在没有信心认为步娜娜会满意。

想了想，燕其羽决定先征询一下"田野"的意见，毕竟他是脚本作者，肯定在心中已经有了大概的想法。

小羽毛：田野老师，在吗？

田野：在的，毛毛有事吗？

小羽毛：那个，人设和机甲都做得差不多了，想给你看看，问一下你的意见。

田野：好的。

燕其羽把几张图全部打包，拉到了聊天框里，然后一脸紧张地盯着传输进度条，没用多久进度条就走到了百分之百。

等到屏幕上显示"田野"接收成功了，燕其羽更是连大气都不敢喘，眼睛眨也不眨地盯着"田野"的头像，不知道等待自己的是表扬还是批评。

哎，为什么今天网络传输速度这么快啊，他们小区用户多，一到晚上网速就慢得像老牛拉磨，偏偏今天不知道中了什么邪，近百兆的压缩包几分钟的工夫就传过去了。

燕其羽哪里知道，她和"田野"老师仅有一墙之隔，网络传送还不是最快的，最快的是直接敲门把他叫过来看。

隔壁，于归野放下手中的水杯，在电脑前坐直了身体。他鼠标轻点，解压了刚刚收到的压缩包。

虽然于归野有无数部知名作品搬上了荧幕、让他收获了无数赞誉，然而《苍穹之梦》是他第一部漫画作品，创作这部故事时，他感受到了久违的期待与兴奋。

第三章 默契的配合 175

在落笔之前，每个人物的样貌，每台机甲的模样都在于归野的脑袋里有一个朦胧的影子——而这些身影能不能走出迷雾、站在聚光灯之下，就要看画师的能力了。当他选择和"小羽毛"合作时，就是因为在她身上，他看到了让这个作品成真的能力。

屏幕上，十几张彩图静静地躺在文件夹中，一字排开，于归野双击写着"安洁莉娜"的那张图片，瞬间，一双如晴空又如碧海般的湛蓝明眸占据了他整个视野。

利落的马尾辫，坚定而开朗的面容，粗糙的作训服无法掩盖女孩玲珑有致的身材。她的胸口别着一枚代表军校生的校徽，贝雷帽上绣着她的名字——"安洁莉娜"。没错，这就是于归野心目中的女主角！她从他的幻想中走出来，亭亭玉立地站在他面前，未来还将站在所有观众面前。她是这样的鲜活，又是这样的美丽，"安洁莉娜"身上有着所有善良和美好的品质，同时又有着细微的脆弱与敏感。

站姿人设旁，有一幅单独放大的手部特写，那双手稳稳地握住一把枪，笔直地指向前方。

除此之外，还有几幅女主角的脸部特写：时而开朗、时而紧张、时而满面鲜血却悍不畏死……

这些都是于归野没在人设中提及的部分，可燕其羽根据人物小传和细纲，自行发挥，添加了这些充满闪光点的细节。

燕其羽的细心与聪敏令于归野十分惊喜，能和这样优秀的画师合作，是他赚到了。

如于归野所料，接下来的几幅画都没有让他失望。每个角色都充分抓住了人物特质，甚至还有所发挥，补足了于归野没有描述到的部分。

漫画家和作家之间总会有一些"代沟"，漫画家对文字的想象能力和作家对画面的想象能力是非常不对等的。

打个比方，作家在小传里写：她长发过腰，长相清秀，眼角有一颗痣，笑容总是饱含忧愁。她的手上戴着一枚戒指，是她战死的未婚夫送给她的，每当她怀念他时，她都会轻抚戒指。

这段文字乍看上去没什么问题，但在漫画家实际操作中，就会遇到很多麻烦。

比如说，痣在哪边？戒指是钻戒还是素圈？戴在哪根手指上？摸戒指的动作是什么样的？

为了避免无用功，漫画家在落笔之前，会反复询问作家的意见。而作家很多时候并不会考虑这么细致的问题，刚开始可能还会耐心回答，到后来就被问烦了。

本来于归野还很担心燕其羽在画人设时会有拿不准的地方，没想到画出来的每个人物都这么符合他的心意。

小羽毛：你看完了吗，怎么样？

田野：刚看完人设，还没开始看机甲。

田野：人设很棒，比我想象中的还要完美。

田野：相信我，读者会爱上她的。

田野：至少我已经爱上她了。

"小羽毛"发了一个捂嘴笑的表情。

收到"田野"老师的赞扬，燕其羽彻底松了一口气。本来她还担心人设阶段就会被打回来，没想到这么顺利！

田野：你画人像真的很有一套。

小羽毛：其……其实我之前在路边画过人物速写。

小羽毛：赚得不多，但是非常锻炼基本功。

小羽毛：好多漂亮小姐姐来找我画画呢！

于归野笑了，他想起燕其羽为丹尼尔画的那张肖像画，她能在完全没见过瑞秋的情况下画得惟妙惟肖，确实能力卓越。

小羽毛：我见过最漂亮的小姐姐就住我家隔壁……

小羽毛：像电影明星，人美心善还请我吃过饭！

田野：一顿饭就把你收买了？

小羽毛：我说的是真的，我还拿她当原型画过漫画。

田野：哦？你之前不就画过一个短篇《明星达克》吗？

小羽毛：就是那个呀！

田野：……

于归野没记错的话，里面的女主角不是一只鸭子嘛……他开始对燕其羽的审美感到担忧了。

燕其羽催促他继续往下看机甲设定，于归野只能把脑海中那只"呱呱"乱叫的鸭子驱赶走，专心翻阅起了接下来的图片。

城市另一边的某个居民区里，阿琳埋首在电脑前，看着像是在专心致志地做后期，其实她的神智早就不知道飞到哪里去了。

阿琳眼神放空，手里的压感笔有一搭没一搭地在数位板上涂抹着，屏幕上的美少女有着她这辈子所见过的最大的一对胸脯，而她的工作就是给这对超乎生理常识的胸脯上色。

这个貌不惊人的两室一厅就是"知不道仙人"去年成立的工作室。在墙上最显眼的地方钉着几块隔板，整整一面墙上全部都是《爆裂神拳》几年来收获的奖杯与奖状，这些金灿灿的荣誉宛如一双双眼睛，居高临下地盯着客厅中这些庸庸碌碌的小助手。

客厅里没有一件家具，而是像公司一样放着一张张办公桌。每张小桌上一台电脑，一只水杯，一张数位板，这些东西构成了一个逼仄的办公环境。

办公桌的三面都有围挡，阿琳就算想和周围的助手聊天都没有办法。电脑里甚至没有安装聊天软件，上班期间她要是想和外界联络，只能靠手机QQ和微信，可是墙上的办公守则清楚地写了，玩手机超过五分钟，就要罚款一百元钱。

阿琳心想：我一天也就挣这个数好吗？她若是想玩手机，只能趁去厕所的时候，偷偷把手机带到厕所去玩。

作为一个动漫工作室，"知不道仙人"的地盘甚至比当初的逐梦堂还要压抑。

阿琳当年在逐梦堂做过一段时间的助手，跟的是另外一位主笔老师。逐梦堂解散后，她回了老家，一边创作短篇漫画一边四处投稿。可惜她的分镜功底不太好，一年匆匆过去，她被刊登的漫画不足三篇。她家里人非常传统，觉得她大龄未婚又沉迷卡通太丢脸，逼她结婚，再去找份正经工作，她实在受不了，干脆背起行囊，又逃回了大城市。

兜兜转转间，阿琳打听到"知不道仙人"要招收新的助手，于是毛遂自荐来到这里，打算从头开始。

当初进门时，"知不道仙人"很得意地说他即将双开第二部漫画，这部漫画要和"君子归野"合作！阿琳对这个机会非常心动，才会选择来这里工作。但她在这里待了这么久，连人设的影子都没见到，更别提故事大纲了！

助手是没有保底工资的，画一张后期，才能拿到一份钱。总是这样干坐着不开工，还不允许接私活，她真的要把存款败光了。

阿琳旁敲侧击地问过几次，究竟连载什么时候才能开始，得到的只有"知不道仙人"的敷衍。她忍无可忍，直言再没有工作就要饿死了，"知不道仙人"这才良心发现，抛来了几张未上色的草稿——全部都是广告、软文、推广！

阿琳有一句脏话现在就想要说，她是来画漫画的，不是来画广告的！她越想越气，恨不得用压感笔戳爆屏幕上那对大得吓人的胸脯，让这对充气的假胸变成两只爆炸的气球。

阿琳正暗搓搓地在呼之欲出的胸脯上加工润色，忽然，身后的办公室里传来了一阵隐约的争吵声。

没错，这间小小的两室一厅是有办公室的。"知不道仙人"住在有阳台的主卧，次卧是他的办公室，平时他一个人在办公室里画画，有客人就带过去商谈。

第三章　默契的配合　179

半小时以前，有个从未见过的年轻女孩前来拜访。她身材娇小，极为漂亮，眼神里带着一股盛气凌人的高傲，"知不道仙人"亲自把她带到了办公室里。

要是以往，阿琳早就八卦开了，可如今她抬头看了一圈，每个助手的眼里都只剩下麻木与暗沉，宛如一台台破损老旧的机器，根本不会注意外界的变化。

办公室里的争吵声又大了一些，阿琳实在心痒难耐。周围的助手们都戴着耳机，左边那位耳机调得震天响，中岛美嘉的歌声就连阿琳都听得到。想了想，她端起水杯，装作接水的样子慢慢靠近了办公室门外的饮水机。

这处住宅的卧室门质量很差，关不紧，"知不道仙人"与那名高傲女生的对话零零散散地泄露出来……

"小叔，我劝你早日放弃和'君子归野'的合作吧！他已经选好了新的漫画家了！"女孩的声音尖利逼人。

"那算什么漫画家？不过是一个初出茅庐的小丫头！"

"他这次铁了心要和新人合作，你抢不到他，我也不行！算了，我过来就是为了通知你这个消息。我现在要走了，编辑叫我过去签合同。"

"知不道仙人"问道："什么合同？你要开新连载了？"

"本来没想这么快的。但是卖相的同人我画够了，是时候转型了。"女孩嗤笑。

"知不道仙人"没接话，一阵琐碎的声音响起，有脚步声，也有拿东西的声音。

阿琳生怕被他们抓到，赶快拿起杯子往座位上溜。而在她离开之前，耳朵里飘进来两人的最后一段对话：

"小叔，你现在是这个圈子里最顶尖的漫画家，没有'君子归野'的脚本，难道你就画不出漫画了吗？"

"知不道仙人"沉默了片刻，说道："算了，你不懂的。"

两人走出办公室，"知不道仙人"回身关上门，眼睛在客厅里警惕地飘荡了一圈。所有助手都在专心画画，全都戴着耳机，他新招进来的助手阿琳正一边画大胸美少女,一边跟着耳机里的音乐摇头晃脑。

"知不道仙人"满意地点点头,对身旁的高傲女生说:"走吧,我送你到车站。"

女生矜贵地颔首,拢起价格不菲的外套,一手提着包包,一手挽住了小叔的臂弯。

在经过阿琳的电脑桌旁时,女孩的脚步忽然停下来了。

"怎么了?""知不道仙人"问。

"稍等。"女孩挑眉,走到阿琳面前,圆润的指尖叩击桌子。

正装作认真画画的阿琳身体一僵,顺着那纤长优美的手指向上看去,对上了女孩妖异的浅灰色美瞳。

阿琳吞了一口口水,取下耳机,尽力忽视后脖颈凉飕飕的剁头感,让自己的表情显得无辜又意外。

"有什么事吗?"阿琳颤声问。

女孩优雅地笑了:"今天本小姐心情好,日行一善……"

女孩的手指跳过桌面,爬到阿琳的手背上,冰凉的指尖掐住压感笔的尾巴,一寸寸地把它从阿琳的手中抽出。

"胸部的高光,应该是这样画的。"

女孩握住笔杆,在取色器上选出想要的颜色,轻巧一笔从美少女的胸部利落滑下,转眼间,阿琳不管怎么画都差了点意思的少女立即变得性感妖娆。

阿琳心想:我的天!还有这种操作?

"不用谢。"女孩扔下压感笔,戏谑地说,"让一个没有胸的人去画胸,确实太强人所难了。"

阿琳内心狂躁地大喊:别以为你是老板的亲戚,我就不敢掀桌了啊!

等"知不道仙人"领着女孩走出工作室大门后,阿琳立即掏出手机狂戳自己的八卦小伙伴。

阿琳:小羽毛、小羽毛!快出来!

阿琳:有大八卦和你分享!

第四节　下次洗澡的时候

阿琳的对话框蹦出来的时候，燕其羽正抱着双腿蜷缩在椅子里，怀中搂着一只大兔子玩偶，紧张分分地盯着电脑屏幕，等着"田野"老师对她的机甲设定发表高见。

阿琳：小羽毛、小羽毛！快出来！
阿琳：有大八卦和你分享！

燕其羽兴致不高地在键盘上敲敲打打。

小羽毛：阿琳，我现在没心情听八卦……
阿琳：八卦和你男神有关。

阿琳发了一个微笑的表情。

阿琳：请问，你现在还有心情吗？
小羽毛：有！特别有心情！

燕其羽瞬间立起身子，双腿并拢，在电脑前坐得规规矩矩。屏幕上明明连"君子归野"的名字都没有出现，可她的表现却像是真的见到了男神一样，下意识地拿出来最精神的面貌来迎接这个"惊天大秘密"。

好在阿琳不爱卖关子，手速飞快地把整个事情完整地复述了一遍，燕其羽简直能够看到对方运指如飞在手机上码字的残影。

阿琳：你记不记得我和你说过，知不道仙人要和君子归野合作一部新漫画？
阿琳：但是，我来了这么久，到现在还没见着项目启动。

阿琳：我之前就觉得这事儿可能要黄。

阿琳：现在我确定了！

阿琳：这合作确实黄了！

阿琳发了一连串青蛙乱舞的表情，不知是在表达"嘿嘿嘿，他也有今天"的开心，还是在表达"嘤嘤嘤，工作又泡汤了"的悲痛。

燕其羽望着被刷屏的对话，好奇心完全被勾起来了。

"知不道仙人"脾气不好，得罪过圈子里不少人，燕其羽对他的感情很复杂。一方面，他是她跟过的第一个老师，确确实实教过她很多东西，他见证了她的进步，磨炼了她的能力。然而另一方面，"知不道仙人"高高在上的态度和说风就是雨的性格，折磨了燕其羽整整两年。所以，在得知他和"君子归野"的合作计划破灭后，燕其羽心中说不出究竟是什么滋味。

小羽毛：这个消息准确吗？

小羽毛：你从哪里听到的，会不会是误传啊？

阿琳：绝对不可能！

阿琳：就刚刚，工作室来了一个特别漂亮的小丫头，身高一米五，气场两米八。

阿琳：我听到俩人谈话，才知道那是他侄女。

阿琳：两人"指点江山"的模样完全是一个模子刻出来的，真是吉祥快乐的一家。

阿琳：俩人吵架，被我听到了。

阿琳：他侄女也是圈子里的画师，貌似挺有名的。她说你男神这次不打算和成名的画师合作，找了个新人小透明。

阿琳：知不道仙人那么要面子，当时就炸了。

小羽毛：诶？

燕其羽看到这个消息，怀里的小白兔抱枕失手滚落在地。

归野大神的新作居然选了个新人画师！怎么可以……

如果是大神和大神之间的合作，燕其羽充其量只会羡慕，然后把这当作督促自己继续往上爬的动力，潜心学习，盼望有一天能站到大神身旁……不，站到大神身后就行！说不定哪天时来运转，能给大神的新书画封面、画插图。

可"君子归野"大神却自降身段，和一个完全没名气的新手画师合作……这个消息瞬间击溃了燕其羽的自信心，让同为新手画师的她又难过又嫉妒。

那可是燕其羽从高中时期开始，就疯狂喜爱的作者啊。男神出的小说，每个版本她都要收集三套，一套自己看、一套珍藏、一套拿去卖安利。男神创作的电影，她也是三刷起步，电影票根都舍不得扔，特别珍惜地藏在小本子里。男神的有声书她更是要听烂了，那些跌宕起伏的故事伴她度过赶稿的漫漫长夜，帮她驱散寂寞。

哎，同为新人，对方却能入得了男神的眼，那他肯定有着卓绝的天赋和高超的画工，才会打动男神吧？

燕其羽再翻翻自己电脑中的稿子，原本让她自傲的作品，忽然变得哪里都不顺眼：色感稀烂、人体走形、线条不够利落、背景处理得不够漂亮……总之哪儿哪儿都是差距。她做《苍穹之梦》的漫画人设要反复磨一周，还要厚着脸皮拜托"田野"老师把关。可那位神秘的新人画师已经能堂堂正正地和归野大神并肩而立，这差距实在太大了。

燕其羽决定从今天开始改名叫"燕不开心"，字"伤情"，号"忧愁仙女"。

网络那端的阿琳不知道这个消息居然给自己的小伙伴如此大的打击，还在碎碎念和她分享八卦。

阿琳：知不道仙人的侄女也是又拽又讨厌。

阿琳：我画一半，她把笔拽走非要给我改图。

阿琳：不过她改得还挺好的。

燕其羽终于稍稍打起了一点儿精神。

小羽毛：哦？她 ID 叫什么？
阿琳：不知道……
阿琳：我把她改过的图给你看看吧，说不定你能认出她的画风。

燕其羽发了一个点头的表情。
十秒钟之后，两人的聊天对话框瞬间被一对呼之欲出的大胸脯占据。

小羽毛：……

燕其羽发了一个捂脸的表情。

小羽毛：拜托，我怎么可能靠胸识人啊！

燕其羽感觉自己的眼睛要瞎啦，这哪里是胸，明明是一对篮球吧。

阿琳：拜托，可她只画了胸啊！
阿琳：她真的嘴巴超坏，还讽刺我平胸。
阿琳：小羽毛，作为朋友，你实话告诉我。
阿琳：我的胸，真的很小吗？

燕其羽仔细回忆了一番这位小伙伴的身材……呃，她只记得对方蛮瘦的，至于身材怎么样她完全记不得了。

小羽毛：对不起哦，我记不得了……
阿琳：记不得？
阿琳：拜托，咱俩上下铺睡了两年啊，一起洗过几百次澡啊！

阿琳：我还记得你左胸上有个羽毛形状的胎记，腰窝有颗痣，大腿上有个疤！

阿琳：可你居然连我有没有胸，你都不记得！

    燕其羽被对方炮仗一样的攻击说得无地自容。

    燕其羽是南方人，而阿琳是北方人，在她到逐梦堂之前，根本没有和人一起共浴的经历。她这个腼腆内向的南方姑娘，第一次进澡堂就被那副"酒池肉林"的样子吓到了，在澡堂里一步都迈不开，眼睛只敢盯着地，恨不得全身变透明。而阿琳则在澡堂里以百米冲刺的速度抢占了一个淋浴喷头，还热情地揽着她的肩膀邀请她与自己共用。

    燕其羽摇摇头，赶快把脑海里那些场景赶走，非常诚恳地向朋友道歉。

小羽毛：对不起，下次和你洗澡时，我一定会认认真真地看你的。

田野：……

田野：。

田野：？

    燕其羽石化在电脑前，震惊地望着对话框里出现的某个不该出现的名字！

    原来，在燕其羽和阿琳沉浸在八卦中时，于归野已经看完了燕其羽发来的机甲设定图。这些机甲形态各异，每一台的设计都别出心裁。只是有几台机甲的形态和于归野脚本里写得差距较大，他相信燕其羽不是随便乱画，肯定有她的理由，所以他打算问问燕其羽为什么要这样设计……

    而接下来发生的事情，大家都知道了。

    燕其羽回错了聊天窗口，明明是闺蜜间的悄悄话，现在已经荣升为逆向性骚扰了。

    燕其羽决定改名叫"燕羞耻"，谁都不要劝她。

    "燕"急跳墙，燕其羽抖着手选中了那句不知廉耻的话，打算撤回……结果忙中出错,"撤回"选成了"删除"。

小羽毛:……
小羽毛:拜托拜托,请告诉我,我那句话一定撤回成功了吧?

燕其羽发了一个无奈的表情。
"田野"回复了一个微笑的表情。

田野:如果毛毛需要男模特的话,不需要洗澡就可以看到我的胸肌哦。

第五节　圆滚滚的球形机甲

于归野偶尔会产生一种奇妙的错觉,仿佛他只要往后滑动转椅,偏过头,就能从门缝里窥见旁边的那间屋子——写字台前,燕其羽窘迫地把脸埋进手心里,不肯面对她搞出的"看胸乌龙"。

错觉毕竟是错觉。

于归野自嘲地摇摇头,小画家怎么可能住在他隔壁呢。

田野:好了,不逗你了。
田野:我想问问这个后勤机甲为什么没有按照设定里的画,而是画成了球形?

女主角"安洁莉娜"刚进入军校时,是进的后勤系。顾名思义,这个系的存在价值,就是为那些机甲战斗系的特等生们做后勤保障,比如给机甲做做养护、换换零件之类的。因为战斗机甲体型庞大,重量足有十几吨,后勤系的学生在维修机甲时,也需要穿上特别的装备,来辅助他们进行保养修理。

后勤机甲是女主角接触到的第一款工作机甲,在于归野的设定里,它有着坚实的筋骨和透明的防护罩,看上去有点像是科幻作品里常见的外骨骼。

然而燕其羽却没有按照他的设定去画，反而画出了一个圆圆的，像是个大号保龄球一样的球形机甲！这个球形机甲有着粗壮稳健的三条腿，走路慢吞吞，看着十分笨拙。球身上隐藏着数十只机械臂，每个机械臂代表着拧、扳、砍、焊等一系列功能。在遇到危险时，它可以把所有机械臂、机械腿缩回体内，完全回归球形，通过飞速滚动来逃离危险。

虽然这个球形机甲完全更改了于归野的设定，可于归野不仅没觉得冒犯，反而被它点醒了无数灵感。

小羽毛：诶诶诶！

小羽毛：我怎么把废稿也打包给你了！

小羽毛：这个是我看了细纲后开脑洞画的……

小羽毛：原本设定的外骨骼机甲，对于女主来说太"硬"了。她是一个柔中带刚的人，你的设定里写她喜欢小动物、喜欢靓丽的颜色，这么来看她内心还是蛮小女生的。

小羽毛：后勤机甲设定成球形，除了作画难度降低以外，也是为了反差萌。

小羽毛：圆滚滚的机甲像是瑞士军刀一样，有各种机械臂，多可爱呀……

随着燕其羽的叙述，于归野屏幕上的球形机甲好似真的动了起来，"扑通"一声滚出了屏幕，砸向了男人的双腿。他下意识地伸手去接，可球形机甲却穿过了他的手心，落到了枪林弹雨的机甲战场上。

天空中烽火如炼，无数破损的机甲燃起能量，与来自宇宙的敌军战作一团。战事胶着，一台机甲被数名敌军围攻，难敌四手，被一枪捅破能源舱！它如白日流星，狠狠地坠落在地，荡起大片尘土。

经受这样的灭顶灾难，机甲战士侥幸留有一命，他满脸是血，艰难地从报废的机甲驾驶舱中爬出来，可双腿却被死死地压在金属面板下。

就在这危急关头，一只圆滚滚的球形机甲迈着稳健的三条腿缓缓地移动到它身边，它的身上忽然伸出几只多功能机械臂，扛起了这个濒临报废的机甲……

于归野从幻想中挣脱出来，眼中满是灵感迸发的欣喜。

小羽毛：田野老师，如果你觉得球形设定不好的话，我这里还有一版原始的……

燕其羽发了一个小心翼翼地对手指的表情。

田野：不，很好，非常好。
田野：毛毛，你可真是我的小福星。
小羽毛：诶？
田野：其实开头我改了三版了，一直没想好怎么切入剧情。
田野：真想给你发一个金羽毛奖，有了你才有灵感降临。

周四早上八点，在电脑前熬了通宵的于归野依旧精神奕奕。面前的咖啡已经添了三次，而文档的标题也从"《苍穹之梦》一至三话脚本修改版"进化成"《苍穹之梦》一至三话脚本最终版"。好在这一夜的辛苦没有白费，他顺利在截稿日前把前三话的脚本完成了。

现在这个版本的脚本和于归野最开始的版本相比改动颇大，进入剧情的方式完全不同。

在最开始的版本中，女主角的初次登场是在环境优美的军校外，伴随着她语气轻松的自我介绍，带领观众进入她的世界。而现在这个版本则源于那日突然降临的灵感：战火纷飞的战场上，庞大的球形机甲灵活地躲过敌军的轰炸，从战场上解救了一个濒临死亡的战士，而当球形机甲的防护罩打开后，英姿飒爽的"安洁莉娜"出现在驾驶舱中。

两个截然不同的开头，带来的观感也是完全不一样的。

于归野有信心，这个最新版本的开头绝对会吊起读者的胃口，吸引着他们继续往下看去。

完成前三话后，于归野迅速把脚本通过离线传输方式发到了群里。

田野：步编辑，这是前三话的定稿脚本，麻烦你看一下。
小羽毛：田野老师早安！这么早就起来工作啦？

"小羽毛"发过来一个"帅的人已经起床丑的人还在睡觉"的表情包。
"田野"回复了一个"有的人看上去很帅其实他昨晚上根本没睡觉"的表情包。

小羽毛：……

"田野"又发来一个微笑的表情。

燕其羽在被窝里迷迷糊糊看到这句话，惊得瞌睡虫都跑光了。

每个创作者都会有熬夜赶稿的经历，燕其羽最晚熬到过凌晨四点，第二天差点没爬起来床。没想到"田野"老师比她还厉害，即使通宵达旦仍然精神很好。

小羽毛：你赶快睡觉！身体要紧！
田野：嗯，我这就下去了。
小羽毛：田野老师，晚安……
田野：毛毛，早安。

于归野合上电脑，一头扎进床铺，他原本以为自己一定会在床上翻来覆去睡不着，哪想到刚碰到枕头，就瞬间被梦乡夺去意识，睡了个天昏地暗。

再醒来时，已是下午两三点钟了，本来于归野能一觉睡到晚上，可震天响的门铃打断了他的休息。

是快递吗？

于归野扶着晕乎乎的脑袋走到玄关，打开了防盗门。然而站在门口的并非是快递小哥，而是一个穿着整齐制服，背着大包，手里拿着一次性拖把的保洁阿姨。

保洁阿姨看上去四十多岁，胖胖的一张脸上洋溢着热情的笑容。

"请问是于女士家吗？"她举起胸口的工作证，"我是'帮忙到家'的保洁人员，来给您做房屋打扫！"

于归野一人住一百多平方米的房子，难免有打扫不到位的地方。他生活习惯好，不会像一般单身汉那样脏衣服、臭袜子满处飞，但男人眼里的干净和女人眼里的干净是有很大差距的。

于惊鸿前几次来弟弟家，总是能挑出几处不如意的地方，她干脆给弟弟请了个保洁人员，让其上门来做大扫除，哪想到会打扰于归野补觉。

于归野只能无奈地接受姐姐的好意，把保洁阿姨领进了屋里。

保洁阿姨在门口换上鞋套，拎着一次性拖把走进屋里。

保洁阿姨是个自来熟，嗓门洪亮，特别热情地唠叨开了："这小区我是第一次来，一层居然这么多户，我都转晕了！刚刚还敲了对面的屋门，开门的是个特别水灵的小姑娘，我说我是来做保洁的，她吓得直摆手，说自己没钱，请不起保洁……哎呀，您这厨房可真干净，平常不在家里开火吧？"

于归野被她吵得头疼，言简意赅地给她指了一下需要打扫的区域，然后赶快转头躲进了书房里。

睡意消失，于归野打开电脑，想要看看早上发过去的脚本，编辑有没有反馈。

果不其然，刚一打开QQ，步娜娜的私聊窗口就跳了出来。

香蕉殿下：田野，在吗？
香蕉殿下：睡醒了之后记得敲我。
香蕉殿下：脚本有问题，需要大修一遍。
香蕉殿下：你这么写，小羽毛是画不出来的。

于归野瞬间在电脑前坐直身体，呼吸不由自主地加重，编辑说他的脚本有问题——怎么会有问题？这幕开场他反复修改，即使改编成小说或者影视剧，也足够一鸣惊人。

田野：我在。
田野：剧本是哪里有问题，情节吗？
田野：画不出来是说作画难度太大？

看样子步娜娜一直等在电脑前，很快发来了反馈。

香蕉殿下：不是，你误会了，情节没有问题。
香蕉殿下：但是你写的这个脚本，影视剧本的痕迹太重。
香蕉殿下：漫画脚本不是这样写的。你缺少背景描写、动作描写和景别叙述，人物衣着和心理也需要写上，否则漫画家看到光秃秃的脚本会很辛苦。
田野：？
田野：这些不该是漫画家自行发挥的吗？
田野：我怕写太多东西，会显得指手画脚，影响她的发挥。
香蕉殿下：你这是典型的编剧思维。编剧的作品在交给导演后，拍出来的实际作品会和文字剧本有很大区别。导演和编剧之间还夹杂着动作指导、服饰指导、摄影师、演员等人员，所以编剧在写影视剧本时，就要用最精炼的词语传达剧情，浓缩得只剩下对话，对话以外的东西都有专人去构思。

步娜娜经验丰富，一语中的。

香蕉殿下：然而，脚本作者和漫画家之间并不是这样。
香蕉殿下：你要记住，你们是最亲密的合作伙伴，你们之间只有彼此。
香蕉殿下：你们毫无隔阂，你的思想是直接落于她笔下的。
香蕉殿下：你这边写得越详细、描述的东西越多，她脑海中的画面就越清晰。

香蕉殿下：重要的背景和关键性动作，有特色的衣着发型都需要你在脚本里写清楚。

香蕉殿下：远景、近景、特写，最好都有所标注。

香蕉殿下：你写出的一切东西，都会在她的画笔下化为现实。

于归野盯着最后一句话，一种从未有过的兴奋感席卷了他的大脑。作为作者，他的作品无数次被改编、被搬上荧幕，可是或多或少总会有所缺失。

"这个场景实现不了""这个特效价格太高""这个动作演员做不出来"……然而现在，却有一个机会摆在眼前，可以让于归野脑中的幻想成真。

漫画寄托了无数人的梦想，于归野庆幸自己能够成为其中一个造梦者。

香蕉殿下：对了，还有最后一个问题，脚本里人物动作不要太"三次元"了。

田野：什么叫动作"三次元"？

香蕉殿下：比如同样是表达开心，影视剧本会让演员开心地蹦起来，而漫画脚本则是让角色像跳芭蕾舞一样单脚原地转圈。

香蕉殿下：悲伤的话，影视剧里演员会哭，而漫画里角色则是变成Q版，一边奔跑一边流下比眼珠还大的眼泪。

田野：我懂了。

田野：比如我现在，就应该一只眼睛眯起来，用眼角向你挤出一颗星星，说"了解！"

香蕉殿下：对，而我会变成Q版，跳到办公桌上做出动感超人的造型，身后写着"地表最强编辑"。

田野：……

田野：明白。

香蕉殿下：加油，小羽毛在等着你呢。

第六节　小朋友们的课间争执

下午三点,是梦田双语幼儿园的课外活动时间。小班、中班、大班的小朋友们手拉着手,跟着班主任老师来到操场,排成一列列纵队。他们扭着屁股、举起小手,学着老师的样子做起广播体操,动作算不上标准,但认真的表情异常可爱。

站在队伍最前面的小小领操员是个女孩子,圆头圆脑圆身子,胳膊像是藕节一样白白嫩嫩。她脸上嵌着一对小酒窝,不知有多少男孩子前仆后继地溺倒在她的酒窝中。

课间操之后是自由休息时间,大家"呼啦啦"地散开,几个鬼头鬼脑的小男生却推推搡搡地凑到了这位小公主面前。

男生甲从身后递出一支黄色小花说:"辛迪,这是我特地为你摘的。"

男生乙红着脸拿出一条手帕说:"辛迪,你都出汗了,擦擦汗吧。"

男生丙左看右看,发现能送的都被好兄弟送完了,只能期期艾艾地问:"辛迪,你想听歌吗?我给你唱一首《小苹果》吧。"

辛迪却退后一步,躲开了这些献殷勤的小男生。她对甲摇摇头说:"谢谢你,不过老师说不能随便摘小花,因为小花也有生命,它们会疼的。"又对乙摆摆手说:"我有自己的手帕哦,手帕不能互相用,会传染细菌的。"接着她又看向了丙,还不等她开口,丙便垂头丧气地说:"好了,你不要说了,我知道你也不想听我唱《小苹果》。"

"那当然!辛迪可是学钢琴的呢,她就算要听也是去听交响乐,才不会喜欢《小苹果》呢。"

插嘴的小男孩忽然从辛迪身后冒出来,他又高又瘦,两条细腿插进空荡荡的牛仔裤管里,脚下踩着一双时髦新潮的乔丹鞋。他的头发是时下最流行的"莫西干"发型,被摩丝打得根根分明,耳旁的头皮被美发师剃出一道酷炫的闪电纹路,不知有多少男同学回家和爸妈撒娇,非要效仿他的打扮。

"伊恩,你上周怎么没来上学呀?"辛迪把视线转到这位小酷哥身上。

伊恩撩了撩额发,说道:"上周我爸妈带我去国外玩了——喏,这是给你们带的巧克力！"他从裤兜里掏出两捧糖果，花花绿绿的糖纸包裹着浑圆的巧克力，引得一旁的小朋友直咽口水。

"这颗给你、这颗给你、这颗给你……"伊恩明明带了很多，可只给每人发了一颗。等到最后，他手里还剩下十几颗，他把这些糖果送到辛迪面前，说道，"剩下的都给你！"

小孩子有几个不爱吃甜食的？辛迪惊喜地从他手心里拿走了一颗粉色的，小心拧开包装袋，两只手指捻起黑溜溜的巧克力，轻轻放进了嘴里。巧克力入口即化，很快化为一股醉人的甜蜜。

"谢谢你，真好吃！"辛迪笑得眼睛弯弯，伊恩恨不得现在就和她结婚啦！

辛迪问："伊恩，你去的是哪个国家啊？"

伊恩高高扬起下巴，双手抱在胸口说："新加坡，你们听过吗？要坐飞机去的！"

这群孩子里最大的才四岁半，中国地名都没听过几个，遑论国外了，大家的脑袋摇得像拨浪鼓，眼中满是羡慕。

"外国人是不是和我们长得不一样啊？白色的皮肤，金色的头发？"

"我的外教是黑人，他说这世界上还有很多人和他一样是黑皮肤的！"

"新加坡在地球的哪里呀，它和美国哪个远啊？"

"他们那边是夏天还是冬天啊？"

大家围在伊恩身边，七嘴八舌地问着，就连辛迪都歪着头，一双黑葡萄般的眼睛闪亮亮地瞧着他。能被班里的小公主这么瞧着，伊恩心里的那股得意劲儿噌噌地直往上涨。

伊恩伸开手臂，竭尽所能地比了个很远的距离后，才说道："新加坡离咱们有这么这么这么远！比美国还远！那里的人和咱们都长得不一样……而且，当咱们是白天的时候，他们是晚上，我回来之后还要倒时差呢！"

伊恩把自己知道的其他国家的轶事嫁接到新加坡上，反正谁都没去过新加坡，随他怎么吹牛皮，只要辛迪能再用那双漂亮的大眼睛看着他，那他说三天三夜都可以……

可惜不到几秒钟，伊恩的牛皮就吹破了。

在他们身后响起了一道中气十足的嗤笑："伊恩你这个吹牛大王！新加坡就在亚洲，中国也在亚洲，从新加坡回来倒什么时差啊！"

众人顺着声音回头一看，只见他们身后的跷跷板上不知道什么时候坐了一个小胖墩，跷跷板的另外一头高高翘在空中，一个瘦弱的男孩正在空中惊慌地蹬腿。

瘦男孩声嘶力竭地叫道："丹尼尔！你抬抬屁股！我下不来啦！"

小胖墩气鼓鼓地看了他一眼说："小声点儿！是你让我陪你玩的！"他又回头看向伊恩他们，说道："伊恩，你就是个谎话精！新加坡和中国时间是一样的！"

伊恩的脸瞬间涨得通红，说："我……我没撒谎！我上飞机时是白天，到了新加坡就是晚上了！"

大家被他说服，拼命点头。

丹尼尔反驳道："那是因为飞机要飞很久啊！你下午起飞，到了那边不就是晚上了吗？"

丹尼尔说得也很有理，大家又被他说服了，跑到了他身边去。

伊恩和丹尼尔两人一来一回地争执着，谁都说服不了谁，非要分出个高下不可。

而旁边的墙头草们则在两人之间跑来跑去，一会儿支持这个、一会儿支持那个。其实他们的脑子都被两人吵乱了，谁声音大，他们就觉得谁说得对。

倒是辛迪很有头脑，她仔细想了想，最终认定丹尼尔说的是真话。她牵起裙角，小心翼翼地往丹尼尔身旁迈了一步，结果这个动作却没能逃过伊恩的眼睛。

伊恩一看自己的心上人居然跑到了丹尼尔身边，原本涨得像气球一样的自尊心，突然"嘭"的一声爆炸了！

"辛迪！你不准喜欢他！"伊恩不顾自己"冷面小酷哥"的形象，愤怒中夹杂着委屈地说道，"他早就有喜欢的人了！"

丹尼尔脸色一白，刚刚还占领上风的他瞬间变成了哑炮。

不等丹尼尔让伊恩闭嘴,其他的小朋友们都开始拍手起哄,非要让伊恩说出丹尼尔喜欢的人究竟是谁。就连坐在跷跷板另一方的小瘦子都忘了自己身处窘境,兴致勃勃地追问真相。

辛迪脸色十分难看,小眉头紧紧皱着,双手抓着裙摆,无声地看向丹尼尔,她的眼圈里迅速聚拢了两滴泪水,水雾婆娑,随时都会滚落下来。

小胖墩被戳中了心中最尴尬的弱点,圆脸涨得通红,说道:"你闭嘴!"

"略略略略略略……"伊恩见他中招,得意地说道,"我就不!我不仅知道你喜欢的人是谁,还知道你告白后,被请家长了!那天瑞秋老师亲自带你去的校长办公室,我都看到啦!"

丹尼尔突然大叫一声,如一颗巨型肉弹,瞬间从跷跷板上弹跳出去!

失去了一端重量的跷跷板瞬间下落,另一方的小瘦子"啪嚓"一声落到地上,摔了个大屁墩儿。可这时已经没有人会注意他了。

"瑞秋老师!瑞秋老师!丹尼尔把伊恩打哭啦!"

这天晚上,正在家里闭关修稿的于归野接到了姐姐的电话。

于归野无奈地说:"早就和你说过了,我赶稿的时候不要打扰我……"

"丹尼尔不见了,他有没有去你那儿?"于惊鸿急忙打断他。

于归野一愣,从电脑前起身走向窗旁,问道:"怎么回事?丹尼尔怎么会突然离家出走?你到附近找过了吗?"

"你姐夫和我已经找了一个小时了!公园、幼儿园都找过了!"于惊鸿说话都带着抽泣声。即使是在公司里再怎么说一不二的女强人,遇到孩子失踪的大事,仍然会变得六神无主。

于惊鸿的老公从她手里接过手机,尽量冷静地向归野解释道:"今天下午他们班主任给我打电话,说他在幼儿园打了小朋友。我接他的时候问他怎么回事,他也不肯说。你知道你姐姐的暴脾气,晚上吃饭的时候多唠叨了他两句,没想到他趁我们不注意,居然偷偷跑了。"

于归野最疼这个小外甥,现在已是深秋,晚上甚至只有十几度。这么冷的天,小娇气包独自在外面走夜路,若是遇到危险……

于归野问:"确定是离家出走吗?会不会是去找同学了?有没有问过其他学生家长?"

"家长群里已经问过了,都不在。丹尼尔屋里的存钱罐不见了,还带走了两瓶可乐、一板巧克力、三根香肠,睡衣也不见了,包拿走了最大的一个。瑞秋老师退回来的那幅画……他也带走了。"姐夫叹口气,这种种迹象都表明这是一场准备充分的计划。

"报警没?"

"已经报了,警察和老师都在帮忙找,有目击者说看到一个和他年纪差不多的小孩子坐公车离开了,但是记不清他坐的是几路车。"

于归野把手机改成免提,一边穿衣服一边和姐夫商量怎么办。

最终他们决定兵分两路,姐夫和姐姐去警察局,顺着公车的线路继续往下找。于归野则继续留在这边,和瑞秋老师寻找周边小区。

长夜漫漫,淘气的小胖墩可千万不要出事啊。

第七节　丹尼尔离家出走了

大人们都以为丹尼尔是离家出走,可无敌聪明的丹尼尔才不会做这种傻事呢!妈妈从小就和他说,离家出走的结果一定是被人贩子拐进山里卖给别人当儿子,山里没有牛奶、巧克力、薯片、汉堡包,他才不愿意呢!

所以丹尼尔是"战略性转移"——而目的地就是他舅舅家。

于惊鸿和于归野虽然住在不同的小区,但距离不远,别看丹尼尔年纪小,可他已经会认路了。

天上漆黑如墨,阴风阵阵,丹尼尔害怕得肥肉抖抖,大树的阴影随时都能变成吃人的怪兽,把这只"小肥猪"拖进洞穴里。

丹尼尔两只小手伸到兜里攥住了巧克力,告诉自己"不要怕""不要怕",居然就这样奇迹般地冷静下来。

不知过了多久,当巧克力在他手心里融化成软软的一摊黑泥时,他终于抵达了于归野的家门口。

遗憾的是，于归野为了找这位"小祖宗"，半个小时之前就出门了。

丹尼尔背着鼓鼓囊囊的小书包，小脏手捶了半天门都没有把门敲开。难道，他记错房门了？

丹尼尔转过身看看背后的另一道房门。这个小区全是经济适用房，每层楼、每扇门都是一模一样的制式防盗门，丹尼尔越看越觉得背后的房门更像是舅舅家，于是他舔干净手心，又蹭到那扇门前，轻轻地敲响了大门。

"咚咚"。

"咚咚咚"。

"咚咚咚咚"。

在丹尼尔的"呼唤"下，这扇大门终于在小胖墩期待地注视中打开了，然而出现在门后的男人，根本不是他帅帅的舅舅！

阿勇人高马大地堵在防盗门后，牛仔裤松松垮垮地挂在腰上，上身穿着一件边儿都磨白了的秋衣。他完全无视墙上贴着的"合租房公约"，嘴里叼着一支烟，皱着眉头低头打量着门口的丹尼尔。

"哪儿来的小屁孩啊？"阿勇弹了弹手中的烟头，烟灰落在丹尼尔脚下，吓得他赶快往后跳了一大步。

小胖墩哪里见过这么凶神恶煞的成年人，他仰起头，吞了口口水，结结巴巴地说："我……我找舅舅。"

"滚滚滚！"阿勇不客气地说，"这儿没有你舅舅，只有你大爷！"

不等丹尼尔再多说一个字，厚重的防盗门就"咣"的一声在他面前撞上，差点磕到他的鼻子。

屋内，阿勇拖拉着全身零件，一摇一晃地往主卧走去。

在经过客厅的隔断间时，那道后安上的木门晃了晃，向里开启了一个小缝。

穿着一身居家服的姑娘从门缝后探出头，她怀中抱着热水杯，另一只手是没来得及放下的画笔。

入秋后暖气迟迟不来，燕其羽手脚冰冷，一天到晚抱着暖水袋缩在电脑前，手凉得连压感笔都握不住。趁着之前电商做活动，她买了一套毛茸茸的珊瑚绒居家服，帽兜上还有一对长长的耳朵，让她看上去像是一只成精的大白兔。

燕其羽和阿勇夫妻俩虽然合租一间房，可她基本不会和阿勇打招呼。若不是刚刚她听到门外传来模模糊糊的小朋友的声音，她根本不会和他搭话的。

"怎么了？"燕其羽问。

阿勇狠狠地吸了一口烟说："没事儿，刚才门铃响了老子还以为是外卖。结果，是一个小屁孩嚷着要找舅舅，被我轰走了。"

燕其羽一听，有些着急地说："你怎么把他轰走了啊？他会不会是谁家走丢的孩子啊？"

"哎呀燕姐，你闲得没事儿操那心干吗。"阿勇扔下烟头，用拖鞋捻灭了，瓷砖地上被烟头烫出一团乌黑的印记。他挑着眼睛，冲燕其羽邪邪一笑，忽然伸手探向了她的头顶。

燕其羽下意识地歪头躲过，可举止轻浮的小青年却转而抓向她帽兜上的兔子耳朵。

细长的耳朵被阿勇牢牢攥在手里，燕其羽心中如有鼓擂，小动物独有的警觉瞬间从尾巴尖奔袭到她的头顶。

然而不等燕其羽呵斥他松开手，阿勇已经慢悠悠地主动让那条长耳朵脱离了他的掌控。他流里流气地笑道："燕姐，你要这么喜欢小孩儿的话，不如自己生一个呗。"

燕其羽当然不会理睬这种程度的调笑，她重重甩上门，把那张危险的脸隔绝在脆弱的门板之后。

燕其羽放下笔，总觉得有些心神不宁。电脑上的漫画分镜已经完成了一话，剩下两话还需要等待"田野"老师的文档。

本来"田野"答应她，今天晚上六点就会把修改后的第二话剧本传过来，可到现在仍然没有消息。

燕其羽点开QQ，两人的对话还停留在一小时之前她给"田野"的留言上。

小羽毛：田野老师，我第一话分镜已经完成了，娜娜姐那边过了，你要是不嫌弃我画得太草，就看看吧。

说完，"小羽毛"把分享文件发给了"田野"。

小羽毛：你的第二话脚本怎么样了？

男人的头像是系统默认的戴围巾的小企鹅，现在灰暗一片，显示不在线的状态。

燕其羽不是闲得下来的人，她想了想，决定趁这个时间空当勾线。虽然步娜娜说一个星期之后的开题会只需要交三话分镜，可燕其羽打算更进一步，最好能有一话成品，这样才能有更大的赢面。

哪想到燕其羽刚动笔勾了几格，主卧那边传来男女不间断的争吵声——阿勇和小娇又闹起来了。至于他们吵什么，燕其羽听了将近一年，都能背出来了：阿勇指责小娇每天上班浓妆艳抹，而小娇则埋怨阿勇成天在游戏里勾勾搭搭。

就这么吵着吵着，燕其羽的名字突兀地出现在了这对年轻夫妻的口中。

"你看看人家燕姐，每天在家画几笔卡通画就能赚钱了！你要是对我不放心，你有本事像她一样，在家工作，看着我啊！"

"你要是觉得燕姐好，你有本事和我离婚，和燕姐打结婚证去啊！"

燕其羽被迫听了墙角，满头黑线，隔断间的粗糙板子也在他们声嘶力竭的争吵中"咣咣"落灰。燕其羽手中的压感笔在数位板上画出一道歪歪扭扭的直线，屏幕上，女主角"安洁莉娜"的表情变得愁眉不展。

燕其羽轻手轻脚地起身，保存文件、合上电脑，把身上的大白兔居家服脱下来，换上了一身臃肿的棉服。她抱起厚重的笔记本和数位板塞到了双肩背包里，整个人瞬间变成了扛着龟壳的小乌龟。

惹不起她还躲不起吗！在家里她是画不下去了，还是找个清净点的地方赶稿吧。

什么地方有温暖的空调、消费低、有无线，而且还是二十四小时营业？

答案自然只有一个——麦当劳快餐店！

小区外的麦当劳快餐店是燕其羽最常光顾的地方，只要花几块钱点一杯咖啡，她就可以踏踏实实地在角落里奋笔疾书几个小时。在没来暖气的深秋，这可以说是她第二个家了。

因为燕其羽太常光顾，就连服务生都认识她，每次进门都会送给她一个大大的微笑。

然而今天燕其羽推开玻璃大门时，却发现值夜班的那个服务生居然没站在柜台后，而是堵在"儿童乐园"门口，蹲下身和一个独自玩耍的小朋友说话。

这家麦当劳快餐店有一个区域，里面放了简单的游乐设施，特地圈出来给小朋友们玩耍。家长们可以坐在区域外，陪伴孩子。

现在已经九点了，小孩子们陆陆续续离开，现在那里只剩下一个胖乎乎的身影。

服务生觉得非常奇怪：这位小朋友是晚上七点半到的餐厅，一直在"儿童乐园"里玩耍，因为当时在场的还有其他小朋友和家长，所以服务生就以为他们是一起的。

天色越来越晚，其他小孩子都走了，可是小胖墩却被留下了。

小胖墩看上去既不紧张也不着急，还抱着小猪存钱罐去柜台买了一个"开心乐园餐"，自顾自地拿着玩具飞天遁地。

服务生起了疑心，便过来问他是不是找不到家长了。

小胖子回答得斩钉截铁："没有啊！我有家长啊，他们一会儿就会来接我了！"

服务生当然不信，正打算报警，哪想到面前的小胖子双眼一亮，鞋都顾不上穿，大张着手臂，嗷嗷大叫地扑向了刚进门的顾客。

"小鸡毛！小鸡毛姐姐！"

重量足有几十斤的小炮弹"嘭"的一声撞击到燕其羽的大腿上，背着厚重龟壳的燕其羽重心不稳，差点被他推到地上去。

燕其羽赶忙扶住桌子，低头看去，只见一张胖嘟嘟的小脸充满喜感地瞅着她，露出的八颗牙齿里少了两颗，说话都漏风。

"丹尼尔！"燕其羽没想到会在这里看到这个古灵精怪的小朋友。

丹尼尔亲亲热热地抱着燕其羽的大腿，一共说了两句话。

第一句是："小鸡毛姐姐我好想你。"

第二句是："小鸡毛姐姐我想吃鸡翅。"

燕其羽无奈地想：我是"小羽毛"，不是"小鸡毛"，谢谢。随后又牵起丹尼尔的手，带他去柜台点餐。服务生狐疑地看着这对姐弟，悄声问："这孩子是你亲戚？"

"不是啊……诶？"燕其羽这才发觉不对劲，问道，"他家大人呢？"

服务生说："就他一个人，在那儿玩了半天滑梯了。要不是看他穿得这么好，我都要以为他是被家长遗弃了。"

燕其羽心里一紧，赶忙牵着丹尼尔到旁边的空位，她的大手拉着小手，仔细端详着男孩略显紧张的眼睛。

燕其羽一手高举起鸡翅，一手捏捏丹尼尔脸颊上的肉，严肃地说："丹尼尔，告诉姐姐究竟是怎么回事？你和你爸妈走散了？"

丹尼尔摇摇头，口水滴答地盯着高高在上的鸡翅。

"难道是离家出走？"想到这个可能，燕其羽更着急了。

"才不是呢！"丹尼尔赶忙否认道，"我只是在餐厅里等舅舅，他一会儿就接我回家了！"

燕其羽却无法简单相信他的说辞，虽然她和于归野只见过寥寥数面，微信上也很少联络，但是在她的印象中，男人成熟稳重、思虑周全，又那么疼外甥，怎么可能会把年幼的孩子一个人留在快餐店里！

燕其羽把鸡翅放下来一点——刚好处于丹尼尔踮着脚尖只差一点点就能够到的位置，继续拷问这个小鬼说："你怎么联系你舅舅？你带手机了？还是有儿童定位手表？"

丹尼尔久久拿不到心仪的鸡翅，急得眼泪汪汪，含着手指委屈地说："我真的告诉舅舅了！我通过心电感应告诉他的！"

燕其羽手一松，鸡翅稳稳地落入孩子的小胖手里。丹尼尔完全不知道自己闯下多大的祸，更不知道等他到家后，迎接他的可能是一顿旷世罕见的"男女混合双打"。

丹尼尔美滋滋地盘腿坐在凳子上，吸溜着又香又脆的鸡翅，而燕其羽则飞速掏出手机，打算给于归野打电话。

幸亏他们那天留了联系方式，要不然……要不然……

然而，不等燕其羽调出拨号界面，手机上"咣咣咣咣咣"弹出数条APP推送。

QQ：【爱心接力】苏诞，小名蛋蛋，四岁半，于本日下午六点离家出走。

微信：【周边寻人】苏诞，四岁半，身高一百零五厘米，体重三十公斤，离家出走时穿浅色外套、黑色运动裤、背黄色书包。

滴滴打车：【儿童走失】苏诞，男，四岁半，体型较胖，缺两颗门牙。

支付宝：……

高德地图：……

燕其羽望着占据了整整一屏幕的手机推送，一时间沉默不语。

燕其羽问道："蛋蛋？"

正啃着鸡翅的丹尼尔下意识地接话道："嗯，怎么了？"

"苏诞？"

"叫我干吗呀？"

燕其羽深深叹了一口气，拨通了于归野的电话。

在电话接通前，燕其羽幽幽地对小胖墩说："丹尼尔，你的小鸡毛姐姐夜观天象，掐指一算，你今晚上估计要屁股开花了。"

第八节　有一点酸涩

于归野已经在黑夜里整整奔走了两个多小时了。在他身后，瑞秋老师亦步亦趋地跟着他，她怀中抱着一摞传单，每当遇到面善的路人，就立即把传单递到人家手里，言辞恳切地恳求大家多多注意。

传单上印着丹尼尔的照片，小家伙没心没肺地笑着，手里还抱着一只变形金刚玩具。底下写着他的姓名、年龄等信息，可即使写得这样详细，他们收到的回答除了"没见过"就是"不记得"。

这么黑的天色，小孩子如果躲进树荫里，谁能注意得到呢？

瑞秋老师是个很负责的班主任，她一直在自责下午批评丹尼尔时态度不够温柔，说着说着，她眼眶已经红了。冷风把她的双颊吹得红通通的，配上她梨花带雨的面容，引得不少人暗暗关注。

于归野又要找外甥，又要分心照顾她，整个人疲惫不堪。

于惊鸿夫妻俩和民警同志已经赶去了城南的公交车调度站，几个人分头查阅监控录像，可几个小时过去了，依旧没有结果。

恰在此时，于归野的手机响了。

在暖黄色路灯的映照下，手机屏幕上的"燕其羽"三个字如星星般明灭闪烁，于归野未加思索，第一时间接通了电话。

于归野自己并不清楚，当他看到燕其羽的名字时，萦绕在周身的紧张感瞬间消退了，紧绷的嘴角放松下来，眉目舒展。这片带有魔力的"小羽毛"，轻轻地托起了他心间的烦愁。而于归野的这些变化，一丝不落地被瑞秋老师看到了眼里。

电话接通，女孩子的声音透过电波落入他耳中。

没有客套、没有寒暄，燕其羽单刀直入地说道："于先生，我找到丹尼尔了！"

"什么！你们在哪儿，我马上过去！"于归野又惊又喜，谁能想到燕其羽的这通电话会带来这么重要的好消息？！

"我们就在车站前面的麦当劳快餐店，没关系我会在这里陪着他，你过来的路上小心，别着急。"

"好，好，好。"还好于归野和瑞秋今晚没有走远，一直在周边的几个小区里寻找，距离快餐店不过十分钟的路程。

于归野没有挂电话，一边向着那边健步赶去，一边询问燕其羽是怎么找到这个小混蛋的。

当燕其羽告诉他，丹尼尔这一晚上在"儿童游乐"过得多么滋润后，于归野都想狠狠揍这个小混蛋屁股了。

瑞秋老师跟在于归野身后一路小跑，等到了餐厅门口时，她扶着玻璃大门不住地喘气。从她的角度看去，灯火通明的快餐店内，一个陌生而漂亮的年轻女孩坐在桌旁，正托腮望着丹尼尔。丹尼尔一手抱着可乐瓶，一手举着炸鸡翅，吃得满嘴油花，还嘟着小嘴巴示意女孩帮忙擦。女孩无奈地叹口气，从随身的双肩背里掏出湿纸巾，小心地帮丹尼尔擦拭干净。

瑞秋刚要迈步进去，身前的男人忽然把她拦住了。

"怎么了？"瑞秋不解。

于归野微微摇头道："瑞秋老师，恕我直言，丹尼尔这次离家出走的起因和您有一点儿关系……我怕您就这么进去，会引起丹尼尔的抵触。"

"那……那我……"

男人的笑容妥帖到无懈可击，说道："不如您在这里等等，我一个人进去就好。"

不等瑞秋回答，于归野迈开长腿，推开了那扇玻璃大门。

被留在原地的年轻女教师只能望着他的背影，看着他一步步地走向了吃得抬不起头的小男孩。同时，走向了那名笑容温暖的少女。

"于先生！"燕其羽惊喜地起身，急忙迎了上来。

正努力消灭第三对辣翅的丹尼尔忽然全身一抖，迅速埋下头，加快速度消灭起面前的鸡翅山丘。明明他和舅舅关系最亲了，可现在丹尼尔连看他一眼都不敢，整个人化身囤货的小仓鼠，拼命往嘴里塞东西。

于归野见丹尼尔这副"两耳不闻窗外事"的模样，火气一下就上来了。几个大人为了这个小混蛋担惊受怕，可他呢，却舒舒服服地玩了这么久！

男人逼近小胖墩，长腿靠在桌子边缘。头顶的灯光打在他身上，落在男孩面前形成一个高大的阴影。

"丹尼尔！"于归野沉声警告。

丹尼尔这个胆大包天的小猴子现在却缩成了小乌龟，就连嘴巴里咀嚼食物的动作都放慢了。

"丹尼尔!"于归野又叫了一次。

然后是第三次。

这一次,小胖墩终于有反应了,他全身肥肉颤抖,仿佛电影慢动作一样,一帧、一帧、一帧地抬起头,双下巴绷得紧紧的,嘴巴里塞满了鸡肉合都合不上。他满脸泪花,通红的双眼像是两只小灯笼。

要放平常,丹尼尔只要噘嘴,于归野肯定要哄,可他今天真是被丹尼尔的冒险行为气到了。

男人怒极反笑,直唤他大名:"苏诞,舅舅很生气。"

只有简简单单的一句话,没有质问、没有怒骂,可暗涌下的激流完全无法平静。

丹尼尔这个小人精,举着两只油汪汪的小手想扑上去撒娇,又不敢多动一下,他僵在座位上,连眼泪都忘了流。

大人发怒,孩子终归是害怕的。

燕其羽头一次见于归野生气,明明她心里也有些胆怯,可身体却不受控制地靠了过去,轻声安抚道:"丹尼尔不懂事,更需要家长好好教育。"

燕其羽抬起右手搭在男人的后背上,顺着他的脊背一次次下滑,小声碎碎念道:"不气不气哦,不气不气。"

女孩的掌心带着一股暖意,即使隔着层层衣物,依然烫到了于归野的心。

于归野有些意外地转头看向她,四目相对,燕其羽一愣,忽然间意识到自己做了什么,匆忙收回了手。她左手握住右手,使劲捏了捏自己,警告自己不要再做出这种过于亲密的举动。

原本濒临暴怒边缘的男人稍稍冷静下来,继续拷问小胖墩。

"你为什么离家出走?""究竟什么原因和同学打架?""找不到舅舅为什么要一个人在这里玩?"……

丹尼尔被吓坏了,一边抽泣着,一边磕磕巴巴地回答了。有些问题他也没个答案。小孩子嘛,总是想一套做一套,记性又差,很多行为无法用成人的逻辑去推断。

于归野问不出个所以然，又无法下手狠打，只能把小胖子提溜起来，夹在胳臂肘下，像是敲鼓一样"啪啪啪"打他的屁股。

于归野打一下，丹尼尔就号一声。再打一下，他又号一声。

那声音凄厉悲惨，听得旁边的燕其羽于心难忍。

燕其羽拽拽男人的衣袖，小心求情道："轻点嘛……"

"没用劲儿。"于归野颠颠小胖墩，说道，"他装呢。"

说着于归野又打了两下，这天气小朋友穿得厚，丹尼尔又胖，拍在软软的屁股上不像是在打人，反而像是在拍皮球。

于归野拍了几下，拍出了趣，也拍消了气。

于归野看了眼在旁边坐立难安的燕其羽，忽然开口说："要不，你也拍拍试试？"

"啊？不用不用不用。"燕其羽赶快推辞。等说完了，她才注意到男人嘴角上翘，是在开玩笑呢。

于归野把哭成"花猫"的小胖墩掉了个儿，把他扛在了肩头。

丹尼尔"嘤嘤"地哭，燕其羽竖起耳朵凑过去，听到他在嘟囔屁股疼。

于归野没理肩膀上的浑小子，转头看向燕其羽，感激地说："燕小姐，谢谢你帮我们找到了丹尼尔。我姐姐和姐夫正在赶回来的路上，我要先把孩子送回家去……"

"嗯嗯嗯，这么晚了，他穿得也不多，赶快送回家吧。"一边说着一边伸手摘下脖子上的围巾，把丹尼尔的脑袋包成了肉粽子，除了鼻子以外，只留下一双鬼灵精怪的眼睛露在外面。

于归野静静地注视着燕其羽的动作，那条洁白而柔软的围巾层层包裹住男孩的头和脖子，还夸张地在头顶上打了个大蝴蝶结。

丹尼尔呆呆地歪了歪头，头顶的蝴蝶结也跟着动了动。

燕其羽被丹尼尔的傻样逗乐了，伸手弹了弹他的鼻尖，低声说："答应姐姐，这可是我最喜欢的一条围巾啦，你绝对不准把鼻涕弄在上面！"

"绝，绝对不会的！"丹尼尔赶忙举手发誓，"要是我弄脏了姐姐的围巾，就让……就让姐姐拔下鸡毛做成鸡毛掸子，让舅舅揍我！"

于归野微微垂头，侧耳听着两人诙谐逗趣的对话，持续了一晚上的低气压忽然烟消云散。面对这么可爱的人，谁还有心思生气呢。

至于可爱的究竟是谁嘛……

呵，反正不是肩膀上的小混蛋。

男人柔声说："燕小姐，不知你明天有没有空？我想代表丹尼尔的父母请你吃顿便饭，感谢你的帮助。"

"咦……不用啦！"燕其羽赶忙摇头道，"我本来就没帮什么忙呀，是丹尼尔自己在这里玩，又恰好被我碰到了而已。"

"如果没有你的'恰好'，那我们这一晚上都要担惊受怕了。"

燕其羽自认无功不受禄，说道："真的别客气啦，我和丹尼尔这么有缘分，替他打个电话通知你真的不算什么大事……其实就算没有我，店员也准备报警了，你千万不要觉得这是我的功劳。而且我明天有事，实在抽不出空，有你当面的一声'谢谢'就很好啦。"

于归野哪肯罢休，说："如果明天不方便的话，后天也行，下周也行，你什么时候方便，给我打电话就好。"

燕其羽手指向旁边双肩背包里的笔记本电脑，解释说："于先生，不瞒你说，我今天来快餐店其实是为了赶稿的。我现在和一个很了不起的作家合作，接了个很厉害的漫画连载，每一分、每一秒都不能浪费，所有精力都扑在赶稿上，真的挤不出来时间出门吃饭。"

燕其羽口中"又厉害又了不起"的作家，于归野当然知道是谁。

男人百般邀请，女孩百般推辞。

燕其羽觉得自己胸前的红领巾从来没这么鲜艳过，她的身后仿佛出现了一面锦旗，上书八个大字——沉迷工作，拒绝饭局。这么光辉灿烂的形象，随便抠个图就能存到手机里当作爱岗敬业的表情包。

于归野哭笑不得，谁能想到女孩会为了"田野"老师拒绝他的邀约呢。

"那好吧。"男人忍住想要伸手摸摸燕其羽脑袋的冲动，轻声道，"那我就祝你的漫画连载一路长虹，等到上线的那一天，我会好好捧场的。"

燕其羽窝在快餐店冰冷的塑料座椅中，自电脑屏幕后偷偷仰起头，露着一双好奇的眼睛看着大门口。

男人的背影高大挺拔，六十斤重的小胖球四肢并用地攀在他肩膀上，两只小胖手紧紧抓着他身上的风衣，还在不知死活地向着燕其羽傻笑。

当于归野推开餐厅大门时，被阻隔在外的寒气席卷而入，燕其羽没忍住，缩着脖子打了个寒战，等她再仰起头时，于先生身边却多了一个陌生的文雅小姐。

小姐站得离于先生很近很近，表情放松，态度亲密，她甚至还抬手攥住了丹尼尔的小手，看上去和孩子也很熟悉。

她是谁？

她是于先生的女朋友吗？

忽然，一种突如其来的酸涩泛上了燕其羽的舌尖，她摸不清这种味道从何而来，可能是她刚刚点的这杯咖啡忘记放糖了吧。

就在燕其羽呆呆盯着那对男才女貌的"情侣"时，快餐店的服务生忽然端着两大盘子零食送到了她的桌上。

新鲜出炉的薯条、红豆派、汉堡、热奶茶、玉米棒、土豆泥……铺了整整一桌，扑鼻的香气争先恐后地钻进了她的鼻子。

"诶？"燕其羽下意识地捂住钱包说，"我没点呀！"

和燕其羽相熟的服务生告诉她说："这是刚才那位先生为你点的。"

"他什么时……"

"那位先生还留了一张便条，"服务生抖了抖手里的点餐备注单，用传圣旨一般的语气说，"他说注意身体，别再瘦了。"

燕其羽下意识地低头看看自己的手腕……这段时间熬夜赶稿，吃饭也不规律，好像确实比前几天瘦了一点点。

没想到于先生连这种小细节都能注意到。

燕其羽捧起面前的奶茶杯，轻轻吹动水面，水波同香气一起散开，很快就晕染了这方小小的空间。

果然，奶茶就是比咖啡甜呀。

第九节　于先生的小伎俩

于归野在把瑞秋老师送回她家后，扛着丹尼尔回了姐姐家。

远远地看见于惊鸿和苏禾夫妻俩手挽手在单元楼下站着，等见到孩子他舅舅肩上那个浑圆的人形物体时，两人的怒火瞬间爆发了。

这夫妻俩向来自诩高学历、高收入、高智商，从蛋蛋出生至今，他们看过的育儿手册没有一百也有八十，四年半连孩子的一根小手指头都没舍得打过，就连上次丹尼尔偷了妈妈的钻戒，于惊鸿也仅仅是罚他半个月不能吃零食。

可今天呢，丹尼尔偷跑的事情——不论出于何种理由，都让夫妻俩又急又气。苏禾就是一个文弱书生，身体不好，这一晚上急得血压飙升，差点把速效救心丸拿出来吃了。虎妈于惊鸿更是自责不已，眼泪就没停过。

这次为了给丹尼尔一个深刻而难忘的教训，夫妻俩决定绝对不能放过他！

揍人的东西都是他们临时找的，于惊鸿拿了家里的扫把，苏禾本来捡了一条干巴巴的柳条，在老婆的瞪视下又换了根粗的。

丹尼尔不傻，老远见到爸妈凶神恶煞般的嘴脸，立即扯着嗓门哭上了。

于惊鸿怒道："蛋蛋，你还知道哭？知不知道这一晚上多少人替你操心？妈妈爸爸跑去和警察叔叔看监控录像，舅舅和瑞秋老师摸黑找你，所有人都在为你担心，你连句'对不起'都没有？"

丹尼尔带着哭腔说："对……对不起嘛，我下次再也不一个人出去了……"

"现在说'对不起'，晚了！"

丹尼尔心想：妈妈怎么说话不算话啊！

于惊鸿刚拎住丹尼尔的后脖领子，丹尼尔的眼泪就止不住地流，鼻涕口水哗哗往下淌，顺着下巴一路流进了围巾里。

一时间，孩子的哭声和妈妈的斥责声混杂在一起，苏禾这个猫爸劝了这个劝那个，实在分身乏术。

苏禾向小舅子求助道:"归野,你也说几句。"

看了半天好戏的于归野清咳一声,慢条斯理地说:"姐,先别揍。"

于惊鸿柳眉倒竖,怒道:"你也要给这个浑小子求情?"

"不是。"于归野伸出手,动作轻缓地把丹尼尔脖子上的围巾取了下来。

苏禾和于惊鸿一时间有点儿不知所措。

于归野把围巾叠起来,仔细攥在手里说:"这围巾是别人的,眼泪流上去会弄脏的。"

丹尼尔感觉自己被舅舅抛弃了。

于归野到家时已经过了十二点了,这一晚上东奔西跑,神经一直紧绷着,直到洗漱完躺到床上,他才有精力翻翻微信。想了想,他给燕其羽发了条信息。

于:燕小姐,谢谢你今天帮忙,我已经把丹尼尔送回家了。

说完,于归野又发过去一张哭包丹尼尔的表情。

燕其羽立即回了微信。

小羽毛:太好了,你们到家了?

于:到家了。你呢?

于:还在快餐厅吗?

小羽毛:没有啦,我已经回家了。

小羽毛:我租的房子有门禁,十二点就要回来。

群租房的防盗门每到晚上十二点,都要从内侧拧上反锁,这条规矩和"禁止在室内吸烟""洗完澡清理下水道的头发""用完厨房及时洗碗"一起打印出来,贴到了玄关的墙上。

无奈的是,这规矩管得住别人,却管不住阿勇。阿勇经常凌晨才回家,把防盗门砸得"咣咣"响，睡在客厅隔断间的燕其羽被吵醒过好几次。

燕其羽前不久刚交完一个季度的房租，她暗下决心，等这三个月过完了，她一定要尽快找到新房子搬出去！

于：对了，你的围巾在我这里。
于：你什么时候有时间，我请你吃饭，顺便把围巾还给你。
于：当然，是等你赶完稿以后。
于：这次就不要拒绝了。

说完，于归野还发过来一个微笑摸头的表情。

于归野这匹大尾巴狼，特地把围巾带回家就是为了找个借口把燕其羽约出来吃饭。

以燕其羽的性格，肯定不会同意让于归野掏钱，到时候谦让一番，男人就可以顺水推舟地说出那句经典台词——"这样吧，我请你吃饭，你请我看电影好不好"。

可惜于归野算盘打得响，"小羽毛"这个沉迷工作不可自拔的人却总不按套路出牌。

小羽毛：不用啦，不用啦，那条围巾不值几个钱的。
小羽毛：我是在地摊上买的，才三十元。
小羽毛：我到时候再买一条就好。

于归野的算盘珠子"噼里啪啦"落了一地。

小羽毛：不能聊了，我还要继续赶稿呢。
于：这么忙？
小羽毛：嗯，本来今天我的合作者应该把第二话脚本传给我的，可是他一直不在线。

小羽毛：所以，我打算先把第一话勾完线。
小羽毛：勾线蛮要求专注度的，所以不能聊啦。

没办法，于归野只好发过去一个摸头的表情。

于：注意身体，早点睡觉。
小羽毛：我知道啦！再过半小时我就睡啦。
小羽毛：于先生晚安！明天你还要上班吧？早点休息呀。

于归野低头看看身下柔软的床铺，再抬头看看表，愧疚心翻涌而出。

于：刚好我也有些工作没处理完，我陪你一起加班吧。

说完这句话，于归野立即披上睡袍下了床，走出卧室，来到了旁边的书房。今晚发生的事情太多，他忘了"小羽毛"还在等他的脚本。合作者这么努力，他还有什么资格休息呢？

于归野唤醒电脑时，屏幕还停留在脚本的最后一段。漫画连载频率不像小说，小说可以日更，漫画在没有雇用助手的情况下，一周更新一次已经是极致。所以这就要求漫画脚本的每一话最后都要留有一个"小钩子"，勾引读者下周同一时间继续观看。

于归野在全盘推倒大修后，迟迟无法修好第二话的最后一段，他想把悬念落在"安洁莉娜"身上，又怕刚一开篇就设太多谜题，会让读者反感，如果让读者产生"这故事怎么这么复杂，好麻烦啊"这样的心理就得不偿失了。

于归野仔细斟酌了几番，最终决定在结尾抖个搞笑包袱，用轻松的氛围来化解难题。这个晚上他耽误了好几个小时，不过被冷风吹吹，头脑清醒了不少，下笔有神，没一会儿就把第二话修改完成，第三话也一口气写了大半。

于归野停下打字的双手，保存文档，决定剩下的工作明天继续。

于归野工作时为了不被人打扰，向来关闭一切聊天软件。直到这时他才有时间登上QQ，把第二话的文件传输到群里。

刚一打开QQ，一片"小羽毛"就飘落在屏幕上。

小羽毛：田野老师，我第一话分镜已经完成了，娜娜姐那边过了，你要是不嫌弃我画得太草，就看看吧。

之后，"小羽毛"发过来一个分享文件。

小羽毛：你的第二话脚本怎么样了？

看看时间，这段话已经是几个小时之前留的言了。

田野：对不起，让你久等了。
田野：晚上临时出了点意外事故，刚刚才到家。

说着，"田野"发出了分享文件。

田野：这是第二话脚本。

于归野原以为这个时间燕其羽已经睡了，哪想到她很快就蹦出来回复。

小羽毛：啊！
小羽毛：意外解决了吗？
小羽毛：我在给第一话描线，你放心，不会耽误进度。
小羽毛：安心处理自己的事情就好。

真是体贴。

每次和这个女孩聊天——不管用哪个身份——于归野都会觉得身心舒畅。

田野：放心吧，麻烦顺利地解决了。
田野：我先去看看草稿分镜，一会儿再聊。

于归野把燕其羽打包过来的分镜草稿下载下来，拖到图片阅读器里，双击展开。

下个瞬间，于归野仿佛被一阵飓风包裹着，投入了这个光怪陆离的科幻世界。

作为脚本作者，于归野落下每一笔时，都会努力去想象这一幕最终会以什么样的形式呈现在画面上，而看到画面的观众又会有什么样的反应。

于归野曾经写过影视剧本，国内影视剧本以对白取胜，人物对白占据剧本百分之九十以上篇幅。现代剧的角色开口时，要避免使用太多的成语，越白越好、简明清晰，规避拗口的近音词，因为这在实际拍摄中会给演员带来很大麻烦，也会影响观众的理解。

归功于这项宝贵的经历，于归野在写作中也会有意识地注意这点。比如《苍穹之梦》这个故事，背景发生在幻想中的未来时空，有很多新奇而厉害的科技产物，如何借主人公之口介绍环境背景，还要做到浅显易懂，这点成为于归野最注意的地方。

电影开拍前，导演需要做很多准备工作，最先做的就是绘制"故事板"，也称为"分镜脚本"。顾名思义，导演要预先画好每一幕镜头的草稿，是特写还是远景，是俯视还是仰视，几个机位从何处拍，几个人物分别是什么站位，如果是运动镜头的话还需要标注上推拉摇移的说明。

导演的亲笔分镜便是他脑中整个故事的"先锋"，有了分镜，拍摄时会简明清楚，也方便其他相关部门的协作。

只是鉴于很多导演没有系统学习过绘画，他们创作的脚本分镜大部分都是"火柴人"，只要自己能看懂就成。

随着现在工种的逐渐细分，有些导演会把画分镜的工作交付给专业的分镜画师，部分经验丰富的摄影师也会自绘分镜和导演讨论。

于归野见过很多分镜，精美绝伦的有，潦草到看不懂的也有。在他点开燕其羽传来的分镜图包之前，他其实是带了一些不以为意的——电影拍出成品才好看，漫画当然要画完才叫漂亮。

可短短一个呼吸之间，于归野立即被屏幕上的画作带入一个瑰丽壮美的世界。

燕其羽所绘制的一草一木、一人一景，即使只是粗粗勾出形状，带来的震撼仍然可以用动人心魄来形容。

直到这时，骄傲的归野大神才意识到，漫画分镜和电影分镜是截然不同的。电影分镜是镜头的集合，而漫画分镜是背景的铺设、是人物的互动、是对白的穿插、更是故事的延续。

漫画分镜更讲究视觉动态的延续性。比如同样是下楼梯的动作，在电影分镜脚本里，导演会在楼梯侧面安排一个机位，拍摄人物步行下楼的侧影；而在漫画分镜里，则需要一连串的图去连起来这个动作，让读者能够意识到他不是站在楼梯上，而是在往下走。

燕其羽的分镜功底很深，她有天分、肯吃苦，短短几年的成长甚至比得上一些漫画老手。她不仅在格子里绘制漫画，她更打破了格子，让人物更自由，让画面更饱满。

《苍穹之梦》第一页的开场，是枪林弹雨的天空。母舰冲破云层，只露出一角，无数机甲战士如飞蛾扑火，舍身忘死地扑向天空中的异族。而在这战火纷飞的天空下，一只憨头憨脑的球形机器人站在苍穹之下，正四处张望着什么。

这一幕对比十分鲜明，恢宏大气与呆萌可爱，一下就抓住了读者的视线，让人十分想知道这个机器人的身份，以及这场战事因何而起。

于归野迫不及待地往后翻去。

镜头追逐着球形机器人向前走去，这个圆滚滚的机器人有三只粗壮的脚，可以稳稳地支撑住它，应对恶劣的地形。它深一脚浅一脚地在战地里走着。忽然，一只缺了一条腿的机甲奄奄一息地躺在泥泞当中，而它的驾驶员正艰难地从驾驶舱里爬出。

球形机器人的"眼"中有红光闪过,它迅速捕捉到了生命迹象,加快速度冲到伤员面前,圆滚滚的身子上伸出几只机械臂,迅速掰开驾驶舱,把浑身是血的驾驶员救了出来,塞到了自己的驾驶舱里。

下一个镜头跳转到了驾驶舱里。球形机甲的驾驶舱比一般机甲的要大很多,但也仅仅只有三个座位而已,可现在除了主驾驶位上坐着一位女驾驶员外,剩下的两个座位全被拆了。机舱的后半部分被六个鼻青脸肿的机甲驾驶员瓜分,而这次被搭救的人则是第七个。

机甲驾驶员都是大块头男性,他们像鹌鹑一样彼此紧贴着,连抬手都没有办法。

这时,球形机甲的女驾驶员回头看了一眼他们,她头上戴着头盔,读者仅能看到她形状纤瘦的下颌。

女驾驶员开口说了第一句台词。

"一个,两个,三个……七个。很好,任务超额完成。"

紧接着,女驾驶员操纵球形机甲扛起地上丢了一条腿的人形机甲,开足马力,向着战场边缘飞驰而去。在这一望无际的战壕里,还有很多同她一样的球形机甲,在辛苦地滚动忙碌着。见到她驶来,其他球形机甲都乖乖让路,用红色的探照眼向她行着注目礼,看她独身一球奔向战场边缘。

只见在边缘处,有一扇诡异的大门矗立在那里。那个门框像是凭空出现的,门里是暗灰色的胶装物质。

球形机甲不加犹豫,一头撞进大门……

而门后的世界,却是一间科技感十足的教室!

随着女主的球形机甲抵达,教室上方的屏幕出现了女主的信息。

姓名:安洁莉娜·杨

年龄:十八岁

用时:三小时十三分

考核完成度:百分之一百四十五

综合成绩：一百零九点八分

排名：第一名

只需要一个特写镜头，无须任何多余的语言，故事场景立即表述清楚：这并非是一场实际的战争，而是一场虚拟考试，女主以绝佳的成绩傲视群雄，成为当之无愧的第一名！

最后一页画面上，女主打开球形机甲的舱门，立于机甲的手掌之上，她摘下头盔，深褐色的长发如波浪一般在肩头铺开，英姿飒爽。

因为是草稿的缘故，她脸上的表情十分模糊，可于归野仿佛穿越了时间与空间，见到了女主坚定而自信的表情，随时都能把苍穹斩于剑下。

于归野一口气看完了这三十二页的漫画脚本，觉得呼吸都被人控制住了。

如果让于归野用一句话来形容现在的感受，那就是惊喜。漫画脚本字数不多，和小说相比缺少了很多形容，完全是平铺直叙，而燕其羽能把那些干瘪的文字变成数十页精彩绝伦的画面，女主角一颦一笑跃然纸上，足以抓住每个人的心。

燕其羽曾经是一块蒙尘的宝石，而一个好的剧本可以擦掉她身上的灰尘。

于归野十分庆幸，他写出的剧本遇到了这么契合的画手。他们互相成就，相辅相成，缺一不可。古有琴瑟和鸣，现在有他与她。

而他们在作者大会上的结识，或者更往前，他们在公园里的相遇，堪称——"命中注定"。

田野：小羽毛，还好我没有错过你。

第四章　逐渐升温

第一节　拼了命的小画家

　　从前，漫画都是一页一页的形式，被称为页漫，形式都是黑白的。随着互联网的发展，手机客户端的装机率越来越高，条漫这种非常适合手机阅读的新式漫画异军突起，很多读者都是非彩色条漫不看。

　　可是《苍穹之梦》这部作品，条漫的画幅很难装得下那么恢宏的场面，激烈的空中机甲战斗、逗趣的后勤维修场景、气派的学院……如果舍弃页漫的话，画面必定会支离破碎。可是如果画页漫的话，肯定会有大批读者因为画面不适宜手机阅读而流失。

　　之前创作《明星达克》时，燕其羽就是画的页漫，可是它篇幅短，读者很快看完，不会觉得麻烦。而《苍穹之梦》通过大纲来看至少要连载两年以上，日积月累之下，这个流失量就很可怕了。

　　千万不要觉得漫画连载两年太久，很多追习惯日更小说的读者，总是不明白为什么漫画能连载得这么慢。

　　燕其羽已经算是手速很快的漫画师了，全彩漫画她在无助手帮忙的情况下，一周只能画八页到十页，即漫画的一话。而这个剧情写成文字小说的话，不过一千五百字而已。

小说作者日更三千，两个月能完成一部二十万字的作品。而同等的剧情内容改编成漫画足有一百二十话！一周一话，一年才四十八话，也就是说，漫画家需要整整画两年半才能完成这部二十万字的作品。

而于归野创作的这个漫画脚本，现在大纲仅仅给到前半部分（注：作者为了保护创意，一般来讲不会把完整的后半部分大纲给到），但是看剧情的复杂程度，称得上"草蛇灰线伏脉千里"。

别说两年完成这部作品了，燕其羽觉得五年都不一定能画完……

在这种情况下，究竟是用页漫还是用条漫形式来表现，就显得至关重要了。

动笔之前，燕其羽、于归野、步娜娜三人商量了很久，燕其羽是倾向于页漫的，于归野在这种专业问题上向来听从专业人士意见，"小羽毛"既然说要画页漫，那他就支持画页漫。

本来他们以为步娜娜肯定会反对，拿出一大堆复杂数据来让她改条漫，可谁想步娜娜在听完他们的理由后，居然很爽快地说了"可以"！

香蕉殿下：虽然漫画的表现形式很重要，但更重要的是剧情和画工。

香蕉殿下：诚然，条漫比页漫在数据的表现上更好，但《苍穹之梦》没必要为了追大众而牺牲自己的特点。

香蕉殿下：现在漫画市场最受欢迎的是哪几类？卖相或者卖CP的、搞笑或者虐心的、前生今世谈恋爱的……

香蕉殿下：《苍穹之梦》什么都不沾，它本来就是一部小众作品。

香蕉殿下：如果我想带一部注定会红、会火、会爆的作品，这个漫画脚本在大纲期就会被我毙掉。

香蕉殿下：市场是风，你们可以选择搭乘这股东风，让它把你们吹向富饶之地。也可以选择降下风帆，全凭双手逆风前行，开拓自己的新大陆。

香蕉殿下：作为编辑，我能做的就是在这趟旅途中为你们保驾护航，至于作者要往哪个方向走，选择权不应该掌握在我手里。

步娜娜不知道，在她说完这段话后，燕其羽在屏幕前握着画笔哭了。

千里马难寻，伯乐更难寻。燕其羽在这个行业里待了好几年，对编辑大大总是带着那么一点儿说不清道不明的敬畏，她见过像邓耀华那样高高在上把她骂得体无完肤的编辑，而步娜娜则是第一个把她们之间的地位放平、给予她专业建议的朋友。

燕其羽不好意思和步娜娜直接"告白"，便悄咪咪地敲了自己的合作者。

小羽毛：田野老师，我好感动啊。"嗷嗷嗷……"好想给娜娜姐一个么么哒！

"田野"见了，发出一个摸头的表情。

田野：高山流水觅知音，能遇到这样的好编辑是咱们的幸运。

小羽毛：为了不辜负娜娜姐的期待，也不辜负你的脚本，我要开足马力赶稿！

田野：赶稿的时候要注意身体，不要通宵。

说完，"田野"又发过去一个皱眉的表情。

于归野想起前几天在快餐厅见到的燕其羽，女孩裹着厚厚的棉服，把一张小脸儿藏在针织帽子下，在中央空调下哆哆嗦嗦地伸出握着画笔的手。

燕其羽告诉于先生，因为家里一直没来暖气，所以只能在快餐店赶稿，每天待到深夜才回去。

于归野数次想把燕其羽扛回自己家，给她披上毛绒毯子，怀里再塞上一只抱枕，脚下放着暖脚器，手边再备一杯可可奶，把空调开到最热，让她舒舒服服地赶稿。可一方面孤男寡女，他请她回家实在太容易引起误会；另一方面他还没有想好到底拿哪个身份面对她，他只能把这种莫名升起的疼惜压在心间。

好在这周暖气就要来了，她再也不用扛着全部家当在寒风中来回奔走，可以踏踏实实地在家中画画赶稿了。

之后的一段时间，燕其羽舍弃了一切非必要活动，除了上厕所吃饭以外，每天就是坐在电脑前不停笔地画漫画，就连住在同一屋檐下的其他住户都有好久没见过她了。

付出总有回报。在燕其羽的急速赶稿之下，前三话的草稿不仅顺利完成，她还硬扛着把第一话全部勾完线了！

周日晚上，当燕其羽把所有图打包好，拖到群里传给步娜娜后，在此之前被她忽略的痛感如潮水般淹没了她。

"痛痛痛！"燕其羽扶着颈椎哀号，脖子以下、肩膀以上的那段骨头又木又硬，简直不是她的了。

做这行有颈椎病很常见，燕其羽还不算最重度的——最重度的患者会引发晕眩，在电脑前晕倒是常有的事。燕其羽一个人住，要真是昏倒了可没人救她。她惜命得很，平常在电脑前坐几个小时就会起来举起手臂走走，可最近她连做这种简单锻炼的工夫都没有，全靠毅力硬抗。哎，等忙完了这段，她真的要去做理疗了。

等燕其羽好不容易缓过来，屏幕上已经被步娜娜的惊叹号堆满了。

香蕉殿下：我的天！

香蕉殿下：第一话三十二页，第二话二十四页，第三话十六页，两个星期你就把所有分镜草稿都画完了，还勾完了第一话的线！

香蕉殿下：小羽毛你开挂了吧！

小羽毛：不是开挂了，我是快挂了……

正在对话框里努力赞美燕其羽的图、洋洋洒洒打了几百字的于大作家瞬间停下手，把自己刚刚写下的所有字一口气删除。

田野：小羽毛，你身体不舒服？

田野：是赶稿造成的吗？

田野：哪里不对劲？

田野：是不是熬夜造成的心脏问题？

田野：要不要去医院？

田野：你住哪儿？

田野：要是离医院远的话，我给你叫救护车。

燕其羽哪里被人这么关注过，"受宠若惊"四个字都不足以形容她的感受。

小羽毛：不用啦……

小羽毛：就是赶稿赶得颈椎痛，我一会儿睡一觉就好了。

田野：颈椎病可大可小，我见过很多职业作家因为颈椎病引发的脑供血不足，你年纪轻轻不要拿健康当筹码。

小羽毛：知道啦！

小羽毛：不知道为什么，明明田野老师比我大不了几岁，可有时候觉得你关心我的样子很像我爸。

于归野顿时凌乱，心想：我今年还不到三十岁，风华正茂、玉树临风，我……

田野：……

不甘心服老的"田野"，又发过去一个"老父亲的凝视"的表情。

步娜娜也跳出来凑热闹。

香蕉殿下：小羽毛就是太宅了，应该多出去走走，见见人。

小羽毛：见谁？

小羽毛：光棍节要到了，我现在上街是嫌狗粮不够吃吗……

香蕉殿下：也对，咱还是把吃狗粮的工夫拿出来过双十一吧。

小羽毛：娜娜姐，你不会也是单身吧？

燕其羽觉得特别不可思议，步娜娜美艳绝伦、性感火辣，十足的"御姐"范儿，在她看来，虽然步娜娜今年已经三十了，但没结婚肯定是因为追求者太多，怎么可能是因为单身！

"香蕉殿下"不说话，连发四个表情包："呵，男人算是个什么东西""看到男人就恶心""我对男人过敏""为什么需要男人，是自己赚的钱不够多吗？"

见另外两个人不搭话，"香蕉殿下"才写道：我现在不想恋爱，一心只想赚钱。

香蕉殿下：就算我要找男人，肯定也不找年纪比我大的，三十岁以上的男人年老色衰，二十二岁以下的小狼狗最好玩了。

田野：……

田野：那个，不好意思，我这个男人还在群里呢。

"田野"说完，连发了几个微笑的表情。

香蕉殿下：……

接下来，群里显示，"田野"被"香蕉殿下"移出了《苍穹之梦》工作组。

"小羽毛"顿时凌乱了。

"田野"又被"小羽毛"邀请进了《苍穹之梦》工作组。

香蕉殿下：不好意思啊，田野老师，一时手滑。

香蕉殿下：咱们刚才讨论到哪儿了？

"田野"先是发了个不介意的微笑表情，然后才打字道：谈到这次小羽毛手速开挂了。

　　香蕉殿下：哦，对对对，小羽毛，你这次速度真是太快了。
　　香蕉殿下：稿子完成度很好，明天的选题会，我一定能为《苍穹之梦》争取来A级的推广资源。

　　燕其羽困惑地在电脑前歪了歪头，结果又引起颈椎的一阵酸痛。
　　"田野"老师和娜娜姐怎么能如此心照不宣地从一个话题跳到另一个话题？
　　成年人的世界，果然令人很费解啊。

第二节　海豚的周一开题会

　　又是一个周一。
　　又是一个晨会。
　　又是一个海豚文学和海豚漫画所有编辑聚集在一起的大场面。
　　步娜娜今天特地早起一小时，梳妆打扮、洗头护肤，一年用不上一次的美容仪也被她翻了出来。她穿上了她最喜欢的一身裙子，把自己打扮得明艳夺目，她的美像是一把利刃，而她的目的就是要在今天的开题会上大杀四方。
　　只可惜步娜娜打扮得越漂亮，吸引而来的苍蝇叫的声音就越大。邓耀华趁她去接水的工夫尾随而上，把她在茶水间拦住了。
　　邓耀华对外宣称一米七三，步娜娜一米六五的身高，踩着五厘米高跟鞋反而能看到他寸草不生的头顶。
　　天气渐冷，这位邓副主编不知道效仿哪个过气偶像剧男主，穿着衬衫配针织背心，要不是他手里的水杯印着美少女，他这副尊荣真看不出来哪里和"二次元"有关。
　　一个周末没见，邓耀华看起来更粗俗了。他靠过来，神秘兮兮地打探道："娜娜啊，今天打扮得这么漂亮，下班打算和小姐妹出去耍啊？"

步娜娜瞥了他一眼说："副主编，我下班后的私人生活，没必要告诉你吧？"

"哎呀呀，这是承认啦？"邓耀华用一种可怜她的口吻说道，"你看看，你都三十岁了，大龄剩女，家里不催啊？邓哥知道你醉心工作，可女人嘛，最后不还是要结婚生娃，职场上的事情就不要太拼啦。"

步娜娜耐心告罄，开始四处寻觅杀人凶器。

邓耀华完全不知道自己项上人头即将落地，长着一张豁嘴"叭叭"地说着："娜娜，我现在给你一个机会，让你不过光棍节怎么样？"

步娜娜一字一顿地说："邓耀华，我给你一个机会，让你过清明节怎么样？"

邓耀华这才注意到步娜娜已经濒临暴走，她居高临下地望着他，十指丹蔻仿佛是十柄锋利的小刀。

一种难以名状的危险感从男人脊骨升起，邓耀华干瘪地笑道："那个……我就是开个玩笑。"

"可我不是在开玩笑。"

"哈哈哈，你这姑娘可真幽默。"

邓耀华脚底抹油，说溜就溜。步娜娜望着他的背影冷笑连连。

在职场中，像是步娜娜这样大龄未婚又漂亮的女生，总会被人非议和骚扰。步娜娜想过要不要向人事反映，可邓耀华是副主编，还是老资历，而她才来公司多久？她只是个"小兵"，"小兵"告"官"，真的能告赢吗？

步娜娜早不是初出茅庐的年轻小妹，不相信职场里有多少正义与温暖——她只相信自己的能力。她要做的，就是尽快往上爬，爬到这些垃圾只能仰望她、她跺跺脚可以把他们都踢走的位置。当她高高在上地立于山顶，她就可以成为新的正义，那时候将由她来守护她的"小兵"。这条向上攀爬的路肯定会很长、很艰难，但是她不怕。

步娜娜的短期目标很明确，她要成为三组的副主编，这样她就能与一组副主编邓耀华平起平坐，让他忌惮。

手中的马克杯里飘出醇香的咖啡味，步娜娜低头啜饮一口，独自品尝其中的苦味，独自享受其后的回甘。她迈开步子，高跟鞋踏过走廊，发出响亮的回声，引起不少人的注视。可那些人注定无法进入她的眼中，无法阻挠她的前行。

会议室里，气氛有些僵硬。

茄哥和瓜爷端坐在正位，手下的各路小编辑带着辛苦做好的PPT，挨个上台展示自家的作品。

这次开题会的主题依旧和"蒙面相亲会"脱不开关系，两周前的选题会上，成功"配对"的作家和漫画家只有区区六对，而今天就是验收最终结果的时候了。

有些作品光看大纲可能蛮不错，但是并不适宜改成漫画形式；或者作家和漫画家相性不合，不够默契，抓不住节奏和脉络，成品稀烂……这种作品肯定是不能过的。

就算过了，海豚漫画内部对连载作品分为SS、S、A、B、C五个等级，每个等级的推广力度不同、可以调动的资源位不同，如果一个作品被评为B级或者C级，编辑大多都会劝阻作者放弃，另开新作。

当然，不是没有低开高走的作品。

五年前，"知不道仙人"的《爆裂神拳》最开始只有区区B级，而作者本人不过是逐梦堂的边缘作者，毫无名气。当时所有人都在劝他放弃，可他却咬紧牙关死不同意。茄哥慧眼识才，支持他连载，而最终的结果出乎所有人的意料，这部作品在拿不到什么推荐位的情况下，人气持续爆发！B级，A级，S级，就这样一直冲到了SS级顶峰，成为海豚漫画手中最值钱的IP之一。《爆裂神拳》动画播出后，作者的身价跟着飞涨，分成合约也荣升为钻石级。

可网络漫画圈子经过这么多年的发展，作者越来越多，题材越来越新颖，没有人拍着胸脯认为自己能够复制"知不道仙人"的成功。毕竟，不是谁都有主角命。

在今天的开题会上，上次配对成功的六部作品，自行流产了一部，剩下的作品里一部C+，两部B-，注定不会有未来。

投影设备前的人又换了一个。

茄哥双腿大张，一米九的身躯懒散地靠在座椅里。他挑剔地扔下手里的 iPad，在刚才的短短五分钟内，他已经把台上这部作品的前三话草稿浏览完了。

茄哥冷酷地说："题材常见，人设俗套，咱们作品库里至少有三十篇同类作品，大纲看不出新意，这部 B+。"

拿了 B+ 的漫画编辑虎目含泪，他的 PPT 连夜改了好几版，大纲人设都是时下最流行的题材，他上台前觉得至少能拿到 A-。别看 A- 和 B+ 只差了一点点，可这一点点将在未来的推广中有很大的差异。

这个作品的脚本原作是海豚文学网的黄金级作者，本身也挺有人脉的，他的文学编辑也出席了这次开题会。

漫画评级这么低，漫画编辑哭了，文学编辑急了，频频给自家老大使眼色。

坐在一旁稳如泰山的瓜爷捧起手中的茶杯喝了一口，杯中翻涌的水蒸气瞬间蒙住了他的镜片，他轻飘飘地打趣道："阿茄真的好严格。"

术业有专攻，瓜爷只懂小说，不懂漫画，没兴趣掺和漫画网的事情，反正他唯一在意的作品还没上台呢。

瓜爷正出神地想着，麦克风终于传到了最后一个编辑的手上。

步娜娜抬手接过，她昂首从座位上站起，一手拎起裙摆，一手宛如倒提利剑般拿着那支麦克风，踩着众人的视线踏上了舞台。

步娜娜所用的香水和她本人一样，浓烈、充满攻击性。即使她站在台上，茄哥也能嗅出那咄咄逼人的香气。

茄哥冷声道："开始吧。"

"总编好，各位同事好，这次我负责的作品是《苍穹之梦》，一部以全女性团队为主体的科幻机甲漫画。"步娜娜不惧不畏，早已准备好的介绍词烂熟于胸，她全程脱稿，自信满满。

"'田野'老师是科幻小说领域的新秀，虽然出道时间很短，但已经拿过两项中国科幻星辰大奖。'小羽毛'是助手出身，但她功底扎实，跟过的'知不道仙人'‘独钓寒’都是圈内的顶尖作者，积累了丰富的实战经验，她上部短篇作品《明星达克》拿到了新晋榜前三的成绩。"

"田野"和"小羽毛"的作品数量和知名度是二人的短板，和前面那些久经沙场的老将没法比。步娜娜扬长避短，在经过短暂的作者介绍后，迅速跳转PPT，为大家介绍起《苍穹之梦》这个故事来。

说庸俗了，这是一个披着科幻机甲皮的升级流校园剧，女主角"安洁莉娜"凭借自己的努力步步攀升，改变了自己的命运，从一个平凡的后勤系新生成为机甲系最赫赫有名的一颗明星。而在升级过程中，她逐渐发现了命运的谜团，开始探寻史上第一位机甲女战神的失踪真相……

这个故事的缺点——是小众。

这个故事的优点——也是小众。

小众是什么，小众既可以是曲高和寡，亦可以是不落俗套！

而在越来越多的漫画作品同质化的今天，这部题材新颖特殊、画功过硬、剧情流畅热血的作品，如一记重拳，打破了沉沉的暮霭！

主位上，瓜爷频频点头，向来不苟言笑的茄哥嘴角也上提了一点点。

小编辑们已经坐不住了，彼此使着眼色，不敢相信他们都等着看笑话的作品居然能得到两位大佬的肯定。

步娜娜站在台上，将台下众人的表情尽收眼底。她就是这样性格"恶劣"，别人越吃瘪，她越得意。

步娜娜朗声道："我已经把《苍穹之梦》的前三话发到内网了，画家'小羽毛'的画工很棒，分镜功底过硬，草稿初具雏形，大家可以看看。"

不用步娜娜提醒，大家已经拿出办公用的iPad，点开了《苍穹之梦》的漫画标签，瞬间，从不同的方向传来了数声压不住的惊呼。

"我的天，居然是页漫！"

"哇，是精草啊？"

"第一话勾了线，人体确实不错，场景也好。"

"主要是分镜，很抓人。"

"你看到没有，前三话加起来足有七十二页了，线稿占了一半。两个星期画了这么多,这手速太逆天了,不愧是'知不道仙人'手底下的人。"(注:一话正常是八页,漫画连载前三话页数会加倍。)

漫画组的小编辑们控制不住地交头接耳。

坐在旁边的文学组编辑们急得抓耳挠腮,他们根本听不懂漫画组的同事在说什么啊!

有关系好的,已经偷偷打探上了。

文学组编辑甲问:"这个完成量很高?"

漫画组编辑乙答道:"当然高!正常作者一天只能勾线四页到六页,一天能上十页的就是手速大神了。圈子里的纪录保持者是'知不道仙人',当年他一天能不眠不休出二十五页线稿!不过他后来……"

台下"嗡嗡"如一群苍蝇,茄哥皱眉等了他们一会儿,结果他越等,众人的议论声越大。

茄哥耐心告罄,甩出拳头"砰"一声砸到会议室的桌面上,震得整个桌上的东西都跳起了一厘米。

瞬间,刚刚还吵得像菜市场一样的会议室立即变成了"坟场"。

茄哥满意地环视一圈,重新靠回了自己的专座。

"故事很不错。"茄哥给了正面肯定,能在他嘴巴里听到"不错"两个字,已经代表着十全十美了。

茄哥停顿了三秒,抛出一个字母——"A。"

这结果倒是和步娜娜预想的差不多,没加没减,没提没降,称不上失落或者满足。

然而步娜娜还未开口,旁边的瓜爷忽然开始撕心裂肺地咳嗽起来。

"咳咳咳……咳,咳咳!咳咳咳?咳!"

瓜爷一边咳嗽,一边捶胸,一边拼命给茄哥使眼色。

这公司里,知道"田野"真实身份的人,只有两个总编。最开始把"知不道仙人"送过去和于归野配对,就是茄哥的手笔。

"君子归野"是谁,"君子归野"可是如今最炙手可热的作者,连续五年登上作家富豪榜前五名!他的作品被所有影视公司疯抢,翻译版在海外数个国家登上了畅销排行榜，恨不得上一本还没写完，下一本就有人预定。

于归野披马甲来混漫画圈，就给个A？怎么也得是个S-吧。

茄哥瞪着一双老大才有的眼睛，足足看了瓜爷十秒钟，终于松口了。他看向步娜娜，说道："连载超过二十话的时候给我写邮件申请，抄送所有主编，我给《苍穹之梦》特批一个开机大屏。"

若不是场合不合适，步娜娜真想原地表演七百二十度空中翻滚，现在打开窗户她能直接飞出去！

这可是开机大屏啊，在对外刊例里售价三百万的开机大屏啊，平常内部只有S以上的作品才能排到，S-都不行！

其他编辑们嫉妒得满眼通红，步娜娜沐浴在这些目光之下，觉得自己这波仇恨拉得太值了。

步娜娜关好麦克风走下台，凯旋的她像是一位女将军，大红色的高跟鞋底每一步都踩在梦想的路上。

茄哥合上电脑，淡淡地说："行了，六部作品都说完了，散会吧。"

"等等！"

谁想，一个油滑黏腻的声音打断了大家离去的步伐。

众人循声望去，只见一组副主编邓耀华施施然地起身，脸上带着志在必得的笑容。

"茄哥、瓜爷，我要告诉两位一个好消息。"

"哦？"瓜爷今天心情不错，自降身段给他捧哏，问道，"什么好消息？"

邓耀华美滋滋地说："上次作者大会后，'乱码君'没有找到合适的作家，我就没有报选题。经过我这两个星期不住地给她做工作，她决定要连载新作品了！"

第三节　乱码君的新作品

中午十二点，某个平凡又普通的小区里。

燕其羽焦虑地守候在电脑前，以每三分钟一次的频率刷新着电脑桌面。

终于，在燕其羽第一百二十八次点开 QQ 软件时，那由一串香蕉组成的头像终于点亮了。

小羽毛：娜娜姐！
小羽毛：娜娜姐你上线了对不对！
小羽毛：求问今天的开题会进展如何！
小羽毛：《苍穹之梦》有没有通过呀！

一墙之隔的另一套房子里，于归野望着屏幕上瞬间跳出的聊天内容，感觉颇为有趣。

对于这次开题会，燕其羽坐立难安，就连于归野都被她传染得感受到了一丝紧张的气息。

要知道"君子归野"可是自出道之日起，就从未担忧过印量、版税、版权费，更是从来没体会过小作者会面临的种种窘境。这是有史以来头一次，他会为一部作品能否通过编辑组的甄选感到紧张与期待。

于归野心里清楚，《苍穹之梦》这部作品品质优良，编辑组无论如何都会给过，而且两位总编肯定要给他面子不会把评级定低……可他心脏跳动的速度却没有丁点降低。

香蕉殿下：恭喜两位。
香蕉殿下：《苍穹之梦》拿到了 A 级！而且是唯一的一个 A 级！

说完，她还发送了一串大笑的表情。

小羽毛：！

于归野正要发送表情包，对门的群租房里忽然传出来了女生兴奋的欢呼声。

第四章 逐渐升温

"耶！"

他们这栋楼建得有些奇怪，虽然是门对门，可两套房子的户型并不是镜像相对的，对面的那套房子每个房间的位置都和于归野的这套不一样。于归野身处书房，欢呼声来自旁边的那扇窗户，根据户型图推断，那扇窗户应该属于对门的客厅。

没记错的话，对门的客厅被圈起来变成了一个小房间，直到今天于归野才知道租客是个女孩子，也不知道发生了什么事让她这么开心。

隔壁很快就没了动静。

于归野很满意这位住在隔壁客厅的小芳邻，他每天都要在书房待很久，如果隔壁是个成天发出噪音的笨蛋，那他就完全没办法写作了。

这个插曲很快就被于归野抛之脑后，他把视线重新转回了电脑上。

"小羽毛"接连发了三个青蛙尖叫的表情包。

小羽毛：娜娜姐你太厉害了！说拿A就拿A！我心里最低预期是B+呢……

"田野"先发了一个摸头的表情，才打字道：毛毛，你对咱们这么没信心？

小羽毛：第一次开长篇连载，真的好担心……

香蕉殿下：另外还有一个好消息。

香蕉殿下：总编给你们特批了开机大屏的广告位，这是只有S级才能享受的待遇。

看到这句话，"田野"和"小羽毛"除了惊讶，还是惊讶。

海豚漫画APP是如今国内市场上装机量最高的漫画APP，剩下几家的用户人数加在一起都没有它一半多。开机大屏是指软件启动后，会弹出一张全屏广告图，停留三秒再进入软件当中。因为海豚漫画APP用户黏性很强，又都是"二次元"的年轻少男少女，所以很多广告主会购买这个开机大屏的广告位，宣传自己的产品。

这么一个绝佳的位置居然被《苍穹之梦》拿到了，理智如于归野都难免感到惊喜。可他震惊的情绪没超过三秒，隔壁窗户忽然传来一阵持续不断的惊叫。

"天啊！"

于归野心想：隔壁难不成是属土拨鼠的？

可惜于归野料错了，他的隔壁没有"土拨鼠"，只有一只兴奋到满脸通红的"小飞燕"。

燕其羽在发出那声扰民的尖叫后，赶快伸手捂住了自己的嘴巴，把笑声堵进了肚子里。

燕其羽在昨天交稿时都不敢想象，《苍穹之梦》居然会从总编那里拿到这么高的评价！这是对作品的肯定，更是对她付出的肯定。在双喜临门的冲击下，她的颈椎都没那么疼了。

香蕉殿下：还有一个更好的消息要不要听？

小羽毛：要！

田野：难道除了开机大屏，还特批了其他推广位？

香蕉殿下：不是。

香蕉殿下：另一个好消息是，乱码君要和你们同期开连载。

燕其羽觉得她的颈椎病又加重了，要不然她怎么盯着屏幕，产生了晕眩、钝痛和缺氧般的茫然！

这段时间，于归野一直在恶补漫画圈的常识，他终于知道那天在作者大会上大出风头的"乱码君"究竟有多么名声显赫，她爬墙去哪个圈，就会成为哪个圈的镇圈大大。

田野：怎么回事，上次选题会的时候，你不是说乱码君没有找到合作作者吗。

香蕉殿下：不知那位大小姐怎么想的，把递到她手里的脚本重新筛了一遍，最后选了《喵喵侠》。

田野：居然是《喵喵侠》。

于归野对这个大纲的印象太深了：美少女被橘猫咬过后获得了神奇的超能力，成为拯救世界的超级英雄喵喵侠。整个故事诙谐有趣，原作者"神笔狗良"脑洞极大，很擅长这种轻小说题材，他萌梗满满，尤其擅长开无影飞车，"秋名山老司机"从不翻车。

战斗、水手服，再加一点爱情擦边球，《喵喵侠》剧情好、画风佳，这作品不爆都难。

"小羽毛"先发出一个发抖的表情包，然后才打字道：娜娜姐，你说的是反话吧？

小羽毛：这算什么好事啊！

香蕉殿下：怎么不算好事？

香蕉殿下：我问你，你高中有没有跑过八百米？

小羽毛：诶？当然有过。

香蕉殿下：那跑步的时候，是自己一个人在跑道上奔跑快，还是跟着前面的领跑员跑得快？

这比喻太过精妙，就连于归野都不禁拍手称赞。

田野：步编辑说得对，有竞争才有进步。

田野：《苍穹之梦》素质不差，但在剧情迎来第一波爆发之前，数据肯定会相对低迷。

田野：如果只有咱们一部作品连载，一是无从比较，二是没有竞争感，很容易顺坡越走越低。

田野：在这点上，我也认为，能有《喵喵侠》这么一部领先的作品带着我们奔跑，这是咱们的幸运。

田野：当然，等咱们积蓄了足够的力气，就到了咱们反超的时候了。

于归野和步娜娜并不是盲目乐观、也不是胡乱打气，而是在客观理性地分析"乱码君"入局能带来的种种好处。

压力大，进步才会大。

原本燕其羽听到"乱码君"的加入后十分不安，生怕自己的作品被对方杀个片甲不留，可编辑与作家的安慰，抚平了她心间的波澜。

小羽毛：我懂了。

小羽毛：我会迎难而上的！

小羽毛：对了，《喵喵侠》是哪个级别啊？

小羽毛：A+？

香蕉殿下：不，S-。

小羽毛：居然是S级作品！

田野：看来这个作品真的很了不起。

香蕉殿下：当然高了，乱码君可是手握铂金合约，神笔狗良去年升的黄金。S-的评级肯定有参考这方面。

海豚文化集团内部给所有的创作者分为六级：最高是钻石，两边作者加起来不超过二十个人，其下是铂金，接着是黄金、白银、青铜、黑铁。等级不同，合约里的版权分成也有所不同。

比如燕其羽这个小新人，要不是画工过硬，恐怕她连白银都拿不下来。

香蕉殿下：对了，田野，我一直忘了问你。

香蕉殿下：你的文学编辑到底是谁？怎么一直没人和我对接？

香蕉殿下：还有你的合约是几级？

田野：……

第四章　逐渐升温

"君子归野"身为海豚文学最大的金字招牌,他的合约是量身定制的,就连钻石作者都没有他这样的待遇。为了表示对他的拉拢,防止他被别的版权商挖走,海豚文化集团的大大大老板还拿出了股权激励,虽然还不到百分之一,但每年的收益依旧十分可观。

于归野当然不会说实话,身为作者,闭眼胡吹是一项最基本的生存技能。

田野:带我的文学编辑在我刚进来时就离职了。
田野:我现在处于"四处飘零的小白菜"状态。
田野:所以,要谢谢小羽毛收留我。

说完,于归野还顺手发了一个"去他的坚强,老子要抱抱"的表情包。

步娜娜对另一个编辑部的人员调动完全不了解,被他轻而易举地蒙骗过去了。

而爱心泛滥的燕其羽果然被这只"大野狼"忽悠住,一听"田野"老师这么优秀的科幻小说作家居然连个负责编辑都没有,为他很是不平。

"小羽毛"先是发了一个"给你爱的抱抱"的表情包。

小羽毛:田野老师,别难受啦,等咱们这部漫画成名了,到时候就连主编都会抢着带你!
田野:嗯嗯。

之后三人又闲聊了几句,对于漫画今后的故事走向又进行了一番讨论。

漫画上线前,会有一个月的备稿期,漫画家要在这一个月里囤好稿子,以防发生意外会断更,不稳定地更新对作品的影响非常不好。

这样一算,小羽毛要在三十天之内画出七十二张彩图,虽然线稿已经完成了一半,这工作量仍然高得可怕。

"小羽毛"现阶段请不起助手,只能靠自己硬扛,等到第一个月漫画上线了，她才会考虑请助手的事情。

每个好的漫画家，身后都有专门的助手团队在辅助他作画。有些外行人会认为，请助手就像是作弊、找枪手，令人不齿，其实这是一个很大的误区。

画漫画就如逆水行舟，当船小又破的时候，自然要靠他一个人拼命划，可当船升级了，变得更豪华、更气派、更大时，就绝不是一个人能驱使得动了，必须找船员辅助。

漫画家就是这艘船的船长，最开始只能单打独斗；渐渐地，他只负责掌舵，有其他船员负责船甲上的琐事；等到他再向前一步，迈向更广阔的海洋时，就连掌舵都有专业的舵手负责，而他则升级为真正的首领。

漫画家永远是漫画的领袖，可一部漫画从幕后走到台前，需要的不光是领袖。

不过到现在为止，在《苍穹之梦》这条小破船上，只有燕船长和于大副两个人而已。

小羽毛："嗷嗷嗷"，我要加油了！
小羽毛：感觉自己干劲十足，撸起袖子今天晚上就开始上色！
香蕉殿下：不准！
小羽毛：诶？是稿子哪里还要调整吗？
香蕉殿下：不是稿子，是你。
香蕉殿下：你再这么玩命画下去，我看你身体就要垮了。
田野：是啊。
田野：毛毛，你最近太辛苦了，好几次半夜还显示在线。
香蕉殿下：你今天……不，明天晚上之前，都不准动笔！
香蕉殿下：好好休息，好好放松。

"小羽毛"看了，连发一堆表情包："委屈委屈""工作使我快乐""沉迷工作不可自拔""嘘，不要打扰我工作""女人！不要挑战我引以为傲的自制力"。

"香蕉殿下"根本不理会她，直接打字道：让你休息你就休息。

香蕉殿下：出门走走，和朋友聚会，看场电影。
香蕉殿下：总之，为了你的颈椎好，不要在电脑前待着。
小羽毛：可是明天是工作日呀，我朋友都要上班，哪有能约出来的人……

燕其羽委屈巴巴地打完这句话，放在旁边的手机忽然"叮咚"一声响了起来。

燕其羽一手托着僵硬的脖子，一手摸到手机举到眼前，调出了微信APP。

于：燕小姐，请问你赶完稿子了吗？
于：上次多亏你帮忙，才能找到丹尼尔。
于：如果你有时间的话，明天中午我想请你吃饭。

燕其羽看着消息，沉默了。她扔下手机，战战兢兢地爬上了QQ。

小羽毛：娜娜姐，你好厉害。你是神算子吗，你刚说完，居然真的有朋友约我出门了！

"田野"适时地发来一个微笑的表情。

屏幕前的"大灰狼"甩甩尾巴，舔舔爪子，已经开始计划起明天的大餐要从哪里下口了。

第四节 第一次"约会"

于归野很聪明，他深知燕其羽性格善良，她绝对不会以恩人自居，她之前就拒绝过一次于归野的邀约，自然也能拒绝第二次。

所以这次，于归野连带着抛出了另一支令箭，对燕其羽说："而且，丹尼尔也想你了。"

燕其羽果然上当。

小羽毛：诶，丹尼尔明天不用上学吗？

于：他们班有两个小朋友得了水痘，小孩子抵抗力弱，老师怕传染，就给全班放了假。

于：不过丹尼尔去年就得过了，所以他没事。

于：他之前犯了那么大的错，被我姐取消了一切娱乐活动，每天在家只能学算数。

于：我一说要来找你，他就吵着要跟过来。

于：所以，这位小姐，你愿意给这位小淘气一个外出放风的机会吗？

燕其羽被于归野描述的那番场景逗笑了。漫画家的想象力有无穷大，她仿佛看到圆滚滚的小胖子被铐在书桌旁，一手拿着数学书，一手捧着《唐诗三百首》，面前的黑板上写满了英文单词。每天从早到晚，他除了吃饭只能摇头晃脑，满口都是之乎者也，ABCD，1234……

而作为人善心美的典范，燕其羽能回复的当然只有三个字了。

小羽毛：我愿意。

因为今天不用画画，燕其羽脖子又痛，她早早就爬上床休息。

而于归野的日程表上也没有什么事情要做，两个忙里偷闲的人撞在一起，不知不觉就从白天聊到黑夜。

在遇到于先生之前，燕其羽从来没想过这世上有一个人会和她这么合拍，他们有说不完的话题，聊不完的故事。明明家庭背景、工作环境都不一样，可他们的三观却出奇的相同，只要揪到一点点趣事，就能聊上好久。

按理说，像燕其羽这样相貌出众、性格软糯的姑娘是不缺朋友的，可她实在太不擅交际了,"三次元"的同学觉得她闷,"二次元"的朋友她又结交不到。

燕其羽大学学的是会计专业,美女如云,她刚一入学就被冠上了系花之名。她因为喜欢漫画,不少"二次元"宅男借着有共同语言去接触她,结果发现她这个人太没意思了。

不出COS、不当舞见、不穿洛丽塔、不学日语、不混网配、不看网文、不画同人、不打游戏……

"燕其羽,你其实是个假'二次元'吧。"有人这么说。

"怎、怎么会!"燕其羽那时候还会傻乎乎地反驳说,"我喜欢漫画,我当然是'二次元'!"

直到现在燕其羽才明白过来,她和他们的区别在哪里。他们对漫画的喜欢,是把漫画当成了一种兴趣。而她对漫画的热爱,是把漫画当作一种事业。

同样是"二次元"御宅族,那些宅男无法和她构建起顺畅的沟通桥梁;可于归野这个"三次元"精英人士,却轻而易举地走进了她的世界。

于归野惦记着第二天就能见面了,想早点睡觉休息。可两人互相说完"晚安"之后,安静不到五分钟,不知谁起的头,话题的火星又燃起来了。

第一次"晚安"后,让他们重新打开话匣子的,是"附近开了家新馆子,明天要不要去这里尝尝"。

第二次"晚安"后,燕其羽发现第二天降温,提醒于归野多穿衣服。

第三次"晚安"后,于归野给燕其羽发了个萌宠搞笑视频,她问"于先生你养宠物吗",他说"养丹尼尔一只还不够吗"。

再然后,是第四次、第五次、第六次……

燕其羽因为脖子不舒服,只能僵硬地仰面躺着,高高把手机举在脸前打字。可她实在太困了,舍不得放下的手机三番两次砸在脸上,她感觉自己的鼻子都被砸低了一点点。到最后,就连自由落体的手机都不能唤回她的神智,她被子一裹,囫囵睡了过去。

再次醒来时,天光大亮。

枕边的手机"滴溜溜"叫了五分钟，闹钟的名字叫作"今天出门要化妆啊"。

燕其羽除了大四那年拍毕业照和去咖啡厅帮忙时画过两次妆外，她人生中的另外二十五年都是素面朝天。她天生皮肤好、五官好，任谁见了都得称一声美女，巷子口卖手抓饼的大妈每次见到她都要多送一根香肠。

同样是熬夜赶稿，别的漫画家脱发、长痘、黑眼圈，越来越老；而她呢，因为长时间待在屋里，反而皮肤又白又嫩，完全逆生长。

不过女孩子都是爱美的，燕其羽照着网上《百元日系开价彩妆推荐》买了整套化妆品，可惜使用的次数是零。她的手可以稳稳地一笔勾出精细的线条，却无法画出一根平滑的眼线。

但是为了今天和于先生见面，燕其羽昨晚翻箱倒柜找到了她的化妆包，可惜大半化妆品不是过期就是变质，唯一还能用的是一只豆沙色的口红。临睡前，她特地把这只口红放在床头，提醒自己别忘了涂。

没错，抹个口红就算化妆啦！

想到一会儿就能见到于先生和丹尼尔，燕其羽滚进被子里，把自己的笑容偷偷藏到了里面。

心里念着：于先生，于先生，于先生。

好奇怪啊，怎么想到他就这么开心呢。

燕其羽的笑声太多了，被子里藏不下，枕头里藏不下，她只能分了一部分笑声藏进了床头的毛绒玩具里。

燕其羽懒洋洋地起身穿衣，结果刚从床上坐起，一阵突如其来的晕眩像是一柄大锤，狠狠地从后脑勺敲下，直达她的大脑。天旋地转间，她只能赶快扶住床头柜稳住身体，才没有一头栽下摔伤自己。

妈妈啊，颈椎病真的好可怕啊！

当颈椎病严重到一定程度，就会因为大脑缺氧引起晕眩。燕其羽昨晚睡得太仓促，姿势没调整好，结果引发了落枕，这对于她这个颈椎病专业户来说更是雪上加霜。她在床上坐了好一会儿，才终于把那阵晕眩熬过去。

好在燕其羽早有准备，轻车熟路地拉开床头柜，取出了收在里面的医用颈椎托。

乳粉色的颈椎托又厚又硬又高，可以很好地固定住脖子，让头部保持中立位置看向前方，有效地缓解头疼和晕眩。

于是，燕其羽只能保持这样诡异的姿势，像是一个"长颈族"姑娘，脖子高高立着，一手搂着洗脸盆，一手拎着牙杯牙具，晃悠悠地飘进了公共浴室里。

向来少眠的于归野，今天五点钟就醒了。他睁开眼的第一件事就是摸过手机打开微信，可惜聊天记录还停留在昨晚的最后一段对话：

于：燕小姐，明天风大，记得多穿一些。
小羽毛：没……

后边就是一堆乱码了。

刚看到这句话时，于归野还以为女孩手误打错了，可等了几分钟都不见对方再发来新信息，他就猜出她一定是发到一半睡着了，在键盘上胡乱滚了几个码。

北方的深秋，早上五点外面依然是漆黑一片。于归野披上睡袍，走进厨房给自己煮上一壶浓浓的咖啡。

单身汉的生活简单至极，咖啡、面包、鸡蛋加培根就是一顿丰盛的早餐，这些营养足够他在头脑最清醒的清晨奋笔疾书两个小时。

每个作者的写作习惯不一样，有的作家不顾忌时间，灵感来时文思泉涌，没有灵感时就游山玩水；而有的作家会有专门的写作时段，即使不赶稿，也会要求自己端坐书桌前"磨刀"。

而于归野就是颇有自律心的后者。今天灵感之神眷顾了他，他无须思考，灵感便自笔尖喷涌而出。他的手指在机械键盘上跳动，清脆的声响回荡在书房中，紧接着这串音符又变成一个个文字，跃然于屏幕之上。

于归野写的既不是《苍穹之梦》，也不是其他什么小说，只是一篇普普通通的练笔之作。不讲究辞藻多么优美，不雕琢文章结构，更不去探求什么深度——他只是把他心中喷薄的思想化为实体，落于笔下。

于归野有一个私人博客，只有自己可见，每当写完一篇小文章，他就会发到博客中作为存档。

若有哪位狡猾的黑客能破译密码，潜入这个博客的话，那他就能看到一座充满闲趣的私家花园。

没有雕梁画栋，没有亭台楼阁，不是"君子归野"，更不是"田野"——这里仅仅是属于于归野的一方天地，那些随笔散文题材五花八门，有稍纵即逝的灵感，有对社会现象的思考，有对家人的祝福，有对楼下早点铺的赞美，有游记，有学习资料，有疑问……

而今天，这个博客里多了一个标签分类。

叫作"她"。

经过两个小时紧张又充盈的写作，太阳终于从楼的另一侧爬向了天空。

七点半的时候，于归野接到了姐姐的电话。

于惊鸿说："老弟，你今天有没有空？蛋蛋嚷着要见你，吵得我头疼。"

于归野面不改色心不跳地扯谎道："我今天和影视方有个会，实在走不开。"

"那就算了，工作要紧。"于惊鸿绝望的声音从听筒里传来，"天啊，他们幼儿园的水痘假到底什么时候能结束。臭蛋蛋满身精力没处使，昨天刚把他爷爷的一幅水墨画给画花了。我问他到底怎么想的，他说见爷爷的画只有黑色，想添几朵蜡笔小花……"

于惊鸿正和弟弟说着话，耳边忽然传来一阵小孩的尖叫声，于惊鸿绝望地回头一看，只见丹尼尔光着身子从浴室冲出来，他爸爸紧随其后，父子俩正拿着她的喷雾爽肤水当水枪，互相喷着"打仗"呢！

于惊鸿内心哀号：这糟心的"小肉团子"和"大面条子"，谁把他俩收走啊！

于惊鸿只能扔下电话，愤怒地冲到父子俩面前，一手拧住一个人的耳朵，把俩人塞回了浴室。

当于惊鸿为家庭生活焦头烂额之时，她的弟弟于归野先生已经洗漱完毕，正在更衣间里试穿他第三套衣服。

没错，丹尼尔是在休水痘假，在这点上于归野没有向燕其羽撒谎。可他……从头至尾没打算把这个"小电灯泡"带上。

理由信手拈来……比如"苏蛋蛋同学惹妈妈生气了"，于是"苏蛋蛋不能出门见小鸡毛姐姐"，没办法只能"让燕其羽和于归野享受一顿双人餐"，本来"下午想带蛋蛋去看新上映的动画电影"，可是"票都买好了不能浪费"，那干脆"他和她去看吧"。真是天衣无缝，妙哉妙哉……

于归野丝毫没觉得自己套路一个小姑娘有什么不对，他只是出于绅士风度，不忍看到自己的合作漫画家宅在家里，才把她拉出来享受美食和电影。而他的内心，则故意规避了一个小小的声音——"和女生单独吃饭看电影，简直就是情侣约会嘛"。

午饭前一小时，男人准时抵达餐厅门口赴约，他手里把玩着一支淡粉色的玫瑰，长长的丝带系在茎尾，拖出两条优雅的曲线。

十分钟后，女孩姗姗来迟，她穿了衣柜里最昂贵也是最漂亮的外套，头发层叠盘起，银白色的发饰点缀其中，在阳光下闪耀如星辰。

四目相对间，两人皆是静默。

女孩发现，男人没有带小胖墩。

男人发现，女孩戴了颈椎病专用医疗颈托。

第五节　落枕后遗症

于归野顾不得寒暄，关切地问道："你脖子怎么了？"

"职业病……"燕其羽知道自己戴着颈托出门真是很奇怪，可她在颈椎痛与面子之间抉择了半天，最终还是选择惜命。反正于先生……也不算外人，让他看到自己出丑也没什么。

出门前燕其羽特地选了条大围巾包住脖子，把颈托严严实实地遮了起来，哪想到一路匆匆走来，围巾不知不觉散开，露出了肉粉色的医用颈托。

"这么严重？"男人心里一紧，赶忙靠过去扶住燕其羽，手中的玫瑰顺势递到了她面前。

眼前的玫瑰花苞蓬满，如云层叠嶂，淡淡的香味扑面而来。燕其羽未多加思考就伸手接过，等手指触碰到它柔韧薄嫩的花瓣时，她才惊觉自己手里拿的是什么！

这可是燕其羽第一次收到异性送的花呢！尤其是，这么英俊、这么体贴、这么有风度的异性……

当燕其羽意识到这点，两团粉扑扑的红晕瞬间在脸颊上晕染四散，衬得手中的花朵都黯然失色。

于归野还在自责着说道："要知道你这么难受，我就不请你出来了。颈椎病需要卧床静养吧？去过医院没？医生怎么说？"

"去过，去过。"燕其羽忙说，"我这是老毛病了，赶稿多就会犯。医嘱说让我多运动，别总是在电脑前待着。"她有些惭愧地继续说着，"其实，昨天还没这么严重的……昨晚上落枕了，等我回去贴个膏药就好了。"

虽然燕其羽把身上的病痛说得轻描淡写，可于归野却抑制不住地从心里升起一股紧张感。

燕其羽的身上一直有很多标签，左边写着自律、自强、自爱，右边写着努力、坚韧、逆流而上……而如今呢，突然从天而降一个巨大的闪闪发光的标签，"砰"的一声砸在了她头上，遮盖住了其他文字。

于归野抬头仔细辨认，发现那一串汉字写着的，是"小可怜儿"。

于归野必须承认，在刚刚那一瞬间，他心里忽然升起一股欲望，他想把面前的小可怜儿打包带走，让她吃好穿暖，每天都能在舒服的床上醒来，不需要去考虑生计，更不用为了事业而牺牲健康。

但这股想法很快就烟消云散了。

因为于归野知道，这片"小羽毛"想要的绝对不是被人像金丝雀般供养在笼里，而是想要像鸿鹄一样，用翅膀搏击长空。而他决定要做她的风，他要托起她柔软的躯体，把她送到山巅之上。

想到这里，于归野望着面前的女孩，眼神里不自觉透出一片温柔。

"好吧，你要是觉得没什么大碍，那咱们先去餐厅吃饭吧。不过下午我希望你能陪我去一个地方，好吗？"

燕其羽在男人温柔的目光包裹下，晕乎乎地说了"好"。去哪里不重要，重点是能和于先生在一起，她就很开心了。

午饭的餐厅是于归野选的，他选了一家最近新开业的潮汕火锅店，号称"一天一头牛"，肉质新鲜，特色十足，汤底清澈却不清淡，甘香醇美，涮肉前盛一碗汤，养胃暖心。

于归野知道燕其羽节省，舍不得大鱼大肉，所以特地选了这家店，恨不得一顿就把她喂胖了。

果不其然，燕其羽看到火锅就兴奋得两眼放光，连脖子的僵直酸痛都顾不上了，她赶忙把颈托取下来，生怕影响自己发挥。

脖仁、匙柄、吊龙、五花趾、胸口朥在桌上满满铺开，每一片肉都是最新鲜的，牛肉丸、牛筋丸在沸汤中上蹿下跳，看上去像是一颗颗淘气的乒乓球。

于归野正要下筷，燕其羽拦住他，说要先举行"拍照仪式"。

待拍完照，燕其羽又低头对着手机屏幕点点画画。

"先吃饭。"

"稍等、稍等，好不容易吃顿这么好的，我要先修图发微博，昭告天下！"

燕其羽的微博账号现在有两千多粉丝了，平时发些小花小草，等到漫画连载时就可以当作宣传渠道。于归野不知出于何种心理，特地注册了一个小号关注她，还把她设为了特别关注。

燕其羽沉迷修图不可自拔，然而锅里的牛肉几秒就熟，实在等不了。

于归野也不恼，任劳任怨地把牛肉挑出来，伸长手臂越过桌子，放进燕其羽的碗里。一来一去，没一会儿她的碗里就摞成了小山高。

而这时的燕其羽还在绞尽脑汁地编微博配文，她鼻尖嗅着牛肉的香气，馋得口水嘀答，可眼睛却离不开手机屏幕。

于归野无奈道："小姐，待会儿再修图好不好？碗里放不下了，是不是要我送到你嘴边？"

说着，于归野故意挑起一块肉送了过去，薄切的牛肉在沸汤里只堪堪滚过几秒，边缘卷起，散发着浓烈的肉香。

筷子尖差一点点就要碰到燕其羽的嘴角，男人本意是逗逗她，谁料牛肉的香气太过撩人，正分心发微博的女孩大脑制不住身体的动作，居然歪过头叼走了筷子上的肉！

于归野看着空空如也的筷子，愣了。

燕其羽被烫得直吸凉气，等咽下去才反应过来自己嘴里的肉是哪儿来的，顿时傻了。

燕其羽赶忙把手机扔开三米远，小心翼翼地看着男人似笑非笑的表情，说道："刚才就当什么都没发生过，行吗？"

于归野见她羞得粉面通红，忽然心情大好。

男人晃了晃筷子尖，说道："行啊。"紧接着，他伸出筷子又从锅里挑出来一只牛筋丸，当着燕其羽的面，直接送到了自己嘴里。

弹韧的牛筋丸在唇齿间爆开，于归野满意地说："好吃。"

简简单单两个字，燕其羽的心却仿佛被热水浇了一遍，烫得她心尖发痒，她哪还敢看他，赶忙埋下头，老老实实地吃起自己碗里的肉丸子了。

午饭后，燕其羽坐进了于归野的副驾驶座。刚才吃饭时她把颈托取了下来，现在重新戴到了脖子上，颈托硬邦邦的，她看着后视镜里的自己，感觉像是看到了一只戴着伊丽莎白圈的宠物鸟。有了脖子上的颈托，她只能目视前方。

燕其羽问："咱们去哪里呀？"

于归野回答："惊喜，现在说出来就没意思了。"

于是燕其羽乖乖坐在位子上，期待着即将到来的惊喜。

第四章　逐渐升温

霸气的路虎揽胜空间很大，燕其羽不懂车，但光是看车里纯皮的装潢就猜出这车价格不菲，说不定卖了她都买不起。

忽然，燕其羽的视线定在了挡风玻璃前的摇头小娃娃身上，那是一个胖乎乎的光屁股小男孩，穿一条红色的肚兜，笑嘻嘻的模样乍然看上去有三分像丹尼尔。

燕其羽这才想起来，问道："对了，丹尼尔怎么没来？"

于归野脸不红心不跳地直言道："我姐给他报了个英语外教一对一辅导，从今天开始上课。"

"那你今天不用上班吗？今天可是工作日啊。"

"不用。"于归野模棱两可地说，"我在家办公。"

燕其羽没有多想，正直的于先生怎么可能说谎呢，说不定厉害的大律师就是这样，不用每天坐班，在家就有源源不断的生意直接送上门啦。

车子从市区中心向城外开去，顺着国道走了二十分钟，最终停在了一处景色优美、占地面积广大的建筑物前。

燕其羽一头雾水地跟在男人身后下了车，等走到正门口看到牌匾时更搞不懂了。

只见那牌匾上写着一行大字——瑞慈医院。

瑞慈医院是他们本市非常有名的私立医院，价格高、服务好、环境优美、设施完善，据说很多明星、有钱人都是在这里看病——刚刚那个和他们擦肩而过的墨镜帅哥好像就是电视上的一位当红鲜肉。

燕其羽沉浸在"这人像明星""那人也像明星"的兴奋当中，甚至忘了问问于归野究竟为什么来这里。她就像条小尾巴，男人去哪里，她就屁颠颠地跟到哪里。

进门便是医院挂号处，工作人员问于归野要挂哪一科，于归野望了眼女孩脖子上的颈托，问："颈椎病挂什么科？"

燕其羽惊讶道："等等，你说的惊喜活动，就是来带我看病，是吗？"

私人医院挂号费很贵，于归野几百块钱换来一张专家号，燕其羽心疼得要命，很想让他退款，她有医保，找个三甲可以省不少钱呢。

不过燕其羽的抗议自然无效，硬是被于归野拉着坐进了诊室里。

漫画家、作家常年伏案创作，颈椎有问题是常事，可像燕其羽这样严重的，于归野真是头一次见。于归野刚刚特意问瓜爷，让他推荐一家治疗颈椎病的医院，瓜爷便推荐了这里——除了看病费用很贵，其他没缺点。

于先生最不缺的就是钱。

私立医院服务态度很好，护士小姐轻手轻脚地脱下燕其羽的颈托，让医生查看她的颈椎患处。

医生先让燕其羽去拍了张X光片，颈椎的问题不大，主要是不良的工作姿势造成的。她前段时间昼夜不分地赶稿，今天的晕眩其实不光是颈椎问题，还有一大部分原因是没有休息好。

于归野在旁听得频频点头，"小羽毛"工作起来太疯狂，看来他以后要时常把她约出来吃饭，只有劳逸结合，喂饱了身体才能喂饱灵感。

医生说："至于这位小姐的落枕，我建议去针灸推拿科做一次舒缓治疗，立即就能见效。"

燕其羽还没做过推拿呢，她一脸兴奋，立即说："好好好。"

于归野笑话她道："推拿很疼的，别一会儿被按得哭鼻子。"

针灸推拿科的办公室里坐了一位德高望重的老主任，胡子一大把，倒还真有那么点儿仙风道骨的意思。

老主任老眼昏花，手里举着上一位医生给的诊断证明，看了好一会儿，紧接着又上下打量起了燕其羽。

燕其羽大眼睛眨啊眨，特别期待地说："大夫，咱们现在就开始推拿吗？"

老主任的目光定格在女孩微微隆起的小腹上，慢慢开口说道："怀孕几个月了？怀孕不能做推拿。"

燕其羽道："大夫，这不是孩子。"她羞赧地说，"这是我刚吃的牛肉火锅。"

于归野没忍住，笑了。

第六节　实在害怕的话就抓着我

燕其羽面子薄，于归野一笑，她就恼羞成怒地瞪了他一眼。

男人立马举手投降说："怪我，不该给你盛那么多。"

其实于先生心里却在甩锅：谁让她吃东西的时候嘴巴动啊动的特别像只小兔子，他忍不住一次又一次地投喂她，往往是一碗肉还没吃完，第二碗肉就推到她面前了。

可惜，燕其羽还是没有做成推拿。

老主任说："吃太多也不能做推拿，因为需要你趴在床上，这个姿势会压迫胃，对身体不好。"

"那怎么办啊？"燕其羽忙问，两人特地跑来医院，总不能什么都不做，再歪着脖子离开吧。

老主任淡定地说："很简单啊，做不了推拿，就做针灸呗。"

燕其羽立刻起身拿包，说道："啊！我觉得脖子忽然没什么事儿了。对了，我下午有事，先走了……"

"你给我坐下。"

燕其羽委屈极了，来不及抗议，身体就条件反射般坐下了。

老主任批评她说："二十多岁的成年人，还怕打针啊。"

可打针和针灸不一样啊，打针的针才多长？就一针，刺进去一点点，很快结束。可是针灸呢，长长的一根针至少十厘米，古装剧里至少十根针起步。

光是想想那场景，燕其羽就吓得瑟瑟发抖。

落枕是因为睡姿不当，造成右半边脖子附近肌肉僵硬，血液流通不畅。而针灸确实能有效地缓解这个问题，刺激紧张的穴位，达到放松、舒缓的目的。

燕其羽从来没做过针灸，自己吓自己，一双手攥得紧紧的。

于归野轻声安抚她说："没事的，我在呢。"

燕其羽仰头看向男人，眼里有自己不知道的希冀，问道："你陪我？"

"嗯，我陪你。"

简单的三个字带着一股神奇的魔力，如轻柔温暖的水波，缓缓流过燕其羽的心间。她在这一刻有了后盾，更有了勇气，可以去面对那十几根又长又尖的"武器"。

结果，五分钟之后，燕其羽宁可刚刚没让男人留下来陪她。她怎么能预料到，针灸是要脱衣服的！

燕其羽今天穿了一件圆领套头薄毛衣，大夫告诉她一会儿要施八针，她的领口太小，下不了针，让她必须把外面的衣服脱了。

幸亏燕其羽除了内衣以外，还在外面穿了一件吊带衫，要不然脱了毛衣后就要走光了。

可即使这样，燕其羽依旧羞得满脸通红。她装作不经意地瞥了于归野一眼，犹豫地想让他离开，但刚刚是她开口让他留下，现在就轰人家走，实在是太没礼貌了。

燕其羽只能颇具阿Q精神地在心里安慰自己：夏天的大街上，穿抹胸小背心的姐姐都不少见，她的吊带衫还比人家多了两根带子呢。

好在于归野颇具绅士精神，他注意到了燕其羽的窘迫，拖了把椅子在病床前坐下，主动转过身，只把背影留给她。这样一来，他既没离开她的视线，也不会因此占她便宜。

燕其羽怎么能不懂于归野的意思？她嗫嚅着说了声"谢谢"，觉得欠他的人情再也还不完了。

于归野面朝白墙，视线里除了白色只有白色，可他的听力却是从来没有的敏锐。他听到护士小姐走进了诊室里，帮助燕其羽脱下衣服，因为牵扯到患处，女孩难免发出一两声痛呼，那声音很低很轻，压在喉咙深处，像是一只猫咪发出的细细的呜咽，小得几乎听不见，却没有逃脱他的耳朵。

这是于归野第一次知道，原来衣物与皮肤的摩擦声是如此的暧昧，而女孩隐忍的呼痛也可以如此动人心弦。他放在膝盖上的双手下意识地攥成拳，又在下一秒强迫自己放松。然而他的后背却比刚才挺得更直了。

在于归野身后的病床上，燕其羽侧躺在那里，今天早上花费她半个小时才编好的长发垂落在另一边肩头，她微微伸长脖子，露出了僵硬疼痛的患处。

她的锁骨又细又平，身上几乎不见汗毛，在灯光下像是一尊美妙的瓷娃娃。

燕其羽的视线正对着男人挺拔宽阔的后背，令人无比安心。

护士拿酒精棉帮燕其羽擦干净脖颈，冰凉的酒精接触到细嫩的皮肤，令她微微一抖。

护士笑道："这还没扎呢，就怕了？"

燕其羽猫叫似的答了一声："嗯……"

背对着燕其羽的男人闻言，身体立即向着病床的方向转了九十度，从背对病床变成了侧对。可他的脸却依旧瞥向一边，恪守底线，不去看身旁这位只穿了吊带衫的女孩。

于归野伸出一只手搭在床上，温柔地说："实在害怕的话就抓着我。"

男人的手刚好伸到她脸旁，燕其羽便红着脸，悄悄伸出一只手，牵住了男人的袖口。薄薄的风衣外套上还带着男人身体的温度，鼻尖萦绕的是一股好闻的男士香水味，带着檀香，又有点松木的香气，冲散了燕其羽身上刺鼻的酒精味。

现在医院的针灸用针都是一次性的，不锈钢质地，分成不同型号，每一根针装在密封的小袋子中，需要几根针就取几根。

老主任选了两根粗一些的针当作主针，又在最细的里面选了六根。他右手持针，左手按压在燕其羽脖子上，寻找着下针的穴位。

"放松点！别绷得太紧！"老主任批评她说，"你这么紧张，肌肉会更受伤的。"

燕其羽为难地说："我没办法不紧张啊……"

老主任用脚踢了踢于归野身下的椅子腿："病人家属，你和病人聊聊天，分散她的注意力。"

女孩窘极了，忙解释道："您误会了，他不是我家属……啊！"

话没说完，第一针已经扎进去了。

老主任笑眯眯地问她："我说不疼吧？"

"不疼……啊！"

第二针也进去了。

老主任运指如飞，剩下六针沿着颈部穴位依次扎下，不过一分钟的工夫，燕其羽就从一只"小兔子"变成了一只"小刺猬"。

"行了，保持静躺，二十分钟后我来收针。"老主任嘱咐。

别看针灸的针很长，但扎进身体里反而没有打针疼，老主任两只手轻轻捻动针尾，细长的针头又往身体里钻了几毫米，那滋味又肿又涨、又麻又痒，还带着一股说不清道不明的热意，从肩头向身体四周扩散。

燕其羽着迷地沉醉在那股舒爽的感觉里，针灸真是太奇妙了，她的身体逐渐回暖，明明只穿了一件小吊带衫，却丝毫不觉得冷。

于归野听到身后的动静，问她："怎么样，还习惯吗？"

"嗯！感觉很舒服。"燕其羽兴奋地说，"谢谢你带我来这里看病。"

"那就好。"于归野体贴地说，"小画家，身体是最重要的，下次再难受，我随叫随到。"

一个体贴温柔，一个羞涩懵懂，暧昧的气氛在两人之间蔓延，仿佛有无数多的粉色泡泡自他们之间升起，慢慢地充盈了整间诊室。

说不清究竟是谁先动了，原本女孩的手轻轻拽住男人的袖口，不知不觉间，两人的手逐渐重叠在了一起。

小巧的柔荑与麦色的大掌交握，手指微拢，掌心之间却隔着似有似无的一层空气。

若离得近一分，就会烫伤彼此，若离得远一分，就感受不到对方的温度。他们之间的距离叫作"刚刚好"，轻轻尝一口，都是新鲜出炉的欢喜。

望着男人的侧影，燕其羽心中是从未有过的踏实。这种滋味她已经很久没有品尝过了，大学毕业后她把人生一切的希望与未来都寄托在画笔上，在她身后有一条无形的死线在追赶她，她没有时间回头望，只能逼着自己不住地前进。她每时每刻都在疯狂地赶路，超过别人，也要超过自己。可是现在她躺在这里，抛掉堆积如山的工作，享受生活、享受美食、享受男人的体贴与关心——这是她从来没碰到过的甜美糖果，她只舍得舔一口，然后赶快用糖纸包起来，藏进小兜兜里。

轻缓的鼻息声自身后响起，交握的手渐渐失去力度，于归野注意到女孩身上细微的变化，便慢慢转过了头。

窗外阳光正好，窗内的花儿沉沉睡去了。

赶花人侧头凝视着女孩恬静的睡颜，岁月静好。

第七节 "约好"下次见面

做完针灸之后，燕其羽和于归野的关系朦朦胧胧地又近了一步。

他们心照不宣地把诊疗时的牵手归到了友情的范畴之内，就像是友情送花、友情吃饭、友情看病一样纯洁剔透。

当然，他们都清楚心中那一瞬间的悸动。

回程时，燕其羽舒舒服服地坐在副驾驶座上，针灸药到病除，燕其羽从来没觉得脖子这么轻松过，那感觉就像是生锈的机器被抹上了润滑油，左转右转自如得不得了。

燕其羽怀中抱着颈托，很得意地戳它说："以后我再也不想见到你了！"

于归野余光瞥见了这一幕，觉得她就连犯傻都可爱得要命。

男人故作惊讶地问："你说什么，不想再见到我？"

"不不不！"燕其羽手忙脚乱地举起颈托说，"我说的是它，没说你！"

"哦……"于归野笑道，"那就是以后还想见我？"

燕其羽红着脸不说话了。

这以后究竟是多以后呢，明年也算以后，下个月也算以后……今天见完明天再见，也叫作以后。

友情约会结束后，于归野出于绅士风度，想把燕其羽送回家。

无奈天不遂人愿，车刚下高速公路就遇到大堵车，放眼望去全是尾灯，马路堵成了停车场。

燕其羽查了新闻才知道，原来天气太冷，前面有一段主干线水管冻裂，祸及周边所有街区。工人们正在紧急抢修，可惜进展甚微。

这条路是从高速下来后唯一一条通往城里的道路，他们在车上堵了一个小时，聊遍了所有话题，车子才前进了十米。

旁边刚巧是个地铁站的总站，上个月才开，前面那辆公交车的乘客全都下车，向着地铁站走去。

于归野看向身旁的女孩，说道："天都黑了，照现在的路况，等咱们回去至少要十二点了，趁现在地铁还在运行，你赶快回家吧。"

燕其羽自然不肯，坚持要留下陪他，说道："我怎么可能把你一个人留在这里？堵车又无聊又难熬，有我陪你说话就轻松多啦。"

可于归野哪里舍得把她拘在这里。车里空间狭小，空气又闷，燕其羽刚做完针灸应该赶快回家平躺休息，在车里僵坐几个小时，对她的腰椎颈椎都不好。

想了想，男人找了一个燕其羽根本无法拒绝的理由说："你不是说明天要早起赶稿？今天不早点睡觉，明天怎么起得来。"

工作认真又努力的小画家表情犹豫了一瞬，但很快就把那些念头甩开，小声安慰自己说："明天偷懒一点点，不会有人知道的。"

谁说不会有人知道！

反正现在也堵车，于归野摸出手机，登陆了QQ。燕其羽以为他要和别人联系，赶快转过头看向窗外，不去窥探他的聊天内容。

也是巧了，一分钟之后，燕其羽的QQ响了。

【《苍穹之梦》工作组聊天群】

田野：小羽毛，今天休息得怎么样？我算了一下，你要在一个月以内完成七十二页彩图，相当于一天要画两页半，这个工作量太大了。你一定要注意身体，好好休息，今天早点睡觉养精蓄锐。

香蕉殿下：田野说得对！你今天九点就给我上床睡觉，不要玩手机，不要看动画，不要东想西想，乖乖闭上眼睛数羊。

小羽毛：……

小羽毛：我下午睡了一小会儿，晚上不用这么早睡吧……

香蕉殿下：谁说不用？明天开始就是赶稿地狱了！这是你未来一个月里

最后一次能在十二点前上床的机会。

小羽毛：噫！

香蕉殿下：实在睡不着也没关系。反正合约上有你的地址，我可以亲自到你家哄你睡觉。

田野：给编辑大人点赞。

"田野"说完，又发来一串喝彩的表情。"小羽毛"没回话，发了一个泪眼的表情。

燕其羽默默收起手机，面带愧疚地迎上了于归野的视线。

"对不起，"燕其羽沮丧地说，"编辑那边在催我回去。"

"是我该道歉才对。"男人忍住伸手摸"小白兔"脑袋的冲动，说道，"本来应该我送你回家的，结果只能委屈你一个人坐地铁了。"

于归野装模作样地问："对了，你画的漫画什么时候开始连载？到时候我一定支持。"

只要一谈起自己的工作内容，燕其羽立即就会调动起积极性，她答道："圣诞节！编辑帮我们抢到了圣诞节上线的宣传档期！其实她本来想帮我们抢新年的，那时候流量最大，可是据说被其他组的编辑拿走了，我和我搭档都是新人，轮不到那么好的位置。"

燕其羽滔滔不绝地说了一大通，又突然刹住了闸，说道："啊！对不起、对不起，我一提到这方面就会很兴奋。"她小心翼翼地问道，"这些东西太无聊了，对吧？"

"怎么会。"于归野最喜欢听她讲话，女孩谈起漫画时，整个人都在闪闪发光，他说，"我以前没接触过漫画，听你讲这些很有意思。"

自己喜欢的东西能得到他人这般肯定，燕其羽羞涩又自豪地笑道："今天时间不够了，我要去坐地铁了，你要是想听的话，下次见面再说给你听！"

"哦？今天还没说再见，你已经在想着下次见面了？"

女孩没有说话，目光略带躲闪，却又舍不得完全移开。于归野望着她的面庞，轻声许诺说："下次见面要是说不完的话，那就下下次继续说。"

虽然两人约定好了一定会有下次见面的时候，可于归野一等就等了足足一个月。

因为燕其羽实在太忙了。

一个月内画七十二页彩图成稿，这个工作量超出了很多漫画家的能力范围，幸亏燕其羽曾经做过两年助手，要不然她要花费的时间还会更长。

很多外行人会误以为，画漫画只有三步，第一步草稿，第二步线稿，第三步上色，漫画家完成了线稿就代表走完了进度条的百分之五十——这种想法大错特错。

首先，这世上并不是所有漫画家都需要画草稿，有些画家非常稳，手稳，心更稳。他不需要提前确定动作分镜、不需要提前打出人体透视，只要一抬手，便笔走龙蛇，每一条线都准确无误地落在应该在的地方。饱满的人物形象跃然纸上，不需要再进行任何修饰。

其他画家要先画草稿，再在草稿基础上小心翼翼地描线稿，一天能出五页线稿都要谢天谢地。而那些人完全省略了第一个步骤，成竹在胸，落笔就是线稿，一天能画二十页以上。

当然，这种天才画家毕竟是极少数，百中无一，这和勤勉有关，更与天分有关。

燕其羽前后跟过两位主笔老师，其一是"知不道仙人"，其二是"独钓寒"，巧合的是，这两位主笔老师都是这样的天才。对于燕其羽这样的普通人来说，既是幸运，更是不幸。

幸运之处在于，燕其羽在耳濡目染之下可以学到很多用笔的知识；不幸的是，在天才身旁，燕其羽过早地意识到自己的平凡。

好在燕其羽性子中带着一股坚韧，别人受到这样的挫折恐怕会萎靡不振，而她却宛如春笋，在见识到更高的天空后，拼了命节节攀高，渴望追上那些天才的脚步。

燕其羽不认命，她只认自己的画笔。

别人一个月完不成七十二页的彩图，但是她咬牙顶住了。

这就要谈到第二个问题——漫画上色究竟分为几步？

漫画上色粗分可以分为两大部分：人物上色和背景上色。很多漫画家聘请的上色助手都是分成两个人，一人负责其中一个步骤。

要是再细分的话，那步骤就更多了。首先要铺一层底色，然后在底色上增加明暗，增加颜色过渡，增加细致的花纹，增加很多普通读者根本注意不到但又必不可少的细节……

一张页漫经常会有一百个图层以上，燕其羽现在使用的这台"老爷"笔记本电脑，很容易就卡死，而她又没有钱换，每次改动图层时都要小心翼翼，生怕拖动一点点导致整个界面崩溃。

所幸这台电脑还蛮争气，燕其羽每天工作十五个小时，它就陪着燕其羽工作十五个小时。有时候风扇都转成螺旋桨，仿佛下一秒就要升天了，但很快它又挺了过来，和主人一起闯过一条又一条的工作死线。

这段时间以来，燕其羽除了吃饭、睡觉、上厕所及洗澡以外，连和于归野聊天的时间都挤不出来，好几次半夜她扑在床上，举起手机想说句晚安，汉语拼音的五个字母还没拼完就沉沉睡了过去。

好在付出总有收获，燕其羽马力全开，第一话三十六页居然提前一天半完成，她把成稿打包好拖进了群里，心跳伴着CPU的温度直线上升。

小羽毛：完成了！

说完，"小羽毛"将《苍穹之梦》第一话成稿发到了群里，并紧跟了一个哭泣的表情。

"田野"第一个表示祝贺。

田野：恭喜！辛苦了！
田野：毛毛太厉害了，居然比计划的还要早。
田野：不会又熬夜了吧？
小羽毛：没有没有，只是最近比较鸡血……

小羽毛：就是不知道能持续到什么时候。

而步娜娜则先是发来了一串表情包："给大佬揉爪""给大佬捏肩""给大佬点烟""给大佬敬酒"。之后，才敲字道：小羽毛，我看完了。

香蕉殿下：你真是一次又一次地出乎我的意料。

步娜娜没有直接说燕其羽画得好，而是用另外一种方式夸奖燕其羽的画工。燕其羽特别不习惯别人表扬她，毕竟她一路走来，见识过的比她厉害的漫画家太多了，她自认除了勤奋以外什么都拿不出手，然而她的两位合作者却从不吝惜于对她的夸奖。

燕其羽手里紧紧握着压感笔，下意识地在屏幕上写出一句"真的吗……"然而她还没点发送，田野就抢先发出了一句话。

田野：我已经搬好小板凳，等着听编辑花式夸毛毛了。

"小羽毛"没说话，发了一个捂脸的表情。
步娜娜那边暂停了好一会儿，像是在积蓄大招。

香蕉殿下：小羽毛，在我得知你之前给知不道仙人和独钓寒当过助手之后，我其实有些担心。
香蕉殿下：因为他们的故事风格都很鲜明，上色助手全部在尽力向他们的配色风格靠拢。他们一个是热血向少年漫，一个是水墨风少女漫，我很好奇你是怎么能兼顾两种截然不同的风格的。
香蕉殿下：所以我一直在担心，在学习过他们的风格以后，你恐怕很难有自己的上色风格。或者即使你有了，也会被他们两人的风格拉扯，影响自己的发挥。
香蕉殿下：毕竟《明星达克》是黑白漫，我只能看出你的画工过硬，看不出来上色。

　　香蕉殿下：可是当我刚刚打开图包后，发现完全是我多虑了。

　　香蕉殿下：你很好地把握住了《苍穹之梦》的科技感，在星空、战场这些大场面上，画面有层次，有广度。人物更是无可挑剔，细微表情抓得很准，尤其是两个眼神特写很有感觉。

　　香蕉殿下：用句最俗的话来说——很有逼格。

　　香蕉殿下：就是机甲上色有点粗糙，立体感不够强，有几处明显的光源错误，再接再厉，你依旧有进步空间。

　　步娜娜眼光毒辣，她从一个编辑的角度很细致地分析了燕其羽的优缺点。她没有过分吹捧，也不恶意贬低，她只是实事求是，把她的一切剖析清楚，帮助燕其羽更好地进步。

　　在漫画编辑这个行业里，真正有作画能力的人非常少。步娜娜只会画火柴小人，她甚至连PS的基础操作都不会——但这并不代表她没有欣赏美、批判丑的能力，她是世界上最挑剔的鉴赏家。

　　燕其羽虚心求教，立即把步娜娜说的都一一记下。但是漫画上色风格的变化不是一朝一夕就能完成，需要不断磨合、逐渐成长，慢慢地一点点进步。

　　画工进步是一个量变达到质变的过程，只是这个质变非常非常慢，你身处其中，很难确定自己是否真的有所上升。很多人折损在初期的量变积累中，而剩下的那些人还在继续攀爬。

　　燕其羽已经从山脚向上迈进了一步，她仰头向上望去，远方是山顶的皑皑白雪和无尽星空。而在她身边，她的两位队友已经整装待发，愿意陪伴她探索前路。

第八节　两重身份

　　燕其羽赶完第一话，很奢侈地给自己放了半天假。她什么也不想，什么也不做，舒舒服服地窝在被窝里看漫画。

看漫画既是燕其羽的消遣方式，也是她学习的方式。别的漫画家大多喜欢打游戏消遣，什么手游、端游、主机游戏之类的，可她协调能力不好，还晕3D，对她来说，还是平面二次元小人更可爱一些。

　　入冬后，暖气终于来了。燕其羽的床铺就在暖气管旁边，每天上床睡觉时床都被烤得热乎乎的。而她也被烤得蓬松柔软，宛如一只刚出炉的大面包，谁见了都想咬一口。

　　只可惜这只面包脖子不好，硬邦邦、干巴巴，谁咬谁硌牙。

　　燕其羽的"朋友"于先生几次邀请她再去做针灸缓解病痛，无奈她实在走不开，一来一回要好几个小时，这都够她给一张漫画上色了！

　　电话里，于归野无奈地说道："你身体不好，不要总在电脑前坐着。如果没时间做针灸按摩的话，每天抽时间锻炼也可以。"

　　燕其羽嘴上说好好好，可挂了电话后变得愁眉苦脸。她现在连睡觉的时间都不能保证，还怎么有时间去锻炼啊。而且锻炼好累啊，看看她的细胳细腿，她跑二十分钟，累得一天都睁不开眼。

　　想了想，燕其羽决定问问其他作者有没有好的建议，而与她合作的脚本作家就是最合适的求助对象了。

　　小羽毛：田野老师，在吗？

　　田野：毛毛，我在。

　　田野：怎么了？

　　小羽毛：我记得你也是全职作家吧？我想请问一下，你有锻炼的习惯吗？

　　田野：有的啊，我会定期去健身房做有氧和器械。

　　田野：你对健身感兴趣？

　　小羽毛：太好了，能给我说说你是怎么兼顾工作和锻炼的吗？我现在每天一睁眼就赶稿，实在没时间锻炼啊。

　　田野：唔……那我有个办法。

　　小羽毛：快说，什么办法？

田野：你知道老式的缝纫机吧，需要双脚踩在踏板上不停摇动，产生的动能就能让机器运行。你可以找人改造一个台子，把电脑电源连在上面，双脚踩就供电，不踩电脑就断电。

小羽毛：……

田野：为了不让自己辛苦画出的图消失，你必须一边画漫画一边拼命踩踏板，这样不就能兼顾锻炼和工作了吗？

说完，"田野"连发了几个微笑的表情。

"小羽毛"回了一个托腮思考的表情。

小羽毛：总觉得有哪里不对，但又觉得很有道理。

"田野"只发微笑表情，没说话。

燕其羽傻乎乎地被"田野"忽悠住了，越想越觉得这个方案可行，完全没意识到对方是在一本正经地开玩笑。可是她要去哪儿找能够改造缝纫机和电脑电源的人呢？实在没办法，于是她又一次拨通了于先生的电话，把自己遇到的困难说给他听。

在听完女孩的求助后，于归野忽然没了声音。其实他是在憋笑。

这位古道热肠的于归野先生，在短短半个小时里换了两重身份和燕其羽进行了三段对话，完全把这位傻白甜吃得死死的。

电话那头的男人一直在沉默，燕其羽以为自己提出的要求让人家为难了。她平生最怕麻烦人，她往被窝里又缩进去一点点，小声说："于先生，是不是难度太大啦？我、我其实就是问问，不是非要让你帮我做……"

"不是。"于归野心里有那么一点点愧疚，可他又不能用于先生的身份指责"田野"在满嘴跑火车，只能故作震惊地说，"我只是没想到这世上居然有如此聪明绝顶之人。"

于归野也没想到自己是个如此厚颜无耻之人。

于归野又说："可是我发现他这个改造方案里有个问题……"

"什么问题？"燕其羽紧张地问。

"你看，你不舒服的地方是颈椎，踏板只能活动你的脚踝……"

"也是哦。"燕其羽想，一定是她表述不清，才让"田野"老师误会了，把脚脖子当成了脖子吧。

于是，燕其羽的缝纫机电脑改造计划彻底宣告流产，不过这个项目让她深切地意识到，自己身旁居然隐藏着两位工业天才！

燕其羽很兴奋地表示想找机会把于先生和"田野"老师介绍给彼此，他们两人都这么聪明，一定可以成为朋友的。

于归野笑道："这提议不错，有机会的话，一定要当面和他喝杯酒。"

在经过短暂的半天休息之后，燕其羽再一次进入了赶稿地狱。

燕其羽是那种特别有自觉性的漫画家，从不拖稿，从不请假，不管生了多重的病，只要手没断那她就能坚持画。

步娜娜说燕其羽是她带过的最省心的作者，有些作者都身患"拖延癌"，经常请假，说好了周更，坚持不了几次就成了月更。

所以，在很多时候，编辑和作者的关系有点像阿凡提和他的驴，阿凡提把驴当朋友，鼓励驴、教导驴、鞭策驴、驱赶驴——只是有的驴就是懒，萝卜放嘴边都不肯张口咬。

可燕其羽呢，是一头又倔又浑身是力气的驴，步娜娜不用催，这只驴已经把豆子磨好、农田犁完、货物运走，还觉得工作不够多呢。

只是同样的工作重复太多遍，就算是驴也会觉得无聊。

漫画上色是一件非常枯燥的事情，和写作不同，写作需要时刻保持大脑的兴奋状态，一字一句精雕细琢。而上色则更像是机械重复，对于一个画工娴熟的漫画家来说，该用什么颜色、该用什么阴影高光渐变完全不需要思考，身体本能就能自行完成。

如果燕其羽把她的烦恼拿去和"田野"老师说，他并不一定能够理解。

想了想，燕其羽戳开了QQ里的一个猪猪头像，唤来了一个"猪猪女孩"。

小羽毛：阿琳、阿琳，你画后期的时候，都怎么打发时间啊？

阿琳：还是老三样，相声、有声书、广播剧。

小羽毛：我现在把市面上能找到的"君子归野"大大的所有有声书都听完好几遍了，背都能背下来了哦。

阿琳：那就最小化窗口看动画，三大"民工漫"每一个都有好几百集，够你看很久了。

小羽毛：我看过……不感兴趣……

阿琳：……

阿琳：那就只剩最后一个方法了！

阿琳：你有没有想过开直播？

说完，阿琳发过来一个"聪明猪猪就是我"的表情包。

小羽毛：你是说直播画画？

对于画师来说，在直播间里直播画画并不是什么新鲜事，很多人都会在读者群里预告直播时间，吸引读者去看自己的绘图直播。不过使用直播间的大多是同人画师，同人比原创有优势，自带人气，很多游客看到直播截图，发现是自己喜欢的人物就会点进去观看。

然而燕其羽却从来没有直播过画画，一方面是她觉得自己画工还不到位，担心露怯，另一方面是单幅漫画不能展现剧情，没头没尾，不如单幅彩图讨喜。现在，她还多了一重顾虑。

小羽毛：直播？这不好吧……

小羽毛：我们漫画还没有上线，我现在画的都是存稿，要是现在直播画了，不就剧透了吗？

阿琳：诶，你怎么这么死心眼！

阿琳说完，发过来一个"打死你这只笨猪猪"的表情。

阿琳：直播的目的就是为了吸引人气啊！什么剧透不剧透的，一张没剧情的单幅页漫谁能看得出来剧透了什么啊！
阿琳：而且画一页至少七八个小时，没有读者能从头到尾看完一页的。
阿琳：开直播，目的不是为了让读者留下来。
阿琳：而是让读者知道你的存在！
阿琳：你是新人，你的合作者叫田野是吧？也没名气。
阿琳：你俩现在不宣传，拿什么和那个作者拼啊？

阿琳恨铁不成钢，燕其羽什么都好，就是特别不会营销，总是勤勤恳恳"耕地"，不知道向外宣传自家出产的大米有多香。

现在早不是"酒香不怕巷子深"的年代，很多漫画家为了吸引人气，少不了在初期狂画同人作品抓读者，等读者群稳定了，再开始画原创漫画。可燕其羽跳过了这一步，直接就画原创，起步难度更大了。

小羽毛：诶……可是宣传的事情有编辑负责啊？
阿琳：那哪儿够！第一批读者还是得靠漫画家自己宣传。

阿琳气得又发过来一个"魔镜啊魔镜，我是不是世界上最会画画的猪猪"的表情包。

燕其羽想了想，觉得阿琳说得很有道理，就这样被她说服了。

小羽毛：那我现在赶快去申请一个直播间，然后在微博上宣传一下。
阿琳：嗯，你快点搞，找认识的人帮转。
阿琳：不要被那个作者比过。
小羽毛：阿琳，你从刚才就一直在说那个作者究竟是哪个作者啊？

阿琳发了一个一脸惊叹的表情！

阿琳：敢情你还不知道啊！
阿琳：我说你怎么一点都不紧张呢。

阿琳又发过来一个"看遍了世界上所有的猪猪，还是你最笨"的表情。

阿琳：乱码君是不是签了海豚漫画，还要在新年开连载《喵喵侠》？
小羽毛：……
小羽毛：你消息真灵通，她签约海豚的事情是个秘密消息，没想到你连她漫画叫什么都知道了。
阿琳：啧啧啧，真不是我消息灵通，乱码君早就在她的直播间里昭告天下了。
小羽毛：……
阿琳：来吧，开开眼，看看人家怎么宣传的。

说完，阿琳分享了一个链接——"欢迎来到乱码君的直播间·有码胜无码"给小羽毛。

第九节 强大的乱码君

热闹。

如果只用一个词来形容燕其羽进入直播间的感受的话，那么"热闹"这个词真是当之无愧。

这个名为S站的"二次元"弹幕网站在去年开设了直播功能，UP主可以开设自己的直播间，唱歌、跳舞、弹琴都很受欢迎，很快就积累出了一批人气主播。

"人气榜"上前二十名主播里，一多半都是画师，他们会通过专门的软件拷贝下自己的整个屏幕，把自己作画的步骤分享给观众看。

半个月之前，"乱码君"自带读者群空降S站直播间，不过几日工夫就已经攀到了人气榜第五名！就连今天这样的工作日，直播间里也聚集了上千名观众。

弹幕、留言如雨水倾泻，看都看不过来。每隔几分钟，就有土豪观众打赏百元红包，左边的土豪榜上，第一名已经打赏了将近一万块人民币了。

"乱码君"本身就是同人圈子里的小神，她笔下人物十分性感，丰乳肥臀、蜂腰纤臂、艳而不淫，每次出版都销量近万，不论去哪个圈都要掀起一阵腥风血雨。有人喜欢，自然有人讨厌她，说"乱码君"一定是个色眯眯的油腻肥宅。

可那次作者大会之后，"'乱码君'不仅是个女生，而且还是身娇腰柔小软妹"的消息一夜之间传遍了所有圈子，瞬间让"乱码君"的人气更上一层楼！

"乱码君"一开绘图直播，立即有无数粉丝蜂拥而来。粉丝们本以为她要画同人，哪知道她居然在筹备一部原创漫画。这几日她每天都在直播打草稿、勾线、画扉页彩图，猫耳女子高中生兼具可爱与性感，让无数读者欲罢不能。

直播间的背景可以自定义，"乱码君"直接把《喵喵侠》的连载信息写了上去：一月一日，《喵喵侠》将在海豚漫画网正式上线，连更三天，欢迎加入粉丝群！

置顶消息是粉丝群的号码，千人群一口气开了三个。燕其羽试着申请加入其中一个，结果群主很快就拒绝了。

喵喵侠三号群管理员：抱歉，三群已满，请耐心等待四群开放。

小羽毛：……

燕其羽好羡慕好羡慕好羡慕啊！

燕其羽和"乱码君"的连载时间差不了几天，燕其羽在圣诞节，"乱码君"在新年，然而现在漫画还没有上线，燕其羽已经被对方甩下半个操场了。

燕其羽盯着一片片飞过的弹幕，每一句话都是粉丝对她的赞美，在对方的映衬下，燕其羽宛如一只生长在向日葵下的野菊花，她身上的优点被掩盖殆尽，世人无法注意到她身上的光芒。

燕其羽手中握着画笔，一种深深的无力感席卷而来。

小羽毛：大神不愧是大神啊。
小羽毛：感觉自己骑着独轮车和人家的跑车在拼。

阿琳先发来一个"要做最自信的小猪猪"的表情。

阿琳：不要这么想啊，小羽毛！她画工和你不相上下，就是胜在起步早、人物性感而已！
阿琳：她身上的优点你没有，可是你身上的优点她也没有啊！
阿琳：你看看她画的分镜，中规中矩，偶尔还有衔接不连贯的地方，一看就是还没适应从单幅同人到漫画连载的转变。
阿琳：你的实力我再清楚不过了，你忘了你上一部长篇漫画了？连载的时候也拿下过人气榜第一名！

阿琳提起了曾经的"老皇历"——说它是"老皇历"其实并不准确，毕竟那部漫画结束到现在还不到半年的时间。

当初燕其羽在离开逐梦堂和"知不道仙人"后，经人介绍去给"独钓寒"老师当助手。正是在那个时候，一个机会找上了她：某个小漫画网站编辑邀请燕其羽去那里连载漫画，由他们提供脚本。

那是燕其羽第一次担当主笔，而且还是被网站邀请过去的！这对于她来说是一项极大的殊荣，那段时间她每日废寝忘食，白天给"独钓寒"当助手，晚上就闷在卧室里赶稿自己的漫画，虽然艰难辛苦，但她却甘之如饴。可惜那部漫画连载了一半就惨遭腰斩，而原因却令她到现在回想起来都气得浑身发抖。

小羽毛：……

小羽毛：我不想提那部漫画。

小羽毛：而且当时那个网站作者很少，和海豚漫画根本不是一个数量级的。

阿琳：好好好，不提了不提了。

阿琳：我只是想告诉你，你千万不要觉得自己不够好。

阿琳：你很好，特别好！

阿琳：你可是未来要和君子归野合作的女人呢，现在就被打倒怎么行！

小羽毛：你说得对！

看到屏幕上出现了男神的名字，燕其羽仿佛被植入了一支强心针。

小羽毛：我一定要成名，要变得特别特别有名！

小羽毛：比乱码君有名，比知不道仙人还要有名！

小羽毛：说不定下次作者大会，我就能见到男神，还能亲口告诉他我有多喜欢他。

小羽毛：再过两年，我就能为他执笔画漫画了！

说完，"小羽毛"发了一个小兔子蹦蹦跳的表情。

阿琳连发几个鼓掌的表情。

阿琳：很好，很有志气，但是我要友情提醒你一句。

小羽毛：你说？

阿琳：你可千万别跟田野说，你最喜欢的作家是君子归野啊。

小羽毛：诶，为什么？

阿琳：你们现在是合作关系，而且看样子还要合作好几年。漫画家和脚本作者的关系就跟男女朋友似的，他要是知道你一边和他组队，一边惦记着其他大神，肯定特别不高兴。

阿琳：你想想，如果他有一天突然跟你说，他最喜欢的漫画家不是你，而是乱码君，你难受不难受？

小羽毛：难受……

阿琳：对喽，所以为了你们之间和谐幸福的"交往关系"，你千万不要告诉他这个秘密。

小羽毛：好的！我发誓我绝对不会说漏嘴的！

当天晚上，燕其羽在微博上发表了一条消息。

小羽毛轻飘飘V：圣诞节当天，我和"田野"老师合作的科幻机甲漫画作品《苍穹之梦》就要上线海豚漫画网啦！这是一部少女向的热血机甲漫，我想你一定很好奇，为什么机甲漫画会是全女性阵容？想知道更多细节的话，欢迎来到我的直播间："S站：小羽毛的直播间·一杆羽毛笔"每天十小时直播，让你看过瘾！

这条微博是燕其羽与"田野"老师商量后，几经斟酌写出来的。

在此之前，于归野从来没做过这种宣传，平常他写完一本书，扔给瓜爷，后续的包装、市场推广自然有人跟进，他那个"君子归野"的微博唯一的作用就是转发点赞。

可这次《苍穹之梦》对于于归野来说方方面面都是新的——新的马甲、新的形式、新的合作。若不是燕其羽跟他讲了要开直播间做宣传，他完全想不到还有这种推广形式。

这条微博于归野反复修改了好几遍，斟字酌句，努力勾起大家的兴趣，他握笔十几年，什么类型的文章都写过，可微博广告还真是头一次写。

这种谨慎感，让于归野隐隐回忆起了当年第一次在电脑上完整地写出一篇小说时的感觉。

可惜的是，归野大神算好了一切，唯一没有算好的事情是——"小羽毛"

加"田野"，这种新人组合根本没人搭理嘛！

微博发出去十分钟，阅读量：五百。

转发量：八。

评论量：十五。

守着电脑的燕其羽很失望。

隔着电脑的于归野也很失望。

田野：这个结果我还真是没想到……

小羽毛：没关系啦！咱们毕竟是新人嘛……

这落差实在太大，于归野对着惨淡的数据，觉得又好笑又无奈，还有那么一点点的感慨。

既然做了预告，该直播还是要守信直播的。燕其羽兢兢业业地打开绘图软件，开始在数位板上涂抹，为已经勾好线的第二话漫画上色。

"乱码君"的直播并没有上色的步骤，那是因为她有自己的助手团队，她只需要在漫画上标注色指（色彩指导），就可以放心地交给助手去做，这样一来，大大减轻了工作压力，还能有足够的精力去画接下来的内容。

可是燕其羽只有她一个人呀，于是每个进入这个小小直播间里的观众，都会看到这位漫画家兢兢业业上色的过程。

燕其羽效仿"乱码君"，也装饰了一番自己的直播间，无奈只有三两位围观的观众，而她画的又是原创作品，人气实在涨不上去。

燕其羽画图时，于归野也进入了直播间，静静地注视着她画画。

于归野曾见过燕其羽持笔作画时的样子，那时的她眉目舒展，眼神像个孩子一样兴奋，嘴角弯弯，笔尖在纸张上自在游走，无数生灵自她笔下诞生。然而这一次，他和她之间却隔着屏幕，这距离很远却也很近。她没有开麦，也没有听歌，直播间里安静得像是雾气蒙蒙的清晨，随着她一笔笔地涂抹逐渐变得清晰。

直播间里的人来来去去，很多观众接受不了这么枯燥无味的慢动作画图，看了没一会儿就懒懒地离开了,连个脚印都不肯留。

燕其羽画图时是看不到直播间的,只有休息时才能切出来瞄上两眼。

小羽毛:人好少啊!都要掉到个位数了。

"田野"先发了一个摸头的表情过来。

田野:我陪你。

直播软件很智能,它只锁定画图软件,不会把画师的QQ、文档等一系列文件都展现给观众看,所以直播间里的观众只能看到画面停止在上色的某个步骤,却不知道燕其羽现在正在和于归野聊QQ。

有观众的弹幕飘过:画手呢?不画了吗?

于归野看看那行飘过的询问,再看看正在QQ上和自己说话的燕其羽,一种莫名的、隐秘的快乐占据了他的内心,心想:你们都在等她,可她在等我。

当天晚上的直播持续了好几个小时,在晚上十点时,粉丝数量终于摇摇晃晃地突破了一百大关。

燕其羽画了一天,已经非常累了,于归野敲响她的QQ,提醒她该睡觉休息了。

小羽毛:嗯嗯,再画一会儿就睡啦!
小羽毛:希望睡觉前粉丝能再涨二十个喽。

结果燕其羽这行字刚打完,直播间里的人数突然激增,瞬间从一百暴涨到五百,接着是八百、一千、一千二……

弹幕也瞬间被打卡淹没。

观众甲：空降成功！幸福打卡！
观众乙：打卡打卡，龙大推荐的绝对没错！
观众丙：哈哈！为了一千块，我有预感这次我绝对是欧洲人！
观众丁：大大快继续啊，顺着推荐来的，结果被你圈粉了！
燕其羽：诶？

"龙大"是谁，难道是……

燕其羽立即跳到微博，翻出了自己那条可怜兮兮的只有五百阅读量的直播预告。而现在，这条直播预告转发量已经破千，现在正稳定地向着两千迈进！究其根本，都是因为五分钟之前，"龙龙龙"转发了这条微博。

龙龙龙大尾巴龙V：小羽毛是《明星达克》的主笔，她画工多好大家有目共睹，既然她开了新漫，那这样吧，转发这条微博，我出资一千人民币，抽三位直播间观众平分！

燕其羽心想：原来如此。

受宠若惊的燕其羽颤悠悠地跑去向"龙龙龙"道谢，可是财大气粗的"龙龙龙"根本没把这事放在心上。

龙龙龙：别跟爷谈钱，谈钱伤感情。

小羽毛连发三个可爱的表情。

龙龙龙：一看你就不怎么玩微博，现在不抽奖就没人转发。
龙龙龙：你就当一千块钱买了一千转发和一千观众，多值啊。
龙龙龙：行了，不聊了，我这里信号不好。

小羽毛：你在外地？

龙龙龙：不，我在外国。

龙龙龙：朋友生日，搞了个游艇聚会，挺无聊的。

小羽毛：……

有钱人可真会玩啊。

燕其羽怀里揣着这价值一千块钱的珍贵友谊，又是惶恐又是开心。要是以后再有人说友情不能用金钱衡量，燕其羽就要第一个跳出来反驳啦！

燕其羽简单和"龙龙龙"说了几句，赶快切回绘图软件继续"施工"，跑来观看的观众越来越多，她必须珍惜这个机会，把他们都留下来，转化成她的固定粉丝！

然而燕其羽不知道的是，当她努力在画布上耕耘之时，与她一墙之隔的男人对着屏幕陷入了沉思。

于归野望着微博里节节攀升的转发量，一股让他无法忽视的烦闷爬上了他的眉头。

"龙龙龙"为什么要对毛毛这么好？这究竟是有钱人表达友情的方式，还是……

男人微微顿住，骨肉匀停的手指轻敲座椅扶手。

直播间里热情的弹幕迅速包围了燕其羽的画作，掌声不绝于耳，鲜花、红包很快就堆满了打赏池，"土豪榜"的第一名已经打赏了九十八元钱，再差两块就能凑整了。

于归野把鼠标移到土豪榜上，规则说明上写得清清楚楚：此榜单根据观众打赏额排序，打赏金额分为一元、五元、十元、二十元、五十元……乃至一千元数个等级。如果一次性打赏一百元，可得称号"某某主播的真爱粉"。一次性打赏一千元，可全站置顶广播一次，为自己喜爱的主播做宣传。

看到最后一句话，于归野立即意识到自己应该做些什么了。

三分钟后，十条全站置顶瞬间点燃S站直播间。

不论是什么频道、不论是什么板块，这个晚上，所有主播和观众都知道有一位神秘而高调的土豪观众横空出世。

【全站置顶】来直播间"'一杆羽毛笔'，看神仙画画。"

第十节　全站置顶土豪粉

一万块钱的宣传砸下去，效果立竿见影。

S站的全站置顶是推送给所有直播间的，而且还伴有特殊动画效果——大大的红包跳到屏幕上方，"砰"的一声炸开，圆滚滚的吉祥物抱着一沓粉色的百元大钞，伴随着鞭炮、礼花一同出现在屏幕上。不管你身处哪个直播间、不管你在看什么节目，都无法屏蔽土豪红包的攻击。

"二次元"弹幕站的用户以学生和刚上班的年轻人居多，能给主播打赏一百、两百就算小土豪，一千块的巨额打赏一晚上只能见到两三次，然而这天晚上却有人连续打赏了十个！

宣传文字也狂得不得了——"神仙画画"！

人都有好奇心，十条连砸下来，瞬间带动了无数看客涌入了"小羽毛"的直播间，他们都想知道，这位UP主手里的到底是一杆羽毛笔，还是一杆神仙笔。

究竟是怎样的鬼斧神工，才能被称为神仙画画呢？

结果进入房间之后，所有人全部跪倒了。

而这一切的原因，就要从燕其羽的笔刷说起。

现如今的网络漫画家连载漫画时，再不像之前那样需要依靠纸与笔，百分之九十九的人都要通过电脑软件画图，SAI、PS已经成了漫画家离不开的工具。电脑画图的优点显而易见，足够精细、可以修改、更能达到手绘无法展现的效果。燕其羽画图时，都是右手握笔，左手放在快捷键上，左右开弓，速度惊人。

燕其羽这次直播的作品，是已经完成勾线的《苍穹之梦》第二话。

燕其羽刚把线稿拖进绘画软件时，弹幕中就掀起了一阵小高潮。

"原来是机甲漫画啊。""同人还是原创？""这机甲没见过，肯定是原创啊！""在中国连载机甲漫画，勇气可嘉。"

到这时为止，观众们还是以看热闹居多。大家都是"二次元"，多稀奇的猪都见过，燕其羽以一己之力挑战女性机甲题材，虽然少见，可观众们顶多在键盘上敲上"厉害"二字。

燕其羽是助手出身，上色时习惯先上背景，再上人物。这种科幻题材的漫画，宇宙星空、战斗场面少不了，背景宏伟壮丽，不论哪个画手听到都要退避三舍。

观众们也等着看燕其羽慢悠悠地磨洋工，三个小时说不定连一格都画不完。

果不其然，燕其羽先在背景位置依次铺了几层颜色，从黑到深紫到深蓝，然后用涂抹工具模糊了颜色之间的分界线，隐约能看出黑夜的样子。

这一步动作中规中矩，挑不出什么错，也看不到什么亮点。很多慕名而来的观众兴致寥寥地打算退出直播间，可就在此时，惊人的一幕发生了。

直播屏幕上，象征着压感笔的圆形鼠标轻轻滑动，拖到了右侧笔刷栏，没人注意到她究竟点了什么——可当她的压感笔再次落下时，这一笔画出的，是绚烂梦幻的星云！

接着是一连串令人瞠目结舌的操作，复制图层、高斯模糊、线性减淡、发光……燕其羽放在键盘上的左手迅速按下各个快捷键，不过几秒钟的工夫，星云就变得更加真实。

然后燕其羽又迅速切换了数种笔刷，星子、星团、星光，这些复杂多变的预制笔刷，以最快的速度帮她丰富了背景的星空。

短短几分钟里，原本空白一片的线稿已经填满了背景图案。

只见惊天一笔从画面右上直冲下来，隐匿到了地平线里，内暗外明的星河横跨整个天空，明暗交界之处，一架威风凛凛的球形机甲悬浮在半空之中。

虽然人物还没有来得及上色，但层次丰富的星空背景已经足以震慑到所有观众。

如今网络漫画速度为先，即使画工再烂、故事再俗，只要更新稳定、速度够快，就会聚集不少读者。在这种情况下，很多漫画团队为了赶时间，背景尽量求简，像《苍穹之梦》这样精心雕琢的背景极为罕见，更何况这么复杂的图案仅用了十几分钟的工夫就绘制完毕了！

弹幕里全是一片感叹号。

"不要问我为什么要跪着看人画图！"

"我只是去接了个水！怎么背景就画完了！"

"我只是弯下腰捡了个橡皮，从此以后数学再没听懂过！"

"同样是手，怎么人家画的就这么好看！"

"真是没说错，神仙画画……妈妈，这个姐姐是小神仙！"

接下来，上百条"神仙画画"的弹幕淹没了整个屏幕，新进入直播间的粉丝甚至来不及看一眼画面，就被弹幕封住了所有视线。

直播间内的种种议论，专心画画的燕其羽并不知道。她工作时非常专注，提前屏蔽了直播间的所有消息，很快就沉浸在自己的创作当中，完全忘记她还开着直播。

而做了好事没留名的于归野也没有打扰她，他静静地守在电脑前，端坐在"打赏榜"第一的宝座上，看着燕其羽如何从无到有，给一幅画注入灵魂。

围观群众说燕其羽是在施魔法，可于归野知道，大魔法师看似轻描淡写间放出的一朵烟花，其实私下也要经过无数次练习。

没有谁的成功是一蹴而就的。

很快，时针走向了十二点，辛苦奋斗一晚上的燕其羽终于把这幅页漫完成了。她停下画笔伸了个懒腰，感觉从肩膀到腰椎每一块骨头都"咔吧咔吧"直响。

燕其羽慢悠悠地站起身，在小小的出租屋里晃来晃去，活动活动僵硬的身体。

就在燕其羽思考一会儿是洗漱睡觉还是吃个苹果当夜宵时，她的QQ忽然震动起来。燕其羽晃到电脑前瞥了一眼，发现是一条来自"田野"老师的留言。

田野：毛毛，你是画完准备休息了吗？

小羽毛：诶？田野老师你怎么知道我画完了？

田野：……

田野：你是不是忘了你正在直播，画面已经十分钟没动过了。

小羽毛：……

燕其羽这才想起来自己还挂着直播软件呢！都怪她画起来就完全忘我，根本不记得还有上千观众在等着她呢。

燕其羽赶快切到直播页面，想和大家说句"晚安，再见"，结果下一秒，她就被直播间里的在线人数吓得差点摔了压感笔！

个、十、百、千、万……

没错，是万！

燕其羽心想：今天刚开直播时，自己还是个观众在两位数上下徘徊的小透明，怎么几个小时的工夫，粉丝就过万了？而且画面整整十分钟没有分毫变化，数字也没有降低。

弹幕池里，出现频率最高的一个词就是"神仙画画"，还有人亲亲热热地叫着"神仙小姐姐"，问她从哪里搜集来这么好用又多变的星空笔刷。

燕其羽哪里受到过这么多的赞誉，心里有一点点慌乱，但很快又被骄傲盖过。

燕其羽赶忙按下发言键，靠近麦克风，轻声回答："这些笔刷都是我自己做的。"

这是燕其羽当助手养成的习惯，那时候她每天要画很多格背景，工作量极大，若是按照老方法根本无法做完，可助手的工作是计件算钱，如果她把工作分给别人，那她拿到的钱就更少了。后来她摸索出了一套自己设定笔刷的方法，她的电脑软件里存了上百种技能笔刷，都是她自己研究出来的，星空系列只是其中最微不足道的一套。她最引以为豪的是一套中国风笔刷，轻轻一笔，便是芳草茵茵、桃花漫天。

燕其羽一发声,弹幕里瞬间飘过一连串"声音好听!""ASMR!""小姐姐好全能!"的评价。

燕其羽的眼睛捕捉到一条飞过去的弹幕,有粉丝问她能不能把笔刷分享给大家。

其实这个请求有些冒昧,对于很多漫画家来说,他们自己创作的笔刷都是他们自己的宝贵资源,可以方便自己更快速地绘制作品,而分享笔刷的行为,就像是把自己的宝库拿出来让大家共享。

可是燕其羽想了想,还是同意了。她并不担心会被人偷师,因为藏私是无法长久进步的,只有彼此切磋才能激发更多的火花。

燕其羽再次按下发言键,说道:"可以,等我导出星空笔刷的文件后,会分享在微博上,大家如果喜欢的话都可以去下载。只是现在我忙着筹备新漫画,没办法给大家出详细教程,大家有兴趣的话可以多来我的直播间看看,我会演示星空笔刷在内的数十套笔刷的用法。"

燕其羽话音刚落,QQ又一次响起。她分心二顾,点开了和"田野"老师的对话框。

田野:毛毛,你先等等,不要这么轻易地就把笔刷放出去。

小羽毛:咦?

田野:你加一个附加条件,让大家去海豚漫画网收藏《苍穹之梦》的预览页面,收藏满五千再放。

小羽毛:唔……那不如这样,第一套笔刷免费放,之后收藏每满五千就放出来一套!

说完,小羽毛发出一个"突然兴奋"的表情包。

小羽毛:我有一百多套笔刷呢,保证市面上没有同样的!每个都特别好用,我还可以在直播间里开教学,巩固人气,田野老师说怎么样?

田野:……

田野：田野老师觉得你突然变聪明了。

小羽毛：嘿嘿嘿，是跟着田野老师一起变坏了。

于是，燕其羽大方甩出了自己的这套笔刷，果然引起了一波下载高潮。

燕其羽很直男地把笔刷命名为"星空笔刷"，可架不住群众热情似火，传着传着，这套笔刷的名字就变成了"小神仙笔刷"，之后燕其羽不管推出什么系列，都被归类为"小神仙笔刷"旗下。

微博上赞誉不断，海豚漫画网的预收藏界面里，《苍穹之梦》的收藏量更是节节攀升，大部分人是看了她的直播、对漫画感兴趣，还有小部分人为了获取更多的神仙笔刷来这里收藏凑人头……

短短几天之间，原本名不见经传的《苍穹之梦》预收藏翻了好几番，成为同期新作里，当之无愧的一颗明星。

《苍穹之梦》上涨的势头很猛，在起跑线上就把很多人甩下。可唯有一部作品，在它的猛烈攻势之下仍然稳稳占据鳌头。

那便是由"乱码君"带来的《喵喵侠》。

城市另一边的小别墅里，正在仔细为美少女"喵喵侠"胸部添加高光的"乱码君"停下画笔，视线移动向了跳动不已的QQ群。

"乱码君"有个小号，潜伏进了很多画师Q群中，但她向来只窥屏，不说话。而最近这段时间，每个Q群里都在热情地议论着那套"小神仙笔刷"，一同被提及的，还有频繁出现的那句"神仙画画"。

"乱码君"望着屏幕，轻蔑地笑了，喃喃自语道："真是好大的口气啊！"

第十一节　你不是我的朋友，是我的子期

最近这段时间，燕其羽每天除去吃饭、睡觉、上厕所的时间以外，每时每秒都挂在S站的直播间里画画，直播时长瞬间蹿升到周排行榜顶端，粉丝们来来去去，亲眼见证了一话漫画从无到有的过程。

无数人留言感叹：

"第一次看漫画直播，没想到画漫画这么辛苦。"

"同上，以前以为当漫画家特别滋润，想画就画，想休息就休息，看了'小神仙'的直播才知道原来工作强度这么大，需要的技巧很多。"

"我是高三生，趁着课间休息爬上来看直播，没想到从早自习到晚自习我卷子都做完五张了，'小神仙'还在画……她难道不累吗？"

"求助，'小神仙'姐姐分享的笔刷我都下了，怎么画不出来她的示例效果啊！是我下错文件了吗？"

"楼上，这和文件没关系，和手有关系……"

"嘤嘤嘤，我要这'狗爪'何用！"

没开直播之前，燕其羽每天睁眼闭眼都是一个人在奋斗，现在开了直播，有了粉丝的陪伴，画累了就看看大家的留言，偶尔和大家互动答疑，大大地冲散了内心的寂寞与疲惫。

拜燕其羽无私分享笔刷的"壮举"所赐，她微博粉丝数量一升再升，每天都有新入门的小画手跑来向她告白，说些"赞美大大""感恩大大"之类的话。

燕其羽对此受宠若惊，唯一能够回报大家的，就是更加努力地画画、分享原创笔刷和绘画心得。而这一切，与在她背后一掷万金的"田野"脱不开关系。

在看到后台账户里，"田野"老师居然向她打赏了那么多真金白银后，燕其羽感觉自己呼吸都带着钱味儿，画出来的每根线条都变成了金色。

小羽毛：田野老师！你怎么给我打赏这么多钱！

田野：良性宣传而已。

田野：别有心理负担，钱只是最开始用来吸引人的噱头，粉丝们能留下来，全是你的功劳。

"小羽毛"发过去一个小兔子颤抖的表情。

小羽毛：那也不能让你破费啊！等第一笔稿费结下来了，我一定把这一万块钱给您还上！

于归野根本不缺这一万块钱，打赏这件事对于他来说，就像是带燕其羽去吃火锅、陪她做针灸……出发点就是让她开心，根本不求回报。如果他花在她身上的钱，还要求她偿还的话，那他们的关系岂不是连陌生人都不如了吗？

可燕其羽固执得很，她家境普通，在逐梦堂当助手时，一个月的工资仅有一千出头，一万块钱对于她来说是不折不扣的大钱，她根本无法坦然接受这么大的馈赠。

小羽毛：田野老师，你已经照顾我很多了。
小羽毛：稿费分成你只拿了百分之二十，我问了其他认识的漫画家，他们合作的脚本作者都是拿百分之二十五，有点名气的都要拿百分之三十以上。
小羽毛：我知道你把我当朋友，但是亲兄弟也要明算账呀。
小羽毛：一万块钱太多了，我真的不能收下。
田野：……
田野：好吧，如果你坚持的话。
田野：但是有一点你说错了。
小羽毛：那？
田野：我从没把你当朋友。
小羽毛：……诶诶诶？

燕其羽觉得好委屈哇，在作者大会上，她几乎一瞬间就被"田野"老师的作品折服了，在她眼中没有第二个想要合作的对象，满脑子都想着如何才能用自己的实力把"田野"老师邀请过来一同创作《苍穹之梦》。

这段时间的合作，燕其羽即使再苦再累都很开心，她一直觉得她和"田野"老师之间有一种难得的默契，从来没有发生过摩擦和争执。所以在她心里，他们之间的关系早就超脱了工作伙伴，而升成了朋友。可，可现在"田野"老师却说她不是他的朋友……

燕其羽委屈巴巴地在电脑上蜷缩起来，浑身的羽毛都被名为伤心的露水打湿了。

就在这时，电脑上又弹出了第二句话。

田野：我从没把你当作普通朋友。
田野：我把你当作我的子期。

伯牙子期，高山流水觅知音。

燕其羽刚刚还碎成一片片的心脏，"砰"的一声就窜上天，当众表演了一番高空翻转七百二十度接托马斯回旋。

小画家呆坐在电脑前，捧着一张红通通的苹果脸，偷偷笑了。

十二月二十五日，圣诞节。
宜：开坑、更新、做宣传。
忌：懒癌、逃避、不加班。

阿琳：小羽毛，谁家皇历还记洋节啊？
阿琳：再说了，今天是圣诞节，好好的圣诞夜你不出门浪，不会还要守着电脑画画吧？
阿琳：前三话你不是早就交稿了吗？
阿琳：找个地方去倒数过节吧。

阿琳又发来一个"你真是我见过最勤奋的小猪猪"的表情。
QQ上，好友阿琳苦口婆心地劝说燕其羽出门放放风，生怕她在家憋出病。

第四章 逐渐升温 285

可燕其羽却兴致缺缺。

小羽毛：圣诞前夜出去做什么，被当成狗虐吗？
小羽毛：前三话画完了，还有第四话呢。
小羽毛：而且我设定的是圣诞节零点自动更新，我要守着回帖，才不要出门呢。

说完，"小羽毛"发了一个"工作使我快乐"的表情。
阿琳出奇愤怒，这次她连表情包都顾不上用了。

阿琳：工作不会让你快乐！只会让你脱发！
阿琳：劳逸结合懂不懂啊，这位亲！
阿琳：现在、立即、马上，去洗头！我在电影院等你！
小羽毛：……
小羽毛：喳。

在阿琳太后的威压之下，宅女燕其羽只能认命地关了电脑，磨磨蹭蹭地去洗澡换衣服。这一个月的闭关赶稿，她真的是大门不出二门不迈，去过最远的地方就是楼下垃圾站，每天都靠外卖为生，就连同住在一间屋檐下的其他人她都没见过几面。

燕其羽梳好一头乱发，收获了一地鸡毛……不对，一地头发。她哀怨地瞅了一眼，掏出手机把防脱洗发水加进了淘宝购物车。

拉开窗帘时，窗外耀眼的阳光刺痛了燕其羽的双眼，她惊慌失措地捂住眼睛，痛苦地质问人生："无法和阳光共存，这就是我们吸血鬼的宿命吗？"

紧接着，燕其羽迅速陷入了对自己中二气质的自责当中。再演下去，她就不要当小画家，去当小戏精好啦。

出门时，燕其羽在走廊里和主卧的小夫妻俩打了个照面。

前几天赶稿时，燕其羽还听到他们俩又吵又闹，没想到转眼的工夫，俩人就又黏糊在一起了。

小娇一手提着刚买的菜,一手挽着阿勇的胳膊,见到燕其羽从隔断间里走出来,很惊喜地同她打招呼:"燕姐,好久没见着你了!你最近不在家?"

"哪、哪有……"燕其羽反思自己最近真的太宅了,解释说,"只是在屋里赶稿,没顾得上出门。"

阿勇掐掉手里的烟头,语气轻浮地说:"原来在家猫冬呢?要我说燕姐这么显年轻,和她工作性质有关,这大半个月没见,看看,皮肤又白了。"

燕其羽没接话,不知是不是她多心,她总觉得阿勇同她说话时语气态度都很奇怪,就算小娇在身旁也没有收敛。算了,还是避着点儿吧,反正等春节过后,房租一到期她就搬!

燕其羽换好鞋,埋头走出了家门。老旧的防盗门在身后重重撞上,发出了快要断气般的"嘎吱"声。

一楼到了,燕其羽步伐轻快地走出了电梯,结果差点和一个没看路的快递员撞个满怀。

实在怪不得快递小哥,他怀里抱着一个又高又大的巨型纸箱,刚好挡住了他的视线,纸箱上密密麻麻地贴着"易碎品""贵重物品""精密仪器"等黄色标签。

"对不起,对不起……"小哥忙道歉。

可燕其羽这时完全顾不上怪他了,她盯着纸箱上巨大的品牌标志,嫉妒得口水都要流下来了。

她看到了什么!

这这这……这不是传说中的手绘数位屏吗?

现在画画离不开数位板,价格从几百到几千都有,差异并不是在尺寸,而是在于灵敏度和延迟度。数位板外表看上去就是一块黑漆漆的板子,需要USB端口链接到电脑上,漫画家需要使用特质的压感笔在板子上绘画,而绘制出的线条则会呈现在电脑显示器上。越贵的设备,对压感的捕捉就越灵敏,线条也更顺滑。

但是数位板毕竟只是一块没有显示功能的板子，尺寸又小，在上面作画并不方便。两年前的新年，商家推出一款革命性的绘画设备——手绘数位屏，它其实是一个巨大的触摸显示屏，压感达到两千零四十八级别，延迟度趋近于零，对于笔尖倾斜的捕捉也好得不得了，画家从此可以在电脑屏幕上直接作画。

这款产品刚上市时，燕其羽就和阿琳兴冲冲地跑去专卖店试用了，两个兜里比脸上还干净的小助手挤在数位屏前，你画一会儿、我画一会儿，轮流传着一支压感笔。她们俩从早上试到晚上，等到店铺闭店时，两人才意犹未尽地走出来。

燕其羽还记得那天特别冷，她们嘴巴里呼出的水汽在路灯下凝聚成一朵云彩。两人嘻嘻哈哈地笑成一团，许诺未来谁暴富，就一定要送对方一台。

两年过去了，那款手绘数位屏更新了一代又一代，然而阿琳没赚到钱，燕其羽也依旧那么穷。

燕其羽呆呆地站在电梯间里，望着那台近在咫尺的最新款天价数位屏，心里的羡慕都要凝结成水了。

真不知道是哪个厉害的画家，能拥有这么一块完美的画板呢。

两分钟后，快递小哥抱着这个价格不菲的硕大包裹，摇摇晃晃地走出电梯，停到了一户人家门口。

按响门铃后，防盗门内传来了女人爽快的声音："来了！"

大门开启，一位精明利落的美艳女人出现在快递小哥的视线中，她的目光落在那只巨大的包裹上，表情讶异地说道："这么大？"

快递小哥"嘿呦"一声，费力地把包裹轻轻地放在地上说："您好，请问于先生在吗？贵重物品需要当面拆包验收。"

"在，在。"女人回身冲着厨房喊，"于归野！有你快递！"

女人话音刚落，厨房里就匆匆跑出一个小肉墩儿，那孩子浓眉小眼，脸上的肉挤得五官都看不清了。他虎头虎脑地凑上来，站在快递盒旁边比了比个儿，然后满意地点点头——嗯，还是他更高一点。

正在厨房里指导姐夫做糖醋排骨的于归野不慌不忙地把菜盛出来，关了火，又脱下围裙洗干净手，这才慢悠悠地从厨房里踱了出来。

丹尼尔早就急疯了，像只胖蜜蜂一样不停地绕着快递转圈，嘴里迭声叫着舅舅，央求他赶快拆开看看。

于归野不负他期望，当着几双眼睛的面，拿着小刀把包装盒划开一道口子，弯腰从盒子中抱出了一台巨大的液晶显示器。

丹尼尔兴致勃勃地等了半天，还以为是什么有意思的玩具呢，哪想到就是一台显示器。他家里的电脑又新潮又轻薄，比这个厉害多了！他失了兴趣，又踩着拖鞋"哒哒哒哒"地跑回厨房，缠着爸爸喂他一块肉吃。

倒是一旁的于惊鸿察觉出不对劲儿来了。待快递员一走，于惊鸿立即把于归野拉到一旁，窃笑着问他："你买这玩意是打算用来送人的吧？"

于归野反问："就不能是我自己用？"

"别骗你姐！"于惊鸿晃了晃手里的说明书，小小的本子上印着大大的"手绘数位屏"几个字，戏谑地问，"怎么，你一个作家要转行当画家了？"

于归野没说话，抱臂淡定地看着于惊鸿。

于惊鸿也盯着她，姐弟俩你眼瞪我眼，就这么当了半天木头人，最终还是于惊鸿率先败下阵来。

"行了行了，我这不是担心你'个人问题'吗？"于惊鸿假作温婉地说，"你看，好好的圣诞节，你不想听爸妈催婚，姐就给他们报了个'夕阳红精品北欧团'，送他们出国八度蜜月……现在就咱俩人，还不能说说贴心话吗？"

于归野笑道："行了，你别套我话了。这是我一个画家朋友，认识了有段时间了，之前丹尼尔走丢是她帮忙找到的，我一直没想好怎么谢人家，就想趁着圣诞和新年，给她送份礼物。"

"我知道我知道！"于惊鸿眉飞色舞地说，"丹尼尔提过，'小鸡毛'姐姐对吧？"

"是'小羽毛'。"

"管她'小鸡毛''小鹅毛'，老弟，你可终于开窍了，会追女孩子了！"

于惊鸿满脸母性光辉，她慈祥地看着自己的弟弟，仿佛看到自己家养的懒猪终于会拱水灵灵的小白菜了。

"你想多了。"于归野忽然喉咙一紧,一种被看透的感觉自心头滑过。他下意识地否认道,"就是觉得她用那么一台破电脑画画不容易,刚巧这个东西打折……"

于惊鸿嫌弃地撇了撇嘴:她弟弟从高中就开始执笔写作,读者把他捧到天上去,说他十项全能,明明是个男作者,写感情却格外细腻……可其实呢,当他自己遇到感情问题,却根本看不懂摸不透。

于惊鸿一边"啧啧啧"一边说道:"真是崇高的友谊,这东西不便宜吧?你可别自欺欺人了,一个男人平白无故送一个女孩子上万块钱的东西……"

"三万块。"于归野默默地纠正道,"打完折三万块。"

于惊鸿微笑着继续说道:"一个男人平白无故送一个女孩子三万块钱的东西,你还说你对她没非分之想?"

于归野尴尬地转移视线,只能在心里默默反驳:不是平白无故,是有理有据。

于惊鸿才不管那么多,她从桌上摸起他的手机扔到他怀里,叉腰下令道:"你现在给她打电话,请你这位挚友来咱们家过圣诞节!"

第十二节 请她来过圣诞节

燕其羽是在排队取电影票时,接到于先生的来电的。

"燕小姐,圣诞快乐。"男人轻缓低沉的声音如冬日暖阳,穿透层层云雾,照射到了燕其羽的心上。

"于先生,你也是。"燕其羽知道自己在笑,也知道阿琳在挤眉弄眼地盯着她,可她就是收不住表情,嘴角挑起的弧度足够挂两只小铃铛了。

于归野停了停,他本想循序渐进地靠近话题中心,无奈身旁的姐姐一直在拧他的胳膊,勒令他不要拖时间,速战速决把"小白菜"搞定。于是他问:"今晚你有安排吗?"开门见山,不给彼此留一点余地。

无奈燕其羽是个傻姑娘,丝毫没听出他的言外之意,反而乐颠颠地向男人叙述今天的行程。

"有啊！"燕其羽说，"我和小伙伴约好了看电影，现在正在电影院呢，晚上我们团购了双人晚餐，吃完了还要赶快回家等着漫画上线……"她后知后觉地问，"怎么啦？"

于归野沉默了几秒。这个电话是姐姐"强迫"他打的，燕其羽无法到来，按理说他应该感觉庆幸，可现在只有浓浓的遗憾。

难为于归野还能笑出来，说道："没什么，想着你最近赶稿太辛苦，这种节日一个人过未免太寂寞，就打算叫你来我家过节。"他欲盖弥彰地又补了一句，"丹尼尔也在，他想你了。"

旁边偷听的于惊鸿用口型数落他说："我儿子一心扑在糖醋排骨上，一句话没提过'小鸡毛'姐姐，你别把自己的戏加在他头上！"

燕其羽"啊"了一声，听上去声音有些低落。

"我也想……丹尼尔了。"燕其羽含糊地说。至于她究竟想念的是谁，那就不必说了。

于归野安慰她说："没关系，今天怪我没有提前约你。你新年有空吗？我有东西要给你。"

"诶？"

"不是什么贵重礼物，就是一个小玩意儿。"于归野瞥了眼脚边那个价值三万多块钱的二十七英寸手绘数位屏说道，"公司尾牙上抽奖中的，好像是画画用的板子，我用不上，挂二手也卖不了几个钱。想着你需要，干脆给你好了。"

三言两语之间，于归野就把自己精心挑选的礼物冠上了一个正经来路。燕其羽被他忽悠住，真以为他嘴里的小玩意儿是个什么几百块钱入门级的绘图板，她高高兴兴地答应下来，决定新年假期一定要挤出一天，和于先生约……咳，出门聊天、吃饭、看电影、做针灸。

"那就新年见。"燕其羽说。

"小画家，那就新年见。"于归野回道。

燕其羽低头凝视着通话结束的页面，心里是说不出的快乐。再过几天，就又能和于先生见面了，距离上次见面将近一个月了，也不知他有没有什么变化……

想着想着，燕其羽便呆呆地笑起来——今年剩下的最后几天，一定要过得快一些啊。

当阿琳取完电影票回来时，就见着自己的好朋友正对着手机傻笑呢。

奇怪，难道是电影院的暖风太充足了，所以才把燕其羽的脸颊吹得红通通的？

距离电影开场还有一个多小时，阿琳拉着燕其羽逛商场。这家商场最近刚刚开业，入驻了不少国际大牌。放眼望去，商场里进出的全是妆容精致的摩登女郎，臂弯里挎着LV，脚下踩着爱马仕，就连皮带都是两个"G"。

再看看这对打工姐妹花，银行卡里每一分钢镚加起来，都不够买人家脖子上的一串项链。

燕其羽背着染着颜料的帆布包，停在了奢侈品店前。

阿琳比她胆子大，说道："没关系，穷又不是错。看看不花钱的。"

阿琳揽住燕其羽的胳膊，昂首挺胸地迈进了奢侈品店里，那酷炫狂霸拽的气度，任谁都猜不到她浑身上下最贵的东西就是嘴巴里的一颗烤瓷牙。

圣诞前夜，商场里人满为患，就连奢侈品店也是人头攒动，每个柜台前都围满了人，仿佛是清仓甩货的优衣库，什么都不要钱。

两人刚开始还有些紧张，生怕自己的毛孔里散发出穷光蛋的信号。可逛着逛着，她们胆子就大起来——毕竟这只是商店，买不起她们就看看呗。

燕其羽指着聚光灯下的一只皮革包包说："你看……"

"真丑。"阿琳挑剔地说着，"就是皮革而已，光秃秃的连流苏都没有，颜色惨白惨白的，背出去像是个面口袋。"

"它要三万块呢。"

"我再这么仔细一看，觉得它造型简约而不简单，雅致细腻，皮革表层增加了它的耐用性，设计师真有才。"

燕其羽瞥了她一眼。

阿琳无辜地说:"大牌包,很耐看的!初见平凡,越看越好看!"她语带憧憬道,"我要把它记到我的愿望清单上,在我寿终正寝前一定要拥有一只!"

燕其羽吐槽道:"明明前几天还说你的毕生愿望是买一台二十七英寸的手绘数位屏,你到底要包包还是要屏幕?"

"嗯……"阿琳艰难地抉择一番,说道,"还是数位屏吧,那是正宫,这包撑死了算小三儿。"

燕其羽叹口气,说道:"我到底什么时候才能买得起数位屏啊……"

"很快的!"阿琳宽慰她说,"老铁,我觉得《苍穹之梦》有火的潜质,你很快就要变成大大了!"

"借老铁吉言!"燕其羽做了一个抱拳的动作,又说,"其实这全靠'田野'老师的剧本写得好!"她继续说道:"若不是认识了现在的编辑,我根本没有机会和那么优秀的人合作……对了,既然你在"知不道仙人"那里做得不如意,有没有想过直接和海豚漫画签约?"

提到这个话题,阿琳犹豫地说:"想是想过,可是海豚漫画的签约门槛很高,我如果进去之后签个青铜级合约,实在没什么必要。我还不如继续现在这样,一边当助手,一边试着投稿。仙人这个老板别的不靠谱,但他从不在钱上亏待助手。"

阿琳小声说:"小羽毛,说出来你不要笑话我,其实我还是想独立创作。我知道,和成熟的小说作者合作可以双赢,但我还是更喜欢讲述自己的故事——虽然灵感女神到现在还没有眷顾我,但我想她很快就会来的。"

燕其羽握紧阿琳的手,像是武林高手传功一样,把自己浑身的能量传递给她。她们因为同样的愿景成为朋友,不管谁先成名,都会在飞黄腾达之后留一片云给对方乘坐。

两人正在"执手相看泪眼",不远处的柜台传来了一阵喧哗之声。

她们顺着人声看过去,只见玻璃柜台前坐着一个从头发丝到指甲盖都亮闪闪的小个子姑娘,身旁跟着两位男导购,正殷勤地展示着柜台里的昂贵配饰。

这位姑娘素手轻点,细声细气地指挥道:"这个、这个、这个……全包起来。"

真有钱。

燕其羽心想,要是她的话,只剩下"这个、这个、这个……全买不起"。

"日了狗了,怎么是她!"阿琳像是耗子见了猫,"噌"的一下窜到燕其羽身后,非要用燕其羽的小身板挡住自己健壮的身体。

"你认识她?"燕其羽问。

"个子矮,胸又大,这么不合比例的身材化成灰我都忘不了!"阿琳说,"你记不记得我说过前段时间'知不道仙人'的侄女来找他?"

"教你画胸的那个?"燕其羽又看了看那个女孩,说道,"什么个小胸大,人家这明明是童颜巨乳吧。"

阿琳恼怒地用胳臂肘怼她。

燕其羽被戳疼了,小声说:"她好有钱啊,买的那些东西加起来得有好几万吧。"

"她赚很多。"阿琳点点头说,"仙人有次透了口风,说她这个侄女是同人圈太太,出本能赚几十万,但ID是什么就不清楚了。"

"这么多!"

"这还多?前几天仙人签了《爆裂神拳》的影视版权,足有一千万呢,分成扣税之后到手也有好几百万,资金到位后,估计工作室过几天就要搬家了。"

燕其羽不可思议地睁大眼睛。她在逐梦堂时,一个月工资只有区区两千五,其中一千五是当助手的计件钱,剩下一千是兼任会计的酬劳。她见过"知不道仙人"的工资条——一个月工资一万上下,昼夜不分地爆肝时能到两万,这对于那时的她来说可望而不可即。

阿琳拍了她脑门一下,语重心长地说:"虽然我不喜欢'知不道仙人',但就事论事,他可是圈内的顶级漫画家,如果连他都赚不到钱,那这个圈子不就完蛋了吗?"

一个行业能否蓬勃发展,和这些从业人员所获得的利润息息相关。如果人人都用爱发电,只赚那一点点微不足道的工资,只会让这个行业流失更多的人才。

只有领头羊先破开冰山,才会有羊群跟着它的脚步开拓更多的草场。

这道理很浅显,但很多人却看不透。如果一味去嫉妒大神们能获得的高收益,而忽视行业的变革,那这个漫画家永远只能被市场淘汰。

不过现在的燕其羽可没那么大的野心,她不求《苍穹之梦》会爆红,让她日进斗金,只要读者们喜欢这个故事,她就很满足了。

燕其羽看了眼正在柜台前阔气购物的少女,由衷感叹道:"看来画画的天分也会遗传啊,'知不道仙人'那么厉害,他侄女也不得了。"

阿琳想起那日少女高高在上的指点,哼了哼说:"画工能不能遗传我不知道,但那股天上地下唯我独尊的拽劲儿她倒是继承了……"

就是这么巧,阿琳说话时店里忽然莫名安静,这句声音并不大的议论就这么倒霉地传了出去。

处于话题中心的少女动作一顿,她明明听得一清二楚,却丝毫不受影响地让导购把她要的东西都包起来,然后才翩翩转过身子,倚在高脚凳上,眼神睥睨地看了过来。她虽长得"幼齿",但一双美目却透着凌厉。她双腿交叠,稳坐高台,气场十足。

阿琳怂了,夹着尾巴又躲回燕其羽身后,磕磕巴巴地说道:"小……小……'小羽毛',她……她……她是不是在瞪咱们?"

燕其羽慌张地抱住她,回答说:"好……好……好像是的!"

两人吓破胆子的模样逗得少女笑起来,她素手纤纤,抬臂指向了两人的方向。

阿琳"哇"的一声就哭了,心想:怎么办……怎么办……怎么办……

只听少女懒洋洋地问:"导购,她俩身后的那个白色面口袋多少钱?"

燕其羽惊奇地"诶"了一声。

导购回答道:"马小姐,那不是面口袋,那是由法国独立设计师创作的走秀款时装包,中国大陆地区只来了三只,今天上午刚刚到店……"

"我问你多少钱。"

"三万两千八百元。"

第四章 逐渐升温

少女挑眉，如此轻蔑的动作由她做出来却好看得紧。她视线从燕其羽和阿琳身上毫无波动地划过，口里吩咐导购说："那包我要了。"

待少女买爽了、买够了，两位导购提着大袋小袋和"面口袋"，簇拥着她去后面结账。

望着少女翩然离去的背影，燕其羽松口气，拍了拍胸口。

"太好了阿琳，看来她根本没有认出你！"燕其羽庆幸地说。

"怎么可能！"阿琳怒道，"我都认出她来了，她怎么可能认不出我？她这是故意忽视我呢！"

"你可真像言情小说里求关注的恶毒女配呀。"

"住……住嘴！"

两人打闹了一阵，电影也快开场了。临走前，阿琳拉着燕其羽去配饰柜台"长见识"，想看看刚才那位少女究竟买了些什么。

奢侈品柜台装饰得富丽堂皇，在精心布置的灯光下，所有配饰都闪闪发亮，精美得像是一件件艺术品，而这些艺术品，每一个都价值不菲。

一只钱包，八千八百元。一个钥匙扣，两千四百元。一枚发圈，一千三百元……

两个"贫民窟女孩"手挽手进了大观园，倒吸凉气的声音此起彼伏。

而在柜台最中间的位置上，一枚刚刚到店的男式领带夹静静地躺在绒布盒里，在灯光下散发着温柔细腻的光泽。它素面光洁、造型平直、设计简约，唯有尾部点缀了一枚小而又小的碎钻，如画龙点睛，让它的存在瞬间变得不平凡。

燕其羽的视线落在上面之后，就再也移不开了。

阿琳看过去，花容失色地嘀咕道："这是抢钱吧？还没针尖大的钻石，居然就要六千块？"她拉起燕其羽打算逃开这可怕的销金魔窟，拽了一下，却没拽动。

燕其羽隔着厚厚的柜台玻璃，指尖悬空按在领带夹上。她看向导购，梦呓似的开口问："您能把它拿出来让我看看吗，谢谢。"

吃完圣诞大餐回到家时，时钟已经慢慢走向了十点。

再过两个小时，《苍穹之梦》就要正式上线了。

截至到现在，预收藏量已经突破了五万大关，等到漫画正式开始连载后，收藏量很快就会翻番。

海豚漫画网是如今最受欢迎的漫画平台，顶尖作品如《爆裂神拳》足有两百万收藏，全网点击量高达上百亿。百万收藏的作品有近五十部，每一个都耳熟能详。

燕其羽知道，自己和它们的差距是客观存在的——差距如天堑，有些小作品终其连载寿命也不能跨越；但这差距也可能如小沟，只要乘稳东风，轻而易举就能登上百万殿堂。

燕其羽从来不是一个会安心等待东风的人，她决定自己做那股东风。她打开电脑，决定抓紧最后的机会，再直播两个小时作画。

小羽毛轻飘飘V：各位圣诞节快乐！距离《苍穹之梦》上线还有最后两个小时，大家准备好了吗？一会儿我会在直播间里分享最新的圣诞套刷使用技法，包括雪花笔刷、松针笔刷、月漏笔刷、星星笔刷、彩带笔刷和小灯泡笔刷，组合后可以画出非常梦幻的雪落圣诞树效果，欢迎大家围观"分享直播间·一杆羽毛笔"。

这个圣诞前夜，燕其羽不准备赶稿，而是打算创作一幅圣诞贺图。

燕其羽连上直播软件，把线稿拖到软件中。屏幕上，一颗光秃秃只有树干、树枝的怪树屹立在花盆里，树梢上挂着各式各样的小玩具——全部都是《苍穹之梦》中会出现的Q版机甲，而在树顶上，女主角驾驶的球形后勤机甲代替星星，憨头憨脑地坐在那里。

很快，直播间里就聚集了不少观众。

燕其羽开麦和大家打招呼说："嗨，没想到圣诞节也有这么多人，我以为大家都去过节了，还担心没人来呢。"

屏幕上瞬间飞过无数"FFF团荣誉成员！""我是单身我自豪，我为国家吃狗粮！"等搞笑弹幕。

与此同时，QQ跳了出来，彰显着自己的存在感。

田野：毛毛，你没有出去过节吗，圣诞节开直播太辛苦你了。
小羽毛：已经和小伙伴过完啦！
小羽毛：吃吃吃、看看看、买买买，过得很充实！
小羽毛：田野老师呢？
田野：我这个圣诞节和家里人过的，想送礼物给她的那个人，却没能来。
小羽毛：她？
小羽毛：田野老师的女朋友吗？

燕其羽问出这句话后，对话框那端久久没有回应。"正在输入中"的显示闪烁了很久，久到燕其羽以为"田野"老师掉线了，才收到了对方的回复。

田野：不是女朋友。

又过了一会儿，这位沉默的小说家补充道：

田野：暂时，还不是女朋友。

燕其羽乐了。

小羽毛："嗷……"
小羽毛：我懂的！
小羽毛：那就祝田野老师能尽早把礼物送出去，把她变成女朋友！

说完，小羽毛连发三个加油的表情。

田野：好的，那就借你吉言，祝我能早日得偿所愿。

两人又聊了几分钟，直播间里的观众数节节攀升，很快就逼近了两万大关。燕其羽本来还担心这种突发直播没人看呢，哪想到反而比平时的关注度更高。

这一方面是"单身狗"实在太多，另一方面是因为最近"小神仙笔刷"的名声越来越响亮，不管是画师还是观众，都想来一探究竟，看看这神乎其技的笔刷技法。

十一点整，燕其羽的直播正式开始。

观众们都为燕其羽捏了一把冷汗——这图只完成了线稿和Q版机甲上色，大片区域都是空白一片，她真的能在一小时之内完成这张图吗？

但是很快，燕其羽就用她出神入化的技术，当众表演了她的神奇魔术。

燕其羽全程开麦，一边讲解，一边迅速切换各种笔刷绘制背景。左手按住快捷键、剪贴蒙版、自由变形、调整色相……而右手下笔有神，没有一笔浪费，随着她指尖每个动作，每个笔刷都发挥出百分之二百的功效，画板接收到压感笔的指令，把它们转化成无数优美的线条。

松针笔刷沿着树梢向外发散，颜色从浅到深，一层层铺出松树郁郁葱葱的模样，苍翠欲滴、活灵活现。

彩带笔刷围绕树身，颜色亮丽，大大的蝴蝶结充满蓬松感，展翅欲飞。

再看五颜六色的小灯泡笔刷从松树顶端垂落到地，带来热气腾腾的节日气息。

还有雪落松顶、月挂树梢、万千星光点缀其中……

而这一切只花了二十几分钟而已！

当燕其羽调整完最后一次光效，完美收尾后，整个直播间已经被无数赞美之词淹没。

"哎呀，手速惊人！"

"妈妈这个神仙会变魔法……"

"我要自己这双'猪蹄'何用！"

"求助,有人有录屏吗,好几个步骤都没搞懂……"

"希望'小神仙'以后多多开讲解直播,而且最好能有一个摄像头同时对着手,上次看到这种逆天手速还是在看吃鸡直播……"

"同上,被画画耽误了的电竞选手!"

到后来,夸赞的评论已经控制不住,越来越跑偏了。燕其羽既好笑又无奈,挑了几个问题,耐心地一一解答,遇到呼声高的问题,她还会重新演示一遍,争取把"售后服务"做到最好。

最后五分钟,燕其羽清清嗓子,靠近了麦克风。

女孩的声音带着浓浓的祝福和对美好的希冀——"还有五分钟《苍穹之梦》就要上线了,这部漫画由我和'田野'老师共同创作,海豚漫画网独家发表。它是一部科幻机甲漫画,同时也是一本写给所有少女们的日记。希望大家能够喜欢这部漫画,和主人公'安洁莉娜'共同成长,一同实现自己的目标。"

"即使你身处逆境,即使所有人都告诉你不行,即使这一路注定艰难……请放心,我会一直在你身旁,陪着你前进。"

这句话说给所有听众,同时也说给燕其羽自己。

燕其羽其实一直不好意思对'田野'老师承认,她喜欢这部作品的原因除了因为剧情吸引她,更是因为,她在女主角身上看到了自己的影子。每次落笔时,她与"安洁莉娜"都融为一体,她明白"安洁莉娜"所有的无奈,也明白"安洁莉娜"所有的不甘。

"还剩下最后五分钟,我要关直播了,希望大家能在这个重要的日子陪在心爱的人身边,倒数等待圣诞节的来临。"

"我嘛……我就没人陪啦。"燕其羽搞怪地说,"我打算关上电脑,敷张面膜,抱着我的玩具舒舒服服地躺在床上,等待零点一到,第一个抢自己的沙发。"

"那就这样了,晚安。"

燕其羽的声音清澈温柔,因为长时间说话,微微有些沙哑。粉丝们贴心地让她多喝水,礼貌地向她告别。

燕其羽意犹未尽地退出直播，把那张刚刚完成的画设定为桌面背景。

屏幕里，篝火熊熊，圣诞树下堆满了礼物，让人看着就心生暖意。屏幕外，燕其羽抱腿坐在电脑前，捧着一杯巧克力牛奶"咕咚咕咚"地喝着，嘴唇上沾了一圈"奶胡子"，而她浑然不知。

小小的群租房中，每家每户都很喧闹，主卧的小夫妻在吃火锅，次卧的女大学生不顾卡路里，深夜点了几十串烧烤，边吃边看韩剧……

而在他们对门的家里，丹尼尔趴在妈妈怀里，小小的眼睛盯着高高的圣诞树，眼中满是困倦，上下眼皮差一点就要黏在一起。

于惊鸿拍拍他说："回床上睡好不好？"

"不……"丹尼尔艰难地从梦魔的召唤中挣脱出来，迷迷瞪瞪地拽住妈妈的衣领说，"我要等圣诞老……人……我要许……"

话没说完，丹尼尔小脑袋一歪，已然昏睡了过去。

苏禾从老婆怀里接过这个沉到压手的小胖墩，轻手轻脚地送到了次卧里。一家三口的身影消失在门背后，窃窃私语透过门缝隐隐传来。

他们夫妻俩爱情长跑十多年，在高中就以双学霸恋爱的名头响彻校园。于归野从小看着姐姐和姐夫秀恩爱，早就被秀到麻木了，然而在今天，他的心中却升起了一股淡淡的羡慕，心想：什么时候，我也能拥有自己的小家呢。

快了。

于归野想：一定很快了。

圣诞节的钟声即将敲响，于归野坐在电脑前，敲响了屏幕那头的女孩。

田野：毛毛，直播辛苦了。

小羽毛：不辛苦！我很喜欢画画的。

小羽毛：最后几分钟，田野老师不用陪女朋友吗？

田野：都说了，她还不是我的女朋友。

小羽毛：很快就是了！

田野：嗯，我决定把追到她当作我的圣诞愿望。

田野：最好是明天一觉睡醒，就发现圣诞老人已经把她打扮得漂漂亮亮，塞到我家的圣诞树下了。

小羽毛：哇！田野老师家里有圣诞树？

田野：嗯，很大。

田野：越大的圣诞树许愿越灵验。

田野：毛毛你有什么愿望，我可以替你说给圣诞老人听。

小羽毛：我唯一的愿望就是希望《苍穹之梦》能火！能有很多很多人喜欢！

田野：一定会的。

田野：时间快到了，咱们来倒数吧。

小羽毛：好哇！

田野：五。

小羽毛：四！

田野：三。

小羽毛：二！

田野：一。

小羽毛：圣诞快乐！

回车键按下的同时，窗外忽有一朵烟花攀上天空，在跃至顶点时"嘣"的一声炸开，点燃了这个并不寒冷的冬天。

一朵、两朵、三朵……烟火们争先恐后地在夜空中释放自己的美丽，它们鲜艳夺目，拖着长长的尾巴划过每个观礼人的视线，在所有人的心里烙下绚烂的一抹色彩。

燕其羽惊喜地冲到窗前，双手托腮，欣赏着这一丛丛暗夜繁花。它们美得彻底，美得义无反顾，而站在烟花下的人，则成为它们短暂生命的见证。

"真美啊……"

震耳欲聋的爆炸声响彻天地，这个圣诞注定会发生无数故事。

床头柜上，正在充电的粉色手机接连嗡鸣几声，一分钟之内推送了四条消息。

来自QQ——

田野：毛毛，你们那里放烟花了吗？

来自微信——

于先生：燕小姐，圣诞快乐。

来自微博——

【已设置特别关注提醒】君子归野：这个圣诞节，希望大家的愿望都能实现。

来自海豚漫画网APP——

尊敬的读者老爷，您收藏的漫画《苍穹之梦》于十二月二十五日零点零分发布了第一话，快来阅读吧！

PAINTER AND WRITER

小画家与大作家

莫里 著

（下册）

山西出版传媒集团
北岳文艺出版社
·太原·

第五章　强大的竞争对手

第一节　《苍穹之梦》上线

圣诞节当天本来是休息日，无奈为了凑新年调休假期，圣诞当天还是要上班的。

圣诞前夜，大家都在狂欢，恋人们把这天过成了情人节，而"单身狗"们则呼朋引伴，叫上三五知己，找个酒吧不醉不归。

这座城市直到凌晨才逐渐安静下来，躁动的人们裹在暖气与酒气里，沉沉睡去。

第二天一早，地铁站里被无数黑眼圈、鸡窝头的上班族们填满，大家睡眼惺忪，或倚或靠在栏杆旁，困得用下巴找胸脯。

"醒醒，醒醒，你怎么站着都能睡着？"一位妆容潦草的女白领推了推身旁的同事，她们胸口挂着的工牌上印着一只Q萌的海豚标志，女白领说道，"还有两站就要到公司了，你赶快补个妆。"其实她本人又好到哪里去呢，厚厚的粉底盖不住眼下的青黑色，卷发乱糟糟的，一看今天早上就没来得及梳头。

女同事闻言坚强地甩了甩脑袋，在摇摇晃晃的地铁上变魔术一般掏出了粉饼、眉笔和口红，她用几根手指夹着化妆品，在人挤人的地铁里艰难地画出了两条歪歪扭扭的眉毛。

"不行……困死了，眼睛都睁不开。"女同事说道，"昨天组里聚会到那么晚，总编也不说行行好，上午放两小时假。"

长卷发女白领惊讶地说道："你不是吧，盼望茄哥体恤民情？还不如盼望自己带的漫画明天就成了热门IP！昨天的聚会所有编辑都去了，邓耀华还厚着脸皮邀请他，结果呢，还不是被嘲了。"

"邓耀华活该被嘲，他脑袋上顶着副主编的帽子那么久了，一直想摘下来，花样拍总编马屁拍了这么久，总编还能看不出来？"女同事又说道，"对了，那谁是不是也没去？"

"哪谁？"

"就那谁！"女同事挤眉弄眼地用手比画了一个粗长的圆柱形状，"我司最爱岗敬业的好编辑，运营眼里最可怕的抢档期小天后，三十岁了还没男朋友的著名工作狂……"

"哈！"长卷发女白领撇撇嘴说，"人家可和咱们不一样，人家今天凌晨可是有漫画上线，得回家盯数据呢！"

"《苍穹之梦》是吧，不就预收藏高了点儿吗，看给她美的，成天削尖了脑袋从运营手里抠推广位，真以为什么作品都能成IP呢？"

"你可别说，数据确实挺好的。真是让她捡了漏，小透明作家加小透明漫画家，女性机甲题材，我之前觉得肯定会扑，结果昨晚上临睡前我想起来瞅了眼——好嘛，凌晨更新，评论都破一百了！"

漫画评论数据和小说评论数据不同，很多漫画读者是没有回复的习惯的，往往一篇十几万收藏的漫画，每一话回复只有几十而已。

女同事一听，脸色瞬间不好了，她强压住心里的不屑与丝丝嫉妒，语气酸涩地说："那一会儿到了公司可要好好恭喜她。现在上线将近十个小时了，收藏多少了？"

女同事话音刚落，两人身后传来了一道低沉沙哑的男声——"六万两千多。"

简简单单五个字，不带任何感情色彩，如一潭幽深不见底的冰冷池水，足以淹死五六只"呱呱"乱叫的鸭子。

冷酷的声音继续说道："没想到你们这么关心同事，对工作真是很有热情。"

这、这么熟悉的声音……

两位女白领同时僵住，攀住扶手的手瞬间收紧。

她们不敢回头，又不敢不回头，只能像两座被大魔王施了黑暗魔法的雕像一样，直愣愣地戳在那里。

这不科学啊！为什么总编大人会坐地铁啊！人设崩了啊！

直到地铁进站，她们被急着上班的人流推出了车厢，加诸她们身上的定身魔法才轰然消失。她们手挽手，在彼此脸上都看到了"花容失色"四个字，可当她们鼓起勇气回头寻找时，那位大魔王已经消失在人群中了。

上班时间，海豚文化集团的电梯间挤得水泄不通。

男人肃穆而立，一张脸上看不出任何表情。刀刻般的五官称不上多么英俊，但配上他周身气势，却令人不敢直视。

外面天寒地冻，男人只穿了一件羊绒内胆的皮夹克，拉链大敞，露出被紧身长袖T恤包裹的健壮身材。工牌被他随手塞在牛仔裤的后兜里，连在工牌上的并非是长长的颈带，而是一连串丁零当啷的小玩意，仔细一看，全是已经绝版的扭蛋吊坠。

人群中，走出一个慈眉善目的中年男人，他裹在一件厚实的羽绒服里，手里提溜着一份煎饼果子，笑眯眯地同年轻男人打招呼说："呦，小茄，今儿没骑哈雷？"

车库在地下，如果骑摩托车停在车库的话，应该坐电梯从地下直接上楼，而不是在一楼大堂和其他员工等电梯。

茄哥见到瓜爷这位老友，表情终于有了一点人气，回答说："嗯，送去改装了。"

两位都是总编级人物，一个坐镇漫画平台，一个坐镇文学网站，是海豚文化里最受器重的两位大佬，其他小员工见他们走进了同一个电梯轿厢，你看看我，我看看你，硬是没有一个人敢凑上去。

电梯门缓缓关闭，空荡的电梯里只有他们两个人的身影。

没有外人，瓜爷绷不住了，眉开眼笑地炫耀道："今儿零点，《苍穹之梦》上线了。'君子归野'不愧是我们台柱大神，改行做漫画脚本都那么给力，数据相当出彩啊。"

茄哥面无表情，可字字都戳在瓜爷的心坎上，说道："他披马甲来漫画圈，谁知道他是谁？况且剧情还没有展开，看不出什么编剧功力。初期的读者群都是看在画手的面子上来的。"

"得得得，我知道——'小神仙'嘛，网上火得不得了，我们美编都下了她的独家笔刷。"瓜爷被呛声也不恼，依旧笑得像个弥勒佛，说道，"咱俩也别在这儿争来抢去了，你护你的人，我护我的人。归野大神和'小神仙'那么投缘，合作又很顺利，这功劳他俩一人一半……"

"不。"茄哥忽然打断他说，"还有一个人。"

"啊？"

恰在此时，电梯"叮"的一声抵达了海豚漫画网所在的办公楼层。茄哥向身旁的老友挥了下手，迈步走出了电梯。

瓜爷被他甩在电梯里，无奈地捧着煎饼果子，很不满地"哼"了一声，安慰自己：现在不流行冷酷型男了，像他这样的暖男大叔才是大势所趋！

茄哥双手插在夹克衣兜里，大步流星地走进了办公区。明明快到上班时间了，办公区里却见不到几个人影，那几个已经坐在办公桌前的小编辑都一脸菜色，满脸都写着彻夜狂欢后的萎靡。

男人的双眸从一排排办公桌上扫过，却没有看到意想之中的倩影。不过她工位上的电脑却开着，包包、大衣随手扔到了椅子上，人却无处可寻。

茄哥目不斜视地穿过编辑部，向着另外一边的运营组走去。果不其然，他刚一靠近，就听到一阵河东狮吼响起——"运营老弟我拜托你了，《苍穹之梦》是A级，不是A-，之前排期上明明说了今天有信息流置顶，怎么到现在还没看到置顶？"

步娜娜的双脚踩进一双切尔西皮靴里，贴身的针织连衣裙堪堪包住臀部，露出一双又直又长的美腿。现在那双美腿正像圆规一样左右分开而立，她一手叉腰，一手拿着办公用的 iPad，把它举到了运营的鼻子下面。

"看这里，看这里！新作上线的三个分区推荐位，A 级作品的一个首页推荐位，还有我们组主编特批的两个频道推荐位……现在只上了四个！"步娜娜寸步不让，继续说道，"今天是圣诞节，流量是年底最大的一天，二十四小时已经过去了十小时，老弟，你必须找个位置把推荐时间给我补上！"

负责 APP 运营的组长头疼不已，他和步娜娜打过很多次交道了，这位女编辑的性格同她的长相一样充满攻击性，果然是越美丽的玫瑰越刺手，每次她来撕，小运营们都被吓到缩卵，战战兢兢地把组长推出来顶锅。

不过这次确实是他们工作失误，没有交接好，导致有两个小推荐位没来得及上。也就步娜娜这种较真又负责的人才会连这种频道推荐位都要细抠，只要能给旗下作者增加一丁点曝光，她就绝对不会放过。

在步娜娜的紧迫盯人下，运营组终于把所有推荐位补齐，还另外找了个小广告位给《苍穹之梦》补了几个小时。

运营组长看看数据，恭喜她说："这漫画刚上线第一天，数据就这么好，蛮厉害嘛！整个十二月都没什么拿得出手的新作，倒是你带的这本有火的潜质。"

步娜娜撩了撩头发，说道："我们要的不是火，是爆。即使现在不爆，以后也要爆。即使一年爆不了，三年也要爆。脚本好，作画好，我看重的作品怎么能和 A 以下的作品相提并论？要比也要往上比……"

运营组长一愣，说："妈呀，娜娜你难道说的是……"在他面前，这位被冠以"工作狂"外号的美艳编辑自信一笑，说："没错，我指的就是一周后要上线的《喵喵侠》。"

"你没发烧吧，那是 S-！你一个 A 级作品要和一个 S- 比数据？"运营组长连连摇头道，"要不要我把新年的排期调出来给你看？《喵喵侠》现在确实是被《苍穹之梦》压住了，可是新年流量大，S 级作品的推荐位又多，等他们正式上线，你们的优势保不住，肯定要被他们反超。"

"没关系，超就超。"步娜娜眯起眼睛，徒手比了个抚剑的姿势，像极了网上流传的那个搞怪表情包，说道，"你看到我手里的这根四十米大香蕉了吗，就让他们先跑三十九米吧。"

在他们身后没有注意到的拐角处，茄哥双手抱臂，靠在墙边听完了两人的所有对话，心想：这么有志气？那就让他看看，步娜娜究竟是不是在痴人说梦吧。

第二节 《喵喵侠》的暴击

新年，一月一号，万物初始之日，一切都是崭新的。

而在这一天到来之前，燕其羽婉拒了阿琳邀请她夜不归宿的提议，一个人老老实实地窝在家里。

燕其羽的小房间里没有电视，只有一台赖以生存的笔记本电脑，现在这台电脑屏幕上正播放着某卫视台的新年晚会，而燕其羽则抱着玩偶缩在被窝里，背靠在暖气片上，小声和妈妈打电话。

燕其羽说起方言时又软又糯，如乳燕初啼。她是独生女，一个人独自北上打拼，父母放心不下她，每隔两天都要同她通电话，互相报个平安，聊聊身边发生的事情。

母亲关切地问道："囡囡，今天晚上有没有和朋友出去玩？"

燕其羽的视线扫过电脑桌旁堆得高高的外卖盒，心虚地说："出去了、出去了，和朋友吃大餐呢。"

"那就好，妈一直担心你一个人不懂得照顾自己……"母亲语带轻愁地说，"还有，你不要老给家里买东西了，补品、衣服也就算了，什么洗碗机、扫地机器人真的用不上，我身体好得很，家务自己能做。"

"我给你们买的东西你们一定要用！"燕其羽立即坐直身子，严肃地说道，"我现在能够赚钱了！我画的漫画很多人喜欢，要是数据好，未来还会涨稿费呢。"

"真的？"哪个做家长的不希望孩子有本事、有志气？燕妈妈的声音带上了骄傲与欣喜，说道，"我就知道囡囡了不起，就算不吃公家饭，过得也不会比你表哥表姐他们差。"

家家有本难念的经。

燕其羽从小到大,都是他们这辈孩子里最出息的一个,模样漂亮,成绩又好,乖巧懂事,没少让表哥表姐们嫉妒。

结果呢,就是这么乖巧懂事的燕其羽,却在大学毕业后"叛逆"了!她没有依照长辈的期望踏踏实实地当个会计,而是扔下一切跑去画什么卡通画!

这个决定,是燕其羽二十多年人生里做过的最冒险也是最勇敢的一件事。她先斩后奏,没和任何人商量,用四年来积攒下来的奖学金买了一台性能不错的笔记本电脑和画板画笔,放弃了高薪职位,就这样背起行囊离开了家。

燕妈妈是那种很传统的女人,一辈子兢兢业业地工作、认认真真地相夫教子,性子温婉,看上去没什么脾气和主见——可正是这样的她,却成了家族里唯一一个支持燕其羽追寻梦想的人。

在燕妈妈看来,女儿大了,时代变了,谁说女孩子只适合当老师、公务员、会计?世界上有着那么多种可能,总要自己尝试过才不会后悔。就连燕爸爸那边都是她以"女儿在外过得那么辛苦,如果连父母都不理解她的话,那不就太可怜了吗?"的话语说服的。

这么多年过去,燕其羽的工作一点点有了起色,她每一分进步都要和妈妈分享,每赚一分钱都恨不得花在父母身上。

母女俩说着说着,燕妈妈居然又说哭了,燕妈妈还是太担心她了,她不图女儿赚多少钱,就希望女儿能安安稳稳的。

燕妈妈把电话交给丈夫,去一边默默抹泪去了。

燕爸爸接了电话,他是那种典型的严父,独自面对女儿时,身上总有那种很生涩但是很真实的心疼,可他又不像老婆那样会说些贴心话,只能硬邦邦地问:"北方冬天很冷吧?"

"不冷的。"燕其羽笑道,"有暖气呢。等明年开春我搬了新房子,接你们过来玩。"

老两口一辈子去过最北的地方就是上海,说暖气他们也想不出是什么样子。燕其羽其实早就想把他们接过来住一段时间,可之前是没钱,现在是没地方住——以爸妈的节省,是绝对不肯住酒店的。

燕爸爸知道女儿与人合租,语气凝重地告诫她一定要注意安全。大城市什么人都有,她一个女孩独身在外要是遇到危险就不好了。他翻来覆去地说着"防人之心不可无""财不露白"一类的话,燕其羽听着他的唠叨,不觉得烦,只觉得暖心。

"要我说,明年你还是回家吧。"燕爸爸沉声道,"反正不就是画画嘛,在哪里画都一样,住在家里还能省房租,爸妈看着你也安心……"

"不行!"燕其羽脱口而出,待两个字说出口,她才意识到自己实在反应过度。其实燕爸爸的提议很好,可她一想到如果搬回家乡,从此就要和于先生远隔千里,她便脑袋一片空白,什么都顾不上了。

至于为什么想到于先生就会心慌意乱……燕其羽虽然说不出口,但心里,终归还是懂的。

事已至此,燕其羽只能硬着头皮向爸爸解释道:"回家还是有点不方便……毕竟编辑部就在这儿,而且我的脚本作者也在这儿,我们仨要经常碰面开会。"

要有长鼻子了。

燕其羽掐掐尖尖的鼻头,心想:她真是学坏了,她都有多久没见过"田野"老师和娜娜姐了?

好在燕爸爸被燕其羽轻易地忽悠过去,他对她的工作一窍不通,女儿最近在网上连载了漫画,他特地找侄子帮忙下了APP,也想看看,可是看来看去怎么都看不懂。他搞不懂漫画的阅读顺序,也没明白为什么大机器人要打架,不过他能看出来囡囡画得很用心,是真心喜欢这份工作。孩子有自己的追求与梦想,那他作为家长,除了支持,就只能支持了。

燕其羽终于卡在凌晨零点前挂断了电话,她顾不得微信和QQ里友人们发过来的拜年短信,扔下手机迅速冲到电脑前,伴着联欢晚会上主持人的倒数计时,匆忙点开了海豚漫画网的首页。

当新年钟声敲响之际,面前的网页迅速被鲜艳的正红色淹没,炫目的烟花特效在屏幕正中央炸开,随后显示屏上出两只活灵活现的Q版小海豚。它们穿行在首页的作品封面中,两只海豚嘴里叼着卷轴,徐徐向两侧展开,卷轴上一行大字浮现出来——海豚漫画伴你过新年!

在这句俗套的标语之下,"啪啪啪"弹出数十部S级作品的封面欣赏,按照"持续连载""精品完结""新作上架"的顺序依次排列。

而稳坐"新作上架"第一位宝座的,正是一名超短裙、猫耳的萌系美少女,软软的猫爪在镜头前比了个大大的"V"字,头顶"喵喵侠"三个字吸引了所有人的目光。

最主要的是,《喵喵侠》旁边还有一个闪瞎所有作者眼睛的标签——连更三天!

漫画连载周期慢,大多是周更,在有助手的帮助下能达到一周双更。《喵喵侠》既然能连更三天,说明作者不仅备稿充足、助手多,而且手速一定很快!两部作品筹备的时间相差不多,《苍穹之梦》只能保证一周一更,可《喵喵侠》却能连更三天。

哪个读者不喜欢更新速度快的作品?就算看小说,大家也喜欢看九千字的大肥章啊。

燕其羽中箭无数,默默叹了口气,鼠标点开了《喵喵侠》这部作品,抱着"知己知彼"的想法观看起这部作品。

而当燕其羽看完第一话后,一头栽倒在电脑前,恨不得当场化为一条咸鱼挂在墙上。

《喵喵侠》是一个发生在现代背景下的校园故事,主线是恋爱和打怪,风格轻松搞怪,它不光题材上占了优势,合作的漫画家和脚本作家都在圈里久负盛名,自带粉丝团,而且在形式上,《喵喵侠》是更适宜手机阅读的条漫!

条漫最初起源于韩国,更适宜移动设备阅读。它的特点很鲜明:分镜更为方正,每一格都很小,镜头语言以特写、近景居多,背景留白多,适宜体现快速的镜头移动。

而燕其羽所作的《苍穹之梦》是页漫,有非常典型的日式漫画风格:背景精美细腻，空间感更强，呈现人物以中近景居多，远景镜头可切换的角度更多。页漫更加考验作者的分镜功底。

若是把两部作品放在一起比较，就不难理解为什么《喵喵侠》可以画得这么快了。

《喵喵侠》第一话足有五十格（一般条漫一次更新三十格），然而这五十格里，女主角全身出镜仅有不到五次，分别是登场、被橘猫咬、初次变身，剩下的格子都是近景和特写。因为切的都是小格子，每一格都聚焦在人物身上，背景只在切换场景时出现，提醒读者转场。

通过这样的方法，作画时间大大降低，可以更快地推进剧情。对于画家来说省时省力，而读者们也不会意识到作者在偷懒。

与《喵喵侠》相反，《苍穹之梦》是一部设定恢宏的机甲轻科幻，为了表达宇宙的宏大与战场的残酷，大远景频繁出现，非常消磨作画时间，然而这些都是必要场景，根本无法消减，如果不是燕其羽有一套自己设定的"小神仙笔刷"，她作画的时间只会耗费更多。

燕其羽点开《喵喵侠》的评论区看了一下，仅仅十几分钟而已，评论区已经被粉丝团的鲜花与打赏堆满，剩下的评论大多是"哈哈哈""萌萌萌""女主好可爱"。要说这样的评论是无脑吗？不，只是条漫能更精准地戳中读者的点罢了。

微博上，也是一片欢欣鼓舞。"乱码君"是不少读者信赖的"老司机"，尤其她的女生身份一曝光，她的粉丝更是一涨再涨，与她合作的脚本作者"神笔狗良"也是一位小有名气的作者，这两位强强联手推出的新作品，从刚放出风头就有不少人看好。等到零点新作上线后，土豪读者居然直接开了转发抽奖！

每一次刷新，评论、点赞、收藏的数目都在疯狂上涨。新年本来就有很多夜猫子熬夜，再加上有这么显眼的推荐位，这部漫画即使仅上线了一话，也依然拥有了一波数据。

虽然燕其羽早就预见到《喵喵侠》会领跑一段时间……可现在看来，这哪里是领跑，明明都超了她一圈跑道了！

理智上，燕其羽知道《喵喵侠》与《苍穹之梦》是完全不同类型的作品，从各方面来看都没有任何可比性，然而她仍然觉得十分挫败。

QQ群中，"田野"老师和步娜娜都没有休息，两人在Q群里热烈地讨论着《喵喵侠》的优缺点，燕其羽知道自己应该加入话题，可她却完全提不起劲。

心好累啊，她这片小羽毛实在是飘不动了。

燕其羽干脆装作睡着了，默默退出QQ，抱着一颗被大神打击得体无完肤的小小玻璃心，委屈地爬回了温暖的被窝。

心里装着事，燕其羽在床上烙了半天咸鱼馅饼却怎么也睡不着，她实在憋不住，默默地从床头柜上摸起了手机。

屏幕点亮，微信还停留在一个熟悉的对话框上——

于先生：燕小姐，新年快乐。

于先生：还在赶稿吗？

于先生：之前约你新年见面，不知你明天方便吗？

在这么丧的时候里，能够治愈燕其羽的人，只有她的于先生了。

第三节　给我四十分钟

燕其羽何止明天方便，她今天方便，现在最方便！

燕其羽脑子一热，立即拨通了于归野的电话，当富有节奏感的"嘟嘟"声在耳边响起，她的理智又瞬间回笼：都这么晚了，贸然打电话会不会影响对方休息？

然而不等燕其羽反悔，电话已经被接通，熟悉的磁性声音从听筒里传出来，如一股暖流温暖了她的身体。

"燕小姐？还没睡吗？"男人低语。

"没有！"燕其羽的脚趾绷紧，偷偷夹住了床单，问道，"我、我是不是打扰你啦？"

"怎么会。不过请你稍微等我一下，我在我姐家，刚把丹尼尔哄睡着，等我找个安静的地方。"背景音里出现轻掩房门的声音，接着是拖鞋在地板上摩擦，男人穿过走廊，燕其羽隐约听到了一个女声和他打招呼，问他这么晚了，是谁打来的电话。

燕其羽听到他回答："一个很重要的人。"她下意识地把脸颊紧紧贴在手机听筒上，有些分不清究竟是老化的电池烫，还是自己的脸更烫了。

很快，听筒里安静下来，于归野已经回到了客卧，浑然不知刚刚和姐姐的对话已经全被燕其羽听去了。

"不好意思，让你久等了。"于归野说道，"你新年假期哪天有空呢？"

身为漫画家，燕其羽只要不赶稿，天天都有空。她想了想说："那就明天吧，我明天可以匀出一天时间来，咱们几点见面好？"

"十一点吧，吃过午饭之后，下午可以看场电影，最近有一部很好看的动画电影。"

"对了，晚上你想不想去玩桌游？我看到夏迟发的朋友圈，她们双胞胎女仆店新年有活动！"

两人你一言我一语地计划着第二天的见面行程，从早到晚排得密密麻麻，简直就像是一对正在做约会计划的热恋情侣。

两人一直聊到很晚，直到时针走向两点，燕其羽实在撑不住了，哈欠一个接着一个，于归野劝她早些睡觉，她这才恋恋不舍地挂断电话。

和于先生聊了这么久，刚刚困扰燕其羽的工作烦恼已经消失不见，她躺在软和的被窝里，想着明天就能见到于先生，便觉得世上再没有什么事情能比它更好了。

燕其羽打定主意，新年这天一定要睡到自然醒。然而不到中午，她就被枕边的手机铃声吵醒了。

燕其羽迷迷糊糊地摸过手机，连屏幕上显示的人名都没有看，随手接起夹在了耳边。

"喂……是快递吗……如果是快递的话放到楼下代收点……如果是推销的话，谢谢，不买，没钱……"

燕其羽困得东倒西歪。

不过这个电话既不是快递也不是推销，熟悉的嗓音伴着笑声出现："燕小姐，你是还没有起床吗？"

"诶？"燕其羽迟钝地歪了歪头。

男人提醒她道："你忘了吗？咱们睡前还打过电话，约好十一点在餐厅见面。"

"等……等一下！"燕其羽瞬间清醒，腾的一下从床上坐起来，"见面不是在明天吗？"

这次换于归野沉默了。

于归野说："难道，你说的明天指的是一月二日？"

"对啊……"

两人同时叹了口气，对现在的情况哭笑不得：他们通电话时，刚刚过了新年零点。于归野误以为燕其羽说的明天是指睡醒后的一月一日白天，可燕其羽所指的其实还要再往后一天。

于是，燕其羽一觉舒舒服服睡到十一点，而于归野却在早上八点就起床洗澡、剃须、挑衣服，提前半小时到了约好的餐厅，哪想到"睡美人"还没起床呢。

于归野笑自己太过心急，说道："那你继续睡吧，明天见——我是指一月二日见。"

燕其羽心里愧疚的小树苗"蹭蹭蹭"往上涨，小声说："对不起，是我没说清。"

"不怪你。"男人温声道，"怪我太想早一点见到你了。"

这句话便如千里沃野中最好的养分，让女孩心里的小树苗瞬间长成了一片热带雨林。

"不不不！你别走！"燕其羽一边夹住电话，一边掀开被子滚下了床。冷空气席卷而来，冻得十根脚趾头红彤彤的。她急道，"给我四十分钟……不，

第五章 强大的竞争对手

半个小时！我现在就去找你！"

燕其羽为了这次称不上约会的约会，提前一周就忙活开了：她买了新衣服，选购了香喷喷的香水，还特地买了卷发棒，跟着新手教程学了一个温婉可爱、清新怡人、有空气感的韩式梨花卷发。

可谁能想到计划赶不上变化，燕其羽为了能在二十九分五十九秒之前抵达餐厅，随手将一头长发挽成了最简单的花苞头，脸上连粉底都没顾得上擦。

等燕其羽抵达餐厅门口，隔着大大的落地窗看到于先生的身影，她终于"亡羊补牢"地想起来应该涂个口红补救一下——结果手从大衣兜里掏出来时，手心里只有一根圆柱体的胶棒。

燕其羽无语凝噎。

算了，反正于先生早就见过她的素颜，美也是她，丑也是她。

一路跑来，燕其羽脸上泛着健康的红润色泽，头上微微挂着一层薄汗。于归野心疼她，赶忙叫来服务员上了一杯冰橙汁，让她可以消消热气。

燕其羽喘着气栽倒在桌上，把冰凉的杯子贴住热气腾腾的脸颊。

"下次别跑这么快。"于归野体贴地为她递上一包纸巾，说道，"我就在这里等你，哪儿也不去。"

燕其羽戳戳纸巾上的吉祥物图案，嗫嚅道："我怕你一个人待着太无聊。"

"没关系，我刚好有点工作要处理。"于归野扬了扬手机。

隔着桌子，燕其羽没看清屏幕上的内容，只看到是一个QQ对话框。她惊讶道："这么忙？新年还有工作？"

男人轻笑道："对手公司有个新项目今天凌晨上线，项目表现比预期还要好，成绩远超我们自己的项目。我的合伙人对此很焦虑，我在和另一个合伙人商量怎么开解她。"

他们虽然认识了蛮长时间，可于归野一直没有深谈过自己的工作，燕其羽并不在乎这些：相对于于先生赚多少钱、是什么层次、是律师事务所的合伙人还是普通律师，对于她而言，都不及于先生本人更重要。

燕其羽懵懵懂懂地问："听上去形势很严峻啊……你难道不会担心吗？"

"是有一些担心。"于归野微微一笑，自信满溢地说，"不过我们的项目是做长线的，即使在短期内只能处于下风，我也有信心未来会赶超的。"

两人说话时，服务生把菜陆陆续续地端上了桌。这是一家风格很小资的新派茶餐厅，既有传统的港式美食，也有改良后的甜点小吃。

于归野照顾燕其羽的口味，特地选了一道口味酸甜微辣的开背虾，经过油炸处理的虾球在盘中高高叠起，浇上秘制的橙红色酱汁，光是闻着就让人食指大动。

这家店是于惊鸿那个老饕发现的，于归野不重口腹之欲，可当他第一次品尝到这道酸甜虾球时，他的味蕾迅速被它的鲜香风味折服。

那时候，于归野脑中闪过的第一个念头便是——他一定要带燕其羽来尝尝。

也就是在那个瞬间于归野赫然发现，他想要和燕其羽分享生命里出现的每一个美好，即使再微小不过。因为他喜欢她。

坐在于归野对面的女孩并不知道，她居然因为一道菜，就被"大野狼"划入了自己的地盘。

燕其羽嘴馋，手却笨，她不会用筷子剥虾皮，只能放下筷子，笨拙地让双手上阵。剥出的第一颗虾球却没有放进自己的口中，而是被她送到了于归野的盘子里。

燕其羽没说话，一双眼睛笑着投在于归野身上，待他一颗吃完了，她又开开心心地剥起了下一颗。

恰在此时，燕其羽放在一旁的手机响了。

燕其羽十指都是酱汁，只能费力地用手腕划开屏幕，没想到找她的人是编辑步娜娜。

香蕉殿下：小羽毛，在吗？

香蕉殿下：你从凌晨就没上线，你是不是因为《喵喵侠》的数据感到有压力？

香蕉殿下：你要是想找人聊聊的话，我可以陪你。

香蕉殿下：田野也很关心你。

香蕉殿下：你要是上线了，记得回他一下。

见到编辑和自己的脚本作者这么在乎自己，燕其羽心里泛起阵阵暖意。他们不是同事，不是普通的合作者，而是朋友与伙伴。

燕其羽翘着手指，用手腕按下聊天框下的录音键，凑到手机前，羞赧地说："娜娜姐，谢谢你和'田野'老师关心我，我没事的，凌晨那会儿是有点不开心，但是现在已经好多了。"随后又说道："我在吃饭，不方便回复，明天再聊哇！"

步娜娜听燕其羽声音活力十足，很爽快地发回来一个鼓励的表情。

香蕉殿下：好。

香蕉殿下：那回头再聊。

屏幕变暗，燕其羽继续努力和手里的虾球奋斗。

于归野看着傻乎乎的姑娘，越看越是欢喜。他故意问道："'田野'是你合作的那个脚本作家吧？你为什么叫他'老师'？"

于归野这股恶趣味真是无药可救了。

燕其羽一边剥皮，一边认真作答道："因为'田野'很厉害呀！我们漫画圈就是这样的，要尊称前辈为'老师'。'田野'老师是个很棒的科幻小说作家，他有两部短篇小说都获奖了呢！"

"这样啊……"于归野的手指在桌上轻敲，说道，"'老师'听上去还蛮别致的，要不然你也叫我老师吧。"

"诶？……"燕其羽愣愣地抬起头，眨眨眼，试探性地喊道，"于老师？"

话音刚落，燕其羽已经忍不住笑起来了，说道："不行不行，听上去像是那位说相声的于老师，太奇怪了。"

于归野想着那位大江南北颇具名声、酷爱抽烟、喝酒、烫头的"于老师"，感觉十分无奈。

燕其羽笑点低，一笑起来就停不住，她笑声清脆，如银铃般飘荡出去，在房梁上打了个转，又晃晃悠悠地落了下来。

于归野佯作恼怒地看着燕其羽，可是她才不怕呢。

燕其羽伸长手臂，把新剥好的虾球再次送进了于归野的盘中，嘴里哄他说："好啦好啦，于先生，不开你玩笑了。"她收回手指，嘬了嘬指尖，毫无所觉地说道："相对于'老师'来说，我还是更喜欢叫你'先生'。"

"哦？"于归野抓住燕其羽话里的漏洞，玩味地看向她说，"那燕小姐，我就等着你叫我'先生'了。"

第四节　小白兔没有开窍

此"先生"非彼"先生"。

于归野意有所指，话中的暗示几乎都成明示了。可偏偏他碰上燕其羽这么一只傻兔子，她头顶的天线根本没接收到于归野的频率，居然呆呆地回答："啊？我不是一直叫你于先生吗……"

于归野很无奈，别人都收"好人卡"，就他收了一张"先生卡"。

于归野想：如果他是活在漫画里的人物的话，这时候一定会有三条黑线挂在头顶上，旁边还要有一个大箭头穿透他的心脏，写着"求偶失败"。真是奇怪了，他们在网上交流工作时是"高山流水觅知音"，怎么离开网络了就成"对牛弹琴"了？算了，这种事急不得。如果"小白兔"没有开窍的话，那他就当个耐心的猎人，等着猎物从草丛里探出头，再扑上去吃肉吧。

一顿宾主尽欢（于先生这里要打个问号）的午饭结束后，两个人说说笑笑地走向了顶楼的电影院。

新年假期，放眼望去，商场里到处都是人，有全家出游，也有恋人甜蜜牵手。燕其羽余光偷看护在自己身边、帮她挡开人流的于归野，心里的小鸟扑腾扑腾地四处乱飞。

迎面走过来一对小情侣，之所以说他们小，是因为光看长相，那两人绝对还在上学！男生还没有燕其羽高，脸上长着两颗"耀武扬威"的青春痘，女孩子个子娇小，怀里抱着一只巨大的泰迪熊，都快要把她淹没了。

女生蹦蹦跳跳地走着，嘴里开心地叫道："老公、老公，你好厉害呀！帮我抓到了这么大的娃娃！"

"那是！"男孩得意地拍拍胸口说，"也不看看你老公是谁！"

燕其羽和于归野对视一眼，默契地在对方眼中寻到了和自己完全相同的笑点。目光一触即分，他们迅速低下头，把即将喷涌而出的笑意紧紧缩在喉咙里。

等到那对小情侣和他们擦肩而过了，两人才赶快闪进旁边的小甜品店里，倚着门喷笑出声。

"现在的小朋友都太可爱啦！"燕其羽笑道，"还那么小，就要叫'老公''老婆'了？"

于归野家有顽童，倒是蛮熟悉这些套路的，就说道："丹尼尔也差不多，自从瑞秋拒绝他之后，他就以'疗伤'的名义认了好几个'老婆'，周一到周五排满了，让不同的'老婆'陪他吃午饭。"

对于刚谈恋爱的年轻人来说，老公老婆其实就是男女朋友的替代词，只是从那些还未成年的小朋友口中说出来，自然带着一种稚气可爱。

"老公，老公……"燕其羽越咀嚼这个词，越觉得有趣。00后都有对象了，她还是只单身兔……

"诶！"

燕其羽惊叫出声，又赶忙捂住嘴巴，不知是不是手上太过用力，一张白净的小脸瞬间染上一层娇艳的红色。

于归野被她搞蒙了，问道："你怎么了？"

"没没没。"燕其羽匆匆否认，可摇头的速度太快，恨不得把"欲盖弥彰"四个字印在了身上。

燕其羽要怎么承认，直到一秒钟之前她才反应过来，于归野在饭桌上的那句"先生"究竟是什么意思！

这世上再没人比她更迟钝了吧，于先生在两个小时之前开的玩笑，她居然两个小时之后才意识到是于先生在撩她……现在她故作娇羞还来不来得及？

燕其羽垂头丧气地跟着于归野走向电影院，一路上她低头望着自己的手心，感觉自己的姻缘线莫名短了一截，心想：算啦，说不定于先生根本没想调戏她呢。

今天他们要看的这部动画电影是合家欢题材，卡在新年档期上映，燕其羽本来还担心买不到好位置，哪想到于归野居然从兜里掏出了两张提前取好的电影票，座位还是最中间的黄金位！

燕其羽又惊又喜地问："你怎么买到的？"

于归野笑笑没说话，他在做新年约会计划时，因为不确定燕其羽哪天有空，于是把三天下午的电影票都提前买好了。

于归野关注了燕其羽的微博——当然，是以"田野"的身份，知道她在这部国产动画《桃花庵》刚开始宣传时，就翘首期盼它的上映了。

其实不光是燕其羽，整个动漫圈的所有创作者们，都在屏息盼望着这部作品登上大荧幕。

最近二三十年来，日本动漫潮流走进了大家的生活，越来越多的人发现，原来动漫并不只是给小朋友看的，成年人也可以透过它看社会万象。可是偏偏在这个关键时刻，我国的动漫发展却停滞不前了，它一直故步自封，停留在取悦儿童的阶段，无法做出像国外那样面向全年龄段的作品。

好在随着近几年国产漫画的崛起，越来越多的年轻人开始转回头追国内优秀的作家作品。

读者多了，市场就大了；市场大了，那些资本大鳄们便下场了。

漫画作品的版权改编费节节攀高，像是前不久"知不道仙人"的《爆裂神拳》影视版权，终于迈入了千万大关！这个等级的版税，于归野闭着眼睛能数出几十个小说作者，但是对于漫画作者来说，这个钱却是无数前辈可望而不可即的数字。

《爆裂神拳》的动画版去年就上映了，但不是动画电影，而是论"季"算的动画片。然而这么火的 IP 依旧没有拿到任何一家电视台的播放许可，最后只在几个视频网站上线。好在粉丝们都很支持,第一季第一集上线二十四小时全网播放量破亿,在第一季二十集播放结束后,播放量更是达到一个惊人的数字。第二季已经在制作中了,据说这次将要改为会员才可观看——说得再清楚一点,那就是动画公司要测试读者的付费能力了。

毕竟资本都是逐利的,如果赚不到钱,那他们还买什么版权?

而这次在新年上映的动画电影《桃花庵》,则是一个更为大胆的测试——读者们的喜欢,到底值不值一张电影票钱?

对于演员来说,大屏幕比小屏幕的挑战要大。对于动画作品来说更是如此,剧本改编不同,作画精度不同,后期渲染的时间不同……种种不同加起来,让动画电影的难度比网络动画的难度要高上无数倍,烧钱的程度,也是无数倍。

没有哪个公司敢当吃螃蟹的第一人,他们买回漫画的改编权是要生钱的,不是为了赔钱的!没有一个漫画家敢拍着胸脯向公司保证,自己的作品搬上大银幕后,能有读者买单。

可终究有人要踏出这第一步的。

创作出《桃花庵》的漫画家"独钓寒",是漫画圈内最顶尖的漫画家之一,许多在签售会上见过他的读者都赞他风姿儒雅,温文细致。而正是这样的他,一手推进了国产漫画作品搬上大银幕的进程。

燕其羽曾经担任过"独钓寒"的后期助手,也得知了很多外人不知道的秘辛。

燕其羽看向身旁的于归野,小声问他:"于先生,你猜猜看,《桃花庵》这部作品的动画电影改编权卖了多少钱?"

于归野为了走进漫画圈,做了很多功课,自然知道"独钓寒"有多出名,《桃花庵》在国内外斩获了无数奖项。有这种光环加持,这部作品就算卖上千万都值得,可想想几年前国产漫画作品的低廉版税……

在公众场合讨论版税问题毕竟不合适,于归野想了想,干脆拉过燕其羽的一只手,把她五根青葱手指逐一展开。

燕其羽摇摇头,让他再猜。

于归野便把她的大拇指按回了掌心，只让剩下四根手指露在外面。

燕其羽笑盈盈的，调皮地动了动四根手指，还是摇头。

于归野便一根根手指试着，等到只剩下一根孤零零的食指立着时，燕其羽才像点头似的，弯了弯那根手指头。

"一百万？"于归野眉头微皱说，"以他的知名度，低了。"

"于先生，你猜错啦。"

于归野哑然道："不会是十万吧？"

女孩敛目，轻声道："一块钱。"她重复道，"'独钓寒'老师的《桃花庵》，只卖了一块钱。"

"他为了吸引动画公司为这部作品立项，宁可自降身价，只求找一个真心想做好动画的公司。合约里有几条硬性规定，包括这部作品必须请什么等级的制作班底、要覆盖多少院线、要在三年内上映……老师他是个性子很和善的人，但是他在合同条款上非常强硬。"

于归野能够理解"独钓寒"的想法，很多时候创作者们售卖版权并不是光看谁家出价高，而是要看制作方能够拿出多少诚意去做他的作品。比如有一次，有个影视公司开出两千万版税，但是男女主角要用他们旗下的流量小草小花，于归野实在不敢恭维那两位的演技，干脆退而求其次，找了一家版税给得少些，但是影视发展计划写得更有诚意的中型公司。

只是于归野没有想到，这位"独钓寒"老师，居然能退到这一步。

燕其羽睫毛微颤，说道："老师说，他唯一的希望，就是这部诚意之作能有一个很好的票房。这样一来，就会有越来越多的动画公司会去购买漫画家的版权，只有当漫画家们靠着自己手中的画笔赚到钱，才会吸引更多年轻人投入这个行业。"

于归野一怔，胸腔中激荡起的千言万语最终只能化为四个字："令人敬佩。"

"是啊。"燕其羽看着手里的票根说，"老师说，他刚入行时，见过很多惊才绝艳的前辈，可是那个时候，百分之九十的漫画家们是吃不饱饭的，很多人被迫转行，有的去做游戏，有的出国，有的再没碰过画笔……如果国产漫画能够蓬勃发展，说不定他们就能回来了呢。"

燕其羽抬头看向电影院外大屏幕上播放的预告片，纷纷扬扬的水墨花瓣飘进视野，又在一瞬间染上了令人惊艳的粉色，占满了所有人的视线。她听到不少观众都在讨论，说这部动画电影画工细腻，剧情也好。

虽然燕其羽没有参与《桃花庵》的漫画创作，但听到大家赞扬老师的作品，她依旧会感到与有荣焉。

燕其羽收回目光，落在了身边人身上，说道："对了，于先生，刚才的饭钱就是你出的，这次的电影票可不能你请了！多少钱，我还给你呀！"

"不用了。"于归野也同燕其羽刚刚一样，仰着头看向高高的屏幕。他说，"这次我出，等《苍穹之梦》未来登上荧幕了，再让你请我看。"

谁不喜欢被人无条件信任的感觉呢？燕其羽心情飞扬，嘴角抑制不住地翘起来，说道："那就这么说定了，等我的漫画被改编了，你一定会成为第一批观众的。"

虽然迄今为止，燕其羽的漫画只上线了第一话，不过没关系，回去好好和"田野"老师沟通一下，问他能不能多赶出几话脚本来，她要开足马力赶稿，早日超过那个《喵喵侠》！

不过好奇怪啊，于先生怎么知道她的作品叫《苍穹之梦》呢？

第五节　漫画家"独钓寒"

"独钓寒"自出道以来，创作出的漫画作品多如繁星，而最知名的两本便是《凤凰台》与《桃花庵》。

前者是连载已达十年的超长篇漫画，讲述了一名豆蔻年华的少女步入宫廷后，如何从一名宫女步步为营，攀向权力高峰，最终稳坐龙椅，成为一名开天辟地的女皇的故事，权势、情爱、阴谋诡计，在这深宫中一切皆不可信。而后者则是一篇仅有五十话的仙侠少女漫，俏皮可爱的桃花小妖被上仙点化为人，为了报恩下凡守护恩人转世，历经不同时代、国家、性别、种族、出身，最终与恢复记忆的上仙喜结连理。

《桃花庵》漫画原著篇幅虽然不长，但是剧情很丰满，改编成动画电影后足有一个半小时。

动画、漫画不分家，普通观众看动画电影，关注剧情、配乐和人物，而燕其羽和于归野作为漫画行业从业者，她还要看人物动作的连贯性、叙事镜头的切换方法、剧情衔接感，从中吸取经验，融入自己的作品当中。

一个半小时转瞬即逝，剧情有笑有泪，好在最终的结尾是有情人终成眷属。

当散场灯亮时，燕其羽下意识地抬手挡住了眼睛，不愿把自己哭肿的眼泡暴露给身旁人看。

于归野哪里舍得笑话她，见她对剧情这么投入，哭得睫毛都湿乎乎的，赶忙递过纸巾让她擦眼泪。

燕其羽小声说："也不知道怎么回事……当他们历经所有磨难，终于在桃花庵外再次相遇时，我眼泪一下就止不住了。"

明明是个最美好的结局，可燕其羽却觉得鼻子一酸，哭得眼睛都痛了。

"不用不好意思，这很正常。"于归野开解她说，"谁说只有悲剧才会让人落泪？幸福的故事更会激发大家心里的感动。"说着，他示意燕其羽看看周围的其他观众。

毕竟是动画电影，主题还是恋爱和仙侠，来的观众基本都是十几二十岁的年轻人，女孩子们眼眶都红红的，燕其羽绝对不是唯一一个低泪点星人。

侧耳听去，大家都在讨论这部动画的种种优点，看过原著的观众在对比两者的区别，而纯新人观众则在感叹作画好美、剧情好浪漫、女主好可爱、男主好仙好帅。

这场电影上座率相当高，毕竟有新年档期加持，而且顶着第一部面向成年人的国产动画电影的名头，又是大热漫画改编，观众群很有保证。

观众陆陆续续走得差不多了，不过燕其羽和于归野都留下来看字幕放完，以表达对这位前辈的尊重。

放片尾字幕时，屏幕由下向上滚动而过一个水墨风格的简笔画标志：蓑衣人独坐孤舟，手中拿着一杆钓竿。标志下是一行飘逸的行书——原作：独钓寒漫画工作室。

于归野颇感兴趣地问道:"我记得你说过你也注册了一个漫画工作室?你的标志是什么样子的?"

燕其羽赶忙说:"我那个算什么工作室啊!就我一个光杆司令,编辑说成立个人公司的话,稿费能少交不少税,我才去办的。等我什么时候变成大画家了,有一群助手了再考虑标志问题吧。"

"先做准备不是更好?"于归野眼光独到,劝道,"而且你看,电影最开始都要放公司片头,如果你在漫画每一话前面都放上自己的标志,加深读者的印象,这样就算你以后连载其他的漫画,大家一看到你的标志,就知道是由你出品的。"

"那好吧。"燕其羽被他劝说成功了,打算回去好好想想标志的设计。

燕其羽笔名叫"小羽毛",不出意外的话标志也会是一片小羽毛,羽毛嘛都长那个样子,区别就是什么颜色、什么方向、从哪儿往哪儿飘。

可这样一来,标志显得空荡荡的,最好还能再加点什么元素,让画面更丰满……

正当燕其羽沉浸在自己的思绪中时,放在包包里的手机响了。她拿出来一看,意外而惊喜地"咦"了一声。

于归野问:"怎么了?"

燕其羽兴奋地把手机屏幕推到男人面前晃晃,开心地说:"你说巧不巧,刚看完《桃花庵》,'独钓寒'老师就来找我啦!"

于归野说:"嗯,真巧。"

女孩乐颠颠地点开 QQ,"独钓寒"的聊天框第一时间蹦了出来。

独钓寒:其羽,在吗?

独钓寒:《桃花庵》上映了,我这里有出品方给的两张电影票,其他助手都放假回家了,你有空吗?明天和我一起去看吧。

理由天衣无缝,语气云淡风轻,仿佛真的是恰巧多了两张票,又恰巧来找一位已经离开他工作室很久的前助手小妹去看电影。

前助手小妹根本没往旁的想——自己敬佩的主笔老师居然主动邀请她去看他的电影作品，这感觉就像是被教导主任肯定的优秀班干部，她胸前的红领巾都在闪闪发光。

然而燕其羽身旁的男人却看懂了。

其羽？

一起去看电影？

"大灰狼"盯着这两行字，觉得自己的"爪子"非常痒，很想找块肉磨一磨。

"小白兔"喜笑颜开地答应下来，可忽然想到了什么，脸上的笑容又黯淡下去。她表情十分生动，眉毛飞舞着打成结，手指在键盘上凌空划了半天，才纠结打下了第一个字。

小羽毛："啵啵啵"！谢谢老师！

小羽毛：可是对不起啊，老师。我今天已经和朋友看过了……

小羽毛：最近要赶稿，实在抽不出二刷的时间了。

为了证明所言非虚，燕其羽赶忙拿出票根打算拍一张，她正要按下快门，镜头里忽然又出现了一只拿着票根的手。

"诶？"燕其羽侧头看向旁边的于归野。

于归野的笑容纹丝不动，一本正经地说道："拍两张电影票，显得更有诚意。"

"哦哦哦。"于是燕其羽听话地"咔嚓"了一张，没注意到拍照时，男人的手紧紧贴着她的手，照片里大手压小手，不论谁都能看出图中人亲密的关系。

拍好后，燕其羽顾不得调色，直接把这张照片发给了"独钓寒"老师。

小羽毛：刚看完，改编得特别棒！展现了老师的故事精髓！

小羽毛又连续发了几个鼓掌的视频。

然而不知道怎么回事，燕其羽的话发过去半天了，只看到"正在输入中"闪了很久，却没见回话。

等到电影片尾完全播放完毕，"独钓寒"的回复才姗姗来迟。

独钓寒：好。

独钓寒：没关系。

独钓寒：那我问问别人吧。

电影结束后，于归野和燕其羽在商场里转了转，然而处处是人，找了好久，都找不到一家有空位的咖啡店。

于归野主动提议道："要不然咱们去郊外公园走走吧？刚好给你的东西在车上放着，你可以看看喜不喜欢。"

经他提醒，燕其羽想起来，于先生说他在年会尾牙上中了一个电子画板，因为用不上，打算转送给她。

燕其羽并不觉得于归野转送礼物的行为敷衍，反而觉得这是另一种亲密的表达。

就算于先生送她的画板是网上随便买的五百块入门款，她也不会嫌……

"我、我、我是不是看错了！"

燕其羽目瞪口呆，使劲地揉了揉眼睛，然后又揉了揉，再揉了揉……

她是不是做梦没睡醒，为什么于先生的后排座位上放着的那个扁平硕大的包装箱，那么像她的"梦中情板"？

于归野做戏做全套，也不知道他从哪里找来了一朵红艳艳的丝带拉花，贴在了二十七英寸手绘屏幕包装盒的外面，旁边还贴着一个黄标签，写着"特等奖"。

于归野叹口气，很是苦恼地说："不知道年会策划怎么想的，特等奖居然是个画画用的画板，我实在用不上。燕小姐，你拿走吧。"

"于先生，这个手绘屏幕太贵了，我不能要！你把它转卖了吧，至少能换一台苹果电脑。"燕其羽强迫自己做出义正词严的模样，可她脸上每个细微的变化都透露出她的真实想法——她现在就想撕开手绘屏的外包装，用自己的压感笔，与它大战三百回合，通宵达旦，直到"笔断人亡"！

于归野"惊讶"道："原来它原价这么贵啊？不过这种用处太窄的电子产品卖二手，估计要折价一半，而且买家肯定会质疑是不是翻新机，实在太麻烦了。"

燕其羽表情挣扎。

于归野又看向她道："你真不要？"

燕其羽坚定（其实一点都不坚定）地说道："不要。"

男人头疼（其实一点也不头疼）地说："你要是用不上那就算了。昨天我姐还和我说，丹尼尔最近迷上画画了，每天都要拿着蜡笔乱蹭，墙都被他搞花了。我干脆把这个给他吧，让他在这上面学画画。"

燕其羽一脸牙痛的表情。

于归野状似喃喃自语道："不过小孩子下手没轻重的，要是不小心推倒了估计就要摔坏了……算了，反正他三分钟热度，估计玩几天就搬到仓库里落灰了。"

"小白兔"哪还忍得了，"啪"的一声跳起来扑在了那颗世界上最最最好的"大萝卜"上面，大叫道："我要！我要！我要还不行吗！"

"大灰狼"站在陷阱外，笑眯眯地看着自投罗网的小猎物，满意地甩了甩尾巴。

燕其羽被于归野揶揄的目光看到发窘，红着脸从后车座上溜下来，下车前特别珍惜地蹭了蹭屏幕外包装。小声，但是很真挚地说道："你放心，我会好好对它的。"

于归野看着她亮闪闪的眸子，很想跟她说：你放心，我也会好好对你的。

冬日暖阳洒在树梢上，带来浓浓暖意。不知从哪里飘来一阵甜香，像是刚刚从青涩迈向成熟的果子，在羞涩地展现着自己的魅力。

男人后知后觉地发现，这股香味来自女孩的身上。

他们距离很近，微风吹过，她的碎发在风中轻轻摇摆，是毛茸茸的可爱模样。

燕其羽抬头看向距离她只有两步远的男人，而他也在看着她的脸庞。

视线交缠，心跳的速度伴着脸上的温度一起上升。

于归野觉得有些口干舌燥，而面前的女孩就是他一直渴求的那泓泉水。她清澈，她明媚，她动人，他想把这泓泉水捧在手心，品尝她与生俱来的甘甜。

他等不及了。于归野双唇微开，在心中盘旋已久的话随之而出："燕小姐，我……"

"于先生！"燕其羽却用一声慌乱的呼唤打断了他的话，她仓皇地移开眼睛，觉得心跳声快被整个停车场的人听到了，"那个，我、我其实也给你准备了一件礼物。"

原本暗流汹涌的气氛瞬间风平浪静。

于归野的心空跳了一拍，这让他立即从刚刚的那股意乱情迷之中恢复过来。

于归野眼底的疑惑很深，他不明白燕其羽为什么会在这种关键时刻打断他。可当他看到燕其羽紧张到不自觉微微颤抖的模样，一股怜惜的情绪冲散了他心中的无可奈何。

如果她认为现在不是好时候，那他就继续等吧。

终归他会等到一个答案的。

于归野很快就调整好表情，问她是什么礼物。

燕其羽红着脸在随身的包包里掏了一会儿，拿出来一个包装精美的小铁盒。她把铁盒交到于归野手中时，男人试探性地用指尖轻抚她的掌心，然后以他平生能用的最慢的动作，一寸寸地让自己的手指从她手中离开。

女孩羞得眼神乱飞，头顶的碎发都吓得竖起来了，可终究没有挣脱，乖乖被他"占便宜"。

于归野心满意足，心情这才好了一点点。

于归野打开手中的小铁盒，低头看去——只见柔软的黑色绒布软垫里，静静地躺着一枚做工精美的领带夹，尾部镶嵌一枚碎钻，犹如画龙点睛，让这个风格商务的领带夹瞬间跳出了条框，在稳重外多了一分时尚。

铁盒内盖上印着品牌名字，是个非常有名的奢侈品，于归野估计这枚领带夹价值不菲。

燕其羽之前都挣扎在温饱线上，最近几个月收入才有所提升，她居然拿出那么大一笔钱给自己买礼物？

从于归野打开盒盖时，燕其羽就满脸期待地盯着他的侧脸，自然没有错过他脸上的惊叹和沉迷。

燕其羽舒了口气，知道自己这件礼物没有选错，只可惜今天于先生没有穿西装，要不然就能搭配看看了。

燕其羽声音轻快地问道："于先生，这份礼物你还喜欢吗？"她脸上写满了"快夸宝宝眼光好"的表情。

于归野点头道："非常喜欢，很合我意。"他想了想，还是打算直接问出来，"这个领带夹很贵吧？你现在工作刚起步，不用送我这么贵重的礼物。"

燕其羽摸了摸自己干瘪的荷包后说道："是很贵没错。"

"那你为什么……"

女孩迎着他的目光，笑意盈盈地道："可是我一想到你戴上它的样子，不论它有多贵我都原谅它了。"

第六节 一对正在"热恋中"的小情侣

于归野手里握着那枚小而精致的领带夹，手心烫得灼人。

于归野之前觉得这个女孩在感情上又迟钝又笨拙，可现在却宁可她继续这么傻下去——现在就这么会撩人，等到未来真在一起了，于归野十分担心自己变成失去理智的野兽，只想把她藏在爱巢里，每天守着她画画，对她痴迷地笑。

燕其羽完全不知道面前的男人脑袋里正琢磨着多么危险的想法，她有些遗憾地说："可惜你今天没有系领带。"

"没关系，下次见面时我穿西装来。"于归野意有所指地说，"顺便教教你，领带可以有几种系法。"

在一顿丰盛又甜蜜的晚餐后，于归野驱车送燕其羽回家。

犹记得两人第一次相遇时是在幼儿园附近的街心花园，燕其羽靠卖画赚钱，而于归野是她最后一个买家。那时的他们如何能够想到，一转眼，他们居然已经陪伴彼此走过了小半年的时光。

街心花园附近有不少小区，高中低档皆有，比如于惊鸿一家三口住的"紫苑豪庭"就属于富人专享，绿化特别好，安保很严；而两个街区之隔的地方便是一座回迁小区，房子是很久以前修建的，户型不好，现在那里的住户大多都是打工仔。

于归野的SUV稳稳驶进了"世纪嘉园小区"，待车停稳后，燕其羽蹦下副驾驶座，吃力地把那台硕大的手绘屏幕搬下了车。

于归野伸手帮她，又说："还是我帮你送上去吧。"

"不、不用了。"燕其羽借着夜色掩盖脸上的慌张，说道，"我刚刚不是说过了吗，我租的房子是只供女生合租的，现在这么晚了，你上去不方便。"

"那我帮你搬到楼梯口吧。"

"真不用了！"燕其羽忙说，"进楼就是电梯间，我刚刚吃了那么多，就这么几步路，让我锻炼锻炼吧。"

两人争了一番，最终于归野还是一把扛起屏幕，把燕其羽送到单元楼门前。

这个"世纪嘉园小区"是个中档社区，环境中等，社区里的各项公共设施蛮齐全的，楼下就是便利店，日常生活还算方便。

于归野问她："这小区环境挺不错的，房租贵吗？"

"三千……"燕其羽说出口的话有些结巴，"呃，三千五，次卧！次卧带个小阳台，我平常就在阳台上种花画画。房子空间很大的，家具很新，房主刚装修完没多久就出租了……热水器特别好，热水很足……灶台也棒，轻轻一拧就能点着火。"

燕其羽说话时有点语无伦次，待一股脑说完了，才发觉自己说了一大堆没营养的废话。她羞赧地看着于归野，又说道："对不起，和你说了这么多无聊的东西。"

可于归野怎么会觉得无聊呢，他巴不得这段路能更长一些，可以听她说更多的话。

燕其羽问："对了，于先生你住哪个小区啊？"

于归野随口回答："我现在暂时住在我爸妈的老房子里，就在这旁边的一个老小区。我自己的房子还在装修，年后再搬过去。"

夏末那阵子于归野有一笔稿费到账，刚好那时候他从别墅里搬出来，干脆在姐姐家对面那栋楼买了一套房子。这套房子户型很不错，就是上一个户主品位太差，室内装潢弄得到处都是金光闪闪的，他实在受不了，这几个月一直在重新装修，春节后就能住进去了。

燕其羽心里一慌，赶忙拉住他的袖口说道："你要搬走？"

于归野侧头看她，若不是现在手上有个大件电器，他真想摸摸她的脑袋，安抚这只受惊的"小兔子"，他安慰道："放心，新房子就在旁边的'紫苑豪庭'，等装修好了，一定请你去玩。"

"紫苑豪庭"……

燕其羽虽然早就从于归野的外貌和谈吐上猜出他属于高收入人群，可当他用如此轻松的语气说出小区名字时，燕其羽还是被深深刺激到了。

京城房价高到吓人，就连旁边又老又破的回迁楼，现在的房价也飙升到了七万一平方米。"紫苑豪庭"更了不得，那是低密度花园式高档社区，燕其羽在房产网上看过，那里随便一套房就在三百平方米以上，单平方米房价翻了一番。

果然啊……

燕其羽余光看着男人的侧影，心中叹气道：果然，差距还是太大了。

于归野把燕其羽送到了楼门口，可站在单元楼的防盗门前，燕其羽却没有掏楼卡。

"怎么不进去？"于归野问道。

燕其羽抬头看他道："因为我想看着你离开。"

于归野失笑道："可我想看着你进楼。"

这次燕其羽表现得固执极了，她说她可以和于归野一直耗下去，就算感冒也在所不惜。

于归野实在没办法，只能顺了她的意。

于归野把手绘屏幕立在墙边，细细嘱咐燕其羽今晚绝对不能有了新玩具就熬夜画稿到天明。

燕其羽先是凶巴巴地反驳道："这才不是玩具呢！"然后她又一寸寸地柔软起来，细声细气地说道，"好啦……于先生，你快走啦。"

两人在单元楼门口黏糊了好久，一会儿我帮你拢好衣领，一会儿你帮我整理围巾，不论谁看，都会以为他们是一对正在热恋中的小情侣。

直到一阵冷风吹来，燕其羽打了个喷嚏，才打破这种暧昧的氛围。

"行了，我走了，你也赶快进楼吧。"于归野压了压燕其羽的帽子，"小画家，晚安。"

"晚安。谢谢你于先生，今天我过得很开心。"

待车子的尾灯完全离开视野，燕其羽才停下挥舞着的手臂。她望着于归野离开的方向，觉得整颗心都又涨又暖。

于先生身上有一股磁力，她就像是一只小铁球，没遇到他之前左滚滚右滚滚，等遇到他了，她就控制不住地"刺溜"一下被他吸走了。

燕其羽弯腰扛起身旁那个巨大的手绘屏幕，沉甸甸的重量压得她掌心生疼。

就在这时，紧闭的单元防盗门忽然从里推开了，一只扎着小辫子的京巴狗摇摇摆摆地从门缝里钻出来，长长的狗链后，是一个慈眉善目的老太太。

老太太见燕其羽手里抱着那么大个东西，赶忙让开路，帮她把单元门拉到最大后说道："哎哟，姑娘，赶快进来吧。"

燕其羽尴尬地笑了笑后说道："那个，不用了……谢谢您，我不住这儿。"

说完，燕其羽顾不上看老太太诧异的表情，一缩脖子赶快溜走了。

燕其羽知道顺着这栋单元楼继续往下走，就是一道不起眼的小门，从那里钻出去，走过一条羊肠小径，就是回迁小区"光明小区"的西南门。

而那里，才是燕其羽真正的住处。

逼仄阴暗的两室一厅被隔断墙分割成一间间小屋子，走廊因为通风不畅，永远散发着一股奇怪的味道。燕其羽住在客厅隔断间，冬冷夏热，好在房租便宜。

出于一种难堪的、羞于启齿的自尊心，当于归野说要送她回家时，燕其羽说了谎。

燕其羽抱着巨大的屏幕垂头走在夜色中，看到地上的影子被路灯拉得奇形怪状。

燕其羽觉得很难受，为自己，因为她在于先生面前，变成一个既虚荣又自卑的人了。

屏幕很沉，燕其羽走走停停，等到走回家时脸和手都被冻僵了。

燕其羽进屋时，小娇正在厨房里发脾气，铁盆被她摔摔打打，表面都是坑，她嘴里骂道："这破煤气灶，怎么打都打不着火！和房东说了多少次了，让他换个新的，真是死抠门！"

走廊正对着屋里唯一一个浴室，门缝里传来淅淅沥沥的水声，没一会儿，水声停了，一个女声扬声喊道："谁啊，谁在厨房用水呢？我这儿洗澡呢，你那边一开我这里只剩凉水了！"

阿勇不顾墙上贴着的"合租公约"，嘴里叼着一根烟屁股，靠在无线发射器旁边打手机游戏，他见燕其羽回来了，眯着眼向她打招呼。

"呦，燕姐。今天一天没在，约会去啦？"阿勇眼睛盯着燕其羽手里的大包装箱说道，"哎哟喂，看来咱们燕姐真是赚大钱了，买了什么好玩意啊，给弟弟我看看呗。"

燕其羽一直不太喜欢他，她僵硬地说了一句"朋友送的"，就迅速钻回了自己的房间。

燕其羽小心地把屏幕搬到了电脑桌上——说是电脑桌，其实是上一个房客留下的梳妆台，燕其羽平常用来画画的电脑是一个厚重的笔记本，放在镜前正中央，旁边整齐地放着几支平价护肤品。

没办法，屋子太小，只能放下一张桌子，所以这个梳妆台一物多用，平常叫外卖时，它又会变身成餐桌。

燕其羽是个蛮能苦中作乐的人，她觉得梳妆台当作办公桌没什么不好，每次画到复杂的面部表情时，就可以一边画一边对着镜子挤眉弄眼，参考自己的五官动态。

只是二十七英寸的电脑屏幕一搬到桌上，瞬间就把镜子遮住了，桌上的护肤品也没有地方放了……

燕其羽归置了好半天，直到这一天悄然过完了，她才把东西收拾利落，那些复杂的连接线也整整齐齐地被她收拢好，垂在桌旁。

燕其羽后退两步，满意地看看自己的杰作，越看越是欢喜。

如果不是答应了于先生今天晚上要好好睡觉，她真想现在就打开手绘屏幕画到天明。

"于先生、于先生、于先生。"

心里念着于归野的名字，燕其羽向后仰倒在床上，这是她的房间，她可以尽情地傻笑，不怕被人知道。

房子已经有很长年头了，装修极为简陋，灯管发黄，老房子的墙皮受潮后有好几个地方鼓了起来。燕其羽盯着天花板上摇摇欲坠的一块墙皮，过了不知多久，那块碗大的墙皮"啪"的一声摔在了地上，裂成了四瓣。

燕其羽像是被惊醒般一骨碌爬起来，抄起枕边的手机，用她平生最快的速度登录了租房网站。

等到春节过后，燕其羽的这间小破屋就要到期了，她一直没想好新房子租在哪里。

可她现在确定了。

就选"世纪嘉园"，贵也没关系。

燕其羽希望下次于先生送她回家时，她可以坦然地、勇敢地请他进屋休息。

第七节　如虎添翼的小画家

工欲善其事必先利其器，有了新的作案……不对，作画工具，燕其羽画画的速度有了极为显著的提升。

新年的第一个星期还没过去，燕其羽就带着四、五、六话的草稿敲响了"田野"老师的 QQ。

小羽毛：咚咚咚。

小羽毛：咚咚咚……

小羽毛：请问田野老师在家吗？

于归野当时正埋首在电脑前写自己的另一篇稿子，他写作时喜静，向来要求谁都不能打扰他，就连家里最小的成员丹尼尔都知道"舅舅在书房工作时我要乖乖的"——然而这个硬性原则，在遇到燕其羽之后就变成没原则了。

田野：是谁在敲门啊。

田野：哦，原来是小红帽啊。

田野：快进来，奶奶想死你了。

小羽毛：……

小羽毛又发了一个发抖的表情。

小羽毛：田野老师……你真的好爱演啊。

田野：不是爱演，而是本色出演。

小羽毛：演奶奶？

田野：不，演大灰狼。

燕其羽在屏幕这头"噗"地笑出声来，"田野"老师可真幽默。

田野：找我有什么事吗？

小羽毛：第四、五、六话的分镜草稿我画完啦，娜娜姐那边已经过了，田野老师你也看一下吧。

小羽毛：脚本里有几处我根据情况变动了。

田野：这么快？

小羽毛：我习惯一口气先画出几话分镜草稿，这样对整个事件的节奏更有把握。

"小羽毛"说完，就把分享文件发了过来。

小羽毛：而且新年的时候，有个朋友送了我一台手绘屏幕！手速唰唰的！特别棒！

于归野送她的礼物实在太合她心意了，好的作画工具对于漫画家来说，就像是武器对士兵一样重要——有了倚天宝剑，谁还想用水果刀啊。

其实很多小牌子都出了功能相同的手绘屏幕，只要几千块就能搞定，但是一分价钱一分货，燕其羽去店里试用过那些便宜手绘屏，落笔时，总会有一定延迟，即使只是几毫秒，也有可能让成型的线条差之千里。

而且廉价的手绘屏幕还有一个问题，那就是经常会让画家产生隔着玻璃作画的感觉。因为压感屏（内屏）和接触屏（外屏）其实是两层不同的元件，如果内屏的压感不够灵敏就会有隔阂感。

当然这些问题，在三万多块钱的天价屏幕前根本就不算问题。

燕其羽用了很短的时间就适应了在屏幕上作画的感觉，她这几天一直处于持续兴奋中，灵感如泉涌，画起分镜来如有神助。不管多刁钻的角度，不管多复杂的场景，都毫无阻碍地在她笔下变为奔驰的线条。

步娜娜看到她的分镜后惊呼道："'小羽毛'，你这是在炫技吧！"

分镜非常考验漫画家功底，人物画得是否美型可以后天练，但是空间感、流感度就全靠天分了。

步娜娜身为专业漫画编辑,她能一眼看出燕其羽的分镜镜头有多厉害,可是外行人——比如读者,以及"田野"老师——在看到这些画面时,就会变成只能说"好看"的废人了。

田野:……
田野:我不知道该怎么形容。
田野:虽然是草稿,但是真的很好看。
田野:我写作这么多年,毛毛,你是第一个让我觉得自己词汇量完全不够的人。

《苍穹之梦》的作画难度大,不能一直保持前三话那样逆天的页数。四至六话逐渐降到了普通漫画连载的页数水平,每一话只有八页。

燕其羽每周画八页已经很吃力了,步娜娜和她谈过这个问题,建议她尽早找助手,把后期上色的工作分摊出去,这样她每周就能固定更新十六页了。

可燕其羽就是助手出身,当然知道市场上好的助手有多难找:勾线助手要和作者画风像,上色助手要有色感审美……很多助手都是初入圈的小新人,勾线还可以,色感一塌糊涂,需要主笔一点点地调教,需要耗费的时间精力根本不敢想。至于成熟的助手?——这种东西不存在的!人家又会勾线又会上色,干吗不去自己画漫画啊?

一想到调教助手的种种烦心事,燕其羽真想把自己复制粘贴成两个人。

算了,还是等春节之后,再看看有没有合适的助手吧。

就在燕其羽开小差的时候,于归野已经看完了燕其羽发来的三话稿子,除了娴熟的分镜以外,他还注意到燕其羽调整了一些剧情。

田野:毛毛,我都看完了。
田野:我有个问题,为什么你要修改莉莉和杨的剧情?
田野:这段是她们第一次交锋,冲突很激烈。

田野：但是你删了五分之三的内容。

于归野的本意并不是兴师问罪，但是作为一个对自己极度自信的作者，他也有他的坚持。

"莉莉"和"杨"是女主角"安洁莉娜"最初认识的两位朋友，更是主角团的铁三角。"莉莉"是位富家娇小姐，看似娇柔，其实身负怪力；而"杨"则是一位英姿飒爽的短发"御姐"，脾气火爆，却是远距离精准打击的神枪手。两个人初登场时并不对盘，在练习场上发生了激烈的语言冲突，最终演变为驾驶机甲近距离缠斗。她们两人都是机甲班的精英学员，女主角就是看到她们俩的对战，才重新点燃了对人形机甲的热爱。

为了突出两人水火不容的性格，于归野精心编写了她们的对话，每一组都针锋相对、寸步不让。为了符合她们出身的不同阶层，他还特地为两人设计了独特的口癖。

在脚本中，这段内容发生在练习场里：两人为了一些小事发生争执（此处约有五组对话），然后由"莉莉"使用贵族礼仪率先发出决斗邀请（贵族礼仪需要有重点特写），"杨"骄傲应战。两人交锋时，从练习场旁经过的女主痴迷地看着她们，激动地握住了栏杆。

然而在燕其羽画出来的草稿中，这段却完全变了：

第一页，先是中远景，聚焦女主走在校园内的背影和来来往往的人群，旁边一个爆开的拟声框。紧接着一格是近景，女主转头看向声音方向。

然后迅速转页，用整整一页的满篇幅直接画出了机甲对战的激烈场景！两台人形机甲短兵相接，锋利的武器剑刃相抵。它们脚踩下边框，头顶上边框，把整个画面撑得满满的。而在这页上还分布有三个小格子，其中两格镶嵌在两座机甲的胸口，分别画了"杨"和"莉莉"的侧影，旁边是各自的对话框；而女主角的特写出现在此页的右下角，表情震惊。

也就是说，燕其羽完全省略了冲突发生的起因经过，直接跳到了结果——女主角目睹两人对战。

被删除的冲突对话是为了烘托人物身份和性格的，非常重要。之前于归野把脚本发给步娜娜时,步娜娜对这段剧情赞不绝口,称赞他的手法非常巧妙。

可为什么,燕其羽把它们都删了?

于归野十分不解。

屏幕上,"正在输入中"几个字一直在闪,半晌,燕其羽终于吭声了。

小羽毛:田野老师,我来给你慢慢解释……

小羽毛:不过,我要给你提个小意见……你不要生气……

田野:哦?

田野:什么意见?

小羽毛:剧本非常精彩,这两个配角也很吸引人。

小羽毛:但是,田野老师你没有注意到漫画画面和小说文字在表述上的区别。

田野:怎么说?

小羽毛:现在漫画还不到十话,对于读者来说,他们还没有完全认识主人公,还没有喜欢上她。

小羽毛:在这种情况下,一切都要聚焦在女主角身上,不能让其他人分去光芒。

于归野理解燕其羽的意思,她希望在漫画刚开篇的时候,剧情都要以女主为准。

可这就违背他创作这个故事的本意了——他希望主角团队的女性,每一个人都要有不同的闪光点,同时每一个人都要有自身的缺点。她们每个人的形象都必须立住,是鲜活的。

田野:这话我不认同。

田野:女主角的光芒是她自己身上的人格魅力,其他角色即使再出彩也不会掩盖她身上的光芒。

田野：安洁莉娜是坚韧、莉莉是傲娇、杨是高冷，三种性格外在表现截然不同。

田野：谈何遮掩光芒？

小羽毛先发了一个对手指的表情过来。

小羽毛：田野老师，你还没有注意到我想表达的重点。

小羽毛：漫画和小说是不同的！

为了表示强调，"小羽毛"在后边打上了一个惊叹号。

小羽毛：最主要的一点，就是篇幅不同！

田野：……

小羽毛：你看，小说作家可以在一个章节里随意切换场景，三千字的更新量，这段冲突可能就占一千多字。后面小说镜头可以再转回女主身上，读者不会觉得有任何问题。

小羽毛：可是漫画不同啊，周更漫画一话只有八页，而这段冲突从开始到真正打起来，至少需要五页。

小羽毛：对于读者来说，他们等了一周，结果内容一多半都是两个从来没有见过的陌生人，他们会觉得很奇怪的。

小羽毛：而且这会拖长整个叙述节奏的。

燕其羽的例子鲜明易懂，原本陷入误区的于归野瞬间被点透了。

很多从小说转漫画编剧的作者都会犯这样的错误，他们把小说的节奏感照搬到漫画中来，却忘了文字的承载量和漫画是截然不同的。整个故事被拖长，重点不清，导致在前期就流失了大量读者。

如果不是燕其羽大刀阔斧地删掉了冗长的配角剧情，恐怕这一话刊登后，会让读者满头问号吧。

于归野意识到,自己太过依赖小说的写作习惯了。他年少成名,不管什么类型的作品都稳居畅销榜前三名,版税高得让其他作者望尘莫及。在这种情况下,即使他再怎么警醒,也难免会有一些不易察觉的自负。

今天和燕其羽的一番深谈,打破了于归野心中那点儿骄傲,让他谨记谦虚,继续在创作的道路上勤勉前行。

田野:谢谢你,我懂了。

小羽毛:不客气。

小羽毛:能帮到田野老师,我也很开心……

田野:但是,我还有一点疑惑。

田野:这个大纲是步编辑那里审核过的,她为什么没有看出这段节奏有问题呢?

小羽毛:唔……怎么说呢,娜娜姐的专业素养是没得说啦,可很多时候,必须亲自动笔画,才能发现问题哦。

这就像是写影视剧本,剧本完成后要经过很多次审核和修改,可等到真正开拍时,总会在现场遇到各种各样的问题,需要随时调整剧本。

田野:还是觉得有点儿可惜,这段莉莉和杨的性格展现我很满意,用不上了有些遗憾。

小羽毛:没关系哒,再过几话,等到女主的形象在大家心里丰满了,就可以逐渐增加配角戏份。

小羽毛:即使八页里有五页也没关系。

小羽毛:到了后期,呼声高的重要配角可以加开个人支线,让她脱离主角团去独自闯关也是可以的!

田野:你们漫画圈真会玩。

田野:好吧,我会努力跟上你的脚步的。

"小羽毛"先发了一个握拳头的努力表情。

小羽毛：对了，田野老师如果你想写群像的话，我给你推荐一个作者。
小羽毛：他特别擅长描写群像，每个配角都很鲜活。
小羽毛：我觉得你可以参考一下他的写作技法。

于归野被挑起了兴趣，他实在很想知道，究竟是哪个作者让燕其羽如此赞不绝口。这人，到底是国内的还是国外的，是年轻的还是年长的？

可于归野万万没有想到，问题的答案完全出乎了他的意料。

小羽毛：他的名字你肯定听过。
小羽毛：君子归野。
田野：……
小羽毛：田野老师，你可一定要向归野大神好好学习啊。

第八节　心思根本不在一条线上

虽然于归野早就知道自己迷弟迷妹遍天下，但这是头一次从身旁人嘴里听到自己的笔名，这种感觉还蛮新奇的。尤其……还是被人推荐让他拜读自己的作品。

于归野差点笑出声来，他没想到燕其羽居然看过自己的书，而且还这么推崇。

于归野试探地打下几句话。

田野：我当然知道君子归野。
田野：不过我和他风格不同，他没写过科幻小说吧。
田野：毛毛，你这么喜欢他，难道你是他的粉丝？
田野：对了，我想起来在之前的作者大会上，你在台上曾经说过有个最喜欢的作者，难道就是君子归野？

随着于归野和燕其羽在"三次元"交往渐入佳境，他一直在考虑何时向燕其羽解释自己的工作问题——当初于归野在讨薪的事情上帮了她一把，导致她一直误以为他是一位律师。

那时于归野并未对燕其羽动心，只是把她当作一个有缘的陌生人，所以并没有打破她的误解：很多全职作家都不愿意告诉别人自己的工作，因为会被频繁追问"哎呀，你写过什么书啊""送我一本呗""我也想看看"。

可现在他们都稳定相处这么久了，于归野有信心过段时间就能和燕其羽把干柴烧成烈火，于是他决定向她坦白自己的工作。然而燕其羽对他的律师身份深信不疑，于归野总也找不到一个合适的机会去解释。

今天，当于归野意外发现女孩居然看"君子归野"的书时，惊喜瞬间来临：如果燕其羽知道于先生就是"君子归野"的话，一定不会责怪他之前的谎言。

等到这层马甲脱掉后，再过段时间，于归野就能循序渐进地向燕其羽透露另一层身份了……

真是天衣无缝的计划啊！

然而于归野的算盘打得很响，可他却根本想不到女孩子的心思能有多敏感、多发散。

当一墙之隔的燕其羽看到"田野"老师发来的问句时，脑袋"嗡"的一下炸了。

糟了！

怎么办啊！

她居然把阿琳跟她说过的话都忘光光了！

之前阿琳就有提醒过燕其羽，千万不能告诉"田野"老师她最喜欢的作家是其他人，这就像当着男朋友的面说其他男人帅一样，对方听了会很生气的！而且她还犯了另一个大忌，居然让"田野"老师去学习归野大神！

换位思考一下，如果"田野"老师告诉燕其羽，他最喜欢的漫画家是某某某，还让她去学某某某的风格的话，她肯定觉得超级难过的。

燕其羽怀疑自己的情商拌着晚饭吃掉了……

然而话已出口，燕其羽只能绞尽脑汁拼命去圆了。她动动手指，痛心疾首地打下几行违心之语。

小羽毛：田野老师你误会了。
小羽毛：我最喜欢的作家是国外的。
小羽毛：君子归野的书我只是恰好看过。
小羽毛：我一般般喜欢他，就是那种随便喜欢一下而已。
小羽毛：你放心，我喜欢你的作品可比喜欢他的多呢！

说完，小羽毛还发了一个发送爱心光波的表情过去。

然而奇怪的是，这天晚上，燕其羽再也没有等来"田野"老师的回复。

燕其羽哪里知道，住在对门的男人这一晚上都在思考一个问题：要不然，让"君子归野"也写一部科幻小说吧？

又是一周过去了，燕其羽进展神速地完成了一话半漫画，甚至还可以腾出来半天空余时间休息。

对此，她的好友阿琳深表嫉妒。

阿琳：你最近手速怎么这么快？
阿琳：小羽毛，你请助手了？

阿琳说完，又发来一个"你真是一只有钱的小猪猪"的表情。

小羽毛：怎么可能，你又不是不知道，现在根本找不到靠谱的助手。
阿琳：谁说的，我不就是靠谱的助手？

阿琳说完，发来一个"看清楚你在和哪只猪大佬讲话"的表情。

小羽毛：对对对。
小羽毛：现在根本找不到像你这样靠谱的助手。
小羽毛：如果找一个不合拍的助手，调教起来累死人了，还不如自己画。
阿琳：诶？那你手速怎么忽然变快了？
阿琳：我记得咱俩速度差不多啊。
小羽毛：嘿嘿嘿……

小羽毛迫不及待地把新设备的照片发给了阿琳。

小羽毛：因为我鸟枪换炮啦！
阿琳：……
阿琳：你……你……你……

说完，阿琳又发来一个"你真是一只有钱的小猪猪"的表情。

阿琳：你突然中彩票了？
小羽毛：不是啦，这是于先生送的。
阿琳：哦……

两人是多年好友，燕其羽自然给她讲过很多于先生的事情。不是她故意秀恩爱，只是她情不自禁地想要和朋友分享那些小幸福。

阿琳身为一只纯金验证的"单身狗"，被喂了无数狗粮，都够打包带走救活一小区的流浪狗了。

从外表看来，燕其羽和她的于先生男帅女靓；从内在看来，燕其羽有天分又肯努力，而那位于先生据说是位高学历、高收入的暖男——阿琳觉得，这世上再没有哪对情侣比他们更般配了。

阿琳：我懂了……

阿琳：这是聘礼啊！

阿琳：不错不错，你的于先生很会投其所好嘛，不错不错……

阿琳：要是他像别的男人那样给你买个三万块的包包，你肯定舍不得用。但是三万块的屏幕，你肯定会天天摸来摸去的……

虽然隔着网线，但阿琳话里的揶揄藏也藏不住，燕其羽大窘，羞得在被窝里缩成一团。

小羽毛：你误会啦！

小羽毛：这个屏幕是他年会上中的奖品，他用不上，就给我了。

阿琳：话不能这么说。

阿琳：就算是中的奖品，他转卖出去也能赚两万块钱呢。

阿琳：可是他却选择送给你。

阿琳：这说明在他心里，你可比几万块钱重要多了。

阿琳说完，又发来一个"亲亲我最爱的小猪猪"的表情。

燕其羽在床上滚了一圈，把脑袋埋进了枕头里，悄咪咪地笑了。

阿琳：对了，你现在和你的于先生进展到哪一步了？

小羽毛：……

小羽毛：什么哪一步？

阿琳：哎呀，非要我说得那么清楚！

阿琳：你们新年不是出去约会去了嘛，他有没有向你真挚告白……

阿琳：然后，你俩发展了一段不能写成书面语的情节？

小羽毛：你！

小羽毛：没有！没有！没有！

燕其羽羞窘地想，这还没到午夜呢，怎么就开始进行女生宿舍"深夜卧谈"环节了啊？

而且，而且阿琳的故事情节也跳太多了吧？

虽然燕其羽并不是那种认为第一次亲密接触必须留到新婚之夜的保守女孩，可她觉得，像于先生那样的绅士，肯定不会在两情相悦之后立即做那种羞人事的。

他们会从拉手开始，然后是接吻……一步步来，对吧？

燕其羽觉得自己真是太厚脸皮了，她和于先生的事情八字还没一撇呢，可她已经开始幻想，男人那两片薄唇会带着多么灼人的温度了。

两人聊了一会儿天，阿琳就不得不继续赶稿了。

阿琳：不聊了，老地主又在催长工下田了。

小羽毛先发了一个哭笑不得的表情。

小羽毛：感觉最近你工作好多啊。
阿琳：谁知道仙人在发什么疯，最近两周突然接了一大波营销商稿。
阿琳：按理说他不缺钱啊。
阿琳：他刚卖了影视版权，扣完分成和税，也有几百万了。
阿琳：本来说要搬去新的工作室也没搬。
阿琳：还在这小破地方待着……每天对着一群"行尸走肉"，我都要抑郁了。
小羽毛：诶？他明明不是这样节省抠门的人啊。

燕其羽在他手底下做过两年，虽然后期莫名其妙地闹得不愉快，被挑刺、被刁难、被泼冷水，但前期她对"知不道仙人"的印象很好。他是一位非常勤奋的漫画家，永远是工作室里工作时间最长的人，赚到的钱都会大方拿出来请工作室的小助手们吃零食。

在这里燕其羽必须要吐槽逐梦堂的伙食了！当初签工作室的时候说是包吃包住，结果住是八人间上下铺，吃居然只包素菜，荤菜自理！

小助手们一个月拼死拼活就赚一两千，女生嘛，又有很多需要买的零碎，燕其羽那时候面黄肌瘦的，还是"知不道仙人"自掏腰包，时不时请她们几个下馆子。

所以在燕其羽的印象里，"知不道仙人"出手大方，向来不看重金钱。

奇怪，他为什么突然这么缺钱了？

阿琳话说到一半，匆匆下线。"知不道仙人"的工作室有规矩，不能在上班时间聊QQ，抓一次就要扣五十块钱。于是阿琳每次上线都像是做贼，偷偷摸摸地来，悄无声息地走。

燕其羽见戳不动她了，只能放下手机打算再睡个回笼觉。

哪想到还没安静几分钟，枕边的手机又一次"滴滴滴"地响起来了。

令燕其羽惊讶的是，这次来找到她的人，居然是许久没联络的"龙龙龙"。

他们上次聊天已经是一个月之前的事情了，其实自从《明星达克》的合作结束后，两个人的联系一直不多。那回燕其羽首次开直播，"龙龙龙"突然甩出一千块钱作为她转发抽奖的砝码，这件事让她现在都觉得很惊讶。

龙龙龙：呦呵，小羽毛！最近咋样啊？

小羽毛：很好哒！

小羽毛：好久不见啦。

龙龙龙：是啊，还真是好久没聊天了。

龙龙龙：之前跟朋友去瑞士滑雪了，微博都没顾得上更。

一个月不见，这位龙大少还是这么"壕无人性"啊。

龙龙龙：你的《苍穹之梦》我有看，很不错！

龙龙龙：接下来要发生什么事儿啊，你赶快给我剧透。

小羽毛：不行的！

小羽毛：编辑说剧本要严格保密，不论谁问都不能剧透！

龙龙龙：啧。

龙龙龙：行吧。

龙龙龙：那你能不能多更点儿，现在就这么几话，根本看不够啊。

小羽毛：会哒会哒，最近换了新装备，画起来速度"嗖嗖"的。

燕其羽得了炫耀病，于先生送她的手绘数位屏，她恨不得秀给全天下的人看。"龙龙龙"的一句话触发了她的隐藏剧情，"啪啪啪"又甩出了好几张数位屏的照片。

小羽毛：看看这线条！

小羽毛：看看这灵敏度！

小羽毛：看看显示颜色！

小羽毛：是不是特别棒？

龙龙龙：你……这是发财了吗？

龙龙龙：这屏得好几万吧。

小羽毛：嘿嘿嘿，这屏是朋友送哒。

龙龙龙：……

龙龙龙：我这边有点事儿，回头聊。

燕其羽莫名其妙，怎么回事啊，怎么今天她的两位朋友都说消失就消失啊。

很多人都不知道，就在本市市郊某座低矮的山坳里，隐藏着一个环境清幽、格调高档的度假山庄。

这个度假山庄采取会员准入制度，光是入会费就足以让一般人咋舌。然而这里并非是单纯有钱就能进入的，这家山庄的老板最初只是为了给三五好友找一个聚会的地方才建立此处，后来逐步向外开放，但要求每位入会者都必须有老会员引荐才可以。几年下来，山庄的会员们虽然数量增长缓慢，但质量却极高。

这座栖息在山坳里的度假山庄特意请来建筑大师设计，整体采用的是新中式的建筑风格，不是完全仿古，也并非全盘西化。亭台楼阁，一步一景，徜徉其中，流连忘返。昨夜刚下过一场小雪，雪落屋檐，自然是美不胜收，就连常年工作在这里的服务生，也难免被这番美景迷住了双眼。

忽然，静谧的山庄里传来"嘎吱"一声，只见后院某厢房的门被推开，一颗顶着满头红发的脑袋从门缝里钻了出来。他看上去很年轻，约有二十岁光景，满脸写着桀骜不驯。

"这……'阿嚏'！这也太冷了！"

脑袋的主人把长款羽绒服的拉链一直拉到了最顶部，他缩起脖子，把下半张脸都藏在了竖起的衣领中。

他左右辨别了一下方位，脚步匆匆，迅速离开了厢房，向着水边走去。

山庄依水而建，山庄的辖地内有一片芦苇湖，三季可泛舟其中。只不过到了冬天，湖封了，只剩下一条小河引入庄内，而现在这条小河也结了一层薄薄的冰。

他真不明白，这天寒地冻的，爷爷为什么要钓鱼？钓鱼就钓鱼呗，让他舒舒服服地在家待着不好嘛，非要把他拎过来受罪。

但想想那位被爷爷请来的贵客，他心里的不满就被压下去一些了。

远远地，他便看到码头上坐着两个人，只见一老一少手中各拿着一根钓竿，而冰面上打了两个小洞，挂着鱼饵的渔线稳稳地垂在洞中，没入冰面以下。

他搓搓鼻子，深吸一口气，气沉丹田——

"江——雪——舟！"

他话音未落，那位满面红光的老人已经站起身，愤怒地挥舞起拳头喊道："林嘲风你个兔崽子，你能不能让你爷爷我安静钓会儿鱼啊！你这一嗓子，所有鱼都吓跑喽。"

说罢，老人又怒道："还有，我说过多少次了，雪舟是我师兄，你按辈分应该叫他一声爷爷！"

"呃！"名为林嘲风的大男孩抓狂无比：他爷爷就是个老顽童，五十五岁那年把家族企业交给儿子后，突然说要享受人生，决定学国画。他拿着大笔钱财拜了某位国画泰斗为师，潜心学习几年，至今仍然是画鸡硬说鸭的水平。

虽然手上功夫没学到，但林爷爷却和几位师兄结下了深厚的友谊。他年纪最大，辈分却最小，几位师兄都哄着这位老顽童师弟，尤以江雪舟和他走得最近。

本来林嘲风根本不愿意和爷爷的朋友打交道，可……可江雪舟是不一样的。

同样是舞文弄墨，爷爷的其他师兄都是画虾、画鸟、画竹子，然而江雪舟却是画漫画！

没错，就是漫画。

林嘲风第一次听到的时候，下巴都要惊掉了。谁能想到这位气质儒雅内敛，眉目禅静平和的男人，却有一身反骨，不顾师父、师兄的劝说，带着满身技艺投入漫画行业中去，而又在随后漫长的十年间，凭着一股信念踏上了国内漫画家的顶端。

林嘲风是年轻人，平常也有看漫画，但看的都是"民工漫"，什么《火影忍者》《死神》《海贼王》，他一个不落，对于国内的顶尖漫画家他仅略知一二。然而江雪舟的名气，就是在这"一二"之内。

江雪舟很爱笑，他的笑不是大笑，而是带着一股清清淡淡的宁静。他笑着调节爷孙俩的矛盾道："别让小风叫我爷爷，我连女朋友都没谈过，平白多出了这么一个大孙子，我过节可包不出大红包。"

林爷爷皱眉道："也对，你还不到四十，这么叫是叫老了——那至少要叫叔吧。"

林嘲风不顾爷爷的唠叨，凑到江雪舟面前，把手机里的聊天记录递给他看。

"江雪舟！"他急道，"你再这么磨磨叽叽下去，你这辈子都不会有女朋友了！"

江雪舟放下钓竿，先把手擦干净了，才接过林嘲风的手机。

年轻人用的是最新款的iPhoneX，江雪舟不太熟悉，笨拙地调了好一会儿才看明白屏幕里说的是什么。

江雪舟语气平静地说道："我没看出这段对话有什么问题，有人送了她一个电脑屏幕而已。"

"而已！"林嘲风怪叫道，"这屏幕我刚查了，要三万块！什么朋友能随手送三万块的礼物啊！肯定是男朋友啊！"

江雪舟语塞。

林嘲风年纪轻轻，恋爱数回，说起勾搭小姑娘的手段真是一套套的。

"我早说你这个追求手法不对，现在早就不流行默默守护这种设定了，当初是你让我选她做我的漫画搭档，后来又让我给她介绍画同人商稿的兼职，就连之前转发抽奖都是你出钱——可你做的事情她知道吗，她不知道啊！"

林嘲风急得直抓头发道："江雪舟算我求求你，你自己把戏都演完了，女主角连你的存在都不晓得，你这戏演给谁看啊。"

江雪舟眉头微敛，眼神却带着一股看破红尘的淡然，让人猜不透他究竟是忧心还是不忧心。

过了半晌，江雪舟才开口说道："说不定是女生朋友送她的。"

语气像是在说服自己。

林嘲风气笑了，怒道："我——靠！"看在爷爷在一旁的份上，他把脏字吞了回去，又说道，"你以为是女朋友送的就能掉以轻心了？现在这年月，只要想谈恋爱，性别算什么问题！"

第九节　藏在幕后的他

林嘲风刚指点完江山，他那头随风飘扬的红毛就受到了身后爷爷的重击——"啪！"

这一巴掌重重落在后脑勺上，林嘲风"哎哟"一声，差点一头栽进冰窟窿里。

"你就会在这儿扰乱军心！"林爷爷吹胡子瞪眼道，"我看雪舟还是很有希望的，不就是追个女孩子嘛，你平常鬼主意多，给他想想办法。"

林嘲风委屈死了，忙说道："我还能有什么办法想啊？他把自己搞得像小说里的悲情男二，我再怎么助攻都没戏啊。"

爷孙俩为了江雪舟的人生大事，你一嘴我一嘴地呛起来，而被议论的中心人物，苦笑着打断了他们的议论。

"林师弟，嘲风，其实我……其实现在这样挺好的。"男人的手无意识地拂过钓竿，那只手很白，是苍白的白，食指与无名指之间布满老茧，手腕还绑着一个散发着药香的护腕。他的笑看上去很遥远，语气也淡淡地道，"其羽是个好姑娘，如果她身旁已经有了合适的人的话，我会选择祝福她的。"

林嘲风觉得心肝脾肺哪儿都疼，急道："真没办法和你沟通！像你这样家庭出身好、有颜值、有钱赚、有名气而且还没婚史的男人，放出去能收割多少迷妹啊，你究竟为什么不肯直接把你的心意说给她听啊？就一句'我喜欢你'有那么难说出口吗？"

江雪舟微微垂下头，露出一个很浅淡的微笑，从林嘲风的角度看去，男人额头碎发投下的阴影仿佛都写满了犹豫。

"再过几周，我就要三十九了。"

"这不还没到吗。"林嘲风一噎，讷讷道。

"可她才二十五岁，我比她大太多了。"

江雪舟视线飘远，陷入了回忆当中，缓缓说道："我和她在一起工作了整整一年，足足三百六十五天。其他助手来来去去，很多人干不长，学了点经验，混了点资历就立即离开，只有她一直在身后支持我。她从不偷师，想学什么就大大方方地告诉我想学，只要我教过一遍，她很快就能上手——后来我才知道，这是因为她在晚上练习了百遍千遍。"

男人轻叹道："要说什么时候喜欢上她的……我也说不上来。但朝夕相对，遇到的又是这么好的她，我想没人会不动心吧。"

江雪舟都想不起来有多少次，他在画到一半时忽然停笔，转过头去看燕其羽埋头做后期的模样，阳光落在她的笔尖上，而她落在他心里。

然而他们之间的年龄……

在遇到燕其羽之前，江雪舟觉得自己正当壮年，意气风发，还能再画三十年。可在她面前，他却变成了一个笨拙的中年人，不敢惊扰这朵含苞待放的花朵。

这个富有责任心的姑娘是在"独钓寒"的大作《凤凰台》宣告完结后，才从他的工作室离开的。江雪舟挽留了她，可她却说她想试着迈出独立的第一步。

作为一个暗恋者，江雪舟不舍。但作为一个漫画家前辈，他祝福。

江雪舟一直在暗中关注燕其羽，在得知她签约海豚漫画网后，立即想方设法帮她找到一个好的合作者。当初"龙龙龙"的编辑原本打算让他和另一个画家合作，但在江雪舟的暗中周旋下，促成了燕其羽第一部短篇改编漫画的诞生。

但这些，江雪舟觉得没必要说。

可是皇帝不急，太监急啊！

林嘲风向来是看到心仪的女孩就要追的，哪里遇到过这样温暾的男人，他立刻反驳道："年纪大点儿怎么了？她又不是没成年！就算没追成功，大不了就是见面尴尬！以我对你俩的了解，就算你们没谈成，也不会闹得天崩地裂、互删好友、老死不相往来……你干吗不试试呢。往前进一步，一切皆有可能嘛。"

林嘲风的一席话，确实说进了江雪舟心里。

他之前一直很害怕，怕燕其羽接受他，却因年龄差太大被诟病；又怕燕其羽不接受他，好好的师生情分被消磨干净。

可是……可是如果他现在不迈出这一步，恐怕未来更没有机会了。

江雪舟冥冥之中有种感觉，那个送她屏幕的朋友，将会是他最强劲的敌人。

"你说得对。"江雪舟注视着平静的冰面说道，"总藏在幕后的人，没有登上舞台的机会。"

林嘲风一脸问号道:"我哪儿说过这么文艺的话了?"

江雪舟又道:"可是,我已经错过了最好的时机。之前她在我工作室时,我都没有找到合适的机会告诉她我的想法,现在我连这近水楼台先得月的机会都没有了……"

"谁说的!"在旁边一直竖着耳朵偷听的林爷爷急忙插嘴道,"虽然她现在不是你的同事了,但是你可以创造机会成为她的同事呀!"

与此同时,江雪舟手中的钓竿一抖——

鱼,上钩了。

【《苍穹之梦》工作讨论群】

香蕉殿下:出来、出来、快出来!

香蕉殿下:小羽毛、田野。

香蕉殿下:《一月作品详案》出来了,《苍穹之梦》因为是在圣诞节上的,也被归类到一月作品里了。

香蕉殿下:前面几页都是大手,不想被刺激的话,可以直接跳到倒数第二个页面,那个页面都是一月新作,很详细,很有针对性,你们一定要仔细参考。

"香蕉殿下"说完,把文件分享到了群里。

时间匆匆踏入二月,今年春节很晚,紧卡住二月的尾巴。每个月一号,海豚漫画网的运营组就会给所有编辑部成员发送一份《当月作品详案》,细数这月作品的涨幅波动。

小羽毛:不愧是海豚漫画,好专业!

小羽毛:我之前待的一个小漫画网站,根本没有这种东西……

小羽毛:想问问哪月有大手想避开,都摸不到门路。

田野:毛毛,你以前还在别的漫画网站有连载?怎么没听你提起过?

小羽毛：呃……

小羽毛：以前给独钓寒老师当助手的时候，同时还接了别的主笔稿，每天晚上画。

小羽毛：不要提以前了！我要向前看！

燕其羽明显不想提之前连载的事情，于归野隐约推测出，可能有什么不太好的经历才会让她表现得如此逃避。

不过就像燕其羽说的，人都是要向前看的。不管她之前遭遇过什么烦心事，于归野都希望已经过去的事情能永远尘封在回忆里，不打扰现在的生活。即使有一天真的被拆开了，他也会陪着她共同面对。

于归野接收了步娜娜传过来的工作文件，这是一个足有近百兆的巨型表格文件，于归野点开后，被下面一溜标签页差点儿晃瞎眼。

海豚漫画网不愧是圈内首屈一指的漫画平台，每个月的作品月报都有很强的参考性。月报里不仅分析了自己网站里的作品，甚至还会分析其他网站的同类竞品。

文件的前几页，都是一些稳定更新很久的老牌IP作品，人气榜永远占据第一位的《爆裂神拳》更是重中之重。

"知不道仙人"这部连载了五年的大作已经成为海豚漫画网、也是他本人最为出名的作品，现在漫画已趋近尾声，再有半年左右就要完结了。很多读者察觉出了完结的迹象，都在疯狂地用同人作品和打赏金额来表达自己的喜爱，光是新年假期那三天，它收到的打赏金就超过百分之九十作品一年的了。

于归野随意浏览了几眼，就把报告翻到了"新作"那一个标签里。

整个一月份（含圣诞），海豚漫画网共上新作二十部，其中长篇九部，中短篇十二部。长篇中，二组负责的纯爱题材三部，一组负责的少年漫画题材四部，而步娜娜所在的三组仅有两部长篇作品推出。

可以说这个月，主推女性向作品的三组成绩惨淡，在数量上被另外两组压在了屁股底下——可是在质量上，《苍穹之梦》可是拿到了新作第二的好成绩！尤其它还是这么一个不讨喜的科幻机甲题材！

在它上线前，绝大多数编辑都对它抱有怀疑态度。监测数据早有证明：女性向频道最受欢迎的作品永远是古言，宅斗、宫斗、食斗，一边斗一边要来几个大帅哥疯狂地爱上貌美女主角……大家看漫画就是为了图休闲，谁不想看点儿玛丽苏的情节啊。

然而《苍穹之梦》这个没有男主的机甲题材正剧，却如一匹稳健的黑马，一路冲刺，刚上线了四话，收藏量就突破了二十五万。虽然和那些动辄一两百万的大作还有很大差距，但步娜娜、于归野、燕其羽三人都很有信心，誓要将《苍穹之梦》打造成为海豚漫画的下一个IP！

越少见的题材，市场越是一片空白，只有抢占先机，才能争取读者。只是很多人缺乏开拓疆土的勇气和底气，而他们却敢迈出这一步。读者不是傻子，好的画面、好的剧本，永远不缺乏人欣赏。

唯一可惜的是，《苍穹之梦》已经拼尽所有力气向前冲刺了，在它的头上还是高高安坐着另一位太岁——《喵喵侠》。

脚本作者"神笔狗良"就是走搞笑路线的，漫画中金句频出，自我吐槽，让读者看了捧腹大笑。漫画作者"乱码君"最擅长画这种结合了性感与清纯的女子高中生，该卖萌的时候卖萌，该发福利的时候绝对不手软。这样的强强结合，再加上更新速度快，它上线八话已经赢得了三十三万的收藏了。

可怕。

折线图中，代表着所有新作数据的几条波折线一路升高，但是路程不到一半，其他几条就已经被《喵喵侠》和《苍穹之梦》两部作品甩下。其他新作一直在表格偏下的地方不温不火，而这两部作品则一边缠斗一边迅速升温。

每当《喵喵侠》更新时，它就艳压《苍穹之梦》一头。

每当《苍穹之梦》如约而至时，它又领先《喵喵侠》一分。

一红一蓝两条波折线追得很紧，光是看它们的走势也能联想到其中的惊心动魄。无奈最终《喵喵侠》靠更新频率略胜一筹，在最终的报表上独占鳌头。

屏幕后，于归野眼神深邃，只觉得一股从未体验过的刺激感伴随着肾上腺素一起飙升。

自从开始靠笔谋生之后，于归野每次出书，都是足以令所有粉丝弹冠相庆的大事，横扫所有书榜不在话下。这是他第一次品尝到败绩——而这感觉，相当有趣。

步娜娜截取了那张红蓝折线走势图，"啪唧"贴到了群里。

香蕉殿下：两位，看看这张图，有什么想说的啊？

三秒钟之后，燕其羽和于归野同时按下了回车键。

田野：越是强力的对手，越有超越的价值。
小羽毛：呃……自古红蓝出CP？

静默。

香蕉殿下：……
田野：……
小羽毛：那个，我能撤销刚才那句话吗？

于归野失笑。
他的小开心果，永远能在最出乎意料的时候逗他开心。

香蕉殿下：你觉得现在撤有用吗？

说完，"香蕉殿下"发了扶额和"看我四十米大香蕉"这两个表情。
"小羽毛"见状，赶紧发出"痛饮一杯苦酒"和"大佬饶我一命"两个表情。

香蕉殿下：不饶。

香蕉殿下：小羽毛，你下周乖乖来公司报道。

小羽毛：诶！要、要真人对决吗？

香蕉殿下：不是，公司发了作者过节礼，本来应该邮寄的，但我想着咱们三个好久没见了，刚好趁机聚一聚。

小羽毛：好呀好呀！

小羽毛：我好久没见到田野老师了！

小羽毛：不对，我才想起来，我到现在还不知道田野老师的长相呢！

小羽毛：听娜娜姐说过，田野老师长得特别帅！

小羽毛：田野老师，超期待啊！

然而，刚刚还活跃在群里的"田野"忽然销声匿迹，直到五分钟之后才重新上线。

田野：不好意思，刚刚接了一个电话。

田野：我下周要去外地，春节后才回来，实在没办法去公司取了。

小羽毛：不会吧？

小羽毛：悲伤那么大！

小羽毛：还以为，这次终于能见到田野老师的庐山真面目了。

"田野"先发过来一个摸头的表情。

田野：没关系，以后肯定有机会的。

于归野看着屏幕上喷涌而出的哀号，难得的愧疚淹没了他。

于归野总觉得，他身上的这层马甲，可能要披不住了。

然而，于归野不知道的是，就在同一时间，另一个人敲响了他的女孩的QQ。

独钓寒：其羽，在吗？

小羽毛：在的，江老师！

小羽毛：江老师不好意思呀，之前你约我去看电影，我实在抽不出空来只能推了。

小羽毛：希望你不要生气！

小羽毛：我安利了很多小伙伴去看！

"独钓寒"先发过来一个微笑。

独钓寒：我永远不会对你生气的。

燕其羽停下打字的手，表情微愣地看着江雪舟发过来的这句话。

怎么说呢……这话如果结合上下文来看还算能理解，但单独拿出来看……好像有那么一点点……暧昧？

不不不，一定是她多想了！

全怪于先生时不时总是撩她，说一些暧昧亲昵的暖心话，让她现在不管看谁的话都带上了有色眼镜。

"独钓寒"是她信赖敬仰的老师，怎么可能会对她有那方面的意思呢？

小羽毛：谢谢老师原谅我！

独钓寒：不过，其羽。我今天来找你，是想让你帮我办另一件事。

小羽毛：好哒，老师您说……

独钓寒：去年年中你离开工作室的时候，《凤凰台》就完结了。最近半年我一直在收集素材，为新的作品做准备。

独钓寒：现在存稿存了五话，也该考虑下一步的动作了。

小羽毛：嗯嗯……

说完，"小羽毛"发了一个星星眼的闪亮表情。

小羽毛：老师终于要出山画新的作品了！真是太期待了！

小羽毛：我能帮老师什么呢？

小羽毛：试阅吗？

小羽毛：我我我好激动，我居然能成为第一批看到江老师新作的幸运儿了！

独钓寒：不，我找你是为了别的。

小羽毛：？

接下来的话，完全出乎燕其羽的意料。

独钓寒：新的漫画我想换个新的平台。

独钓寒：其羽，你把你的编辑介绍给我吧。

第十节　漫画大神"独钓寒"的"请求"

漫画家和平台的合约有很多种。

有的像是小说网站那样的"作家约"，即若干年之内，作者的所有作品只能发布在这家平台上，网站会拿出最好的资源做推广；还有一种是"作品约"，即这部作品只能独家发布在这个平台上；最后一种是更加宽泛的"自由约"，作家可以随意发布自己的作品在多个平台上，并且可以在多个平台同时收费，获得付费收益，但是这种合约只有大神画家才有底气和平台谈判。

燕其羽刚开始以为，江雪舟打算让新作同时跨多个平台，签署"自由约"，哪想到细问之下才发现他是决定签独家"作品约"！

这……这一般只有刚起步的新人才会选择签这种合约！不过"知不道仙人"签的也是作品约，因为他刚开始连载《爆裂神拳》的时候还是小透明，哪家平台都不要，唯有海豚漫画的总编茄哥慧眼如炬，把他收入麾下，一手捧出了这颗明星。

小羽毛："作品约"？

小羽毛：江老师你要不要再考虑看看啊！

小羽毛：像你这样的大神，签"作品约"很吃亏的。

独钓寒：我已经考虑好了。

独钓寒：你知道的，我这人怕麻烦。多平台"自由约"看着虽然好，但读者太分散，需要抽精力抽人手去维护读者群，难免有照顾不到的地方。

独钓寒：现在海豚漫画网是最成功的漫画平台。你放心，老师签给它，不会吃亏的。

小羽毛：那好吧。

小羽毛：我相信老师的眼光。

小羽毛：还有……谢谢老师给我这个机会！

燕其羽虽然在别的事情上有些迟钝，但有时候她也挺聪明的。她踏入漫画圈将近四年，深知这个圈还是挺讲人脉的。

"独钓寒"身为圈内顶级大神，他如果想打听海豚漫画的编辑联系方式，不知有多少人前赴后继地给他递名片，可他却选择了让自己曾经的助手帮忙引荐——如果事成了，燕其羽作为牵线人，绝对会在编辑那里记上大大的一功，说不定连总编都能知道她的名字，对未来的发展很有帮助。

可以说，江雪舟看似是让燕其羽帮他忙，但其实正相反，是他在用自己的名气给燕其羽铺路。

这么一来，燕其羽怎能不感动呢？

"独钓寒"发来一个摸头的表情。

独钓寒：其羽，你我之间，何谈谢字呢。

某个工作日上午十点，海豚漫画网的编辑部已经陆陆续续坐满了人。互联网公司上班晚，很多人卡着点到，在等待电脑开机的时间里，悠闲地接水、上厕所、化妆、闲聊。

"说起来，我刚才在电梯间里见到研发部的杰克了，我的老天鹅，黑眼圈那么老大，都要到下巴了。"二组有个小编辑夸张地说道。

"我也看到了，我也看到了！"一位刚去休息室接了咖啡回来的三组编辑说，"我问他'你今天怎么这么早上班啊，你们平常不都是十二点才到公司吗'，结果他居然说——他不是上班，他是下班！"

几位编辑听了，都吓得连连摇头。他们编辑虽然也是一年三百六十五天无休，要鞭策作者创作，帮他们改大纲、帮他们申请推荐位什么的，但总的来说，可比程序员悠闲多了。

他们轮流交换着各类八卦。这时，隔壁一组的一位男同事忽然站起身来，两只胳膊压在办公桌之间的挡板上，兴致勃勃地炫耀起自己得到的消息。

"我知道他们为什么这么忙！"他说道，"因为咱们APP的新版本就要上线了！"

"这么快？"

"这还快？"他哼了声道，"本来说新年上，这都推到二月份了，看样子是打算春节更新了。"

所有编辑早就得到消息：这次的海豚漫画APP版本进行了非常重要的大改，整个版面都变得截然不同，界面进行了全新设计，分栏减少，推荐位增多——推荐位增多！光是这一条，就足以让所有编辑心中计较起来了。

大家热火朝天地围成一团，开始交换关于新版本的种种消息，"叽叽喳喳"的声音吵得人头疼。

坐在三组靠窗座位的步娜娜不堪其扰，她从抽屉里拿出降噪耳机罩在了脑袋上，音量开大，激昂的摇滚乐把她与一切混乱隔绝开来。她重新拿起她的剑与盾牌，义无反顾地冲向了战场。

催稿、看剧本、排期、做报表、联络合作乙方……一连串紧锣密鼓的工作做下来，步娜娜连午饭都没顾得上吃，伴着PPT啃了两根香蕉了事。

一组副主编邓耀华又厚着脸皮过来套近乎，殷勤地说道："哎呀娜娜，怎么中午就吃水果啊，不会是在减肥吧？哎，你们女人总是嚷嚷减肥减肥的，我看你身材刚刚好,可别把胸给减掉了!呵呵,玩笑、玩笑。"

步娜娜瞥了他一眼,抬手从桌上抓起一根还没手指长的矮粗小香蕉,涂着艳红色指甲油的美手从香蕉顶端一寸寸划过,时而用指腹轻揉,时而用手背慢抚……邓耀华一双牛眼瞪得老大,把持不住地直咽口水。

突然间,一刀银光闪过——那只又丑又短的小香蕉瞬间被剁成两半,其中一半"扑通"一声掉到了地上,"骨碌碌"滚到了邓耀华脚下。

再看步娜娜手中,不知何时多了一柄锋利的水果刀,这刀整体造型像是一把缩小的日式武士刀,寒光凛凛,令人望而生畏。

邓耀华鬼叫一声,差点没把眼珠子瞪掉。

步娜娜扔掉手里的烂香蕉,傲慢地收起手中的小刀,在一方纸巾上仔细擦拭起来。

邓耀华赶忙夹紧腿,踩着别扭的内八字急匆匆地走了。

"臭混蛋。"步娜娜双眼瞪着电脑屏幕,把声音压在摇滚乐声中道,"我要是总编,第一个开除这个倚老卖老的老色狼。"

可惜的是,步娜娜不是总编,也不是主编,她只是一个小小的资深编辑,不知还有多久才能升到副主编的宝座上。

像他们这种金字塔形的员工结构,如果想往上升的话,必须手里有大作才可以。可惜步娜娜是半途进入这行,论人脉比不上老编辑,手里最有可能火的只有《苍穹之梦》。

"小羽毛啊小羽毛。"步娜娜低声念叨道,"这次春节新版本的推荐位我一定帮你拿下,你可千万要争气啊……"

步娜娜正向着不知哪路神仙许愿,忽然耳机里传来"滴滴"声,就是这么巧,她的"小羽毛"来找她了。

小羽毛:娜娜姐,在吗?
小羽毛:我什么时候去公司找你比较方便呀?
香蕉殿下:这周什么时候都行。
香蕉殿下:要不然明天吧。

小羽毛：好哒。

香蕉殿下：好久没见又香又软的小羽毛了，娜娜姐要好好抱一抱。

"香蕉殿下"说完，连发了两个"来来来小妹妹，给你看姐姐的大香蕉"和"我有一只祖传的香蕉要送给你"的搞笑表情。

小羽毛：娜娜姐，我明天要带位老师一起去。
小羽毛：他也想签到海豚漫画。
小羽毛：方便吗？还是让他另找时间和你约？
香蕉殿下：可以的，让他带着作品一起来吧，我看看他画得怎么样。
香蕉殿下：其实画工可以后期提升，我更喜欢看作品内核。
香蕉殿下：如果他也不擅长编剧的话，我再问问海豚小说那边。
小羽毛：放心吧，我老师特别擅长编剧！他编剧主笔都特别强！
香蕉殿下：那就行，那我明天上午十点，在公司等你。
香蕉殿下：哦，对了。你还没说，来的漫画家叫什么名字？我要做来访预约。

步娜娜单手在键盘上飞快打字，另一只手摸过电脑旁最后一根香蕉，在牙齿的帮助下撕开了香蕉皮。

小羽毛：哦哦……忘了说。
小羽毛：我说的是独钓寒老师。

"噗……咳咳咳！"

宝贵的最后一根香蕉追随"前辈"的脚步，又一次滚落在地，步娜娜手里的香蕉皮孤单地在风中摇摆。而坐在电脑前的步娜娜只剩下"我是谁""我在哪儿"的人生疑问。

步娜娜刚刚还在盼望自己养的"小鸡仔"能一飞冲天，哪想到"小鸡仔"

第五章　强大的竞争对手

翅膀还没长硬呢，居然就引过来一只"金凤凰"。

步娜娜立即起身，匆匆向着主编室走去——像"独钓寒"这种级别的大神来访，由她这样的小编辑接待，未免显得不够重视对方。

刚走过两颗绿植，步娜娜忽然停下脚步，转身回到了工位上。她踢掉脚上的平底UGG，用脚尖勾出藏在办公桌下的豹纹高跟鞋，雄赳赳气昂昂地踩了进去，然后踩着这双十厘米战靴，昂头走向了主编室。

遗憾的是，另外一位小编辑告诉她，他们组主编今天请假。

步娜娜很无语。

小编辑又说道："你要是真有急事的话，找茄哥也一样啊。"

步娜娜更无语了。

找总编？

步娜娜红唇紧抿，转头看向另一扇更豪华、更气派，看起来也更像地狱通道的大门。在那扇门之后，谁知道会是总编，还是披着总编皮的黑道老大！

晚上，燕其羽接了一盆热水，把紧张了一天的双手浸到暖暖的水盆当中。水盆里添加了舒缓调理的中草药，水面泛着一股透亮的棕黄色，随着燕其羽手指的每一个动作，水波一层层散去，撞到壁上又反弹回来。

燕其羽不自觉地发出感叹道："真舒服……"

"舒服就好。"

打开免提功能的手机中，传来了于归野的声音。

画家最宝贵的就是一双手了，于归野因为担心女孩每日高强度作画伤到手，特地找中医配了几服舒缓手部肌肉的草药。使用方法很简单，只要每天晚上加到热水中，待药效在水中散开后，把双手浸进去就好，方便快捷，每天只需要十分钟。

这礼物虽然比不上手绘数位屏贵重，但心意无价。燕其羽已经连续泡了好几天手了，确实能感觉到僵硬的手部肌肉在热水的滋润下一寸寸放松，活血通络，晚上睡觉时再也不怕手心冰凉了。

经过这些天的调养，燕其羽迷恋上了这股在草药汤水中浸泡的感觉，也迷恋上了于先生对她无微不至地呵护。

在一个人独处的寂静寒夜，能有人送来这样的关心与温暖，燕其羽如何才能从这张温柔的网里逃开呢？

"于先生……谢谢你。"燕其羽知道"谢"字太轻了，轻到无法表达她内心翻涌的情绪。

"你和我之间，还用说什么谢谢呢？"

相似的话，由不同的人说出来，带给燕其羽的感觉完全不同。她埋下头，想把笑声藏起来，结果漏了一地。

于归野的声音从很远又很近的地方传来，说道："对了，你刚才说你已经画完下周的稿子了？你明天有时间吗，我新发现一家甜品店，一定符合你的口味。"

"明天啊……"燕其羽为难地说，"明天不行，我和编辑约好上午十点要去公司。"

于归野这才知道，原来燕其羽和步娜娜约好明天见面。他十分遗憾自己不能正大光明地出现在她面前，马甲穿太多层，究竟先脱哪层、怎么脱，真是个麻烦事。

"那好吧。"于归野心中叹气道，"那你今天早些休息。"

"嗯，你也是呀。"

"记得梦里有我。"

很显然，于归野的祝福灵验了。

燕其羽被他害得一晚上没睡好，半梦半醒间，处处都是于先生的影子。

最羞耻的一个梦莫过于：燕其羽梦见她在一个很大很空旷的画室，光线充足，面前是一张高高的画架，还有铺了满满一桌的画具。画架前摆着几尊姿态各异的石雕人像，燕其羽手里拿着画笔，正在比照雕像的比例，准备起稿作画。不知何时，于归野走进了她的画室中，把她自身后搂入了怀里。他微微伏低身体，嘴唇贴在她耳畔，呼吸间带着足以烧掉整个梦境的温度。

他问她在画什么。

她说在画人像。

于归野的视线从那些肌肉健美的人像上一一看过。

又问，那你画过人吗？

"没有的。"燕其羽为难地咬住下嘴唇，有些不好意思地说道，"我自学画画，没上过素描课。"

然后，然后。

在梦境中，于先生的衣服一层层消失不见，先是西装外套，然后是衬衣，接着是皮带落到地上。

晨光微曦，那是燕其羽见过的，最美的身体线条。

于归野看着燕其羽的眼睛，温柔地笑道："不如从今天开始上人体素描课？"他轻声蛊惑道，"小画家，你不光可以看，你还可以摸。"

与此同时，于归野引领着她的手掌，放到了……

就在那一刻，燕其羽被闹铃叫醒了。她羞愧难当地扎进床头的抱枕里，无声地"啊啊啊"了一番，先是唾弃闹铃响得如此不合时宜，又唾弃觉得闹铃不合时宜的自己。

燕其羽在床上翻滚了好久，只能认命起床洗漱化妆。

"燕姐，今天起得这么早？"正在厨房做饭的小娇热情地招呼她道，"要不要一起吃早饭？"

打了一夜手机游戏的阿勇睡眼惺忪地说："燕姐一大早就涂脂抹粉的，这是要出门约会？"

有阿勇在，燕其羽自然是不会同他们一起吃早饭的，她应声道："我上午有事，要迟到了，直接去楼下买个包子就好。"

燕其羽没有故意说谎，刚才赖床浪费了太多时间，要是现在再不出门，可能真要迟到。

说罢，她锁好卧室，匆匆背上包离开了家。

就在燕其羽跨出电梯门的同时，手机响了。

燕其羽看着屏幕上一明一灭的"于先生"三个字，想到昨晚光怪陆离的梦境，只觉得脸上发烧。她定定神，接起电话道："喂？"

"燕小姐，你出门了吗？"男人问。

燕其羽回答道："刚出门，怎么啦？"

"那就好。"于归野的声音敲打在她耳畔道，"你下楼吧，我在车里等你。"

"啊？"

"'世纪嘉园小区六号楼五单元'对吧，那天晚上虽然黑，但我还记得送你回家的路。"

燕其羽心想：对是对，可她的真实住址不在那里啊。

第十一节　意外的肌肤之亲

"小兔子"磕磕绊绊地问："你、你、你来找我干吗啊？"

"大灰狼"温温柔柔地答："你不是说今天要去编辑部吗？我开车送你。"

"没关系、没关系，小区门口就有直达的公车，我自己过去就好！"燕其羽绞尽脑汁想要打消于归野的念头，急道，"真的，很方便的，四十分钟就到！"

然而于归野哪是那么轻易就好打发的，他执着地说道："可我刚刚查了，公交车常走的那条路出了事故，现在地图上显示整片区域都是红的。如果你坐公交肯定要迟到，不过我知道一条小路可以帮你绕过去，只需要半小时。"

燕其羽沉默了。

于归野叹口气，使出一招以退为进道："还是说……你连这半小时都不想和我独处？"

"怎么会！"燕其羽脱口而出，又因为嘴快，懊恼地捶了捶额头。话已出口，她再推拒就太假了。于先生那么聪明，她多说多错，千万别在他面前露馅了。

燕其羽只能认命道："好吧，麻烦你了。"

"那燕大小姐，现在可以下楼了吧？"男人催促道，"我好像挡住了你们小区宠物狗最喜欢的一棵树，它们为了报复我，在车轮上闻了好久，就差抬腿了。"

"那个……我之前说的刚出门不是刚出家门,是刚出小区门,我现在已经走到外面的车站了。"

于归野果然没多想,直接说道:"好,你就站在那里不要动,我一会儿就到。"

"嗯嗯,我保证一动不动……"

电话掐断,小骗子把手机往挎包里一扔,撒开兔腿就往外面冲。那个车站刚好位于燕其羽的假住处和真住处之间,她平常慢悠悠走过去大概五分钟,可今天她为了圆谎,必须全力冲刺。

别看燕其羽平常很少锻炼,但危急时刻,即使是短腿兔也能跑出豹的速度。

当燕其羽拼了一条老命终于抵达车站时,心脏都要跳出胸口了。她扶着站牌大口喘气,剧烈运动之后,她整张脸都红通通的,身上冒着热气,像是新鲜出炉的小馒头。

不等燕其羽调息好,一辆气派宽敞的豪华SUV便停在她身边,车窗降下,于先生那张透着困惑的脸出现在车厢中。

"你看上去像是刚做完剧烈运动。"

燕其羽一边喘气一边斩钉截铁地回答道:"在车站傻站着太冷了,我做了一百个高抬腿跳,暖和暖和身体。"

于归野做出一脸无语状的表情。

好吧,她说什么,他就信什么吧。

有了专车接送,不仅省时省力不用挤,这一路上更是充满了欢声笑语。明明他们已经认识这么久了,明明能聊的话题都聊过一遍了,可燕其羽和于归野之间没有一秒冷场,就算是路边的小花小草,也能让他们兴致勃勃地谈论半天。

半小时之后,车子缓缓驶进了海豚文化集团的停车场。因为于归野抄了近路,不仅没有迟到,还比约定的时间早到了二十分钟。

两人都没有动，他们安坐在车厢内，默契地享受着分别前的暧昧与宁静。

车里暖暖的，燕其羽懒洋洋地靠在椅背上，感觉昨夜遗留下来的疲惫都一点点消失了。

"对了，有个东西差点忘了给你。"于归野拿出一个纸袋，放到了燕其羽怀中。

只见纸袋里躺着两样东西：一个是比普通面霜要大一号的塑料罐，而另一个则是一管类似护手霜的东西。

因为两样容器都是塑料材质，透过乳白色的外包装，可以隐约看到里面的乳液是淡褐色的，没有什么流动性，不像是一般的护肤品。

而且这两者都没有花哨的包装，只是在封口处各贴了一家医院的标签——之前于归野送的那几包用来泡手的草药也有同样的标志。

"这是……"燕其羽望着手中沉甸甸的两样东西，有些不解。

于归野耐心地给她解释道："那个老中医根据你的情况，又特别调配了一种按摩霜，可以直接当作手霜用。它能舒缓紧张，镇定肌肉。大罐的你放在家里，每天泡手后厚厚涂上一层再睡觉。小管的你随身放在包里，想到就可以随时用。"

燕其羽哪还不懂他的心思？

职业病这种东西，每个画家都会有，区别只是轻重罢了。因为右手长时间握笔，而左手长时间放在快捷键上，肌肉持续紧张，神经从颈椎连到指尖，连带着左右手臂都会疼痛。燕其羽的症状相对轻微，虽然有腱鞘炎但她一直没放在心上。

可于归野，放在心上了。

于归野为她请来名医，为她专门配中药舒经活络，甚至比她本人还要在意她的身体。

燕其羽望着手里散发着清淡药草香气的药膏，觉得鼻子很酸，心里又很甜。她拧开那管小的，当场就要试用，可管状的护手药霜里充了太多气，稍一使力，就飞出一大坨，"噗"的一声掉在她手上。

"呀。"这也太多了。

燕其羽望着手背上的护手药霜正犯愁，忽然想起身旁还有一个人呢。她手比脑快，立即把手背贴向男人的手，蹭了一半药霜过去。

然后，燕其羽的手就再没能离开男人的手心。

于归野也没料到这只"小兔子"居然会胆大撩狼，他立即反客为主，趁着她还迷糊的时候，一把攥住了她那只柔软的小手。

燕其羽的指尖又软又红，带着一股欲滴的鲜嫩感。而现在，指尖上的那抹红逐渐向上攀升，隐进袖口中，又从围巾里爬出来，最终染红了她的耳尖。

她的视线对上他的，纤长的睫毛抖啊抖啊，每次扇动都引着情愫渐起。

于归野凝视着燕其羽，死也不松手地紧紧攥着，嘴中轻声细语地哄道："我从医生那里学了一套按摩手法，我教你，好不好？"

燕其羽没说话，又负隅顽抗地挣了挣，动作很轻微，轻微到他都没感觉到。

于归野又问了一遍道："好不好？"

燕其羽终于说了一个字："好。"

手上的药霜逐渐化了，药香包裹住他们的双手，细腻而温柔。于归野妥帖地照顾着燕其羽，引领着她，一点点地挑开她的羞涩与紧张，让她学会享受。

刚开始，燕其羽是有些惧怕这种令人沉醉的肌肤之亲的。男人的指尖撑开她的指缝，贴着她的手心一寸寸下滑，把黏腻的药膏用体温融化。直到十指相扣的那一瞬间，她听到了男人脉搏的跳动。

不知过了多久，一道刺耳的铃声打破了车里浮动的暧昧气氛。

燕其羽有些迷蒙地眨眨眼睛，直到那首熟悉的动漫歌曲在耳边唱到了第三遍，她才找回了刚刚远离的理智。

意乱情迷的感觉退去，燕其羽看看两人仿佛黏在一起的双手，又羞又窘。

她试探性地抽了抽手，像是个在将军面前打报告的小兵一样说道："我要接电话……"

于归野这才不舍地放开了她的右手——而左手依旧在他的掌控中。

于归野把玩着燕其羽的小手，归功于刚刚活血化瘀的"按摩"，女孩的手软软热热，细窄的骨节令他爱不释手。他从指间一寸寸捏到掌心，再沿着腱鞘一厘厘推回来，同时漫不经心地听着燕其羽接电话。

"诶？老师您已经到了！"燕其羽提高声音，身子不自觉前倾。

老师？

一种属于野生动物的警惕心瞬间在于归野心中升起。

什么老师？燕其羽今天不是来见步娜娜的吗？怎么还有老师，是哪个老师？

"好好好，我已经到停车场了！"燕其羽忙说，"不好意思我没注意时间，我现在就上楼！"

因为距离远，听筒里的声音听得不是很真切，可于归野断定那是一个男人。

燕其羽挂断电话后，赶忙收拾起东西，这时她也顾不上什么牵手不牵手了，都怪她定力不足，被男人压在车里"按摩"了将近半个小时，结果本来早到的她现在变成迟到了！

燕其羽手忙脚乱地说道："于先生，我先走了！"

"慢慢来，别跑太快。"于归野状似不经意地问道，"刚才听你说'老师'，今天有其他人和你一起见编辑？难道是你之前提到过的'田野'老师？"

"他在出差，不是他啦。"燕其羽正努力地把那一大罐药膏塞进随身的小包包里，随口说道，"是我跟过的第二位主笔老师，'独钓寒'！"

"那个动画电影的原作者？"

"就是他！"燕其羽终于把自己收拾利落了，她眼睛眯眯，笑得特别开心道，"于先生，我忘了和你分享这个好消息啦！老师准备签到海豚漫画来，以后他就算是我的同事啦！"

于归野心中冷笑：这可真是一个天大的好消息呢。

第五章　强大的竞争对手

第十二节　只有她不知道他心意

春节将至，海豚文化集团的办公大楼里，处处装饰都洋溢着新春的气息。也不知是效仿哪里的传统习俗，后勤处的工作人员在入口处立了两排细长的文竹，枝干细长，密密实实，放眼望去就像是多了两排影背。

而在那些枝条上，用红线拴上了无数的心愿签，一张张洒金的五彩纸上写了一个个愿望，有求升职加薪、有求身体健康、有求瘦身成功……

江雪舟踱步停在竹林前，饶有兴趣地细细观察着这些心愿便签。他素白的手指捻起一片，一行粗犷的字迹映入眼帘。

希望早日追到女神！明年不做"单身狗"！

江雪舟哑然失笑，又觉得这句话何尝不是写给自己呢。

后勤小妹早就瞄上这位气质文雅的帅哥了，她正愁没有机会和他搭话，见状赶忙递上纸笔，期待地问道："您要不要写一个？"

"我？"江雪舟推辞道，"不用了，我看看就好。"

"您就没什么愿望吗？"

"当然有。"他温和地笑道，"可愿望是要自己实现的。"

后勤小妹还想多劝两句，忽然身后传来一阵悦耳动人的女声——"江老师！"

这道声音就像是世界上最神奇的魔法，后勤小妹看到面前的男人眼底深处一片片亮了起来，眉间的轻愁一扫而空，露出了一个足以驱散寒冬的笑容。

小皮鞋踏在大理石地面上，发出"哒哒哒"的声音，女孩停在江雪舟面前，额头带着一点汗珠。

"老师对不起，让你久等了！"燕其羽气喘吁吁地说道。

"没关系，不用着急。"江雪舟眉眼舒展，趁机细细地打量已经许久未见的燕其羽。

"这么久不见，'小羽毛'变漂亮了。"

"诶……"燕其羽有些羞涩地拢了拢耳边的碎发后，才说道，"没、没有吧，就算是有，也是因为化妆的缘故。"

今天燕其羽出门前，简单打了层粉底，画了睫毛、眼影和腮红。她之前向来是一年四季用大宝，认识于先生之后，才突然开窍学着买化妆品。她完全是个化妆新手，到现在还没摸清楚怎么画眼线。

江雪舟和燕其羽共事过一年，三百六十五天朝夕相处，知道她完全是个化妆绝缘体，每日素面朝天，最常见的发型就是马尾辫和花苞头。可如今这个亭亭玉立在他面前的女孩，却画着精致的妆容，发尾微卷，身上还飘逸着栀子花的香气。

是谁让她有了这么大的改变？江雪舟隐隐有些心焦，担心自己来晚一步。

燕其羽哪会知道这位被她视为老师的前辈在想什么，她见时间不早，赶快领着他走向了电梯。

电梯门合拢，轿厢向着位于十二楼的海豚漫画网升去。

"老师，你最近在喝中药？"燕其羽动了动鼻子，迟疑地问道，"你病了吗？"

江雪舟身上萦绕着一股挥之不去的中药味。虽然燕其羽用来泡手、擦手的也是中药，可于归野特地让医师在药材中加入了栀子花，中和那股味道。然而江雪舟身上的味道更加纯粹，也更加苦涩。

江雪舟苦笑道："最近腱鞘囊肿复发了，医生开了膏药，还开了这种草药调配的腕枕。"

腱鞘炎、腱鞘囊肿是漫画家最常见的职业病，发作起来时不光是腕部疼痛，连带着整个手肘都有弹响，疼痛难忍。

江雪舟撩起衣袖给燕其羽看自己手腕上佩戴的腕枕，那是一个形似护腕的东西，正散发着浓浓药香。

"老师你一定要注意身体啊！"燕其羽一听，顿时紧张极了，伸出手指轻轻触碰他的腕骨，急道，"之前'知不道仙人'就是没有注意，结果一直恶化到需要手术，最后也没有……"

后面的话在说出口前全被燕其羽吞回了肚子里，因为那一刻，江雪舟忽然反手握住了她的指尖！

同样的场景，同样的动作，几分钟之前她刚刚经历过。

燕其羽脸上瞬间红了，眼神迷茫地看向咫尺之遥的江雪舟，不知该做何反应。

这算什么……办公室离职员工性骚扰吗？

然而江雪舟平静地与她对视三秒，接着轻轻地垂下眼帘，抬起左手解下了自己右腕的护腕。

江雪舟语气淡然道："我记得你也有腱鞘炎，这个护腕你带走吧，我家里还有。"

说罢，江雪舟已经把右手上的护腕转移到了燕其羽的手上，扣环发出清脆的声响，在女孩腕间合拢。

燕其羽恍然大悟：江老师人帅心善、有药同享，是她想太多，误解了老师的意思。

护腕上还带着江雪舟的体温，它紧贴在燕其羽的脉搏上，替他守护着她。

燕其羽正要道谢，电梯门"叮"的一声打开，原来不知不觉间已经抵达十二楼了。

等候在电梯门外的步娜娜脸上扬起一抹恰到好处的殷勤笑容，然而笑意还未到眼底，就被替换成了浓浓的惊诧——她刚刚没有眼花吧？电梯门开之前，"小羽毛"在和那个男人牵着手吧？

她来不及想清楚，电梯内两人的视线同时移到了她身上。

步娜娜整理好心情，率先伸出手去，说道："您好，我是'小羽毛'的责任编辑步娜娜，您就是'独钓寒'老师吧？很高兴认识您。"

"我是。"江雪舟温文尔雅地点点头说道，"步小姐，幸会。"

燕其羽跑到步娜娜身边，很亲密地挽住了她的胳膊，向江雪舟介绍起来："老师，娜娜姐人可好了，特别照顾我，我从来没遇到过这么好的编辑！"

燕其羽大力吹捧起步娜娜的优点来，耐心、负责、有眼光，总之江雪舟如果不签到海豚漫画就是他的损失。

步娜娜这个老油条都被燕其羽吹得脸红了，她赶忙制止燕其羽的商业吹捧，领着两人向着会议室走去，边走边说："'独钓寒'老师，您新年上映的大作《桃花庵》我们编辑都去看了，动画质量真的很高，绝对是国内首屈一指的动画。票房破了历史记录，甚至比欧美动画电影的票房都要高，恭喜您。"

"谬赞了。"江雪舟对于他自身取得的成绩，向来看得很淡。他曾多次获得国内原创漫画大奖，不论是剧情、画面都远超旁人，如今已经荣升为评委，可他身上却看不到丁点骄傲，时刻保持着一颗谦卑的心。

"我仅是漫画原作，动画那边我没有出力，除了路演之外也没帮什么忙。功劳是属于大家的，我只是其中最微不足道的一部分。"

"老师，你可不要这么说！"燕其羽忙道，"后续确实是口碑效应，但是最初的观众都是你的铁杆粉丝！正是因为你的故事好又有名气，大家才会慕名而去。"她挺了挺小胸脯，"啪啪"拍着，又说道，"你看，我就是你的大粉丝，第一天上映就去了！"

江雪舟听后，笑着摇摇头，忽而抬起手划过她的发尾，有点微妙地说道："行了，大粉丝，再说下去，老师就要不好意思了。"

会议室的落地窗前，一个身高足有一米九多的男人双手插兜，眺望着远方。他头发剃得极短，自耳后有一道诡奇的文身蔓延而下，隐藏进衣领中。如果不是桌上放着的工牌上写着他的公司名称，恐怕见到他的所有人都会以为他是来踢馆子的黑道大哥。

身后传来大门被推开的声音，男人转过头，望向了门外的两女一男。

为首的那位冷艳佳人自然是步娜娜，她今日特地穿了一身偏正装的套裙，把一身锋芒掩盖于衬衫之下。而紧贴在她身后站着的那个女孩，他们曾在作者大会上见过，就是这只看上去没什么攻击性的"小白兔"，却从"乱码君"手里抢走了那位传说级的作者。

至于那位走在最后的男人，身上的中式正装经过改良，镶嵌着玉石的盘扣紧紧锁住领口，端的是一派不食人间烟火。

步娜娜为两方介绍道："'独钓寒'老师，这位是我们总编，'番茄炒蛋很好吃'；茄哥，这位就是'独钓寒'老师。"

"久仰大名。"江雪舟由衷地说道,"早就听过茄总编的赫赫威名,没想到今日有幸见到。"

"赫赫威名?"茄哥挑眉自嘲道,"我估计十个人里有十二个说我更适合当黑道大哥吧。倒是您,之前每次签售会的时候都有不少迷妹献花,都说凭您的样貌气度,更适合去娱乐圈发展。"

江雪舟也笑道:"你是说让我演那种坐着轮椅、一身重病、每次出场就咳血的贵公子吧?"

燕其羽没忍住,像是豌豆射手一样"噗噗噗"地笑了:没想到江老师对自己的形象定位还挺准确的嘛。

谈笑完,几人的关系也拉近了。

会议桌旁有四把椅子,燕其羽挨着江雪舟坐下来,两位编辑则坐在他们对面。

这次会面,燕其羽和步娜娜仅是中间的小小齿轮,起到磨合作用。她们二人先围绕《苍穹之梦》讨论了一番之后的剧情发展,只可惜"田野"老师不在现场,步娜娜只能就作画方面提了一些意见,并催促她尽快找到助手,现在的更新速度太慢,对于《苍穹之梦》这种剧情流漫画来说,更新战线拉长后,读者就容易忘了前面讲过什么、埋过什么伏笔。

江雪舟和茄哥都有看过这部漫画,两人也从不同角度给燕其羽提了几个改进意见。燕其羽一一记下,准备回家再好好琢磨,她有点遗憾,如果"田野"老师也在的话,那他们就能一起讨论了,那该有多好啊。

渐渐地,这个话题聊完了,终于进入了本次会面的最重要的主题——关于"独钓寒"的新作签入海豚漫画旗下的事宜。

海豚漫画现在已经有了最近几年蹿红的"知不道仙人",如果再加上"独钓寒"这个成名已久的老牌大神,可谓是如虎添翼,在国产漫画的圈子里绝对能够坐稳龙头宝座。

即使是沉着冷静如茄哥,此时也不免露出了一丝激动,他先开口道:"请容我冒昧地问一句,虽然海豚漫画是业内'二次元'用户占有率最高的漫画网站,可是以您的咖位,肯定有很多公司会为您开出更高的筹码,您为何选择了我们？"

这个问题，也是燕其羽非常关心的。这几天她翻来覆去地想了好久，总觉得"独钓寒"选择海豚漫画，肯定不止那么简单的一个原因。

"独钓寒"没有回避这个问题，他坦然道："用户群数量确实是我考虑的一方面，但除此之外，还有三个原因。"

"您请说。"

"第一，我最开始是从杂志出道，一直在画黑白页漫。直到连载《凤凰台》期间，杂志倒闭，当时负责我的编辑跳槽去了一家漫画网站，那时候漫画网站还是个新鲜事物，我觉得去哪家都无所谓，有熟人更方便，所以我便跟去了那家网站。"

这是圈子里人人皆知的往事。"独钓寒"出道已有十几年，之前画的都是黑白页漫，如这次改编的《桃花庵》就是他最经典的黑白短篇漫画。可惜后来随着电子阅读兴起，实体杂志受到了极大冲击，漫画杂志纷纷倒闭，"独钓寒"便在老编辑的牵线搭桥下，带着《凤凰台》去了一家刚刚成立的漫画网站，然后硬是凭借自身的流量，帮助这家漫画网站站稳脚跟。可以说他的《凤凰台》一完结，那网站的流量就瞬间降了三分之一。

而最令人称道的是，"独钓寒"在坚持个人风格的同时，非常善于挑战自我。

当时杂志倒闭后，很多漫画家都转为去漫画网站上画连载，可很快就泯然众人矣。而"独钓寒"能坚持到现在，名气越来越旺，都是因为一个原因——当他意识到漫画网站的读者更偏向于看彩色漫画时，他立即更改作画方式，《凤凰台》自第一百零一话开始，改为全彩页漫！

完全不同的画面表达方式、完全不同的作画侧重，《凤凰台》在更改初期顶着非常大的压力。在那个时候，彩色漫画被视为异类，是只有年轻画家才会走的"弯路"，根本算不上正统漫画，如果哪个老牌漫画家画了彩色漫画，那就是堕落的证明。

老读者的不解、其他作者的奚落以及无数看客"你为了钱和流量真是什么都干得出来"的指责，江雪舟一人尽数承受。好在付出总有收获，他用精美绝伦的画面和过硬的宫斗剧情折服了所有人，造就了如今的自己。

现在，彩色漫画早就是网络漫画中最不可忽视的一股力量，可以说现在的网络漫画里，十分之九都是彩色漫画，反而是最传统的黑白页漫越来越少见了。

回想起曾经肩膀上的压力，江雪舟也能笑着说一声"幸亏熬过来了"。

"我和前面那家网站签的就是'作品约'。现在漫画完成，我的老熟人编辑也离开漫画圈去游戏行业了，所以我就不想再和他们续约了。"

茄哥点点头，接话道："原来如此。那请问第二呢？"

"第二嘛……"江雪舟侧头看向旁边的女孩，燕其羽正托腮听着他讲话，表情很是专注。

燕其羽的眼里有他的倒影——这是江雪舟永生难忘的景色。

江雪舟深深地凝望了她一眼，便转过头重新面向了对面的两位编辑，唇角的笑容很平和。

茄哥了悟道："原来是这样，能够理解。"

只有燕其羽没明白，傻傻地追问第二个原因是什么。

步娜娜忧心忡忡地看了小羽毛一眼，遇到这么一个不开窍的，她都替"独钓寒"老师着急。

江雪舟清清嗓子，嘴唇微开，吐出了第三点原因。

"至于第三点，则是我的一点私心。我这次的新作决定挑战一个新题材，这是我出道十几年以来最颠覆自我的一次尝试，我想只有像海豚漫画这样的平台，才能有能力与我一起分担风险。"

步娜娜眼前一亮，她性格酷爱刺激，自然抵御不了这种诱惑，急问道："愿闻其详。"

燕其羽也催促起来，甚至主动晃了晃男人的胳膊，插话道："老师快说！"

江雪舟不再卖关子，把自己这个堪称胆大妄为的想法和盘托出……

"我这次的作品叫作《舞蹈节奏》。"

"现代青春题材。"

"背景发生在高中街舞社。"

"而且，是条漫。"

第十三节　老师变同事

语惊四座。

江雪舟望着身旁那三张惊诧的脸，有些无奈，更有些恶作剧得逞后的欣喜，笑道："怎么了，我都说要换新题材了。"

"这……可是这……"燕其羽率先替编辑说出了心中的震撼，"老师！你这题材未免太颠覆了吧？"

圈内人一提起"独钓寒"这个名字，第一个想到的永远是他古典细腻的画风，可以说他就是古风漫画的最佳代名词。他就像是一座大山，无数人追赶、攀登，却都难望其项背。

可江雪舟决定尝试的新题材，却和曾经的他没有丁点相似之处……这既是最大的噱头，也让人担心起他能否驾驭这个题材。

要知道，越是成名已久的作者，在创作过程中越会有一些老套路。比如有的作者就是喜欢霸道总裁，连写三本都是同样性格、复制粘贴的男主角；比如有的作者习惯用波折来推动剧情，五篇女主角接连在结尾前遇到事故……而"独钓寒"在古风漫画里根深蒂固的叙事习惯，如果带到现代校园背景下，很有可能是一场灾难。

如果是新人小透明，编辑可以勒令他们修改大纲，可面对"独钓寒"这样一尊大神，他能听得进去编辑的劝说吗？

步娜娜心中升起一丝顾虑，但很快又被势在必得的信心压过。这世上没有搞不定的作者，只有不够专业的编辑！她完全有信心、更有能力推动这艘巨轮驶向新的大陆。

步娜娜虽然恨不得现在就把这位大神签下，可是总编在场，没有她这个小编辑拍板的余地。她赶忙把火辣辣的视线投向身旁的茄哥，每朵秋波里都写满了"签签签签签"！

高大壮硕的男人余光接收到步娜娜拼命发送的签约光波，心中一哂，脸上却不动声色。

茄哥沉吟了一会儿，忽然直言发问道："您在古风漫画领域已经取得了旁人难以超越的成就，为什么突然想要尝试新题材？"

对于这个问题，江雪舟的答案自在心中，他缓缓说道："因为重复自己，只会原地踏步，其实我早在几年前就想换题材，但一直没等到好的时机。"他顿了顿又道，"后来我意识到，好时机不是等来的，只要我拿起笔，那就是最好的时机了。"

两个男人年龄相近，一个威严冷酷，一个儒雅温文；一个是漫画平台的最高话语者，一个是圈内首屈一指的大神人物……可是当眼神碰撞时，他们都读懂了彼此对漫画的热爱。

"'独钓寒'老师。"茄哥身体前倾，主动向对方伸出右手，郑重地说道，"欢迎您加入海豚漫画。"

江雪舟淡淡一笑，把自己的右手递了过去。

当两掌交叠，一直在旁屏息以待的步娜娜瞬间"耶"了出来，燕其羽比她还要夸张，拼命鼓掌。

江雪舟赶忙制止住燕其羽的动作，关切地问道："好啦，别拍了。手都红了，不疼啊？"

燕其羽打心眼里觉得兴奋，更是激动地说道："老师以后就是我的同事了，我超级开心哒！娜娜姐人可好了，特别专业，有她当编辑，你就放心吧！"

听了燕其羽的话，步娜娜一愣，下意识地否认道："其实编辑的分配……"

步娜娜话没说完，茄哥便打断了她的话道："步娜娜是我们这里的资深编辑，精通日语，手下的作品有三部已经推向海外市场，业务方面你不用担心，以后有什么事都可以和她沟通。"

"那好。"江雪舟谦逊地伸出手，说道，"以后就请步小姐多多指教了。"

步娜娜难掩兴奋，握住江雪舟的手重重甩了两下，激动之下眼睛里更是波光潋滟，美艳不可方物。

公司里上下级关系分明，虽然"独钓寒"是"小羽毛"介绍来的，但并不代表这个作者百分之百就会归属于步娜娜旗下。

像这种大神级作者，茄哥只需要对步娜娜说一句"你职级太低"，就可以名正言顺地把"独钓寒"分配给三组的主编——如果茄哥愿意，他甚至可以亲自带作者。

步娜娜早就做好了最坏的打算，如果茄哥要把"独钓寒"交给别人负责，她绝对会据理力争把人抢回来！哪想到她准备的腹稿完全没有派上用场，茄哥就爽快地同意了！

步娜娜动作自然地把手机拿到了会议桌下，点开邮箱，飞快地打出"谢谢"两个字，然后点击发送给总编——"咻"的一声，邮件就飞到了茄哥的智能腕表上。

茄哥分神看了一眼腕表上的邮件，待看清发信人名字时，他冷冷地挑起了眉毛。

一分钟之后，步娜娜的手机"叮"的一声响起来，同样有一封邮件落入了她的掌心中。

From：海豚文化集团漫画事业部总编——"番茄炒蛋很好吃"
To：漫画事业部编辑三组——步娜娜（"香蕉殿下"）
内容：我知道你在想什么。我不是地主，没兴趣抢佃农的余粮。

步娜娜无语。
紧接着又是第二"叮"。

From：海豚文化集团漫画事业部总编——"番茄炒蛋很好吃"
To：漫画事业部编辑三组——步娜娜（"香蕉殿下"）
内容：如果你连这块田都耕不好，明年就去喂猪放羊。

步娜娜更无语了。

接踵而来的是第三"叮"。

From：海豚文化集团漫画事业部总编——"番茄炒蛋很好吃"
To：漫画事业部编辑三组——步娜娜（"香蕉殿下"）
内容：老实开会，不要分心。

步娜娜心想：总编，到底是谁在分心啊？

之后的谈话内容都是围绕着"独钓寒"的合约等级和作品筹备，燕其羽主动避嫌，以去洗手间为由离开了会议室。

一出会议室，燕其羽立即钻到了茶水间，连上无线网，第一时间给自己的搭档通风报信。

小羽毛："啊啊啊啊啊啊！"

说完，"小羽毛"又发过去一个小兔子蹦蹦跳的表情。

小羽毛：田野老师在不在！
小羽毛：你今天没来编辑部真是损失！
小羽毛：你快出来！
小羽毛：我这儿有个惊天大咪咪！

"小羽毛"一召唤，"田野"老师立即冒头了。

田野：你有个惊天大什么？
田野：看来毛毛对自己的身材很自信啊。
小羽毛：……

小羽毛：我是说惊天大秘密！大秘密！

田野：好，你说。

田野：我洗耳恭听。

燕其羽手速极快地在键盘上飞过。

小羽毛：之前忘了告诉你，独钓寒老师也要签约海豚漫画啦，也是娜娜姐名下的作者！

田野：哦，然后呢。

小羽毛：你怎么一点都不惊讶。

小羽毛：别人要是知道这种大八卦，肯定很震惊的。

小羽毛：你难道从别人那里听到过这个消息了？

不怪燕其羽多想，说不定江雪舟也告诉过别人他计划换平台的打算呢。但很快，"田野"老师就发来了回复。

田野：我发誓。

田野：这消息我只听你说过。

小羽毛：好吧……

小羽毛：不过重点不是这个！

小羽毛：老师说这次他决定换个题材。

小羽毛：不再画古风宫廷了，而是改成现代！校园！而且还是条漫！

这个消息果然引起了"田野"老师的极大兴趣。

田野：现代校园条漫？

田野：这不就和《喵喵侠》撞方向了？

小羽毛：呃，具体题材现在还不能透露，不过《喵喵侠》是幻想类的，独钓寒老师是热血青春，差别还是很大的。

　　田野：他什么时候上？

　　小羽毛：不清楚，但最快也要春节后了。

　　田野：那就是三月份了。

　　田野：有点棘手。

　　小羽毛：怎么了？

　　对话框上方，"正在输入中"的几行字闪烁不停，看样子网络那头的男人在努力准备措辞。

　　田野：到今天为止的这一个月，都是咱们在和《喵喵侠》打擂台。

　　田野：等到三月份，独钓寒的新作开始连载，咱们的劲敌又多一人。

　　田野：我刚刚在想怎么调整大纲，要把第一个小高潮挪到春节，这样人气持续下去，三月就不会被他们两部作品压着打，还有争第一的余地。

　　小羽毛：……

　　小羽毛：等等！

　　小羽毛：田野老师你在说什么！

　　小羽毛：我确实把《喵喵侠》视为竞争对手没错，可是独钓寒老师……我怎么有资格和老师竞争啊？

　　燕其羽被自己搭档的豪言壮语……不对，是疯言疯语吓住了。"独钓寒"可是圈内最顶尖的大神，而她身为他曾经的助手，对他一直抱着仰望之心。她是满打满算刚出道半年的新人，而老师成神多年，她想打败他？完全是痴人说梦。

　　田野：为什么没资格？

　　田野：毛毛，你哪里都好，但是我发现你经常妄自菲薄。

　　田野：你总把自己放得太低。

田野：总是觉得自己能力不够，认为自己不配和别人相提并论。

田野：别人对你有一点点好，你就藏在心里，牢记一辈子。而你却忽视了自己有多少优点，忘了你有多吸引人。

田野：谦虚是好事，但自卑不是。

这段话，不光是"田野"说给"小羽毛"听的，更是于归野说给燕其羽听的。

日常交往中，于归野便发现燕其羽很容易害羞，同时又很胆小，这一方面是天性使然，另一方面就是她缺乏足够的自信。

在于归野眼中，燕其羽是最迷人的宝珠，熠熠生辉，有着从里到外的夺目光芒，可她却对自己身上的光芒视而不见，还以为自己是块路边随处可见的普通石头。

田野：《苍穹之梦》很好，你画得很好，我写得也很好。

田野：数据说明一切，收藏、点赞、评论都远超其他A级作品。《喵喵侠》比咱们高了两级，可数据只高了一点点。

田野：独钓寒这次是要转战校园青春题材，喜欢他老作品的读者不一定会跟来，而且他很有可能水土不服，这都是他的弊端。

田野：就算他有大神效应，可咱们已经比他多连载了两个月，读者群积累了这么多，难道还没有一战之力吗？

田野：乱码君和独钓寒都是我们的劲敌，我们可以敬佩他们，但是绝对不能敬畏他们。

小羽毛：我懂了。

小羽毛：谢谢田野老师爱的鼓励。

"田野"老师的一席话，说得燕其羽茅塞顿开。"独钓寒"身上的前辈光环太大，让她自惭形秽，差点忘了自己早就不是当年的小小萤火虫，而是足以燎原的星火。

就算是曾经的老师又怎样？

她一定可以堂堂正正地战胜他！

田野：乖。

说完，"田野"又连续发来两个摸头的表情。

田野：拖着你说了这么久，这都要到中午了，你吃饭没？

小羽毛：没有呢。

小羽毛：很有可能中午要和大家一起行动……

小羽毛：不过独钓寒老师和娜娜姐还有总编都在开会，不知道什么时候结束。

田野：和独钓寒他们一起吃？

小羽毛：对呀，我好久没有和老师吃饭啦！

田野：这么期待？

小羽毛连发两个太开心的表情包。

小羽毛：你别看老师一副不食人间烟火的样子，其实他特别会吃！是个不折不扣的老饕！

小羽毛：之前给江老师当助手的时候，他经常带我下馆子，超棒！

小羽毛：中午能和老师一起吃饭，我就要有口福啦！

说完，"小羽毛"给"田野"发来三个馋嘴的表情。

不知道今天老师要带他们去哪家餐厅呢？粤菜？湘菜？北京菜？……哎呀呀，光是想到中午的大餐，燕其羽就馋得口水滴答，非常丢脸地直咂吧嘴。

希望他们三个人赶快开完会，燕其羽肚子里的小馋虫都要被饿死啦。

恰在此时，燕其羽的手机又响了。

不过这次响的不是QQ，而是微信。

于先生：燕小姐，在吗？
于先生：今天上午和编辑的会面还顺利吗？
小羽毛：在！今天很顺利的！
于先生：开完会了？
小羽毛：嗯！
于先生：是这样的，我刚刚发现，你下车的时候落了一个东西在我这里。
于先生：应该对你蛮重要的。
于先生：你中午有没有空，咱们约个午饭，我把东西还给你。
小羽毛：咦？

燕其羽赶忙低头翻找起自己的包包，看看是什么重要东西落在了于先生的车上。

口红，在。

粉饼，在。

画随笔的小本子，在。

于先生送的护手药霜，也在。

燕其羽翻了一分钟，回忆了三分钟，怎么也想不起来自己落了什么东西在于归野的车上。

小羽毛：我刚刚翻了半天，没有不见什么东西啊……
小羽毛：你给我拍张照，我看看。

很快，于归野发来一张照片。

然而照片里的影像却出乎燕其羽的意料——照片里没有任何东西，只有于先生在对着镜头微笑。

这张照片是用前置摄像头随便拍下的，没有刻意找光线，没有特地寻求角度，只是普普通通地按下快门，却捕捉到了男人眼角眉梢的味道。

燕其羽没有做好任何心理准备，便猝不及防地闯进了那双充满爱意的眼眸中，胸腔中的小鹿瞬间撞破了她的心房。

随着照片同时而来的，还有于归野发来的一句低沉沙哑的语音——

　　于先生：燕小姐，你把我落下了。

第十四节　燕小姐，你把我落下了

于归野一记直球打出，燕其羽宛如一只猫，不用球去找她，她便挥舞着小爪子"喵喵喵"地扑上去，紧紧地搂住小球舍不得松手了。

燕其羽虽然见过于先生很多次，可手机里却没有一张他的照片，她就算想找阿琳炫耀于先生有多帅都没有办法。

燕其羽赶忙点住那张令她神魂颠倒的照片准备保存下来，结果眨眼的工夫，照片就从屏幕上消失了。

　　小羽毛：啊啊啊啊啊！
　　小羽毛：你怎么撤回了！！
　　小羽毛：我还没来得及保存啊……
　　于先生：照片哪有真人好看？

"小羽毛"发了一个捂脸的表情。

　　于先生：好了，十分钟后我到编辑部楼下接你，一起吃午饭。
　　于先生：到时候，你想拍多少张都可以。
　　于先生：当然，合影更欢迎。

燕其羽望着于归野发来的一串串话，觉得自己的心脏都要过载了。

于先生为什么要对她这个小菜鸟放大招？她哪里敌得过一回合嘛！

这时的燕其羽根本顾不上一会儿和江雪舟三人吃大餐，就算于归野中午带她去吃麦当劳，她也能把"开心乐园餐"吃出米其林的味道。

没过一会儿，会议室的门开了，江雪舟、茄哥、步娜娜三人鱼贯而出，气氛融洽，看来合约谈得很顺畅。

"其羽，不好意思让你久等了。"江雪舟柔声问道，"今天中午想吃什么菜系？我做东，谢谢你帮我与两位编辑牵线搭桥。"

步娜娜忙说道："怎么好意思让您破费！您和'小羽毛'远道而来，肯定是我来表示。"她嘴上说得豪爽，其实心里却在心疼荷包，今天中午这顿肯定要花不少钱，她这个小编辑一个月只有一千块的商务宴请报销额度，等到了月底，一定要让总编签报销单！

他们兴致勃勃地讨论起一会儿去哪里吃饭，可燕其羽却不能参加。站在面前的是她的老师和她的编辑，可在楼下等她的却是于先生，天平两端的砝码刚摆好，就立即决出了胜负。

"实在对不住！"燕其羽歉疚地打断他们说，"我中午提前约了朋友，实在没办法和大家一起吃……"

话一出口，步娜娜很爽快地接受，让她忙自己的事情去；可江雪舟的脸上透出了那么一点失落，眼睛里的遗憾呼之欲出。

江雪舟的样貌若是放在漫画里绝对是当仁不让的忧愁男二号，燕其羽哪里忍受得住这样的美色侵蚀，当即败下阵来。

燕其羽双手合十道："江老师、江老师，这顿饭算我欠你的！我下次一定单独请你吃饭，好不好？"

江雪舟根本不信，说道："大忙人，你去年从我那里离开后，咱们就再没见过，新年的时候约你看《桃花庵》你也挤不出时间。"

"没办法……"燕其羽也挺愧疚地说道，"《苍穹之梦》作画难度太大了，我每周赶稿都赶到焦头烂额。"

旁边一直在默默听他们说话的茄哥突然插嘴道："怎么不找助手？"

"我这种刚起步的小透明，哪里找得到好助手？"燕其羽摇摇头道，"有经验的助手要不然就加入工作室，要不然就自己试着画漫画，想找个有经验又懂我的太难了。"

江雪舟沉吟了一会儿，开口问道："你最初进入逐梦堂的时候就是在做助手，当时那批做助手的人，你都联系不上了吗？"

"唔，有一个人和我关系很好，一直有联系。"

"这不就行了？你干脆让她来做你的助手吧。"

夕阳照在城市边缘的一座老旧居民区里，微微翘起的墙纸上悬挂着一个金属制的铭牌，上面用规整的宋体刻着一行大字——仙人漫画工作室。

在这并不宽敞的客厅内，密密摆着五张电脑桌，桌子与桌子之间都用围挡隔开，围挡内的一台电脑、一个数位板、一个水杯便构成了工位的全部。

而现在，其中一张围挡后传来了一阵细碎的呜咽声，可惜其他工位上的人却像是听不见一样，都在埋头做着自己的事情。整个办公环境十分沉闷，而哭声更是加剧了这种压抑的气氛。

阿琳缩在电脑前，硬着头皮听了二十分钟的哭声，她实在按不下心中的善良小草，隔着围挡给她的"孟姜女"邻居扔过去一包纸巾。

哭声短暂地停顿了一秒，取而代之的是一声轻到不能再轻的"谢谢"。

阿琳叹口气，她心里明白，不出三天，这个哭鼻子的小姑娘就要卷铺盖回家了。

别看阿琳进入"知不道仙人"的工作室只有短短四个多月，可在这四个月内，她周围的同事已经换过两拨人。"知不道仙人"喜怒无常，没有几个助手受得了，只有阿琳为了房租还在咬牙坚持。

阿琳隔壁的委屈包是个新来不久的小白，高中毕业没考上大学，乐颠颠地带着一腔热情拜到仙人门下。她年纪小，不懂什么人情世故，每天"叽叽喳喳"像只小麻雀，给这个沉闷的办公室带来一丝鲜活气。

可她太傻太憨了，什么都敢往外说。那天中午大家一起叫外卖吃，她居然说出了"别的画家都是越画越好，怎么仙人大大却画工退步了呀！昨天他给我的线稿，我还以为是精草呢。"

这句话被"知不道仙人"听去了,从此以后没少给她穿小鞋,今天下午就找碴把她大骂一顿,说她就算去微博上卖十元头像都没人会买。

小姑娘正是自尊心强的时候,被骂得委屈极了,哭哭啼啼了一下午。其实她说出的事情,整个工作室的助手心里都清楚,但没有人会傻到像她一样当众议论。

到了晚饭时间,助手们陆续离开了,大家商量着要一起吃顿饭——年关将至,很多人都惦记着春节后就不回来上工了,这顿饭其实是心照不宣的散伙饭。

阿琳因为手头的稿子没画完,就没有参加。她捂着饥肠辘辘的肚子,画着屏幕上琳琅满目的甜点,真恨不得穿成画中人,把这一桌子的小蛋糕、小饼干都吞下肚子。

"再忍忍。"阿琳小声安慰自己道,"回家就吃红烧排骨。"

当然,是红烧排骨味的方便面。

就在阿琳望梅止渴之际,工作室的防盗门被敲响了。

只听身后的办公室传来老板的命令:"阿琳,把我的外卖拿进来。"

阿琳认命道:"好。"

你说巧不巧,"知不道仙人"点的刚好是红烧排骨盖饭,隔着透明的塑料盖,汤汁亮红、色泽浓郁的几块排骨乖巧地坐在绵糯的白米饭上,汤汁浸透米饭,那股勾人的食物香气无孔不入,从鼻孔钻入了阿琳的胃里。

阿琳咽咽口水,把盒饭送到了仙人的办公室中。

"老师,你的外卖。"阿琳放下盒饭就要溜,结果却被仙人叫住了。

"等等。"仙人打开外卖袋,把其中一盒推到了她面前,说道,"这盒给你的。"

"诶?"阿琳看到袋中有两盒外卖,还以为大胃王要一人独吞,哪想到其中之一居然是专门给她点的!她正饿得要死,闻言赶快把那盒抱在了怀里,说道,"谢谢老师!"

仙人挥挥手,把她打发出了办公室。

十分钟之后，以风卷残云的速度干掉一盒外卖的阿琳瘫坐在椅子上，拍拍肚子，打了一个响亮的饱嗝。面前的饭盒里连一粒米都看不到，全都变成了她身体里的能量。

肚里有粮，心里不慌。阿琳慢悠悠地收拾好桌上的残局，把空饭盒塞进了垃圾袋中。她正要去倒垃圾，忽然想到老板那里也有一个空盒，不如问问要不要一起倒掉。

阿琳起身走向办公室，正要抬手敲门，却发现门是虚掩上的，轻轻一推就露出了一个窄窄的缝隙，刚好够她看清门里发生的事情——

"知不道仙人"没有使用筷子，而是用饭勺盛出了一块排骨。他的右手一直在颤抖，仿佛手中握着的不是勺子，而是一块重达千金的铁块，随时都有可能从他的手上掉落。可他却锲而不舍地把那只勺子送向嘴边，甚至用左手扶住右小臂，想要制止颤抖的趋势——然而就在饭勺即将抵达的那一刻，他右手腕一软，勺子瞬间从他手里直直坠下，"啪"的一声，砸落在桌面上。

勺中的排骨弹落在键盘上，油腥弄脏了纯白色的机械键盘。

"知不道仙人"垂着头，冷漠地注视着眼前发生的一切，他就像是一个看客，不会因为剧中人物的悲欢离合而产生感情波动……

可惜很快，这份平静就被他自己打破了。

他发疯般愤怒地嘶吼起来，声音沙哑，犹如野兽低泣。

"去他妈的！去他妈的！去他妈的！"他直接抓起饭盒，重重地抛了出去。

饭盒砸在地上，里面的排骨、蔬菜、米饭散落一地，弄得到处都油腥四溢，明明刚刚还闻着馋人的外卖，转眼间就变成了地狱的垃圾。

圆圆的饭盒在地上滚动着，一路滚向了大门旁，直到它撞上了一双脚。

"知不道仙人"抬起头，阴鸷地看向了门外的人。

视线相触间，阿琳从嗓子眼里挤出了一句"对不起！"听上去却像是野鸡在叫。

"我、我、我什么都没看到！"阿琳慌张地说着，逃回了自己的工位上。

身为一个画家，阿琳清楚地知道自己刚刚看到了什么。即使她平时无数次在暗中诋毁他的暴君行径和高压政策，但这次她在惊恐之外，又多了一分说不清道不明的怜悯。

"知不道仙人"如果再不放下画笔，他的右手就要废了。

第二天上班时，仙人工作室的各位助手搬着椅子聚在一起，听老板给他们分配接下来的任务。

一夜过去，仙人又恢复了原本道貌岸然的模样，他穿着一身奢侈品行头，背着手站在小黑板前，夸夸其谈的样子根本看不出他昨晚的颓败。

阿琳把自己藏在另一个助手身后，希望把自己缩得再小一点，小到老板看不到才好。

阿琳又不傻，电视剧、电影里可都讲过，员工知道上司的心酸秘密、悲惨往事后，迎来的可不是上司的推心置腹，而是恼羞成怒。因为上司是绝对不允许自己的脆弱暴露在下属眼前的，因为这会显得他们软弱无能。

阿琳还要交房租呢！要是被大老板开除了，她还能去哪里找工资这么高的助手工作……

偏偏最怕什么，就越来什么。

"阿琳。"男人把她从助手群里揪了出来，面无表情地说道，"春节前你把所有工作交接给其他助手，以后你就不用干了。"

所有人的目光瞬间击中在阿琳身上，就连"孟姜女"都惊讶地张大嘴巴，有些担忧地看向了可怜的阿琳。

阿琳脑袋一热，眼泪蓄势待发，带着哭腔说道："老师，我……"

"知不道仙人"却打断了她的话，同时用一张馅饼把她砸得头昏眼花。

"春节后，工作室要开始筹备新连载。阿琳，由你来担任新连载的主笔工作。"

第六章　终于确定关系了

第一节　单方面恋爱关系

主笔是什么？

主笔这个岗位是漫画最核心、最灵魂的部分，就如舵手之于巨轮、领航员之于飞机。

随着漫画行业的日渐成熟，越来越多的工作室开始施行"流水线作画制度"。

所谓流水线作画，就是把绘制漫画的各个步骤分开，大致能分为分镜草稿、勾线、后期上色三大步骤，若是继续细分下去，一部漫画甚至能有十数人参与其中。

主笔既要负责构思分镜，细化草稿，还要负责勾线（外行人看到的"画风"就是勾线决定的），然后把半成品漫画交到负责上色的助手手里，指导他们进行接下来的绘制。

而每个助手的梦想，都是能当上主笔。

"知不道仙人"在宣布完决定后，没有去问阿琳的意见，因为他知道，没有人会拒绝这份令人垂涎的工作。

散会后，所有助手都涌上来恭喜阿琳的升迁。只是他们工作室同事关系淡漠，除了干巴巴的一句"恭喜"外，大家也说不出什么别的。

阿琳这时候还没从冲击中醒过神来，她僵笑着谢过大家，然而大脑里混沌一片。

"知不道仙人"究竟为什么提拔她，难道是所谓的"封口费"吗？还是因为她是工作时间最长的助手，无人可用才选了她？在工作室当主笔的话，漫画脚本由谁提供，如果分配给她的脚本题材她不喜欢怎么办？……

林林总总无数问题堆满了阿琳的脑袋，她理不出头绪，也不敢直接去要个答案。

阿琳呆坐在电脑前，面对开启的画图软件她却连第一笔要画什么都不知道。

忽然，阿琳的手机嗡鸣一声，跳出了一个熟悉的羽毛头像。

小羽毛：洞幺洞幺，我是洞洞！

小羽毛：收到请回答！

阿琳眼前一亮，不顾墙上贴着的"工作时间玩手机扣一百元"的规章制度，立即抓起了手机。

阿琳：洞洞洞洞！

阿琳：我是幺幺幺幺！

阿琳：你今天晚上有空吗！

阿琳：我有件很重要的事和你说！

阿琳：一两句话QQ里说不清，晚上打电话！

小羽毛：太巧了哇。

小羽毛：我也有件事想和你说。

阿琳：这就叫心有灵犀嘛……

阿琳：那就晚上十点，你等我电话。

小羽毛：好。

阿琳长舒一口气，燕其羽曾经在"知不道仙人"身边工作过两年，请她帮忙分析一下准没错。

阿琳的心放下了，可是在城市另一头，燕其羽的心却无法平静。

小小的群租房内，燕其羽关掉和阿琳的聊天框，对着电脑屏幕上占据了大片江山的画图工程文件，一时陷入了迷茫。

时间倒退回几个小时之前——

今天早上步娜娜刚到公司，就被通知到总编茄哥要给大家开会。

编辑部的例会定在每周一早上，茄哥是个很会放权的领导，这种小周会一个月都不一定会出席一次。然而今天他却召集了所有编辑开会，这就说明会议上要宣布一件大事。

答案果然不出大家所料：春节前两天，经过数次测试的APP新版本终于要上线了！

随着消息一同而来的，还有一份叫作《海豚漫画APP新春版本上线说明》的PPT，这也是编辑们第一次看到改版后的软件。说明中详细地介绍了新版本的各项变动：界面重新设计、布局更加合理、作者读者互动功能增加……

此版本是本年度的第一次重大更新，每处精妙的改动都透露出海豚漫画攻占市场的勃勃野心。

而这次更新中，最让编辑与作者们在意的，莫过于栏目分区的细化，因为这就代表推荐位将会增多。

这个消息就如在平静的池塘中接连投下十枚深水鱼雷，编辑们一个个都成了嗅到腥味的猫，一时间，整个会议室里鸦雀无声，每个人都在办公用的iPad上勾勾画画，仔细研究起改版后的种种变动。

而步娜娜这只最聪敏的母豹，立即锁定了两个新出现的推荐位。

第一个位置，首页第三屏有一个名为"尝鲜"的小推荐位，每天会推荐一部有潜力的上升期作品，不分性向类别。

第二个位置，在全新增加的二级页面"新作推荐"中，有个非常显眼的首屏横幅，一共由三个轮播图组成，分别推荐一部男频、一部言情、一部纯爱漫画。

这两个位置都是改版前不存在的，可以预计春节新版本上线后，它们肯定会给漫画带来很多流量。

台上，总编茄哥敲敲桌子，唤回了所有人的注意力。

"这次改版变动很大，不光是表面上界面分布的变动，而是更深层次整个产品逻辑的变化。主导这次版本更迭的是新上任的产品总监，他昨天找到我，说希望编辑部可以配合这次版本大改，利用春节流量最多的时候，来测试新版本中不同推荐位对作品的影响。"

茄哥很少会说这么一长串话，配合上他严肃的表情，所有人都能看出公司对这次变化有多么重视。

"所以，我决定春节期间，放开对申请作品的限制。不论作家签约等级、不论作品评级，只要是有潜力的作品，都可以拿到关键推荐位。"

此话一出，整个会议室瞬间沸腾了。

海豚漫画内部有很严格的评级制度，先看"作家约"，再看"作品约"，低等级的作品无法申请高等级的推荐位——举个最简单的例子，作家签了白银约、作品评为 B 级的话，那么这部作品永远不可能拿到主屏的相关推荐。

或者再进一步，两部同样是 A 级的作品，但是两位作家一个黄金一个铂金，铂金级作家肯定会受到编辑的优待。

而这次新版本上线，茄哥做主放开了这种限制，这就让不少作者有了鲤跃龙门的盼头：若是这次拼一拼人品，成功冲上首页，是不是从此以后就能咸鱼大翻身了？

当然，虽然说放开限制，但有一些硬性规定依旧存在。比如首页首屏，要求必须是连载两年以上的长篇作品；比如首页二屏，要求春节期间必须周更三次……放开的仅是等级，在忽略等级的情况下，比拼不同作品的潜力。

作品潜力怎么看？说白了就是数据！点击、评论、收藏……几个数值横向一比，谁前谁后一目了然。

散会后，茄哥出乎意料地把步娜娜叫去了自己的办公室。

进门时，茄哥正在喂鱼。

茄哥长得像黑社会，爱好也很黑社会，他的办公室里有一座巨大的装饰鱼缸，里面养了三尾金龙，它们在水草与假山间穿梭摇曳，身影若隐若现。步娜娜曾经查过，像这样品相的金龙，一条就抵得上她一年工资。

茄哥开门见山道："我知道你看上了什么，但是那个位置'乱码君'和她的《喵喵侠》更有可能得到。"

步娜娜沉默了两秒，才说道："不试试看怎么知道呢？"

茄哥放下手中的鱼食，转过身靠在鱼缸前，俯视着面前的下属道："二级页新作的首屏横幅，我可以给你们第一张图，连上两天。"

可这远远不够。步娜娜是最贪心的捕猎者，宁可撑死，也不会退而求其次。

"总编，这个位置我势在必得。"步娜娜仰起头，笑容张扬，美而锋利。

男人像是一只巡视领地的雄狮，踏着傲慢的步子，慢慢走近后说道："我喜欢有野心的人。步娜娜，你听好，在新版本上线前，只要你能让《苍穹之梦》的数据超过《喵喵侠》，你就能得到你想要的奖励。"

时间拉回现在。

【《苍穹之梦》工作讨论群】

香蕉殿下：小羽毛小羽毛小羽毛。

香蕉殿下：你听懂没有！

香蕉殿下：离新版本上线还有两周，你必须拼出三话以上！

香蕉殿下：拼更新永远是涨人气的不二法门！

香蕉殿下：你的助手找得怎么样了，阿琳那边有给你答复吗？

小羽毛：我已经给阿琳留言了……

小羽毛：她现在在忙，我们约好晚上打电话。

香蕉殿下：好。

香蕉殿下：我记得你说过，她在知不知道仙人那里做得很不如意？

香蕉殿下：反正都是当助手，在你这里肯定比在那边强。

香蕉殿下：晚上等你好消息。

小羽毛：……

小羽毛：嗯……

　　壮志酬筹的步娜娜浑身鸡血，在叮嘱了燕其羽几句后，她又立即忙着去敲打其他作者。她手下带着三十多部作品，可惜很多作者都是越更越慢，到最后拖稿拖到不见踪影。

　　因为步娜娜太过兴奋，所以她没有注意到燕其羽的异常。

　　不过女孩一切的细微变化，都没有逃过于归野的眼睛。

　　想了想，于归野私敲了她。

田野：毛毛，你有心事？

田野：为什么看上去兴致不高？

小羽毛：……

小羽毛：我其实不知道怎么跟阿琳开口，请她过来做我的助手。

田野：？

小羽毛：阿琳是我在这个圈子里最好的朋友。

小羽毛：让朋友来给我打工，我真的说不出口。

　　朋友转变成上下级关系是很危险的行为，一不留神就会把昔日的友谊消耗殆尽。

　　她们两个人起点相同，都是逐梦堂的助手出身，可如今的发展截然不同。

　　燕其羽的担心很现实——她怕自己的工作邀约会让阿琳心里别扭，觉得不舒服。

　　屏幕那端，于归野斟酌了一番，转而把问题抛了回去。

田野：在回答你之前，我想先问两个问题。

小羽毛：嗯嗯，老师你问。

田野：第一，在你眼中，阿琳是个什么样的人？

小羽毛：阿琳啊……

小羽毛：阿琳是个大大咧咧的热心肠，虽然有暴脾气还很冲动，但该细心的时候非常细心！人缘很好，当初在逐梦堂，很多老师都指名让她做助手，最后她选了钱最多的那个……

小羽毛：我们那时候住上下铺嘛，她给我讲过很多事情。

想起之前在逐梦堂经历过的种种时光，燕其羽陷入回忆中。

小羽毛：她家是农村的，高中就辍学了，很小年纪就在外面打工，第一本漫画书是从租书店花一块钱租的盗版。

小羽毛：她最开始在贴吧画《美少女战士》的同人，还画过《灌篮高手》的同人，后来才开始画原创。

小羽毛：她画漫画承受的压力比我大无数倍，虽然有些亲戚会说我闲话，可至少我爸妈都是支持我的，但她的父母却一直在逼她嫁人，希望能给她哥哥换亲。

小羽毛：我们在逐梦堂的时候，有一次她家里人找上门来，哥哥、伯伯来了一堆，逼着她回家说亲。

小羽毛：当时闹到报警，警察来了才把那些极品亲戚们轰走的。

小羽毛：实话实说，如果是我的话，不一定能坚持走到今天……

于归野很是诧异。他以于先生的身份和燕其羽约会时，曾经听她讲过这个闺蜜，开朗、跳脱、男孩子气、穷兮兮，这就是他之前对阿琳的所有印象。他没有想到，原来阿琳的漫画之路走得这么曲折艰辛。

田野：那这样说，她真的很厉害。

田野：画漫画收入不高，我还以为能选择这行的人至少是家境无忧，才能放开手脚追求艺术。

小羽毛：我们的水平还称不上艺术啦。

小羽毛：我们追求的是梦。

小羽毛：其实很多助手选择加入逐梦堂，傻乎乎地天天画着，都是因为它们的名字，太戳心了。

小羽毛：不过阿琳说，如果改名叫"逐钱堂"，她也会加入的。

田野：……

田野：她可真有意思。

小羽毛：对啊，我就是这么喜欢有意思的她啊。

小羽毛说完，还发过去一个"我们是世界上最可爱的两只猪猪"的表情包。

于归野望着女孩的留言，有些无奈地想：为什么她能爽快地说出对别人的欣赏，可在自己面前，却一点都不坦诚呢。

田野：那我再问你第二个问题。

田野：如果你和她的处境对调，她的工作蒸蒸日上，而你还是一个起步期的助手，她需要你帮忙，你会觉得嫉妒吗？

燕其羽的回答不假思索。

小羽毛：当然不会啊！

小羽毛：以她好强的性格，若不是真的没办法，否则绝对不会开口求助。她需要我的话，我肯定直接收拾行囊过去帮她。

田野：那不就行了。

田野：真朋友会因为对方的每一个进步感到开心，会因为对方的烦恼而忧心。

田野：我相信你的眼光，你既然把她当作朋友，那么她的人品绝对值得信赖。

　　田野：她出事了，你会帮。你出事了，她也会站出来的。

　　女生之间的感情细腻而复杂，需要精心呵护，才能让友情的花朵常开不败。

　　旁人看了，会觉得她们是庸人自扰。可在于归野眼里，会因为这种小事而患得患失的燕其羽，真是傻得可爱。

　　小羽毛：谢谢田野老师今天的心灵鸡汤！
　　小羽毛：特别好喝！
　　小羽毛：不好意思，耽误老师这么久，让你听我碎碎念……
　　田野：没事，反正我对你们女孩子的心理还挺感兴趣的。
　　田野：我女朋友最近也在苦恼她和她闺蜜的关系。
　　小羽毛：诶！
　　小羽毛：女朋友？
　　小羽毛：恭喜啊田野老师，你追到你暗恋的那个女生了？
　　小羽毛：什么时候的事情？

　　于归野却发过去一个摇头的表情。

　　田野：暂时没有。
　　田野：她很害羞，我向她暗示过多次，但是她一直没有同意与我更进一步。
　　田野：不过，我已经把她划到我的领地里了。
　　小羽毛：老师，你这叫单方面宣布恋爱关系吧？

　　当燕其羽把这句话敲出去以后，屏幕那端迟迟没有回应。
　　燕其羽以为是自己的玩笑唐突过界了，正犹豫着要怎么把话题圆回来，屏幕上忽然蹦出来两行字。

田野：错了。

田野：我这是单方面宣布结婚关系。

第二节　往事最伤人心

燕其羽措手不及，被自己的搭档给塞了满嘴狗粮，感觉今天一天都不用吃饭了。

小羽毛：老师你秀恩爱也要有个限度，饶我一条狗命好不好？

田野：毛毛，难道你还是单身？

于归野装得似模似样。

田野：你性格这么好，应该有很多人喜欢你吧。

小羽毛：没有……

田野：真没有？

小羽毛：有一个啦。

田野：哦？这一个，是"过去完成时"，还是"现在进行时"？

小羽毛先发来一个捂脸的表情。

小羽毛：我希望他能成为我的"将来时"。

于归野手指一顿，整颗心都被那简简单单的三个字烫到了。

于归野等不及成为燕其羽的将来时，他现在就想让她知道，第八个英文字母究竟有几种写法了。

晚上十点，燕其羽关上电脑，沐浴更衣后乖乖地爬上床，郑重其事地对着手机拜了三拜。希望上天保佑一切顺利，能让她如愿以偿地把阿琳拐来当助手。

不等她把心里的祈祷词说完，手机已经"滴滴"响了起来。

燕其羽慌忙按下接听键，阿琳大咧咧的声音回响在小小的隔间里。

"'小羽毛''小羽毛'！"阿琳心急火燎地大喊道，"你坐稳没有，我要告诉你一件惊天地泣鬼神的事情！"

燕其羽乖乖道："我已经躺好了……倒是你做好心理准备，我也有件大事和你讲。"

"不行，我先说，我这件事很重要！"

"阿琳，我要讲的事更重要，我现在不说，一会儿就没勇气说了。"

"傻猫"和"傻兔子"隔空扭打在一起，都吵着要当第一名。最终两人只能同时后退一步，约好数一二三，一起把大事说出口。

三个数默念完，两人同时开口。

一个说："小羽毛，仙人升我当主笔了！"

一个说："阿琳，你来当我的助手好不好？"

两人同时沉默了。

邀请撞车不可怕，谁给的钱少谁尴尬。

每个圈内人都知道一个常识：主笔的收入至少在助手的三倍以上，而两者的工作强度基本是相同的。若是拿公司来做类比，可以把主笔看作是一个团队的负责人，而助手就是他的下属，有的团队人数多，有的团队人数少，但整个团队中所有人的工作时长相差不多，只是领导还要负责统筹整个团队的进度。

更重要的是，助手和主笔之间有极大的地位差异。在圈内，助手多如蝼蚁，随时可以找到人代替，只有有朝一日成为主笔、独立绘制漫画，才算是真正的漫画家，才能被人正眼相看。

燕其羽从来没觉得这么尴尬过。

"那个……恭喜你。"燕其羽小声说道,"你画得那么好,一直当助手是屈才了。"

"'小羽毛',你别这么说,搞得我心里也怪难受的。"阿琳声音也小小的。

其实她们谁都没错。打个比方,阿琳是大公司的小职员,燕其羽是小公司的经理,见她做得不如意,决定把她挖到自己手下做事——结果在这节骨眼上,阿琳在大公司升职加薪了。明明是一件值得庆祝的好事,结果弄得好闺蜜两人都尴尬。

燕其羽忙道:"你难受什么啊,这是应该开心的事情啊!你有独立绘制漫画的经验,'知不道仙人'手里资源多,跟他干,肯定比自己单打独斗要好。"

"我现在怕的就是他!"阿琳赶忙把那天自己看到的事情和盘托出,在她说到"知不道仙人"连吃饭的勺子都拿不住时,燕其羽惊得倒吸一口冷气。

"怎么会这么严重?"毕竟是曾经跟过的主笔老师,燕其羽还是很关心他的,急忙问道,"他的手术当初很成功啊。"

"知不道仙人"是在《爆裂神拳》连载到最紧要关头时突然发病的。在逐梦堂时,上面只给他分配了燕其羽这么一个助手,两个人每天从睁眼画到闭眼,好几次直接趴在桌上睡一夜。在这种高强度的工作下,仙人的右手时不时就会颤抖,刚开始他们都以为是普通的肌肉劳损,想着等忙完这几个月,歇歇就好,哪想到会突然恶化,痉挛起来整个右腕都控制不住地扭曲,抽筋抽到全身都被冷汗打湿。

医生下了最后通牒,要求他必须立即手术,而且之后要静养两个月。

可若是停刊两个月,逐梦堂不同意,读者不同意,而仙人本人也不同意。

阿琳无奈道:"如果一个钢琴家手指骨折了,手术再成功,有意义吗?钢琴家依旧会花费大量时间去练琴,而我们还是会拿起笔。"

燕其羽听后沉默了。

"我那天看到他犯病时真的要吓死了。我记得他动手术那几个月,漫画只停了一期就重新连载了,我还以为没什么事情呢。"阿琳那时候也在逐梦堂,对这段往事记忆犹新。

燕其羽的枕头边缘有一根脱线的丝线,她用指甲轻轻勾住它,无意识地用它缠住了自己的指尖，直到整个指节逐渐充血。

"阿琳……有一件事，我从来没跟任何人说过。"

"什么事？"阿琳问道。

"当时仙人病得真的很严重，但是漫画连载又不能停……所以……"她深吸一口气，又重重地吐了出来道，"所以那两个月的更新，全是我一个人画的。"

阿琳大惊，随之而来的还有东西落地的声音："你说什么！"

"从……从分镜草稿，到勾线，到后期上色……全是我一个人。"燕其羽低声道，"这件事我从来没有告诉过别人，可仙人真的拿不住笔了。"

阿琳急促的呼吸声从听筒那端传来，仿佛一只被拉到极致的风箱，她急说道："你是不是傻啊！你是他的助手，不是他的枪手！是他胁迫你的对不对？他威胁你？"她急问道，"不会是你看他可怜，傻乎乎地主动提出要替他画的吧？你究竟知不知道这是多严重的问题！"

助手绝对不同于枪手，助手仅仅是辅助画家作画，在漫画的"助手栏"上堂堂正正写着助手的名字。而枪手却是掩藏在背后的无名氏，无人知晓。

燕其羽的记忆被拉回了那个夏天。

闷热的医院，嘈杂的六人病房，"知不道仙人"双眼无神地靠在病床上。

曾经意气风发的男人在短短一个星期之内迅速消瘦了，瘦到眼珠凸起，下巴布满胡茬。他手上的绷带遮盖住从小臂到手掌的每一寸肌肤，地上是被撕烂的病历报告。

燕其羽手里提着果篮，轻轻地放在床头，小声说："老师，你安心养病，连载的事不急。"

可怎么能不急呢，公司在催，读者在催，版权公司当时正在《爆裂神拳》和另外一部作品之间考虑签哪个。

"知不道仙人"转头看向了燕其羽，眼里的茫然无助与"孤注一掷"交织在一起，慑住了她，也唤起了她心中的悲悯。直到现在，燕其羽依旧能回忆起来那双眼睛中暗藏的黑暗与光芒。

说不清究竟是谁先提出那个疯狂的想法的，就在那个夏日的午后，他们最终偷偷地达成了共识——在仙人休养期间，由燕其羽代替他完成那几话连载，她不要求署名主笔，但是那几话所有稿费全部交给燕其羽。

抱着"不能让读者失望""要给老师带去希望"的想法，燕其羽闷在工作室里，开始疯狂地赶稿。《爆裂神拳》每周更新的页数很多，原本两人完成的工作现在全部放到了燕其羽一个人身上，而她又不能找外援，所有的压力尽数压在了她稚嫩的肩膀上，她的颈椎病就是那时候落下的。

好在燕其羽在画画上很有天赋，她给"知不道仙人"做了两年助手，他的画风她了然于心。她可以很轻易地模仿出他的笔触、分镜、勾线、上色……就连专业的漫画编辑都没有看出那几话背后换成了另外一个人。

燕其羽很兴奋，她觉得自己帮到了自己最尊敬的老师。

然而，当燕其羽拿着厚厚几话稿子去找"知不道仙人"时，迎来的却是一场莫名其妙的怒火。明明是他提供的文字脚本，可他却说这里那里画得都不对。

"知不道仙人"瞪着燕其羽，瞪着那些稿子。他把它们先是揉成一团，又撕得粉碎。他让燕其羽滚蛋，滚离他身边，滚出逐梦堂——燕其羽不懂他为什么发疯，她以为他们之间有什么误会。

然而当"知不道仙人"痊愈出院后，燕其羽赫然发现，"小羽毛"三个字从《爆裂神拳》的漫画助手栏上消除了。

而这正就是他们决裂的始末。

当燕其羽静静地讲完这段往事后，电话那头只剩下了阿琳粗重的呼吸声。

"你还在听吗？"燕其羽问。

阿琳吸了吸鼻子，说："嗯。"

阿琳不知道该如何评价这段尘封的往事。

骂燕其羽太傻白甜？还是骂"知不道仙人"太反复无常？

燕其羽的傻，源于她的善良和体贴；而"知不道仙人"的反复，来自他的骄傲与自负。

阿琳不认为仙人是个好人，但在这件事上，她有一点点理解他了。

燕其羽说："算了,这事已经过去了,我不想再提了。仙人的右手看样子又开始恶化了,他估计要转型成工作室主理人吧。"

"我想也是。"阿琳说,"《爆裂神拳》还有两个月就要完结了,他应该有几话存稿,不用太急着赶进度。现在我还不知道新作是什么类型的作品,春节以后才能拿到大纲,我这个主笔真是两眼一抹黑。"

"你春节之后才开始新连载?"燕其羽眼前一亮道,"那春节之前你能不能帮帮我,就帮两周!我要赶进度!等春节之后我再找新的助手。"

"怎么这么急?"

燕其羽赶快把事情原原本本地说了一遍,当阿琳听到这次的对手是《喵喵侠》后,她立即爽快地同意了。

"你放心!"阿琳信誓旦旦道,"《苍穹之梦》剧情这么好,绝对不会被一个卖相漫超过的!"

第三节 《苍穹之梦》PK《喵喵侠》

从那天开始,阿琳就过上了双面间谍的生活。

白天,阿琳去"知不道仙人"那里点个卯,做一些无关紧要的收尾工作,和其他助手做做交接。晚上,她便成了一尾活龙,每天喝着咖啡配红牛,陪着燕其羽通宵达旦。

两人不愧是好闺蜜,配合极为默契。燕其羽把所有的后期工作都交给了阿琳,自己就有更多的时间去琢磨分镜和勾线,《苍穹之梦》的进展极为迅速。

不到三天的时间,她们两人就把原本需要一周才能完成的稿子画完了,而且这一话还爆了页数!两人来不及自豪,把稿子往QQ群里一甩,就马不停蹄地开始下一话的绘制了。

于归野对于画画实在是个纯外行人,能做的只有为她们摇旗呐喊,同时开足马力写接下来的脚本大纲。

故事到了这个阶段便进入了第一次小高潮——女主角"安洁莉娜"在两位好友"杨"和"莉莉"的鼓励下,第一次登上了人形机甲。因为校规规定,非本专业的学生不能进入人形机甲驾驶舱，于是三个女生趁着夜色偷偷摸摸地在操场上练习。

"安洁莉娜"初次进入机甲后，因为基因等级不够优秀，无法熟练操作复杂的指令，人形机甲迈出的第一步歪歪扭扭，差点摔倒，可在落地之前她却巧妙地使用了一个球形机甲的技能，化险为夷，稳住了身体，同时展现出了自己灵活应变的能力。

自此以后，女主角在两位好友的帮助下，每晚偷偷练习机甲技能，每一次进步的背后都是一场大汗淋漓。然而她们没有想到，这一幕居然被其他人看去了……

这一话刚发出去，漫画底下的讨论量就突破了新高。有人猜测偷看的人是嫉妒女主角的同学，有人却说按照套路应该是被某位机甲大师看到……

燕其羽当然不会这么快告诉大家答案，而是在后记里卖了个关子，让大家期待下一话，如果点赞量收藏量高的话，她就会提前放出更新。

这样一来，读者的积极性完全被调动起来，不过几个小时的工夫，《苍穹之梦》的数据就赶上了《喵喵侠》——再一刷新，超过了！

田野：数据超过去了。

田野：这几天辛苦毛毛了！

"小羽毛"先发了一个泪流满面的表情出来。

小羽毛：幸亏有阿琳在，要不然我肯定不能画这么快……

香蕉殿下：等等，你们不要高兴得太早。

香蕉殿下：距离春节还有一个多星期，千万不要放松，如果乱码君这几天也加更的话，恐怕咱们的新作榜第一就保不住了。

小羽毛：娜娜姐，不要吓我！

偏偏好的不灵坏的灵，事情还真让步娜娜这张乌鸦嘴说中了。

《苍穹之梦》只战战兢兢地当了十几个小时的第一名,就被《喵喵侠》撸下来了!

步娜娜气到眼睛冒火。邓耀华这只恼人的大公鸡非常嘚瑟,一上午的工夫就端着水杯往这边跑了四趟,他不敢直接和步娜娜炫耀,干脆绕着她把她前后左右四个工位的同事都侃了一遍,声音聒噪,字字句句都往她耳朵里头钻——"一个A级作品还想和S级争番位?年纪也不小了,怎么还这么爱做梦呢!"

步娜娜一琢磨就明白了:邓耀华能坐到副主编的位子上,总不会是吃干饭的,他猜到步娜娜想要争哪个位子,这是铆足了劲儿让《喵喵侠》给她们好看呢!

于是,"乱码君"和"小羽毛"就这样怼上了。

你更一话,我更一话,你追我赶,寸步不让。在编辑后台的统计榜上,两部作品的走势曲线紧紧缠绕在一起,打得难分难舍。

《喵喵侠》的优势是脑洞大、卖相卖得爽快,而《苍穹之梦》的优势在于女主逆袭,剧情环环相扣。网络连载就是这样残酷的战场,两部作品根本不是相同类型,偏偏要放在一起比较。

然而更新再快,故事的发展总要进入平缓期,画家也没有长三头六臂,光靠更新速度和剧情爆点去拼杀,读者也会疲倦。

最终,还是"乱码君"忍不住,率先放了大招……

"乱码君"在S站直播间直播赶稿时,当众宣布,如果大家能支持她坐稳海豚漫画新作榜第一的位置,她便在春节期间从读者中抽取一人,获得某奢侈品牌的限量版包包。

"乱码君"把那只限量版包包的官网截图直接挂到了直播间右侧的背景板上,下面还标上了包包的价格:¥32800。

阿琳道:"哎呀!原来'知不道仙人'的侄女是她!"

燕其羽赶稿赶得头昏脑涨,晕乎乎地问道:"什么侄女?"

阿琳忙道:"你记不记得咱们圣诞节去逛商场,碰到'知不道仙人'的侄女在买奢侈品?当时这只面口袋就放在咱们身后,我记得很清楚,导购说全国只进了三只,就被她买走一只。"

燕其羽说:"不,不会这么巧吧……说不定'乱码君'买的是另外两只呢?"

"一定是她!"阿琳懊恼地说,"怪我以前不长眼,这世上只有她才能画出那么圆润的胸部了。"

"阿琳,没想到你还有凭胸识人的本事。"

"都什么时候了你还开玩笑?"阿琳急得团团转,说,"这下可好了,人家抽奖能拿出来那么值钱的东西,咱们两个穷鬼怎么和人民币玩家比啊。"

《苍穹之梦》的工作Q群也炸了,步娜娜真没想到"乱码君"居然会玩这一招。

人家拉票拉得光明正大,这种"给作品投票获得抽奖机会"的操作很常见,小说圈、COS圈经常能见到,根本挑不出什么错。

香蕉殿下:她的评论量又涨了一截,打赏也超过你了。

香蕉殿下:现在光靠更新已经干不过她了。

香蕉殿下:咱们好好合计一下,也抽个什么奖吧,涨涨人气。

小羽毛:要不然我抽几个一百元红包?会不会太寒酸……

香蕉殿下:要听实话吗?

小羽毛:好吧,我懂了。

小羽毛:我这一个月的稿费也挺多的,那我也买个包包送给大家吧。

"小羽毛"说完,发出一个钱包在滴血的表情包。

香蕉殿下:不,学她没用,还会落了下乘。

香蕉殿下:最好能想点什么文艺的礼物。

香蕉殿下:不常见的那种。

香蕉殿下:量身定制的。

燕其羽冥思苦想半天，灵机一动。

小羽毛：要不然就抽我新作的笔刷吧，本来想春节发的，现在发也行。
香蕉殿下：不好。首先，你经常发笔刷，大家见怪不怪。其次，笔刷虽然很厉害，但是缺少独一无二的感觉，不能拿出去炫耀。

"小羽毛"发了一个对手指的表情。

小羽毛：要不然抽几张画像吧！我亲手画，怎么样？
香蕉殿下：这倒是个思路。
香蕉殿下：但是实话实说，你现在名气还不够，你的亲笔画像不值几个钱。
香蕉殿下：其实我有个提议。
小羽毛：娜娜姐你说。
香蕉殿下：你和独钓寒老师关系非常好吧？
小羽毛：是啊。
香蕉殿下：不如你去问问他，能不能让他友情赞助几幅画像，作为送给幸运读者的礼物？

步娜娜算盘打得好，江雪舟明显是对燕其羽有爱慕之情的，只要能帮到燕其羽，他肯定不会嫌麻烦。她这个提议既能撮合他俩，又能帮小羽毛渡过这个难关，步娜娜觉得世界上再没有比她更体贴人心的编辑了！

可是这个想法却让燕其羽非常为难。她不想把自己的私事拿去麻烦老师，总觉得是在蹭老师名气，而且老师现在正在备稿，贸然打扰实在不方便。

燕其羽正要拒绝，谁料屏幕上已经抢先蹦出来一句话。

田野：我觉得不妥。
小羽毛：田野老师，你在？

田野：嗯，有事外出，刚打开电脑看完你们的聊天记录。

香蕉殿下：田野，怎么说？

田野：独钓寒是带过毛毛的主笔老师，说直白一些就是上下级关系。

田野：让毛毛开口去求领导帮忙，不太好吧。

田野：而且我记得独钓寒在筹备新作品？应该也没时间吧。

小羽毛：嗯……默默地同意。

小羽毛：娜娜姐，我知道你是为我好，可是我真不想麻烦独钓寒老师。

小羽毛：要不，我还是买包抽奖吧。

就在燕其羽翻出自己的银行卡打算查查余额时，又一行字跳进了她的视野中。

田野：不用那么麻烦。

田野：我有个关系很好的朋友，他是个非常有名的小说作家。

田野：我刚才问了他，他说可以拿出五套十年前就已经绝版的小说写上寄语送给大家。

"香蕉殿下"发来一个"我真是信了你的大香蕉"的表情包。

小羽毛：呃……这和找独钓寒老师有什么区别啊？

田野：他比独钓寒有名气。

香蕉殿下：多有名气？难道比君子归野还有名气？

步娜娜心急则乱，才会拿出"君子归野"来类比。谁都知道，"君子归野"从不参加签售会，每次新书出版仅有五十套签名版拿出来做慈善义卖，每一本都能被疯狂粉丝拍出高价。

燕其羽见娜娜姐急了，正想撒娇卖萌缓和一下气氛，谁想"田野"老师却抛下了一个惊天大雷——

田野：他当然不会比君子归野更有名气。

田野：因为他就是君子归野。

小羽毛：……

发完这个还不够震惊，"小羽毛"连发一大串省略号。

小羽毛：抱住田野老师大腿！

小羽毛：别抽奖了！把书都给我吧！我不争第一了。

第四节 花痴病犯了

有了"田野"老师拉过来的这个强力外援，困扰了他们多时的难题瞬间迎刃而解。

香蕉殿下：田野，没想到你连那位神龙见首不见尾的大神都认识。

田野：圈子不大，有幸在作家聚会上碰到了。

田野：他人很好，熟悉了之后没什么距离感。

"香蕉殿下"先发来一个"给大佬递香蕉"的表情包。

香蕉殿下：归野大神能帮忙，咱们这次稳赢了。

香蕉殿下：如果是绝版书的话，不用五本书那么多，太扎眼了。

香蕉殿下：能求来两本就够咱们吹嘘的了。

燕其羽赶忙举手。

小羽毛：对对对！两本就够！

小羽毛：剩下的三本申请黑箱！

田野：你要三本做什么？

小羽毛：当然是一本拿来看，一本拿来供着，一本拿来传教！

于归野笑出声，隔着屏幕上"小羽毛"的头像，仿佛能看到她一脸认真、双眼放光的模样。

田野：奇怪，我怎么记得某人说她不喜欢君子归野啊？

小羽毛：谁说的！我当时说的是随便喜欢他一下！

田野：你这都入教了，还随便喜欢？

小羽毛：……

小羽毛：我承认，是比随便喜欢认真了那么一点点。

好吧。这下于归野放心了，未来老婆居然是自己的资深迷妹，看来他的"小羽毛"是怎么也飞不出他的手掌心了。

三人商量之后，决定今晚就在直播间里放出抽奖预告，微博也找了好几个圈内好友帮忙转发。

一条简单的公告燕其羽敲敲打打好几遍，一百四十个字编来编去，不论怎么编都编不出她心里兴奋的曲调：这可是她第一次距离男神的名字这么近，近到在同一行里出现，中间只隔了几个标点符号。

压感笔拖动光标，把"君子归野"四个字选中，然后又取消，接着又选中，最后又取消……就这么反反复复好几次，燕其羽对着电脑什么都不做，就会"嘿嘿"傻笑。

阿琳最受不了她犯花痴了。

阿琳：不就是一个作家嘛，又不是明星，长什么样都不知道。

阿琳：再好看能比独钓寒老师好看？

小羽毛：腹有诗书气自华，归野大神的文笔那么优美，内涵那么深刻，他本人肯定超凡脱俗，气质非凡！

阿琳发来一个"你真是一只花痴的小猪猪"的表情。

阿琳：他一直不肯参加签售会，说不定是个秃头胖子呢。
小羽毛：他就算又秃又胖，也是最玉树临风的秃头胖子！
阿琳：失敬失敬。
小羽毛：承让承让。

两人又斗了一轮表情包，阿琳才进入正题。

阿琳：不开玩笑了。
阿琳：小羽毛，你不觉得这事有点奇怪吗？
阿琳：田野说他是在笔会上认识君子归野的，可若是有笔会能请到归野大神，圈子里总该有些消息，可是谁都没听过风声漏出来。
阿琳：而且你和乱码君争漫画平台新晋榜第一名这种小事，就能请得动那样一尊大神？
阿琳：这怎么想怎么不正常啊！
阿琳：除非……

过了刚开始的兴奋劲儿，燕其羽冷静下来想想，阿琳的分析确实有道理。她和"田野"老师认识那么久了，从来没听他谈起过他认识"君子归野"的事情。

小羽毛：除非什么？
小羽毛：你不会怀疑田野老师是在吹牛吧？
小羽毛：不可能，他不是那样的人。
阿琳：不不不，你误会了！

阿琳：我有一个很大胆的猜测……

阿琳：你说，田野老师会不会是君子归野的马甲啊？

小羽毛：啊！

小羽毛：！

小羽毛：阿琳，你脑洞太大了吧！

燕其羽还以为阿琳会有什么惊天推断，哪想到居然在做这种春秋大梦。

阿琳：怎么不可能？

阿琳：你记不记得之前仙人想和归野大神合作，结果事情黄了。

阿琳：乱码君还上门和仙人吵过一架，当时乱码君就说过君子归野找了个新人小透明合作画漫画。

阿琳：你在海豚漫画做了这么久了，你有听过君子归野创作漫画的任何消息吗？

阿琳：他肯定是披了马甲，只是碰巧被那俩人知道了。

阿琳：所以真相只有一个——田野就是君子归野！

阿琳：而你，就是那个被大神垂青的小透明！

小羽毛：我觉得你想太多了。

燕其羽很冷静，"田野"老师就是她男神？这又不是小说，哪会这么凑巧。

小羽毛：别的不说，田野老师我见过，声音很年轻，肯定不到三十岁。

小羽毛：归野大神都出道十几年了，至少也要四十岁了。

小羽毛：总不可能是初中的时候就开始写小说吧？

阿琳：呃……说不定是天才少年？

小羽毛：天才到第一本书刚上市就加印了五次？

阿琳：好吧，确实年龄对不上。

第六章　终于确定关系了　423

阿琳说完，发了一个"我是一只多心的小猪猪"的表情。

阿琳最终还是被燕其羽说服了，她笑自己疑神疑鬼，毕竟以"君子归野"的名气，根本没必要披马甲啊。

晚上八点，是微博、直播间、漫画平台流量最高的时候，燕其羽掐着点儿，把编辑好的抽奖公告挂了出去，同时设为了置顶。

燕其羽虽然早就知道归野大神的人气极旺，却没有想到会旺成这样——短短几分钟的工夫，她的网页就被完全卡死，手机忘了关闭的后台提醒一瞬间刷出几百条，叮叮当当响个不停，无数评论如大雨般倾泻而下，燕其羽的评论瞬间被"君子归野"的狂热粉丝们占据。

"啊啊啊啊啊啊！"

"我看到了什么！"

"活久见！居然真的是初版！"

"居然还有签名！这版本签名一本多少钱来着，有没有哪位热心人掐我一下让我醒醒？"

"楼上你睁大眼睛看看！这不光是签名，还是订制签名！"

"我的老天鹅，'君子归野书迷会''君子归野影迷会'求鉴定是真是假？"

"君子归野"的微博很少上，一年仅在过节的时候浮上水面说一句节日快乐，就连自己新作上市都鲜有转发。好在他的版权经纪人很会运作，书迷会和影迷会属于官方粉丝团，背后都有版权方的身影。

没过几分钟，两大粉丝团就接连转发了这条消息，并在评论里告知大家，此项抽奖活动确实是真实有效的。

如此一来，热情的粉丝们纷纷涌向了《苍穹之梦》，在评论区留下了无数活跃的身影。他们大多数人都是为了得到活动资格，匆匆来、匆匆去，但也有一小部分人抱着好奇心点开了漫画，想看看能得到归野大神推荐的漫画讲述的是什么故事，哪想到一看之下，就被燕其羽画笔下这个瑰丽灿烂又充满幻想的科幻世界所吸引。

渐渐地，评论里不再充斥着"好！""顶！""我要中奖！"这样无意义的水贴，越来越多言之有物的分析、长评冒出头来，整个评论区氛围极好。

极短的时间内,《苍穹之梦》的数据便暴涨了三倍,不仅把《喵喵侠》狠狠甩下,甚至可以和那些连载了半年左右的漫画媲美。

燕其羽刚开始还有些惶恐,觉得自己胜之不武,可当她看到这些充满爱意和赞扬的评论后,便把心重新放回了肚子里——归野大神可以吸引他们过来,可真正能让读者留下的,还是她的画笔。如果她画得又烂又差,即使有强力外援也只能赢得一时的胜利。读者们并不好糊弄,他们看得出一部作品下了多少功夫。

《苍穹之梦》掀起这么大的波浪,惊动了不少密切注视这件事的人。

"龙龙龙"上蹿下跳地过来求黑箱,说他也是"君子归野"的铁杆粉丝,想求一本签名。燕其羽昧着良心说手里只有两本,全拿去抽奖了。

江雪舟敲响了燕其羽的QQ,问她怎么联系上的"君子归野"。燕其羽实话实说,说是自己的脚本搭档帮忙拉来了强力外援,自己根本没出什么力。他听后,只留下一串省略号,隔了很久才说道:"下次有事,请第一个想到我好吗?"

至于《喵喵侠》的作者"乱码君"嘛……

这姑娘在微博上发了一张自拍,圆圆的萝莉脸却化了烟熏式的浓妆,挑染出的粉色长发披散在肩头,眼珠向上瞥着,只剩下夸张的眼白。

乱码君V:一直以为自己是砍瓜切菜的人民币战士,直到今天才知道匹配到的对手是游戏公司小开。然后是接连三个摊手的表情。

燕其羽没读懂:她这算是在讽刺咱们吗?

阿琳也没读懂:好、好像是吧?

燕其羽:可她也把自己骂进去了啊?

杀敌一千自损八百,"乱码君"真是有个性的姑娘。

这场没有硝烟的战争基本胜负已定,燕其羽终于可以踏踏实实地睡个好觉了。

这段时间燕其羽熬夜赶稿,累到黑眼圈都要掉到下巴上了,一想到睡觉两个字，困意瞬间如大山压下，把她直接拍倒在床上。

在临睡前，燕其羽用她最后的意志点开微信，和于先生互道晚安。

自从进入二月份以来，燕其羽身背稿债，所有的精力都被压榨得一干二净。两人的交流仅限于每天的"早安"和"晚安"，剩下的时间都是于归野自说自话，他经常分享身边的趣事，偶尔还会拍几张充满雅趣的照片，可燕其羽每次都是匆匆看过，想着忙完了手头的事情就回复，结果就被拉进工作的深渊。

燕其羽翻翻这几日的聊天记录，愧疚得要命，觉得简直像个不解风情的渣男。

正想着忙过这阵后该怎么道歉，于归野的消息忽然心有灵犀地跳了出来。

于：看，窗户结冰了，有只小麻雀停在窗外。

说完，就分享照片过来。

于：像你一样，毛茸茸的，很可爱。

一瞬间，燕其羽鼻子就酸了。

小羽毛：对不起。
小羽毛：对不起、对不起、对不起。
小羽毛：最近太忙了，很多很多消息都没有来得及回复。
小羽毛：对不起……是我的错。
小羽毛：我知道说工作太忙听起来像个借口，我以后会改的。
于：燕小姐，你不需要道歉的。
于：我发这些本来就不是为了得到你的回复。
小羽毛：……
于：我只是希望在你忙碌之余，记得有我在随时随地陪着你。

于：我不懂漫画这个行业，但我想它应该和其他工作一样，机遇伴随着压力。

于：压力太大的时候，肯定会画不出来吧？

小羽毛：嗯，经常卡图……

于：那不如想想快乐的事情。

小羽毛：比如想想你发的小花、小草和小鸟？

于：比如想想我。

没有丝毫被忽视的怨怼，于先生的话如温柔的风，吹散了燕其羽心中最后的歉疚。可当歉疚褪去后，燕其羽却发现枕巾居然有打湿的痕迹，不知何时洒下的眼泪沾湿了脸颊，明明是咸咸的眼泪，却让她尝出了甜甜的味道。

能遇到这么好的于先生，她这辈子所有"再来一瓶"的机会都可以不要。

下午四点多，燕其羽的手机响了。

电话接通，传出来的是于归野的声音。

"燕小姐，你在画画？"

"是呀。"燕其羽歪头把手机夹在肩膀上。

"那好，我快到了，二十分钟之后记得下楼。"于归野的声音透着一点少见的霸道。

"诶？"

于归野听到燕其羽这么诧异，无奈地问道："你是不是忘了今天是什么日子？"

什么日子，总不能是他们俩相识半年纪念日吧？

燕其羽赶忙去翻日历，待她看清台历上那颗大大的爱心时，手心一颤，差点把压感笔摔到地上。

燕其羽慌张极了，脸滚烫，支支吾吾地不知该怎么回答道："可，可我……"

"我知道你赶稿很忙，你放心，我不会耽误你太长时间。"男人主动退步，说道,"就十分钟,把礼物交给你我就走。"

燕其羽又羞又急,羞是羞于在这个日子见他,急是急于自己没洗头、没洗脸、没化妆、没换衣服、没做发型,最主要的是她的真家距离假家有"十万八千里"远。

听筒里没了动静,于归野却根本不担心女孩会拒绝他。

他眼里带着志在必得的笑意,说出口的话却委屈巴巴。

"拜托了,小画家。"男人以退为进道,"给你的于先生一个机会,让他过一次情人节好不好?"

第五节　情不自禁时

都说美人误国,可到了燕其羽身上,美男也是能误国的!

于归野的示弱恰到好处,傻傻的"小白兔"面对他的陷阱,瞬间变成了一只只会说好好好的废兔。

挂了电话,燕其羽连电脑都来不及关,套上一件棉被样的长款羽绒服就往门外冲。她可要在二十分钟之内赶到另一个小区,再磨蹭下去就要露馅了!

燕其羽在家画画时向来只穿睡衣,冬天的睡衣是那种毛茸茸的珊瑚绒材质,通体米白色还带着帽兜,帽兜上两条长长的兔耳朵耷拉在羽绒服外面。她撒了一个谎,只能用无数个谎去圆——为了表现出安心在屋里画画、顺便下楼取东西的模样,她特地没有换下身上的睡衣。

燕其羽苦中作乐地想:就她这专业素质,太适合去演谍战剧啦!

燕其羽从回迁小区的后门飞奔而出,顺着小路"嘿呦嘿呦"地跑向了旁边的世纪嘉园,两条小短腿跑出了两道残影。

还好这条小路没什么人知道,一路上根本见不到其他人影,这只成精的"大白兔"才没有吓到无辜的路人。

几分钟后,熟悉的SUV停在"世纪嘉园"五号楼楼下。于归野正要给燕其羽打电话让她下楼，忽然看到单元楼旁的大树下，裹成一个球的小姑娘正开开心心地向他招手呢。

天寒地冻，燕其羽身上米白色的珊瑚绒睡衣在寒风下飘啊飘，好在外面罩着的羽绒服足够温暖，让她可以把下半张脸缩到立起的衣领下。

燕其羽的脸颊与额头都被寒风腆得通红，当她仰起头喊出"于先生"三个字时，嘴巴里冒出一股雾蒙蒙的白气，很快就在冬日的暖阳下消散了。

于归野赶忙打开副驾驶的车门让她上车。

女孩早就被冻得透心凉，她"刺溜"一下蹦上车，哆哆嗦嗦地把两只冰凉的手贴在他手背上，还故意问他凉不凉。

于归野心疼地反手握住，用大大的手掌包住那两只软软的小手，问她道："怎么不在楼道里等？"

燕其羽红着脸说："等不及见到你了。"

当然，最主要的原因是她没有单元楼的门禁卡。

车内空调很热，瞬间驱散了燕其羽身上裹挟的冰冷寒意。她低头看看被男人拉住的手，试着往外抽了抽，结果被于归野大力捏住手腕，让她乖乖不要动。

燕其羽老实了一会儿——大概三秒钟吧——就开始明目张胆地往于归野的方向移动。

于先生的车子怎么空间这么大啊，驾驶座和副驾驶座之间是隔了一座山吧。

燕其羽想离他近一点，再近一点儿，至少要比朋友更近。

不知两人手拉手的傻姿势保持了多久，直到于归野把小画家的一双手捂得又软又烫后才舍得松开。

气氛逐渐暧昧起来，燕其羽的鼻尖嗅到一股松木与海的香气，包容、苍翠，好像来源于车内的不知名香薰，又仿佛是于归野身上的气息。

男人双目凝视着她，右手从外衣兜里掏出一个精致的植绒小盒子，盒子的颜色介于蓝色与绿色之间，上面烫印着一圈低调的花纹和某个国际知名银饰品牌的标志。

而这个银饰品牌最出名的产品，是戒指。

想必是车内的暖风太热了吧，燕其羽的耳垂已经成了熟透的樱桃了。

于归野像是没有看出她的羞窘，故意问她道："你猜里面是什么？"

燕其羽结结巴巴道："是，是手链吧？"

"手链的盒子可没这么小。"

燕其羽不肯说话了，眼中水盈盈的，带着一股羞恼的怒气。

见自己真的把"小白兔"气成"小红兔"了，于归野不敢再逗她，忙当着她的面把盒子打开。

意料之中——又有那么一点点令人失落——盒子里躺着的是一枚精致的项链坠。

那是一片很纤细很轻薄的银色羽毛，线条舒展，柔美中带着一份恰到好处的优雅。燕其羽不禁屏住呼吸，担心呼吸太重把它吹离。

于归野忽然道："燕小姐，你还记得我来之前说过的话吗？"

燕其羽怔怔地看向他。

"我说——我是来过情人节的。"男人终于露出了他肉食动物的爪牙，又道，"如果你收下了我的礼物，那你可就要陪我过情人节了。"

于归野以为她会犹豫一番，或者如同之前几次试探那样，惊慌地把触角收回到壳子里。

可是这一次，他在她的眼睛里再也看不到迟疑，只望见了一片繁花与星光。

女孩说："好。"

女孩又说："对不起，我答应得太晚啦。"

他喜欢她，她恋慕他，就像画笔与纸张，就像天空与小鸟。

但是在面对于归野时，燕其羽心中一直有个声音，小声地质疑自己是否配得上样样都好的他。

她的面前有一条宽广而笔直的路，终点是于归野的方向。

燕其羽在遇到路口时没有分心，在遇到坎坷时没有停下脚步，可是在她即将抵达终点时,她却迟疑了。

最后这一小段路程,她每前进一步,就又后退三步。

而今天,她想是时候跳过去了。

"于先生,在遇到你之前,我的人生里只有漫画……"燕其羽微微咬住下唇,觉得自己真是肉麻到要命,她又紧张地说道,"遇到你之后,我想让你当我一辈子的漫画男主角。"

当话音落尽,早已忍耐多时的于归野伸手揽住女孩的肩膀,把她压向了自己的怀抱。娇小柔软的身体撞入了厚实的胸膛,她下意识地痛呼一声,可很快这声低吟就被男人的薄唇抢走。

他的人很温柔,可他的吻却很霸道。

他等待这一刻已经太久了,他想让这只蝴蝶永远睡在他的肩膀。

于归野含住女孩的唇瓣,强硬地用舌尖叩开贝齿,汲取着女孩唇齿间的芳香。燕其羽从未有过任何经验,在他的进攻之下只能节节败退,柔顺地敞开自己,允许他在自己身上攻城掠地。

于归野的味道侵蚀着她,燕其羽在他怀里软成一团,双手不知何时已经攀住了他的肩膀。她眼角通红,几次想逃开,又被霸道的男人重新拉回欲望的深渊。

这个吻既绵长又短暂,当一吻结束,燕其羽早就全身滚烫,眼角、眉梢都是从未有过的春意。

于归野垂下头,抵在燕其羽耳边,双手环抱住她纤软的肢体,喘息声压抑而性感。

"让我……让我上去好不好?"他低语。

"什么?"燕其羽被吻得思维模糊,一时间没反应过来。

"让我去你房间好不好?"于归野扔掉他身上一切的绅士风度,他含住她的耳垂,用舌尖勾弄那小小的朱果。

这句话宛如一记重锤,向着燕其羽混乱的大脑重重敲下,唤醒了她所有神智。

什、什、什么!

去、去、去哪？

她根本不住这儿啊！

眼看着岌岌可危的谎言大楼即将倾塌，而她也将被冠上"撒谎精""虚荣"的大帽子，燕其羽全身一抖，刚刚还软若无骨的身体瞬间变成了一块邦邦硬的铁板。

而燕其羽身上这么鲜明的变化，立即被于归野察觉到了。

车内原本暧昧丛生的氛围瞬间冷了下来。

燕其羽小声说道："那个……"

"对不起。"没想到居然是于归野率先道歉，他松开手，把女孩送回到副驾驶上。他伸手拉开衬衫衣领，又降下车窗，让户外的冷空气吹醒他的头脑。

"对不起，我太唐突了。"

于归野歉疚地笑笑，伸手把女孩汗湿的长发挽到耳后道："是我太心急了……吓到你了吧？"

于归野非常自责，可情之所至，确实无法自拔。他与她刚确认关系，他就完全把持不住自己，做出了这么过界的举动——以她含羞草一样的性格，恐怕又要有好几天躲着他了。

燕其羽缩成一团，也不知这时答什么好。

说"没关系"，好像是在期待更进一步的发展。

说"太过分"，可她……确实享受其中呀！

实在没办法，燕其羽只能支支吾吾地转移话题道："时间，时间不早了……我还要回去赶稿呢。"

话一出口燕其羽就想磕死在数位板前：于先生好可怜啊，居然摊上她这么一个渣女友，像她这么专注工作的漫画家，海豚漫画欠她一座丰碑！

好在于归野非常支持她的工作，再没人比他更清楚她的稿债有多少了。他多耽误她一分钟，她晚上就要多熬一分钟夜，在他没想好怎么扒掉马甲之前，还是让她安心画画吧。

反正来日方长，总有机会告诉她真相的。

于是乎，"大骗子"与"小骗子"相视一笑，彼此眼中都盛满了含情脉脉。

"那……我走啦？"燕其羽双手合十，小心地把那只项链盒捧在手里。

"嗯，穿这么少，赶快上去吧，小心别生病。"于归野帮她把拉链拉到最上面，又替她把帽子戴好，两只长长的兔耳朵耷在女孩的脑袋两侧，又呆又萌。

车门打开，燕其羽打了个哆嗦，迅速跳下了车。可她没有直接上楼，而是绕到驾驶座那边，敲了敲车门。

"怎么了？"于归野降下车窗，以为她是有什么话要说。

哪想到女孩微微弯下腰，前倾身体，把头探进了车窗内。

两片带着冷意的唇瓣落在男人额头，它是那样的轻，又是那样的甜。

"于先生，我忘了给你准备情人节礼物，只能把自己送给你啦。"

第六节　合租房失窃了

直到于归野的车驶离了小区，燕其羽才猫着腰，小心翼翼地从单元楼里钻了出来。幸亏刚刚进楼时遇到这栋楼的其他住户，才能让她顺利蒙混进楼道里。

燕其羽向着于归野离开的地方踮脚看了看，可茫茫天地间只有两条车辙碾过落叶。她盯着空无一人的车位看了许久，冷风吹过，却吹不散她脸上的火热。

燕其羽裹紧羽绒服，顶风走向了小区后门处。走着走着，她忽然如兔子般蹦跶了好几步，紧接着又赶快抿住唇、板住脸，装作什么事都没有发生的样子继续前行，可那双亮晶晶的眼睛呀，却透着藏不住的幸福。

燕其羽真想发条微博告诉所有人——她在情人节这天，终于找到她的梦中情"狗"了！

要知道在漫画行业中，百分之八十的从业者都是"单身狗"。因为工作足不出户，外加每时每刻都在赶稿，漫画家们的交友状况实在堪忧，像"独钓寒"老师那样年近四十仍然单身的比比皆是。婚前没时间谈恋爱、婚后没时间照顾家里，漫画家想找个"三次元"属性的对象真是太难太难了，所以他们要不然和圈里人结婚，要不然就和纸片人结婚。

燕其羽把右手揣进衣兜里，紧紧攥着那只正方形的小盒子，圆润的棱角抵在手心，指腹轻轻划过盒子的表面，盒子上仿佛还带着于归野掌心的温度。

从今天开始……她就是一个有对象的漫画家了！

不枉费她在遇到于先生后，就把手机铃声从《世界第一的公主殿下》换成了《恋爱循环》。

燕其羽正自顾自乐着，忽然一道突如其来的熟悉曲调打断了她的思绪。她迟钝地反应了三秒，才想起来这正是她自己的手机铃声。

手机屏幕上，小娇的名字正"心急火燎"地闪烁着。

他们虽然同住一套群租房，但彼此的联系并不多。上次小娇打给她，是因为垃圾堆事件，这次不会又……

燕其羽心里"咯噔"一声，一股大事不妙的预感油然而生。

"喂……"她颤巍巍接起电话。

"燕姐！"小娇一声急吼，"你今天出门了？什么时候出的？出去了多久？"

其他住户每天都要外出，上班的上班，上课的上课，只有燕其羽是个家里蹲，每天守在群租房里。

燕其羽被她问懵了，急道："啊，我临时有事出门了……出来了大概……"她拿下手机看了眼时间后说道，"一个多小时吧。"

本来想着匆匆见于归野一面就赶回去，哪想到会意外收获一枚男朋友，有情人遇上有情人，时间转瞬就过去这么久。

燕其羽连忙补了一句道："怎么了？出什么事了？"

哪想到燕其羽话音刚落，电话里的小娇"哇"的一声就哭起来了，边哭边说道："燕姐你快回来吧，咱家被人偷了！呜呜呜……"

燕其羽非常震惊！

虽然一路上燕其羽已经做好了最坏的心理准备，可当她赶回群租房时，还是发现自己过于乐观了。

所有房客都赶了回来，平日里除了收房租就再也见不到人影的房东也匆匆赶到，这个五十多岁的中年人头顶已经没有几根头发，他眉毛拧着，不停地唉声叹气。

他们所在的回迁小区建成已有很久，配的防盗门都是老式的制式防盗门，周围的邻居全都另外花钱换了新门，只有他们这个群租房，抠门的房东不舍得在这上面花钱。

现在，这扇防盗门的卡头已经完全变形，被小偷用工具直接从外面撬开，顺着大门向内望去，阴暗地走廊中，每一户住户的房门都大大咧咧地敞开着，仿佛一只只空洞的眼眶。

小娇哭哭啼啼地站在墙角抹泪——她上的是"三班倒"，辛苦了整整一年，昨天才领回两千五百块的年终奖，阿勇管她要钱买酒她都没给，所有钱被她小心藏在枕套里，可这样也被小偷摸走了。

次卧住着四个女学生，她们都是周边学校的"二战考研生"，每天都去蹭图书馆、蹭食堂，最近正在准备面试。为了避免分心，每次去自习时，她们都把电子设备留在家里，这次出事，她们丢了三部手机、一个iPad、一台笔记本电脑，有个女生的照相机也被偷了。

然而这些损失加起来，都没有燕其羽的重……

燕其羽急匆匆赶回她那间由客厅改成的小房间，木板门上的锁头被人暴力砸开，轻轻一碰就"吱嘎嘎"地挪开。门内，原本井井有条的屋子被翻了个底朝天：衣柜里的衣服全部扔到地上，床头的枕头和玩具都被撕开，椅子翻倒……

而于先生送她的那台价值三万元的触摸数位屏，现在只剩下一只孤零零的压感笔掉在桌面上。

瞬间，一股热血涌上燕其羽的大脑，又以更快的速度褪去。

燕其羽小脸煞白，额头掌心都汗津津的。她望着满地狼藉的房间，只觉得身上一阵阵发冷。

阿勇蹲坐在主卧外，脚下落满了烟头，他狠狠吸两口烟，骂了声"我操！"又把烟屁股甩下。

"燕姐，你今天为什么要出门？！"阿勇指着防盗门，怒气冲冲地质问道，"操，看看你这样，穿个睡衣套个羽绒服就出去了，一去去这么久，不会是去见情郎了吧？你可真牛逼，你高高兴兴地约会去了，所有人的东西都丢了！"

"阿勇，你闭嘴！"小娇一抹眼泪道，"这关燕姐什么事儿？！该死的是小偷！"

"还不关她事儿？你看看被撬开的门！她出门的时候根本没把门反锁上，三层铁柱只弹出来一层，不怪她那还怪谁？"

他们这种老式防盗门，出门时可以直接撞上，从外面无法拉开，但是这样安全系数并不高，必须在撞上后再用钥匙反锁两圈，才能让上下两层的铁柱弹起。

面对指责，燕其羽脑中一片空白——她今天出门太急，想不起来自己究竟有没有反锁门了，如果确实是她造成的，那这次失窃确实有她的责任。

可现在不是吵架的时候，最主要的是赶快抓到小偷，把丢掉的东西找回来！

燕其羽赶忙掏出手机打算报警，可"110"三个数字还没拨完，就被旁边的房东一把按住了。

"小燕，可不能叫警察！"房东急道。

"为什么？"燕其羽急得要命道，"好几万块钱的东西丢了，不报警还等什么？"

房东摆摆手道："你们住的是群租房！你知道群租房什么意思吗——清退群租房住户的公告贴得到处都是，你前脚叫警察上门，后脚他们就拿锤子把墙给砸了！"

根据这座城市的管理政策，群租房站在法律的边缘地带，政府并不允许房东私自搭墙、分割房间单独出租。可群租房价格低廉，依旧屡禁不止。临近年关，市里各处都在抓群租房，只要被抓到，立即就有工人砸墙拆除，而且不给缓冲时间，当晚就要求所有住户必须搬离。

他们这间不到八十平方米的小屋子，分割了四间房住进去七个人，如果燕其羽报警的话，他们的东西不一定能找回来，可他们的住处一定就没了！

其他住户也帮着房东说话，劝燕其羽打消这个念头。

"现在都年根儿了，再过几天就要春节了，我们被赶出去，住哪里啊？"

"总不能天寒地冻的，拖着全部家当找房子住吧！"

"又不是你一人丢了东西，我还丢了一个iPad呢，你一个电脑屏幕能有iPad贵吗？"

"而且，而且这本来就是你的问题吧……要是你好好锁了门，要是你今天不和男朋友见面，我们大家的东西就都不会丢了。"

你一言，我一语，每个人都把丢了东西的怨气发泄在了燕其羽身上，话里话外都在埋怨她。

"可……"燕其羽一人哪里说得过他们这么多张嘴，她争辩道，"可东西被偷了，难道就认栽了吗？"

房东烦躁地抓了抓头顶的几根毛，语气很不耐烦地说道："行了行了，你回来之前我们都商量好了。防盗门不顶用，就算我的责任吧，我花钱换个好防盗门，再给你们每人免俩月房租，这总行了吧？"

行……行个屁！

燕其羽又不傻，坚持要报警，让警察上门来取证。现在距离案发还不到两个小时，小偷就算销赃也来不及。而且错的是小偷，不管是燕其羽还是房东，都不该是负责赔偿的人。

不知是谁嘀咕了一句道："不就丢了个屏幕吗，非要连累大家都没地方住，真是太自私了。"

燕其羽虽然平常看上去软绵绵很好说话，但遇到关键问题，她绝不会低头。

和委屈相比，燕其羽更多的是生气。可惜她不善言辞，又是和人吵架、又是被人围攻，话还没说几句，眼圈先红了。她天生性格如此，明明脑袋里有一串反驳的话，嘴巴却表达不出来，情绪一上来，眼泪就涌出来了。

燕其羽随手擦掉眼泪，拼命告诉自己要冷静下来再逐一反驳他们。

就在此时，一道慵懒的女声插了进来，如一柄柔韧中带着凌厉的软剑，

第六章 终于确定关系了

划破了走廊里嘈杂纷乱的背景。

"我这个热心路人已经报警了,没关系,不用客气。"

众人皆是一惊,循声回头,只见她们房子对面的防盗门不知何时打开了。

已有许久未见的于惊鸿倚在门框上,手里握着一只最新款的智能手机。她得意地笑笑,抬起右手向燕其羽勾了勾手指。

"小燕,别哭啦,来鸿姐家坐坐吧。"

第七节　有可能是"内鬼"

于惊鸿的气场实在太强大,她先斩后奏地报了警,房东甭管跳再高都于事无补。

临近春节正是盗窃案件频发的时候,用一句很黑色幽默的话来讲——"小偷也要年底冲业绩",民警接了报警电话,不到十分钟就赶到了。

"嚯,群租房啊!"民警同志压了压大檐帽,房东赶忙凑上去给他们派烟。民警没接,说道,"你就别忙活了,我们先查案子,查完了你们今天晚上都要搬走。"

一听要被清退,其他几个住户的表情顿时不好看了,在年尾巴上遇到这种糟心事儿,又是丢了东西又是丢了住处,谁都觉得晦气。在他们看来,这被偷的东西极有可能找不回来了,现在这么一折腾,又能落下什么好处?

他们一个个挂了脸色,埋怨的目光如箭般射向了旁边的于惊鸿,都在嫌她多管闲事。

本来于惊鸿正抱手倚在门边看好戏,见他们目光不善,她反而站直了身子,昂首迎向了那些视线,还主动把燕其羽扒拉到身后,倒真像是一只护崽的鸭妈妈。

出警的一共三位民警同志,一位举着执法记录仪,一位负责做笔录,一位负责现场调查采样。

做笔录的民警同志一一询问了他们丢失的财务价值,其他人丢的都不多,都是两三千的小东西,唯有燕其羽损失惨重。

"我丢了一台笔记本电脑和一台液晶触摸数位屏。"燕其羽辛辛苦苦画出的原稿还存在电脑中，而液晶屏是于先生送给她的礼物，这两样东西的遗失让她既焦虑又难过。女孩十根冰凉的手指紧紧绞在一起，指尖侧面的厚茧都被她压变形了。

顿了顿，燕其羽又说道："笔记本年头长了，不值几个钱，但是数位屏非常贵，要三万多。"

正在小本本上记笔录的民警停下了动作，确认道："你说多少钱？"

"三万五千多，网上商城就有。"

别说民警了，就连在场的其他人都面露惊疑。

群租房房租极便宜，燕其羽住的还是其中最廉价的客厅隔断，谁能相信她会用这么贵的数码设备。即使知道她是画家，可大家看她日常过得那么拮据，以为她只买得起几千块的玩意。

阿勇瞪大眼，吵吵开了道："燕姐，现在不是吹牛的时候，你那隔断间一个月租金才一千块，你能用得起三万块的东西？你说的是人民币吗，别是日元！"

兔子急了也咬人，燕其羽也不知自己哪里来的勇气，面对流里流气的阿勇，向来退避三舍的她，第一次据理力争、大声吼了回去道："我凭什么用不起？那是我男朋友送的，他就是疼我、宠我、喜欢我，觉得三万块钱的画板才配得上我的画！"

话一说完，燕其羽脸上的羞红已经从耳尖蔓延到衣领里。没想到她第一次在公开场合承认于先生是她男朋友，居然会是这样的情形。

民警看着笔记本，蹙眉道："燕小姐，光你这一个东西就够三年量刑标准了。你有没有发票之类的证据，可以证明丢失财物价值的？"

燕其羽为难地摇了摇头道："屏幕是我男朋友中奖得的，没有发票。"第二次说出口这个称呼，就顺溜多了。

阿勇嗤笑道："我说呢，敢情你男人是装大款啊。"

女孩扭头怒气冲冲地瞪他，还向他龇了龇一口兔牙。

民警瞥了阿勇一眼道："这位男同志不要随便插话。丢失的贵重物品不管

第六章 终于确定关系了

是中奖的还是买的，只要能证明其价值就行了。"

燕其羽想了想，赶忙跑回房间把包装盒抬了出来，包装盒上印着产品型号，对着型号在网上一搜，价格自然能查到。

虽然有包装盒也不能百分百证明货物对版，但至少也是一个有力证据啊！

一直在旁边安静看好戏的于惊鸿蹙了蹙眉——奇怪，这包装盒怎么这么眼熟，好像这种高级显示屏，她老弟就买过这么一个……

过了大约半小时，负责现场采样的民警已经完成了工作，他示意所有群租房的住户和他走，去派出所做指纹采集。

住在次卧的一个女学生吓了一跳道："为什么我们受害人还要采集指纹啊……"

民警冷冷地说道："以防万一。"这位民警大概有四十多岁，又黑又胖，外表看上去并不是精明能干的类型，可当他的眼神扫过在场所有人时，眼中骤然乍现的精光却令人心惊。

燕其羽战战兢兢地问道："什么万一？"

"这么短的作案时间，一般的小贼摸清家里有多少东西都来不及，可你们每个人都被偷走了最值钱的东西……你们还是去对一下指纹吧，我们要排除内部作案的可能。"

这么一说，大家皆不敢言语，目光落在彼此身上，眼中满是打量。

燕其羽每天都要在家工作，偏偏这次被盗她却恰好不在，在大家眼中，她成了最有嫌疑的一个。

大家目光不善，可燕其羽却根本不怵。身正不怕影子斜，她丢的东西比所有人都贵重，她才是最想让真相水落石出的人。

"小燕，姐等你回来。"于惊鸿小声给她打气道，"你别担心搬家的事情，今天晚上要是没地方住，住鸿姐家里来。"

"那怎么好意思。"燕其羽赶忙推辞道，"我可以住宾馆的。"

"没事，姐有钱，家里房子可多了。"

此话一出，在场众人都沉默了。

因为此案件涉及的人数很多，燕其羽几人去派出所待了很久也没回来。

于惊鸿在屋里一边看电视一边竖着耳朵等，心里十分后悔没要燕其羽的联系方式。

忽然，楼道里响起了一阵属于男人的脚步声，几秒钟之后，于家的房门便从外打开了。

晚归的男人见屋里亮着灯，再看看大大咧咧躺在沙发上吃零嘴敷面膜看电视的于惊鸿，感觉这一下午的好心情都被破坏了。

"你怎么这么早就回来了？"于惊鸿立即把脚从沙发扶手上搬下来，先发制人地问道，"不是说情人节要去表白吗，表白失败了？"

于归野脱下外套挂好，嘴角含笑道："自然是成功了。"

下午两人分开时，女孩越过窗户轻轻在他脸颊烙下的唇印，于归野直到现在还能回忆起那双唇瓣的柔软与芬芳。

于归野自小就很优秀，上学时就是无数学姐学妹追逐的对象，很多人都以为像他这样的人一定有过很多段感情经历。可实际上，他在面对那些热情洋溢的情书时，只感觉到莫名与困扰。

大姐头于惊鸿嘲笑他没开窍，于归野便一直很好奇，什么叫作"开窍"。

直到他遇上燕其羽，才明白那种感觉——像是有一层浓雾自周围被吹散，让他可以看到更缤纷的颜色，听到更动听的声音，品尝到更甜美的滋味。

而燕其羽，就是他生命中从未出现过的色彩、旋律与味道。

在收到燕其羽的心后，于归野实在太激动，他没有第一时间回家，而是开车去城外兜了几圈，直到油箱里的油快要耗尽，才打道回府。

于惊鸿问道："那人呢？怎么不见你带回来。"

"她工作太忙，先回去了。"

做姐姐的狐疑地看向弟弟道："你这个女朋友是确实存在的吧？不是你脑中幻想的人物？比如下部作品的女主角？"

不怪于惊鸿怀疑，这位神神秘秘的姑娘总听弟弟提起，可一次都没见过，连照片都不肯给她看，她当然要怀疑是真是假。

于归野哭笑不得道:"我怎么会拿这种事骗你?而且丹尼尔也见过她,总不可能是我们两人一同编谎话吧。"

于归野转移话题道:"对了,你怎么在这儿?今天是情人节,不和姐夫过节?"

"当然要过啦。"于惊鸿兴致勃勃地说道,"我这不是回来找衣服嘛,翻了半天才翻到我高中时候的校服。"

"你找高中校服做什么?"

于姐姐眼睛眨巴眨巴,明明是张老狐狸的脸偏要装出小白羊的模样。

于归野立即举手投降道:"好,我不问,你也别说,我听不懂。"

姐姐恶作剧得逞,哈哈大笑。

弟弟立刻开始轰人,说道:"找到校服就赶快回家过节,别在我这儿添堵。"

于惊鸿软下声音,扭扭捏捏地说:"老弟啊,姐有个事情你得帮忙。"

"什么事?"

于惊鸿连忙把隔壁遭窃的事情一股脑地倒了出来,夹叙夹议,掺杂了无数点评,一边说还一边义愤填膺地拍桌子。

"你说,他们欺负一个小姑娘,缺不缺德?"

于归野皱眉听于惊鸿说着,待听到她豪爽地表示可以收留隔壁小姑娘一晚时,立即打断了道:"等等,你让一个陌生年轻姑娘在我这里住一晚?姐,就算我同意,她也不会同意,就算她同意,我女朋友也不会同意的。"

于惊鸿也知道自己这大话说得太豪爽了,其实她本来是想把燕其羽领回自己家的,可想来想去,还是于归野这里离得最近最方便,今天都这么晚了,那群租房实在不能住人了,于归野住的房子与她门对门,最合适不过了。

于归野又问她道:"而且你说了半天,一直没说她叫什么名字,你不会连人家是谁都不知道吧。"

"知道的知道的!"于惊鸿赶快说道,"她叫,呃……她叫……呃,全名不记得了。昵称是'小燕子'!"

这昵称,还不如叫紫薇呢。

于归野心里一动：名中有个"燕"字，是个画家，被偷的显示屏是男朋友送的，价值三万……

要不是于归野很确定燕其羽住在隔壁小区的话，他都要以为自己这几个月来追求的女孩，就住在他家对门了。

于归野自嘲地摇摇头，起身拿起了自己的外套。

于惊鸿忙问道："老弟你去哪儿？"

于归野一边系围巾一边淡淡回答道："我刚刚想到了一个万全之策——你留在这里和你的'小燕子'过情人节，我去你家和姐夫过情人节，你看怎么样？"

真不愧是作家大神，这是什么劲爆剧情，剧本还能这样写？

于惊鸿面膜一扔，飞扑过去想要拦住他。可男人眼疾手快，已经旋开了防盗门的把手。

厚重的大门向外展开，姐弟两人谁都没有注意到那个等候在门外的娇小身影。

"嘭！"

姑娘被撞倒在地上。

眼泪汪汪。

嘶，好疼好疼哇。

第八节　他和她住隔壁

燕其羽是最先一个录完口供和指纹的人，结束之后，她赶忙回家，急匆匆打包行李。好在她东西不多，两个最大尺寸的行李箱就能装完，其他的零碎往双肩背包里一塞，她胳膊下夹着一只大娃娃，笨拙地拖着行李走出了破烂的群租房。

燕其羽拎着行李站在走廊中，茫然四顾，不知道年前的最后几天，应该去哪里熬过。其他租客至少有一句话说对了——报警后被迫搬家，年根儿确实很难找房。

虽然于惊鸿很热情地让她去于家住，可燕其羽很懂分寸，她们两人仅是萍水相逢，见过三次面、吃过一次饭，如果贸然借住肯定不方便。而且今天可是情人节，鸿姐的老公会同意她上门打扰二人世界吗？

燕其羽先是打电话给了阿琳求收留，哪想到电话刚接通，就听阿琳在那边急吼吼地嚷道："'小羽毛''小羽毛'！我屋子里的暖气水管爆了！有啥事儿明天再说！拜拜拜拜么么哒！"

燕其羽又打电话给步娜娜求助，结果电话没接通就被挂断，一分钟之后QQ接到一条消息。

香蕉殿下：小羽毛，姐姐在酒吧钓小狼狗呢，有事启奏，无事退朝。

耽误女王殿下猎艳，是要天打雷劈的。

在本城，燕其羽唯二认识的两位女性朋友都不能帮忙，燕其羽翻翻手机，十分犹豫要不要联系于先生。

作为恋人，遇到困难燕其羽真的很想和于先生倾诉。然而这样一来，她就要暴露自己"虚荣鬼""撒谎精"的真面目，她不仅住在回迁小区的群租房里，还把他送的屏幕弄丢了，燕其羽实在不愿意把自己最狼狈的一面展现给他。

那就只剩下最后一个人了……

"独钓寒"老师的工作室很宽敞，不仅有地暖，还有备用的绘图电脑。她在那里打个地铺凑合几天，一边赶稿一边找房子，老师应该不会介意吧？

打定主意，燕其羽调出江雪舟的电话界面，手指按下了拨通键。然而就在接通的前一秒，她身旁那扇属于于家的防盗门突然从内推开，不仅把她撞了一个跟头，更直接打飞了她手中的手机。

一条完美的抛物线划过空中，手机正面落地，只听"啪嚓"一声脆响，已经用了三年的手机就这样"英勇就义"。

燕其羽倒在行李箱与毛绒玩具之中，被撞得晕头转向，她像只翻不过身的海星一样扑腾起四肢求救。

门内的于惊鸿惊叫一声，立即冲出了屋子，手忙脚乱地扶起她，回头埋怨起弟弟道："你看看你做的好事！还不快过来帮忙！"

哪想到于归野却直直地站在门内，一动不动。

而被于惊鸿扶住的燕其羽也全身僵硬，宛如木偶。

过了几秒，或者十几秒，男人才张了张干涩的嘴巴，迟疑地唤道："燕小姐，你怎么在这儿？"

女孩呜咽一声，欲盖弥彰地举起手里的玩偶遮住脸，又意识到这么做没用，只能讷讷放下后说道："于先生，真是好巧。"

被夹在中间的于惊鸿左看右看，说道："你俩，认识？"

何止认识！

于归野向来聪明，之前只是当局者迷，现在跳出原本的圈子再回头细想，一切线索清晰明了地指向了真相。他心中微微叹气，走上前去，双手扶住女孩细软的腰肢，直接把她从地上抱了起来，让她稳稳当当地站到地上。

燕其羽从头至尾抬不起头，怀疑自己是不是误入了什么高难度的副本，才会让她这一下午过得如此跌宕起伏。

于先生居然是她的邻居……

这件事给燕其羽的冲击力远远高于一切，与此相比，不论是车内的告白热吻还是家中遭窃，都算不得什么了。

可能上天觉得这刺激还不够大吧，于归野又在她心头下了一剂猛料。

"姐，我给你介绍一下。"于归野握住女孩冰凉的小手，把她揽入怀中后说道，"这是你弟妹，燕其羽。"

"哈哈哈哈哈哈！"客厅内，于惊鸿笑得毫无形象，边乐边说道，"所以，你们认识了这么久，都不知道彼此就住对门？"

燕其羽窝在沙发中，身上盖着于归野为她找来的毯子，手里的巧克力奶散发着浓浓香气，缓声道，"我每次赶稿，一周都不见得能出门一次。"

于归野挑眉道："而且，这位小姐自称住在旁边的'世纪嘉园'。"

燕其羽被臊得面红耳赤，小声道歉道："对不起嘛……"

于归野也不说话，只是沉默着把女孩身上的毯子盖好，仔细遮住她的腿，甚至连脚尖都要裹进去。

于惊鸿赶忙打圆场道:"好啦好啦,哪个小姑娘谈恋爱的时候不虚荣、不希望自己在男朋友面前完美无瑕啊?我跟你们姐夫搞对象的时候,每次约会我都只吃四分之一碗饭,夹三筷子菜就说吃不下了,给我饿得眼冒金星,回家能吃掉一桶炸鸡。"

于归野也不是真心怪罪燕其羽的欺骗,毕竟真算起来,还是他身上的秘密更多一些……

于归野叹口气,问她道:"今天我让你下楼,你是直接从这边跑过去的?就在睡衣外面裹了一件羽绒服,风那么大,病了怎么办?"他伸手贴住女孩的额头,生怕她发烧。

"我没事啦……"燕其羽乖乖地靠过去,柔软极了,轻声说道,"我要是难受的话一定会告诉你的。"

两人之间的互动亲密自然,明明下午才捅破那层窗户纸,可言语间的默契却像是交往许久的情侣一般。

于惊鸿在旁边待了十分钟就受不了了,以前都是她和老公秀恩爱,让于归野当电灯泡,现在立场对调,她被迫塞了几口狗粮,感觉满嘴都被糖精腻住了。

于惊鸿赶忙举手投降,决定立即回家抱老公和儿子,把整间屋子留给这对热恋中的小情侣。

燕其羽见她要走,便打算收拾好行李一起离开。

于归野无奈地拉住她问道:"你走什么?"

"鸿姐下午说让我去她家住啊……"

于归野盯着这只单线条的小傻瓜,探身亲了亲她的鼻尖说道:"'小白兔','大灰狼'的老巢就在这儿呢,你还想搬到谁的窝里去啊?"

诶……

诶诶诶!

燕其羽终于反应过来:他们刚刚确认关系就要同居,这进展实在太快了吧。

第九节　你们都没错

于家的老房子年头不短，是于归野小时候家里拆迁分的，鉴于家有一儿一女，所以分到了一套小三居。后来于归野靠写作赚了钱，一家四口搬到了城郊的别墅区，这里便闲置下来。

去年于归野从家中搬出来独自居住，鉴于新房还未收拾利索，他就把老房子简单翻修了一下，重新规划了房间格局。

主卧保留，两间次卧中稍微小点儿的那间改为书房，另一间次卧布置得充满童趣，方便丹尼尔留宿。

于归野给了燕其羽两个选择——若她住在主卧，明日就在主卧中增加一张书桌、一台电脑方便她画画；若她住在次卧，她可以直接使用书房，而他在主卧里睡觉工作。因为两人工作时都喜静，最好是彼此隔开，互不打扰。

"其实还有第三个选择。"燕其羽举手抢答道，"我可以先找个宾馆住一晚，明天就带着行李回老家！"

反正现在临近春节，大不了她把火车票改签，提前一周回家过年。一年没见到父母，他们肯定想死她了。

嘴边的"小兔子"要跑了，于归野却一点都不着急。

他老神在在地问道："你老家在长三角对吧？"

"对啊。"燕其羽得意地仰起头，江南可是人杰地灵的好地方，养出了她这样水灵灵、俏生生的小姑娘。

于归野一句话就打破了她的骄傲，他缓缓道："冬天没有暖气。"

"一、二、三月份全是魔法攻击，又阴又潮。"

"室内比室外冷。"

"想要画个图，手伸出来三分钟就冻僵。"

"防抖动设置开到最大，一条直线依旧抖成泡面渣。"

"而且回家就要走亲戚拜年，根本没时间画漫画。亲戚还特别喜欢参观你工作时的模样，每个人都让你画一幅画送给他们，你的连载只能开天窗……"

燕其羽被男人一阵狂轰滥炸，着急得眼睛都红了，可又实在找不出来可以反驳的话,只能无赖地说道:"我……我们南方也有比北方厉害的地方!我们有会飞的大蟑螂,你见过吗?"

于归野喷笑出声,探过身子把燕其羽搂进怀里,安抚地轻拍她的后背,温柔地给她顺气。

"好啦。"于归野在燕其羽耳边哄劝道,"留下来吧,我这里什么都有,就差一个你了。"

燕其羽前后左右所有退路都被封死,只剩下一条大道通向了于归野的方向。

她还能怎么办呢。

女孩郁闷地伏在于归野怀中,把脸藏在了男人的胸口,小声抱怨:"于先生,你可真霸道。"

"我这可不算霸道。"于归野把害羞的"小土豆"从自己怀中挖出来,缓缓地贴近她,随着轻柔的呼吸,在她唇角落下一个吻。

话的后半句消失在两人唇齿交缠间,炙热的呼吸带走了于先生剩下的字句——"如果我真霸道的话,今晚就该让你和我睡在同一张床上了。"

最终,燕其羽选择住在主卧中,于归野搬进了次卧。说是主卧,对于这种回迁房,主卧和次卧差距不大,勉勉强强多了五平方米,其中三平方米还是阳台。可即使房间再小,与燕其羽当初的群租房隔断间相比,都要豪华多了。

主卧处处充斥着于归野的气息。

衣柜里有于归野没有搬干净的衣物,床头柜上放着他睡前阅读的小说,门后的衣架挂着男人的大衣。

洗完澡的燕其羽浑身冒着水气,钻进了床上的被窝里。她的视线刚好落在阳台上,那里挂着于归野还未晾干的衣物,有衬衫,有长裤,还有贴身的四角内……

燕其羽赶忙收回视线,在被窝里翻了个身,把热气腾腾的脸藏进了枕头里。

即使换了新的床上用品，这张床上还是充满了于归野身上的荷尔蒙味道。那种成熟男人的气息包围着她，仿佛一双大手把她拥进了男人的怀抱。

这一下午发生的事情实在太多了，跌宕起伏又柳暗花明。

明明几个小时之前她还在小小的群租房里独自奋斗，几小时之后，她有了男朋友、丢了东西、没了住处，还进了一趟派出所……而现在，她正躺在男朋友的床上，开始数羊。

这一切是真的吧？

不会一闭眼再一睁眼，她就又回到了那间逼仄的隔断间中，孤身为了未来打拼吧？

就在燕其羽暗自祈祷之时，主卧的门被敲响了。门外响起于归野的声音。

"你睡了吗？"于归野问。

"还没有，有什么事吗？"燕其羽掀起被子打算下地。

"没事，你不用开门。我就是想和你说声晚安。"

燕其羽又缩回了被子中，说道："哦，那晚安。"

"晚安。"于归野又重复一遍。

"晚安。"

"晚安。"

"喂！"燕其羽哭笑不得地提高声音道，"你到底还要重复几遍啊？"

男人浅笑的声音在门板后响起，笑道："以前明明只隔着一堵墙，我却不知道你就在我隔壁。至少要把这段时间以来所欠的'晚安'都补齐吧。"

燕其羽才不会理他呢，她钻进被窝中，把那个幼稚鬼留下演独角戏。

第二日一早，燕其羽是被早饭的香气唤醒的。

于归野可是全能型好男人，煮饭做菜的手艺很是精湛。燕其羽也会做饭，本来她想既然借住人家的房子，以后一日三餐都由她来做，可于归野根本不给她表现的机会，仅仅凭借早餐一顿牛奶醪糟卧荷包蛋，就把她深深折服了。

浓稠的牛奶配上酒香四溢的醪糟米，撒上几粒碎果仁和葡萄干，中间静静地躺着一枚滑嫩的糖心荷包蛋，燕其羽只喝了一口，就从心里一直暖到胃里。

　　燕其羽接连喝了两碗，喝到嘴唇上都沾了一圈白胡子。

　　放下碗，燕其羽满足地拍拍小肚子道："好甜啊。"

　　"很甜吗？我这碗倒是没什么甜味。"于归野说。

　　"是不是糖没化开？"

　　就在燕其羽认真地琢磨究竟是为什么导致这样的差异时，男人忽然欺身而上，抬起她的下巴，低头吻了过去。

　　男人的舌尖霸道地闯入燕其羽的领地，搜刮尽她唇齿间的糖分与酒气，直到她被这骤然而降的吻夺去了所有呼吸才心满意足地咂咂嘴，放开了她。

　　"果然，还是你那份更甜啊。"

　　早饭后，于归野和燕其羽一起去买新的电脑和手机。

　　燕其羽的手机是当初大学毕业时买的，坚持了三年半，屏幕都裂了依旧坚守在岗位上。无奈昨天被防盗门打飞，它落在地上摔了个粉身碎骨。

　　燕其羽去柜台买了一台新的智能机，她不求多新颖、多好看，只要便宜就成。

　　燕其羽所有的预算都打算留着去买台新电脑——旧的能找回来的机会太渺茫了，随着电脑一同丢失的还有未来两话线稿，她必须抓紧时间再画一遍。

　　燕其羽和其他几个房客建了一个微信群，群里一上午就没消停过，大家都在抱怨年关难找新房，只能去朋友那里暂住，或者提前回老家。

　　燕其羽浮上去问了一句办案进展，本来热火朝天聊着的群里突然安静下来，再没人说话了。

　　这是头一次燕其羽遭受排挤。

　　望着寂静一片的微信群，身为被孤立的对象，燕其羽心里确实不好受。

　　所幸群里人不都是讨厌她的。

　　燕其羽的微信响了，原来是小娇私敲了她。

　　小娇：燕姐，昨天我和阿勇是最后录完笔录的。

小娇：警察同志说，在咱们房子里没有找到可疑的指纹，但找到了几个手套的痕迹，应该是小偷戴着手套搬走了东西。

小羽毛：小偷是熟手？

小娇：应该吧。

小娇：警察也想调监控，可是咱们小区太老了，没有门禁没有监控，隔壁楼小超市门口倒是有一个，可是不冲着咱们楼的方向。

小羽毛：那怎么办啊。

小娇：既然都报警了，只能继续等等看了。

"小羽毛"先发了一个抱抱的表情。

小羽毛：你们找到房子了吗？

小娇：哎。房子哪里那么好找。

小羽毛：那你们先回老家过节？

这次，小娇迟迟没有回应，直到半分钟之后才发过来一段长长的语音。

燕其羽点开听了，对方疲惫的声音回响在小小的车厢中。

小娇声音沙哑，听上去精神不济。她说道："春节加班费高，我还要上班。"她又说："而且……我和阿勇是私奔的，我们回不去的。"

望着屏幕上的话，燕其羽的耳边仿佛出现了小娇的叹息声，这个为了爱情背井离乡的女孩还没有燕其羽的年纪大，然而生活已经在她的脸上留下了浓妆艳抹的痕迹。

一股巨大的悲伤笼罩住了燕其羽，她忽然有点怀疑，自己坚持报警是不是做错了。

燕其羽在这所城市有闺蜜、有朋友、有老师、有恋人，她立即找到了新的住处，可其他房客却因为群租房被拆而无处可住。

"你没错。"于归野看出了她脸上的困扰，他停下车，抬起一只手拍拍她的脑袋安慰她道，"他们也没错。你希望正义得到声张，能够找回自己的损失。

而她们希望破财消灾，先稳妥度过年关。你们只是立场不同罢了。"

燕其羽叹口气，还是觉得心里闷闷的。不过很快，她的注意力就被转移走了。

燕其羽手里的电话忽然响了起来，来电人是"独钓寒"老师。

电话接通，江雪舟焦急的声音出现在听筒中。

"其羽，你的电话终于通了！昨晚上你给我打的电话，刚一接通就断了，我回拨却显示你关机，而且你QQ、微信都不在线，你没事吧？"

第十节　你今天的请假，我批了

江雪舟的担忧发自真心，他万分后悔没有早一点接起燕其羽的电话。

昨晚电话刚一接通就被挂断，他以为是信号不好，赶忙回拨。可之后不管打多少遍电话，都被告知对方已关机，而燕其羽的QQ微信也完全联系不上。

江雪舟慌了神，第一时间就想报警，担心燕其羽遇上了什么麻烦。还是林嘲风劝住了他，安慰他"手机没电关机是常事"，让他耐心等待一阵子。

谁想到这一等就等了整整十二个小时。

一听说自己的失联居然让老师辗转反侧了一晚上，燕其羽忙不迭地道歉道："对不起对不起，江老师，我昨晚手机摔坏了，刚刚才买了个新手机。真不好意思，让你担心了这么久。"

"你没事我就放心了。"江雪舟舒了口气，语气状似玩笑又含了几分真心道，"你要是出了意外，老师得难受一辈子。"

燕其羽接电话时虽然用的不是免提功能，可在安静的车厢中，江雪舟的声音仍然清晰可闻。

在燕其羽眼中，江雪舟是长辈，她从没想过把他当成一个对自己暗含爱意的男人。对于他的温言关心，她很迟钝地当成了老师对学生的担忧。

可是燕其羽听不懂，她身旁的醋坛子听得再明白不过了。

明明都是大尾巴狼，跑小白兔面前装什么食草动物？

于归野可清楚记得，当初在女仆咖啡店时，燕其羽向他推荐过"独钓寒"的一部漫画作品。封面上，一位明眸善睐的宫装女子倚在水榭前，团扇半遮面，表情似嗔似恋，娇羞可爱。而那位封面少女，与燕其羽有八分相似！

于归野心中的雷达"噌"一下就竖起来了。

身旁，燕其羽正在给江雪舟讲述昨晚发生的事情。

在听到燕其羽电脑和屏幕都丢了、房子也不能住了之后，江雪舟立即开口道："其羽，你在宾馆吗？定位发我，我现在就去接你。老师的工作室地方那么大，宿舍还有空着的地方，不嫌弃的话你可以一直住下去。"

"不用啦……"燕其羽羞涩地看了一眼身旁的于归野，抱着电话小声说道，"我现在、我现在住在男朋友家里。"

电话那头突然就没了声音。

兵不血刃就顺顺利利拿到优胜战绩的于归野摆摆狼尾巴，觉得心里爽极了。

"喂？喂？老师你还听得见吗？"

听筒里的声音有些模糊，江雪舟低沉地说道："啊，不好意思，刚才信号不太好。"江雪舟顿了顿，极力压住心中的苦涩说道，"你什么时候交了男朋友？恭喜你。"

燕其羽脸上带笑，调皮的左手爬啊爬，爬过两个座椅间的障碍物，把手贴在了身旁人的手背上，又被男人立即抓住，反客为主地勾住了她的手指，与她十指相扣。

"认识好久啦，不过昨天才确认关系哒。"燕其羽甜滋滋地说着，"老师也要加油呀，赶快给我找个师母！"

找不到了。

江雪舟苦笑着想，过完年就四十岁的人了，这辈子只能和纸片人结婚了吧。

既然燕其羽已经找到了她的幸福，他对她的心意说出来也只会让她徒增烦恼。江雪舟知道自己性格不够主动，总是后退、总是默默看着，可面对两人将近十五岁的巨大年龄差，他却连争一争的资格都不能有。

在无望的单恋中，江雪舟也曾无数次想过放弃这个女孩，把视线转移到其他人身上，然而尴尬的年龄却让他完全不知道该怎么踏出那一步。

作为圈内首屈一指的漫画家，他的成就让很多人仰望。可是放在与他年龄相近的同龄人身上，他的工作就不那么"光彩"了。

对于"三次元"人群来说，一个四十岁的男性漫画家，总是和"爱幻想""不务正业"挂上钩。江雪舟不是没有相过亲，可是在很多人看来，一把年纪还喜欢漫画书和动画片是一件令人完全无法理解的事情。在同龄人已经成为企业中高层、行政小领导的时候，他还在画着小朋友才会看的漫画书，这种偏见令他越发抵触和外界交往。

而燕其羽，已经是他黑白两色的生活中，难得的一缕暖色阳光了。

江雪舟叹口气，把落寞掩藏得不留痕迹道："其羽，既然你有住处了，那我就放心了。还有什么用得上老师的，尽管开口。"

"对了，还真有一件事要拜托老师——你能不能给我推荐一款配置好点的画图电脑？价格不要太贵，我现在手头就能拿出来一万多块余钱。"

闻言，江雪舟打起精神道："还买什么新电脑？老师这儿有好几台闲置的，你先拿去用。说不定过几天警察那边就结案，把你的绘图屏幕找回来了。"

燕其羽客气了好久，最终还是被江雪舟说服了。

电话挂断，于归野心不甘情不愿地调转车头，向着城外驶去——"独钓寒"的工作室，就在郊区的一处创意产业孵化园里。

途中，于归野先拐去了派出所一趟。

燕其羽以为他是来询问办案进度的，哪想到他是来提交物证的。

"警察同志，这是我女朋友丢失的那台触摸数位屏的发票，三万两千八百元。这个可以用来证明遗失物品的价值了吧？"于归野又问道，"我记得物品丢失超过三万以上，小偷抓到后就是三年起步？"

"具体量刑是法官的事儿，不过《刑法》里确实是这么写的。"警察收好这个物证，示意于归野签字登记。

"诶！等等……我怎么记得你女朋友说，那屏幕是你中奖中的啊，哪儿来的发票?"

"妻管严,怕她说我瞎花钱。"于归野大大方方地说道。

像条小尾巴一样迷迷糊糊跟在于归野身后的燕其羽终于醒过味儿来,敢情那屏幕真的是买的!三万两千八百元!天啊,她的心更痛了!

城市的另一边。

某五星级酒店的豪华大床房中,一个玲珑有致的身体被纯白色的床具包裹,粉黛除尽的脸上带着浓浓的倦意,羽睫轻合,宛如一个睡在云端的天使。

然而当她被阳光唤醒,慵懒地自被窝中伸出双臂,毫不在意地让赤裸的身体暴露在阳光下时,其上遍布的青紫吻痕却让所有的空气在瞬间都染满了情欲。

步娜娜混沌地眨了眨眼睛,脑中还带着醉酒后的迟钝。

昨天是情人节,步娜娜孤身一人前去酒吧邂逅。白天,她是办公室里最拼命的编辑,雷厉风行,锋芒毕露,宛如一柄出鞘的利剑。而到了晚上,只要她红唇微翘,就会有追求者倒在她的高跟鞋之下。

昨日燕其羽打来求助电话时,步娜娜正在舞池里与一枚小鲜肉摇动。这男生刚刚二十出头,腰细腿长,还有一双湿漉漉的眼睛,当他可怜巴巴地看向她时,仿佛一只正在乞求主人垂怜的小奶狗,让她完全无法抗拒。

之后的事情步娜娜记不清了,总之就是喝酒、喝酒、给小奶狗一些浅尝辄止的吸引,然后再喝酒、再喝酒……一觉醒来,步娜娜就躺在这张舒服的大床上了。

浴室里,传来淋浴的声音。

步娜娜回味着昨夜的癫狂,觉得这半年以来所有积压在骨头里的压力全部释放了。她掀起被子想要下地,结果映入眼帘的却是身上遍布的咬痕。

"小屁孩,果然是狗。"步娜娜半真半假地骂道。

步娜娜也有很久没有这样的情况了,编辑这个工作和老妈子差不多,一周七天,二十四小时待命,只要作者有事,她就必须随叫随到。上次是什么时候来酒吧,久远得她自己都记不清了。

步娜娜的脚尖触碰到地毯时，腿软了一下差点摔倒。她扶住酸软的腰肢，又是心悸又是心喜。

浴室里的淋浴声忽然停了，透过影影绰绰的磨砂玻璃，步娜娜能看到她的小奶狗拿过浴巾正在擦身体。

步娜娜放轻脚步，轻飘飘地冲到了浴室门口。她整理了一下凌乱的发型，媚眼如丝，调整到自己最性感妩媚的状态，然后猛地推开浴室的大门，让自己妖娆的胴体毫无遮拦地呈现在对方面前。

"要不要和大姐姐再洗一遍澡啊，小弟……诶！"

步娜娜的话未说完，已经僵立当场。

浴室中的男人足有一米九多，宽肩长腿，文身爬满双臂。打湿的短发贴在头上，少了几分霸气，却多了几分野性。

他眼中精光四射，宛如狩猎的雄狮，盯视着面前自投罗网的猎物。

"步娜娜！"男人冷酷地说道，"要是再洗一次澡的话，咱们今天上班就要迟到了。"

步娜娜震惊得呆住了。

"算了。""猛兽"忽然露出利齿，伸出爪子把步娜娜拉进了雾气缭绕的浴室中，淡定地说道，"你今天的请假，我批了。"

第十一节　办完了私事我们谈谈公事

步娜娜直到坐进餐厅，依旧想不清楚这一切究竟是怎么发生的。

昨天夜间的酒香浓郁，到了今天早上却成了一场不该发生的意乱情迷。

步娜娜自菜单后偷偷抬起头——可惜大变活人的戏码没有发生，坐在她对面的男人依旧是自己的顶头上司。

所以说……茄哥究竟为什么会出现在自己的床上？

桌子另一侧的男人并没有注意到步娜娜小心翼翼的打量，他皱眉翻看着菜单，几乎每翻一页手指就在书页上重重戳一下："这个、这个、这个，再要个汤，主食就选……"

步娜娜听不下去了，连忙制止他道："总编，咱们就两个人，吃不了这么多。"

"我吃得了。"茄哥挑眉道，"做了一晚上体力劳动的人可是我。你吃饱了，现在该轮到我吃了。"

步娜娜无话可说，她头一次遇到比自己车速还快的老司机。

不过茄哥说得没错，步娜娜经过昨夜的一场疯狂，现在从里到外都透着一股餍足。若是现在挠挠她的下巴，她真就可能要毫无形象地瘫软在地，学小猫"喵喵"叫了。

昨晚发生的事情步娜娜已经完全记不清了，可今早的一切细节都是那样清晰。

雾气缭绕的浴室，模糊的镜子里交叠在一起的人影，濒临失控的表情。

汗湿的头发，凌乱的床单，阳台窗帘后冰冷的空气与炙热的呼吸。

步娜娜重重地跌进欲望里，覆在她身上的男人失了往常的冷酷疏离，刚毅的脸部线条为她染上了冲动。汗水顺着他额头滑落，她抬起手为他拂开那些汗珠，然后扬起唇角献上了自己。

"吃饭。"

男人重新回归冰冷的声音唤回了步娜娜的神智，她这才发现，不知什么时候小小的餐桌上已经摆满了餐盘，而她面前的饭碗更是堆成了小山，总编大人正致力于把一块油腻腻的红烧肉"点缀"在小山顶端。

"够了够了！"步娜娜忙说，"我吃不了这么多，最近在减肥。"

"减什么？"男人漫不经心地抬起眼道，"你现在身材正好，手感很不错。"

步娜娜和他无话可说，开始闷头吃饭。

吃到一半，步娜娜实在憋不住了，开始打听起昨天晚上到底发生了什么事情。

茄哥问她道："昨晚上的事情，你还记得多少？"

"在酒吧遇到一个很合口味的小男生，喝了几杯酒，摸了几下手。"步娜娜毫无负担地坦承了自己的酒吧经过，最后总结道，"然后，就不记得了。"

茄哥放下碗筷，拿过搭在椅背上的外套，慢悠悠地从兜里掏出了几样东西。

最新款的手机，小巧精致的钱包，镶嵌有碎钻的耳环、尾戒、项链、手镯……

步娜娜一惊，这才发现自己身上居然少了这么多东西。

"总编，怎么在你那儿？"

"怎么在我这儿？"茄哥挑眉道，"如果不是被我看到了，这些东西就该跑到你的小男生身上去了。"

去他个大香蕉！步娜娜这才明白，原来昨天遇到的小男生根本是个天大的陷阱！她就说嘛，她可是千杯不醉的好酒量，怎么喝了几杯酒就醉到完全失忆。

茄哥继续陈述道："只是我没想到，你喝醉了居然会这么热情。"

"停！停停停！"步娜娜立即打断他道，"总编，之前发生的一切都是意外。你放心，我不需要你负责，也不会四处嚷嚷说你潜规则，我无意和你发生任何超越上下级的关系。都是成年人了，咱们就当拼桌吃饭，既然都吃饱了，那就一拍两散。"

女方已经主动提出解决办法，男人也无意纠缠。

"行。"茄哥重新拿起筷子，又给步娜娜挑了一些菜道，"那就忘记私事，咱们来说公事。"

"什么？"

"小步，你去年的KPI完成得很不错，年终会有一次领导约谈，我很忙，不如就现在谈吧。"

步娜娜没想到话题居然转变得这么快，一时愣住了。

"《苍穹之梦》的数据增长势头很足，'独钓寒'的新作筹备得怎么样了？春节上的APP新版本你打算怎么利用，如何推广这两部作品？你有很强的工作主动性，但是缺少能够落地的计划，我需要尽快看到书面报告。过完这周就要放假了，你节前把PPT给我吧。"

步娜娜艰难地咽下口中的菜，感觉这"邂逅"后的日子没法过了。

午饭后,茄哥和步娜娜站在路边打车。

步娜娜稀奇道:"茄哥,你的哈雷呢?"

茄哥淡淡道:"在车库。"他瞥了步娜娜一眼道:"你现在坐不稳的。"

步娜娜无语道:"我是说您可以骑车去公司,我打车去就好。"

男人根本没有回答步娜娜的话,待出租车停在他们面前后,步娜娜先一步坐上车,而腿长的男人则坐进了副驾驶座。

步娜娜悄悄舒了口气,要是总编大人硬是要和她挤在后座的话,她反而不知道该怎么办好了。

在临近公司的路口,茄哥示意司机靠边停下。

步娜娜本想跟着一起下车,结果车门却被男人从外面推上了。

"茄哥?"

"你今天不用去公司了,回家好好休息。"

意外地,男人的手越过车窗,帮步娜娜掩上敞开的衣领,再用围巾把她的下半张脸都仔细裹好。

随着茄哥的靠近,步娜娜心中有一种难以言说的悸动微微冒出了头,带着薄茧的指尖无意中擦过她的脸颊,她身子一颤,不由自主地想起了昨晚肌肤相贴的炙热。

虽然步娜娜自诩要金钱不要爱情,向来只把恋爱当经历,可是跟陌生人恋爱和跟自己的上司恋爱,那是截然不同的。

步娜娜用尽全身力气想要把茄哥推离自己的领地,可是他走了,他留下的气味却迟迟无法散尽。他在她的生活中留下了足迹,而她想抹去这些痕迹。

步娜娜抬头看向窗外的男人,男人面色波澜不惊,眼角眉梢都带着冷淡,可只有她知道,他的身体究竟有多么滚烫。

"总编,你……"步娜娜下意识地开口。

"步娜娜,你是不是不知道我叫什么?"

"啊?"

男人矮下身子,双臂垫在车窗上,探身逼近,在她耳边低吟道:"昨天在床上,我让你喊我名字,可你却叫不出来。只会哭着叫我'茄哥''茄哥',

生生把我……"

茄哥顿了顿，冷笑道："气到了。"

步娜娜心想：她现在道歉还来不来得及？

女强人，不，女怂人眼疾手快地按下车窗升起按钮，把总编隔绝在了车门以外。

茄哥也不拦她，他双手插兜，站在路边，看着出租车载着步娜娜绝尘而去。

十分钟后，步娜娜的手机接到了一个群消息提醒。

【海豚漫画网编辑部办公群】

番茄炒蛋很好吃：今天没来上班的同事，尽快在考勤后台提交请假申请。

番茄炒蛋很好吃：逾期不批。

番茄炒蛋很好吃：香蕉殿下

香蕉殿下：……

第十二节　大醋坛子发作了

于归野和江雪舟的第一次见面，实在称不上愉快。

他们一个是燕其羽光明正大的男朋友，一个是在暗处默默守候的追求者，立场不同，对彼此自然多了几分审视。

江雪舟的工作室位于城外的创意产业孵化园，这片占地近百亩的园区规划得漂亮又合理，既有五六层楼的办公楼，又有一栋栋联排小别墅，完全符合中小型创业公司的需求。

而独钓寒漫画工作室占据了湖畔视野最好的一栋三层小楼，最上一层作为"独钓寒"的私人住所，下面两层是工作区和宿舍区。

燕其羽是来这里取电脑的，老师这里有几台闲置的绘图电脑，在她的工作设备还没找回来之前，只能先借一台过渡。

于归野的车子稳稳停在"孤舟独钓"的写意标志前,还未等车子停稳,燕其羽已经跳下了副驾驶座,欢欢喜喜地向着小楼前的人影奔了过去。

"老师!"燕其羽开心地招手道,"恭喜发财,红包拿来!"

燕其羽本意只是和老师开个小玩笑,哪想到江雪舟居然真的从衣兜里摸出一个红包,递到了燕其羽面前。

燕其羽顿时臊了个大红脸,江雪舟绝对是圈内第一的好老板、好老师,不管是大助手还是小助手,只要是逢年过节都会拿到红包,别看钱不多,但心意满满。

"谢谢老师,我开玩笑的啦。"燕其羽推脱道,"我现在已经不是你的助手了,拿红包不太合适啦。"

江雪舟笑了,说道:"这不是给助手的红包,这是给你的红包。"他停了停又说道,"你就当作一个漫画圈的前辈送给你的祝福吧,祝你未来前程似锦,新作一片坦途,有更多的读者通过你的画认识你,有更多的人透过你的笔爱上你。"

江雪舟的话都说到这份上,燕其羽再推脱就太生疏了。她收下红包,感觉手里的分量比以往的任何一个红包都要重。

当于归野走近时,刚好见证了这一幕。

于归野心情复杂地把视线转到江雪舟身上,仔细观察着这个如春雨般侵入燕其羽世界的年长男人。

若不是提前知道江雪舟的年纪,光从他的面相上来看,估计大多数人都会以为他才三十出头,他周身萦绕着一股温和的书卷气,相对于漫画家这个身份,他确实更像是一位传道授业解惑的老师。

江雪舟眼角的细纹不仅没有折损他的神采,反而让他平添了一份穿透时间的魅力。岁月吻过,留下的满是怜惜。

于归野心中暗自庆幸,若不是燕其羽早就被他骗进了狼窝里,面对这样有威胁性的对手,恐怕他的胜算不大。

与此同时,江雪舟也不着痕迹地打量了于归野一番。

年轻、英俊、风度翩翩,气质成熟持重,他低头看向旁边的女孩时,眼里是满满的尊重与爱意。他不是那种空有长相的草包，更不是充满攻击性的自大鬼，然而他的一举一动都带着自信，把节奏牢牢掌握在他的手里。

江雪舟心中不禁叹气，即使他年轻十岁，以自己这种优柔寡断的性格，面对这种强势得恰到好处的年轻人，估计也要落于下风吧。

哎……

忽然，江雪舟做出了一个出人意料的举动，只见他不知从哪里又变出了一个红包，递给了于归野。

于归野疑惑地想：这是什么操作？

江雪舟开口道："收下吧，你是其羽的男朋友，这是给你的见面礼。"

于归野又是莫名、又是好笑、又是困惑，自从他成年之后，他就再没收过压岁钱，加上他版税收入颇丰，逢年过节都是他给父母、姐姐包红包。哪想到今天居然收到了情敌的红包。

而且于归野总觉得接了这个红包之后，就平白无故矮了江雪舟一辈……

这究竟是他女朋友的老师，还是她老爸啊？

江雪舟带着两人参观了他的工作室。独钓寒漫画工作室虽然以他的笔名命名，但旗下并非只有他一个漫画家。江雪舟从出道至今一直是独立创作，最近一年陆续发掘了几个新作者、新编剧，看到不错的苗子都会签到自己旗下，以监制身份指引他们创作。

江雪舟的工作室有点像是娱乐圈里的艺人工作室，他既是老板，负责统筹大局，也是员工，需要努力工作为公司发光发热。

燕其羽当时到江雪舟身边做助手时，他的工作室刚刚起步，只有三两个人。燕其羽手速快、质量高、画风又好，一人的工作效率能顶上三个人，给他减轻了不少负担，漫画连载速度上去了，收入变多，就开始有余钱招收更多的新人了。

可以说，若是没有燕其羽这个大功臣，就没有飞速发展的独钓寒漫画工作室。

到如今，江雪舟的工作室里已经有近二十名员工，除了他正在筹备的校园街舞题材《舞蹈节奏》以外，另外有两部作品已经在春节前上线了。

"老师这里真是大变样了……"燕其羽挽着于归野的手，好奇地左看右看，说道，"我离开的时候，好像只有……八个人？"

"不，七个。"江雪舟纠正道，"之前只租了一层，《桃花庵》上映前后，有不少新人加入，我就把剩下两层都租下来了。"

这小楼单层面积不大，不到一百平方米，一层完全打通，整整齐齐地码放了三十张办公桌，他们到的时候大家正在吃午饭，工作室请了专门的做饭阿姨，家常菜味道很不错。大家一边吃饭一边说笑，气氛很是融洽。

燕其羽羡慕地看着这里的环境，再想想自己名下的小羽毛工作室，身为光杆司令的她觉得压力山大。

于归野注意到他们隔壁有一座空荡的小楼，门口正有搬家公司进出，正往里搬的东西都是电脑一类。

于归野问道："隔壁也是漫画工作室？"

江雪舟摇摇头道："不清楚，不过原本应该是的。"

"原本？"

"年前听说'知不道仙人'准备搬过来，据说合约都签了。但是他那边好像有什么变故，就把房子转租了，不清楚是谁接的手。"

听到"知不道仙人"的名字，燕其羽的脸上有些复杂。

细心的江雪舟注意到了她的表情，忙问她发生了什么事。燕其羽犹豫了一会儿，把"知不道仙人"右手恶化的事情说了。

他们都是一个圈里的漫画家，尤其"独钓寒"和"知不道仙人"都是站在这个行业顶端的大神级人物，虽然两人基本没有什么往来，但听闻这种噩耗，难免会兔死狐悲。

江雪舟叹口气道："你给他当助手那会儿，是他画技的巅峰吧。我记得一天二十五页线稿就是那时候创下的纪录。"

燕其羽神情落寞道："是啊，仙人的手非常稳，不需要打草稿，落笔就是线稿。可是现在……"

两人围绕"知不道仙人"聊了很久，话题渐渐发散，又开始八卦起圈子里其他漫画家的事情，接着是"某某画图软件出了最新版"，"某某笔刷应该怎么设置"，"分镜构图和叙事张力"，"助手请几个最好"，"连载时节奏如何把握"……就连他们身上的职业病都能谈上好久。

两人的氛围越来越融洽，而与此相对，于归野被他们口中的话题完全摒弃在外了。

这已经不是插不上话的问题，而是根本听不懂。

术业有专攻，于归野身为作家，和画家精通的领域截然不同。他虽然博览群书，可毕竟有知识盲区，两人的话题他努力跟上，可没一会儿又被抛下了。

一种从未感受过的危机感油然而生，如果他稍微放松一点点，是不是他的女孩就会选择一个和她更有共同语言的人呢？

望着面前相谈甚欢的师徒俩，于归野头一次发现自己如此沉不住气，他恨不得现在就把自家的"小兔子"叼回窝。

而这种挫败感很快到达了顶峰——江雪舟拿出了一台工作站，让燕其羽拿回去用。

"不不不，老师，这太贵重了。"燕其羽嘴里推辞，可眼神已经舍不得移开了。

工作站其实就是带有触屏绘图功能的一体电脑，屏幕与机身集成在一起，就像是放大、加厚的 iPad Air。工作站的售价比于归野送给燕其羽的触摸压感屏还要再贵一些，可以说是画手圈人人都想要的奢侈品。

"是借你又不是送你，有什么不好意思的？"江雪舟说道，"而且，这是我淘汰下来的二手机，你不用，放在我这里也是白白落灰。"

"你可以给工作室里其他主笔用啊。"

"他们？"江雪舟摇摇头道，"他们现在的作画水平还不值得用这种档次的设备。"

剩下的话都藏在他的眼瞳中——而你值得。

江雪舟十分爱送人东西，这点从他喜欢给人发红包就能看出来。他坚持要让燕其羽拿走电脑，说什么都不肯收回去。

最后还是于归野做主把工作站搬回去了，并且打定主意，春节后不管旧电脑找没找回来,他都立即掏钱给燕其羽买一台最新款的,宠女友这么重要的事情绝对不假手他人。

本来是打算去电脑城消磨一天,哪想到在江雪舟的工作室待了整整一下午。

在回城的路上,于归野兴致不高,一直没怎么说话。

燕其羽刚开始还没注意到,可是当她接连开启两个话题,于归野都没怎么接话时,她立即发现了他的反常。

燕其羽关切地问道:"今天拉着我东奔西跑一整天,你是不是累了呀?"

于归野出人意料地直接把车停在路边,侧过头,一脸严肃地看向燕其羽。

这还是燕其羽与他相识这么久,头一次在他脸上看到这种近乎不快的表情。可她仔细回想一天的行程,并不知道哪里惹他不开心了。

毕竟燕其羽是第一次当人家的女朋友,新手上路,总是需要磨合的。

两人就这样一言不发地在车内对望着,气氛渐渐冷了下来。

就在燕其羽担心自己的恋情只持续短短一天就要结束的时候,于归野忽然说话了。

"燕小姐,你的男朋友已经吃了一下午醋了,你怎么还不哄他啊?"

"啥?"

"如果你不知道怎么哄他的话,你亲亲他,他就不生气了。"

第十三节 晚安吻不算在"份额"里

燕小姐是第一次做人家的女朋友,可于先生也是第一次做人家的男朋友啊。

燕其羽还未学会时刻照顾男朋友的感受,而于归野也没有习惯克服恋爱里常见的种种负面情绪。

吃醋、嫉妒、患得患失、疑神疑鬼……这些情绪不光会出现在女生身上,就连于归野这个大男人也不免中招。

于归野的理智告诉他要相信燕其羽、不应该打扰她的正常社交，可感情上却恨不得把她藏进黄金屋里，让她独属于自己。

　　这一路上他努力开解自己，可是对于恋爱新手的于归野来说，再怎么自我安慰，都比不上燕其羽的一句肯定。

　　若是于惊鸿在的话，恐怕要嘲笑自己弟弟这晚来了十几年的青春期躁动了。

　　燕其羽被于归野的话说蒙了，睫毛扇啊扇，眼睛里又是惊讶又是困惑。

　　过了半晌，她忽然"扑哧"一声笑了。

　　于归野无奈道："你笑什么？"他很严肃地在讨论他们之间的感情问题好不好。

　　就在这时，燕其羽忽然解开了自己的安全带，欺身靠近了驾驶座上的男人。

　　"对不起呀。"女孩揽住他的肩膀，把一个响亮的吻送向了于归野的脸颊后说道，"我只是没想到，原来于先生也会撒娇啊。"

　　两人就坐在车子里，心平气和地谈了谈。

　　暖风吹得燕其羽浑身懒洋洋的，她缩在大大的座椅里，自我检讨下午和老师聊天时，不该把于归野扔到一边，忽略他的感受，让他没办法插入话题。

　　而于归野也道了歉，说自己胸襟不够宽广，看到师徒两人有那么多共同语言就感到有些焦虑。

　　两个恋爱新手磕磕绊绊地在通向彼此的道路上摸索着，越靠越近，直到隔阂解除，云开初霁。

　　燕其羽舒了口气，拍拍胸口道："总听阿琳说，恋爱中的小情侣经常为了鸡毛蒜皮的小事争吵，我还以为咱们恋爱第二天就要吵架呢。"

　　于归野握住燕其羽的手，认真地看向她的双眸道："怎么会？咱们都不是那种急性子，若真发生什么事，坐下来开诚布公地慢慢说就好，你我之间绝对不会吵架的。"

　　"燕小姐，我不想和你吵架。"于归野猛地推开主卧大门，面沉如水道，

"可现在已经凌晨四点了,你明明几个小时之前就答应我关电脑睡觉,为什么连续被我抓到三次熬夜赶稿?你还有多少头发可以掉?"

燕其羽"哇"的一声扑到电脑前,用身体牢牢护住工作台后,才说道:"没有没有没有,我真没有赶稿,我这是……呃,在看韩剧!"

可燕其羽瘦瘦小小的身体哪里挡得住电脑屏幕,桌面上的绘图软件还没来得及关闭,勾了一半线的稿子明目张胆地躺在那里。

燕其羽把电脑抱回家后,很快就爱上了这件电子奢侈品,一天到晚画个不停。她仅用了一天就补上了丢失的两话线稿,甚至熬夜赶出之后三话的草稿。

而燕其羽之所以这么拼命,和她的竞争对手"乱码君"有很大关系。

这天晚上,"乱码君"在直播间里做了预告,说《喵喵侠》会在春节期间提升到一周三更的速度!燕其羽没坐稳,差点从电脑椅上摔下来。

"乱码君"究竟有几个助手,提前备了多少稿子?这速度完全开挂,春节期间她居然不休息,她难道没有颈椎病、肩周炎、腱鞘囊肿吗?

燕其羽也有好胜之心,本来《喵喵侠》和《苍穹之梦》的差距就不大,《苍穹之梦》借了"君子归野"大神的光,才侥幸胜了一筹,但春节流量那么大,想必假期结束,《喵喵侠》就能把差距补上了。

燕其羽按捺不住,想趁回老家之前的最后几个工作日努力赶稿。可于归野哪里舍得她这么操劳,硬是押着她离开电脑前。

"鉴于你这么热爱工作,我决定给你两个选项。"于归野威胁道,"第一,乖乖保存文件,关上电脑,老实睡觉。第二,我直接拔掉电脑插头,今晚陪你睡觉。"

"我选第一个!"燕其羽胆战心惊地拼命点击保存键,待画稿保存好了,她赶快关了电脑钻进被窝中。

于归野怕她冷,特地在床单下面铺了一层电热毯,整个被窝被电热毯烤的暖烘烘的,一陷进去就出不来了。

女孩只露出两只眼睛在被窝外,可怜巴巴地望着他,小声说:"你看,我这次真睡觉了。"

男人动都没动,依旧站在她床边。桌面上台灯的灯光洒在他身上,落下一片巨大的阴影,把她牢牢地包裹住。

于归野语气怡然道:"要是我走了之后,你再偷偷爬起来怎么办?不如……不如我陪你睡?"

燕其羽紧张地又往被子里钻了钻,这下子连眼睛都看不到了,只看到一个红通通的脑门和紧紧攥住被子上沿的两只"兔爪"。

于归野看着好笑,不过心底也带了一抹难以言说的遗憾。他毕竟是个成年男人,看到自己心爱的恋人躺在他床上,他怎么可能没有想法?只有天知道,他是多想现在就掀开她的被子,让她躺进他的怀里。

可以说,自从燕其羽搬进他家后,他这几天的梦里,翻来覆去都在上映着暧昧的情节。

无奈燕其羽太羞涩了,每天连亲亲都要数数,本来约定好一天只能亲五次,他们才同居了三天,就已经透支了下个月的份额了。

思及此,为了节省宝贵的份额,于归野只在燕其羽额头上轻轻吻了一下。

谁想刚亲完,便对上了一双亮晶晶的眼睛。

"于先生,"燕其羽期待地看向他说,"其实晚安吻不算在份额里的。"

第七章　进击的小画家

第一节　入围漫画大奖

临近春节，人心涣散。

学生们已经早早放了寒假，而上班族们则开始掐着秒表计算春节长假的日子，有些心思活络的人更是提前向公司请了好几天假，准备趁着春节好好休息一番。不管是出国旅行，还是舒舒坦坦地在家里蹲，一年之中最可以理直气壮当"米虫"的日子，可要加倍珍惜。

海豚漫画网的办公室里，只剩下不到一半的员工坚守在岗位上，就连向来热热闹闹的编辑部都冷清了不少。

步娜娜百无聊赖地刷新着网页，年末公司事情少，没有哪个作者想不开非要在春节开新作，仅剩的几个编辑都在摸鱼，商量着一会儿下班后去哪儿聚餐。

聊着聊着，大家谈到了催婚问题。大家都是二十多岁的年纪，做的工作又和梦想啊、浪漫啊有关系，总惦记着转角遇到爱，遇到一个开着豪华轿车的白富美或高富帅。

这群小编辑里，唯有步娜娜步入了三字头，而且从来不见她把"找男人"挂在嘴边。某个编辑把话题引向了她，笑道："娜娜，我听说一组的邓副主编在追求你呀？好事将近的话，记得给我们发请帖啊。"

步娜娜笑眯眯地回过头，淡淡地说道："是小鲜肉的胸肌不够大，还是小嫩草的腹肌不够强？现在流行姐弟恋，我只对比我年纪小的小弟弟感兴趣。"

"哇！"有人似真似假地感叹道，"娜娜不愧是女强人，都惦记着养'小奶狗'了。"

某个风吹就倒的瘦弱男编辑自我奋勇地拍拍胸口道："要是没有'小奶狗'的话，你要不要考虑一下'大狼狗'？"

步娜娜上下打量了他一番，高高地挑起眉毛道："我养狗，要先绝育的。"

众人大笑，结果笑声未落，一阵低沉的咳嗽打断了他们的谈话。

那声音熟悉到可怕，即使只是一声再普通不过的咳嗽，所有人都从中听出了浓浓的不快，仿佛世界随时都有可能在这暴君脚下倾塌。

众人战战兢兢望去——总编茄哥正站在办公区旁，表情晦涩难辨，也不知听他们闲聊了多久。

"总、总、总编好！"

茄哥敷衍地点点头，把手里的一份报告扔到了桌上，说道："新版本 APP 在春节期间的推荐位我已经和运营总监敲定了，参考的各项数值都写在邮件里。如果有异议，拿着书面报告到我办公室找我。"

"没、没、没有异议！"

"谅你们也不敢有。"

茄哥冷冷地笑了声。男人没有在此浪费时间，他冰冷的视线扫过面前这群不务正业的小编辑——又额外在步娜娜身上多停留了两秒，然后便若无其事地收回了目光。

直到这位大佬离开，噤若寒蝉的小编辑们才回忆起喘气的方法，一个个都拼命压着胸口，大口汲取着空气中的氧分。

在场众人中，唯有步娜娜对总编毫不惧怕：拜托，她连他兴奋的喘息都听过，还怕他性冷淡的脸色？

酒后莫名和上司同床了一夜，作为回报，步娜娜在他脖子上啃了一圈见不得人的痕迹，搞得男人这几天都穿高领毛衣上班。大家私下里说总编换了穿衣风格，只有她在暗自得意。

不过事情都过去了，步娜娜也实在不想和那头"野兽"再扯上什么关系。

她聚精会神地守在电脑前，点开刚刚送达的全员邮件——

不出步娜娜所料，新版APP首页的新作推荐位，真的被《苍穹之梦》顺利拿下了！

若是其他人得到这样的胜果，保不齐心里打鼓，瞎担心是不是靠谄媚上司才得到了这样的优胜。可步娜娜根本就没考虑那种可能性，《苍穹之梦》是凭借真材实料打败了《喵喵侠》，赢得了这么宝贵的曝光，若是怀疑这一切都是交换而来的潜规则，那不仅侮辱了这部优秀的作品，更是侮辱了两位编辑的工作专业性。

从初一到初三，春节流量最大的三天绝对会成为《苍穹之梦》腾飞的助力。据说APP市场那边还准备了一波软广营销，联系了不少知名COSER、声优，在大年初一狂推新客户端，应用市场那边更是早就谈妥了，等到新版本一上线，保证能空降排行榜前三名。

至于《喵喵侠》嘛……位置也不错，前三天给了二级页的头条大图，又额外给了大年初四的首页推荐作为她一周三更的奖励。

实话实说，步娜娜还蛮喜欢《喵喵侠》这部作品的，脑洞大、画风佳、吐槽满满，十分有趣。只是邓耀华肚里没料，只知道压榨作者多多更新来换推荐位，根本不想好好推它。

步娜娜这边已经替《苍穹之梦》谈妥一个软广植入和两个营销号推广，节后就要签合同了，可是《喵喵侠》还在原地打转呢。

如果《喵喵侠》是步娜娜带的作品，她一定不会这么浪费它。算了，多想无用，先不说她除了《苍穹之梦》外还有"独钓寒"大神的《舞蹈节奏》等待上线，就算她腾得出手来，邓耀华也不可能把《喵喵侠》给她啊。

就在步娜娜胡思乱想之际，电脑又是"叮咚"一声，右下角弹出一条新邮件提醒。

步娜娜随手点开，还以为是什么垃圾邮件。

可当她看清邮件标题时，一双美目瞬间睁大了。

燕其羽盘膝坐在电脑椅上，埋头抱着工作站努力创作。这舒服的姿势还没保持多久，卧室门就被敲响了。

燕其羽瞬间从椅子上放下双脚，慌张地套上被她扔到一旁的颈托，腰背挺直，姿势比小学生还要规整。

燕其羽透过屏幕里的倒影，仔细审视了自己三遍，待一点错误姿势都找不出来了，才扬声道："请进！"

门应声而开。

于归野手中拿着一只玻璃盏，晶莹的杯壁在灯光下显得是那样剔透。透明而黏稠的甜汤缓缓冒着热气，切成星星状的雪梨块轻盈地浮在水面上，雪润的银耳和桃胶被枕在碗底。即使离着几米远，那香甜的味道也勾着人食指大动。

"画画辛苦了，喝些甜汤润润喉吧。"于归野走近，把手中刚刚炖出来的糖水放到了燕其羽的书桌上，勉勉强强地把它挤进了还没吃完的薯片、切好的苹果、鲜辣的鸭脖、用料充足的蔓越莓饼干和细滑的椰奶小方之间。

幸亏燕其羽现在用的是触摸式一体机，不需要键盘、鼠标、数位板，否则这些零食都要把她放笔的地方挤没了。

燕其羽垮下脸，悲愤道："我真吃不下了！"

上次被这么填鸭似的喂东西还是高考那年，妈妈担心她考试太紧张，给她准备了无数零食供她大吃大喝。

不过那时候燕妈妈用的理由是"吃这个能补脑"，而现在于归野用的理由是"吃这个能不脱发"。

果然她已经是一名中年少女了！

同居之前，燕其羽从没想过于先生会有这样的好手艺，一天三顿饭天天不重样，更别提他亲自做的小零食、小甜点，每样都让她停不下嘴。

这才几天的工夫，燕其羽肚子上的肉就多了一层，尖尖的小下巴也多了些弧度。

昨天和阿琳视频，阿琳特别惊喜地问她道："你怀孕了？我要做孩子干妈！"

拜托，他们同居还没一星期好嘛！

就在燕其羽和于归野据理力争晚上少吃点儿的时候，她的手机适时响了起来。

拿过来一看，居然是编辑步娜娜。奇怪，娜娜姐找她向来是通过QQ，怎么突然给她打电话？

"喂？"

"'小羽毛''小羽毛'！我有两个消息要告诉你，你想听哪个？"步娜娜压制不住的大嗓门穿透力极强。

燕其羽迟疑地问道："一个好消息和一个坏消息？"

"不，是一个好消息和一个更好的消息！"

燕其羽还以为她在开玩笑：她前几天丢了东西，还差一点无家可归，这样的她还能遇上什么好消息？

倒是于归野推了推她，提醒她继续往下问。

燕其羽想了想，谨慎地选择了那个普通的好消息。

"第一个好消息是，你打赢了《喵喵侠》，新春APP的新作推荐位归你了！"

这个消息虽然令燕其羽开心，但算不上惊喜，毕竟经过这么多天的角逐，她已经有了一定的心理准备，算是她意料之中的事情。

但是第二个消息，却把燕其羽炸得晕头转向。

"小羽毛，接下来我要说的这个消息和《明星达克》有关。"步娜娜勉力让自己做出严肃的样子，郑重说道，"去年漫画连载结束后，我把这个作品投给了《我爱漫画》杂志，你记不记得？"

"呃，记得是记得……"

《明星达克》是燕其羽签约到海豚漫画后，创作的第一部漫画作品。原作"龙龙龙"是海豚文学网短篇小说大奖赛的优胜者之一，直到现在两人还经常联系。

八千字的小说改编成漫画后只有区区三话，步娜娜赶紧投稿，把《明星

第七章　进击的小画家　473

达克》填进了《我爱漫画》杂志的年末特辑中,她的目的并不是为了那区区几百块的稿费,抑或是让燕其羽赚一个实体出版的名声,而是为了……

"恭喜你。"步娜娜声音颤抖,可她再怎么遮掩,都掩不住其中的激动与狂喜,她声音略有些颤抖道,"几分钟之前,'中国漫画大奖赛'组委会刚刚给我发了信函——《明星达克》入围了'短篇漫画组',最终的获奖名单会在元宵节当天公布。"

由《我爱漫画》主办的"中国漫画大奖赛"是国内漫画界的最高奖项,这次是第十六届。每年每个赛别都有近百部作品在角逐,参与评选的都是圈内知名编辑和漫画前辈,没有一张水票,只有综合评分前三名的作品才能入围。

而"小羽毛"和她的《明星达克》,就是这宝贵的三分之一。

步娜娜停了足有一分钟,给予燕其羽充足的反应时间。

没有一个漫画家不知道这个奖项的分量,没有一个漫画家不盼望自己的作品能够被选中,没有一个漫画家……不想站在那高高的领奖台上。

步娜娜听到电波那头先是静默,然后是一波又一波的细碎吸气声,再然后吸气声忽然戛然而止,变成了一声小得不能再小的啜泣。

步娜娜心里一软,出口的话也轻了不少,道:"'小羽毛',你没事吧?"

电话里传来一阵细小的摩擦声,步娜娜听到有个模糊的男声安慰了些什么,结果换来的是女孩更激动的吸鼻子声。

步娜娜又耐心等了一会儿,接电话的人便换成了一个温柔磁性的男中音。

"让您久等了。"男人声音带着心疼与宠溺道,"我是燕其羽的男朋友,她情绪太激动了,不方便接电话。"

"没关系,没关系。"步娜娜忙说道,"她激动也是正常的。"

步娜娜深深地呼出一口气道:"不管最终花落谁家,'小羽毛'今天能够拿到入围名额,这便足以说明,她是一名当之无愧的漫画家,她的画笔证明了她自己。"

第二节　于先生还是得装下去

双喜临门，燕其羽足足兴奋了一个晚上，就连作画直播中都会时不时停下笔，一个人对着电脑傻乐。

而这种激动直接影响了她的休息——第二天一早，燕其羽顶着两只浓浓的熊猫眼出现在餐桌上，用一种梦呓般的语气说道："于先生，你知道我昨天晚上做了一个什么样的美梦吗？"

厨男于先生把他亲手制作的鸡蛋培根土豆泥三明治和一杯香醇的鸳鸯奶茶端到燕其羽面前，随口问道："是不是梦见你的漫画入选'中国漫画大奖赛'了？"

"诶！"燕其羽讶然，三明治里半熟的蛋黄液淌了她一手，急得她四处找纸巾。

"你怎么猜到的？"

于归野又无奈又好笑，拉起她的手把手指一根根擦净。

"因为你不是做梦，接电话的时候我就在旁边。"

燕其羽羞赧地拿一片大大的生菜叶挡住了脸。她一边吃着爱心早餐，一边宣布了她的重大决定——为了庆祝《明星达克》入围，她决定春节期间效仿"乱码君"，加更《苍穹之梦》。

于归野说道："燕小姐，恕我直言，你这话前半句和后半句没有逻辑关系。"

"谁说没有了？"燕其羽说得头头是道，"漫画奖入围名单一公布，肯定会有很多人去搜索我有没有其他作品，这样他们就会看到《苍穹之梦》！我当然要更得快一点，好吸引他们跳坑啊。"

"可是一年一次的春节假期，你难道不想多陪陪父母吗？如果回家后还是闷在房间里画画，这和不回去有什么区别？"于归野考虑了方方面面，但最主要的原因是怕她太辛苦。

于归野伸手挠了挠燕其羽努力藏起的双下巴，郑重其事地说道："再说，春节走亲访友肯定很浪费时间精力，如果你熬夜画画的话，怎么对得起我养出的肉啊。"

燕其羽艰难地抵御住于归野的糖衣炮弹，说道："可是，《苍穹之梦》不是我一个人的故事，'田野'老师肯定希望能借着这股东风更上一层楼的。"

于归野心想：你的"田野"老师可不一定这么想啊。

早饭后，燕其羽动力满满地启动了电脑。

QQ 上"田野"老师的聊天框一闪一闪。

田野：毛毛，恭喜你。
田野：我听编辑说了，你这次入围了漫画大奖赛。
小羽毛："嘿嘿嘿"，入围了不一定就能获奖，但还是超高兴的！
小羽毛：谢谢田野老师！
小羽毛：不过，田野老师怎么最近几天都没有上线呀，我还想和你讨论接下来的剧情呢。

燕其羽一连发了好几个对手指的表情过去。

田野：嗯，最近三次元有点忙，让你担心了。
田野：说起接下来的剧情，我其实有件事想和你商量。
小羽毛：老师你说。
田野：咱们上线两个月了，按照最开始一周一话的频率，按理说应该更新八话了。
田野：可是二月份为了和《喵喵侠》拼数据，一直在双更，所以现在已经有十一话了。
小羽毛：对哒！我打算春节的时候继续拼一下双更，不能浪费那么好的推荐位呀！
田野：我接下来想说的就是这点。
田野：现在剧情进展得太快了，把原本我打算留到三月份的剧情提前披露了。接下来要进入剧情的第一次大转折点，那是个非常重要的关键剧情。脚本到现在已经改了三版了，台词也修改了很多遍。

田野：你如果继续保持双更的话，我的脚本会跟不上你的绘画速度。

田野：这样一来，剧情和台词肯定会有或多或少的瑕疵。

田野：你能不能速度放慢一些，恢复正常的周更频率？

诶？

向来只有脚本作家嫌弃漫画家手速太慢的，燕其羽还真是第一次遇到作家希望漫画家画得慢一些的。

田野：而且，我记得你现在的助手是你朋友吧，她过春节的时候也要放假吧？

田野：如果一周两更的作画压力都压在你身上的话，作为你的朋友，我担心你的身体健康；作为你的合伙人，我担心最终画面的呈现效果会不尽人意。

小羽毛：……

小羽毛：田野老师，你把我说服了。

田野：乘胜追击确实很重要，但劳逸结合更重要。

田野：你已经紧绷了将近一个月了，春节了，还是安心摸鱼吧。

小羽毛：好的。

说完，"小羽毛"发了一个叹气的表情。

小羽毛：那还是恢复一周一更吧。

面对男朋友，燕其羽可以使出撒娇耍赖大法，把他的话当耳边风，偷偷摸摸继续画。

可是面对搭档，燕其羽就没那么厚的脸皮了，"田野"老师把一二三条理由都列出来，每条都充分得不得了，她动笔之前总要多考虑一番。

"田野"老师口中的第一波大转折实在让她太期待了，当初拿到大纲时燕其羽就心惊于他独特的构思，这段时间一直在期待"田野"老师会以什么样的场景来呈现这个变革。所以她一定会给他留出充足的时间，去反复琢磨考量那段剧情。

这时的燕其羽哪里知道，她的"田野"老师不仅早就写完了这段脚本，而且现在就坐在一墙之隔的书房里呢。

于归野望着屏幕上"小羽毛"发来的表情包，无奈之中带着一点愧疚。他本来想找个机会和燕其羽开诚布公地谈一谈，扒掉身上的马甲。可是现在看来，这层马甲还得继续穿在身上啊。

在距离春节只有三天的时候，燕其羽终于要回老家了。

作为一个孤身漂在首都的南方小镇姑娘，说起春节，燕其羽心里满是对父母的思念与爱意，同时又充斥着对北方暖气的满满不舍。

于归野曾经半开玩笑半认真地提议，要不干脆把燕家父母接来这边过春节？

可燕其羽想了想，并没有同意。虽然两人认识时间不短，感情突飞猛进，但正式确定交往关系不过短短一个星期而已，现在就见家长、还要一同过春节的话实在太仓促了。

于归野见状没有强求，只是在燕其羽收拾行李时，搬了把椅子坐在她身边盯着她。

燕其羽叠好睡衣，出去上了个厕所，睡衣就从行李箱里被拿出来了。

燕其羽装好化妆品，去厨房倒了杯水，化妆包就神秘消失了。

燕其羽把工作站拿浴巾一层层裹好，塞进两层厚衣服之间，这次她还没走出房间门，工作站就被男朋友从行李箱中拖出来，搬回了桌子上。

燕其羽心想：为什么谈恋爱之后，她那个成熟、稳重、强大、温柔的男朋友，就变成幼儿园小朋友了？

燕其羽还能怎么办呢，只能亲亲抱抱原谅他了啊。

在于归野的反复阻挠下，燕其羽勉力收拾完了所有的回家行李。她本来想抓紧时间买些当地特产带回家，结果却接到爸妈的电话，说她寄回家的东西都收到了，还嗔怪她浪费钱买什么羊绒衣、保健品，不过他们的语气喜洋洋的，看来打心眼里很满意那些礼物。

燕其羽挂了电话后，飞奔跑去厨房找于归野，在抽油烟机的一片轰鸣中问他道："于先生，我爸妈收到的东西都是你寄的？"

男人坦然承认道："是啊。"

"你怎么知道我家地址的？"

"你身份证上有写啊。"

燕其羽一想到被男朋友看到了身份证上那张惨绝人寰的证件照，恨不得一头磕死在数位板前。她结结巴巴地质问道："你，你怎么能偷看我的身份证啊！"

于归野的理由不能再充分了，他缓缓道："我现在是你的房东，签租房合同之前，房东当然有权要求房客出示身份证件了。"

女孩一头雾水道："我什么时候和你签过租房合同了？"

哪想到于归野放下手中的锅铲，探身越过料理台，在燕其羽唇上轻咬一口，笑言道："看，合同生效了。"

燕其羽买的是高铁列车，她本来选的是经济实惠的二等座，结果被家里的某个男人自作主张地换成了商务座，一趟旅程下来，价格都够买一张飞机票了。

于归野亲自把燕其羽送到了车站，在人来人往的候车室里，依依惜别的情侣数不胜数，他们两人也十指相扣黏在一起窃窃私语。

男人絮絮叮嘱着，让燕其羽注意保暖，让她记得开电热毯，让她每天都要和他视频，让她不要熬夜画图……

燕其羽有时候觉得他幼稚得像个小孩子，有时候又觉得自己被他照顾得像个小孩子。

周围候车的乘客很多，春运大潮来临，人人都带了很多包裹。比如燕其羽身旁的一个小伙子，不仅带着一个超大号行李箱，背着一个超大号双肩包，手里的塑料袋也被填得鼓鼓囊囊，里面全都是泡面、香肠、薯片、巧克力派之类的食物。

于归野四处张望了一番，他极少坐火车，有限的几次都是短途旅行。周围乘客手里都提着路上吃的零嘴，手腕粗的红肠、拳头大的包子，他还见到有人提着一只榴梿，不知是用来吃的，还是用来防身的。

唯有燕其羽双手空空，背包里装的是医疗颈托、蒸汽眼罩、隔音耳塞，除此之外连颗瓜子都没有带。

燕其羽回家有七八个小时，于归野哪里舍得让她枯坐。

于归野注意到检票口旁边有一个小超市，便叮嘱她道："你站在这里不要动，我去给你买……"

"几个橘子？"燕其羽嘴快接话。

于归野疑惑地看向她道："你喜欢吃橘子？"

"没有没有，只是开个玩笑。"燕其羽忙说。

这句话最开始出自朱自清的《背影》，作者的父亲送他去火车站，叮嘱他说"我买几个橘子去，你就在此地，不要走动。"最近几个月，这个梗在微博上莫名其妙地火起来，热评里经常能见到"橘子""橘子"的，只是于归野很少上微博，所以并不了解。

五分钟之后，于归野回来了，超市里东西种类不多，他给燕其羽买了一些小包装的饼干零食，又给她买了几根进口大香蕉。

"诶，怎么会买香蕉呀？"

于归野开玩笑道："步娜娜这么照顾你，你还不多吃几根香蕉感谢感谢她？"

燕其羽被这个冷笑话逗笑了，真不知道娜娜姐的爸妈起名时怎么想的，居然给她取了这么搞笑的名字。

高铁列车加速驶出了车站，燕其羽望着车外飞速后退的景色，不知不觉叹了口气。

她和于先生只短短相处了一周,可彼此的生活印记却牢牢渗入了心中,面对未来半个多月的分别,燕其羽心中满是怅然,就连回家的喜悦都被冲散了不少。

燕其羽把视线移开,失魂落魄地从食品袋里随便拿了包零食塞进嘴里。

待机械性吃完,她的手又落到了旁边的香蕉上。

香蕉……步娜娜……

燕其羽想到男朋友讲过的冷笑话,忍俊不禁。

她剥开一只香蕉,大口咬下去,香甜绵软的口感在嘴里化开,燕其羽想起娜娜姐平日里的照顾,觉得自己能遇到这样优秀的编辑真是三生有幸。

诶,等等……

燕其羽停下嘴,望着手里啃到一半的香蕉愣住了。

奇怪,她不记得自己曾经告诉过于先生,她的编辑叫什么啊。就算无意中提到,也是"娜娜姐……""娜娜姐……"于先生是怎么知道娜娜姐的全名的?

燕其羽眉心微蹙,正要顺着这条线思考下去,兜里的手机忽然响了。

待她看清屏幕上显示的内容后,瞬间把脑中的一切杂念抛到了九霄云外!

【微博特别关注】君子归野V:好久不上微博,感觉跟不上时代了。总看你们说"橘子""橘子"的,这究竟是什么梗?

燕其羽动作慢了一步,一刷新,评论里已经涌现了一批读者,在热情地帮归野大神解答问题,把橘子梗掰开了揉碎了讲。

对于小迷妹燕其羽来说,喜欢的大神出现了,还有什么比这更令人开心?

她赶忙点开评论框,双手飞快地留下了一行字。

小羽毛轻飘飘:大神大神,你就站在此地不要动,我是你的小橘子,我来找你啦。

打完还加上了一个羞涩的表情。

第三节　"别人家的孩子"回来了

燕其羽回老家后，于归野觉得房子忽然间变得极为空旷。

明明在燕其羽搬进来前，他已经独居了将近半年，可曾经的享受现在只剩下难言的寂寞。

于惊鸿打来电话催促于归野赶快回家，一家人都聚齐了，就差他一个。丹尼尔已经很久没见过舅舅，正吵着要他陪他玩。

于归野笑道："小胖墩明明是等着我的大红包吧？"

"知道就好，为了你们的塑料舅甥情，来的路上记得给他买个全家桶哄哄他。"

于家父母住在城外的别墅区里，这房子是拿于归野赚到的第一笔影视版税买的。那时候房价还没疯涨，他们赶上了买房的好时候，一家人便从原本的回迁房搬了过去。以现在的眼光来看，这房子算不上什么豪宅，走的是"花园小洋楼"概念，单层面积两百平方米，地上三层，地下一层，屋前屋后还有预留的花园，被朴实的老两口开垦成了菜地。

后来于归野越赚越多，考虑过要不要把房子换到更高档、更私密的别墅区。可是老两口已经对这套房子产生了感情，没同意搬家，让他把钱留着自己花，自己花不完就留给媳妇花。

原本于归野和父母一起住，无奈他们催婚催个不停，于归野就搬回了老房子，谁想阴错阳差地居然认识了一个小画家。

于归野的车子刚一开进院子里，丹尼尔就"啪嗒啪嗒"地迎了出来，踮起脚拉开高高的车门，像只小猪一样往车里拱啊拱的，一边拱还一边左看右看。

于归野拦腰抱住他，以为他在找吃的，就把副驾驶座上放着的全家桶塞到他怀里。可丹尼尔依旧东张西望，嘴里问道："人呢？人呢？"

"什么人?"

"舅舅,你别骗我了!"丹尼尔得意扬扬地说道,"妈妈都告诉我了,你和'小鸡毛'姐姐谈恋爱了!"

"是'小羽毛'。"于归野纠正他,直到看到孩子狡黠的目光,才明白过来丹尼尔是故意说错的。

于归野拿了块鸡翅塞进他的嘴巴里,问他:"你同意舅舅和她谈恋爱?"

丹尼尔边"吧嗒"着油汪汪的小嘴边说道:"我为什么不同意?"

小孩子记性可真差。男人戳戳他肉嘟嘟的下巴道:"你前几个月还和我说,在你走出情伤找到新女朋友之前,都不允许舅舅脱单的。"

"哦……好像是有这么回事吧。"丹尼尔仰起头,认真地说,"可是我很喜欢'小鸡毛'姐姐,如果你的女朋友是她的话,那我就勉为其难同意你们结婚吧。"

"人小鬼大。"于归野弹了下丹尼尔额头,然后在孩子不满的叫声中,不知从哪里变出了一个相框,相框中镶嵌的不是照片,而是一副彩铅画。

在米白色的素描纸上,圆润可爱的Q版丹尼尔穿着一身小棉袄,手里提着印有"福"字的灯笼,他捂着耳朵缩在爆竹旁,颜色绚丽的烟花在夜空中绽放。

这幅画的落款处签着画家的名字——不是"小羽毛",而是燕其羽。

丹尼尔看到"小鸡毛"姐姐送给他的这幅画像,高兴得连全家桶都顾不上了,赶忙把画像抱进怀里不肯松手。

于归野用手机拍下了他的傻样,第一时间发给燕其羽看。

关于这幅画像其实还有一段插曲——

这次春节前,燕其羽因为不能去于家登门拜访,就给于家所有成员都准备了一份小礼物,聊表心意。可是她不知道丹尼尔这个年纪的小朋友都喜欢什么,怕送的东西不合他心意。

燕其羽问于归野道:"你说,我送丹尼尔什么礼物好?买个小银锁给他?"

于归野说道:"别买那么贵的,我看给小胖墩送套辅导书最好。"

"哪个幼儿园小朋友还要看辅导书呀。"燕其羽生气了,认真地说道,"他和你关系这么好,他缺什么你肯定知道。"

"唔……你这么一提,我倒是想起他缺什么了。"

燕其羽立即追问起来。

于归野卖够了关子,一脸正直地回答道:"他缺个小舅妈。"

最终,于先生收获了一个爱的铁拳,而丹尼尔收获了画像一张,红包一个。

另一边,燕其羽的春节就没那么舒服了。

燕其羽的家乡是一个蛮偏僻的小县城,高铁到站后还要再转乘客运大巴,足足颠上五个多小时才能到家,她这一整天的时间几乎全都耗费在路上。

到家后,迎接燕其羽的是燕爸爸亲手做的一碗细面。浓厚醇香的汤底,细滑纤长的面丝,汤碗里躺着两条精心炖煮的小黄鱼,燕其羽捧着比脸还大的面碗"呼哧呼哧"地吞下去,满身泛着热气。

在燕其羽吃面时,燕妈妈坐在她身边细细地打量她。宝贝囡囡一年未见,头发长了,皮肤白了,人也瘦……呃,胖了不少。

奇怪,明明前不久视频聊天时还觉得她下巴尖得要命,怎么转眼的工夫,圆润了这么多?

因为时间不早,一家三口没怎么聊天就各自回屋睡了,毕竟这个春节假期有的是时间慢慢谈。哪想到第二天一大早,就有亲戚过来串门。

大舅来了,二舅来了,几个姨全都来了。他们拖家带口,和燕其羽同辈的孩子全都带上,满满当当地聚在燕其羽家,嘴上说是一年没见燕其羽想她了,其实完全是来看热闹。

在这群小辈里,燕其羽从小就是最受关注的那个。长得漂亮,成绩又好,没少被当作"别人家的孩子"和其他表兄弟姐妹做比较,等到她考上名牌财经大学之后那就更不得了了,所有亲戚都预见她未来的飞黄腾达。

可谁能预料到,燕其羽大学毕业后,会突然决定去画什么鬼漫画啊?

瞬间，原本同龄人中最出色的燕其羽，变成了亲戚口中的笑柄。

对于很多人来说，会画画不算本事，漫画书只有幼儿园小朋友才会看，在那种东西上浪费时间就是离经叛道，根本不是什么正经工作。

尤其燕其羽当助手那两年混得实在太惨，每个月赚的钱都不够塞牙缝，一只破手机用了好几年，大学时买的衣服一直穿到现在。

而和不务正业的燕其羽作为对比，燕其羽的表姐大专毕业后在县城找了个办公室工作，每天八点上班四点下班，虽然赚得少，但工作稳定，早早结了婚，现在第二个孩子都三岁了。表姐脸上带着名为"胜利"的笑容，话里话外透着一股炫耀。

"其羽啊，你那个漫画书画了这么多年了，究竟出版没有啊？"

燕其羽实话实说道："我是网络连载，都发到网上的，只有一个漫画在杂志上刊登了。"

"'啧啧啧'，原来你连书都没出过啊。我就说嘛，出书哪里是那么容易的事情。"表姐数落她道，"你说你当初要是老老实实去做会计，多赚点儿钱，你爸妈都能轻松些，指不定现在都能在市里买房了！你看你模样不差、学历高、家里有房、工作也好……这条件，招个女婿都没问题啊！"

另一个亲戚接话道："是啊，你说你毕业这么多年了，每天就画两笔画，人家小伙子一看，你这根本都不算正经工作，就是吃青春饭嘛。谁愿意和你处朋友啊？"

你一言我一语，在亲戚们的讽刺下，燕其羽觉得既愤怒又悲哀。除了父母站在她身边以外，她一直无法扭转其他亲戚的看法。在她心中，画漫画是她的梦想，更是她的事业，她享受用画笔构筑世界的感觉。可是在其他人眼中，这仿佛成了世界上最大逆不道的事情，她付出的所有汗与泪，无人知晓。

最开始那两年，燕其羽还会和他们争论一番，但是到现在，她连理都懒得理了。

因为燕其羽知道，不论她说什么，不在意她的人都不会听的。

她的漫画拿到了最著名的漫画网站的新作第一名；她被提名了国内最权威的大奖赛；她在这条路上遇到了珍惜的朋友、钦佩的对手、敬重的编辑、信赖的合作者；同时，她也遇到了尊重她、信任她、鼓励她创作的亲密爱人。

燕其羽摆出一副洗耳恭听的模样，面不改色地听他们叨叨叨，而脑袋里疯狂刷过的弹幕已经把他们的脸淹没了。

可惜表姐的声音太过刺耳，居然穿过层层弹幕，飞到了她眼前。

"其羽，你说你浪费了这么多年，难道就没有后悔过吗？"

后悔？

燕其羽迄今为止唯一后悔的一件事情，就是她居然拒绝了于先生的提议，没把爸妈接到有暖气的北方过年。

面对亲戚们的狂轰滥炸，燕其羽大大方方地当众摸鱼，她掏出手机刷微博，不管谁说什么，她都"嗯""哦"地敷衍回答。

当燕其羽打开微博时，被后台疯狂提示的评论数和点赞数震惊了！

上次后台这么热闹，还是《苍穹之梦》抽奖送"君子归野"签名书的时候，这次是发生了什么事，让她后台直接炸了？

燕其羽定睛看去，瞬间被惊喜击中。

她那条"大神你不要动，我是小橘子，我来找你啦"的评论，居然被归野大神点赞了！

在这条评论底下，大家纷纷排起长队，粉丝们自发组成橘子一号、橘子二号、橘子三号……一直到橘子身份证号，每只"橘子"都开心地和大神近距离合影。

无奈归野大神十分高冷，点完赞后没和读者有任何互动，看样子又下线了。

而作为唯一获得大神点赞的评论，燕其羽那兴奋劲儿一直漾到心尖儿上！

她赶忙截图，打算发给好友一同分享喜悦。可春节期间大家都在走亲访友，好友列表里一片灰色，只有零星几个亮着绿灯。

阿琳不在，娜娜姐不在，"独钓寒"老师不在……啊，"田野"老师在！

小羽毛一高兴，就给"田野"老师分享了这张图片。

小羽毛：田野老师你快看，我男神给我点赞了！

田野：……

田野：恭喜。

田野：他给你点个赞，你就这么开心？

小羽毛：田野老师你是男神的朋友，请你务必替我转告他，我超级喜欢他的作品！

小羽毛：再帮我祝他春节快乐。

说完，连比十个爱心。

田野：我转告有什么用，不如你亲口对他说。

小羽毛：……诶？

"叮咚"一声，微博传来久违的提示声。

【微博特别关注】君子归野V关注了你，你们现在是好友了。

第四节　居然被男神关注了

如果你喜欢了很多年的男神突然回关了你，并且男神给你发来了两条私信，第一条是"你好"，第二条是"你的漫画我都看过了，我很喜欢。"你，会有什么反应？

有人会鼻血狂喷，有人会以头抢地，有人会在电脑前炸成烟花，有人会三百六十度翻跟头翻到南极。

而燕其羽的反应是……她对着私信框足足愣神了二十分钟，然后发了个笑脸表情，紧接着就把微博卸载了。

阿琳上线后燕其羽对她说起了这件事。

阿琳：……

阿琳：？

阿琳：你脑子进水了吗？你发了个呵呵的表情，然后把微博卸载掉了？

"小羽毛"先发了一个对手指的表情。

小羽毛：我、我、我这不是太紧张了吗，不知道该说什么，就手滑删了APP。

阿琳：你是野生动物吗，居然还有应激反应？

阿琳：你那么喜欢君子归野，不应该扑上去抱住他的大腿，歌功颂德三千字然后说几句"下次有机会想和大神合作"的客套话吗？

小羽毛：我也知道啊，可是面对大神时，我真的不知道说什么才好了。

手滑删掉微博APP后，燕其羽后悔得不得了，她赶快打发走了恼人的亲戚，暗搓搓地登陆了电脑版微博点开了私信。

结果郁闷地发现，"君子归野"再没有回复过。

两人的对话止于那个怪异的呵呵表情，燕其羽数次想要重启话题，可是删删改改好多遍，依旧没有勇气落下回车键。

阿琳都替她着急。

阿琳：你有什么好怕的呀，大神也是人嘛。

阿琳：不如这样，你看君子归野和你男朋友名字那么像，你就把他想象成你男朋友，是不是一下就没距离感了？

小羽毛：怎么可能啦！要是于先生改名叫于金庸、于古龙、于江南、于何在，难道我还能把他想象成其他作家？

阿琳：呃，那倒也是。

小羽毛：你前几天让我把田野老师想成归野大神，今天又让我把于先生想成归野大神，你还不如脑洞再大一点，把他们三个人捏成一个啦。

话没说完，燕其羽先破功笑了起来。古有女娲补天，今有阿琳补脑洞。

先不说归野大神出道十几年，今年应该有四十岁了，就算于先生真的是归野大神的话，他肯定会告诉自己真相的，总不能故意隐瞒逗她玩吧？

小羽毛：好了好了，不提这个了，你这个春节怎么过？
小羽毛：一个人太寂寞了，有没有叫几个朋友？

阿琳老家在北方某农村，村里人的想法十分闭塞，女孩子刚一成年就被强迫结婚。阿琳为此没少挨打，她最终选择背起行囊开始北漂生活，绝不向命运低头。她和家里人已经有将近一年没有联系过了，基本等同于断绝关系，这次春节自然不会回家过。

燕其羽邀请她和自己回乡过春节，被阿琳以没暖气为由插科打诨地拒绝了，可是燕其羽知道，阿琳其实是不想麻烦她。

阿琳：说起春节怎么过……
阿琳：那个啥，我说出来你不要太惊讶。
小羽毛：？
阿琳：我那天下班的时候磨蹭到很晚，被仙人看到了。他也知道我家里那点破事儿，就问我春节怎么过。
阿琳：我说，春节我一个人过。
阿琳：反正，中间省略一些可有可无的内容……
阿琳：总之，我现在在他家。
小羽毛：？
小羽毛：你俩？
小羽毛：你和仙人两个人单独过春节？这是什么情况？

燕其羽目瞪口呆，越想越觉得阿琳中间省略的内容很可疑。"知不道仙人"

虽然是阿琳的上司，但关系并不好，这样两个人能凑在一起度过这么重要的节日，而且还是孤男寡女……

阿琳：拜托你不要胡思乱想。
阿琳：怎么可能只有我们两个人。
阿琳：还有一个人跟我们一块过春节，你也认识。
小羽毛：哦，是谁呀？
阿琳：他的侄女，乱码君。
小羽毛：……

哎，这关系更混乱了。

犯愁的燕其羽并不知道，归野大神之所以没有回复她的私信，并非是因为觉得她太敷衍、太冒犯，而是他正在面临着另一重考验。

在于归野用"君子归野"的账号向燕其羽发送私信之后，他身后忽然响起了一道阴森森的女声。

"于、归、野，你在干什么？"

于归野回头一看，只见姐姐于惊鸿正叉腰站在他身后，表情不善地盯着他腿上的笔记本电脑。

一家人好不容易聚在一起，于爸于妈都在厨房忙活春节大餐，就连女婿苏禾都过去帮忙，偏偏家中真正的大厨于归野却躲在客厅玩电脑。

丹尼尔从于惊鸿身后窜出来，抱住男人的胳膊，撒娇道："舅舅，我想吃你做的米粉肉嘛……"

于归野随手把电脑合上放到旁边的茶几上，一边起身一边说道："行，我这就去做。"

谁想于惊鸿居然使出了独门秘诀一指禅，把弟弟按回了沙发上，她柳眉倒竖，怒斥道："你给我坐好！"她又低头瞥了一眼丹尼尔，小胖墩得了她的眼色，很没义气地跑走了。

于归野莫名其妙地问道:"姐,你搞什么?"

"我才要问你搞什么呢!"于惊鸿直接坐到了沙发扶手上,双手抱胸,居高临下地瞪着他问道,"你刚才是在和小燕聊天吧?"

"是,怎么了?"

"'怎么了'?"于惊鸿怒极反笑道,"你可别怪我偷看你们聊天啊,你电脑屏幕那么大,那些字主动往我眼睛里钻——你刚刚先用一个什么鬼身份和她在 QQ 上聊,然后又把她介绍给了'君子归野'……敢情你俩交往这么久,甚至开始同居了,你还没和她说过你是谁?"

于惊鸿真不明白弟弟究竟在搞什么鬼。她虽然和燕其羽只见过寥寥几面,可她对这个小姑娘印象好得不得了,之前还动过心思想把她介绍给弟弟。哪想到不用她出手,他们两人就在一起了,而且燕其羽居然就住于归野家对门!这一切都令于惊鸿感叹他们之间的缘分。

于惊鸿有种预感,燕其羽对于弟弟来说,并非是那种随便交往试试看的对象,而是一个真心想要走进婚姻殿堂的伴侣。

燕其羽和于归野两人的性格、能力、工作都那么登对,真真正正的天作之合。于惊鸿这个当姐姐的比他们还要急,那天还问丹尼尔,想不想要一个弟弟或者妹妹。

可她刚刚看到了什么?

她居然看到于归野先用假身份和燕其羽闲聊,接着又让乙身份登台亮相,而且很明显燕其羽并不知道这两个身份背后的人都是于归野……哇,现在给她点儿火苗,她就要炸啦。

于归野完全没想到姐姐居然看到了他们的聊天记录,只能举起双手投降,说道:"我可以解释,最开始真的只是凑巧。"

于归野三言两语介绍了一下自己在燕其羽面前披着的两层马甲:"'田野'这个身份是她的合作者,最开始想着要公私分开,后来就找不到机会说了。而且她有时候会很固执,男朋友劝她不要熬夜赶稿她会耍赖撒娇,只有'田野'老师开口,她才能听进去。"

"至于'君子归野'这个身份……该怎么说呢。"于归野苦笑着承认道,

"其实就是男人的虚荣心作祟,我喜欢看她崇拜我的样子。她眼睛里会冒着小星星,不停地念叨大神这样、大神那样,她搬家时带过来好几本"君子归野"的书,每一本都包了书皮,还在书签上写了很长的读后感,我想翻开看看她写了什么,她还舍不得让我摸一下。"

于归野并非是有意隐瞒,也不是想看到燕其羽被自己耍得团团转,但能以三个身份包围在她身边,涵盖她的生活与工作,走进她的现实和梦想,这种感觉……确实让他沉醉。

听完归野的话,于惊鸿没有刚开始那样生气,可她的态度仍然是不赞同。

"直男!"于惊鸿抓狂道,"这就是'直男的惊喜'!"

"喂……"

"你以为你是'史密斯夫妇'还是'夜礼服假面'啊?"于惊鸿叹气道,"我以一个女生的角度告诉你,有时候适当的隐瞒可以当作恋人间的小情趣,但千万不要拖太长——否则,惊喜绝对会变成惊吓。"

于惊鸿伸出一只手指戳戳弟弟的额头道:"听我的,尽快把你的几层身份都和她讲清楚,不过记住循序渐进,千万不要心急,先脱掉一层马甲,再脱掉第二层,别刺激到她……不管你用什么方法,是找个平静的夜晚直接说出来也好,还是你雇一群人敲锣打鼓昭告天下也好。总之,尽快!"

谈个恋爱还要老姐操心,她真是受够了。

于归野揉揉被姐姐戳红的地方,虚心接受了"河东狮"的教导。

哎,如果燕其羽知道她的男朋友既是她的合作伙伴也是她的男神的话,究竟会是什么反应呢?

希望不要吓到他的小画家吧。

至于公布身份的方法……

于归野沉思了一会儿,起身拿着手机去了阳台,给他的一位老友打了电话。

"呦呵,归野,怎么想起来给我打电话了?"电话接通,瓜爷的声音传来。

瓜爷是海豚文学的总编,十几年前,他一手发掘了于归野的写作天赋,把当时刚上高中的男孩推上了畅销书作家的宝座。这么多年过去,两人的关系早就突破了作者与编辑,成了真正的知心朋友。

"给你打电话,当然是为了祝你春节快乐啊。"于归野打趣道,"嫂子怎么样?孕妇身子重,可别惹她生气啊。"

"我哪儿敢啊!她现在是全家的宝,我女儿每天都要摸她肚子,问弟弟什么时候出来。"瓜爷喜气洋洋地说,"不说我了,你给我打电话肯定不是光为了祝我春节好吧?"

于归野笑了笑说道:"瞒不过你。"他清清嗓子,正色道:"我记得年后,我的《当岁月吻过你》就要开机了?"

《当岁月吻过你》是"君子归野"几年前创作的一部家庭现实主义小说,故事从女性角度出发,记录了女主角的童年、少年、青年、中年、老年,不仅见证了女主角的成长,更讲述了从二十世纪四十年代末到新世纪初的一系列时代变革。这部小说篇幅很长,同时也是"君子归野"第一部女性情感类作品,一经上市就引发了不小的讨论热潮,不仅拿下了当年的销量桂冠,更斩获了三个文学类大奖。

因为海豚文学对于归野有知遇之恩,所以他把自己所有作品的版权代理都交给了海豚文学,让专业的版权经纪人帮他运营各类版权。

《当岁月吻过你》前年卖出了影视版权,剧本经过数次修改,影视方筛选了几遍艺人,终于确定要在今年春节后开机。

瓜爷回答道:"是啊,是年后开机没错。不过我听说艺人那边时间调不开,估计拖到四五月份都有可能。咋了?你的书拍了一部又一部,没见你这么上心过啊?"

于归野哪是对一部影视剧上心啊。

"瓜爷,你帮我联系一下影视方。就说……《当岁月吻过你》的开机仪式,'君子归野'会出席。"

第五节　第一次"面见"未来岳父母

这个春节，燕其羽过得同往常一样。

白天帮爸妈打扫卫生、做饭、陪他们走亲访友，晚上就回家对着电脑写写画画。她的触屏电脑吸引了全家人的注意，燕爸爸带着老花镜守在女儿的工作台旁，一脸认真地看她演示如何在屏幕上作画，那股劲头简直像是在钻研什么世界级难题。

这个春节，燕其羽过得和往常又有很大不同。

她和于归野正是热恋期，刚确定关系没多久就远隔千里。燕其羽真恨不得自己长出小翅膀，每天晚上都能飞过去看他。好在现在科技发达，视频聊天方便得不得了，于是燕其羽只要一有时间，就点开微信和于先生视频。

燕其羽给于归野看南方人是怎么过春节的。桌上的年夜饭、窗户上的冰花、天上的烟火，还有在家里裹得严严实实的她。于归野则给她看调皮的丹尼尔、看热闹的庙会、看春节的雪花。

燕其羽艳羡极了，撒娇道："啊……怎么我在的时候都没下雪，我一走雪就来了？"

于归野便用精致的小玻璃盒子装了一捧雪，说要留着，等燕其羽回来的时候送给她。

燕其羽嘲笑他说："雪花留不住的，很快就会化了！"

"嗯，所以你要在雪花融化之前，赶快回来啊。"

他们也不是时时刻刻都在聊天，燕其羽画稿子的时候不能分心聊天，她就把手机立在一旁对着自己，安安心心地画。于归野便也开着视频做自己的事，大多时候是在看书、写稿子，他最近都在看科幻小说。

女孩说，她的合作者刚好是一位科幻作家，推荐他去看看"田野"老师的书。

男人说好。

有一天晚上，燕其羽画稿子画到一半，忽然肚子痛，她就急匆匆地冲出了卧室，连手机视频都没来得及关。

视频那头的于归野也没有断开连接,而是一边看书一边等她回来。忽然,他听到手机里传来一阵小小的谈话声,一男一女说的都是南方方言,于归野很努力听,只听懂了一半。

男声说:"胡闹。囡囡不在,进她房间做什么。"

女声说:"她交了男朋友,每天和他打电话,又不好意思让咱们看看,你就不好奇是哪个小混蛋拐走了咱家囡囡?"

脚步声响起,屏幕里,燕其羽房间门被"吱嘎"一声推开,夫妻俩蹑手蹑脚地走进屋里,向着燕其羽的工作台走来。

这也是于归野第一次见到燕家爸妈,却没想到居然是在这样不够正式的场合……不,甚至这连场合都算不上,这应该算是直播事故吧?

镜头中,燕爸爸板着一张脸,表情有些纠结;而燕妈妈的鼻梁上架着一副细框眼镜,眼角稍带皱纹,透过她,仿佛能看到燕其羽三十年后的温婉优雅。

于归野赶忙放下手中的书,挺直身板,对着镜头坐好。他脸上带着谦逊的笑容,力求在第一次见面时给未来的岳父岳母留下好印象。

夫妻俩来到竖立的手机前,眼尖的燕妈妈一眼就看到屏幕上的大帅哥,又开心又八卦地拉了拉丈夫,指着手机说道:"囡囡眼光真不错,这小伙子长得还挺俊的,能当电影明星了!"

燕妈妈小心地拿起手机,拉下鼻梁上的老花镜,低着头,收着下巴,边近距离地看向屏幕,边说道:"小年轻谈起恋爱来可真不得了,还把人家男孩子的照片设为屏保喽。"

于归野无语。

原来燕妈妈以为他是照片啊?

燕爸爸也对着"照片"开始品头论足道:"男人长得俊都不是好东西。再说咱们囡囡也好看啊!这张照片坐着也看不出来多高,我不喜欢个子太高的,我不想仰头看女婿。"

两人说的是方言,于归野半蒙半听地听懂了一半。

于归野强忍笑意,抬起手冲他们打了声招呼,认真道:"伯父伯母好,我是于归野，燕其羽的男朋友。"

燕爸爸和燕妈妈同时愣住了。

镜头一黑，手机直接正面朝下"啪嚓"摔到了地上。

等到燕其羽上完厕所回到卧室，惊讶地发现爸妈居然挤在她的工作台前，手里捧着她的手机，乐颠颠地在和视频那端的于先生聊天！

也不知于归野说了什么话，夫妻俩被哄得合不拢嘴，用磕磕绊绊的普通话不住地夸奖于归野懂事。

燕其羽又羞又窘道："爸、妈，你们……你们……"

见女儿来了，燕爸燕妈笑眯眯地起身让出了位子，挥挥手和于归野说再见。告别前，燕爸爸叮嘱于归野记得加他微信，而燕妈妈则欢迎他明年春节来家里玩。

燕其羽也就离开了十几分钟，真不知于先生给这对夫妻施了什么魔法，那亲热劲儿，就差把"岳父""岳母"两个称呼挂在嘴巴上了。

后来燕其羽旁敲侧击地问过妈妈，问她那天和于先生聊了什么？

燕妈妈戳戳她的额头，得意地说："不告诉你。"

燕其羽气急。

她又去找爸爸撒娇，结果燕爸爸翻过了一页报纸，瞥了眼老婆，闷声对女儿说道："你妈不让我告诉你。"

燕其羽无语了。

拜托，她要好奇死了！

大年初二的晚上，"中国漫画大奖赛"在官方网站上公布了去年年度作品的入围名单，并同步开启了投票渠道。

这一次，十个常规奖项、两个新增奖项，共计三十六部作品进入了最终角逐。微博、微信、线下等多个渠道同步宣传，吸引了无数"二次元"粉丝的目光。

"中国漫画大奖赛"迄今已经举办了十五届了，无数新星自这里冉冉升起，照亮了中国漫画界的一整片天空。

随着时代发展，"二次元"群体越来越多，大奖赛每一年的关注度更是越来越高。动漫不再是小众爱好，就连传统媒体都开始重视动画、漫画对年轻人的影响。

从今年开始，大奖赛新增了两个"海外投稿"的奖项，以鼓励海外华人华侨的漫画作品参与到这一盛事当中来。

这期入围名单一公布，立即吸引了圈内所有人的关注。

初赛筛选是依靠组委会内部探讨，而最终的奖项则是靠线上投票、线下投票、评委投票，来进行综合判定。

线上投票一个 IP 一天仅限投一票，一票计数为零点零一。线下投票则是需要寄回投票券，一票计数为零点一。而评委投票则是邀请了圈内大名鼎鼎的大神级漫画家和专业编辑进行评选，一票计数为一百。

如果一部漫画线上投票为五万票，线下投票为一千五百票，评委投票为一票，那么最终成绩为七百五十票。

投票时间仅有短短十天，正月十二关闭投票通道，正月十五当晚宣布评选结果，颁奖典礼定在四月初。

燕其羽的《明星达克》入选了年度最佳短篇奖，也是入围的三部作品里唯一一部由小说改编而来的。

《明星达克》在送审时还有一段小插曲，一部作品可以报名三个奖项，步娜娜为它申报了"最佳改编漫画"和"最佳短篇漫画"以及"最佳黑白漫画"，结果第一、第三项都被筛掉，"最佳短篇漫画"倒是拿到了入围，距离捧回奖杯只有一步之遥。

与燕其羽竞争这个奖项的另外两名作者，在圈里都已经小有名气。其中有一位也是逐梦堂出身，在那里担当漫画主笔。不过短短一年半的时间，燕其羽就从一个名不见经传的小助手，成长到足以和老牌漫画家同场竞技的水平。

三部作品各有千秋，不分伯仲，只可惜"小羽毛"名气太小，死忠粉不多。其他两名漫画家都有强力粉丝后援团，读者 Q 群好几个，每天像是做游戏任务一样上线投票，唯有燕其羽势单力薄，只能全靠自己。

好在春节期间，《苍穹之梦》因为在海豚漫画APP上有个极好的推荐位，流量翻了一番，燕其羽趁机在更新后面打广告，恳请大家帮忙投票。除此之外，燕其羽的直播间里也挂上了投票链接，许诺投票满一定数额就继续放出新的独家笔刷。

"田野"老师、"龙龙龙"、阿琳、步娜娜都转发声援了她，最出乎燕其羽意料的是，"乱码君"居然也帮她拉票了！

虽然只是简简单单的四个字"把票投她"，但燕其羽看到时仍然惊讶不已。

受人之恩，总要说句谢谢。

燕其羽没有"乱码君"的联系方式，只能通过微博私信向她诚恳地道了谢。很快，私信显示为"已读"，可是燕其羽一直没有等来"乱码君"的回复。

晚些时候，江雪舟给燕其羽打来电话，很遗憾地告诉她，因为他是五名总评委之一，所以不能在公开场合为她拉票，但他会在心里为她加油的。

燕其羽小心翼翼地打探道："老师，你觉得我赢面大吗？"这可是中国漫画大奖赛，她要说自己不想赢，那不就太虚假了吗。

江雪舟反问道："你觉得呢？"

"还好吧……"燕其羽有些迟疑地说道，"我觉得我们三个都有擅长和不擅长的地方，题材也不一样，没办法比较。"

江雪舟笑了，说道："其实我们这些评委的想法和你一样。漫画之所以是漫画，就是因为画面和故事结合在一起就会产生无限的可能性。即使是同样的剧情，交由不同的漫画家创作也会呈现完全不同的画面。每次评选时我们都很头疼，有人绘画功底好，有人能够抓住表情的细微变化，有人擅长讲故事……很多时候，获奖并不能代表你足够好，落选也不意味着你比其他人差。"

江雪舟婉言劝燕其羽"看开"。作为评委他知道，对于第一次入选这么重要级别奖项的新人漫画家来说，肯定对获奖抱有期待。但作为老师，他希望她能抱有平常心，创作的目的毕竟不是为了得奖，如果对奖项太过期待，万一落选，恐怕会让心态失衡。

"谢谢老师。"燕其羽虚心接受了他的指点，缓缓说道，"我最近……是有点浮躁。画画也画不下去，每天打开电脑就想刷网页，想看看自己拿到了多少票。"

因为心静不下来，《苍穹之梦》最新一期的分镜卡了好久，就连步娜娜都说她这期的线条有点草。

"行了，你别老想着评选的事情了。"江雪舟转移话题道，"这个春节过得怎么样？什么时候回来？"

燕其羽回道："我买了大年初十的火车票。"

"这么早？不在家过完元宵节？"

"没办法，在家总有亲戚串门，每天能安静画画的时间太短了。而且现在《苍穹之梦》刚开始连载两个多月，正是密集更新的关键期，我就想赶快回去赶稿。"

江雪舟叹了口气道："也对，我有半年多没连载了，都快忘了赶稿是什么滋味了。"

对于漫画家来说，哪有假期一说？就连大年三十晚上都要守在电脑前，赶出新春贺图。

江雪舟问道："你是坐高铁回来吗？到南站还是西站，车次给我，我去接你。"

"不用啦。"燕其羽翘起尾巴道，"老师，我现在也是有男朋友的人啦，他会来接我的。"

"嗯，那就好。"

第六节　漫画差评事件

春节还没过完，燕其羽就遭遇了一件烦心事儿。

《苍穹之梦》在短短几天内被刷了两百多个差评，在海豚漫画APP上打分瞬间被拉下了半颗星,这让它从原本遥遥领先的新作榜第一名跌落到了第五。

"垃圾。""看不懂。""就这种漫画还能拿到推荐?""抄袭EVA吧。""我觉得有点像高达。""这个机甲设计得太像变形金刚了。""榜单上都是什么垃圾漫,编辑推荐的时候能不能走点心。""就我一个人觉得很无聊吗,少女漫根本不适合机甲题材!"……

事情刚发生时,步娜娜根据经验推断是竞争对手所为,恶意刷分。谁能称得上燕其羽的竞争对手呢?自然是和她争第一争了整整两个月的《喵喵侠》了。

可燕其羽的第六感却告诉她,能做出这种事的人肯定不会是"乱码君"。她那人虽然有点大小姐脾气,但其实傲娇得很,才不屑在背后做手脚。

刚开始他们以为刷差评的人是购买了水军,可仔细一看那些账号全部都是海豚漫画网的老用户,有消费、打赏、留评的习惯,差评不是千篇一律的复制粘贴,掐架也掐得真情实感。

步娜娜本来想以"作者被恶意攻击"为理由封禁这些账户,可他们都是真实用户而非机器人,申请报告即使提交上去也会被铁面无私的茄哥打回来。

后来还是燕其羽自己发现了猫腻——有一条评论被点赞了几百次,直接被顶上了热门回复的前五名。

读者A:"看到漫画大奖赛的入围名单出来了,慕名来看新作者的漫画,结果大失所望。"

大失所望……

真相大白,原来这些人并非是什么恶意水军,不过是眼光高、口味刁的资深漫画读者,在用自己的口味来评判一部漫画的优劣。

而在他们的眼中,《苍穹之梦》这部作品实在是上不得多少台面。

燕其羽觉得又委屈又冤枉,她认认真真地画了一部作品,却被突然冒出的一群人贬得一文不值,那些难听的差评就像是一把把刀子,戳进了她的胸口。

燕其羽很想和他们争辩,《苍穹之梦》没有参考其他作品,《苍穹之梦》

的人设好、故事佳、越往后越精彩,她和"田野"老师向这部作品里投入了无限的精力……它真的没有他们说的那么差。

可她解释有用吗？读者说漫画难看，作者难道还要巴巴地冲上去和读者吵架？这落在其他人眼里，不会觉得作者委屈，只会觉得作者没有气量，为一点小事就大动肝火。

他们不是作者，他们想象不出高高在上的一句指点会对作者带来多大的打击。

燕其羽望着屏幕上只画了一半的彩页，忽然失去继续画下去的心情了。

香蕉殿下：去他个大香蕉，原来是一群业余漫评人。

香蕉殿下：小羽毛你不要往心里去，这帮人就是故意找碴的。

香蕉殿下：你看大众点评上，评价再高的餐厅都有人打一星，说这道菜不正宗，那个服务员态度不好。

香蕉殿下：电影也是。影评人都说好，可再怎么叫好叫座的作品，照样有人打一星。

香蕉殿下：萝卜青菜各有所爱。他们说不好看没什么，你看，你的收藏有二十多万，人气破亿，这在同期作品里是数一数二的。

香蕉殿下：千万不要因为几个杠精就影响心情。

步娜娜说的话燕其羽都懂……可，可她就是心里难受啊。

创作者的一大特点就是敏感。不管是外向型敏感，还是内向型敏感，能够成为作者的人，都可以很敏锐地捕捉到外界的细微变化。

正是这份普通人无法理解的敏感，帮助他们更好地去了解世界、了解身边，然后再把这份用心灵捕捉到的感悟，融入自己的笔下。

然而网络连载时代，这种敏感也给创作者们带来了很大麻烦——他们会过于依赖读者，依赖读者的评论。

如果好评满满，作者就动力十足；如果稍有差评，他们整个人就跌到谷底。

在外人看来，这种反应很没有道理：燕其羽明明有上万个好评，为什么要为一百个差评感到沮丧和焦虑？

可是对于创作者而言，在她把自己的精神世界给所有人敞开后，每一个泥脚印的伤害都不是一百束鲜花可以弥补的。

燕其羽知道自己在钻牛角尖，可是她走不出来。

燕其羽这两个月成名太快了，掌声与喝彩接连而来，让她忘了半年前的自己是多么渺小。压力一上涨，她就撑不住了。

这种苦闷燕其羽不知道找谁倾诉，好在于归野敏锐地察觉到了她的焦虑，赶快披着"田野"老师的马甲过来英雄救美。

田野：毛毛，心里不舒服的话，可以和我聊聊。

小羽毛：没什么……就是今天不想画了，想想画出来也是被人骂，就挺难受的。

"田野"发过来一个摸头的表情。

小羽毛：我知道自己现在的想法不对，还有那么多的读者在等着我，可我实在不能让自己的注意力从那些差评上转开。

小羽毛：田野老师，我是不是太脆弱了啊？

小羽毛：求你把我骂醒吧！

田野：我怎么可能骂你呢？

说完，"田野"又发过来一个抱抱的表情。

田野：每个创作者都会在意读者的评论，这没什么好羞耻的。

田野：我刚出道的时候，也一直处于焦虑的状态。

田野：每天去刷书评，想看看书评家和读者都是怎么评价我的。

田野：即使后来拿了奖，也不例外。

那时候于归野身上的压力是真的很大，他年少成名，身上带着些少年人的自傲和得意，结果书籍一刷再刷疯狂大卖后，蜂拥而至的差评把他淹没了。

于归野不明白读者为什么是个这么矛盾的群体，有人爱你爱到骨子里，歌颂你的平仄对韵，也有人讨厌你写下的每个标点符号。

他当时差一点就要放弃写作了。可是后来他发现自己实在忘不了创作过程中的快乐，于是他鼓起勇气拿起笔，再次沉浸在新的世界中。

他创作、大卖、被称赞、被痛骂，再创作、再大卖、再被称赞、再被痛骂……渐渐地，于归野开始能够放平心态，不再被读者和书评家的态度所左右。

不论是好评还是差评，不论是赞扬还是诋毁，作者本人一定要对自己的作品有个基本的评价。在这个评价之上，其他人的口碑再好，也只是锦上添花；其他人的评分再差，也不会动摇本心。

创作这条路，归根结底是孤独的。而作者，必须坚强。

如果燕其羽现在在他身边的话，于归野绝对要给她一个温暖的抱抱，在这个冬夜安慰她落寞的心。而现在他们远隔千里，只能通过网络传递他的关心，希望能开解她，让她走出阴霾。

田野：毛毛，你要记住，创作是为了自己，而不是为了读者。

田野：对于很多读者来说，你的作品只是他生活中的一小部分，他可以同时追很多作品，他不论是喜欢你还是讨厌你，这种情绪只占据了他生活中的极小部分。

田野：但是作者不一样。画漫画是你的工作，你一天要工作十四个小时以上，你的生活完全被这部漫画填满了。

田野：所以你不能坦然接受读者对你的差评，因为你会下意识地觉得，读者否定了你的这部作品，就像是否定了你的工作、你的生活、你的一切。

田野：但读者并没有这个意思。

田野：而你也不应该被这极小部分的情绪左右。

于归野的劝说浅显易懂，娓娓道来，慢慢抚平了燕其羽心头的焦躁。

这并不是燕其羽第一部作品，但却是她第一部这么重视的作品。她把自己的所有时间所有精力都倾注进去，希望能够获得每个人的肯定。

而于归野正是看清了她的这份紧迫感，所以才会出言安慰。

燕其羽望着屏幕上"田野"老师打过来的一串串话，已经算不清这是第几次被他开导了。能够认识"田野"老师，能够把"田野"老师的脚本画成漫画，绝对是她漫画家生涯里最重要的一笔。

小羽毛：田野老师，你一次次帮我，我真不知道要怎么谢你好了。

田野：不用谢，作为搭档，能够给你指点迷津我很荣幸啊。

小羽毛：你要有什么我可以帮忙的事情，也千万不要客气呀！

田野：唔……还真有一件事。

田野：春节的时候，我见了我女朋友的父母。

小羽毛：哇！你们进展也太快了吧，我记得你们才恋爱不久啊？

田野：如果人生走得太慢的话，那之后一起散步的时间就不够了呀。

小羽毛：那你需要我帮你做什么呢？

小羽毛：你是不是要求婚啦？如果需要我画个什么画儿的话尽管开口！

田野：不是。

田野：我只需要你的祝福。

小羽毛：……诶？

燕其羽可是准备大展身手了，结果"田野"老师只要她的祝福？这个要求也太简单了吧？

小羽毛：呃……

小羽毛：那我就祝田野老师和女朋友早日完婚。

小羽毛：祝你们琴瑟和鸣、伉俪情深、永结同心、白头偕老、喜结良缘、百年好合、夫唱妇随、佳偶天成、举案齐眉……

田野：停停停，毛毛，你这些成语都是百度的吧？

"小羽毛"发了一个对手指的表情。

田野：你还是说点实际的祝福吧。

燕其羽身边还真没人结过婚呢，她从来没出席过婚宴，实在不知道还能有什么吉祥话能说。她想啊想，忽然灵光一现，想出一句特别适合的话。

小羽毛：那我就祝你们响应国家号召。
田野：？
小羽毛：三年抱俩！
田野：……
田野：这个祝福不错，我和她商量一下，绝对不辜负你的期待。

燕其羽关上电脑，躺在床上抱着被子发呆。
她又想起"田野"老师说过的话。
创作这条路是孤独的，作者必须坚强。
"田野"老师已经找到了陪他一起走过孤独长路的人，而她也有了值得相伴一生的恋人。
思及此，燕其羽拿起手机，点开了于先生的微信聊天框。
自确定恋爱关系的那天起，于归野的头像便换成了两人的合影。照片上，女孩笑得阳光明媚，而男人则是把灿烂的"阳光"护在怀中。
燕其羽轻轻摩挲着照片上的于先生，指尖勾勒着他嘴角的弧度。
她恨不得把自己心里的甜腻与爱恋全部呈现给于先生看，可女孩子的矜持又不允许她这么做。
燕其羽对着输入框愁眉苦脸了好一会儿，绕了一个巨大的弯子，绞尽脑汁开启话题。

小羽毛：于先生，我刚刚削苹果的时候，苹果皮一点都没断！

原谅她吧，恋爱中的人就是爱分享生活中各种随处可见的无聊小事，就连路旁的枯枝都能被当成艺术品。

燕其羽盯着手机屏幕，心里默数。

一、二、三……"叮"！

于归野的回复来了。

于：燕小姐，我也想你了。

文字后是一串心型表情。

第七节 燕爸爸的一封信

春节假期刚过，燕其羽就收拾好行囊和小包袱，款款地北上去找她的于先生了。

自从燕其羽大学毕业后，和父母总是聚少离多。燕其羽心中有些过意不去，倒是老两口看得开，鼓励她年轻的时候以事业为重，先拼拼、先闯闯，他们夫妻俩还没有退休，每天上班下班，周末侍弄花草，在小城里过得挺好。

燕其羽没好意思告诉父母她已经和男朋友同居了，不过在收拾行李时，燕妈妈往她的行李箱里装了不少他们当地的特产，说要让她给于归野的家人送去。

结果搞得燕其羽回去的行李箱足有三十多斤重，难为她一个瘦瘦小小的女孩子把它一路扛上高铁。

当燕其羽拖着硕大的行李走出火车站时，头发是油的，脸是脏的，浑身上下风尘仆仆的。

可是于归野一点儿也没有嫌弃，张开双臂给了她一个爱的抱抱，又给了她一个爱的亲亲，甚至还想给她一个爱的举高高，却把燕其羽羞得"哎呀哎呀"直叫唤，他不得不打消了念头。

小小的燕其羽一头埋进男人宽大的大衣里，双手紧紧攥住他的衣服。

当燕其羽闻到于归野身上那股熟悉又令人安心的味道时，才终于意识到，这场短短两周的离别，对她来说究竟有多煎熬。

"于先生，我回来了。"

"嗯，你终于回来了。"

经过一天的颠簸，燕其羽浑身疲惫。她坐进熟悉的副驾驶座，没过多久就沉沉睡去。

于归野心疼她旅途疲惫，开车又轻又稳，就连过减速带时都小心翼翼，生怕惊扰了她。

一个多小时后，车子稳稳停进了小区地库中。于归野叫醒睡得迷迷糊糊的燕其羽，牵起她的手走向两人的爱巢。

因为燕其羽意识还没清醒，出了电梯后，居然傻乎乎地拿钥匙去捅以前那间群租房的门，还自言自语地念叨着："奇怪，房东难道换锁了？"

于归野闷头乐了一会儿，搂着燕其羽的肩膀让她转了个身，把她推进了自己家里。

"傻姑娘，你早就不住那里了。"

燕其羽先是茫然地"啊"了一声，然后才惊醒过来。她回头看看群租房紧闭的房门，也不知抠门的房东从哪里又买了一扇二手防盗门，和以前那扇门长得很像，门上还贴着"金鸡迎春"的对联——那都是去年的属相了。

她怎么忘了，她现在可是有家的人了，再也不用蹲在小小的群租房里，忍受和其他人抢卫生间的日子。

看到群租房，燕其羽就不禁想起搬离时的慌乱。

"也不知道我的电脑和屏幕还能不能追回来……"她叹气道。

于归野说道："其实春节的时候，警察又上门取证了一次，还问我和我姐有没有看到什么可疑人员。我看他们说话时的神色，像是有眉目了。"

"真的？"燕其羽惊喜极了，又道，"总用着老师的电脑，心里还是有点儿过意不去，要是能找回自己的东西就太好了！"

闲聊几句，燕其羽的瞌睡虫就跑光了。她和于归野一起把三十多斤的行李箱扛进客厅里，连衣服都顾不上换，先急着把包里的特产拿出来塞进冰箱里。

一罐罐由燕妈妈亲手腌制的小菜，精致可口，千里迢迢背过来的腊肉、腊肠等挂满了整个阳台。

随着这些家乡特产一起而来的，还有一封燕爸爸亲手写的信。

信封上写着三个字——"给小于"。

落笔很重，提笔很轻。

信纸厚厚一沓，撑得信封差点糊不上。

燕其羽不知道这封信什么时候塞进行李箱的，于归野捏捏它的厚度，心有余悸地感叹道："看来，岳父大人对我很不放心啊。"

燕其羽有点不好意思，又有些骄傲，她用脚趾猜都能猜到爸爸写了什么——无外乎是让于归野好好对她，要是敢欺负她，当爸爸的肯定要给他一个教训。

于归野说这是男人与男人之间的对话，打算拿回房间慢慢看。可燕其羽不让，赖在他肩头让他现在就拆开。

燕爸爸是那种典型的"中国式家长"，沉默寡言，甚少表达对燕其羽的关心。当初她北上学画，和爸爸大吵一架，冷战了大半年，最终还是妈妈为他们父女俩调停。

所以燕其羽很想看看，古板的爸爸究竟会在信里说什么。

于归野没办法，只能当她面拆开了这封信。

可出乎他们两人意料的，那一张张纸页上写满的并非是叮咛与嘱咐，甚至没出现过一次燕其羽的闺名。

然而燕其羽捧着那几张纸，却无法抑制奔袭而来的感动。

每张信纸上，都是一篇菜谱。

文火煲汤、水煮清炒、生煎油焖、浓油赤酱。

那些都是燕其羽从小吃到大的家乡口味，伴随她从牙牙学语到踏出学堂，看着她从蹒跚学步到挥舞翅膀去亲吻天空。

每一页、每一行、每一个字的背后，都是父母对她的祝福。不善言辞的父亲只能用这种方法，把思念传递到掌上明珠身上。

燕其羽长大了，她有自己的想法、自己的爱好、自己想要追寻的人和事，而这些未来，是没有父母的影子的。

在这一刻，燕其羽忽然回忆起来一件小事。

二十年前，爸爸教她骑自行车。

那是燕其羽第一次骑两轮车，可是她一点也不害怕，因为爸爸的手一直扶在她后背上。

记忆里的大手很厚，掌心满是茧子，充满力量。

她说："爸，你千万别松手啊。"

爸爸说："好。"

于是她放心地踩起脚踏板，越来越快，越来越快。忽然间，她背上一重，爸爸使劲推了她一把，同时在那瞬间松手了。

她当时没有意识到爸爸的离开，直到她兴奋地骑出去五百米后才慢慢停下来。

她单脚点地，得意地回过头想要找爸爸。

结果却发现爸爸留在原地，正温柔地、赞赏地、鼓励地看着她。

那时的爸爸并没有笑，可燕其羽一辈子都忘不了他的目光。

而现在，爸爸同样没有说一个爱字，可燕其羽会永远记得这些菜谱的重量。

于归野拿着未来岳父的亲笔信，他深切地知道，自己被托付了世界上最珍贵的宝物。

他亲了亲"宝物"的脸颊，尝到了咸咸的泪水味道。

收拾好父母带来的东西后，燕其羽擦干净眼泪，走向了卧室。

主卧的房门虚掩着，透着柔黄色的灯光。

燕其羽并不知道门背后有一场惊喜在等待她——当房门推开，无数洁白的细碎纸片从天而降，从头到脚洒满了她的身上。

那些纸片裁剪成极为精巧的形状，每一张都是小小的心形，像是一片片雪花，在空中缓慢降落。

燕其羽怔怔地立在那里，自她脚下开始，白色的花瓣铺出一条地毯，通向房间中央。

提前布置好这一切的男人从她身后贴上来，双手环抱住女孩的纤腰。

他说："我答应过你，会把雪景留到你回来的这一天。"

燕其羽的身子在他怀中一寸寸地软化了，她靠在于归野的胸口，仿佛身处沸水中，每一片皮肤都冒着热气。

燕其羽把滚烫的脸贴向他，却一不小心听到了男人的心跳。

原来……于先生也会紧张啊。

燕其羽暗自窃笑，很快被男人含住唇瓣，吞没了她的笑声。

忽然间燕其羽身体一轻，被于归野完全抱离地面，她还来不及惊呼，下一秒便已深陷在花瓣与柔软的床铺之上。

头顶的灯光有些昏暗，而于归野的眼睛很亮。

女孩抬起手，慢慢地、缓缓地，轻抚他的面宠。而男人也垂着头，与她鼻尖相触，任由她细细打量。

于归野知道，无论用多少笔墨，他都无法书写她的好。

燕其羽知道，不管用何种颜色，她都画不出他的璀璨。

她心悦他。他欢喜她。

十指相扣，于归野用自己强壮的身体笼罩住她，而燕其羽披散的头发则铺垫在他的身下。

花瓣翻滚，乘着风，自床沿缓缓滑落。

当它轻飘飘触到地面上时，有一声细细的，"啊……"

第八节　两情相悦水到渠成

晨光透过窗户的缝隙，悄悄地探进来一点暖色。

燕其羽深陷在柔软的床铺中，自满足与疲倦中慢慢醒来。昨夜的水到渠成，化成了今日的羞涩幸福，她把脸往被子中埋了埋，不知道一会儿该用什么表情面对那只餍足的"大灰狼"。

在食肉动物面前，可怜的小白兔哪有什么招架之力呢。

燕其羽睁眼时，第一个跳入视线的，便是于归野赤裸的身体。明明于先生一直以温柔体贴示人，哪想到换了个地点，他的温柔体贴便成了最磨人的武器。

燕其羽的胸口有一块小小的胎记，形状像是一片羽毛，那片轻巧的羽毛落在丰盈的酥胸上，羽毛尖恰好点缀在那处粉嫩。于归野昨晚对这片小羽毛爱不释口，让她现在回想起来仍然脸红心跳。

于归野比燕其羽醒得早，有力的臂膀搭在她的身上，静静地回味着昨夜的余韵。

所以燕其羽一动，于归野便注意到她醒来了。

于归野低下头亲亲燕其羽的鼻尖，问她道："身上有没有哪里不舒服？"

嘴上说着"哪里"，其实于归野的手正缓缓下行，炙热的掌心贴在她的纤腰上，在腰肢上轻柔按摩。

"没有……"燕其羽小声道，"不疼。你……你技术很好。"

这可真是出乎意料的称赞，于归野没想到燕其羽居然会在这种场合这么诚实，甚至……有些大胆。

他的膝盖微微曲起，不着痕迹地顶进女孩的柔软。

"其实我觉得我的技术还有进步的余地，你要不要再帮我提升一下？"

白日宣淫，这、这可不太好吧。

正当燕其羽在他臂弯中天人交战时，一阵活泼可爱的动漫铃声打断了他们的"交流"，发出声响的是她的手机，昨晚落在了客厅，没想到电力还挺持久，直到现在还有余量唱歌。

"我、我、我去接电话!"

燕其羽想跑,却被于归野拉回来压在身下。

"不管它,说不定是推销广告。"

没过一会儿,电话果然停了。于归野正心满意足地打算吃一顿"早餐",哪想到他的手机紧接着响了起来。

于归野还是没有管它。

结果等两人的手机铃声都停了,于归野家的座机又开始响个没完,分机就放在床头柜上,刺耳的铃音把所有性致全都搅没了。

燕其羽推推他道:"会不会是鸿姐有急事找咱们?"

思及此,于归野也没了胡闹的心思,他起身拿起听筒,另一只手顺便把燕其羽从被窝中捞出来,让她趴在自己身上。

燕其羽乖乖地趴在男人身上,侧耳听着男朋友接电话。

号码来源是个陌生的座机,于归野接起来说了声"喂",那边便问道:"请问,是燕小姐家吗?"

于归野有些意外,说道:"是的,请问您是?"

对方开门见山,没有一句废话,说道:"我们是派出所的。节前燕小姐住的群租房失窃,我们经过这段时间地走访调查,于昨晚抓到了嫌疑人。"

于归野和燕其羽对视一眼,她"噌"地一下坐起身,接过电话道:"您好您好,我是燕其羽!"

警察同志说道:"我们追回来一些赃物,您今天下午来一趟派出所吧,指认一下自己的失窃物品。"

出了这么重要的事,两人也没有心思再温存,他们匆匆起床吃饭,收拾停当后就奔赴派出所。

他们还以为自己算来得早的,哪想到次卧的四个小姑娘比他们来得还早。她们四个为了准备考研复试,春节在家过完初五就回来了,现在四个人依旧在一起合租,可惜再也找不到当初那么便宜的群租房了。

隔了这么久,她们也没当初那么冲动,渐渐明白过来东西丢了后第一时间报警才是正确选择，为了一个寄居的宿舍拖拖拉拉那么久实在没必要。

见燕其羽来了，她们中最活泼的那个扭扭捏捏地过来打招呼道："燕姐……谢谢你和你朋友当初坚持报警，要不然今天小偷还在逍遥法外。"

"没事，应该的。"燕其羽一个个看过去，见她们精神很好，还挺欣慰的，就主动问道，"什么时候复试？准备得怎么样？我看你们几个喜气洋洋的，看来很自信呀。"

"嘿嘿，都第二次考了，老师的套路也都摸熟了，没那么害怕了。"小姑娘边打量她边说道，"倒是燕姐你变化好大啊……"

燕其羽低头看看自己，衣服是年前买的，头发还是那么长，哪里有什么变化。

"怎么变了？"

"唔，说不出来……感觉变漂亮了。"有个眼镜妹说。

旁边的娃娃头也说道："不只是漂亮，应该是说更有女人味了吧？"

四个人你一句我一句地议论起来："真的诶，以前特别嫩，有时候看起来都像大学生，说是学妹我都信。""可是现在看起来成熟了好多……不是老哦！就是变成熟了，有一种，嗯……怎么说呢，韵味！"

燕其羽也分不清她们是真夸奖还是假客气，四个叽叽喳喳的小姑娘围着她称赞，她哪里有什么招架之力。

站在燕其羽身后的于归野还是头一次见到女生之间互相吹捧的场景，没忍住笑出了声。

谁想到于归野一笑，那四个学生忽然静下来，齐刷刷地扭头看他。刚刚两人一前一后走进来时，大家便注意到了这位高大帅气的温柔男人，但燕其羽没有介绍，她们便没好意思和他打招呼。

四双眼睛不停地在于归野和燕其羽之间来回打量，忽然眼镜妹拖长声音哦了一声，恍然大悟道："我说燕姐怎么变漂亮了，原来是有爱情的滋润啊！"

还真让她说对了，昨天燕其羽不就好好享受了一番爱情的滋润嘛。

燕其羽臊得不行，赶忙制止了大家的揶揄道："好了好了，咱们今天来派出所是来看案件进展的，不要说我的私事了。"

燕其羽左右看看，疑惑道："奇怪，小娇还没到吗？"

"没有，阿勇也没来。"

小娇被偷了年终奖，两千块钱现金不翼而飞，明明她是其中最着急的一个，怎么现在还没到场？

燕其羽正要给小娇打电话，旁边的小屋里忽然走出了两名民警同志，带着他们穿过狭长的走廊，走向最里面的一个房间。

燕其羽说道："警察同志，麻烦您等一等行吗，我们还有一个舍友没到。"

民警问："你说的是主卧的那对小夫妻？"

"是的，阿勇和小娇。"

民警在那扇门前停下，停顿了几秒，然后拉开了身后的房门说道："他们已经到了。"

当五人看清楚屋内的情况时，终于明白为什么民警同志说阿勇和小娇已经到了！

这是一个很宽敞的房间，屋内正中央是一张桌子，几人丢失的数码产品和一些零碎小东西都放在桌上。每个遗失的物品上都贴有一个标签，写着它们的来历。

在桌子后的空地上，一个熟悉的寸头男人蹲在那里，他双手被手铐反剪在身后，左右两侧各站了一名民警在看守着他。

而小娇正坐在旁边的椅子上，双眼无神地望着被抓捕的男人，她满脸泪痕，发丝凌乱，形容枯槁。她手中捧着一个水杯，嘴唇却干裂得要命。

看到这一幕，大家还有什么不明白的！

燕其羽哪里能预知到，偷了大家东西的居然会是阿勇！

虽然阿勇平日里确实游手好闲，可，可也不该……

众人皆是无语静默，燕其羽不知该说什么，嘴唇上下碰了碰，轻声唤道："小娇。"

小娇身子一抖，直到这时才注意到他们来了。她哭了整整一天一夜，身体里的水都要哭干了，可再多的眼泪也换不回来一个失足的男人。

小娇僵硬地抬起头，注视着五位曾经在一个屋檐下共同生活过的舍友们，慢慢地挤出一个无助的笑容，她再也哭不动了。

"对不起……我不知道阿勇他……我……"

昨晚小娇刚下班回到新住处，警察突然破门而入，当着她的面抓走了正在玩手机的阿勇。刚开始阿勇拒不认罪，嘴硬地嚷嚷"警察打人啦"，直到警察拿出证据他才不情不愿地低下头。

这个春节，警察一直在调查群租房的失窃案，无奈回迁小区没有监控，侧门也没有保安，缺乏证据。

后来警察换了一个思路：那么多数码产品要脱手，肯定要找销赃的渠道。然而燕其羽丢失的那台触摸式数位屏原价昂贵，可供使用的范围又太过狭小，寻常二手店铺根本不会收。他们顺着这条线路查下去，果然在几公里之外的数码大厦里找到一家专门回收高端电子设备的店铺，通过调取监控，查到了兜售那台数位屏的可疑男子。

虽然对方裹着厚厚的羽绒服，全程低头避开监控摄像头，可是依然躲不开民警毒辣的眼睛。

根据审讯，阿勇承认了自己的作案动机———一个字，穷，两个字，眼红。

原本燕其羽是他们几人中最穷的一个，住在最小的客厅隔断间，用摔碎屏幕的手机，每天苦哈哈地吃泡面。结果不知道什么时候开始，她的日子过得越来越好，买了新衣服，还用上了一看就很贵的电脑屏幕。

情人节那天，阿勇回家后，发现匆匆离开的燕其羽没有反锁防盗门，又赶上临近春节，需要用钱的地方多，于是他临时起意决定盗窃燕其羽的财物。后来他一不做二不休，干脆把次卧的东西也偷干净了，他又想起前一日和女朋友就钱财产生的口角，于是把她藏在枕套里的现金也拿走了……

当警察念完阿勇的口供后，燕其羽已经完全不知道说什么好了。她很想骂人，但她更想替小娇狠狠甩阿勇两耳光。

于归野不着痕迹地握住她的手，开口问道："涉案金额超过三万了，根据法律规定是要判刑的吧？"

盗窃是刑事案，小偷小摸可以拘留，超过三万以上便是三年起步。

一听要判刑，原本老老实实蹲在地上的阿勇忽然猛地站起身，情绪激动地骂了句脏话，很快又被两旁的民警压了下去。

小娇也吓坏了，乞求地看向了站在最前排的燕其羽——她丢失的电脑屏幕刚好三万块钱，其他人的东西加起来都卖不到一万块，如果燕其羽能够谅解阿勇，是不是阿勇就不用蹲监狱了？虽然阿勇又懒又贪，可毕竟是她选的啊，她抛弃家庭和她私奔，如果他进了监狱，那她这几年的青春又怎么办呢？

"燕姐，我求求你！求求你原谅阿勇吧！"小娇哭出声，忽然扑倒在燕其羽脚下，拉住了她的裙角。

燕其羽平常最是好心，面子又薄，只要好好求求她，一定可以让阿勇减刑的。

次卧的四个小姑娘也看向了燕其羽，虽然她们都很恨阿勇，但她们也可怜小娇。

就在于归野想要出声帮忙时，燕其羽却做了一个令她们意外的动作——她蹲下身，一根一根掰开小娇的手指，把裙角从她的手心中慢慢拽走。

"小娇，我记得你很久以前曾经和我说过一句话。你说我没有谈过恋爱，所以我不懂你和阿勇之间的感情。"燕其羽轻声说道，"可我现在可以回答你，我谈了恋爱，我依旧不懂你们之间的感情，没有一种爱情是建立在折磨和痛苦之上的，他根本给不了你想要的安定，只会一次又一次地伤害你。以前，你是和他争吵，为了他哭；现在你是为了他犯下的错误，在和我哭。"

可这有什么用呢？

明明阿娇吃苦耐劳，可以自己赚钱自己花，偏偏要为了已经变质的爱情牺牲自己。阿勇的贪心就像是无底洞，只会把周围所有人拉下深渊。

燕其羽曾经在这对情侣身上看到爱情的阴影，让她在很长一段时间以内并不想谈论感情。但是当她遇到于归野之后，她才明白，真正的爱情绝非是彼此拖累。

"小娇，我是绝对不可能原谅他的。"燕其羽抬手，帮小娇把凌乱的发丝拢在耳后，继续说道，"他做错了事，就应该受到应有的惩罚。"

第九节　原来小偷竟是他

之后，燕其羽一行人又从民警同志那里听到了更多关于这次案件的信息。阿勇把偷到的财物全部藏到了一个废弃的自行车车库里，后来才陆陆续续转手。销售渠道既有回收电子产品的小店，也有二手交易网站，因为价格低廉，他卖得非常快，好在经过民警同志加班加点地追查，大部分东西都追回来了。

只可惜燕其羽被偷的笔记本电脑因为型号太老，最后是被回收店铺拆散，当作零件二次售卖了。

那台电脑年头很久了，又因为装了大型画图软件，拖慢了整体运行速度。每次开机都如老牛拉磨，经常用不了多久风扇就转成风火轮……可是在燕其羽心中，它伴随她从助手成长为一个独立的漫画家，意义自然不同。

这么一台富有纪念意义的电脑找不回来，燕其羽的难过溢于言表。

好在她那台触摸式数位屏全须全尾地找到了，这是于归野送她的第一个礼物，前后加起来她才用了一个多月而已。

像阿勇这样的盗窃案属于刑事案件，在他认罪后，很快进入了公诉程序。小娇本来想拿出全部积蓄为阿勇请个律师，但是被其他五个女生拼命劝住了，她们不希望她再犯傻，能通过这件事认清一个人多好啊，她可绝对不能再把未来搭上了。

当初小娇和阿勇私奔时，两人都未到法定结婚年龄，一直没有领证，现在也省得离婚分割财产。后来小娇在大病一场后终于想通，决心和过去划清界限。她搬离了租住的双人间，找到了新的工作，又和曾经决裂的家人重新开始联络，一切都在向着好的方向发展。

不过，这些都是后话了。

在派出所指认完阿勇后，燕其羽终于领回了她的宝贝显示器。

当初阿勇偷它时因为太过慌张，不小心磕到了角，蹭掉了一块金属漆，好在没有伤到最重要的屏幕，在地库里放了那么久也没有受潮进灰。

屏幕带回家后，燕其羽把它端端正正地放在了工作台上。老房子主卧空间不大，工作台紧邻着双人床，燕其羽余光瞟见铺得整整齐齐的被褥，就不由自主地回忆起昨天晚上在这张大床上经历过的羞人事。

跟在燕其羽身边的于归野当然也注意到了她微红的脸颊，他故意凑过来，问她说："你是不是在想，要是再大一点就更好了？"

燕其羽吓得一颤，在他怀里结结巴巴地说："不，不不不，于先生你已经很大了！"

于归野亲亲她的头顶，笑道："谢谢你的夸奖——不过你想到哪里去了，我说的是房子太小，桌子也太小，只能放得下一台电脑。"

"乖，我新买的房子已经装修好了，等味道散尽，咱们过段时间就可以搬家了。"

家具电器全部自带，屋子里外簇新亮堂，唯一缺的就是女主人了。

燕其羽没好意思接话，她慌张地转移话题道："我的屏幕拿回来了，是时候把江老师借给我的画图工作站还回去了，我还要去买个新的主机配屏幕。"

燕其羽这话也不是说谎，工作站虽然更高级，但毕竟是借来的东西，总不好一直占用。而且桌子就那么一点点大，放下那个触摸数位屏后就再也放不下别的东西了。

第二天一早，于归野便载上燕其羽，带着那台工作站，开向城外的创意产业孵化园。

他们抵达时，江雪舟正在给小助手们开会，他现在一个人带了三个助手，听着人多，但一个能打的都没有。

"独钓寒"大神画风精细，又是写意人物科班出身，光论画工，秒杀圈内一众作者，助手们更是远远达不到他的水平，三个助手只能每人负责其中一个步骤。等到《舞蹈节奏》上线后肯定还要增加新人。

《舞蹈节奏》预定在元宵节连载，宣传已经打出去了。海豚漫画APP给了这位大神足够的尊重，从正月初十开始就有各种预热，读者们都很期待这位传统古风大神演绎的现代校园作品，会有怎样的新意。

来的路上燕其羽看了一眼《舞蹈节奏》的预收藏，人家只放了两张人设，作品收藏就比得上《苍穹之梦》的二分之一了,要知道《苍穹之梦》可连载了两个月,上线了十五话了!

哎,大神真是比不过。

江雪舟热情地接待了他们,在听到小偷居然是燕其羽的室友时,他先是震惊,接着是庆幸。

"就当破财消灾吧。现在发现他这个隐患,总比一直没发现要强。那个小偷的性格那么偏激,幸亏只是偷了点东西,其羽总是独身在家,若发生了其他危险,她哪里打得过一个男人。"

于归野听了也频频点头,后怕地握住了身旁女孩的小手。他和她明明住的是对门,却不知道她那段时间的处境,若她真遇到危险了,他一定会后悔死的。

不过老旧小区治安确实不好,看来他要抓紧时间带着"小白兔"换窝才行。

几人聊了一会儿,燕其羽问道:"老师,其实今天来,有件事想要麻烦您。"

"什么事?"

"我现在的助手是我的朋友,可是她年后被'知不道仙人'提成新漫画的主笔了,没有时间再帮我做后期。我想问问您有没有合适的助手可以介绍啊?"

一听燕其羽的请求,江雪舟无奈地摇摇头道:"我也缺助手啊,我现在的三个助手都比不上你一个,你在我这里时,真是画得又好又快……"

江雪舟从那时候就清楚,以燕其羽的进步速度,绝对不可能永远做助手,终有一日她会成长为厉害的漫画家。

于归野开玩笑插话道:"要不然你教我画画吧,我给你当助手。"

燕其羽哼了声道:"你连口红色号都分不清,我才不指望你能帮我上色呢。"

江雪舟这时候倒是和前情敌站在了一个阵线上,他微笑道:"这事可怪不得他。我会上色,可是我也分不清你们女生的彩妆,'斩男色'不是红的,'奶酪色'不是黄的，我们眼里的颜色和你们眼里的颜色，差别就像 CMYK 和 RGB 一样大。"

于归野立即跟上道："江老师说得对。她今天出门用了一盘'大地色'眼影，还说为了搭配要穿一件'袈裟色'外套。我那天听她和助手语音，跟助手说背景颜色没有按照'色指'来，应该画成'蒂芙尼色'。"

燕其羽被老师和男朋友夹道攻击，没过多久只能认输。

三人说说笑笑，时间过得飞快。

忽然工作室的门铃响了，一个小助手"啪嗒啪嗒"跑过去开门，燕其羽下意识地往那边看了一眼。大门打开后，一个瘦小窈窕的身影出现在门外，只是对方的脸却刚好被遮住。

那位神秘来客穿了一件时髦的廓形大衣，里面的衣服也是时尚潮牌。明明天寒地冻，她却穿着浅口小高跟鞋，执拗地露出一截脚腕。

燕其羽看着她包裹在牛仔裤下的小细腿，笃定她绝对没有穿秋裤。

她手里捧着一个包装精美的盒子，也不知她和助手说了些什么，那个纸盒很快转移到了助手手里。

大门合拢，那个娇小的身影也消失在燕其羽的视线中。

助手捧着那个纸盒走向前台，江雪舟问道："刚才来的是谁？"

助手答道："是旁边那栋闲置小别墅的新主人，她过来送了乔迁礼，说以后请多多关照。"

助手是个年轻男孩，戴着黑框眼镜，锅盖头，一脸宅男样。纸盒上夹着一枚淡粉色的名片，他拿下名片嗅了嗅，着迷地说着："啊……真香。"

燕其羽三人齐齐笑起来。

江雪舟问道："你看看盒子里是什么东西，如果是吃的，就给大家分了。"

助手打开盒子瞄了一眼，结果瞬间就让一股红色从脖子蔓延到脑瓜顶，不知道的人还以为他被蒸熟了呢。

江雪舟见他神色异常，忙问道："盒子里是什么东西？"

"呃，呃……是茶叶。"助手从盒子里捞出一罐茶叶，于归野看了看——冻顶乌龙，好茶。

燕其羽问道："应该还有别的吧？"

"呃……还有一本……"助手笨手笨脚地把茶叶罐放下，颤巍巍地从盒子中捞出来一本漫画书。他捂住眼睛，结巴地说道："没想到搬过来的也是一个漫画工作室。"

能让助手如此脸红心跳的漫画书，自然不是凡品。

封面上，一个身着女仆装扮的性感女郎姿态妖娆。只见她一手拎起超短裙的裙角，裙摆上盛满朱红色的浆果。丰弹的大腿肉感十足，隐隐约约露出丁字裤的边角。另一只手则拿着一只融化的冰激凌，乳白色的奶油流得满手都是，她舌尖挑逗地伸出唇外，勾起唇角的一点奶油。酥胸在束腰的衬托下更是呼之欲出，胸口上甚至还有一个通红的牙印，极为吸睛。

不用翻开，光是看看封面图，这本书就足够成为无数"阿宅"的枕边宝书了。

于归野现在可是有妇之夫，他一边咳嗽一边赶快移开视线。

而江雪舟也很是不自在，他为人正派，甚至正派得过于古板守旧。他虽然画过无数次人体素描，也欣赏过很多大师的裸体雕塑，但……但相漫、相图这种东西，哪是一个正人君子该看的呢？非礼勿视、非礼勿视，也不知什么样的漫画家才会画出这样色气满满的作品。

三人之中，倒是燕其羽眼睛不眨地盯着那个漫画，显得尤为大胆。

不会这么巧吧？

这个画风燕其羽真是太熟悉了，她可是每天暗搓搓盯着人家的页面无数次，生怕被对方的数据反超。

现在她闭着眼睛都能回忆起那位漫画家是如何画胸臀腰的……

世界怎么这么小，谁能料到"独钓寒"的邻居，会是"乱码君"呢？

"乱码君"还真是一如既往的作风高调啊。

燕其羽有种预感，未来，江老师的生活不会平静了。

第十节　每天都在忙着谈恋爱

正月十五元宵节，是千家万户团圆的日子。而这么重要的日子，于惊鸿早就张罗起来，强烈要求让于归野带着燕其羽去她家过节。

于归野自然不同意——他还惦记着元宵节当天，和燕其羽吃几颗白白胖胖的大元宵，然后再就着好兆头，生几个白白胖胖的小娃娃呢！对于恋人来说，不管是中国节还是外国节，他们都有能过成情人节的本事。

于惊鸿在他这里碰了壁，干脆直接越过他，给燕其羽打了电话，开口便是一句："弟媳，正月十五来我家吃元宵啊！"

燕其羽连笔都吓掉了，顶着她热情的呼唤，说道："鸿姐，你还是叫我小燕吧……"

于是就此敲定，元宵节当天这对小情侣去他们家过节。

丹尼尔一听说燕其羽要来，早就乐疯了。他连玩具都顾不得玩，托腮蹲在地上，看着钟表一圈一圈地转，他恨不得时针能走得快一点，这样他就能早一点见到他的"小鸡毛"姐姐了！

孩子可以无忧无虑，但对于四个成年人来说，这次家庭聚会实在太重要了。

虽然于惊鸿和燕其羽关系不错，但之前仅仅把对方当作邻居，深交不多。现在两人之间的关系骤然改变，未来有百分之九十九点九九的可能性成为亲戚，那这次的见面就容不得一点差错。

本来于家爸妈想趁着这机会见见燕其羽的，但想着她刚和儿子确定关系没多久就要见家长，进度实在太快。所以老两口干脆把于惊鸿派出去当探路兵，替他们好好招待未来的儿媳妇。

不光于惊鸿和苏禾夫妻俩肩负重任，燕其羽身上的压力也不小。

这可是燕其羽第一次以女朋友的身份见于先生的家人，她要怎么表现才能显得落落大方呢？

第一次去姐姐家里做客，总不能空手去，燕其羽打算买些女式护肤品、男式领带什么的，再给丹尼尔包一个大红包。

于归野无奈地拦下团团转的燕其羽，说道："春节前你可给我家里人买了不少东西，这次真不用那么麻烦了。"他提前买了牛奶、水果和肉类，既不显得失礼，到时候还能其乐融融地一起享受美味。

于归野抱抱紧张的小姑娘说："好啦，放轻松。我姐和姐夫都是很好相处的人，他们不会把你吃了的。"

可惜他的安抚完全没起到作用，于归野想了想，又说道："要不聊聊别的话题，转移你的注意力？"

"什么话题？"

于归野道："'中国漫画大奖赛'的获奖结果揭晓不就在元宵节晚上八点吗，你要是觉得去我家太紧张的话，想想未知的比赛结果，你就不紧张了。"

真是谢谢你啊于先生，燕小姐现在变得更紧张了。

于惊鸿夫妻俩都是企业高管，收入高，住的也是方圆十站地铁内最贵的"紫苑豪庭"。其实这高档住宅与于归野暂住的老房子所隔只有两个街区，但是小区内的环境差了不止八个档次。

燕其羽一个普通家庭出身的女孩，赚的每一分钱都是"爬格子"的辛苦钱，她买一斤草莓都要好好掂量，哪里踏入过这样贵气十足的地界？虽然早知道自己和于归野家里差距很大，但这样直观地展现出来，她难免有些束手束脚，总觉得自己浑身上下透着一股平凡。

可偏偏正是这样平凡的她，却被一个如阳光般温暖耀眼的人爱上了。

好在燕其羽生性乐观，总是带着一股昂扬向上的劲头。她暗暗给自己打气——她这么穷，于先生喜欢她肯定不是因为她的小钱，那只能是因为她有才有貌，德智双全了！

被自己的阿Q精神逗笑了，燕其羽神采奕奕，双颊更是粉扑扑的，不论多灿烂的腮红都画不出来那个颜色。

车子驶入地下车库，专属电梯可以直通于惊鸿家，电梯门开启后，正对着的便是于惊鸿家中的玄关。

一直守在门边的丹尼尔听到动静，立即如条小狗般摇头晃脑地扑过来，双手搂住燕其羽的腰，开心得蹦蹦跳跳，说道："'小鸡毛'姐姐！我想死你啦！"

燕其羽再一次纠正他道："是'小羽毛'！"

"好的！'小羽毛'阿姨！"丹尼尔立即改口。

"还是叫我姐姐吧。"燕其羽含泪认下"小鸡毛"三个字，知道自己是逃不开这个奇怪的昵称了。

苏禾和于惊鸿夫妻俩携手迎出来，热络地同燕其羽打招呼。

这是燕其羽第一次见到于惊鸿的丈夫，他面相和善，戴一副金边眼镜，看上去文质彬彬的。丹尼尔和他站在一起，任谁都能看出他们的父子关系。

两个男人把带过来的东西拿到厨房冰箱放好，而于惊鸿早就亲亲热热地挽着燕其羽的胳膊，把她带到了真皮沙发上。

欧式奢华风的茶几上摆放着精巧的甜点与一壶英国茶，于惊鸿给她倒满一杯，又把千层蛋糕往她面前推了推，招呼她吃东西。

燕其羽受宠若惊地说："鸿姐，你不用客气啦……"

"吃吃吃。"于惊鸿眨眨大眼睛，特别殷勤地说，"一边吃一边给姐姐讲讲你俩的恋爱经过！上次太仓促，刚听了一个头儿就没了。这次你可一定要给姐姐说清楚了！"

人过三十，八卦程度直线上升。

于惊鸿实在擅长套话，燕其羽毫无招架之力，对方问什么，她就只能老老实实答什么，即使她想隐瞒，被鸿姐那双美目一瞟，她就完全没有想要反抗的心思了。

转眼的工夫，燕其羽已经从生辰八字到学校家庭全都傻乎乎地抖了出来，于惊鸿也礼尚往来地给她透露了于归野身上发生过的种种窘事。

于惊鸿手舞足蹈地讲述自己生孩子时的故事：于归野两天一夜没闭眼，他看到皱巴巴的丹尼尔后第一时间就抱着姐姐红了眼眶，明明是个二十多岁的大男人，掉眼泪的模样却像是十几岁的小朋友。

丹尼尔在旁边听得津津有味，嘴里含着根棒棒糖，不住地问着："然后呢？然后呢？"

话音未落，丹尼尔的身子便腾空而起——不知何时于归野从厨房里走了出来，把小胖墩抱了起来，像是抱着一颗大皮球，还凌空颠了颠。

于归野脸上没什么表情，但燕其羽知道，他一定是觉得丢脸了。

于归野说道："走，带上你的'小鸡毛'姐姐，咱们去超市。"

燕其羽不解道："去超市？"

"嗯，某个傻女人叫咱们来她家过元宵节，结果根本没买元宵。"

被叫作傻女人的于惊鸿沉默了。

丹尼尔正听到兴头上，不愿意离开，却被于归野连威胁带哄骗地拐走了。

一直到坐上车后座的儿童座椅，丹尼尔还在问："舅舅，你为什么看到我出生之后，就抱着我妈哭了啊？你多了我这么一个又乖巧又聪明的外甥，应该很高兴呀。"

于归野挑眉道："因为你胖得像个球，我没看出来你是个男球还是女球，生生气哭了。"

丹尼尔气得直跳脚，嘴里嘟囔着："再也不要和舅舅世上最最好了。"

于归野自后视镜里瞥了他一眼道："那你想和谁世上最最好？"

丹尼尔心想：这还用说嘛，当然是"小鸡毛"姐姐啦。

下了车，小胖墩拉起燕其羽就往超市里冲。等到于归野慢悠悠地锁好车后，一大一小两个人影早就不见了。

于归野给燕其羽发了个微信，问她在哪儿，燕其羽急忙回了信息。

小羽毛：于先生、于先生你快来！

小羽毛：丹尼尔从一个试吃区，吃到另一个试吃区，吃完炸鸡块接着吃冰淇淋，我拽不住他啦！

于：……

于：等我，三分钟就到。

可惜这个超市实在太大了，它是附近几个小区之间的地标型建筑，地上两层地下一层。燕其羽实在说不清楚自己在哪儿，丹尼尔拉着她从薯片区到方便面区，从水果区到酸奶区，不停地流窜。也不知道他小小的身体里为什么有这么大的能量。

小羽毛：于先生你别着急。
小羽毛：丹尼尔吃饱了，我现在陪着他在儿童乐园玩。
小羽毛：这儿有纸笔，我在给它画小猪佩奇。
小羽毛：你慢慢走过来吧。

看到燕其羽这么说，于归野就不急了，自己推了一个购物车，慢悠悠地在超市里逛。

于惊鸿和苏禾夫妻俩工作忙，不常开火，家里很多调料用完了都不知道，于归野还得一样样补充。没过多久，于归野面前的购物车里就堆起了不少东西。

于归野风度翩翩，穿衣打扮也十分有品位，独身一人穿梭在人群中，没少吸引周围人的目光。在人满为患的家庭超市里，这么一个很有居家感觉的好男人，让不少婆婆妈妈们暗自注意。

有人天生就是焦点，明明穿梭在超市货架前，可给人的感觉就像是在挑选什么珍宝。

就在于归野对比着两包不同口味的速冻汤圆时，身后忽然传来一道柔美的声音。

"啊，这么巧？又见面了。"

于归野眉头微蹙，循声望去，站在他身后的年轻小姐有些面熟，她脸上带着淡淡的激动与羞怯，正惊喜交加地望着他。

"您是……"他停了停，终于从记忆中找出她的名字，脱口而出道，"瑞秋老师，好久不见了。"

瑞秋老师是丹尼尔的幼儿园班主任，温柔甜美的她深得小朋友喜爱，结果让丹尼尔这个小男子汉也情不自禁地栽了进去，不仅嚷嚷着要让瑞秋当女朋友，还从家里偷了妈妈的钻石大戒指求婚。

"这个春节过得怎么样？我很想……丹尼尔。"瑞秋老师满眼含羞带怯地看着他。

"哦，他挺好，又胖了。"于归野没有深谈的想法，他看着手里的汤圆，一包是缤纷水果馅，丹尼尔肯定喜欢，一包是传统黑芝麻，燕其羽一定爱吃，究竟买哪个呢？

瑞秋老师又问道："好久没见过您去幼儿园接丹尼尔了，是最近很忙吗？"

"嗯，是挺忙。"于归野敷衍道。

还是买黑芝麻的吧，再来一包花生口味。小胖子不吃就不吃，反正他也该减肥了。

瑞秋老师鼓起勇气继续打探着："说起来认识这么久了，一直不清楚您的工作呢，也不知道您每天在忙什么。"

于归野随手把两包汤圆放进购物车里，似笑非笑地看了她一眼。

不是于归野自恋，但成年男女之间没话题还要硬聊，究竟什么意思他心里基本明白。可瑞秋老师毕竟是丹尼尔的班主任，于归野不想把话说得太难听。

于归野点到为止道："没忙什么，只不过每天都在忙着谈恋爱。"

瑞秋老师脸色僵了僵，尴尬地道了别，赶快推着小推车离开了。她的工作性质让她每天接触的异性不是未成年小毛头，就是已婚爸爸，于归野是唯一的单身钻石男，第一次见面时就让她移不开眼。只可惜……

瑞秋老师的离开没在于归野心中留下一点波动，他坦然地移步下一个货架。

可就在这时，货架后走出一个娉婷的倩影，挡在了他面前。

只见燕其羽手里抱着一个熟睡的小胖墩，眉开眼笑地看着他，揶揄道："于先生，看来您真是桃花朵朵开呀。"

第十一节　其乐融融元宵节晚宴

别的女生向自己殷勤示好，偏偏被正牌女友看到了，怎么办？

若是其他男人遇到这种事，保不齐心跳加速、口干舌燥、手脚发凉，总之怎么紧张怎么来。

可于归野连呼吸都没乱，反而镇定地迎向了燕其羽的视线。

笑话，他又没做亏心事，怎么会怕女朋友查岗呢？

两人就这样隔空对视了好一会儿，反而是燕其羽率先败下阵来，尴尬地移开目光。她小声道："好啦，我就是开个玩笑。"

捉弄于先生真不好玩，本来还想看他慌张解释的模样，谁想到他这么镇定，根本不怕。

这个恶作剧一点都没奏效，燕其羽无聊极了，催促于归野赶快回家。怀里的小胖子压得她手疼，偏偏他就算睡着了，手里的几幅简笔画他依旧舍不得放下。

忽然，于归野说道："你再把刚才的话重复一遍。"

"啊？"燕其羽晕乎乎地说道，"你是指我说你'桃花朵朵开'那句？"

"对。"

燕其羽一脸茫然，只能呆呆复述道："于先生，看来你真是桃花朵朵开啊。"

"桃花开是开了。"于归野接话道，"就是不知道桃花什么时候能给我结颗果子啊。"

燕其羽算是明白了，和于先生过日子，真是要时刻做好被反撩的心理准备啊。

回程的路上，丹尼尔一直在儿童座椅里沉沉睡着，没有睁眼，两个大人在前排低声讨论起瑞秋老师的事情。

"原来刚刚那个女生是丹尼尔的老师啊……不过'瑞秋'这个名字好熟悉。"燕其羽仔细想了半天，却想不起来什么时候听过她的名字。

于归野提醒她道:"咱们第一次见面那天,丹尼尔要你给他画一张图。"

"啊!"燕其羽的记忆跳转回半年之前,丹尼尔的画像是她在路边接过的最后一单生意,让她记忆深刻。她仔细对比了一番自己脑海中女生的画像与瑞秋的真实模样,自恋地认定自己画得非常传神。

提起这件事,于归野这才想起还有一个盘桓许久的问题没问过她,便出口问道:"丹尼尔的画是送给心上人的,他才四岁,正常来讲他喜欢的人应该是同龄人。可是他却让你画了一个成年人的画像,你就没觉得奇怪吗?"

燕其羽摇摇头道:"当时他只告诉我说瑞秋是他喜欢的人,我哪里想到会是那种喜欢,还以为是普通的小朋友对老师的喜欢,哪会想这么多。"

之后,于归野还讲了丹尼尔是怎么偷偷拿了妈妈的钻戒去向瑞秋老师求婚、又是怎么被请家长,甚至之前的离家出走事件也是因为在幼儿园里被其他小朋友嘲笑。

燕其羽目瞪口呆地听着这一切,不得不感叹现在的小朋友真是太早熟了。她二十四岁的时候还是"单身狗"呢,四岁的丹尼尔就惦记脱单了。

于归野叮嘱她道:"今天在超市碰到瑞秋老师的事情千万不要让丹尼尔知道,我怕他还喜欢她,会不开心。"

燕其羽却说:"放心吧,我想他已经走出情伤了。"

"怎么说?"

燕其羽指了指放在车后座的几幅小猪佩奇,说道:"今天我们在儿童乐园时,他缠着我让我教他画画,画完之后还在旁边写了一行英文。"

"什么英文?"

"给辛迪。"燕其羽笑道,"瑞秋老师的英文名肯定不是辛迪吧。"

于归野从后视镜里看了一眼睡成小肥猪的外甥,嗯,看来这小子终于要迎来新的春天了。

元宵节的晚餐尤为重要,自然是于归野于大厨掌勺。姐夫苏禾平常也会露两手,可遇到这位妻弟,还是拱手让出了炒菜锅。

燕其羽本想帮忙打下手,结果刚拿起菜刀切了两下,就被于归野送出了厨房。

于归野说:"行了小画家,你昨天还在抱怨手腕疼到拿不住笔,今天休假,你赶快抓紧时间多抹几遍药膏,不要管厨房里的事了。"

于归野做菜速度很快,而且他能左右开弓,一心二用,烤箱、炒菜锅、蒸笼、汤锅多管齐下,不过半个小时的工夫,就把营养又丰富的六菜一汤端上了桌。

最后一道压轴大菜当然是鱼。因为有小朋友在,所以于归野特地选了一条刺少的河鱼,清蒸后的鱼肉细嫩软烂,切得极细的姜丝葱丝点缀其上,一勺滚油从头至尾浇上鱼身,鱼皮瞬间被浇透,变得更加紧实。伴随着滋啦作响的声音,鱼身上的味道也被完全激发,清淡却完全不容忽视的味道瞬间溢满了整间厨房。

桌旁早就坐好的三个大人和刚刚睡醒的丹尼尔手捧饭碗,满眼期待地看着他。于归野心下发笑,觉得自己简直像是鸟妈妈,在逐个投食喂饭。

于惊鸿早就忍不住了,鱼刚一放下,她手里的无影筷就动了起来。

可惜于归野早在将近三十年的"战斗"中看破了她的招数,见招拆招,手握饭勺把整只鱼护得滴水不漏。于惊鸿想夹鱼眼,于归野便护住鱼眼,于惊鸿想夹鱼肚,于归野便护住鱼肚。

姐弟俩简直像是智商倒退二十岁的小朋友,在整个饭桌上你来我往地抢起来。

苏禾早就习惯了妻子和妻弟时不时刺对方一下的行为,他有些无奈地对燕其羽说道:"真不好意思,第一次请你过来做客,就让你看到这么丢脸的场景。"

可燕其羽怎么会觉得这场景丢脸呢?她是独生女,自小就很羡慕别人家有兄弟姐妹陪伴。这还是她头一次见到姐弟间的交锋,两人打闹是假,玩笑是真,关系亲密到令人艳羡。

而且最主要的是,燕其羽也因此见到了于先生少见的幼稚,与平常的温柔可靠不同,现在的于归野不再有超脱他年龄的成熟,更像是一个还没长大的年轻人。

于归野说:"姐,我是大厨,这第一筷子应该由我夹吧?"

于惊鸿只能忍痛同意。

哪想于归野第一筷子便夹向了鱼头下最嫩的一块鱼腩肉,然后手腕一转,这块鱼腩肉便落进了燕其羽的碗中。

燕其羽哪想到于先生会在家庭聚会上秀恩爱,又是开心又是羞涩,她小声说了句"谢谢",然后便顶着鸿姐揶揄的目光,把这块鱼肉吃进了肚子里。

"诶……好吃!超好吃!"燕其羽惊叹出声,同居这段时间,几乎每天都是于归野下厨,这道油沁鱼的好吃程度更是直接爆表。

如果燕其羽是美食漫画里的人物的话,整道菜在出锅时就要散发金光,当她吃下第一口时,她必须泪流满面、爆衫爆裙,并且从儿时到现在的所有记忆都要在脑中跑马灯般闪现一遍,才配得上这道菜的美味。

于惊鸿早就等不及了,夹了一块鱼肉细细品尝起来,一边吃还一边摇头晃脑地品评道:"我弟这人打小就聪明!学什么像什么,本来他完全不会做菜的,后来他写了一篇和厨子有关的小……"

桌下,于归野猛地踢了姐姐一脚,制止了她未出口的话。

两人眼神交锋。

于惊鸿用眼神问:你他妈还没说?

于归野用眼神答:嗯。

于惊鸿简直想把这个故弄玄虚的男人扔进地沟里。

于惊鸿的话莫名被打断,燕其羽听得懵懂,不明白于归野怎么能和厨师扯上关系。

燕其羽正要追问,偏偏此时,燕其羽的手机闹铃响起。

手机上的闹铃提示闪烁不已——再有十分钟,"中国漫画大奖赛"的获奖结果就要在他们的官方网站上公布了!

燕其羽"嗷"的一声从餐桌前跳起来,其他的一切杂事都抛于脑后。

若不是于归野硬压着燕其羽让她吃完饭,她都打算饿着肚子等结果了。

燕其羽用她此生最快的速度扒完了饭,紧张至极地捧着手机蹲到了路由器旁边,打算时间一到立即刷新获奖页面。

见燕其羽如此重视，餐桌上的其他几人也无心吃饭了，都陪着她蹲守在客厅里。远远望去，就像是一只小花菇领着四只蘑菇。

丹尼尔腻到燕其羽怀里，主动给了她一个抱抱，奶声奶气地说道："'小羽毛'姐姐，你这次一定能获奖的！"

这是丹尼尔头一次说对燕其羽的笔名，同时还送上了一枚带着鸡翅味道的香吻。

其实丹尼尔根本不清楚燕其羽究竟是在参加什么比赛，但他想这应该和幼儿园拿小红花差不多吧，只要拿到了，就证明自己在课堂上乖乖听讲、在体育课上努力跑步、回家认真做作业……一切的辛苦付出，都是有意义的。

燕其羽把他揽在怀里，本想回他一个吻，结果太过紧张，居然一口咬在了他的圆脸蛋上，留下了一圈红红的牙齿印。

客厅墙壁上悬挂着一个大大的时钟，随着"滴答滴答"的响动，秒针慢慢靠近了最上方。

所有人仰起头，屏息看着时间走过。

燕其羽的手指悬停在刷新按钮上，随时都能按下去——可偏偏，当整点报时声响起时，燕其羽突然把掌心的手机扔到了于归野怀里。

于归野满脸疑问。

燕其羽把脑袋埋在膝盖上，双手捂住脸，绝望地说道："于先生，还是你帮我看吧，我不敢啊！"

每个被提名的作者都有一颗想要获奖的心，谁都希望自己的作品能够获得读者与评委的肯定。若是落选了，那瞬间的示弱也会击垮一颗脆弱的内心。

燕其羽不觉得自己会被击垮……但若是没有获奖，她绝对要哭唧唧。

于归野很理解燕其羽的担忧，因为他当年第一次被提名某个国内文学奖时，比她的表现还要夸张。

于归野接过手机，点击刷新——瞬间，获奖名单的公示页面便呈现在他眼中。

于归野迅速扫过前面几个奖项，视线准确地锁定了"最佳短篇奖"。

足足过了一分钟，于归野都没有出声。

燕其羽一颗脆弱的兔子心"扑通扑通"直跳，她屏住呼吸抬起头，手却保持着捂住眼睛的动作，只堪堪从指缝之间偷偷窥探着男人的神色。

可是于归野表情极为平静，平静到她完全无法从他的眼角眉梢打探出任何消息。

燕其羽小声问："结果出来了吗？"

于归野不答。

燕其羽又问："我得奖了吗？"

于归野依旧不答。

燕其羽眼圈已经红了，迟疑道："我要是没得奖的话，你直接告诉我……我、我不会哭的！"

突然，于归野放下手机，弯身把缩成一团的女孩一把抱起。

燕其羽轻得像片羽毛，轻飘飘地落进他臂弯里。

于归野就这样抱着她转了好几圈，把她心里所有负面情绪全部转走，只剩下满满的开心。

燕其羽想，她知道答案了。

"恭喜你，小冠军。"

第十二节　最佳短篇奖

中国漫画大奖赛是中国漫画行业的顶级赛事，随着近年来国产漫画行业的蓬勃发展，关注着这项比赛的人也越来越多，就连不是漫画圈的人也会向这里投来热切的目光。

获奖作品揭晓后，燕其羽的 QQ 瞬间炸了，熟悉的、不熟悉的人都纷纷向她发来贺电，就连她经常混迹的漫画群也充满了对获奖结果的讨论。

《明星达克》能够获奖，除了燕其羽以外，最为开心的自然是小说原作者林嘲风了。这位以成为网红段子手为己任的富二代少爷，写过的短篇不知繁几，但仅有这一部作品拿下了海豚文学的小说奖项，现在改编的漫画也势头十足，拿下了国家级大奖。

龙龙龙：牛逼啊小羽毛！

龙龙龙：看来小爷的拉票很有效！

龙龙龙：我可发动了我微博上的几十万粉丝都给你投票去了。

龙龙龙：等到时候奖杯下来了，你可得借我几天玩玩！

燕其羽心情愉快地给他发过去好几个表情，又发了个红包过去。

没过多久，林嘲风也回了一个红包给她。

燕其羽没多想就点开了，结果瞬间被红包里显示的数字震惊了。

小羽毛：你是不是手抖发错啦？

小羽毛：我只给了你九块九诶！你就算回礼也不需要移两位小数点吧！

"龙龙龙"先发来一个挖鼻孔的表情。

龙龙龙：听老江说，你终于把自己嫁出去啦？

龙龙龙：就当是娘家人给你的嫁妆。

燕其羽一头问号。

小羽毛：老江是谁？

龙龙龙：就是你江雪舟江老师。

龙龙龙：他是我爷爷的师兄，我就叫他老江了。

小羽毛：这么说，你认识老师很久了？

小羽毛：可是怎么一直没听你提过？

龙龙龙：呃……就没顾得上提呗。

龙龙龙：不要在意这些细节啦！

林嘲风这个大嘴巴一不小心说漏了，捅破了他和江雪舟的关系。若是放在几个月之前，燕其羽估计只会觉得大家都认识，真有好缘哦，可放到如今，她敏感地察觉到了什么。

林嘲风借口说要去吃元宵，匆忙下线，燕其羽对着手机上显示下线的黑色头像，心事重重。

好在之后接二连三的贺喜消息轰炸掉燕其羽所有的时间，阿琳甚至发来了一张贺图，画面上一只柴犬穿金戴银，就连爪子上都涂满了金灿灿的指甲油。旁边几只小兔子身披夏威夷草裙，爪拉爪，跳起庆贺的草裙舞，它们头顶有一条横幅：老铁，狗富贵勿相忘哦！

燕其羽被这张图逗得哈哈大笑，连忙拿去给于先生看，问他能不能把画打印下来挂在新家的墙上。

"当然可以，那也是你家，你想怎么装饰都可以。"于归野说道，"而且，她画得这么好，我看了都喜欢。"

"这叫表演能力，是漫画行业非常看重的一点。"燕其羽滔滔不绝地安利起闺蜜来，话不停道，"你看我，我的专长是分镜，也就是用景别和镜头的更迭变换，来讲述故事，烘托气氛。阿琳擅长的是表演，这和电影里的表演很像哦，她很擅长通过细微的动作差异以及表情特写，来呈现人物的心理变化。你看这只狗和这些小兔子，都被她画活了。"

"那她为什么一直没有出道呢？"

燕其羽郁闷地说："她和我一样不擅长编剧。她之前也自己画过漫画，但是题材实在不行。"她又仰起头说道，"不过现在好啦，'知不道仙人'提拔她当漫画主笔，她只要能把那部作品完成了，就能以漫画家身份被人所知啦！"

也不知道"知不道仙人"的新作是什么题材，希望能和阿琳的画风相符吧。

更让燕其羽惊喜的是，于惊鸿一家人早就知道今天是漫画大奖赛结果揭晓的日子，提前为她准备了一个蛋糕。蛋糕是于惊鸿亲手烤制的，蛋糕整体是代表冠军的数字"1"，松软的面包胚与细腻的奶油层层叠加，最上面用巧克力豆、水果、可食用的鲜花装点，五彩缤纷，活泼亮眼。

燕其羽被大家簇拥到餐桌前，让她亲手切分蛋糕。

于惊鸿不知从哪里变出了一顶闪闪亮的小冕冠，还有一条类似于世界小姐那样的绶带（上面写着"我是冠军"），兴致勃勃地给她装扮上。燕其羽哭笑不得，像个洋娃娃一样任由她打扮好。丹尼尔在旁边"哇——哇——"地怪叫，说："'小鸡毛'姐姐比童话书里的公主还漂亮。"

甜甜的蛋糕从嘴里一直甜到了心里。

这个元宵节，燕其羽收获的东西太多了。她拿到了梦寐以求的奖项，有了新的家人，获得了朋友们的真心祝福。

燕其羽登录微博，发布了一条新消息。

小羽毛轻飘飘V：谢谢评委老师的青睐，也谢谢读者的支持，让我在正式出道的第一年，就收获了分量如此重的一个奖项。"中国漫画家大奖赛"的"最佳短篇奖"并非是我的终点，而是未来的起点，我会继续加油，继续绘制我心中的世界。

光是文字实在太干巴巴了，燕其羽想了想，把自己与数字蛋糕合影的照片发了上去。照片中，女孩双手合十，对着蛋糕闭目许愿，嘴角高抬，压抑不住心中的快乐。

这条微博刚一发布出去，评论里立即充满了各式各样的祝福。经过这么久的积累，燕其羽早就不是微博粉丝几百个的小透明，现在她可是漫画圈的新晋小粉红，又拿到了含金量这么高的一个奖项，绝对是同届新人里最引人注目的一个。

没过一会儿，一条评论被顶到了最上方。

乱码君V：行吧，祝"小羽毛"小朋友一岁生日快乐。

阿琳回复乱码君V：这是冠军蛋糕，不是生日蛋糕，你皮这一下就这么高兴？

乱码君V回复阿琳：嗯，特高兴。

拜这个重量级奖项所赐，燕其羽正在连载中的漫画《苍穹之梦》也迎来一波新的关注高潮。

燕其羽现在稳稳地坐定了新人榜第一的位置，超过《喵喵侠》好大一截，不过她没有太过庆幸——若不是"乱码君"此前专注同人，从没画过原创的话，恐怕这届漫画奖没那么容易进入她的囊中。

如果说燕其羽的快乐是一百分的话，身为她编辑的步娜娜可就有一千分了！自己慧眼识珠，挖掘了这么厉害的一块宝贝，还为她投稿参选，最终拿下大奖——步娜娜连自己的墓志铭都想好了，就写："嘿少年，画漫画吗？"

步娜娜给燕其羽打了个电话，要求她好好做准备，到时候要给她安排几个采访。

燕其羽直接吓蒙了："采、采、采什么？"

"采访啊！两个专访三个群访，专访是咱们海豚漫画的内部访谈，群访的记者我提前筛选过，都是面向年轻人的新媒体。放心吧，到时候我会陪着你，出来的稿子我这边也会先看一遍，不会让他们瞎写的。"

燕其羽第一反应就是拒绝，她只是个普普通通的小画家，嘴笨口拙，采访什么的哪里轮得到她？而且她面对采访者，根本不知道该说些什么啊。

燕其羽的"不"字刚出口，步娜娜就打断了她。

"'小羽毛'，小毛毛，小燕燕，小宝贝，小甜心……娜娜姐的升职希望就在你身上啦！"

"诶？"

步娜娜也不遮掩，很直白地说了自己的目标：她在海豚漫画工作几年了，慢慢从实习编辑成长为一个可以独当一面的资深编辑。恰逢她所在的三组，副主编在春节前跳槽了，留下了一个空缺，而她一手培养的小羽毛赢得了一个漫画大奖，以这样的工作成绩，步娜娜完全有资格竞争副主编的位置。

瞄着那个空位的人有好几个，但大家都在客气，嘴上谦虚"哎呀我水平不够"，唯有步娜娜野心昭昭，从来不掩饰自己的目标。

步娜娜有能力、有经验、有想法、有态度，她凭什么要和别人客气呢？

她已经三十一岁了，有的人到了这个年纪，会变得柔软、妥协、圆滑。可是步娜娜没有，她曾经有多锋利，现在就有多凶猛。

步娜娜给燕其羽安排的采访也是这个原因——她要尽可能大地扩大燕其羽的影响力，要让公司里的人都知道，她步娜娜，是慧眼识才的伯乐，她把一个曾经被一组副主编拒之门外的漫画家洗去尘土，让她成了所有人的掌上明珠。

"'小羽毛'，这次采访不仅是为了你的名声，也是为了我。如果我让你失望了，如果我给你的压力太大了，我只能说一声抱歉——对不起，我就是这样市侩的人，我利用了你对我的信任。"步娜娜自嘲道。

"娜娜姐，你千万别这么说！"燕其羽在电话这头拼命摇头道，"咱们是朋友，何谈利用呀。如果没有你，我在那天走出海豚漫画的大门时，就会扔掉画笔，回家老老实实地做个会计，而不是像现在这样还能继续从事自己喜欢的事业。"

编辑和作者的关系，就像伯乐与千里马。没有伯乐，千里马无法一展才华，没有千里马，伯乐也只能泯然众人。

漫画家何其多，如果没有被人发掘，即使再宝贵的才华也会淹没在时代的洪流中。

回首这半年来经历的种种，燕其羽踏出的每一步，都有背后步娜娜给予的巨大助力。签约海豚、短篇连载、投稿参赛、长篇创作、剧情调整、分镜修改、官方推荐、广告植入……燕其羽绝不是那种知恩不图报的人。

步娜娜的能力有目共睹，燕其羽打心眼里感谢她的知遇之恩，如果自己接受采访，就能报答她的恩情，能为她的升职助力的话，那燕其羽何乐而不为呢？

"而且娜娜姐，我知道现在时代不同了。我确实不擅长推销自己，只知道闷头创作，可是我再内向，也必须强迫自己面对读者。"燕其羽坚定地说道，"就像你说的，这个采访不仅是为了你，也是为了我——请你安排时间吧，我可以的。"

第十三节　新锐漫画家"小羽毛"

步娜娜不愧是金牌编辑，做事雷厉风行，燕其羽同意接受采访后，她立即联系了数家网络媒体，敲定了采访事宜。

而且最为幸运的是，步娜娜打听到有一家发行量近百万册的周刊杂志，决定做一期"年轻人的'非主流'工作"专题报道。他们打算采访二十五岁左右的年轻人，和他们聊聊在"考研和公务员"之外还有什么人生选择，而这样的选择又给他们带来了什么样的机遇和挑战。

对方暂定的选题有文身师、时尚买手、配音演员、模型师等等，步娜娜使出自己的三寸不烂之舌，邮件写了一封又一封，电话打了一个又一个，终于敲定让"中国漫画大奖赛短篇组冠军——新锐漫画家'小羽毛'"参与这个企划！

当采访时间和采访大纲敲定后，步娜娜立即写了一封邮件给主编，申请一笔可观的润笔费和车马费。

毕竟传统纸媒和网络新媒体不一样，记者的一杆笔将会完全决定读者的感情倾向。步娜娜工作这么多年，自然知道有些宣传手段无法规避。

因为牵扯到费用报账，在主编回复后，步娜娜又转发给茄哥，同时抄送了财务部门的同事。

茄哥很快回复了两个字：批准。

而且，茄哥还抄送全员了！

步娜娜目瞪口呆，她本想闷声大发财，等杂志上市后闪瞎同事狗眼，哪想到茄哥居然直接替她通报了整个编辑部。

虽然茄哥的邮件里只有寥寥两个字，但是有心人可以从这里解读出很多内容。

茄哥很满意步娜娜的工作，而且他希望其他编辑都学学步娜娜的工作态度。

海豚漫画网平台大、作品多，作家多如繁星，每周都不知有多少新作品上线。很多人的工作态度很敷衍，他们把编辑这个工作当作一个完全机械的行为，上推荐位、催稿、联系作家，仿佛他们就是一台为了完成 KPI 混死工资的机器。

海豚漫画上有比《明星达克》更好的短篇作品吗？

肯定是有的。

可是有几个编辑会去主动帮作者投比赛，还会针对不同的作品参选不同的奖项？

只有步娜娜一个。

这段时间，步娜娜每天忙里忙外，电话、邮件、QQ 聊个不停，她不是只偏心"小羽毛"一个画家，她手底下的其他画家都在她的指导下稳步前进着。去年一年，她手下的漫画家更新最稳定，出版单行本的数量也在编辑部里排得上号，然而很多人只看到了她的强势，没有看到她背后的付出。

步娜娜这次能够给自己手下的漫画家拿到这么重要的一个采访，眼红者有之，嫉妒者有之，但也有一些人，开始反思起自己工作上的不足了。

采访定在周末，采访地点是海豚漫画编辑部，采访大纲提前确认过好几遍。

燕其羽哪里面对过这么大的阵仗，又紧张又焦虑，躺在床上翻来覆去地睡不着觉。因为头脑里杂音太多，她为了驱除杂念，经常大半夜偷偷摸摸起床画画，结果被同在一屋的于归野发现，男人干脆拉着她做些"身心放松"的事情，放松后自然能一觉到天明了。

于惊鸿在得知弟媳将要参加采访后，兴致勃勃地从家里搬来了成套的首饰和衣服，发誓要把燕其羽打扮得闪闪发光，在镜头前展现出自己最光彩亮丽的一面。

奇怪的是，明明衣服很好看，人也很好看，两厢搭配起来却显得违和感满满。闪闪发亮的钻石套装不仅没让燕其羽的气质一下提升，反而让她成了偷穿大人衣服的小朋友。

燕其羽看看镜中打扮得像圣诞树的自己，横看竖看挑不出问题，但就是觉得自己看上去好奇怪。

在两个陷入迷阵的女人身旁，唯一的直男于归野反而是看得最透彻的。

"姐，她的性格、气质都和你差太多了，太奢华的首饰反而会遮掩住她本身的光芒。"于归野从更衣间拿出一套普普通通的驼色长裙，配上浅色的打底衫、红色画家帽以及一个卡通小首饰，反而更适合燕其羽的气场。

"采访时她要保持最平常、最舒适的状态，这样才能把自己最好的一面呈现在记者和读者面前。"

于归野把燕其羽身上的钻石套装逐一摘下，认真地看向燕其羽的眼睛说道："而且，我希望钻石这种充满象征意味的东西，下次能由我亲手为你戴上。"

燕其羽小声想——她不敢"想"得太大声，怕被人听到——她现在就想回答"好"的话，是不是太不矜持了啊。

采访当天，燕其羽穿着由于先生帮她搭配的一身衣服，出现在了记者面前。

燕其羽身上有着清纯、腼腆的气息，更有着满满少女感，让人看了就忍不住想对她温柔、再温柔一些。这次来采访的是一位女记者，四十岁出头，本来也是一位雷厉风行的女强人，但见到燕其羽后忽然母性大发，就连提问时的语调也温柔很多。

步娜娜本来还担心燕其羽太内向，对着镜头说不出话来。哪想到一谈起创作，燕其羽就像是被打开了开关，滔滔不绝地说起了她与画笔共同经历的种种故事。

女记者一边听一边记录，很满意燕其羽的配合。

等到采访结束后，女记者甚至主动留下了私人微信，说期待下一次的采访。

"'小羽毛'，我相信你一定能更进一步的。虽然今天只有我来采访你，但说不定咱们下一次见面时，就会变成无数记者争着向你递名片——到时候，你可要优先接受我的采访啊。"女记者打趣道。

燕其羽哪里听过这种恭维，笑得特别开心，哪个漫画家不是向着梦想的高峰前进呢?

　　步娜娜站在一旁,欣慰地看着燕其羽的笑容,那感觉就像是看到自己亲自养育的雏鸟,终于在蓝天之下勇敢地挥舞起翅膀。

　　燕其羽的名字中有个"燕"字,步娜娜相信,她终有一天会成为领头的那只鸟儿。

　　两周后,杂志如期上市。

　　这篇名为《二十五岁"非主流"职业报告》的人物专访,成了当期的重点报道。它不仅在杂志封面上占有一席之地,更在整本杂志中占据了十五页的重要篇幅——而"少女漫画家'小羽毛'"的采访位置非常靠前,位列十二名受访者中的第三位。

　　书页中,女孩坐在落地窗前,身边的桌子上放着一杆G笔和一本厚厚的速写本,她笑容恬静,气质很像邻家女孩,让人很难把视线从她的身上移开。采访问题一共有十二个,主要都是围绕着工作与家庭,燕其羽没有一味卖惨或者卖乖,而是诚恳地把自己的收获与遗憾和盘托出。

　　在这篇采访的最后,记者添了一小段后记,这个待遇是其他受访者都没有的。

　　"我问她,你对'少女漫画家'这个称呼怎么看,会不会觉得自己被限制住了,只能画一些小情小爱的作品。

　　"她说不是的。

　　"'少女心'永远不是靠年龄和题材来区分的,少女的生活中不光是有情爱,少女的美在于内心永远充满希望。

　　"她的故事就是讲述给成千上万个同她一样,对生活充满憧憬,对未来充满希冀,对人生充满追求的女孩子。

　　"听她说完,我感觉自己的少女心也复活了(笑)。"

　　杂志上市后,女记者向编辑部寄来了十本样书,步娜娜十分有心机地跑遍了所有楼层,每个茶水间都放了一本,还特地在燕其羽的那页上折了一角。

　　步娜娜听到有人背后说她婊里婊气,可她"婊"得光明正大,"婊"得理直气壮,她有那么好的工作成绩,为什么不拿出来展示呢?

有时间说三道四,不如在业绩上见真章。

虽然大家表面上对步娜娜放在茶水间的杂志不屑一顾,但三天之后,这本杂志就被翻烂了。也不知道究竟经过几人之手、更不知道有多少人偷偷研究过,总之这本杂志确实给步娜娜以及她带的作者"小羽毛"打下了一片江山。

网站运营部的后台显示,在杂志上市后,《苍穹之梦》的点击量和收藏量再次迎来了一轮新的涨幅。因为它现在已经连载了三个月,以第一名的强势之姿离开"新作榜"后,已经开始在冲击长篇总榜了,势头极为强劲。

运营负责人每周都会发送一封抄送全员的周报,横向纵向比较各个作品的涨幅情况,而《苍穹之梦》一骑绝尘的涨势曲线,吸引了所有人的注意。

和《苍穹之梦》同期连载的《喵喵侠》相比之下数据增长缓慢,所有来量都依托网站内部的推荐位,但海豚漫画本身作品很多,不能保证周周都让《喵喵侠》上榜,如此一来,进入平缓期后的它完全失掉了刚开始的锐气。

"妈的,怎么就摊上这么一个不懂事的小丫头。"一组副主编邓耀华骂骂咧咧地抽了口烟,他是"乱码君"的责任编辑,本来能带这样的小粉红他还挺满意的,哪想到这位大小姐向他发脾气,非要让他也给她找一些采访。

"想要数据好那就老实更新《喵喵侠》啊。人家一周一更,她一周两更、三更不就行了!非要和别人比资源,谁知道步娜娜是怎么拿到杂志专访的,指不定是什么上不得台面的交易。"

邓耀华越想越是气闷,黑着脸走向茶水间,那本封面都被揉烂的周刊杂志大咧咧地扔在桌上,刺痛了邓耀华的双眼。

妈的,他妈的。

一个两个不省心的玩意儿。

杂志上市了这么久,那篇报道邓耀华看都没看过一眼,然而即使他闭上双眼,周遭对步娜娜、"小羽毛"、《苍穹之梦》的讨论却一刻都没有停过,只要他上班,那些讨论的言语就会自发飘进他的耳朵里。

邓耀华怒气冲冲地瞪着那本杂志，眉毛倒竖，眼睛更是瞪得像得了疯狗病的动物，他鼻孔撑到最大，呼呼地喘着粗气。

邓耀华一把抓过那本破破烂烂的杂志，用尽最大力气"唰唰唰"地把书页翻得作响，很快找到了那一页人物采访。

十二条问题旁边，静静地躺着燕其羽的玉照。照片底下一行小字："少女漫画家'小羽毛'的最新作品《苍穹之梦》正在海豚漫画网火热连载中。"

燕其羽笑得很可爱，偏偏这种可爱落入邓耀华眼中，就成了一种刺目的讽刺，像是在嘲笑他的失败。

他连旁边的采访稿都没有看，只是恶狠狠地瞪着抢他风头的女孩。

可是瞪着瞪着，邓耀华的视线渐渐由愤怒转向了疑惑。

奇怪，这个"小羽毛"怎么这么眼熟，好像在哪里见过。

是在酒吧里？还是在商场中？这个级别的小美女，他见过肯定不会忘的。

邓耀华紧皱眉头使劲回忆着，用脑过度，结果头顶又耗掉了几根头发。

忽然，他表情一喜，记忆中某段尘封的小事被他整个挖了出来，清晰无比。

邓耀华仔细对比起记忆中那个唯唯诺诺的少女和杂志上这个阳光明媚的女漫画家，他可以百分之百地断定——她们就是一个人！

邓耀华立即把杂志卷起塞进衣兜里，鬼鬼祟祟地离开了茶水间。

等到回到工位后，他立即摸出手机，在微信中找到了一个备注为"堂妹邓雪"的人。

邓耀华：小雪，最近学校功课忙不？

雪雪公主：哥，我正和社团的小伙伴出外景拍COS图呢，一会儿再和你聊……

邓耀华：行，你好好玩。

邓耀华：咱兄妹俩好久不见了，什么时候有空，哥带你去改善生活，别老吃食堂了。

雪雪公主：哇！哥最好了！

雪雪公主：我要吃日料！

雪雪公主：就去那家新开的餐厅吧！

邓雪可是他们邓家的小公主，父母老来得子，是一家老小的掌上明珠，养出了一身的细皮嫩肉和娇惯的小姐脾气。邓耀华平常也挺烦他这个堂妹的，但一想到自己的计划少不了要邓雪帮忙，自然是千哄万宠，有求必应。

不就是一家人均五百块的日料店嘛，只要得偿所愿，这点钱又算得了什么呢。

城市的另一头，某个普普通通的小区里，隐藏着一家大名鼎鼎的漫画工作室——"仙人漫画"。

工作时间，周围的助手都在各自的小工位上埋头作画，唯有一个姑娘正津津有味地看着一本杂志，时不时还要点评一番。她中等身材，头发短短的像是假小子一样，嘴中叼着两片薯片，像是鸭子嘴一样，咬得"咔嘣"作响。

"哇，'小羽毛'真是发达了！"她碎碎念道，"我老铁现在变得这么厉害，希望她变得再富、更富、超巨大无敌富，这样就能包养我，我只需要做好她的小白脸就好了！"

她艳羡地看着书页上的采访稿，恋恋不舍地伸手摸了摸光滑的书页，手指在燕其羽充满婴儿肥的小脸上捏了捏后说道："我也要加油，不能被你抛下了。"

想到这里，她赶忙把这本杂志合起收好，小心地藏在书包里。身后的墙上，工作守则第二条"不可在上班时间做与工作无关的事情"宛如一双高高在上的眼睛，监视着她的一举一动。

她探头看看"知不道仙人"的办公室——很好，没有动静；再看看旁边像是工蚁一样忙碌的小助手，她略带得意地摆正了自己桌上的铭牌，把"漫画主笔"几个字擦得锃亮。

"知不道仙人"连载逾六年的少年热血漫画《爆裂神拳》已经接近尾声，再有十几话就要正式宣告完结了。其实一年以前，这部漫画的剧情、作画就开始走下坡路了，读者流失率很高，只是鉴于这部漫画声名在外、改编的动画又势头正猛，所以这种颓势没被外人察觉。

鉴于结尾几话已经完全定稿了，"知不道仙人"便把主要精力放到了新的作品上，希望在《爆裂神拳》完结后，能够无缝接档推出新作品。

当"知不道仙人"在网上宣布新作连载的消息后，读者们都在欢欣鼓舞。只有寥寥几个知道他右手情况的人才会为他捏了一把冷汗，担心高负荷工作再次击垮他的身体，引发不可挽回的后果。

好在"知不道仙人"很快宣布，他将退居幕后，未来将以一个"漫画工作室负责人"的身份面对读者。

而这条路，也是很多成名已久的漫画家选择的上升渠道。

就像很多影视明星在成名后会选择自己开影视工作室，把值得栽培的小艺人签到自己名下。有的大明星还会继续活跃在台前，而有的明星则选择隐退，专心当老板，指挥公司的运作。

比如"独钓寒"在成立自己的漫画工作室后，就一边吸收新人，一边开了自己的连载。而"知不道仙人"因为右手恶化得很严重，他便选择成为幕后人物，以"漫画监制"的身份，参与新作。

"漫画监制"是个蛮特别的身份，他就像是电影制片人、电影导演，需要统筹指挥一整个班子，来保证这部作品的可看性。

"知不道仙人"在决定隐退前，决定把阿琳提升为主笔，由她负责新作的作画工作。

得知这个消息后，阿琳又是兴奋又是紧张，身上的压力大到无穷。

这可是仙人隐退后第一部担当监制的作品！她真的能画好吗？她之前画过的漫画都以"扑街"告终，要是她无法满足仙人的要求怎么办，他那人那么看重面子，肯定不愿意让别人知道他的手已经画不了漫画了……

而且她到现在为止，还不知道是什么题材的作品呢，要是和她的相性不合，那画起来也很痛苦……

阿琳胡思乱想了很久，直到一阵刺耳的敲桌声响起，她才猛地回过神来。

只见一只苍白瘦弱的手正落在她的数位板前，捏成拳头，指节重重地敲击桌面。阿琳顺着那双手向上望去，只见一脸阴郁的男人站在她面前，也不知看了她多久了。

"你还要发多长时间的呆？""知不道仙人"冷哼道，"我付你钱是让你来上班的，不是让你来愣神的。"

他的声音就像是南方的梅雨季，阴冷，冷得直入骨髓。

一个春节过去，仙人越来越阴阳怪气了。

四周的小助手赶忙低下头，不敢向他们这里多看一眼。

阿琳心里虽然从不怕他，但表面上总要给老板面子。她赶忙站起身，认真道歉，保证下次绝不再犯。

"行了，别废话了，跟我来。""知不道仙人"丢下一句，转身走向自己的办公室。阿琳亦步亦趋，老老实实地跟在他身后，不敢再提什么意见。

进入办公室后，仙人把门关好。阿琳在听到落锁的声音后，心里吓了一跳，以为她碰上什么办公室潜规则了，可她仔细对比了一下仙人瘦弱的身板和自己的体型，觉得自己稳胜的概率还是蛮大的。

就在阿琳胡思乱想之际，仙人忽然把一沓厚厚的A4纸扔到了她面前。

阿琳拿过那颇有分量的文稿，定睛一看，心里瞬间响如擂鼓——原来这是新漫的剧情脚本！

封面上，一行大字居于正中，右下角两行小字则注明版权归属。

《明日荣耀》
脚本、监督："知不道仙人"
主笔：阿琳

即使只是最普通的白纸黑字，但是在阿琳眼里，这几行字金光闪闪，光芒万丈，差一点闪瞎她的眼。

"知不道仙人"是圈子里最受追捧的那类漫画家，他既会编故事，又会画故事，文武双修，不论哪个都不拖后腿。之前阿琳被提拔当主笔时，她以为"知不道仙人"会从外面找一个脚本与她合作，哪想到居然是他亲自操刀编写脚本！

阿琳急不可耐地翻开这本书，投入其中，飞速地阅读起来。

她手中的漫画脚本足有二十多话，字数数万，阿琳如饥似渴，一秒钟都不愿意停下。

漫画脚本写得非常直白，用最平铺直叙的语言，简略地概括场景描绘人物外形。但脚本不是越精简越好的，虽然精简代表着漫画家可以有更多的发挥余地，但太自由反而会让漫画家无所适从，找不到使力的方向。

"知不道仙人"真的太会写故事了，虽然他无甚文笔，但寥寥几句便把阿琳带入了这个跌宕起伏的故事当中。

这是一个穿越故事，但……并不是一个普普通通的穿越故事。

故事背景发生在战火纷飞的年代，男主角是地下情报员，他得到线报，留美归来的女博士将要以特聘教授的身份入职某大学，因为她掌握了国外的高精尖科技，敌对势力密谋在她研究出成果前谋杀她。于是聪明机智的男主伪装成学生，进入了这所高校，并且努力成为她实验室的学生，贴身保护她。

如果光看这段前情，这不过是一部《美女老师的贴身高手》《纯情女博士的帅学生》之类的艳俗漫画，然而几话之后，仙人笔锋一转，立即把故事带向了新的高潮。

男主角前一晚实验做得太晚，在实验室里直接睡着了，结果一觉醒来，发现自己居然穿越两百年光阴，成了未来同一所大学的新生！

和平安宁的校园，没有时不时俯冲而下的轰炸机，没有游行示威，没有高悬在头顶的阴霾。所有学生悠闲地享受着大学时光，这对于出身战火时代的男主角来说，一切美好得不真实。但是他很快接受了他的新身份，并且开始尝试和大家一起享受无忧无虑的校园生活——然而当天晚上，他又一次穿越了，他回到了他原本的时代，再次要与硝烟赛跑！

看到这里，阿琳已经完全被这个故事吸引住了。

男主角莫名成了时空穿越者，反复穿越在两个不同的时空中。很快他便发现，他在战火纷飞的年代做过的事情，会影响未来的走向！

他在"过去"心软放过一位色诱他的美女间谍，结果"未来"整个校园满目疮痍，街上的人们如行尸走肉。他立即回去修复了错误，这才重新换来"未来"的和平。

他的一举一动，都像是蝴蝶的翅膀，会决定着未来的人们究竟能否拥有和平，拥有宁静，拥有安稳的生活。

第二十话的结尾，男主角在"未来"的图书馆里，查到"过去"的自己会在一场战役里牺牲，而他死的时候只有二十五岁。他不敢面对这个真相，选择了逃避……

"然后呢？"阿琳意犹未尽地翻过最后一页，激动地说道，"然后呢，男主角最后是如何选择的？"

"知不道仙人"没有回答，而是反问道："看来你很喜欢这个故事？"他的语气有些奇怪，但是阿琳并没有注意到。

"当然喜欢！老板你脑洞好大啊，这种反复穿越的故事都能想到，也太有趣了吧！而且过去的痛苦与未来的幸福交织，'哇'，想想就虐到肝颤！"阿琳"哇哇"乱叫，甚至抑制不住地在办公室里手舞足蹈起来。

阿琳忽然停下来，向着"知不道仙人"的方向鞠了一躬，她的腰弯得很深，脑袋几乎要触碰到膝盖。

"谢谢老板给我这么一个好故事，给我这么一个好机会。我现在立刻回去想人设，想分镜！绝对不让你失望！"

这个故事对于阿琳来说是一个全新的挑战，男主角的人设是什么样的？聪明、机智、警惕，像只忠心耿耿的小狼狗，又要有年轻人的傻气与贪恋和平的懦弱。

至于分镜的压力就更大了，如何通过画面切换表现时空的穿梭变化？如何借助表演来表现人物心理？如何运用景别强调细节……

阿琳紧紧抱住怀中的剧本，恨不得现在就冲回电脑前，把她头脑里奔腾不息的画面全部镌刻下来。

"不用这么麻烦。"男人的声音在室内响起。

紧接着又是一摞更厚的文件扔到了阿琳的面前。

阿琳手忙脚乱地接过来，可只看了几页，就再也说不出话来了。

"老板……我，我不懂您这是什么意思。"阿琳强笑着问道，"看来您已经提前做好了人设，分镜草稿也都画好了？"

没错，第二个厚本里是一页页已经成型的草稿，完整地记录了前几话的内容。这么一本草稿就算交到初出茅庐的漫画家手里，都能迅速变成完整的漫画。

"知不道仙人"冷淡极了，冷冷道："你是真傻还是假傻？草稿都给你了，当然是让你继续细化了。"

"可是老板，主笔的工作就是做人设、构思分镜、细化线条……"阿琳重重地咬住那几个音道，"如果我只负责最后一步的话，那我不就成了勾线助手了吗？"

男人烦躁地说道："又不是不给你署名，漫画扉页上你就是主笔！放心，该给你的钱一分不会少！具体你负责哪个步骤，外人又怎么会知道？"

可这不是阿琳想要的啊。

阿琳喜欢这个故事，她希望自己能借着这个故事有更长远的成长，然而"知不道仙人"的行为却宛如给了她重重的两个巴掌，打散了她好不容易聚集起来的梦想。

原来他并没有看上她的才华，原来他并不认为她可以独当一面。

他需要的只是一个傀儡，一个名为主笔的"枪手"，她只能按照他的指挥，延续他画漫画的梦想！

每一条线都要落在他决定的位置，每一个特写都是他指定的角度。

这样的主笔，究竟是在讽刺谁呢？

第八章　陪你到巅峰

第一节　这个主笔不好当

燕其羽是在凌晨两点接到阿琳的求助电话的。

被电话铃声叫起来后燕其羽还没有完全清醒，她蜷在于归野怀中，迷迷糊糊地说了声"喂"。

电话那头，阿琳嘻嘻哈哈地问道："老铁呀，你现在还缺不缺剥蒜小妹啊？"

燕其羽一愣道："你喝酒了？"

"三杯可乐和一份炸鸡能把人灌醉吗？"

燕其羽瞬间清醒，忙问道："你是不是遇到什么事了？你在哪儿，我现在就去找你！"

电话那头沉默了好一会儿，过了许久，阿琳才闷声报上了自己的地址，她现在正在一家二十四小时营业的麦当劳连锁快餐店。

燕其羽赶忙查了一下那家店的位置，发现它居然在火车站对面！

深更半夜，阿琳跑去火车站做什么？难道是家里出了什么事，她急着回家？可联想起阿琳的电话，那就更说不通了。

于归野穿好衣服，亲自开车载燕其羽去火车站接阿琳，一路上不停地安抚她道："你别慌，不管她之前遇到了什么事情，现在她肯定是很混乱、很无助，所以才会选择在大半夜求助你。到时候见到她，你不要先急着问她遇到了什么，先把她接回咱家让她好好休息，等明天再慢慢聊。"

"嗯。"燕其羽忧心忡忡。

当他们抵达快餐厅时，阿琳正满脸无聊地在玩手机，她窝在沙发座里，跷着二郎腿，面前的桌子上摆满了吃剩下的鸡骨头和空了的可乐杯。

见到燕其羽来了，阿琳扬起了一个没心没肺的笑容道："呦，要不要吃点什么，我请客！"

若不是阿琳双眼通红、脚边还堆着好几个行李箱，燕其羽真要以为她只是单纯的恶作剧而已。

燕其羽想都没想，立即冲上去给了阿琳一个紧紧的、暖暖的拥抱。

阿琳的脑袋被迫扎进燕其羽的胸口，慌得两手在空中乱挥道："喂喂喂，你可是有夫之妇，你男人在旁边看着呢，请你矜持一点好不好！"

于归野大方地说："没事，今晚暂且把她借给你，不收押金。"

当晚，阿琳带着她的所有家当，住进了于归野和燕其羽的爱巢中。

于归野表面上很绅士地让出了主卧给她们两人住，私底下向燕其羽讨要了不少福利，等他心满意足地收够了利息，这才收拾好被褥住回了次卧。

第二天一早，原本的双人早餐变成了三人同行。

阿琳双眼肿成馒头，眼皮只能将将掀起一点点，露出一丢丢小眼睛。但即使这样，也没有影响她吃东西的速度。掉眼泪真是个体力活，她昨天晚上把这二十多年来受过的委屈都哭出来了，饿得前胸贴后背，肚子"咕咕"叫个不停。

阿琳在餐桌上风卷残云，就连燕其羽喝剩下的半杯牛奶都被她倒进了肚子。就连于归野这个男人的食量都比不过她。

于归野用眼神问燕其羽：她吃这么多没事吧？

燕其羽用口型示意：你去找点健胃消食片，省得她胃疼。

等到面包袋里最后一片面包蘸着草莓酱吃完，阿琳舒服地喟叹一声，叼了根牙签，向后靠在椅子背儿上，懒洋洋地说道："行了，我现在满血复活，'小羽毛'，你有什么问题都可以问了！"

燕其羽没说话，因为她不知道该如何开口。

"怎么，不敢问？怕刺激到我？"阿琳大大咧咧地抱拳道，"昨晚上我那是一时没想开，让老铁担心了一晚上，我现在真没事了！"

阿琳说道："你要是不问的话，那我就直接给你讲了。"

阿琳这段时间真是被憋坏了，她受了一肚子委屈，而她的性格又不是那种可以自我开解、吸收负面情绪的人。她就像是一只气球，满肚子的气存在肚子里，终于在昨天晚上，"嘭"的一声爆炸了。

那天，"知不道仙人"拿出的脚本实在太合阿琳心意了，可他名义上让阿琳当主笔，本质上只是想让她做一个辅佐他的勾线助手。

阿琳为此摇摆很久：第一，能够以"主笔漫画家"出道对于她来说实在是一份无法抵御的诱惑；第二，她确实喜欢这个故事……几经考虑，她最终选择接下了这份差事。

阿琳胆子大，心里盘算着搞一场变革。从草稿到线稿的过程中，还是有一点点改动的余地，她决定在勾线的时候，融入一些自己的想法，让"知不道仙人"注意到她的创作能力。说不定坚持一段时间，她就能让他改观，让他给予她足够的创作空间。

于是从第一话开始，阿琳一点点、一点点地在线稿里做细微的调整。她的专长是人物表演，即用动作和神态来展现角色内心。这个故事就像是量身为她打造的，非常适合她来创作。

阿琳果断地在线稿中增加了几格，细抠人物的心理变化，让人物更加立体。在某几格特写里，男主角的表情太惊讶，缺乏沉稳，阿琳又顺便调整了他的表情，让男主角更符合地下情报员的设定。

"知不道仙人"在审稿时，视线在阿琳改动的那几格上停顿了一会儿，在她以为他会大发雷霆的时候，他居然轻轻翻过了。

阿琳心里狂喜。

于是接下来的每一话，阿琳的改动越来越多、越来越大，也越来越不遮掩，而"知不道仙人"从头至尾都没有批评过她一次。

阿琳想：看吧，她是有能力成为真正的主笔的，"知不道仙人"也并非如他表面上那般铁石心肠，还是蛮有人情味的。

然而变故就是在这个时候发生的。

昨天，《明日荣耀》的前五话正式定稿，仙人漫画工作室的所有人聚在一起，进行了内部试阅会。

就在试阅会上，阿琳惊讶地发现，最后的上色成稿少了至关重要的几格——由她自行发挥添加上的内容全被删除了，所有被她调整过的主人公神情都被修改回原样。

这些变动，她这个主笔根本不知道。

仿佛她上交完线稿之后，这个漫画就和她毫无关系了。

会后，阿琳冲进仙人的办公室和他大吵一架，质问他为什么不尊重她这个主笔，在没有和她商量的情况下就把她的内容删光。

而"知不道仙人"是怎么回答的？

"我早就说过，你只要按照我给你的草稿画就好。我是发钱的老板，你拿了我的钱，你就必须听我的！阿琳啊阿琳，你改我的草稿时，是不是觉得自己特别厉害，特别有天赋，下一个漫画奖就要落到你头上了？我告诉你，漫画圈最不缺你这种自作聪明的小画手，你距离'漫画家'这个称呼，还有一辈子的距离！"

阿琳用尽她此生最大的自制力，拼命克制自己不要在仙人的办公室里动手。她必须承认，仙人的话确实戳中了她心里最隐秘、最不堪的一片阴霾。

阿琳初中毕业就出来打工，漫画完全是自学成才。这十几年走过来，她敢说，她付出的血泪比任何人都要多——然而，她看着她身旁的朋友一个个成名，一个个崛起，她却被他们抛在原地，庸庸碌碌多年仍然只能做个助手。她不知道投了多少次稿子，却依旧籍籍无名。

夜深人静之时，阿琳望着指尖上磨出的茧子，不禁悄声问自己：是不是她走错了路，她根本没有当漫画家的天赋？

所以对于《明日荣耀》这个机会，阿琳极其迫切地想要抓住，她想出道，她要让所有读者知道她的名字，她希望能与朋友们一同进步，站在同一条跑道上。

可是仙人却说，她不配当漫画家。

阿琳心里的城墙，瞬间就倒塌了。

阿琳仓皇地逃回了出租屋，收拾了所有行李，又给仙人的邮箱里发了一封辞职信，然后她便带着她所有的家当奔向了火车站，买了最近的一趟火车票。

然而当阿琳站在人来人往的候车大厅，看到身边忙忙碌碌的人影时，忽然停住了。

这世上比她惨的人太多了，她一眼望去，随便就能在火车站里找到五六七八个。可他们都在努力生活，在这个寒冷的夜晚奔向另一座城市，去继续他们的人生，她又怎么能停下脚步，现在就认输呢？

她热爱漫画吗？

热爱。

她想画漫画吗？

想画。

这就够了。

于是阿琳在这个冰冷的夜晚，拨通了燕其羽的电话。

既然是要当助手，为什么不干脆去朋友那里当呢？

阿琳决定来到燕其羽身边，给她做助手，这件事燕其羽举双手双脚欢迎。她现在每天忙得焦头烂额，能有阿琳这么一个强力外援，真是如虎添翼。

只是毕竟这间屋子是燕其羽和于归野的爱巢，阿琳住进来多多少少有些不方便。阿琳原本打算在附近再租一个单间，但于归野却让她安心住下来，并且提出了另一个建议。

于归野说道："我们的新房早就装修好了，最近一直在散味道，计划过段时间就搬过去住。本来我还想，我们搬到新家之后，老房子租出去怕被中介糟蹋，不租又有点浪费，我现在倒有个新想法——干脆在这里成立'小羽毛'

的漫画工作室，你们说怎么样？"

阿琳当即鼓掌道："当然好啊！"

燕其羽被他这个构想骇住了，惊道："工、工作室！就我们两个人而已，成立工作室没必要吧，还要占这么大一套房子？"

阿琳一把搂住燕其羽，使劲揉了揉她的头发说道："谁说只有两个人了？你现在可是上过杂志的漫画家，你明天去微博和直播间里发个招聘广告，绝对会有无数小助手想加入你的工作室的！"

阿琳骄傲地一叉腰道："这段时间我先给你帮忙，等我把那些小助手教出来后，我就转型去做主笔！到时候我就是你工作室里第一个签约漫画家，你可不能像仙人那样克扣我啊！"

于家的老房子是三室一厅，面积比"知不道仙人"那里还要大些。客厅如果完全腾空，可以并排放下六组办公桌，完全足够两个漫画小组一起工作。而书房和卧室经过改造，也可以变成两个上下铺和一个三人间，虽然略显拥挤，但对于初出茅庐的小助手来说，这种包吃包住的工作环境已经相当好了。

至于房租嘛，于归野本来是不想要的，但燕其羽坚持在商言商，她曾经租过对门的房子，知道这里的大概租金价位。这两个人，身为房东的拼命压价，身为房客的拼命抬价，到了最后，他们只能各退一步，用市价的五分之四租下了这套老房子。

就在这个看似平平无奇的清晨，一年后将以惊鸿之姿震撼整个漫画圈的绘心工作室就在这个餐桌旁诞生了。

不久之后，绘心工作室的超S级作品将以千万级版税闪耀业内，摘得无数大奖，旗下两名超一线漫画家也成为乙女圈、腐女圈最受追捧的作者。游戏、动画、电影、有声广播剧、小说等等各项衍生层出不穷，由她们倾力培养出的小助手渐渐走向了台前，成为漫画行业里的中坚力量。

然而这些事情，对于现在的她们来讲，是做梦都不敢想象的未来。

"啊啊啊！"书房里，燕其羽苦恼地在电脑前抱头狂呼道，"QQ要炸锅啦！"

阿琳坐着带轮子的工作椅,"刺溜"一下从书房那边滑向了燕其羽身旁,探头看向她的电脑屏幕。只见电脑右下角的 QQ 小图标不停地闪动,鼠标移动过去,居然有几十条加好友申请。

就在这几秒钟的工夫,QQ 邮箱也提示有新邮件来了,一条条提示蹦出来,实在让人心烦意乱。

阿琳说:"我早就跟你说了,接收投稿的邮箱不要用 QQ,你看,他们全来找你套近乎了。"

燕其羽拿起压感笔,在空气中给自己添加了一个委屈巴巴的表情符号后说道:"我哪里会想到居然有这么多人来应征啊!我之前让'独钓寒'老师帮忙介绍,结果老师都说找不到合适的助手,我想我自己招聘肯定更招不来几个人,哪想到每天邮件都看不完。"

前几天,燕其羽在自己的漫画直播间和微博上都贴上了招聘广告,想着 QQ 联系比较方便,于是她标上了自己的 QQ 号。哪想到从此之后再无清净可言,每天一开电脑就是数不清的人和她打招呼,想让她看看他们的画稿。

燕其羽是个好脾气的人,不想晾着人家,一来一回就会耽误很多时间。

"要我说,这些不把稿子发到邮箱,而是想直接和你套近乎的人,你一个都不要通过,招聘就要遵循招聘的原则才对啊。"阿琳直接从燕其羽手里拿过压感笔,在触摸式数位屏上点了点,把 QQ 调成"不允许任何人加我好友",并且帮她把签名改成"有事情联络工作邮箱"。

瞬间,燕其羽的 QQ 安静下来,再也没有那么多层出不穷的打招呼了。

"你看,现在可以安心画画了吧?"阿琳耸耸肩道,"好啦,你赶快把接下来的脚本大纲给我看看,我先捋一下之后的剧情,再想想怎么给你画后期。"

"好的。"燕其羽答道。

"怎么样,小雪,她通过你的好友申请没有?"

在一家私密性很好的高档日料店里,一位中年男人关切地问着坐在他对面的年轻女生。男人的发际线退得很靠后,只剩下寥寥几根"毛",在空气中缓缓飘展。

被他称为"小雪"的女孩大约二十岁上下，穿着打扮十分可爱，构图精致的洛丽塔裙装被裙撑满满撑起，洋溢着青春气息。

而现在，她正噘着嘴巴，一脸不快地看着手机。

"讨厌，又拒绝了！"邓雪控诉道，"堂哥，这到底怎么回事啊？你不是主编吗，怎么连燕其羽签约的事情你都不知道啊！"

邓雪哪里知道，坐在她对面的邓主编并非是海豚漫画网的大主编，仅仅是三个分支小组里的副主编而已，明明他的顶头上司已经离职半年了，可他仍旧迟迟未升迁，只能在小组里作威作福而已。

"哎，所以我说小雪啊，我早就提醒过你，网上的朋友不可相信。"邓耀华语重心长地说道，"你把人家掏心掏肺地当好朋友，可人家呢，只是把你当个跳板！我这条路行不通，人家立即就去抱别人大腿了。"

邓耀华搬弄是非的本事十分了得。

这事还要从很久以前说起，燕其羽和邓雪通过漫画相识，邓雪是个很"二次元"的小姑娘，从小到大看过不知道多少漫画书，也写过不少同人小说。刚巧燕其羽因为不擅编剧，一直在找脚本合作者，于是她和邓雪一拍即合，联合创作了一部作品。

邓雪说自己的堂哥是海豚漫画网的主编，一定能让她们顺利签约、还能给她们很好的推荐位，燕其羽被忽悠得晕头转向，陪她白白忙活了三个月，结果在面见邓耀华时，被他毫不留情地贬低了一番。

邓耀华说燕其羽画得稀烂，根本没有成为漫画家的潜质，这让燕其羽深受打击。而实际上，是邓雪的家人不满她学习懈怠，希望邓耀华能够打消堂妹乱七八糟的念头。邓耀华不忍心伤害堂妹，就借口燕其羽画工不好，拒绝了她们两人的签约。

可是燕其羽哪里知道这其中的弯弯绕绕呢？她真以为是自己努力的不够，甚至差一点就要放弃画笔了。结果阴错阳差地被步娜娜捡到，在对方的鼓励下重新扬帆起航。

如今，燕其羽已经是有奖项在身的新锐漫画家，连载的新作也深受关注，一时间风头无两。

邓雪和燕其羽已经半年多没有联络过了，邓雪哪会想到，再次知晓这位好友的消息，居然是从堂哥带来的杂志上！

邓雪本来想好好恭喜燕其羽一番，结果翻遍了QQ，都找不到燕其羽的联系方式，她这才隐约想起她把燕其羽删了。

既然是好友，重新加回来聊聊就好了吧？可邓雪一连加了几次，都被系统拒绝了，而燕其羽的签名是官方得不能再官方的"工作联络请联系邮箱"。

哼，她这人怎么变得这么快啊？

邓雪愤愤然地夹起一块三文鱼塞进了嘴巴里，沮丧地说道："真讨厌，本来我以为她是个好人呢，哪想到她居然会利用我，而且现在过河拆桥，都不理我了。"

邓耀华赶忙把她爱吃的鳗鱼推到她面前，问她道："小雪啊，你和她认识多久了？她有没有和你说过她自己的事情啊？"

"啊……说是说过挺多的，怎么了？"

"没事，我就是有点儿好奇，毕竟很少有人会一连做那么多年的助手。"

"哦，她不是一直在做助手啦。"邓雪随口说道，"她在和我画漫画之前，还画过另外一个长篇漫画，可是那篇漫画被'腰斩'了，她没了收入，超级可怜的。"

"漫画被'腰斩'？在哪里连载的？是因为成绩不好吗？"邓耀华连忙追问。

"不是啦，是个叫水果动漫的小网站，而且她当时披了马甲。"邓雪眼珠一转道，"堂哥，这件事情你可不要告诉别人哦……"

邓耀华敏锐地察觉到了什么，立即举手发誓道："你还信不过我吗？"

"她那个漫画当时还拿过网站第一呢，成绩特别好，结果连载了半年多，被读者发现是抄袭的！"

"嚯！"

邓耀华眼睛一亮：这可真是绝顶大料了！

第二节　小画家的猛料往事

暂且仅有两个人的绘心工作室，今天依旧是一副繁忙景象。

由书房简单改造的画室里，燕其羽和阿琳背对背，正在各自的电脑上运笔如飞。

"'小羽毛'，你把你的笔刷库给我倒一些，你这背景效果我太难画了。"

"行，回头抽个时间你教教我怎么做3D建模，现在速度还是不够快，每次贴建筑物我都头大。"

闺蜜两人默契十足，她们两人曾经并肩作战过很久，这次重聚在一起，各自的画工都有了更大的进步。

忽地，燕其羽停下手里的动作，在电脑前伸了个懒腰，活动了一番酸软的脖子后说："好久没和你在一起画画，感觉像是回到了逐梦堂。"

阿琳听到那三个字，吓得头发都竖起来了，双手在身前交叉，比出一个大大的叉子，紧张地说道："你可别提逐梦堂，三十块钱一页的'漫画民工'我可不要当了。"

燕其羽笑了。当初她们两人都是最底层的小助手，工资少，活儿还多，被压榨得一丁点儿自由都没有。等风风雨雨走过来了，再回头看去，苦涩和心酸之中又多了另一番滋味。

阿琳问道："对了，今天怎么没见到你的于先生？"

"他去新家那边收拾东西去了，过几天不就搬家了嘛，他今天再过去检查检查缺什么日常用品。"

"嘿嘿嘿。"阿琳说道，"不好意思啊，这几天我住在这儿，打扰你们夫妻生活了吧？"她嘴上说着抱歉，可眼中满是揶揄。

于家的老房子有两间卧室，现在阿琳住在次卧，燕其羽和于归野住在主卧。房子就那么丁点大，原本的二人世界多了一个"大电灯泡"，终归是不方便。燕小姐和于先生约法三章，踏出主卧之后就绝对不能亲亲抱抱，她脸皮薄，不愿意在朋友面前秀恩爱。

两人正聊着天，两台电脑上的QQ突然同时响起，原来是《苍穹之梦》

的工作小组来了新消息。阿琳现在也加入了这个小组，成了第四名正式成员。

【《苍穹之梦》工作组】

香蕉殿下：田野，你的新脚本我已经看完了。

香蕉殿下：这次没有问题了。

田野：辛苦了。

小羽毛：哇，终于改完了？

小羽毛：你们俩前后改了得有七八遍吧？

田野：不，是九遍。

"田野"说完，将分享文件《苍穹之梦脚本—第二十五至三十五话—测试九》发到了群里。

田野：小羽毛、阿琳你们接收吧，有哪个地方把握不好，咱们再讨论。

阿琳重重地"嗯"了一声，她选择接收文件，同时转头问燕其羽道："你们这故事测试也太多遍了吧，怎么修改了九次？"

燕其羽答道："平常也不会这样，'田野'老师文笔很好，剧情节奏掌握得也好，每次他交稿后，改一次就过了，有时候连改都不用改。这次是特殊情况。"

"什么特殊情况？"

燕其羽却没有直接回答，而是神秘兮兮地说："涉及关键剧情，我可不能提前剧透——你赶快看！"

一边说着，燕其羽双脚蹬地，"刺溜"一声就从书房这头滑到了阿琳身边，紧紧贴在她的电脑桌前，双手撑着下巴，眼巴巴地瞅着她。

燕其羽全身上下都写满了"快看啊快看啊"，而且十分期待阿琳能和她一样，看到这个故事的萌点、笑点、泪点、虐点，只有听到阿琳说一声"确实好看"，她这颗高悬在空中的心才能放下去。

这傻丫头的表情实在太可爱了。阿琳哪舍得拒绝她，赶忙点开了文档，迅速看起了接下来十话的脚本。

燕其羽就坐在她身旁，特别认真、特别期待、特别兴奋地看着她。

阿琳嘴角翘起来，燕其羽就心里一喜。

阿琳眉头微微皱，燕其羽就心尖一跳。

未来十话是整部漫画里至关重要的一段剧情，它将会完全颠覆前面二十几话给读者留下的印象，以摧枯拉朽的势头推翻女主角"安洁莉娜"的平凡世界，把整个故事带向一个全新的、不可思议的高潮！

在立项之初，燕其羽拿到作品粗纲时，就被"田野"老师的脑洞深深地折服了。"田野"老师不愧是写科幻出身的小说家，这种极致的情节都能被他想出来。可以说前面那两个多月她每时每刻都在盼望着亲手绘出故事的第一个高潮，她已经在脑中描绘了无数遍，希望她可以让所有读者为此沉沦。

正因为燕其羽十分热爱《苍穹之梦》这个故事，所以她才希望阿琳能像她一样，也会喜欢接下来的故事发展。

可阿琳的反应却大得出乎她意料。

原本表情轻松的短发假小子在看到大纲后，先是屏气凝神，接着是面露疑色，紧接着眉头越皱越紧，拖动进度条的速度更是越来越快，到最后甚至是一目十行地往下看。

这可不像是喜欢的样子。

燕其羽胆战心惊，渐渐地，她也被那种凝重的氛围感染了。

当阿琳看完最后一页时，她垮下肩膀，对着空白的屏幕深深地叹了一口气。

"'小羽毛'，我接下来要说的问题很严肃。"

"你说……"

阿琳苦笑一声道："糟了，我实在不知道该怎么开口了。"她随意胡噜了一把头发，转过身，直视着燕其羽的双眼，一字一顿地问道，"'田野'老师的故事大纲，有没有给别人看过？"

"诶？"

"说实在的,我真是没想到《苍穹之梦》接下来的剧情会这么颠覆——'安洁莉娜'受创后,发现自己居然穿越回过去,成了一个女扮男装的新入伍机甲兵,名字与多年后响彻全宇宙的女武神一模一样,之后整个故事的走向都是她在'过去'与'未来'之间互相穿梭,她一边享受安稳的校园生活,一边冒着枪林弹雨的风险和敌人拼杀——然而这个故事,和仙人的《明日荣耀》相似度太高了。"

涉及工作道德,阿琳从来没和燕其羽讲过仙人的新故事是个什么剧情,可她现在不得不叙述一遍《明日荣耀》的剧情。

不同的是,《明日荣耀》是一个战乱时的情报员穿越到未来,成了和平校园里的普通学生;而《苍穹之梦》是一个机甲学校里的新学生穿越过去,成了曾经立下赫赫战功的女武神。

故事的时代背景不同,人物的性别个性不同,穿越的因果不同。

但明眼人都看得出来,这两个故事有很高的相似度。

作为创作者,对于这种事都是非常敏感的。

燕其羽立即进入Q群,找编辑和合作者商量。

小羽毛:香蕉殿下、田野老师快出来!

小羽毛:现在出了个紧急情况!

香蕉殿下:?

田野:怎么了?

小羽毛:阿琳说,《苍穹之梦》的反转高潮和"知不道仙人"的新作《明日荣耀》关键梗完全相同!

小羽毛:都是一个人反复穿越战场和校园!

小羽毛:怎么办啊!

阿琳:而且知不道仙人那边已经存了不少稿子了,应该下周就要开始连载了。

阿琳:《苍穹之梦》还有好几话才能到穿越的剧情,上线后肯定会被说是抄了仙人的创意的!

香蕉殿下：我去他个大香蕉，你们别慌，我去找仙人的责编打听一下。

香蕉殿下：还有一件事，田野，虽然这么问很冒昧。

香蕉殿下：但是请你诚实地告诉我，这个故事是你原创的吗？

田野：……

田野：当然，一字一句都是我原创的。

小羽毛：？

小羽毛：等等，娜娜姐，你为什么要这么问？

小羽毛：第一次见面的时候，田野老师就拿出剧情粗纲给咱们看过了。

小羽毛：都合作这么久了，你现在怀疑田野老师？

小羽毛：你是我们的编辑，你却说我们抄袭？

燕其羽不敢置信地盯着屏幕，她没有想到在这个关键时刻，她最信赖的编辑娜娜姐居然会把矛头指向自己的搭档。

燕其羽把键盘敲得啪啪响，对于漫画家来说，她和脚本作家的关系比外人想象的还要亲密，他们就像是彼此的半身，默契绝不是常人能比拟的。正是因为她信赖"田野"老师，所以更接受不了来自娜娜姐的质疑。

明明他们三人之间的合作是那么顺畅，明明他们已经是朋友了，为什么要用作者最不愿意听的两个字来拷问他们的职业道德呢？

阿琳赶忙从旁边冲过来，把燕其羽敲打键盘的手牢牢按住，抓进怀里。

"'小羽毛'！燕其羽！你冷静一下！"阿琳忙说道，"正是因为娜娜姐是你们的责任编辑，所以她必须第一时间排除内部的不稳定因素！作为朋友，你可以相信'田野'的道德，但是作为工作伙伴，这种合理的质疑是必要的！"

尤其牵扯到原创归属这种具有敏感性的问题，无脑护绝对不是解决问题的方法。步娜娜的专业性要求她必须确认这个问题的答案，即使她明知道这个问题会伤害两位作者的感情。

阿琳紧紧搂住燕其羽，像是哄小孩一样，一边轻拍她的后背，一边说道："你不要慌，娜娜姐是娜娜姐，不是你之前在水果动漫时的编辑，而且'田野'老师写故事那么厉害,他绝对不会坑你的……"

同样的质疑,同样的背叛,燕其羽曾经直面过一次,而她不想经历第二次了。

不怪燕其羽过分敏感,除了阿琳以外,没有人知道这是她心中的梦魇,她好不容易从中挣脱出来,放下那段过去往前走,她不能再陷进去了。

深夜,正是昼伏夜出的"二次元"们最活跃的时间。

在某个匿名八卦论坛上,一个不起眼的帖子悄悄冒出了头,却在一夜之间挂上了"热",成为当周的热门话题。

这个帖子的题目是——《扒一扒本届漫画大奖赛短篇组冠军的抄袭黑历史》。

第三节 剧情撞车事件

于归野怀疑"知不道仙人"疯了。

在从阿琳口中得知《明日荣耀》的剧情大纲后,于归野觉得十分荒谬。

别人看到这么相似的两个故事,只会感叹一声"撞脑洞"了,然后把两个故事放在天平上对比一下优劣——《明日荣耀》是老牌大神的蓄力新作,《苍穹之梦》剧情已经展开无法再更改,除了硬着头皮接受这一撞,就没有其他解决办法了。

可是于归野身为亲手写下这个故事的人,是认得自己的"亲闺女"的。

半年前,于归野亲手把故事前半部大纲交到"知不道仙人"的手里,而且还和他多次线上线下开会探讨剧情。

于归野可以负责任地说,《明日荣耀》这个故事绝对是剽窃了自己的创意。

但是,"知不道仙人"为什么要这么做?

"知不道仙人"的《爆裂神拳》非常成功,作为他的第一部长篇连载漫画,在编辑部内部评级只拿到 B 级的情况下,他抗住压力连载,低开高走,一路逆袭到 S+,成为漫画圈里最闪闪动人的一颗明珠。

"知不道仙人"自己本身是有创编能力的，可新作却偷走了《苍穹之梦》的关键剧情。

"知不道仙人"出道五年，正是一个作者创作欲望最浓厚、精力最充沛的时候，绝对到不了江郎才尽、铤而走险的地步。而且"知不道仙人"明知道"田野"这个马甲背后有"君子归野"的身影，可是他偏偏要硬碰硬，向文学圈最顶尖的作者出手。

于归野想不明白。

站在新家的落地窗前，于归野立即给瓜爷打了个电话，向他复述了一遍"知不道仙人"的所作所为。

瓜爷是海豚文学的总编，当初也是通过他牵线了"知不道仙人"。

瓜爷听后也愣了，急道："他脑子进水了？你的作品他也敢抄？"

于归野说道："他的《明日荣耀》下周就要上线了，进度比《苍穹之梦》快很多，如果让他抢先一步，那《苍穹之梦》反而成了抄袭的那个了。"

"这事我去和漫画编辑部那边沟通，仙人的宣传上周就挂出去了，我让他们立即撤下来，我和小茄讨论一下如何处理。"

于是这天下午，海豚漫画编辑部的所有小编们都见证了一件大事——位于他们楼上海豚文学网的总编瓜爷，一脸阴沉地踏进了茄哥的办公室。

大家私底下议论纷纷：瓜爷可是公司里有名气的好脾气，见人三分笑，很像是墙画上走下来的弥勒佛。能让他面色大变的事情，究竟是什么？

两位总编级人物在办公室里谈了些什么，没人知道。但是当瓜爷走后，茄哥把一组的副主编邓耀华叫进了办公室。

紧接着又过了半个多小时，邓耀华郁郁寡欢地离开；而接下来走进茄哥办公室的，是三组里凶名赫赫的步娜娜。

一整个下午，茄哥的办公室里几个人来来去去，众人虽然有八卦之心，可实在打听不出来他们究竟说了些什么。

局外人看不懂，可身为局内人的步娜娜也是雾里看花。

在步娜娜踏进茄哥办公室之后，男人只说了寥寥几句话。

"你把《苍穹之梦》的最新脚本给我。"

步娜娜赶忙传了过去。

趁着茄哥看漫画脚本时,步娜娜趁机说道:"茄哥,现在出了点小情况,我还没来得及和邓副主编交涉。是这样的,'知不道仙人'的《明日荣耀》在剧情上……"

男人抬手打断她道:"你说的事我已经知道了,我叫你来就是为了这两篇漫画剧情撞车的问题。"

"啊?"她明明还没有向上汇报,为什么茄哥却提前知道了?

"很奇怪?"茄哥少见地解释了一番道,"刚才瓜爷过来就是为了这件事。"

步娜娜心想:这就更奇怪了。

"请问瓜爷是怎么知道的?"

男人用一种理所当然的语气说道:"因为瓜爷是'田野'的编辑,出了这种事,当然是瓜爷出面交涉。"

步娜娜彻底懵了:"田野"的责任编辑是瓜爷?可瓜爷是海豚文学的总编啊,坐到总编这个位置,就不需要小编辑那样,像保姆一样追在作者后面伺候。除非,这个作者来头太大,和总编关系特别亲密,才会有此殊荣。

据步娜娜所知,一直以来,瓜爷手上仅有一位作家……

当那个念头如一束光一样在步娜娜心里亮起时,即使胆大包天如她,也难免手心冒汗。她的美目死死地盯住对面的男人,希望从他的眼睛里看出一点肯定、一点暗示、一点鼓励,可以让她有胆量说出心中的猜测。

可是,茄哥的双眼里什么都没有。

茄哥好似并不知道自己轻描淡写的一句话在步娜娜心里究竟掀起了多少波澜,他语气平静地说道:"作为编辑,最重要的工作就是帮作者扫清航路上的一切障碍,帮助他扬帆抵达对岸。至于这艘船是大是小,是新是旧,和这段旅程相比,都没那么重要。"

茄哥的话意有所指,又模棱两可,像是在说瓜爷,又像是在提点步娜娜。

说完后,茄哥便静默不语地看着步娜娜。

被总编用那种眼神盯着,步娜娜不敢率先移开目光,怕显得没礼貌。

茄哥盯着步娜娜，步娜娜也盯着茄哥。

最终，还是步娜娜问道："总编，你是不是还有什么事要说？"

茄哥忽然说道："现在还不到四月份，你的衬衫太薄了。"

啊？话题怎么跳到办公室着装上的。步娜娜最烦别人对自己的打扮指指点点，她今天穿了一件修身时尚款的春季衬衫，领口大开，露出细瘦的颈窝，运营小哥说看到她就觉得冷。

步娜娜无奈地回复道："谢谢总编关心，办公室有空调。"

"不是我关心。"茄哥停顿了短短一瞬，才说道："刚才邓耀华说你穿得太少，影响他办公。"

靠，那个"直男癌"。

步娜娜黑着脸把衬衫扣子一个个系到喉咙，保守得像个修女。

茄哥疾不可见地笑了笑，那笑容一闪而逝，快得步娜娜都没有捕捉到。

步娜娜又把话题说回工作道："那《苍穹之梦》和《明日荣耀》的处理结果是……"

"这事你不用插手了。"茄哥说道，"'田野'会和'知不道仙人'面谈的。"

就在燕其羽和阿琳紧张地在画室里等待步娜娜的交涉结果时，另一个消息炸碎了燕其羽的理智。

匿名八卦论坛那个名叫《扒一扒本届漫画大奖赛短篇组冠军的抄袭黑历史》的"扒皮帖"被好事者搬到了微博，同时在Q群里飞速传播，然而身为被八卦的对象，燕其羽反而是最后一个知道消息的人。

而通知燕其羽的人，是永远活跃在八卦第一线的林嘲风。

龙龙龙：小羽毛！

龙龙龙：这究竟是怎么回事，我是相信你的，可很多读者都在等你去解释！

说完，"龙龙龙"发过来一个网址。

刚开始，燕其羽没有反应过来他指的是什么事，随手点开了链接，可当她看清楚帖子里的扒皮内容后，她整个人都是蒙的。

标题：《扒一扒本届漫画大奖赛短篇组冠军的抄袭黑历史》

如题，各位搬好小板凳坐好，等着楼主切瓜给你们吃！

楼主混迹"二次元"很多年了，从富坚老贼到夹子大妈，啥题材都吃得下。每年的中国漫画大奖赛都会关注，今年尤其在意，因为我好友也参加了这次的大奖赛，而且入围了短篇组。我们群里人知道后都拼命给她拉票，实体杂志也买了五十多本，剪下投票卡回寄……算了这些都略过。

总之最后基友没得奖，得奖的反而是个新人作者。

然后，就是一张"小羽毛"《明星达克》获奖截图。

没听过的作者，没听过的作品，本来我还挺不服气的，后来翻出来看了看，确实还不错，正在连载的长篇我也追了，女主机甲题材，挺少见的。

"小羽毛"是新人作者，《明星达克》是她的第一部作品，就算是有原著小说改编，作品完成度也高到吓人。

整个分镜的流畅度和画工都没得说，好得不像是新人。

楼主直觉觉得她像是有马甲的，就发了条微博问了问，结果还真遇到了一个好心指路人，给了楼主她之前的马甲作品链接。

又是一张微博截图。

这部马甲作品叫《热血游戏》，在水果动漫上独家连载，黑暗恐怖向，虽然画风和现在有所差别，但能看出来成长轨迹，尤其背景的这几个笔刷都是"小羽毛"的独家笔刷，别人没有的。

这里，又上了一系列对比图。

然后楼主就开始看这个故事。这一看就看出问题来了，故事是好故事，可这剧情和楼主以前看过的一部欧洲小众电影也太像了！不是单纯撞题材的那种像，而是从分镜到关键台词，都一模一样！

后来我翻了下评论，发现不止我一个人发现了这个问题！

在漫画连载半年多的时候，被别的读者发现了，评论区掐成一片，这部漫画最后只能"腰斩"，草草收尾。

接下来，是一系列的抄袭对比图和掐架图。

楼主真是恨不得自戳双目，还以为自己发现了一颗珍珠，结果是连鱼目都比不上的抄货！

一想到这么一个抄货居然成了"中国漫画大奖赛"的短篇组优胜者，楼主就觉得很恶心！

楼主的基友勤勤恳恳画了这么多年，作品也不少，最后却被这种人超过了？

楼主咽不下这口气，就打算写封检举邮件，这种有抄袭前科的人，不配参加这种赛事！

可在楼主发出邮件之前，忽然意识到一个问题，如果我这封检举邮件石沉大海了，那怎么办？

楼主长了个心眼，查了下大奖赛主委会的承办方，还有评委的资料。

结果又被楼主挖出了一个大料！

七名评委里，有一名评委是"小羽毛"跟过的主笔老师！而"小羽毛"当助手的时间，和她披马甲画《热血游戏》的时间是基本重合的！

也就是说，那位主笔老师很有可能是知道"小羽毛"抄袭的！

但是让我们看一下奖项的公示结果：

评委票里，另外两部作品都是两票，只有"小羽毛"的《明星达克》是三票！

也就是说，这最后至关重要的决胜票，是"小羽毛"的老师投出的！

而这位大神评委是谁呢——就是"独钓寒"！

在查到个消息之前，楼主非常喜欢"独钓寒"大神，他的单行本漫画全部有买，他的《桃花庵》上映时也刷了好几遍。

没想到"独钓寒"居然以权谋私，包庇了一个抄袭狗，还把这么至关重要的奖项颁给了她！

作为热爱国漫的读者，希望中国漫画大奖赛的组委会能给大家一个解释，不要让我们失望！不要让那么多原创作者失望！

读完帖子，燕其羽颓然地坐在电脑前，看着帖子中跟帖读者义愤填膺的痛骂，更有无数私信塞满了她的微博私信箱。

因为帖子里"抄袭"的证据太充分了，根本不是可以用撞梗来解释的，所以所有人都相信了楼主的说辞。

这件事已经过去将近一年了，燕其羽也扔下了那个笔名、扔下了那个作品，忘掉了过去，以为可以重新站起来。

可燕其羽没有想到会在这个时候，被人狠狠揭开自己都不愿意面对的"黑历史"。

帖子里说，"独钓寒"是知道她"抄袭"的，其实他不仅不知道"抄袭"，燕其羽甚至没告诉过他，她那时候在偷偷连载漫画。那时的她还是"独钓寒"的助手，根据工作室合约，身为助手是不能私下连载的。

有一天某个网站编辑向燕其羽抛来了橄榄枝，邀请她过去连载。她很缺钱，又想成名，于是她白天做助手，晚上挤出时间熬夜画图，就这么硬生生画了半年多，结果在连载稍有起色之时，抄袭的事情被曝光了。

燕其羽不可置信，立即跑去电影网站上搜索了那部小众电影，结果她看到了无数相似的镜头、无数耳熟能详的台词……这一切都是无法辩驳的证据，把"抄袭"两个字烙在了她的额头上。

那些被泪水浸泡的夜晚，若是没有阿琳陪在身边，燕其羽可能真的要挺不过去了。

谁能想到，这场名为"抄袭"的闹剧，会是编辑和脚本作者联手布下的陷阱呢？

鉴于很多漫画家创编故事的能力不行，有些漫画网站为了拉拢新人漫画家，就会向作者提供写好的脚本故事，省得漫画家费尽辛苦去找合作者。

至于这些脚本来源何处，那就不一定了。有的是从作家手里买断的小说版权，有的是不署名的枪手稿，还有的干脆是编辑部内部出……这种合作方式在这个圈子里屡见不鲜，不光是小漫画网站会有，像海豚漫画这样的大网站也会有。

只是这种合作方式,对于漫画家来说自由度太低,处处受人掣肘,稍有名气的漫画家都不会接,只有像"小羽毛"那种初出茅庐的傻驴儿,才会看到一颗胡萝卜就颠颠地扑过去吃。

燕其羽的履历很漂亮,手速又快,跟过圈内的两个顶级作者,只是一直没找到出道的机会。她在接到水果动漫的橄榄枝后,即使《热血游戏》题材她并不喜欢,但她仍然努力去完成。

那时的责任编辑,"帮"了她很多,每次画完分镜,编辑都会修改。该特写的地方要有大特写,该俯视的地方要有广角俯视。每次被编辑修改后的分镜,虽然没了燕其羽的个人风格,但更贴合漫画主题了。

后来燕其羽才知道,那些动人心扉的台词,是直接从电影里摘出来的。那些华美大气的分镜,是直接复制了电影镜头。

燕其羽是个没什么门路的小新人,水果漫画网为了尽快平息事端,把那部漫画"腰斩",又警告燕其羽,如果想拿到剩下两个月稿费的话,就不要惹事。

当时燕其羽是真的不懂,被他们一吓就吓怕了。而且她被读者骂得完全没心思多加辩驳,匆匆脱掉那个马甲就逃走了。

现在事情过去了将近一年,燕其羽早就不是当初那个什么都不懂的新人了。

燕其羽认识了负责的编辑、合作了靠谱的脚本作家、也遇到了真正优秀的故事,这让她明白,曾经的自己有多稚嫩有多傻。

当燕其羽再次面对"抄袭"的指责,她虽然伤心难受,可她再也不会退缩了。

尤其这次被牵扯的不止她一个人,更有躺着也中枪的"独钓寒"。燕其羽不能让江老师因为她的缘故背负这样的骂名。

小羽毛轻飘飘V:谢谢各位读者的关心,网上的"扒皮帖"我已经看到了。在这里我要澄清一件事:《热血游戏》确实是我画的,但抄袭者并不是我,当时的脚本由水果动漫网提供,分镜也是编辑修改的。以下为当时的

QQ聊天记录和相关文件，我无愧于心，更无愧于笔。

之后，是"小羽毛"一气上传上来的九张长图。

第四节　谢谢你所有的事情

感谢科技的进步，更感谢燕其羽每隔一段时间就云备份电脑的好习惯，虽然她的上台电脑已经被二手贩子拆成碎片卖了，但她和水果动漫网编辑的聊天内容都被她提前备份下来。若是没有这份证据，恐怕她有理也说不清了。

在微博上发送完声明后，燕其羽没有理睬突然暴涨的评论，她立即给江雪舟打了电话向他道歉。因为她的缘故连累了老师多年的清誉，让老师白白蒙受冤屈。

江雪舟在接到电话时非常茫然地问道："啊？什么帖子？"

"老师，您最近没上网吗？"

"哪里有时间。"江雪舟声音疲惫地说道，"《舞蹈节奏》的事情实在忙不过来，我现在除了偶尔和步娜娜聊剧情以外，完全没有时间接触外人。"

前不久，"独钓寒"颠覆自我的新作《舞蹈节奏》震撼上线，现代校园、街舞社团的设定，完全冲破了他给人带来的古风大神的印象。燕其羽非常喜欢这部作品，甚至还在每期的自由讨论里给老师打广告。无奈这部作品有人喜欢、有人难以接受，评价两极分化。

画风和剧情那没得可说，只是江雪舟毕竟四十岁了，描写十七八岁的青少年题材，确实会有些脱节。他最近都在忙着收集资料，想看看年轻人的友谊、初恋、校园究竟是什么样子的。

本来他就不喜欢用社交软件，如此一来，江雪舟刚巧避过了网上对他声讨最难听的一波浪潮。

燕其羽向无辜被牵连的江雪舟道了歉，又说道："其实还有一件事我要说声对不起……对不起江老师，我不该违反助理合约，私下接稿。"

没想到江雪舟却说道："其羽，其实这事应该是我向你道歉才对。"他叹口气，继续说道，"我出道时就是漫画家，从来没有做过助手，忽略了身为助手的你的心理感受。当时我觉得，只要我给了足够的工资，助手为漫画家服务是天经地义的，却忘了每个助手的最终梦想都是希望能够成为主笔。永远当助手，永远画背景，对于你来说没有任何益处，只会让你原地踏步，拖累了你的个人发展。"

江雪舟顿了顿，有点惆怅地说道："在你离开我这里，自己去连载漫画后，我才意识到不该用助手的岗位把你局限住。你的作画水平很好，配得上更远大的梦想。"

也是从那时候开始，江雪舟开始陆续吸收新的主笔，又从助手中寻找好的苗子，把他们一一培养提拔，帮助他们成为真正的漫画家。

"江老师，谢谢你。"

"谢什么？"

"谢所有的事情吧。"

谢谢江老师在她无处可去的时候让她做助手，给了她一片安身立命的空间；谢谢他在她决定独自闯荡时放手，让她磕磕绊绊地迈出了第一步；谢谢他把"龙龙龙"介绍给她；谢谢他借了她一台电脑；谢谢他给的新年红包；也……谢谢他曾经喜欢过她。

手机屏幕上的光亮渐渐熄灭，江雪舟忽然意识到，不知道在什么时候开始，燕其羽渐渐从他的心里剥离了。"助手燕其羽"渐渐被"漫画家'小羽毛'"代替，她不再是一个求而不得的遗憾，而是一个值得他尊重的同行。

这通致谢与致歉电话中，他们没有任何暧昧，仅仅是作为前辈和新人彼此沟通。江雪舟不禁想，下次再听到"小羽毛"的名字时，他们不会成为对手吧。

就在江雪舟发呆时，坐在他画台对面的女孩探过身子，笑盈盈地敲了敲他的电脑屏幕。她穿着青春十足的短裙与宽松款毛衣，双丸子头调皮地立在头顶，这让她看上去比她实际年龄还要小，简直像个逃学的高中生。

"我说江老师呀。"女孩舌尖一动，把嘴巴里的棒棒糖从一侧移向另一侧，圆圆的棒棒糖顶起右边脸颊，时不时还转动两下，调皮地说道，"你说除了编辑之外再没联系过外人，没想到我居然有幸成为江老师的'内人'，可真令人开心。"

江雪舟无奈地看着对面的少女，明明是同行，保守又老派的他，实在招架不住这么古灵精怪的年轻漫画家。这场合作是对方率先提出来的，现在的年轻人真是了不得，脑袋里想法居然有这么多。

女孩从嘴巴里拿出棒棒糖，点了点桌面上的几张纸后说道："合同我的法律顾问已经看过了，没有问题。我的名字已经签上去了，江老师你也快点。"

江雪舟低头看向这一纸合约，这份合约由他这边起草，条款大多是利于他的。他以为女孩至少会修改其中几条，却没想到对方居然一字未动。在最后一页的署名处，女孩豪放地签上了自己的芳名，落款处也盖上了章。

江雪舟拉开抽屉拿出钢笔，可在落笔之前却停住了。

他抬头看向她，再次询问道："你确定吗？若是你对合同不满意，还可以再改。你要知道，当我的名字签上去，这份合约就有了法律效应，那么你未来几年都要和我绑定了。"

"知道知道知道。"女孩不耐烦地咬着棒棒糖，把它咬得"咔嘣咔嘣"响，快速地说道，"别说得像是你单方面占我便宜——不光是我和你绑定了，你以后也是我的了，江老师你懂不懂？"

"好吧。"

江雪舟长叹一声，提笔在一式两份的合约结尾落下了自己的名字。他学国画出身，书法造诣也不低，"江雪舟"三个字笔锋飘逸，像是随风飘散的杨柳。

江雪舟吹了吹纸页，放下笔，又拿出吸饱印油的红印章，重重地压在了名字下面。

只见合约落款处，有码胜无码工作室与独钓寒漫画工作室的公章肩并肩靠在一起，象征着这项打通两个工作室的战略合作正式达成。

从下期开始，《喵喵侠》与《舞蹈节奏》里的主要角色会进行故事客串，次要人物版权共享，故事背景完全打通，以达到合作共赢的目的。这个合作方法是"乱码君"提出来的，她认为这两个故事都发生在高中校园，连载时长也差不多，完全可以通力合作，把读者互相引流，达成一加一大于二的效果。

这种打通背景、连接宇宙的漫画在圈子里并不少见，但全是同一漫画工作室旗下的不同作品，像是"乱码君"与"独钓寒"这样两个工作室之间彼此串联，完全是尝螃蟹，谁都不知道能否成功。

但"乱码君"不怕，她年轻，有的是试错的资本。

"独钓寒"也不怕，他成熟，有承担失败的能力。

"合作愉快。""乱码君"得意一笑，坐直身子，向江雪舟伸出了右手道，"江老师，在两部漫画完结之前，就请多多指教啦。"

燕其羽的微博发出后，果然在网上引起了轩然大波。

之前她的"抄袭"几乎是盖棺定论了，唯有她的死忠读者还在苦苦等待她的解释。无数谩骂、嘲讽塞满了燕其羽的私信，甚至也有其他漫画家对她公开表示失望。

还好燕其羽手握证据，打了一场漂亮的翻身仗。

但燕其羽并不觉得这算是胜利，因为她知道，有无数同她一样的年轻作者，为了一点点成名的希望，投入了无限的精力与体力，最终只能落得为他人作嫁衣的下场。她的"抄袭"被爆出来，但是不是在漫画行业里，还有其他"抄袭"没有被人发现呢？是不是还有其他漫画家，像她一样被无良的编辑与脚本作者拿去当枪使了呢？

在燕其羽发出充足的证据之后，网上的风向立即转变了，开始心疼起燕其羽遭受的无妄之灾。

步娜娜紧随其后，立即联系公司的法务部门，写了一封长长的声讨信，要求水果动漫网为此事负责。

水果动漫网自然是装聋作哑，当作不知道的样子。到后来实在撑不住，遮遮掩掩地走出来，说那完全是编辑自作主张，至于这个责任编辑在哪里——春节前已经离职了。

步娜娜自然不能接受这种敷衍，她性格强势，哪里容得下这种糊弄！她和海豚漫画的法务部门继续追击，认为即使编辑离职了，他们也必须为损害"小羽毛"声誉的事情进行补偿。不仅要公开道歉，更要名誉受损的现金赔偿！

这场争端持续了很久很久，当燕其羽觉得这波声浪可以停歇，她能够继续安心画漫画的时候，另外一个声音再次在网上响起。

某人：小羽毛，你解释了自己没有抄袭，好，我们信你。可还有一个问题你没解释呢？你能拿到漫画大奖赛的短篇组冠军，就是靠着"独钓寒"给你投的那一张关键票，如果没有他徇私，你根本拿不到这个冠军！

这条评论很快就被好事者点赞点到了最顶端。紧接着又被看客们单独截图，成了另外一个打脸证据，频频地艾特"小羽毛"和"独钓寒"，要求他们解释这一票是如何投出的。

为此，"中国漫画大奖赛"的官方发表声明，七位评委中有三位漫画家，四位资深编辑，投票秉着公平公正的原则，进行现场投票。投票时，所有评委同时亮出各自的选择，所以并不存在"关键决胜票"的说法。而且评委票是需要乘系数后和粉丝投票相加的，在投票前，评委们并不知道粉丝投票的数量，所以也无法串通舞弊。

按理说，这个解释已经足够完善了，但偏偏还是有一小撮人，不停地搅浑水，认为这样的解释无法服众。

他们表示道：即使赛制投票没有问题，也不能说明"独钓寒"没有舞弊啊，小羽毛是"独钓寒"的助手，他一定是徇私了！明明另外两部作品也很优秀，为什么"独钓寒"的一票落在了"小羽毛"身上？

燕其羽生生被气哭了。

于归野心疼得要命，小心哄着她，让她不要和那些人一般见识。

燕其羽气得"吧嗒吧嗒"直掉泪，又委屈、又生气，眼泪落进粥碗里，泛起阵阵小涟漪，委屈地说道："我真不明白，为什么他们一定要说我是靠走后门拿到这一票的？我的作品不比别人差，有另外两位评委老师都投了我，这就足以证明我的水平！"

燕其羽不懂，但是于归野懂。

这趟争端从头至尾都是冲着燕其羽来的，目的就是为了抹黑她、拉下她，最好能让她一蹶不振，被这些乱七八糟的琐事乱了心神。

藏在这群"渴求真相"的喷子后面的那双黑手，把一盆盆脏水泼向燕其羽，希望能够弄脏她的羽翼。

这后面的人究竟是谁？是抄袭了他脚本的"知不道仙人"，还是和她同台对打的"乱码君"，还是其他别有用心的人？

究竟是谁对燕其羽带着这么大的恨意呢？

这个答案于归野暂时不得而知。他以"君子归野"的名义约了"知不道仙人"面谈，希望能够得到一个解释吧。

燕其羽擦干眼泪，无精打采地回了画室，继续画《苍穹之梦》的更新。

因为《明星达克》引起的一系列事端，导致《苍穹之梦》的页面下面有很多莫名其妙的黑子，跑过来骂她、蹭热度，非常影响读者之间的正常良性交流。

【《苍穹之梦》工作群】

阿琳：我去，那些傻缺又来了！

香蕉殿下：昨天刚封了一批号，今天居然卷土重来了。

香蕉殿下：我已经让运营部门去查IP了，看看到底是哪里来的人。

小羽毛：嗯……

田野：毛毛感觉最近都没什么精神啊。

小羽毛：出了这种事，真的是心力交瘁啊……

小羽毛：我只想老老实实画漫画，为什么要牵扯进这种事情里来？

田野：抱抱毛毛。

阿琳：抱抱。

香蕉殿下：抱抱。

香蕉殿下：小羽毛，要不然你去问问独钓寒吧，让他出面发一个声明，说一下他选你的理由。

田野：……

田野：不妥。

香蕉殿下：？

田野：那些黑子已经先入为主，这种清白是最难证明的，你不说，他们就脑补毛毛和独钓寒私下有交易，你说了，他们又认为是欲盖弥彰。不论你证不证明、怎么证明，在外人看来，你们有私交是事实，解释不清的。

香蕉殿下：可就算解释不清，也不能不解释啊！

阿琳：是啊，除非有比独钓寒还权威的人能为小羽毛说话。可上哪儿去找这种人去啊。

小羽毛：我哪里认识这么厉害的人啊。

田野：毛毛，这件事交给我。

小羽毛：？

香蕉殿下：……

一分钟之后，燕其羽手机上的特别关注推送了一条消息。

君子归野 V：最近微博上的风波我有所耳闻，这几年我给一些文学赛事做过评委，经常会遇到眼熟的参赛作者，他们有的与我同一家出版社，有的曾经和我是同一个编辑，有的是私下关系不错的朋友……在这种情况下，我要怎么保障公平？很简单，我觉得谁配得上这个奖项我就投谁。如果因为对方认识我，我为了避嫌，就故意把票投给其他陌生作者，这才是最大的不公平。

虽然"君子归野"并没有点名道姓，但所有人都明白，他指的究竟是哪件事。

同样的话，若是由"独钓寒"说出来，就像是故意狡辩。

可"君子归野"这个名字，带着权威、带着强硬、带着不容辩驳的气势，击碎了那些跳梁小丑们上不得台面的阴暗心思。

凭什么因为评委与选手是熟人就不能投票？评的明明是作品的优劣，如果为了保证自己的清白，评委便故意无视熟人的作品，那不是本末倒置了吗。

燕其羽望着"君子归野"的微博暗自出神。

为什么归野大神会为她仗义执言？刚刚"田野"老师说会帮她搞定这个麻烦，难道是他拜托大神发表了这番言论？还是说，还是说……

燕其羽心中狂跳，一个她从未想过的猜测渐渐浮出水面。

与此同时，一条私信推送到她的后台中。

君子归野V：毛毛，安心画画。"田野"老师说到做到，这个麻烦帮你解决了。

燕其羽激动得满脸赤红，光着脚"啊啊啊啊"地跑进厨房。

正在厨房里收拾碗筷的于归野来不及回身，便被她自身后紧紧抱住。

燕其羽一头扑在男人的背脊上，双手紧紧攥着于归野的衣服不肯松手。

于归野想回头看看她，她却像母鸡妈妈身后的小鸡仔一样，躲个不停。

男人好笑地问道："怎么了，这么激动？"

燕其羽深吸一口气，把眼角的泪水和心中的悸动努力压下去，可刚一开口她便破功，丢脸地哭出声来道："和、和我合作的'田野'老师居然是归野大神！于先生，我现在开心得要上天啦！"

第五节　脱掉一层马甲

燕其羽真的太激动了，明明是件开心事，她却哗哗直掉眼泪，停都停不下来。

之前阿琳就猜测过"君子归野"会不会和"田野"老师是同一个人，当时燕其羽还嘲笑她脑洞大，根本就不信"君子归野"会披马甲来到漫画圈，还选择她这么个小透明组队打怪。

哪想到阿琳料事如神，居然猜到了真相！

那个会和她彻夜探讨剧情的搭档，那个会在迷茫时鼓励她继续创作的合作者，那个会向她虚心请教分镜的脚本作家……居然就是"君子归野"！

可望而不可即的大神，居然真的"下凡"来到她身边。

燕其羽埋在于归野怀中，把男人的衬衫当作擦眼泪的毛巾，又哭又笑，就连她自己都觉得她现在的表情一定扭曲极了。

于归野被燕其羽的眼泪搞得措手不及。

他这次选择脱掉一层马甲，原因有很多，但最重要的理由是为了哄燕其羽开心。于归野想告诉她"一切有我"，不管是黑子的诋毁、还是莫名的抄袭，他都可以为她保驾护航，让她能够安心创作。

可燕其羽却哭了。

即使万能如于先生，也被这突如其来的眼泪搞晕了。

于归野先装作一副惊讶的样子，短促地"啊"了一声，然后用他登峰造极的演技问道："没想到'田野'就是'君子归野'啊，真是令人意外。"

"是吧！"燕其羽拽着他的衣襟，鼻子红红地贴近他道，"是吧！"紧接着她又用更高的声音重复了第三遍道，"是吧！'田野'老师居然是归野大神，我现在好想停更，把画过的前二十话都重画一遍啊！"

于归野这次是真惊讶了，急问道："为什么，你不是画得很好吗？"

"我现在觉得不够好了！以归野大神的名气，他什么样的漫画家找不到？听说日本那边的大师都排队希望能和他合作呢。于先生，你说他到底为什么要和我合作啊？"

燕其羽现在的心情实在是太复杂了，兴奋、激动，但更多的是惶恐。她何德何能，能和那么优秀的人合作呢？

于归野诚实地说道："会选择你，当然是因为喜欢你啊。"

可燕其羽不信。她的绘画水平在与她同代的新人漫画家里，确实算得上佼佼者，可与那些老牌的前辈相比，差距就不止一点点了。

但在于归野眼中，抛开情人眼里出西施的感情加分，"小羽毛"绝对是一个称心如意的合作者。她有漫画家应该有的一切特质，而且在创作中，她很有主见，不会被脚本作者牵着鼻子走，她不仅能够完美地还原脚本，更能升华故事，把自己的想法融入剧情当中。

只是这些话，作为男朋友的于归野不方便当面说出口，只能跟燕其羽讲道："你自己胡思乱想只会越想越不自信，你干脆问问'他'吧。"

于是这天晚上，在这对甜蜜小情侣的卧室里，头一次出现了背对背睡觉的场景。

燕其羽翻身向右，拿着手机紧张地敲敲敲。

于归野面朝左边，点开 QQ 界面时刻等待着屏幕亮起，他还要分神，时不时注意女朋友那边的情况。

只听燕其羽小声说："于先生，那，那我发了啊……"

于归野道："你发吧，'他'肯定等着你问呢。"

话音刚落，于归野的手机屏幕上就跳出来一句话。

小羽毛：田野老师，真的是你吗？

田野：嗯，真的是我。

小羽毛：真的真的是你？

田野：难道还能假的假的是我？

"小羽毛"发了一个号啕大哭的表情。

小羽毛：我现在都不知道说什么好了，真的太激动了。

小羽毛：我一想到之前还推荐你去看归野大神的书，我就恨不得穿越回去把自己闷死。

田野：毛毛，你把自己闷死了，谁来和我画漫画啊。

燕其羽把手机屏幕猛地向下扣住，像是树袋熊一样，四肢并用地攀在卷成一条的被子上，在床上扭来扭去。

燕其羽一边扭一边叫道："'嗷嗷嗷！'大神居然叫我毛毛！"

于归野回过身看她，表情风平浪静，内心都要乐死了。

谈恋爱真有意思，和自己的粉丝谈恋爱更有意思。

小羽毛：大神，其实我现在脑袋里特别乱，有好多问题想问你。
田野：嗯，你说。
田野：你想知道的答案我都会告诉你。
小羽毛：那我问啦！

燕其羽刚开始的问题都比较浅，她问他为什么想进入漫画圈，为什么要换笔名，"田野"这个笔名用了多久了等等。

于归野一一回答了。他当初想进入漫画圈，主要目的是想要挑战一个未知的领域，他进入科幻圈也是如此：抛掉身上的偶像包袱，以一个新人的身份向上攀登。他不愿意借助"君子归野"的名气，只有从零开始，才能客观地正视自己的能力，若总是处于书迷的赞美声中，他只会原地踏步，失去锐气。

小羽毛：说起来，大神你和我想象得完全不一样。
田野：你想象的我，是什么样的？
小羽毛：因为你很少用微博嘛，也不出席签售会，我以为你会是那种很高冷的作者……哎，"高冷"这个词也不太对，应该是说有距离感吧，结果没想到私底下会这么平易近人。
小羽毛：而且你真的好年轻啊！
小羽毛：我以为你出道了这么久，至少也要四十岁了！
小羽毛：我记得你声音很年轻，大神你有三十岁吗？

小羽毛和"田野"老师见面，已经是半年前的事情了，而且两人隔着面具，只短短相处了一个多小时，燕其羽早就想不起"田野"老师的体貌特征。

第八章　陪你到巅峰　583

只记得他很高,头发又黑又浓密,与她想象中胖乎乎的"地中海"中年男作家截然不同。

　　田野:嗯,过了年我就三十岁了。
　　田野:我出道早,第一本书是高一时出版的。

　　说来真巧,燕其羽也是高一的时候开始自学画漫画的。只是那时候她还没想过今后要以漫画作为自己的职业,少年的梦想很少关乎未来,更多的是要在当下活得精彩。
　　躺在床上的燕其羽忽然一个鲤鱼打挺坐起来,伸手猛戳于归野的后背。
　　于归野立即按灭手机,问她:"怎么了?"
　　燕其羽兴奋地扑在他身上,把手机屏幕怼到他鼻子下面,连声道:"你快看啊、你快看啊,大神不愧是大神,高一就出版小说了!"
　　于归野干巴巴地说道:"他可真厉害。"
　　"是啊。"燕其羽又从于归野身上翻下来,语气混杂着艳羡与敬佩道,"大神今年才三十岁,就已经站到了这个圈子的顶端,而且一直保持着充沛的创作能力,真的太厉害了。如果把他的故事写成一本书,应该就叫《少年大神养成记》吧。"
　　说着说着,燕其羽又忽然想起了什么,赶忙撑起上半身,嘟起嘴巴在男朋友的脸上"啵"了一下道:"你可不要吃醋啊。虽然归野大神很厉害,但我的归野更厉害。"
　　于归野没那么无聊,怎么可能自己吃自己的醋。但看到燕其羽这么在乎他,心里当然高兴,干脆顺着她的话,装作酸溜溜地问道:"你看你这一晚上,为他又哭又笑的,现在还夸奖他年少成才,我可没觉得自己哪里比他厉害了。"
　　燕其羽不知怎的脑子短路了,明明她有的是好话可以夸自家男人,比如长得帅、做饭好吃、温柔体贴……
　　结果燕其羽脱口而出一句话居然是:于先生,你在床上很厉害呀。

话音刚落，燕其羽立即意识到自己说了什么，小脸通红，不等于归野抓住她，她就像只小地鼠般赶忙钻进了被窝里，还欲盖弥彰地用被子把整个人蒙住。

于归野大笑，故意把这个加大号"蚕宝宝"搂进怀里，同时继续用手机骚扰她。

田野：怎么了毛毛，为什么一直不说话？

燕其羽埋在被子里，根本不知道同她线上聊天的人就是正抱着自己的男朋友。她在一片黑暗中，艰难地同大神对话。

小羽毛：啊！没事没事，我刚才在想事。
田野：想什么？
小羽毛：呃，我在想《明日荣耀》和《苍穹之梦》剧情相似的事。
小羽毛：这两个故事，并不是题材撞车吧？
田野：嗯，在和你合作之前，我在编辑的牵线下，和知不道仙人有过一段合作。
田野：我和他磨合了一阵子，我把前半部的大纲给他看了，他那边出了人设和第一话试稿。
田野：我看到《明日荣耀》的剧情时，就明白他借鉴了我的故事。

"小羽毛"连发震惊和难过的表情。

小羽毛：仙人为什么会……
田野：这点我也很意外。其实他的创编能力相当不错，《爆裂神拳》我看过，剧情能达到中上水平。
田野：我约了他明天见面，打算当面聊聊。

第八章　陪你到巅峰

提起这个话题，床上的两人心情都很沉重。

"抄袭"这两个字对于作者来说是最沉重的枷锁，一旦戴上，就一辈子不能取下。燕其羽刚刚经历了一场抄袭攻防战，她被弄得身心俱疲。而现在，她和他的作品成了抄袭者的猎物，立场对调后，她的心情更加难捱。

"知不道仙人"是燕其羽第一个老师，虽然后期弄得很不愉快，但她对他的敬重是确实存在的。在得知他居然做下了这么令人不齿的事情后，燕其羽心中的他瞬间变得异常陌生了。

燕其羽迷茫地蜷缩在于归野的怀抱中，感觉心里说不出的难受。

小羽毛：我能问问，为什么当初你没有选择他呢？

田野：因为创作理念不同。

田野：可能这个理由听起来有点像是夫妻离婚时说的那句"感情不和"，但他确实不是我要的漫画家。

田野：而你是。

小羽毛：……

田野：我能从你的眼里看出你热爱这个故事，你在尽心描绘着那些人和事，而不是为了名声、金钱和荣誉。

田野：我需要的是一个主笔，而不是一支笔。

田野：毛毛，你是独一无二的。

燕其羽，你是唯一的唯一。

第六节　双相情感障碍

街角的咖啡店里，一名身材瘦弱的中年男子坐在落地窗旁的卡座里，双眼无神地望着对面大楼的广告。

柜台后的服务生有些好奇地看着他，这位客人已经在这里坐了整整一下午了，他全身上下的衣服都透着一个"贵"字，可他只点了一杯最普通的咖啡，而且一口都没喝过。

他随身带着一个本子和一支笔，几个小时中不停地在本子上写写画画。服务员趁着给其他顾客上咖啡时偷偷看了几眼，可本子上只有奇怪的格子和乱七八糟的不成形线条。

男人面色苍白，但在苍白之下还有着一层郁结，让他整个人看上去都死气沉沉，很不好相处。

服务生顺着男人的目光向窗外看去，马路对面就是鼎鼎有名的海豚文化集团，十多层的办公楼里装下了上千名员工以及无数正在孵化的梦想。

在那栋大楼里出入的人，有充满干劲的编辑，有意气风发的影视制作人，还有很多外表看上去平平无奇，可脑袋里装满了奇思妙想的创作者。

因为这家咖啡馆地理位置优越，所以经常会有编辑、作者来这里小坐会谈，而服务生也见多了形形色色的漫画家和小说家。

她的目光不禁再次投注在窗边的阴郁男子身上，越看越觉得他像是一个不得志的漫画家。

她同情地想：画得乱糟糟的，被退稿真是蛮可怜的。

海豚文化集团的大楼上悬挂着一副巨型的布幅广告，每个月都会换一次。广告布上是当月强推的作品，服务员曾经在那个位置看到过"君子归野"的热门大作，也见过"独钓寒"的新书宣传，而就在前几天，那块广告布上出现了一部机甲少女漫画《苍穹之梦》，听说作者刚拿了漫画大奖赛的短篇奖，风头无两。

而那个奇怪的男人，视线一直锁定在那个广告上。服务生以为会从他的眼中看到嫉妒和羡慕，可是没有，他的眼里什么都没有。

他像是画累了，他放下手里的笔，拿起右手边的咖啡。可是他不知怎么回事忽然手一抖，咖啡杯掉落在桌上，深棕色的液体瞬间流了满桌，不仅浸湿了速写本，甚至向着桌边蔓延，迅速滴落，弄脏了男人身上价值不菲的衣物。

"服务员！"他立即跳起来，大声呼喝道，"还愣着干吗，赶快擦桌子！"

明明是他自己不小心，却这么不客气。服务生心里骂着，赶忙拿起抹布跑了过去。

就在男人狼狈地用纸巾擦拭着身上脏污时，咖啡店的门又一次被推开了。

清脆的响铃声在前厅响起，一双深棕色的手工牛津皮鞋停在了餐桌旁。

"看来，我来的时间不太凑巧。"来人的声音很好听，如春风化雨，迎面而来，令人下意识地就带了三分好感。

服务生顺着那双皮鞋向上看去，刚进门的这位先生相貌堂堂，一身合体的休闲西装恰到好处地衬托出他的身形。他气质成熟，却又不会显得过于老成，看上去颇为优雅。

可惜，打翻了咖啡的男人并不买账。手中的纸巾早就被他攥成了一团，他干脆随手扔到地上，抱臂坐回了座位上。

"请坐，大神。"面色冷郁的男人说道，"想喝什么，我请客。"

"不用了，我想我在这里待不了多久。"于归野拉开椅子，姿态翩翩地坐在了男人对面。

服务生嗅出了空气里剑拔弩张的味道，十分担心两人会打起来，可惜他们没有点单，也不需要她的服务，她只能忧心忡忡地一步三回头地离开了。

坐在桌子另一边的男人不是别人，正是"知不道仙人"。

他既是燕其羽曾经跟过的主笔老师，也是现在复制了燕其羽漫画作品的抄袭者。

"知不道仙人"和于归野约好今天面谈，可他早到了足足三个小时，如一尊雕像般守在窗户旁，望着海豚文化大楼外悬挂着的《苍穹之梦》的广告。

于归野的目光落在对方身上，不着痕迹地打量着他。上次两人见面已经是将近半年前的事情，那时候的"知不道仙人"意气风发，身上带着一股骄矜。可如今，仙人的脸上只剩下一种抹不开的郁气，下巴上的胡茬与猩红的双眼证明他已经有很久没有好好休息过了。

而最主要的是，虽然"知不道仙人"用抱臂的姿势藏起了右手，可右臂的颤动却无法止住，每隔几秒，就不受控制地抖动一下。

于归野心中微微叹气，但他没有把这份同情表达出来，而是用公事公办的语气说道："仙人，我约你的原因想必你也知道。我想，咱们没有什么必要说客套话，不如直接开门见山。"

"知不道仙人"并未搭话，既没说好，也没说不好。

"抄袭"这两个字在舌尖上转悠了许久，可最终于归野还是心软了，没有把那两个字说出口，他淡淡说道："关于《明日荣耀》这部作品，我想听听你的解释。"

"哦？什么解释？""知不道仙人"扯开嘴角，露出了一个略加讽刺的笑容后说道，"我还想向你要个解释呢。本来这个时候《明日荣耀》就该上线了，可是你直接通过总编往下压，让海豚漫画撤掉了我的所有宣传，还拿合约威胁我……看来你对你的小搭档很不自信，觉得我的作品会影响她？"

"知不道仙人"一张嘴颠倒黑白，即使好脾气如于归野，这时也忍不下去了。

"是，我当然怕你影响她——曾经跟过的老师居然抄袭她的作品，她现在已经被你影响到了！"

"可笑。"面色苍白的男人无所谓地笑笑后说道，"哪里抄了？是台词，是场景，是人设？我的作品还没上线，我猜是阿琳向你们通风报信的吧？放着好好的主笔不当，偏偏去你们那里当个助手，不知该说她是天真，还是蠢笨。"

于归野直接打断"知不道仙人"道："《明日荣耀》的故事主线和《苍穹之梦》一样，都是主人公在'战争年代'和'现代'来回穿梭，他（她）在战场上的所作所为，都会影响现在的生活。你早在半年前就看过《苍穹之梦》的大纲，这么高的相似度，你敢说这是巧合？"

"当然不是巧合。""知不道仙人"坦然承认道，"我只是站在巨人的肩膀上，灵感来源于那些老电影，《时空恋旅人》《X战警·逆转未来》，还有个日本动画，叫……"

"知不道仙人"说的这些作品，于归野当然看过。时空穿越一直是作家心中的热门话题，而身为半个科幻作家，探讨时空穿梭的软科幻硬科幻于归野都有涉猎。现在"知不道仙人"是想把话题往"撞题材"上面引，反正同类的作品那么多，他若是坚持是从其他电影里找到的灵感，别人也不会多说什么。

毕竟在很多粉丝心里，抄袭者只可能是小透明，怎么会有大神去抄袭别人的作品呢？

"知不道仙人"抄得很巧妙，他并非全部照搬，只是拿走了一个关键的创意，然而这个创意就像他说的那样，完全可以推脱给灵感来源相同。

桌子两侧的两个男人，一个脸上带着肆意的笑容，而另一个则一脸沉静。

"知不道仙人"挑衅地看着于归野，他刚刚说的话足够放肆，足以惹怒这位大神。他以为会在于归野的脸上看到愤怒，看到仇恨，他等待着于归野的"爆发"。

可是，没有。

于归野冷静而淡定地注视着他，男人的眼中没有任何可以与生气挂钩的情绪，那双眼睛就像是早已洞悉了一切，如一柄利剑，深深地扎入了"知不道仙人"深藏在逆鳞后的软肋。

"不要那样看我！""知不道仙人"没有等来于归野的失态，反而是他自己突然在一瞬间被怒火冲昏了头脑，怒道，"你的眼神是什么意思，是怜悯吗，是同情吗？你觉得我是个可怜虫，没有你的创意，我就写不出好故事了？"

于归野冰冷的声音落在他耳中道："我确实觉得你很可怜。本来我还在期待《爆裂神拳》之后，你能拿出一部超越前者的佳作，可你现在却跌进了泥坑里，爬都爬不出来。"

于归野的视线扫过仙人的右臂，缓缓说道："漫画的核心是什么？是画面，也是故事，这点儿你比我清楚。即使你失去了对线条的把控，但你讲故事的能力还在，为什么要主动放弃，沦落到复制别人的故事？"

"知不道仙人"下意识地攥住右手手腕，最近越来越频繁的肌肉抖动和神经疼痛，不论白天黑夜都在困扰着他。

"知不道仙人"大笑出声，听上去却像是动物死前的悲鸣道："归野大神，呵，真不愧是大神！有没有人说过你很傲慢？我求求你不要拿你们写小说的那一套东西套在我身上！你握过画笔吗？你亲眼见过一幅画从无到有的诞生过程吗？'不能画了没关系我还可以讲啊'，这他妈完全就是个谬论！不存在的！一个连画都画不出来的漫画家，即使故事讲得再好，那依旧不是漫画家！"

还好刚才"知不道仙人"失手打翻了咖啡，否则现在他说不定就要用咖啡去泼坐在对面的于归野了。

画面是用来吸引读者"进来"的，而故事是让读者"留下"的，漫画家的核心永远在"画"上，图像对于视觉来说是最有冲击力的。所以，漫画家才需要不断地提升画工，同时形成自己的风格。

很多成名已久的漫画家在职业生涯的后期，都会想要更进一步，渐渐转向幕后，担任监制，放下画笔。

可是"知不道仙人"放不下，他也不愿意放下。

"知不道仙人"对这个行业的热爱没有一个人能超过，他燃烧自己照亮着前行的路，对于他而言，从主笔岗位离开，并非是一种升迁，而是一种退后。

"知不道仙人"瞪视着面前的于归野，怒道："你是不是觉得现在的我特别可悲？我现在根本不配当一个漫画家了，我再也不能拿笔了，我也写不出好的故事了！你大可以和'小羽毛'一起嘲笑我，同情我！我的事业抛弃了我，那我还剩什么？！如果不能再画漫画，这副躯壳又有什么用！"

"知不道仙人"说到激动之处，居然直接拿起了扔在桌上的速写本，砸向桌子对面的于归野。速写本原本被咖啡沾湿了，现在已经干了，然而纸页褶皱，上面的画也模糊不清。

然而"知不道仙人"的手还未来得及落下，于归野便猛地起身，一把攥住了他的右手腕，牢牢地把他挡住。

"知不道仙人"手腕一软，手中的速写本"嘭"的一声掉到了地上。

他想抽回右手，无奈他右臂根本使不上力气，动了几下依旧无法挣脱于归野的桎梏，反而颤抖得越来越严重。

"你他妈干吗？松手！"

于归野神色严肃地注视着他，突然说道："仙人，你现在的情况必须去看医生。"

"不需要你假好心，你以为我没看过吗？我早就做过手术了，也有定期去做针灸!"

"不。"于归野摇头,一字一顿地说道,"我指的是心理医生。"

"你没有注意到,你现在的心理状况很不对头吗?"

原本处于歇斯底里边缘的"知不道仙人"仿佛被于归野一招定住了,他身上那股可怕的情感暴风在一瞬间销声匿迹,重新被吸进了他的体内。压抑的情绪从他的头顶灌下,他的眼神重归冰冷,里面盛满了讽刺与质疑。

于归野却完全不惧,他没有移开目光,直直地与仙人对视。

于归野把"知不道仙人"推回到座位上,一针见血地指出道:"你现在有非常明显的'双相情感障碍'的症状,简单来说,就是躁狂症与抑郁症的混合病症,属于典型的心理疾病。鉴于你的身体状况,这个病很有可能是工作因素造成的。我有认识的心理医生,建议你……"

"闭嘴,""知不道仙人"打断于归野的话,也打掉了他递过来的名片,嘲讽地说道,"你是医生吗?空口鉴病?你说我是抑郁症就是抑郁症?我没想自杀,我活得好好的!"

于归野平静地捡起掉落的名片,再次往"知不道仙人"面前递去。

关于"知不道仙人"的病情,于归野之前就有过隐隐的猜测。对于他们这些以创作为生的人来说,剥夺了自身的创作能力,确实是外人无法想象的痛苦。但是于归野和"知不道仙人"实在不熟,阿琳虽然经常和燕其羽抱怨他的所作所为,但是她的描述中主观成分太多,于归野不敢断言。

对于没有接触过心理疾病患者的人来说,很难看破身边人的伪装,只会把他们烦闷当作是想不开,把他们的愤怒当作是情绪暴躁。

心理疾病患者的病情都是逐步加深的,燕其羽和阿琳只是觉得"知不道仙人"和曾经相比,变得有些阴阳怪气,却没有意识到,他其实日日夜夜都在承担着心理上的折磨。

"双相情感障碍"是一种比抑郁症还要少见的疾病,患者时而抑郁烦闷,时而焦躁痛苦,两种症状混合出现,足以把所有关心他的人远远推开。

于归野直到今天见到"知不道仙人"并和他争吵起来,才发觉出他身上的问题。

若是倒推回去，恐怕在一年以前，"知不道仙人"右手病发无法握笔时，这个病便已经悄悄缠上他了。

"你应该也能注意到，自己变了太多了。"于归野平静地叙述道，"你真应该听听'小羽毛'是怎么形容你的——她说你是细心的严师，在她刚踏入漫画行业的那两年，是你手把手教她，把她从野路子带上了正轨。她永远记得你熬夜赶稿时的拼命，也记得你指导她作画时的严肃，可现在的你呢，那位令她敬佩的主笔老师去哪里了？为什么变成了这么一副鬼样子？"

于归野又说道："你知道阿琳从你那里离开后，哭了多久吗？她以为自己终于遇到了机会，以为你欣赏了她的才华，结果你却压榨着她的能力，逼迫她摆出你想要的样子，你在逐梦堂时，还会用微薄的工资请小助手吃饭，可是现在你手底下所有助手都做不长，你没意识到这其中的差别吗？"

"知不道仙人"愣愣地望着他。

"还有最重要的一点，你照搬《苍穹之梦》的剧情，根本不是因为你自己写不出新的故事。"于归野目光灼灼地说道，"而是你在报复我，对吗？虽然这种报复根本立不住脚，但是你怨恨我最终没有选择你，而是和'小羽毛'合作创作了这个作品。"

于归野自始至终无法相信，能创作出《爆裂神拳》、让一部 B 级作品逆袭成 S+ 作品的作者，会无法写出更上一层楼的作品。

当于归野意识到"知不道仙人"患上了"双相情感障碍"后，就像是推理小说终于闭合了最后一环，仙人所有匪夷所思的情绪与行为都有了解释。

心理疾病患者确实容易钻牛角尖，进入一个死循环走不出来。

"知不道仙人"表面上的咄咄逼人，其实只是一种虚张声势的保护色。他唯有表现得更有进攻性，才能掩盖住他内心的脆弱迷茫。

"不……我没有……我没有……"

于归野不去管对方身上究竟还有多少尖刺，他直接拉过仙人的右手，把他颤抖的五指一一展开，把那张私人心理咨询师的名片塞进了他的手心。

"知不道仙人"呆呆地垂下头，望着掌心里的小卡片，再一次控制不住地抖动起来。

刚开始"知不道仙人"以为是右手又发病了，可很快他就意识到他全身都在颤抖，连带着胸腔里那颗闷闷的心脏。

是的，原来这就是答案。他并没有变成一个阴险、下流、恶毒的卑鄙之人，而是一场心理疾病，毁掉了他的自信，也毁掉了他的事业与人际关系。

"知不道仙人"就这样维持着瘫坐在沙发里的姿势，过了很久很久，久到脖子发涩，他才如梦初醒地"啊"了一声，抬起头来寻找着那个点醒他的人。

可咖啡厅里，哪还有于归野的身影呢？

第七节　烦恼的一组副主编

和"知不道仙人"面谈过后，于归野心中的感觉也是五味杂陈。他虽然只和对方见过寥寥两面，但自从他踏入漫画圈以来，耳边总会零零碎碎地听到对方的名字。

于归野是幸运的，他天生的创作力是很多作者终其一生无法拥有的，而他也是勤勉的，他把这份天赋转化成了动力，鞭策着自己向着更高峰攀登。

都说高处不胜寒，当于归野站在山峰顶端，左右张望时，能够交往的朋友寥寥无几。而同为一个圈子顶尖人物的"知不道仙人"与"独钓寒"，自然有意无意地吸引了他的关注。

"独钓寒"更像是一位老师、一位前辈，他如高山流水，不疾不徐地等待着自己的知音。抛去隐形情敌这个身份以外，于归野还是很敬佩他的，并且从他身上汲取了很多关于创作的心得。

"知不道仙人"的意义则有所不同：他攀爬过的高峰令无数创作者仰望，而他失足坠落的深渊，也令所有人警惕。都说艺术家是疯狂的，他们对艺术的极致追求，往往会令他们陷入泥潭，不可自拔。

但这是错的吗？当然不是。

于归野衷心希望"知不道仙人"能够尽快从心理疾病中挣脱出来，在未来的某一天，带着他充满信心的新作，强势归来。

于归野回到家时，绘心工作室的主笔和助手正在吃饭。大厨不在，两人就煮方便食品凑合，整个屋里都飘荡着螺蛳粉的销魂味道。

见于归野到家了，燕其羽很热情地招呼他道："你要不要吃粉？闻着臭，吃着香！"

于归野看了眼锅子后说道："这不够三个人吃吧？"

"够的、够的！"燕其羽让出手中的大海碗，冒尖的米粉泡在浓浓的螺蛳汤里，鲜嫩的绿叶菜和油汪汪的煎蛋在辣油中漂浮，让人看着就食欲大增。

"那你吃什么？"

燕其羽很自然地回答道："我吃阿琳的！"

说着，燕其羽把阿琳筷子底下的海碗拖到自己面前，给她换成了一个空碗。

贪吃的阿琳今天也不知道中了什么邪，居然完全没意识到自己的晚餐被人偷梁换柱了。她一手拿着筷子，一手拿着手机，眼睛紧紧地盯着手机屏幕，嘴里"嘻嘻嘻""呵呵呵""哈哈哈"地笑个没完，根本没工夫去管别的。

于归野问道："她这是怎么了？"

燕其羽叹气道："别提了，她昨天晚上睡前说要看篇小说，从扫文号那里扒拉了一篇正在连载中的纯爱文，结果……"

"结果？"

"结果她越看越精神，硬是睁眼到天亮！今天一边画画还在一边听有声朗读，喏，就连现在都没放下手机。"

燕其羽正说着话，阿琳手中的阅读软件不知不觉翻到了最后一页。

"嗷嗷嗷！"阿琳急得边挠桌子边说道，"怎么没了！怎么这么快就追平了！本来觉得二十万字已经很肥了，结果一天就看完了！"

燕其羽把脑袋凑过去，问道："你究竟在看什么啊？"

阿琳大方地把自己的心上太太分享给她，兴奋地说道："就这篇，海豚文学网月榜第一，空降金榜的搞笑反穿文——《反派是条狗》！史上最美的魔教教主古穿今，穿成了一只阿富汗猎犬，被一个小片警捡到了。因为它太挑剔，小片警养不起，就给它录了个视频想找到它的主人，结果莫名其妙地把它捧成了网红！"

燕其羽定定地看着她。

"哇！你不要这副表情，虽然设定很苏很无厘头，但是真的很好看啊！现在连载到其他魔教教众也跟着穿越过来了，有金毛、京巴、柯基、腊肠、泰迪……"阿琳双手托腮，梦呓般地说道，"魔教教主真的好美的，我现在迫不及待地想要看到它变成人之后，压倒小片儿警了！"

燕其羽回复道："老铁，我觉得你好像逆CP了。"

阿琳柳眉倒竖，攥紧肉肉的拳头说道："你又没看过这篇文，不要空口鉴定好不好？"

"我是没看过这篇文，但是我看过大纲啊！"燕其羽坚定地剧透道，"当初海豚漫画和海豚文学联合举办的作者大会上，这个原作者也去了，她当时说过的！本来，这个作品她是想写成脚本做成漫画的，我网盘里还有她当时展示的PPT呢。"

"咦？这么巧？"

燕其羽点点头道："其实在那场大会上，我本来是想和她合作的。但是后来有了'田野'老师，呃！我是说归野大神的《苍穹之梦》，只能遗憾地和她说拜拜了。"

在旁边光明正大偷听的于归野这才知道，原来在那场"相亲会"中，"小羽毛"差一点就要落到别人的手中了，真是好险好险。

若是当初他们分别选了别的合作者的话，今天就根本不可能走到一起了吧。

既然那部《反派是条狗》这么受两位漫画家的推崇，于归野决定找个时间也拜读一番。只有摸清燕其羽的喜好，他以后才能写给她看啊。

阿琳放下手机，问道："对了，说起《苍穹之梦》，今天大神不是去和仙人面谈了吗，他们谈得怎么样？"

燕其羽："应该还好吧？刚刚大神给我发了消息，说他已经和仙人谈完了，只是具体聊了什么他没有说，但我感觉进展不错。"

鉴于"知不道仙人"的病情是他的私人问题，于归野并没有把这件事透露给燕其羽。因为他知道，以仙人的骄傲，绝对不愿意让别人去同情他。

而且于归野相信，仙人绝对不可能再连载《明日荣耀》了，即使他们没有任何口头或者书面的合约，但是"知不道仙人"绝对不会再用一部仿冒作品来欺骗别人、欺骗自己。

就像于归野预料到的那样，自那天起，"知不道仙人"忽然从"二次元"生活中销声匿迹了。编辑联系不到，粉丝联系不到，就连他工作室的助手们都说他已经有好几天没有上班了。

就在大家心急如焚之时，"知不道仙人"忽然在半夜登录微博，发表了一条短短几个字的微博，就再次消失在众人的视线当中。

知不道仙人V：生病，看病，勿念。暂时引退，归期不定。

这条微博底下，粉丝们紧张得都快炸了，纷纷涌上来询问仙人究竟是什么方面的疾病，帮得上忙的就推荐医院，帮不上忙的就努力送上祝福。就连圈里其他的漫画家都被惊动了，连连过来询问，希望他能尽快痊愈。

而作为唯一知道他病情的于归野，有些犹豫要不要替他补充两句。

好在"乱码君"在这混乱之际浮上了水面，解释"知不道仙人"因为积劳成疾，右手肌肉神经受损，需要做手术静养。

这理由倒是站得住脚，也禁得住推敲。

仙人右手的病痛，圈内很多人都知道。腱鞘炎、腱鞘囊肿是漫画家们极为常见的职业病，几乎人人都会得。只是仙人病得更严重一些，开刀治疗后仍然无法根治，反而愈演愈烈。因为之前有《爆裂神拳》的连载任务在身，他不能随意停更，一直在拼命强撑。

趁着这个悠长假期，于归野衷心希望"知不道仙人"能够治愈身体上的伤痛，也能放开心理上的枷锁。

而粉丝们直到这个时候才知道，原来"乱码君"是"知不道仙人"的侄女！叔侄两个都是圈内鼎鼎有名的漫画家，很多读者大胆开玩笑，说他们家有绘画基因,想要继承他们家的染色体。

乱码君V:别惦记了,我的染色体很挑的,看不上你。

至于她的染色体究竟看上谁了,这可是个不能说的秘密。

海豚漫画编辑部内,一组的地盘里传来一阵刺耳的噪音。其他组的小编辑们互相交换了几个眼色,埋下头藏住眼角眉梢的不屑。

不用想,不用猜,一组副主编邓耀华肯定又在作妖了。

昨天邓耀华因为保洁阿姨多唠叨了两句,就不顾脸面,嘲讽人家是"臭扫地的";今天上午运营部的同事抽烟多抽了五分钟,就被他捅到运营总监那里,害得人家被批评;至于现在嘛……谁知道又是什么事?估计不是茶没泡好,就是键盘不好用吧。

最近邓耀华的心情极差,而这么差的原因大家都知道——他手底下最值钱的大漫画家"知不道仙人"居然因病引退了!

"知不道仙人"画的是热血少年漫,剧情强、画风好、又有卖相元素,在一组内部很受重视。原本他的负责编辑是一组主编,在主编跳槽后,因为"知不道仙人"还没有连载完,于是他的合约转到了邓耀华手上。紧接着在"知不道仙人"的牵线下,备受关注的新人作者"乱码君"也被邓耀华牢牢抓住。

邓耀华手里攥着这两员大将,在最初的一段时间里,确实是吃香喝辣横着走。可好日子才过了不到半年,他的处境就越来越差。

先是内部评级在S-级的抢眼新作《喵喵侠》,居然被两个新人作者的作品《苍穹之梦》打败;紧接着"知不道仙人"旧作完结,新作《明日荣耀》在上线前突然被总编紧急叫停,而理由却根本没有给他……

就在邓耀华焦头烂额的时候,"知不道仙人"突然玩起了失踪。电话不接、QQ不回、家里没人、工作室人去楼空。

后来"乱码君"出面解释,说"知不道仙人"右手病情恶化,需要手术静养。

邓耀华身为他的编辑，居然成了最后一个知道详情的人！

编辑明明应该是漫画家最亲近的对象，可邓耀华却被他最重要的两个作者排除在外，成了一个彻彻底底的边缘人。

若是其他编辑遇到这种状况，肯定要反思自己工作是不是不到位，尽量修补他们之间的关系。然而邓耀华想的，却是另一件事……没了"知不道仙人"，他究竟能不能升主编了？

邓耀华烦恼地挠了挠头顶的几根头发，越想越是心焦。半年前，一组主编离职，他作为一组唯一的副主编，一直惦记着更进一步，坐稳主编的宝座。可偏偏茄哥并不给他这个机会，从未松口让他升职。

邓耀华总是向新来的同事吹嘘，说自己是公司元老级人物，这点儿倒不是作假。他在海豚文化集团已经做了十年了，最开始这家企业是做传统出版的，后来渐渐转型，跟随互联网的发展，建立了海豚漫画网以及海豚文学网两个分支。邓耀华看出了漫画行业的发展潜力，进入了海豚漫画，从最开始就坐在了副主编的位子上。

他等啊等，等来了纯爱二组、言情三组，可他这个一组副主编却从来没摘掉过"副"字头。

邓耀华实在等不及了，他觉得自己有升职调薪的能力，几个月前向总编茄哥提出要求。可茄哥却说要再考察考察他，要求他半年之内做出更好的成绩。若他能拿出满意的答卷，就可以给他想要的头衔。

下个星期，就是每季度一次的全员大会，与会人员不光是他们编辑部，更是涵盖了开发部、运营部乃至后勤部。根据惯例，所有的大事都会在这场大会上由总编当众宣布——比如，主编级别的人事调动！

想到这里，邓耀华更紧张了。他下意识地调出他这半年的工作总结，一条条看下去，希望能从中找出什么抢眼的亮点。

无奈他的工作能力平平，仅能守成无法开拓，邓耀华绞尽脑汁，才在工作总结的最后，给自己填上了一条：与白金级作家"知不道仙人"仔细推敲《爆裂神拳》《明日荣耀》剧情，帮助《爆裂神拳》顺利完结，做好《明日荣耀》的连载准备。

可写完了之后，他自己都觉得吹得太假了。

就在这时，隔壁桌的小编辑起身，恭敬地招呼他道："邓副主编，月会要开始了。"

"哦，哦哦。行。"

作为行业里的龙头公司，海豚漫画的编辑们肩负重任，内部有着非常严格的会议制度。

每周一次的周会，主要是为了报选题、过选题。而每月一次的月会，是为了总结当月工作，并且对下个月的工作进行预先指导。

小编辑说道："听说这次月会有事情要宣布。"

"什么事情？"

"三组的副主编节前不是离职了吗，三组主编报上去两个接替人选，等着茄哥定夺呢。"

"你这工作量不太饱和啊，还有时间跑去八卦。"邓耀华没怎么在意，随口问道，"两个候选人都是谁啊？"

"一个是那个胖胖的戴眼镜的女编辑，叫什么我忘了。还有一个……"他压低声音，做贼心虚地左右张望后才说道，"还有一个是步娜娜。"

"步娜娜！"邓耀华没忍住提高音量，他停下脚步，又狐疑又讽刺地看向小编辑道，"我没听错吧？步娜娜，就她？她还想当副主编？"

邓耀华觉得这事儿太可笑了，别看步娜娜已经三十一岁了，可她进入漫画行业不过三年而已。工作能力也就那么回事儿，不过是性格泼辣了些，谁都不敢惹。就这样的小丫头片子还想当副主编？要真让她当上了，那不就和他平起平坐了吗？

不行，绝对不行！他第一个举手反对。

沉浸在愤怒中的邓耀华却没有想过，如果茄哥真的下定决心提拔步娜娜当副主编，就算他反对，又有什么用呢？

邓耀华闷头走向电梯间，结果就是这么凑巧，他刚刚还挂在嘴边议论的人，此时也出现在了电梯间内。

若用一个词来形容今天的步娜娜，那就是"艳光四射"。她每日上班时，都打扮得很美，可今天更是美得锋利，美得尖锐。

步娜娜今天明显精心打扮过，价格不菲的休闲风西装套裙裹住她诱人的身体，黑色红底的细高跟鞋使她显得愈加挺拔。她今天没有戴着那些夸张的几何形状首饰，而是选择了精巧秀气的钻石套装，在耳垂与锁骨之间熠熠生辉。扑鼻的玫瑰香气萦绕在她周围，时刻提醒着想要采撷她的人，她有多么危险。

光看她今日的一身穿着，就可以想到她对三组副主编的职位有多么势在必得。

步娜娜有着不逊于男人的野心，也有着不逊于男人的拼劲，副主编是她梦寐以求的岗位，也是她事业上的第一个阶梯。

同组的竞争者和她私下关系不错——但就事论事，对方只是工作时间比她多了两年以上，工作成绩根本比不上她。她相信茄哥的眼光，升迁看的是业绩，而不是谁工作时间长。

步娜娜手下的《苍穹之梦》在最初签约时不过是白银作者和 A 级作品的普通配置，在她的努力推进下，上升势头惊人，签约了中文简体、中文繁体的出版，也谈下了两个植入广告。前不久在内部评定中，从最初的 A 级上升到了 S-，拿到了为期一个月的大楼户外广告！

而《舞蹈节奏》更不用说了，老牌古风大神的转型之作，争议之作，话题之作！刚连载不久，就引起不少动画公司、影视公司的关注，就连日韩出版社都对这个故事很有兴趣。步娜娜最近一个人分成好几个人在用，她前几天刚谈拢某个大学街舞社团的赞助，让他们为《舞蹈节奏》编舞，去参加比赛，投稿 AB 站。

绝对的努力带来绝对的自信，依靠这些工作成绩，步娜娜坚信，这次的职位，绝对是她的囊中之物！而当她成为副主编之后嘛……

步娜娜冷冷地转过头，瞥了一眼站在她身旁的邓耀华。她前不久特地托人查过了，最开始披马甲发帖揭露"小羽毛"的"抄袭"黑历史的楼主，IP地址来源于某个水军工作室。而在半年前，那个水军工作室曾被某作者雇用，给月榜上另外一部竞争作品打负分差评，至于雇用了水军的那位作者……呵，他的编辑正是邓耀华！

新仇旧恨加在一起，步娜娜心中的怒火愈演愈烈。邓耀华不就是嫉妒"小羽毛"的成绩吗？他不是想斗吗？那好，就让她奉陪到底吧！

第八节　三组副主编的人选

小小的会议室里，挤满了海豚漫画网大大小小的所有编辑。他们坐在台下，等待着总编茄哥的身影。

会议还未开始，嘀嘀咕咕的议论声一直没有停过，而大家议论的中心人物，自然是那个坐在第一排，昂首挺胸犹如出鞘利剑的白领丽人。

步娜娜心中清楚，周围人都在议论她，但她向来不惧怕这些流言蜚语，别人越是关注她，不正说明她有被议论的资本吗？

在步娜娜身后两排处，她的竞争对手正低头玩着手机。

另外一个候选人叫张静，比步娜娜年长三岁，正经的日语专业毕业生，一毕业就进了海豚漫画编辑部工作，到如今已经有六个年头了。她性格稳重踏实，早早结婚生子，和步娜娜刚好是天平的两端。

步娜娜和张静私下关系不错——但在竞争副主编的职位上，步娜娜却从来没想过退让。

这是公司，又不是学校。"你好我好大家好"的生存理念在社会丛林里是活不下去的，步娜娜可是肉食动物，骨子里就透着血性。

自从三组副主编离职后，步娜娜和张静同时提交了升职申请，三组主编无法抉择。他内心其实更加认同步娜娜的工作态度，但张静在公司干了这么多年，一直勤勉，也不能忽视她的奉献……他几经思量都无法定论，又不愿影响上下级关系，干脆把这个锅推到总编那里，请茄哥定夺。

分针跳过最后一格，男人高大健壮的身影出现在会议室门口，原本嘈杂的人群瞬间安静下来，大家闭上嘴巴，老实得不得了。

身高一米九多的茄哥可以说是整栋办公楼里，最令人过目不忘的人物。

他壮如雄狮，隔着衣服都能看出流畅的肌肉线条。机车服配马丁靴是他身上最常见的装束，短如刺的头发加上浓密的胡茬，这样不修边幅的糙汉形象，却莫名沾满了荷尔蒙味道。

若不是他脾气冷硬，眼神又太凶恶，估计想要嫁给他的小姑娘能从他的办公室排到电梯间。

步娜娜有幸跟这个男人发生过超友谊的关系，若问她的感想，那绝对是人如其形了，厚实的胸膛，有力的臂膀，滚烫的手心，极致的律动，恰如一波波从未停息的浪潮，拍打在步娜娜身心之上。

若茄哥换个身份，步娜娜倒还真有心和他发展出一段稳定的伴侣关系。

可谁让他是她的上司？

办公室恋情那都是工作大忌。

几秒钟的工夫，步娜娜脑袋里"唰唰唰"闪过无数条自我吐槽，不过很快这些杂七杂八的想法就销声匿迹了，她的注意力重新回到了工作上。

步娜娜坐在第一排，茄哥走进会议室时，自然而然地和她眼神相撞。男人的视线没有什么温度，很自然地滑过她，仿佛她就是一个再普通不过的下属，而不是一个曾让他疯狂一夜的女人。

茄哥来到台上，拖了把椅子坐下，他敲敲桌子，原本就很安静的会议室里变得更加寂静，众人连呼吸声都放轻了。

"好了，从一组开始，负责人汇报当月工作情况，再说说下月的工作安排。老规矩，别废话，一人十分钟。"

茄哥开会就讲究一个"快"字，不管遇到多复杂的问题，他都能迅速解决。

一组现在的负责人是邓耀华，他施施然站起来，捧着 iPad 开始逐条朗读起本组的工作内容。在谈到"知不道仙人"的情况时，邓耀华特地看了茄哥一眼，可惜从那张脸上看不出丝毫波动。

一组的工作情况，若用一个词来形容，就是"惨不忍睹"。身为流量王的《爆裂神拳》结束连载，却没有新的作品能够顶上；原本被看好的《喵喵侠》后劲不足，编辑却提不出什么修改意见，只知道以更新量取胜；其他作品也是平稳连载，没有提升，毫无亮点。

邓耀华汇报完自己的工作情况后，硬着头皮等着茄哥的怒骂。

哪想到茄哥语气平静地说了句："知道了，你坐下吧。"

咦？

邓耀华满腹狐疑地坐下了，不明白今天的茄哥怎么这么好说话。他想了想，只能把这一切归功于自己工作水平不错，茄哥实在挑不出毛病，所以才让他轻易过关。

之后，二组主编和三组主编依次汇报了本组的工作，不出所料，茄哥揪出了好几个问题，让他们逐一解释清楚。两位主编频频点头，不停地记笔记，把所有的疏漏全部记下，打算回去再开内部小会解决。

有了这样的对比，邓耀华更得意了，心想：看，果然是自己工作能力强，茄哥才没有批评。

待三位负责人坐下后，今日的重头戏终于来了。

"我想，你们应该都得到了消息，今天还有一件事要宣布……"

原本坐着的茄哥站起身，推开椅子，背手从台上走了下来，沉重的马丁靴踩在地上，带着他一步步走向人群，最终停留在第一排。

步娜娜仰头看向他，自信与野心从她身上爆发出来。他们就这样彼此凝望着，两人气息交融，针锋相对间又带着一种外人无法涉足的融洽。

大家屏息凝神，不约而同地坐直身子，把目光投向茄哥。

所有人心里都明白，这次的月会重点根本不在工作，而是看谁究竟能升为副主编！是在公司已经工作了六年的老员工张静，还是工作成绩优秀的步娜娜？

男人低沉的声音回荡在会议室中，他不紧不慢地说道："三组的副主编我心中早就有了人选，看到她主动竞争这个位置，我很高兴。我早说说过，我非常鼓励你们之间的良性竞争。若是安于现状，只想做好面前的这一点点工作，那不如趁早滚蛋。"

步娜娜的眼睛越发亮了，即使她耳间的钻石耳坠都不及她眼中的神采。

步娜娜嘴角带着志在必得的笑意，如一只高傲的黑天鹅，等待着即将到来的皇冠……

"张静,从今天开始,你就是三组的副主编了。"

全场静默三秒。

紧接着,欢喜的祝贺声充斥在会议室的每个角落。

大家鼓着掌,笑着,庆贺着新任副主编的诞生。他们围在张静身旁,一边闹一边起哄,让她准备好"大出血",请大伙吃饭。处在人群正中心的张静脸上带着不可置信的笑容,她好像还没醒过神来,被喜讯冲昏了头脑。

而实际上,几乎所有人都分了一部分注意力在会议室最前排的那个俏丽身影上。

在一分钟之前,大家都认定副主编的宝座非步娜娜莫属,毕竟她的工作成果有目共睹;然而现在,所有的欢呼声都送给了她的竞争者。

步娜娜为了今天特地打扮了一番,从头到脚都极为耀眼,这让她成了人群中最闪亮的那颗星星。可到了这一刻,她所有的骄傲、自信、努力,却都化为满满的讽刺。

步娜娜依旧笔直地坐在那里,仿佛身后所有的议论声都与她无关。她仰头看着面前的男人,脸上的笑容,一点点、一点点地消失了。

狼狈吗?不。

反而有一种更为尖锐的气场,从步娜娜的体内勃然爆发。

在宣布完张静是副主编人选后,茄哥简单地说了一句"恭喜"便转身离开了会议室。

当高大的身影即将消失在门外时,步娜娜猛地起身,追在他身后迅速跟上。

清脆的高跟鞋声敲打着大理石地面,鲜红色的鞋底化为一抹惊艳,停留在众人的眼底。

会议室内的议论声再次上扬了数个分贝。

"步姐这是想和总编理论理论?""肯定的啊,她可是个刺儿头,折了面子肯定咽不下这口气。""那可是茄哥!胆子可真大。""说实在的,她工作能力那么强,我一直以为副主编非她莫属了。""别瞎说,人家张静也不错,可是六年的老员工了。"

而在人群后的一个角落里，邓耀华得意地望着步娜娜离开的背影，心底嗤笑道："心比天高。"

"总编，请留步！"

步娜娜在走廊尽头的一扇门前，拦下了那个面色冷酷的男人。

茄哥脚步一顿，转头看向身后这个大胆的女人。

"怎么了？"他语气冷淡。

步娜娜贝齿轻咬道："我想请问，您为什么会选择张静当三组的副主编？"

她话一出口，就知道语气太强硬了。毕竟他们之间隔了三级，她不能，也绝对不该用这种语气质问上司。

步娜娜闭上眼，同时猛捏住自己的大腿，把所有的不甘与苦涩压下，再睁眼时，脸上已经换上了一副挑不出错的笑容，缓缓说道："您看，我和张静同时竞争这个位子，我们两个都各有长处。您认为张静比我好，肯定是有您的考量，我在想，我是不是哪里做得还不够到位，希望您能指导我一下。"

茄哥嘴角一挑，俯视着她说："别装了，步娜娜——你心里早就开始骂我全家了吧？"

男人语气听不出来讽刺，可却像是一支冰柱，把步娜娜的心扎得透凉，他继续说道："我决定的事情不会再更改。副主编？亏你想得出来。"

说罢，茄哥直接绕过她，推开了面前的大门。

若步娜娜这么好打发，她就不是步娜娜了。她下意识地想跟上，男人却抬手指了指门上的标志，挑衅地看着她。

步娜娜定睛一看，原来不知不觉间两人居然走到了男洗手间。

眼看着茄哥的身影消失在洗手间门内，步娜娜在原地考虑了十秒，立即推门冲了进去。不就那胯下三两肉嘛！他脱光了她都不怕，要是现在怂了她就跟他姓！

当步娜娜闯进来时，站在便池前的男人连眉毛都没抬，仿佛笃定她绝对会跟进来。

也是巧了，洗手间内除了他们二人以外，再没有别人，刚好方便他们说话。

步娜娜目不斜视地冲到男人身边。

步娜娜来势汹汹，可在听到持续不间断的水声时，她忽然心里一跳，转身背了过去。

别看步娜娜嘴上强硬，其实闯进男厕后她心里也有点慌。再怎么强势骄傲，她三十一年的人生中也没干过这种事啊。

步娜娜双手抱胸，僵硬地催促道："你快点。"连尊称都直接舍弃了。

男人无所谓地说道："我能不能快一点，你应该比我更清楚。"

步娜娜并不知道，向来没什么表情的总编大人，脸上居然露出了一个颇为玩味的笑容。

水声尽，男人慢条斯理地整理起衣服。

因为眼睛看不到，听力就成了唯一获取信息的来源：拉链一寸寸滑动，纽扣脆响，布料的摩擦声……

当茄哥收拾完毕，迈开步子走过步娜娜身边时，她才如梦初醒，连忙跟了上去。

洗手池前，茄哥借着镜子的反射，看向身后的步娜娜，问道："你就这么想要一个理由？"

"没错。"步娜娜颔首。经过刚刚那一幕，他们之间原本生疏的上下级界限忽然模糊了。在他面前，她什么都能说，也什么都敢说。

"除了工作年限以外，我没有任何地方比张静差，甚至工作成果比她要出彩。"

"够骄傲的。"

"为什么不骄傲？"步娜娜反问道，"我有自信，当然要争取。"

这就是步娜娜和其他人之间的区别：她永远是勇敢的、主动的，绝不肯落于人后，这一点与社会审美里对女性"柔美可爱"的诉求完全相反。

讨厌步娜娜的人，会认为她咄咄逼人，只有喜欢她的人，才会欣赏她身上的这份骄傲。

茄哥又问道："你既然觉得自己处处比张静好，那你觉得我为什么不选你？"

步娜娜不说话了。

茄哥转过身，倚在洗手台前，看着她道："说，想什么都说出来。"

步娜娜沉默了。

"说啊。"

步娜娜心中的怒火瞬间被点燃了，不自觉提高音量说道："还能因为什么？不就是因为我和你睡过了吗！"

为了避嫌，茄哥便把她踢了出去——这是她能想到的，唯一一个合乎逻辑的理由。

不是步娜娜给自己戴高帽，实在是张静的工作成果太普通了。张静确实是个合格的员工，但绝对算不上优秀员工。她人很踏实，在这家公司一干就是六年。她每天定点上班，准时下班，出差极少。六年来她手上稳定带了二十多个作者，从来没有主动去开拓过新资源。好在她手下的作者都很稳定，没有大爆，也不会吊车尾，按部就班地连载、出版。

若在一个安稳的公司，张静这样的性格肯定会很受领导欢迎。但海豚漫画的企业文化是鼓励挑战的，而总编茄哥也不止一次说过，他喜欢有想法的人。

思来想去，步娜娜只能把这次失败归结于那个极为可笑的理由。

然而步娜娜的愤怒却只换来了男人低沉的笑声。

身材高大的男人甩甩手上的水珠，宛如一只狩猎中的雄狮，向着他看中的猎物一步步靠近。

步娜娜下意识地后退一步，可她却忘了身后就是墙壁，后背直接撞上了冰凉的瓷砖。她刚想离开，可男人已经先一步凑近，与她的距离只剩下不足十厘米。

身高超过一米九的茄哥比步娜娜足足高了一头多，头顶的灯光落在他身上，投射下来的影子足以把步娜娜整个人紧紧包裹。

步娜娜就这样藏在他的身下，美目微瞪，注视着他的身体一寸寸压下，直到两人鼻尖相对，气息相融。

"你……"

步娜娜第一反应就是要推开他，可她的攻击很快就被男人化解。他单手捉住她的双手手腕，把它们牢牢按在她头顶的墙壁上。她抬脚想踹，又被男人的膝盖顶开了双腿。

步娜娜明明是食物链上的母豹，可在这时却像极了一只被人戏耍的野猫。野猫被封锁了利爪之后，还有什么武器可用呢？

当茄哥低头想要亲吻她的双唇时，她忽然偏过头去，狠狠地咬住了男人的颈侧！

这一口步娜娜下了大力气，很快就在舌尖上尝到了血腥的味道。

然而男人的身体岿然不动，连一丝颤抖也没有。他甚至主动侧了侧脖子，仿佛有意想让她的牙印留得更深一些，更久一些。

男人在她耳边低声念着她的名字道："娜娜……你有没有想过另一个可能？"

不知不觉中，步娜娜松了口，红唇抵在自己留下的齿印上，含糊地问道："什么？"

男人调整了一下姿势，与她额头紧贴："我喜欢有野心的人。娜娜，现在我要给你一块更大的馅饼，就看你敢不敢吃了。"

在最初的三秒，步娜娜并没有懂他的暗示。可很快的，一个她想都不敢想的猜测迅速占满了她的大脑。她吃惊地仰起头，眼睛里满是他。

"你是说……"

"没错。"

步娜娜放肆一笑，嘴角眉梢皆是骄傲，她笑着说道："总编，这个馅饼，这世上也就只有我敢吃了。"

第九节　更大的馅饼

最近这一周,关于步娜娜的风雨传言就没有停过。

那天月会上,茄哥宣布了由张静出任三组的新副主编,这个举动完全等同于当众给了步娜娜一耳光。

散会后,好强的步娜娜追去和总编理论,理论的具体情况无人可知,但是在理论之后,步娜娜一脸严肃地回到了工位上,看样子情况很不妙。

紧接着茄哥又叫走了三组的主编,在一番长谈之后,主编脸色十分纠结,最终在小组周会上,他要求步娜娜和其他编辑交接工作!

步娜娜把自己手上负责的大大小小的作者全都转交给了别人,就连她手上最值钱的《苍穹之梦》和《舞蹈节奏》都上交给三组主编。

对于这群嗅觉敏感的办公室动物来说,步娜娜此举证明了他们的猜测——她的那番理论得罪了总编茄哥,现在步娜娜干不下去,要辞职了!

虽然这番猜测没有得到当事人的确认,但大家看向步娜娜的眼光,不自觉地带上了很多怜惜。

和步娜娜关系不错的几个小编辑,私下劝她想开些,不要盯着那一个位子不放,也不要想着用辞职威胁领导给她升职加薪。她性子傲了些,但工作能力强,只要慢慢等待,总会有好机会的。

对于这些善意的安慰,步娜娜只是笑笑没有接话。众人把她这番表现归类为强撑硬气,就连午饭时都要小声议论,言语间充满对她的惋惜。

一组的邓耀华可美得不得了,贱兮兮地跑去步娜娜面前炫耀道:"要我说啊,你就是性子太急,你这明显是内分泌失调,需要通一通……女人嘛还是家庭为重。你看张静,成了家,有了孩子,性子多温柔,同事关系搞好了,上下级关系搞好了,升职加薪不都来了嘛!"

步娜娜冷笑一声,理都没理他,继续埋首在办公桌前,专心致志地写工作交接档案。

邓耀华站在她身后,探头看了看她的电脑屏幕,见她确实是在写交接内容,心里那股子紧张终于消弭殆尽了。

不知道怎么回事，他最近心里总是七上八下的，就连睡觉都睡不好，总是做一些奇奇怪怪的噩梦。看来他还是太紧张了，等他升成主编，就找个机会请个年假，好好休整一番！

在邓耀华的翘首期盼下，季会的脚步终于临近了。

秘书处提前三天给全员发了会议消息，提醒大家准时到场。茄哥最讨厌不守时的员工，如果谁敢在季度大会上迟到，那绩效奖就别想要了。

差十分九点，偌大的会议室里已经密密麻麻地坐满了员工，众人挤在一起，抬头看向主席台的方向。

作为一个网络漫画公司，内容编辑部永远是最核心、最重要的部门，三个小组的四十位编辑们坐在人群的最前方，承受着其他同事的注目。

其实私下里他们也在窃窃私语，交换着自己得到的消息。

"这次季会，一组的主编终于要定了吧？"

"你看给邓耀华着急的，等了小半年了，头发都掉没了。"

"我看这次还是不会便宜他，听说茄哥之前一直在行业里物色人选，说不定今天会带来一个空降兵。"

"那不可能！我姐们儿就在人事部，茄哥最近没发过聘书。"

真真假假的消息混作一团，步娜娜没有参与讨论，而是低头敛目，专心致志地处理着手头上的公事。工作交接已经到了尾声，说起来，她最不舍的便是"小羽毛"和她的《苍穹之梦》，这个作品由她一手带出来，几经磨合，教会"小羽毛"如何在苍穹下实现梦想。

可天下没有不散的宴席，她既然要离开三组，那这部势头惊人的作品只能交给其他同事。步娜娜特地把《苍穹之梦》交给了三组主编，交接材料整理了数百兆，希望在她离开后，这部作品能继续在轨道上顺利前行。不过有"君子归野"担任脚本，无须担心未来的发展。

忽然间，原本充斥着嗡嗡议论声的会议室变得异常安静。步娜娜抬眼看去，只见一个高大健壮的身影出现在了台上，他双脚分开而立，一手插兜，站姿随意，却更凸显出浑身肌肉里蕴含的力量。

"所有手机静音，咱们现在开季会。"茄哥声如洪钟，在会议室里层层扩开。

步娜娜合上膝上的笔记本电脑，坐直身体，静静地注视着台上的男人。

而在步娜娜座位的不远处，邓耀华已经按捺不住心中的激动，浑身颤抖着，紧攥的拳头抵住膝盖，眼中的渴望呼之欲出。

台上，总编茄哥的视线扫视过在场众人，没有卖关子，开门见山地说道："今天季会主要任务有三个，先处理你们最关注的一个，也就是一组主编的任命。"

一时间，整个会议室里只能听到暖风空调的吹拂声，以及某个人逐渐失控的心跳。

"自从原来的主编离职后，一组主编空缺到现在。这期间，我向外寻找过合适的人选，但经过这段时间的业绩考量，我决定一组主编这个职位从我们现有的编辑团队内部甄选。"

邓耀华的表情已经完全扭曲了，他瞪大双眼，整张脸涨得赤红，就像一只看到了骨头的野狗，抑制不住地喘着粗气，激动地看向那个高高在上的身影。

"下面，请大家以热烈的掌声欢迎新任一组主编——"

茄哥略略一停，投向人群的眼神是他固有的冷酷，然而隐藏在那冷酷之下，又有一丝不被外人察觉的暖意。

"步娜娜。"

全场哗然。

无数声浪掀起，同时又有无数声浪落下。

而在这风口浪尖之中，新任主编步娜娜款款起身，平静地接受着所有人的审视。

步娜娜的肩上落着几百道视线，她的脚下踩着几百句流言，然而她高昂起头，宛如一名披挂战甲的女战神，穿过人群，一步步踏向了她的未来。

一席张扬的红裙包裹住她的身体，她就是最热烈的火焰，足以灼烧一切。

一个星期之前，她是竞选副主编失败的失败者，承受着大家的同情与奚落；而如今，她是最年轻的新任主编，在暗流汹涌中逆袭成功。

那天和男人的一番密谈，母豹与雄狮终于站到了同一战线上。

步娜娜接受了这个位置，同时也接受了铺天盖地的压力。

三年从业经验，连跳两级荣升主编，步娜娜身为一个有能力、有手腕、有眼光、更有姿色的单身女性，要承受的非议不可想象。若是做得好，那是她应该的，若是做不好，不仅她会身败名裂，连带着提拔她的茄哥也会在行业内声誉尽失。

茄哥问她怕不怕？

步娜娜回答，她从来没怕过。

直到步娜娜穿过人群在台上站定，人群里的议论声都没有停下。她在茄哥身旁站得笔直，微微垂首看向在座的同事。

原来……站在台上往下看，是这样的感觉啊。

一种从未体验过的刺激感油然而生，像是有一种电流，从步娜娜的大脑直通向心脏，又顺着强劲的血脉流向全身。隆隆的战鼓声在耳畔奏响，她为此晕眩了数秒，逐渐才意识到她听到的其实是心脏震动的声响。

步娜娜喜欢站在这个位置，而未来她将会站得更高。

步娜娜侧目看向身旁的茄哥，如心有灵犀般，高壮的男人也在同一时间转向了她的方向。他面色沉静，眼神与她碰撞，火花四溅。

而在台下，邓耀华抖如筛糠，上下两层牙齿不住地碰撞，发出轻微的"咔咔"声。他死死地盯着台上的男女，仇恨的藤蔓缠住了他的内心。

为什么……凭什么？怎么能是她！

明明昨天他还嘲笑她的痴心妄想，可今日他却成了最后的失败者。

刚刚步娜娜从邓耀华身边经过时，他伸出手想要拦住她的脚步，可最终他连她的一片衣角也没有抓到。毕竟，在地底滋生的细菌怎能触碰到天上的太阳呢？

一时间，无边的愤怒冲昏了邓耀华的头脑，他猛地站起身，在众目睽睽之下，嘶吼出声道："凭什么是她？"

当第一句出口后，后边的质问更顺畅地倾泻出来，邓耀华怒问道："总编，步娜娜只在公司里做了三年，从业经历这么短，根本无法承担主编的重任！"

"哦？"茄哥平静地反问道，"步娜娜工作业绩突出，《苍穹之梦》《舞蹈节奏》是现在最受关注的流量作品，其他顺利出版的漫画作品数不胜数，还有不少成功的海外合作项目……如果她不能担任主编，谁还能？"

邓耀华立即答道："她做过的这些，我也有！"

邓耀华毕竟从业近十年，该有的成果一个不差，否则也不会有胆子向茄哥提出调职申请。

台下议论纷纷，虽然邓耀华为人油腻，但他确实是公司元老级人物，把步娜娜提拔到他之上，确实过于冒失了。

面对义愤填膺的邓耀华，步娜娜与茄哥交换了一个眼神，然后她伸手接过了男人手中的麦克风。

步娜娜清清嗓子，不卑不亢的声音在会议室内响起道："各位好，我是步娜娜，新任一组主编，接下来我要宣布上任后的第一个人事调令。"

没人注意到步娜娜何时拿起了投影遥控器，她按下掌心的按钮，身后的大屏幕上瞬间出现了整整一墙的画面。仔细看去，这些图像中有白纸黑字的文件，有聊天记录截图，还有网络交易记录。

面对这些纷杂的内容，员工们疑惑地交头接耳，不明白步娜娜呈献给大家看的究竟是什么东西。

唯有一个人看懂了——邓耀华吃惊至极，伸手连忙扶住前一排的椅背，才撑住发软的双腿。

步娜娜没有在意邓耀华的当众失态，甚至没有把目光落在他身上。

步娜娜吐字清晰，犹如一颗颗珍珠坠落在玉盘当中，缓缓说道："一组副主编邓耀华在岗期间，多次利用私权威胁旗下作者，收受作者高额礼品，并向动画制作公司、改编单位索要回扣，并伙同水军工作室，抹黑竞争对手。这个屏幕上，就是我们掌握的所有证据。"

一石激起千层浪，数不尽的目光射向了邓耀华。身为责任编辑却向自己的作者下手，啃他们的肉、吸他们的血，这在整个行业内都是令人无法容忍的恶行。

面对确凿的证据，即使邓耀华想要狡辩，也根本没有任何余地。

立于高台上的男人打了个响指，忽然，从会议室门外涌入七八名保安。他们完全是有备而来，直接冲进人群之中，把邓耀华团团围住。

茄哥冷冷的声音回响在每个人的耳边，道："在此，我宣布开除邓耀华，并代表公司保留追究他法律责任的权利。"

第十节　小画家，你忘了你的男朋友了

燕其羽跳下副驾驶座，慌慌张张地冲向路边的咖啡厅。

身后传来一道磁性的嗓音，说道："燕小姐，你忘了东西。"

燕其羽赶忙刹住脚步，昏头昏脑地又往车上跑去，同时回忆随身包包里是否有什么东西消失了。

燕其羽趴在车窗上，疑惑地向车内张望道："于先生，我忘了什么了？"

于归野计谋得逞，探过身去在她唇上轻啄一口道："忘了你的男朋友了。"

同样的桥段他们还没在一起时就玩过，无奈燕其羽记性差，再一次跳入了于归野的陷阱。

"喂！"惨被"骚扰"的燕其羽赶忙后退一步，红着脸道，"这是在外面，不要耍流氓。"

"明白。"于归野意有所指地说道，"你喜欢我在里面耍流氓。"

燕其羽和于归野在一起这么久，还是经常被他逗得面红耳赤。她只能愤愤然地瞪他一眼，红着脸跑向了咖啡厅。

咖啡厅内一个安静的卡座里，身材凹凸有致的女人手捧咖啡杯，正在享受难得的悠闲时光。她打扮得性感入时，夸张的耳饰在碰撞时会发出清脆的声响，红唇在杯壁上留下一枚鲜艳的唇印。

"娜娜姐！"燕其羽在看到她时眼前一亮，蹦跳着落在她面前，欣喜地说道，"好久不见啦！"

"什么好久不见，昨天还在QQ上聊天。"步娜娜放下手中的咖啡杯，拉

着燕其羽坐到自己身旁。

"那不一样嘛。"燕其羽说道,"你现在已经是主编啦!网上聊天总不能及时回复,见你一面还要预约……哎,真怀念你还带我的时候。"

步娜娜原本所在的三组专门负责少女漫画,但她现在调任一组主编,精力全部放到了少年漫画上。虽然她十分不舍,但也只能把《苍穹之梦》交付给别人。

消息刚出的时候,燕其羽难过了好久,她和步娜娜虽然只合作了半年多,但感情很深。毫不夸张地说,如果没有步娜娜一路扶持,就没有如今的她。步娜娜把她转交给别的编辑后,她一边替娜娜姐升职开心,一边蒙在被窝里偷偷哭,那感觉就像是小学生发现最爱的班主任被调走一样。

好在燕其羽身旁一直不缺人陪伴,于归野和阿琳想方设法逗她开心,网上"田野"老师也努力开解她,她现在已经完全走出了当时的沮丧,开始学着和新编辑相处了。

步娜娜最近忙得脚不点地,虽然她已经提前做好了心理准备,但升任主编后迎来的种种麻烦,还是让她焦头烂额。热血少年漫画领域对于她来说是完全陌生的一片世界,她要在这里站稳脚跟,需要付出的辛苦实在太多。

今天好不容易忙里偷闲,步娜娜立即约了燕其羽聊天见面。虽然她们现在已经不是编辑和作者的关系,但友情之花还是需要时常浇灌的嘛。

"说起来,这次多亏了'乱码君'和'知不道仙人'。"步娜娜分享八卦道,"要不是他们主动告诉我邓耀华索要礼物的事情,我真不知道他居然胆子这么大,居然敢向作者们伸手要钱。"

现在"乱码君"和"知不道仙人"的合约都转到了步娜娜手里。刚认识"乱码君"的时候,步娜娜觉得她牙尖齿利,接触久了才发现她只是性格傲娇。她有想法又有能力,因为受不了邓耀华的乱指挥,主动投奔步娜娜,向她告发了邓耀华的种种恶行。

燕其羽连忙问道:"仙人怎么样了?好久没有他的消息了。"

"还可以,他现在处于无限期休息状态,据说过段时间就要去海外接受新的手术。"步娜娜遗憾地说道,"但是听'乱码君'说,完全治愈的可能性不大，但至少不会影响正常生活了。"

她们都不知道，仙人这次前往海外，需要治愈的不只是手，更在于心理状况。不过这件事世上知道的人只有寥寥几个，为了维护"知不道仙人"的隐私，这些人并没有告诉她们真相。

听到"知不道仙人"的近况，燕其羽心中涌起一阵复杂的情绪。那是她的第一位老师，引领她走上了漫画这条路，可现在他们渐行渐远。燕其羽希望他能早日康复，未来还有机会能够站在同一个舞台上。

"好了，先谈正事。"步娜娜从身旁的包包里拿出一本装订好的文件，推到了燕其羽面前。

"这是？"

"你拜托我的事情，步主编帮你搞定了。"步娜娜得意地送上一枚秋波。

燕其羽赶忙翻开了文件夹的第一页，当她看清文件标题时，瞬间开心地扑了过去，紧紧搂住了步娜娜，兴奋地说道："娜娜姐，你太厉害了！"

只见燕其羽手里的文件扉页上写着一行大字——《反派是条狗》漫画授权许可书！

这段时间，阿琳每天沉迷追《反派是条狗》的小说连载，一直喊叫着男主有多美多帅，她在给燕其羽当助手之余，还为这部作品画了不少同人漫画，发到微博上之后吸引了很多同好点赞。

燕其羽已经很久没见过阿琳这么痴迷一部作品了，而且以阿琳的画技，画零散的同人实在太浪费了，为什么不干脆画原著漫画呢？

阿琳在漫画行业这么久，一直在等待一个做主笔的机会，说不定《反派是条狗》就是她的机会。

只是原创小说改编漫画，授权金价格高昂，燕其羽和阿琳实在拿不出那么大一笔钱去买漫画版权，所以就想联系原作者，看能不能以分成方式进行合作。

因为原著小说是在海豚文学网上连载的，燕其羽便拜托步娜娜帮忙牵线。哪想到步主编这么给力，不仅帮忙牵线，还直接敲定了合同细节，为阿琳省去了很多麻烦。

捧着这一纸合同，燕其羽除了"谢谢"之外再也说不出其他话来了。步娜娜走马上任，正是最忙的时候，却分神帮她们处理新作合同。尤其《反派是条狗》是一部纯爱漫画，属于二组，未来阿琳也会签约到二组，步娜娜帮了她们，对于她自己来说一丁点儿好处都没有，完全是义务帮忙。

"娜娜姐，遇见你真好。"燕其羽喃喃道。

"这话应该我说——能遇到你这么有潜力又努力的作者，还让我捞到和'君子归野'合作的机会，我才是最幸运的那个人呢。"步娜娜抬手揉揉燕其羽的脑袋，女孩柔顺的头发披散在肩头，像是一匹绸缎，让人爱不释手。

燕其羽乖乖地让她摸头，大眼睛眨啊眨，步娜娜真想把她偷回家。

燕其羽说道："虽然我心里知道'田野'老师就是归野大神，但还是会下意识地叫他老师……总觉得大神离我太远了，远到不真实。"

"有什么不真实的？不管是大神小神，走到现实生活中，不过是个普通人罢了。"步娜娜想了想，又补充一句道，"好吧，是个长得很帅的普通人。"

燕其羽仔细回忆了一番记忆中的"田野"老师，可他们仅在半年前隔着面具匆匆见过一面，燕其羽唯一能回忆起来的，就是他很有气质，举手投足间都带着超脱众人的风度。

步娜娜问道："你们正好在一个城市，难道没有私下约过见面吗？"

"呃……这不太方便吧？"燕其羽有些为难地说道，"平常工作都在网上交接完成，突然提出要见面，实在太突兀了。而且见面之后说什么呢？说我有多喜欢他，再拿一堆书让他签名？"

"这有什么突兀的？你既是他的合作者，也是他的粉丝，吃顿便饭很正常吧。"

其实燕其羽心里也痒痒的，自己的搭档是大神，这么玛丽苏的情节居然落到她头上，她激动得要流下七彩水晶眼泪了。

只是燕其羽比较内向，让她主动约人出门实在说不出口，她必须找个合适的机会，才能开口约大神出来面基。

然而这时的燕其羽绝对想不到，这个所谓的机会会来得这么快。

周五晚上，一条爆炸消息同时被无数个新闻APP推送，瞬间登上了微博热门前三。

默默写作十五年，以神秘低调著称的白金级作家"君子归野"将要现身《当岁月吻过你》的开机仪式！

"君子归野"这个名字，对于年轻的文学爱好者来说堪称"神"的代名词。十几年来他出版过的长篇、短篇作品近二十本，题材多样，而且本本都是精品。他不仅荣登作家富豪榜，更拿到过多个文学奖项，小说翻译多达二十多种，畅销数个国家。

因为"君子归野"从来未在公开场合露面过，所以有不少人怀疑"君子归野"并不是一个人，而是一个完整的枪手团队，只有这样才能解释为什么他能有源源不断的绝佳创作力。

对于这种猜测，"君子归野"从来不屑回答，而是专注用自己的作品说话。

他的优秀并非是出版商包装出来的，而是确确实实的真材实料，他把中文的美发挥到了极致，浓墨重彩勾勒出一个个不平凡的故事。

怀疑他是枪手团队的流言不攻自破——若是哪个枪手有这样的真才实学，早就跳出来单干了，哪里会在背后默默奉献！

而如今，这位大神终于决定走到台前，怎么能不让他的粉丝兴奋？

消息一出，《当岁月吻过你》剧组的官方网站差点被热情的粉丝冲垮，"君子归野"微博底下的评论更是迎风见长，很多粉丝都期待开机仪式能设立专门的粉丝区域，让他们一睹偶像真容。

最终，还是剧组官方出来安抚读者，说这次开机仪式只邀请少量媒体到场，到时候会由媒体披露"君子归野"的照片。

燕其羽在看到这条新闻后，赶忙把它转发给了"田野"老师，验证真假。

小羽毛先把新闻截图发了过去。

小羽毛：田野老师！

小羽毛：这是真的吗？

田野：嗯。

"小羽毛"先发了一个兴奋到高斯模糊的表情。

小羽毛：老师，你居然出席开机仪式！
小羽毛：终于能见到田野老师的庐山真面目了！
小羽毛：本来有机会面对面的，可惜作者大会那天我走得太早了，没有看到……

现在想来，燕其羽都觉得太过遗憾。曾经有一次宝贵的见面机会摆在她面前，她却没有珍惜，反而因为小娇的电话回了家……虽然因此邂逅了于惊鸿，可见不到归野大神，真是好可惜啊。

哪想到燕其羽随口的一句感叹，居然迎来了一个意想不到的答复。

田野：其实，现在想见也是有机会的。
小羽毛：诶？
田野：毛毛，这场开机仪式，我想邀请你参加。

第十一节　这次只见你一个

于归野和燕其羽从相识到相知，时间如潺潺流水，不经意间就过去这么久了。

严格来说，他们之间的好感并非源于一见钟情，也并不是工作关系下的日久生情，若真要定义的话，只能用那句很俗套的话来形容他们的感情——命中注定。

是啊，若不是命中注定，于归野怎么可能住在燕其羽家对门，而燕其羽又恰好是于归野的粉丝呢？

虽然他们还没有正式拜见过彼此的父母，但是于归野已经认定，燕其羽就是将和他共度一生的姑娘。

而有些秘密，确实不该再掩藏下去了。

有时候于归野也很好奇，为什么自己的女朋友能这么迟钝。这世上有哪个律师是足不出户工作的？每天他在书房里敲敲打打时，都没有避讳过燕其羽，可她偏偏能对这些摆在眼皮子底下的异常视而不见，从不好奇于归野在忙什么。

幸亏他们没有生活在一部推理小说里，要不然像燕其羽这样的傻姑娘，估计一出场就会被凶手盯上吧。

于归野身上的马甲披了太久，如今真的要揭下了，他心里多少有些紧张。他摸不准燕其羽会怎么看待他这么久的隐瞒，是兴奋还是震惊，是生气还是激动？只希望燕其羽看在他是她偶像的份上，能原谅他的恶作剧吧。

台灯下，男人望着手心里的小盒子静静地出了神。红丝绒的盒子上烙印着暗金色的花纹，在花纹的衬托下，凸显出了正中间那个特殊的图案。

明明是小小的盒子，可压在手里却沉甸甸的，代表着一生的重量。

"君子归野"邀请燕其羽出席开机仪式，这个消息就像是往平静的水面投入了一颗毛茸茸的粉色炸弹，威力足以炸得燕其羽天旋地转。

归野大神要和她面基了！

归野大神要请她出席开机仪式！

归野大神，归野大神……

燕其羽一路小跑冲进画室，把这个消息说给阿琳听。阿琳比她情绪还要激动，猛地从座椅上蹿起来，实力演绎"惊声尖笑"。

两人就像是洋娃娃与小熊跳舞跳啊跳啊一二一那样，手拉着手，一边蹦跶一边转圈圈。

"我的老天爷！'小羽毛'！你将是世界上第一个知道'君子归野'长什么样的人！比那些媒体还要早！"

"呃……瓜爷、茄哥、娜娜姐都知道啊，还有大神的父母、亲人、女朋友肯定知道啊……"

"我这是个夸张！夸张的修辞手法你懂不懂！"阿琳搂住燕其羽，腻声道,"你说,我好歹也是《苍穹之梦》的一员,你替我和大神说说呗,我也想见见他的庐山真面目。"

燕其羽为难地说道:"我其实刚刚就问了。但是他说这次只见我一个,下次再请你和娜娜姐一起吃饭。"

阿琳闻言,动作搞怪地捻了捻自己不存在的八字胡道:"这次只见你一个?奇怪,奇怪,真奇怪。"

"哪里奇怪了?"

"如果不是听你说大神已经有女朋友了,我都要怀疑他这次约你见面,是想和你告白呢。"

燕其羽拍了一下她脑袋道:"别瞎说。我和他就是工作伙伴关系,这次纯粹是好友见面,再加一点点粉丝见面会的性质。"

别看阿琳平常神经大条,这时候反而考虑得多些,她还是迟疑地说道:"你和归野大神见面的事情,有没有告诉过你家于先生?孤男寡女相约见面,你最好和于先生通通气,别让他胡思乱想。"

"才不会呢。"燕其羽很自信地说道,"他才没那么小气呢!"

可惜燕其羽大话说早了,在她告诉于归野她将要和自己的偶像单独见面后,于归野的表情立即不好看了。

于归野没有阻止燕其羽赶赴约会,也没有给她脸色看,反而主动表示当天会亲自开车送她去影视城。偏偏他说话时,满脸忧心忡忡,眼睛里写着"欲言又止"四个大字,还要配上轻轻的叹息声。

这一幕像极了网上某个流行的表情包——一只肥硕的橘猫向主人发出质问道:"你要去哪里玩?""你要和谁玩?""你要玩什么?""你什么时候走?""你什么回来?""你回来之后还爱我吗?"

谁说只有美女才会我见犹怜?像于归野这样腿长、个高、模样俊的大帅哥,若是染上了忧郁,那就更让人心疼了啊!

燕其羽心里的愧疚感"唰唰唰"突破满值,搂着于先生好一顿劝慰,亲亲抱抱么么哒,签下了不知道多少丧权辱人的条约。

最后,燕其羽还是被于大灰狼压在了卧室床上,去浴室时,于大灰狼还不放过她。

　　男人抬起女孩的下巴，舔净她颊边的泪珠。她的眼睛红红的，嘴唇红红的，鼻尖脸颊也是红红的，当她抬眸看向他时，双眼里是爱、是情、是深深的不悔。

　　于归野把一声轻叹封进了纠缠的双唇中道："我也爱你。"

　　潮热的浴室里，哗哗流动的水流声，盖过了女孩的低声啜泣，把这极致的快感烙印在了她的记忆中。

　　《当岁月吻过你》的开机仪式定在周六上午十点整，这日子是剧组特别算过的，吉时吉日。

　　燕其羽特地把稿债压缩再压缩，才终于挤出了这半天时间，可以痛痛快快地和归野大神面基。

　　于归野起了个大早，在厨房忙里忙外，给心爱的"小羽毛"准备早餐。

　　桌上已经摆好了两碗阳春面，碧绿的菜叶浸泡在清淡的汤汁里，一颗煎得边缘酥脆的黄金太阳蛋静静地躺在细面上。旁边的小碗里摆着几样小菜：白方腐乳、麻酱油麦菜、酸辣瓜条和凉拌海藻，每一道都是于归野亲手制作的。

　　燕其羽今天也早早爬了起来，像是只小鸟一样，在更衣间里进进出出，试过的衣服铺了一床。

　　本来昨天晚上燕其羽看好了一条牛仔裤和小开衫，今天又觉得不够得体，一早上就在纠结穿连衣裙还是连体裤。

　　燕其羽一手拿着一个衣架，"啪嗒啪嗒"跑到厨房里，问于归野说："哪个好？"

　　于归野说："蓝色那条。"

　　燕其羽拿着蓝色连衣裙在身上比了比，又看看黑白碎花的连体裤，纠结地说道："你觉得我穿蓝色好看？"

　　"我觉得你穿什么都好看——但是黑白碎花那条更好看一些。"

　　"那你为什么让我穿蓝色的？"

于归野擦擦手,接过燕其羽的两件衣服放到一旁,又把她按在了餐桌前,郑重其事地说道:"因为我怕你打扮得太漂亮了,'君子归野'看上你,非要让你留下来做他的压寨夫人。"

燕其羽探身过去在他脸颊上轻轻啄了一下道:"你放心,我不想当压寨夫人,只想安安分分当小村花,我可和村长家的傻儿子有娃娃亲呢。"

"村长家的傻儿子"无语失笑,转过头和燕其羽交换了一个甜甜软软的吻。

希望"小村花"知道真相后,不要变成霸王花吧。

影视城位于主城区外一百公里处,幸亏周末路上没什么人,于归野拐上高速公路后,行驶了一个多小时便抵达了影视城外。

这影视城是近年来新建的,占地极大,分东南西北四个区,根据不同时代、不同国家进行划分。《当岁月吻过你》是年代剧,跨度数十年,这次开机仪式选在了二十世纪四十年代布景的东区。

就在燕其羽一头雾水地找地图时,于归野的车子已经稳稳当当地停在了东区停车场。

于归野解释道:"我提前做过攻略,知道东区的大概方向。"

燕其羽被他忽悠住,完完全全相信了。

两人下了车,顺着路标往拍摄的地方走。燕其羽手里有入场请柬,请柬主体是军绿色,上面烫印了女主侧影,从十七八岁的青春期,到二三十岁的跌宕,再到四五十岁的沉淀,最终到新时代的慈祥……故事主线虽然写的是一个女人一辈子的经历,但也侧面烘托出了社会的变迁。

《当岁月吻过你》是燕其羽的入坑作,不知看哭了多少次。当时她还一度以为"君子归野"是女作家,后来还是看了他的其他作品才知道他的性别。

能来参加这部作品的开机仪式,燕其羽激动得溢于言表,她紧紧拉着于归野的手,叽叽喳喳地说个不停。她手里还提着送给归野大神的礼物——由她亲手绘制的《当岁月吻过你》女主角画像,背面写满了她的祝福。

然而,他们两个在进入片场之前被拦下了——驻守在大门外的保安说,一张请柬只能进一个人，即使作为燕其羽的男伴，于归野也不能进入。

燕其羽请求道："要不我问问归野大神吧？你不是媒体，又不会偷拍，我问问他能不能再要一张请柬。"

"没关系。"于归野善解人意地说道，"不用麻烦他了，开机仪式不是中午就结束了吗？我就在停车场等你，你一出来就能见到我。"

燕其羽想了想说道："那也行。我到时候问问归野大神，能不能和咱们一起吃午饭，你们俩名字这么有缘，而且性格还蛮像的，肯定很有共同话题。"

于归野摸了摸她的头，帮她整理好连衣裙的领口，淡淡说道："那好，我就等着了。"

燕其羽就像是第一天去上学的小朋友，家长还恋恋不舍呢，她已经兴奋得背起小书包兴高采烈地奔向了学校大门。跑了几步，她又转过身来，向家长大力挥了挥手。

原本于归野双手插兜站在那里，见燕其羽回头，便也笑着向她挥了挥手。

于归野品貌绝佳，气质非凡，举手投足间都带着一股韵味，引得旁边入场的媒体频频侧目，还以为他是剧组里刚启用的新人，私下讨论着一会儿要多给他几个镜头。就这长相，可比男二、男三强多了，就算是男主，他也有本事争一争！

待燕其羽的身影逐渐消失了，于归野才收回目光，低头掏出手机敲敲打打。

保安有些为难地说道："先生，这里不能停留，您要等人的话麻烦您去停车场。"

"我不等人。"于归野回道，"是有人在等我。"

就在保安疑惑之际，忽然身后传来一阵喧哗之声——只见片场内迅速跑出了七八个身影，有男有女有高有低，争先恐后地停在了男人面前，而他们每个人脸上都带着兴奋与按捺不住的狂热。

保安定睛看去，心想：天，怎么导演、女主、投资人都来了！

"老师！"导演主动伸手，他明明在圈子里也是很有名气的导演了，平常总板着一张脸，这时却极为恭敬地说道，"您终于来了，我们还以为……"

第八章　陪你到巅峰　625

"以为我毁约？"于归野哂然一笑道，"放心，我既然说了会出席，就绝对不会食言。"

于归野迈步向着片场大门走去，几人围在他身边，用一种恰到好处的热情包裹着他。

导演助理一边走，一边向于归野介绍着片场状况道："老师，媒体已经全部签到入场了，大概还有四十分钟开机仪式就要开始了，我们想请您上头香……"

凭借"'君子归野'第一次公开亮相"的噱头，无数媒体为了一纸邀请函打破了头。导演当然不愿意放过这个大好宣传机会，即使本来应该由自己上的头香，这时都心甘情愿地让出来了。

保安看着这群人自他面前风一般地刮过，觉得脑袋晕晕乎乎的，差点以为自己出现了幻觉。

他望着那个被簇拥着的男人，疑惑地想：这究竟是在搞哪一出啊？

在燕其羽向礼仪小姐出示了手中的请柬后，就被对方带进了一个不起眼的小屋子。这一整片布景都是传统四合院，一路上弯弯绕绕，燕其羽很快就被绕晕了。

礼仪小姐让她少安毋躁，说一会儿便有人来找她，燕其羽只能平稳心情，在沙发上安静等待。

屋里的布置很简单，一眼便能望透，燕其羽无聊地在沙发上等了一会儿，实在没事做，只能拿出手机骚扰男朋友。

小羽毛："哔哔"。
小羽毛："哔哔哔"。
小羽毛："哔哔哔哔"。
小羽毛：小村花呼叫村长儿子，你到停车场了吗？

可惜燕其羽等了半天，都没有等来于先生的回复。

燕其羽正准备打个电话问问，忽然，房间的门被推开了。

燕其羽下意识地抬头望去，只见一个男人的身影逆光出现在门外，惊得她心跳不已——大肚，圆身，地中海，厚眼镜片——这不正是她最开始幻想中的"君子归野"吗？

不过很快燕其羽就恢复了清醒：不对，归野大神（"田野"老师）又高又瘦又年轻，身材比例很好，才不是这个四十多岁的中年男子呢。

燕其羽再仔细回想了一番，这是个有些眼熟的胖男人，一个名字跃入了她的脑海当中，她脱口而出道："您是……瓜爷？"

海豚文学网的总编瓜爷是"君子归野"的责任编辑，这种场合他会出席很正常。

瓜爷脸上笑眯眯的，手里的手串又盘过一颗，才慢悠悠说道："'小羽毛'，是吧，久等了，跟我走吧。"

"啊？去哪里？"

"还能去哪里？"瓜爷道，"当然是去找你的归野大神了。"

燕其羽已经分不清自己究竟是激动还是紧张了，她心中慌乱，心脏"扑通扑通"地跳动着，差一点就要蹦出嗓子眼了。

燕其羽赶忙拿起包包跟了上去，尾随着瓜爷穿过弯弯绕绕的胡同。

别看瓜爷身体胖，但是腿脚很灵活，他一手盘手串儿，一手滚着两只核桃，简直与这布景融为了一体。

最终，瓜爷带着燕其羽停留在一个四合院大门前，抬手指向门里。

燕其羽向门内看去，因为有老式影壁的遮挡，站在大门外并不能一眼望尽门内风景。然而通过侧边泄露出的灯光与轨道设置，能看出这个四合院并不简单。

"这是？"燕其羽疑惑地问。

瓜爷说道："你看过《当岁月吻过你》的原著小说吧？这是女主角小时候的家，也是第一场戏拍摄的地方。"他停了停又说道，"开机仪式在前面那个小广场，现在这里没人——只有'君子归野'。"

燕其羽情不自禁地微微张开嘴巴。

"所以，你进去吧。"说完这句话，瓜爷便飘然离去。

燕其羽站在四合院外，抬眼望向青灰色的影壁，好似这样就能望穿那块石壁，让她看清背后的人。

她口干舌燥，手心、后背都出了一层薄汗，只觉得早上喝下的那碗面汤都要从身体里流出来了。

"君子归野"……归野大神……"田野"老师……

她崇拜了很多年的作家，她敬佩的合作者，就在这个院子里，在默默地等待着她的到来。

明明是应该开心的场合，可燕其羽的第六感，却在提醒着她有什么大事将要发生了。

燕其羽下意识地捂住心口，想要压住作乱的心脏，可这自然是徒然无功的。

最终，她深深地呼出一口气，定了定神，这才有勇气跨过了那道高高的青石门槛。

一步。

小皮鞋踩在光滑的石砖上。

两步。

远远地，小广场的喧闹声传来。

三步。

裙角纷飞，带着少女的体香。

四步。

鸟叫蝉鸣，和风旭日。

五步。

燕其羽终于绕过了那片影壁，站在了阳光中。

在那四合院正中，有一颗高高的槐树，春风揉弄树枝，沙沙作响。

而在那树影之下，一个戴着大灰狼面具的男人静静地看向她。

他手里拿着一只可爱的小白兔面具，正是当初作者大会那天，燕其羽戴在脸上的那个。

燕其羽吃惊地望着那个男人，望着那个不论是穿着打扮还是气质形象都与自己枕边人完全相同的男人，只觉得一阵晕眩感席卷而来。

是的。即使他戴着面具，可是燕其羽依旧一眼认出他来了。

手里的包包应声落地，燕其羽不顾一切地冲向了他。

男人张开双臂欢迎她的到来，而在娇躯入怀的那一刻，他便紧紧锁住双臂，搂抱住这份让他眷恋的体温。

燕其羽拼命控制住颤抖的双手，缓缓地、缓缓地伸向了男人脸上的面具。

然后轻轻摘下。

就像是电影里的慢镜头般，于归野的面容清晰无疑地展现在她的眼瞳中。

原来这么久以来，她的爱人、她的老师、她的搭档、她的偶像……皆是一人扮演的，而她的所有喜怒哀乐都被他尽数收藏。

于归野那双深邃的眼睛里，满是对燕其羽的怜惜与渴望。

于归野出人意料地松开了双臂，让燕其羽离开了他的怀抱。同时向后退了一步，在她的注视下，突然间单膝跪地。

燕其羽立即明白了他要做什么，她短促地"啊"了一声，捂住嘴巴想要憋住自己的声音。

可于归野不给她一点缓冲时间，把那只拿在手里的小白兔面具翻了过来，露出了藏在后面的红丝绒盒子。

小小的盒子承载着男人一生的承诺。

盒身上，金色的花纹环绕着一个特殊的图案———一片轻巧的羽毛停留在钢笔笔尖上，细细的线条缠绕着，代表着他与她的结合。

到了这一刻，于归野的激动绝不比燕其羽少。他选在这么重要的场合、这么重要的时间向燕其羽求婚，就是希望能把每一个自己都交给她保管，从此以后对她坦诚相见，再不留一点隐瞒。

于归野拼命抑制住手指的颤动，缓慢而坚定地打开了那个宝盒。

暗色的绒布中，一枚熠熠生辉的钻戒静静地躺在那里，等待着新主人的垂青。

特殊定制的戒托上镶嵌着数十枚碎钻，宛如一片卷曲的羽毛，而在羽毛正中心的位置,璀璨的主钻是那样夺目。

于归野抬头望向自己的女孩,用此生最卑微、最虔诚的语气问出了那句话。

"燕小姐,嫁给我好吗?"

燕其羽隐忍了许久的眼泪终于流了下来。

"我……"燕其羽抽泣着,手心想要接住滚滚而落的泪水,可那些泪珠很快就消失在阳光下了。

于归野期待地看着她。

燕其羽迎着男人的目光,看到他眼中自己的模样。

她狠狠地吸了吸鼻子,终于吐出了这么久以来一直萦绕在心头的话——

"敲……敲里祖宗!分手!"

瞧把她气的,普通话都说不利落了。

第十二节　兔子急了也是要咬人的

燕其羽失踪了。

整整十天八个小时二十三分零八秒。

而且不仅是她人间蒸发了,连带着阿琳也谜一般地消失,整个绘梦工作室人去楼空。

不过,漫画更新倒是没落下,每周五晚六点准时上线一话。

燕其羽真是太有一个职业漫画家的专业素养了:男人可以不要,但是漫画绝对不能断更。

那天于归野向燕其羽求婚后,不仅没有等到他期待的"好",反而迎来一句盛怒下的"敲里(你)祖宗"。

于归野非常意外,毕竟他和燕其羽在一起这么久,对她的性格十分了解。她口不择言地说出一句脏话,再结合她气到飙泪的模样,于归野立即明白自己下了一步臭棋!

可能这就是男人的固有思维吧,总想着给她最好的,却没问过她究竟需不需要这样的惊喜。

燕其羽充分展现出什么叫作"兔子急了也咬人",她不仅骂了他,还运用她惊人的弹跳力,恶狠狠地跳起来踹了他胸口。

等到瓜爷找到于归野时,这位男神毫无形象地倚在槐树下,双手抱着胸口倒吸冷气,而那枚闪闪发光的求婚戒指早滚到花坛里去了。

瓜爷大惊失色道:"这、这是怎么了?不是说求婚吗,怎么还发生刑事案件了啊?"

于归野一边疼着喘粗气,一边冒出了前言不搭后语的一句话:"你知道吗,直到今天我才发现,我对她的了解太少了。"

"怎么说?"

"她大学时居然是跳高队的。"

"啊?"

于归野放下胳膊,只见两枚对称的三十六号小皮鞋印子压在了他干净的白衬衫上,成了燕其羽留给他的纪念。

最终,于归野强撑疼痛,只匆匆在《当岁月吻过你》的开机仪式上露了一面,就被瓜爷送进了医院。

医生掀开他衣服一看,赶快让他去做X光片。忙活一通下来,不出所料——两根肋骨骨裂,急需卧床静养。所幸裂痕很小,看来燕其羽还是脚下留情了。

排在于归野前面的是个瘦高的中年男子,和于归野同样的毛病,也是骨裂。

那人很健谈,自我介绍道:"我今儿第一回骑马,不知道不能从后面靠近马屁股,马一尥蹶子,就把我踹进医院了。您呢?"

于归野说道:"差不多,我是被'兔子'踹进来的。"

"嚯,兔子这么厉害?"

是啊,于归野之前也没想到"兔子"这么厉害啊。

于归野在医院躺了一天,第二天能下地了就立即往家赶。结果家里连根'兔子毛'都没有,工作室也完全腾干净了。

于归野自小就稳重，遇到什么事都能成熟应对，结果在落跑的女朋友身上，头一次失了分寸，又慌又悔。偏偏他身体受伤不能东奔西跑，只能在家里一遍遍打燕其羽电话。然而燕其羽就像是人间蒸发一样，哪里都寻不到踪影。燕其羽不是本市人，朋友又少，于归野想来想去，只能拜托姐姐去步娜娜那边问问。

于惊鸿在听说于归野居然做出这么一件蠢事后，气到柳眉倒竖，想骂他，但见他一副惨样又不忍心说太重，只能叹气道："你知道，你哪里做错了吗？"

"错在不该隐瞒这么久身份……"

"那也是错，不过只是小错。如果你找个私人场合，在家里、在约会中，告诉她事情真相，她绝对不会反应这么大。她性子柔，就算生气，肯定没过多久就消气了。"于惊鸿直言不讳地指出道，"你最大的错误在于不够尊重，没有给她足够的空间与时间整理你们之间的关系——该老实承认错误的时候你偏偏拿出了戒指，你这是在硬逼着她原谅你的过失，不给她任何思考的余地，就催促她进入下一个人生阶段。"

于惊鸿年纪比于归野大了几岁，和老公爱情长跑十二年，遇到的波折与迷茫自然比这个弟弟多，她给他的建议不仅仅是来自一个姐姐，更来自一个过来人。

"爱情总会有摩擦，有些事情不是一句'我爱你'就可以粉饰太平的，你这是在用你的爱，来硬生生涂抹掉你的错。即使她原谅你，出发点必须是'她爱你所以她原谅你'，而不是因为'你爱她所以她原谅你'。"

于归野再过几个月就要踏入三字头了，像他这个年纪的人，往往都经历了几段感情。可于归野却孑然一身，直到遇到燕其羽才让他明白什么是动心的感觉。

于归野把披着马甲的行为当作一种恋人间的小情趣，觉得看燕其羽在自己面前展现不同的样貌很可爱，却没想过对于燕其羽来说，这种模糊隐私界限的行为，其实很让她困扰。

每个人身上都会有几副不同的面孔，有些话可以对闺蜜说，却不会对男朋友说；有些话可以对同事说，却不会对爱人说；有些话可以对父母说，却不会对老公说……

对于燕其羽来说，"君子归野"是远在天边的大神，"田野"老师是值得信赖的合作者，他们之间可以画上等号，毕竟他们与她还隔着屏幕，与她之间还有很明显的距离。

可于归野不一样。于归野善意的小玩笑，直接打破了燕其羽身边的人际关系，在他面前，她毫无保留地展现了不同的自己，却没有想过面具后的人其实是同一个。

这怎能让燕其羽不生气呢！

又是愤怒又是委屈，几种情绪混杂在一起，燕其羽不仅提出了分手，还连夜离开了两人的爱巢。

对于燕其羽的选择，她的朋友们自然是无条件站在她这一边的。她并非是冲动的人，更不是无理取闹，她是真的生气于男朋友的态度——他骗了她这么久诶，难道他拿出一颗闪闪发光的大钻戒，她就要不计前嫌地答应吗？

阿琳很仗义地说道："男人都是大猪蹄子！只有我才是永远爱你的小猪佩奇！'小羽毛'，你等我攒够钱去变性，到时候我娶你！"

阿琳的无厘头倒是冲散了燕其羽的怒火，能有这样的好闺蜜真是三生有幸。

于是，燕其羽直接在于归野的生活中消失了。

微信删除、电话拉黑，倒是QQ还在——可惜联系仅限于《苍穹之梦》工作组，燕其羽会上线发自己的草稿、线稿、上色进度，更新了也会在群里说一声。其他的，一概不答。

夫妻吵架，老婆回娘家了怎么办？肯定是去娘家劝回来啊！于归野决心负荆请罪、伏小做低，深刻剖析自己的错误，务必要哄得她消气。

可是燕其羽的娘家人太少了，于归野找了好几天，都没找到那片"小羽毛"的身影。

步娜娜推说工作忙避而不见，新接手的三组主编不清楚他们之间的纠葛……于归野甚至跑去当初偶遇燕其羽的双胞胎女仆咖啡店，可结果只收获了两枚完全相同的白眼。

【《苍穹之梦》工作组】
小羽毛：下周更新的稿子已经画完了，请各位查收。

说完，"小羽毛"上传了分享文件。

小羽毛：田野，新的脚本请尽快交给我。

完全一副公事公办的语气，再也不是软绵绵，而是冷冰冰，明显肚子里的气还没有咽下去。

田野：小羽毛、小羽毛、小羽毛、小羽毛、小羽毛。
小羽毛：脚本写完了？
田野：难道除了工作，你就真的一句话不想和我说了吗？

于归野直接发了个委屈巴巴的卖萌表情，一只可怜巴巴的布偶猫趴在镜头前，底下写着一行字："你的小可爱知错了。"
切，和他的形象一点都不相符。

小羽毛：……
小羽毛：不谈公事的话我去赶稿了。
田野：等等！
田野：我还有事要说！
田野：我打算把《苍穹之梦》改编成小说，你看怎么样？
田野：刚好女主角往返时空的剧情已经展开了，最近的粉丝增长速度非常可观，我觉得是时候推出衍生小说了。我好久没写科幻小说了，想要拿来找回感觉。

小羽毛：哦？

小羽毛：那你打算用哪个笔名？

田野：……

田野：毛毛，你说用哪个我就用哪个，行不行？

这次燕其羽没再回复，头像很快就灰了下去。

于归野挫败地望着对话框，一种浓浓的无力感涌上心头。他一直不喜欢隔着屏幕对话，因为不同的表情、不同的语气、不同的肢体动作，都会影响情感表达。同样是一句"混蛋"，在聊天软件上甩出来，就硬如刀割，若是当面聊天，女生娇俏羞涩的一句"混蛋"，就能让男生明白她心中的所思所想。

只有面对面沟通才能消除误会、传达歉意，可燕其羽却不给他这个机会。

人海茫茫，究竟她藏在哪里了呢……

忽然间，于归野猛地坐直身子，倾身看向电脑屏幕上燕其羽刚刚分享的成稿文件。

燕其羽负气离开时，为了不欠他，并没有带走于归野送给她的触摸数位屏。若是她想继续画画，肯定离不开绘画电脑。可是网吧不够安静，提供的电脑又不够专业，所以她能去的，唯有一个地方。

当江雪舟推开工作室的大门，看到于归野出现在门廊外时，脸上不带一点惊讶。

作为燕其羽的老师，也是她曾经的暗恋者，江雪舟对于归野的感情很复杂。一方面，他是真的很欣赏这个才华横溢的青年，另一方面，他也确实无法理解他的"玩笑"。

他的学生他知道，燕其羽看着很好说话，其实她也有倔强的一面。所以她当初才能不顾身边人的劝阻，扔下她的毕业证书，赤手空拳闯入漫画圈。

现在燕其羽生气了，也绝对不是一两句话就能哄好的。

于归野之所以找到江雪舟这里来，就是认定燕其羽藏在他这里——独钓寒工作室有足够的工作空间，还有合适的绘图电脑，甚至连宿舍都有！对于急匆匆搬离住处的燕其羽和阿琳来说，还有什么地方更适合她们落脚呢？

然而面对满脸期待的于归野，江雪舟一句话就打碎了他的幻想。

"她不在我这里。"江雪舟摇摇头，让开大门道，"不信的话你大可以找找看。"

于归野虽然相信江雪舟的人品，但万分之一的可能性还是让他选择踏入独钓寒工作室的大门。

这栋独立小别墅足有三层楼高，上次他和燕其羽拜访时，江雪舟已经带他们上下参观过了，于归野没想到自己再次前来居然会是因为这个理由。

于归野在江雪舟的带领下，一间间房间看过去。正沉迷于绘画的主笔和助手们听到动静，抬头看过来，待见到于归野时脸上都惊喜交加。

前不久，于归野在《当岁月吻过你》的开机仪式上露面的消息席卷了整个网络。虽然他只出场寥寥几分钟，脸色苍白，但凭借他自身的气度与俊朗的长相，还是疯狂吸了一波颜粉，读者被他的年纪震惊，又心醉于他的外貌。神秘作家"君子归野"的照片霸占了不少头条，一度刷上热搜榜。

这段时间，街头巷尾讨论的都是"君子归野"的消息，这些沉迷"二次元"的漫画家们也不能免俗。

现在这个被他们挂在嘴边议论的人，居然出现在"独钓寒"的工作室中，是不是代表着这两位大神有合作的机会了？然而看看两人凝重的神色，又不像是在谈合作。

江雪舟带着于归野仔仔细细地走完了三层楼，甚至连宿舍和自己的卧室都打开让他看了，里面干干净净，确实没有燕其羽的身影。

本来抱着一腔希望赶过来的于归野，现在脸上只剩下苦笑了。

江雪舟把他送出了大门，见男人满脸颓唐，不负之前的风度翩翩，江雪舟难免有些叹息。站在男人的立场上，他其实能够理解于归野的做法，不过他自己也是恋爱新手，实在不知道怎么劝解他。

想了想，江雪舟心软透露道："我最近和其羽联系过，她的气已经消了大半。你耐心等等，等她什么愿意听你解释了，她自然会出来。"

这道理于归野也懂，可这几天回家后见不到燕其羽的身影，梦醒时怀里没有她的温度，他实在是很难熬。

想到伤心处，于归野忽然胸口一痛，侧过头咳嗽了两声。

江雪舟问道："怎么了？今天好像你一直在咳嗽。"

"没什么。"于归野避重就轻地说道，"之前出了点小意外，肋骨骨裂了，有时候会觉得有些痒痒。"

于归野话音刚落，紧挨在他们隔壁的另一栋小楼门口突然传来一阵巨响，像是屋里有什么东西被碰倒了。那撞掉的东西估计碰到了大门，只听"嘎吱"一声，大门向外展开，露出一条黑黝黝的门缝。

两人下意识地转头望去，盯着那敞开的门缝，一时都忘了说话。

就这么过了几秒，忽然，一个俏丽的身影坦荡荡地推开大门，"唰唰"两步迈进了他们的视线。

女孩顶着活泼的双丸子头，细吊带的丝绒长裙带着一股不属于她这个年龄的性感，脚下的人字拖、手里的垃圾袋都说明她只是随便出门而已。

"看什么看？""乱码君"仰起头，高傲地哼了声道，"没见过美女倒垃圾啊。"

于归野这才想起来，这位竞争对手的工作室就在江雪舟的隔壁，每日抬头不见低头见。

于归野和"乱码君"完全不熟，随意点了点头算作打招呼，接着转过身重新看向了江雪舟。

于归野说："江老师，今天麻烦你了，我先回去了。"

江雪舟道："那好，路上小心。"

于归野转身离开，他兴冲冲而来，却失望而归，孑然一身，背影难免带了几分寂寥。

于归野刚行了几步，又被江雪舟叫住了。

江雪舟问道："其实我还有个问题想问你。可能有些冒昧，你如果觉得不方便的话，大可不必回答。"

"您说吧。"

江雪舟一边思考一边谨慎地挑选着词句道："在我想来，其羽现在的避而不见,其实还带着一点羞赧,只是这份羞赧她自己也没觉察出来。"

都说旁观者清,江雪舟年长那么多,跳出这对年轻人的眉眼官司去瞧,燕其羽谈及于归野时,除了百分之九十的生气之外,还带着那么点小小的惊慌。而正是这两种情感相加,让燕其羽选择了逃跑。

江雪舟进一步解释道:"其羽还没有接受男神到男朋友的转变,你就突然掏出了一枚大钻戒求婚,她肯定会非常慌张。"

燕其羽就像是一只胆小的兔子,一有风吹草动,就紧张地竖起耳朵,叼起胡萝卜就想换窝。

江雪舟缓缓道:"所以,我很想知道,你为什么会选择这个时间点求婚?你们从认识到现在不过半年多而已,你不觉得太过仓促吗?"

"仓促?"于归野笑着否认道,"我还觉得进展太慢了呢。"

于归野视线落在远方,表情悠然放松地说道:"不结婚的话,她是我生活的一部分;而结婚之后,她便是我生命的一部分——我希望她能融入我的生命,仅此而已。"

江雪舟神色愣怔。而站在另一栋小别墅门口的"乱码君"赶忙移开视线,遮挡住眼中的动容。

于归野的车子在道路尽头拐了个弯,很快消失在两人的视线当中。

"乱码君"贝齿轻咬,扔下手中的垃圾,拉开了身后的大门。

玄关处,燕其羽满脸通红地垂头站着,双手紧紧攥着衣角,仔细看去,眼中似有泪光闪过。

在燕其羽身边,阿琳右手在鼻子面前猛扇,夸张地感叹着:"噫……这是哪里传来的恋爱酸臭味啊?"

第十三节　好事成双结对

一年后。

偌大的千人礼堂中,掌声雷动。

作为一场网络同步直播的大型颁奖典礼,圈内数得上的大佬悉数到场,更有业内公司高层拨冗参加,第一排全部坐着响当当的大人物。

然而站在高高的舞台上向下望去,台下的观众们并非是预想中的西装革履,而是其他专业会议里绝对见不到的奇装异服。

红的、蓝的、绿的头发,金的、银的、紫的美瞳,配上洛丽塔服装、日式校服、蒸汽朋克,不知道的人还以为误入了某个漫展现场。

不过严格论起来,这个颁奖典礼和漫展还真是渊源颇深。

因为这里正是中国顶级漫画赛事,"中国漫画大奖赛"的颁奖现场!在座的每一位嘉宾都是漫画创作者,他们用自己丰沛的思想与勤劳的双手,滋润着无数热爱漫画的读者。

"中国漫画大奖赛"从这届开始,比赛由网上揭晓结果改为了现场颁奖。近千名漫画家齐聚一堂,明明是应该严肃的场合,但是在这些艺术家心里,却和大型面基会没什么区别。

主办方斥巨资租下了市中心某栋建筑物的礼堂,整体装饰风格也是充满了"二次元"趣味,所有的服务生都统一做执事、女仆打扮,会场里外放满了各式各样的漫画立牌。

本来入场时还安排了一个走红毯外加签名环节,可是这些漫画家们偏不按常理出牌,他们在红毯上窜得飞快,等到了签名板前就变得生龙活虎,争抢着在上面画画留念。

直播平台里,无法到现场的读者们发表了一连串危险言论,纷纷表示想把巨型签名板偷回家,这样就能一口气拥有几百名漫画家的绘签了!

会场内的灯光逐渐暗了下来,唯有一束追光,笼着女孩的裙摆,与她一同登上了领奖台。

聚光灯下,燕其羽身着一袭华丽的汉服,俏丽可爱的十字髻配上叮当作响的金步摇,她嘴角带着盈盈笑意,宛如踏破千年岁月的仕女,娉婷地立在众人的视线之中。

"各位好。"燕其羽清清嗓子,把汗湿的左手悄悄藏在衣袖下面,镇定地说道,"我是上一届'中国漫画大奖赛'中'最佳短篇漫画'的获奖者'小羽毛'。而我手里的就是本届'最佳短篇漫画'的优胜者名单。"

燕其羽先向摄像机展示了一番手中的红色信封，然后才徐徐拆开。

半个月前，组委会通知燕其羽，她要作为颁奖嘉宾上台颁奖，她连连推辞，羞得都要扎进沙堆里去了。还是阿琳当机立断，打着"为绘梦工作室刷存在感"的名头，替她接下了这份工作，还兴致勃勃地买买买，为她选购了一套上台的礼服，说要把她打扮得美美的，艳压所有漫画家。

艳压不艳压的，燕其羽已经没心思管了，她就想赶快完成任务，赶快逃离这个摄像机地狱！

燕其羽没有像别的颁奖嘉宾那样卖关子，而是直接读出了卡片上的获奖者名字。

"本届'最佳短篇漫画'的获奖者是——鹿非非！作品名《想鹿非非》！让我们把掌声送给这位获奖者！"

燕其羽读完颁奖词，抱着奖杯在台上煎熬地等待了半分钟。值得庆幸的是，鹿非非本人并没有来到现场，代替他（或者她）来领奖的是他的责任编辑，编辑只简单地说了两句感谢，就和燕其羽一同下台了。

直到步入后台，燕其羽才发觉整个后背都汗湿了，两条腿走路都发飘。

阿琳赶快跑过来扶住她，笑话她胆子太小。

燕其羽说："上千双眼睛盯着我看呢，你站在那么高的台子上，难道不怕吗？"

"当然不怕啊！我开心都来不及呢。"阿琳左手架住她，右手炫耀地摆弄着一座金灿灿的奖杯道，"要不是每个人就三分钟的致辞时间，我真恨不得当场唱一曲大鼓书！"

燕其羽哭笑不得，只能感叹阿琳的心理承受能力太强大。

在"最佳长篇漫画"揭晓前，还有十几个奖项依次揭晓，而阿琳抱在怀中的就是其中的"最佳纯爱漫画"奖。

由阿琳执笔的漫画《反派是条狗》一经连载，就大获成功。这部小说的原著粉极多，阿琳很擅长这种诙谐幽默的风格，不仅把原著中的搞笑桥段尽数发挥，更添加了诸多笑点，就连原著作者都为她的奇思妙想所折服。别看这部作品只连载了区区半年，可人气却节节高升，一举拿下了本届的'最佳纯爱漫画'的奖项,也为她们的绘梦工作室打响了第一枪。

阿琳一边大方地让出奖杯让燕其羽抱着,一边说道:"让你蹭蹭喜气,等一会儿你拿到了奖杯再还我。"

阿琳说得轻松,可她们两人都知道,燕其羽入围的"最佳长篇漫画"竞争实在太激烈了。

"最佳长篇漫画"是中国漫画大奖赛中最为重要的一个奖项,它代表着这一年中,国内漫画行业最顶尖的创作水平!它考察的不仅是作品本身的剧情构思、风格画工,更要参考读者们的口碑,选择必须慎之又慎。

每年的获奖者,得到的不仅是天价的版税,更是一种无上的荣誉——哪个漫画家不渴望自己的实力能够被整个业内承认呢?

比赛的读者投票渠道开启后,短时间就接受了线上线下近千万票,统计工作十分烦琐,在机器算出最终结果公布之前,就连评委都不知道最终会花落谁家。

本届入围"最佳长篇漫画"的一共有五部作品,其中三部都是由海豚漫画选送的。

"小羽毛"的《苍穹之梦》、"乱码君"的《喵喵侠》和"独钓寒"的《舞蹈节奏》。

一年之前,"小羽毛"还在忧心于和"乱码君"竞争网站的某个小小推荐位,而一年后的现在,她已经站到了顶级赛场,能够和自己的老师正面对抗了。

燕其羽的成长太快了,可她还想成长得更快一点,快到能够追上——"他"。

脑海中刚一想到男人的名字,他便出现在她面前了。

一身笔挺西装的于归野把臂弯留给她,柔声问道:"现在去'那边'吗?"

"去!"燕其羽坚定地说。她的手挽住男人的臂弯,柔柔地靠在他怀里。

他们两人,一个穿着西式的三件套西服,另一个却穿着纯中国风的汉服襦裙,明明是那么格格不入的画面,可他们依偎在一起时却显得分外和谐。

眼看"大灰狼"就要拐走"小白兔",阿琳赶忙拦下他们问道:"你们去哪儿啊?颁奖仪式还有一个小时呢,'最佳长篇漫画'还没揭晓呀!"

燕其羽手指压在嘴唇上,小心翼翼地说了声"嘘",她指指墙外,压低声音说道:"我陪他去隔壁那个颁奖仪式,我们很快就回来!"

啊?隔壁的颁奖仪式?

阿琳满脑子都是小星星。说起来,他们所在的这栋建筑物内部有数个礼堂可供租赁,刚才走红毯时,她依稀听到媒体议论,说另外一个礼堂也有一个什么大奖正在揭幕,但是她太兴奋了,没有认真听。

于归野见她一头雾水,轻轻吐出几个字道:"星辰奖。"

星辰奖?……星、星、星辰奖!

不怪阿琳吃惊,星辰奖是中国科幻文学界的最重要赛事,用以纪念中国科幻界泰斗、中国科幻文学杂志之父王星辰。

王星辰出身寒微,直到五十五岁才开始提笔创作科幻小说,他的年龄并没有限制他的思想,他的阅历成了他的最大助力,最终他成为第一个获取国际科幻大奖的中国人。

王星辰去世后,他生前所有稿费全部投入星辰奖基金会,旨在吸引和鼓励作者们投入科幻文学这一领域。

星辰奖评选标准极为严苛,若是没有合格的作品,宁可奖杯空悬也绝不将就。去年、前年、大前年,已经连续三年"最佳长篇科幻小说"奖无人拿到了。

"田野"有两部作品曾经摘取"最佳短篇科幻小说"的桂冠,而这次他能够获得星辰奖颁奖礼的邀请函,全凭他最近出版的新书——《苍穹之梦》的小说版。

在《苍穹之梦》的漫画连载爆出时空穿越这个最大的包袱后,于归野立即着手把这部作品从漫画脚本改编成小说。

别看载体都是文字,但是漫画的叙事节奏和小说完全不同。于归野在文字上狠下功夫,推翻了原有的叙事结构,以另外一种角度入手,以第一人称"我"的角度带领读者走进了这个故事。

《苍穹之梦》小说版的第一部,刚好是这一年来漫画版的连载内容,喜欢漫画版的读者很多都选择购买了小说,两相对比、互相验证。而单纯喜欢看科幻小说的读者,在阅读小说后,都会选择追漫画连载,因为这个故事实在是太吸引人了!

燕其羽笑眯眯地透露消息道:"这次'田野'老师收到了星辰奖的邀请函,所以很有可能是……"

阿琳急得抓耳挠腮,推着他俩后背逼他们离开道:"快走、快走、快走!"

于归野拉住燕其羽的手,就像是私奔的鸟儿一样,从后门迅速溜走了。

"星辰奖"的颁奖仪式向来很私密,它从来不会广发入场函,只有受邀的个别媒体才得以进入会场。

整个颁奖仪式就像是一场气氛融洽的小型沙龙酒会,科幻作家们三三两两地围坐在宴席旁,把目光静静地投向台上的演讲者,偶尔交谈几句。

在这种只有黑白两色的环境中,即使燕其羽再怎么想低调,一袭汉服红纱的她仍然难逃众人的视线。

燕其羽本就羞涩,被大家盯着,情不自禁地就往于归野身旁缩了缩。于归野伸手环住她的肩膀,把她藏在了自己的怀中。

在于归野出示了请柬之后,侍者领着他们走向了最前排的桌子,看到座次安排,于归野的五成把握瞬间提升到八成。

他们穿过人群一路走来,无数双眼睛黏在他与她身上,甚至有科幻作家当场大开脑洞,以为会场大门连着哪个时空黑洞,所以才会让一位娇俏的古装少女出现在这里。

有人低声提醒道:"别看那个女孩了!旁边那个男人你有没有觉得很眼熟?好像在哪里见过。"

"眼熟他什么?眼熟他帅?"

提醒的人无语了。

于归野耳边听着这些议论,心里发笑,偏偏还不能笑出声来。

第八章 陪你到巅峰

半年前，于归野主动打破了"君子归野"身上的神秘感和距离感，陆续出席过几次活动，他的照片不再是秘密。这次以"田野"身份来参加星辰奖颁奖典礼，他也是存了想要借此公开的心思。

《苍穹之梦》取得了如此卓越的成绩，完全可以证明他的优秀并非是笔名加诸的光环，而是他实打实的能力。

于归野和燕其羽到得很及时，他们落座没多久，就进入了"最佳长篇科幻小说"的奖项公布时间。

两人十指紧握，互相传递着能量，希望那个梦寐以求的大奖能够落入囊中。

《苍穹之梦》是他们两人的结晶，不管是小说版还是漫画版，都是他们的孩子。燕其羽爱它，希望每个人都能同自己一样看到它的成绩。

燕其羽侧头看向身旁的心爱之人，轻声问他道："于先生，你紧张吗？"

"紧张。"

"没关系，我现在比你更紧张。"

好在这份紧张没有落空——台上的主持人宣布空悬三年的"最佳长篇科幻小说"终于迎来了新的胜利者，而胜利者的名字就叫作《苍穹之梦》！

满场掌声雷动，《苍穹之梦》的优秀有目共睹，这个奖项今年甚至没有第二位入围者，这就足以证明《苍穹之梦》的魅力。

燕其羽第一时间扑进了于归野怀中，难得大胆一回，在众目睽睽之下亲吻他的双唇。若不是时间地点都不合适，于归野真恨不得搂紧她加深这个吻。

在大家善意的哄笑声中，于归野起身迈步，跳上了领奖台。

与金光灿灿的"中国漫画大奖赛"的奖杯不同，"星辰奖"的奖杯是透明的水晶质地，小小一尊奖杯被切割出了数百棱面，如一颗坠落凡间的流星。

于归野捧着这枚星星，高高举过了头顶。

摄像机对准他的脸庞，监控器后的摄影记者发出一声短促的惊叹，显然已经认出了于归野的身份。紧接着，又有越来越多的人认出了聚光灯下那个骄傲的身影，嗡嗡的议论声愈演愈烈。

于归野潇洒一笑，在麦克风前主动坦承身份道："各位好，我是《苍穹之梦》的小说作者'田野'，可能大家更熟悉我的另外一个笔名，'君子归野'。"

于归野的一句话瞬间引爆大家的热情，文学圈超一流的大神"君子归野"居然在科幻圈还有一个马甲，这件事绝对足够八卦网站讨论整整一个月！

于归野抱歉地鞠躬示意道："很感谢各位评委老师对《苍穹之梦》的喜爱，我知道按照惯例，这时候应该聊聊自己的心路历程，谈谈创作这部作品时的初衷。但是实在抱歉，我能不能暂时请个假，一会儿再回来参加宴会？"

主持人开玩笑道："归野大神，这么急着走，难道是赶时间？"

"你还真猜对了。"于归野手指向台下，指向那个一直用崇拜与爱恋的目光看向自己的女孩。当全场的目光都汇聚到燕其羽身上时，他开口道："请允许我向大家介绍她，她是我的合作漫画家、我的粉丝、更是我的未婚妻。如果今天我们运气够好的话，有可能再为《苍穹之梦》捧回来一个奖。"

于归野看看腕上的表，语气遗憾地吐出了最后一句话道："时间实在不够了，我真的要走了。"说着，他高举手中的奖杯，幽默地说道，"再见了，地球人，谢谢你们的鱼。"

全场科幻作家捶桌爆笑。

唯有燕其羽一脸茫然地左右看看，完全不懂大家在笑什么。

于归野拉起燕其羽的手，匆匆从一个颁奖仪式奔向下一个。

没人知道，他们能否给他们的书架上再增添另一座奖杯。

寂静而空旷的大厅里，只有他们重叠在一起的脚步声。

燕其羽问："于先生，你把奖杯比作鱼，为什么他们都笑了？"

于归野回答道："这是科幻圈里一个有趣的小梗。《再见，谢谢你们的鱼》出自科幻历史上最伟大的一部作品《银河系漫游指南》，是这部丛书的第四部小说。"

《银河系漫游指南》是一部浪漫而诙谐的科幻巨作，堪称每个科幻作家心中的《圣经》。

如书名所示，男主角游历银河，见证过宇宙间种种奇迹。

而在第四部中，他结束了他漫长的旅程，终于回到了地球。

然后，他在地球遇到了一个女孩子。

然后，他爱上了这个女孩子。

很多人说，第四部是一部彻头彻尾的爱情小说，毁掉了这一整套科幻巨作的格调，更让男主角变成了一个为爱所困的普通人。

曾经于归野也这么觉得。

直到他结束了他漫长的旅程，遇到了燕其羽。

特别番外　绯　闻

都说新官上任三把火，步娜娜这段时间没少上火。

步娜娜从三组的普通小编辑，连跳两级，一跃成为一组的主编，刚一上任就踢走了原本的副主编邓耀华，她身上的压力比所有人想象得都大。

不仅如此，步娜娜还大刀阔斧地在一组内部进行改革，提拔了一位真正有想法的老编辑当自己的左右手，而其他小编辑则被她一顿狠敲猛打，让他们扔掉邓耀华那一套"直男癌"选稿做法。

步娜娜初来乍到，恶狠狠补了市面上的少年漫画，不管是欧美还是日韩，少年漫画的题材都很多样，并不是只有血腥与色相才是吸引读者的法宝。一时卖相确实能算作福利，但天天卖相绝对会冲淡作品本身的味道。

步娜娜带着其他责任编辑，全国各地出差，四处拜访旗下的漫画家，和他们讨论剧情、调整人物。那些明明没有人气却靠卖相强撑的作品，她当机立断地"腰斩"。那些本来剧情不错，坚持不卖相，只是因为过于慢热只能落得惨淡收场的作品，她恳请这些漫画家不要放下画笔，或是调整剧情连载重开，或是重新准备新的作品。

步娜娜以迅雷不及掩耳之势，在短短三个月里就给一组带来了新的风貌。所有编辑都被她支使得团团转，像是陀螺一样停不下来，而她本人比所有人加班时间都要长。

到后来，步娜娜甚至干脆效仿研发部的同事，直接在工位旁边立了一顶小帐篷，加班太晚来不及回家的话，那就钻进去囫囵睡一晚。

好在步娜娜的辛苦付出总有回报，在最新一次的季度读者调查表中，APP平台上少年漫画的读者人群有明显扩大，女性读者及低年龄段读者显著提升，评论区也没有了三个月之前的腥风血雨了。

然而，随着一组的工作进度扶摇直升，同时还有一个很难听的传言在编辑部内部暗暗流动着。

茄哥之所以对步娜娜这么信任，因为他们私下里有见不得人的男女关系！

步娜娜的突然蹿升引起不少非议，上任后她的工作态度又十分强硬，触犯了某些人的利益，在公司里，她的口碑一直是毁誉参半的。

这世上总有些人爱戴有色眼镜看人，步娜娜大龄单身未婚，形容艳丽，不少人喜欢拿这点儿来嚼舌根。

紧接着，又有些人信誓旦旦地宣称，曾经看到过步娜娜乘坐茄哥的摩托车来上班、两人在某家西餐厅共进晚餐，还有人见过他们在休息室里拥吻……真真假假的流言掺杂在一起，说得煞有介事。

这些话他们不敢在茄哥面前说，但是步娜娜还是听到过几次的。

然而，步娜娜从未把这些难听的话放在心上，最大的反应不过嗤笑一声，觉得他们咸吃萝卜淡操心，有传八卦的时间还不如放在工作上。

别人不知道她和茄哥的关系，作为当事人她还能不清楚吗？

步娜娜承认，他们之间确实发生过一些什么，不过那只是醉酒后的意乱情迷。

至于第二次、第三次……纯属她最近工作压力太大，急需要一个减压渠道。这种事情，有了第一次，就难保以后不会顺理成章了，慢慢地，步娜娜和茄哥再滚床单时，就毫无心理负担了。

难道，她还要昭告天下：你们大家要拎拎清楚，我能升职是因为我的工作能力好，我和他那啥，纯粹是情不自禁。

真是可笑。

这谣言在公司里传了好久，结果不知道哪里走漏了风声，居然传到了茄哥耳朵里。

男人当即就显露出了不爽的神色。

身为总编，却被员工在背后编排私人生活，对于他来讲确实没法忍。

办公桌下，步娜娜踢掉高跟鞋，裹在丝袜里的脚掌顺着他小腿缓缓上爬，在气氛暧昧到顶峰时，她毫不留情地怼了他敏感处一脚道："总编大人，他们爱传八卦就传，你别想着跳出去澄清啊。"

"为什么不澄清？"男人不动声色地擒住她的脚踝，把女人小巧柔软的脚掌握在掌中。

"澄清有什么用？只会把水越搅越浑。"

茄哥没有接话，冷淡的眼神看不出感情波动。

步娜娜以为自己把他劝服了，哪想到在季会上，男人突然放了大招。

彼时，步娜娜刚以一组主编的身份做完本季度工作总结，她的业绩非常突出，与"邓耀华时期"相比，各方面数据都有了数个阶梯的上升。大会议室里，大家都在讨论着步娜娜的工作成绩，另外两组的主编也等着向她取经。

结果就在这个时候，后排不知是哪个八卦精讨论起传言道："你们听说了吗，步娜娜之所以能当上主编，因为她和茄哥私下是'那种'关系！"

偏偏他说话时，会议室里突然安静了，于是他这个大八卦瞬间回响在会议室里。

步娜娜站在台上，直接翻了个大白眼，口型清清楚楚地翻出两个字："傻缺！"

步娜娜正要下台，在旁边沉默了许久的男人忽然站起身，接过了她手里的话筒，同时拦下了她下台的脚步。

"都闭嘴。"茄哥甩出一句命令。

鸦雀无声。

很好。

"最近公司里一直在传一个谣言……"茄哥单手插兜，姿势随性地说道，"说我和步娜娜有见不得光的男女关系。"

说话时，茄哥一直没有看向旁边的步娜娜，准确地躲过了她眼神里射出的"你敢再多一句嘴我就把你绝育了"的威胁。

茄哥说道："我只解释一遍，你们都给我听清楚：我提拔步娜娜，仅仅是因为她比在座的百分之九十的人都要努力。如果你们把嚼舌的时间用到工作上，主编这个位置也可以是你们的。"

男人的视线投向下方，凌厉的目光像是和他们每个人对视，又仿佛只是漫不经心地划过。

茄哥继续说道："另外，还有一点要澄清。"

"我们之间没有什么见不得光的男女关系。"

"我们正式交往好几个月了，有什么见不得光的？"

面对总编的突然秀恩爱，所有员工当场呆若木鸡。站在他身旁的步娜娜更是大脑空白，觉得自己一定是幻听了。

步娜娜想都没想，立即拉着男人冲出了会议室，把足以掀翻屋顶的议论声扔到了身后。

好不容易找到一处清净的地方，步娜娜停下脚步，立即甩开男人的手，怒斥道："谁和你交往好几个月了？"

茄哥理所当然地说道："你啊。"

"你！"步娜娜顿觉头大，大声道，"咱们就是互相看着顺眼！不讨厌，懂不懂！"

男人闻言，居然出乎意料地笑出声来，就像是野兽进食前露出利齿。

他忽然逼近一步，微微弯腰，把步娜娜拉进了自己的臂弯中。

"顺眼没错……但你耍了我那么多把，总该让我赢一次了吧？"

后　记

　　2017年，我在机缘巧合之下，结识了一位漫画家。然后，突然之间就被拉进了那个圈子，也结识了许许多多有才华的创作者。之所以动笔写这个题材，也是因为从他们身上汲取了很多灵感、无奈、收获和遗憾。

　　我结合了身旁朋友的经历，并且糅合了各位大神级漫画家的事迹，把他们揉捏在一起，创作出了这些角色。

　　谢谢这些优秀漫画家给我的启发，也谢谢大家一路以来的支持，希望这部小说能让大家稍微了解时下漫画行业的生态。

　　同时，还要感谢编辑给我的这个机会，让这本书得以出版。

莫里于2019年冬